abc LA COLLECTION

# Réussite

## Le BAC efficace
et un bon dossier pour Parcoursup



# 2de


**Maths**
Jean-Luc Dianoux
Muriel Dorembus

**Physique-Chimie**
Sylviane Lafitte
Geneviève Ponsonnet

**SVT**
Christian Camara
Claudine Gaston

**SES**
Fabien Gennetier

**Français**
Françoise Cahen
Garance Kutukdjian
Ghislaine Zaneboni

**Histoire-Géo**
Alain Rajot
Frédéric Fouletier
Pascal Jézéquel
Johann Protais
Évelyne Soumah
Cécile Vidil

**Anglais**
Anne-Laure Delord


Nathan

## QR codes Nathan

À l'aide de votre smartphone, **flashez les QR codes** que vous voyez apparaître au fil des pages.

Ils vous donneront accès à des **ressources numériques*** (vidéos, articles, podcasts...) sélectionnées par les auteurs.

**1** Flashez les QR codes

Vidéo

**2** Accédez aux différentes ressources numériques

Pour accéder à ces ressources, vous pouvez également télécharger l'appli gratuite *Nathan Live* et flasher les pages sur lesquelles apparaissent les QR codes (bien flasher la page entière à chaque fois).

* Les éditions Nathan ne sont pas garantes de la pérennité des liens.

Direction éditoriale : Raphaëlle Mourey
Coordination éditoriale : Géraldine de Saint Palais, Marion Gautier, Julie Langlais, assistées d'Alix de Kersauson
Conception graphique intérieure : Élise Launay
Couverture : Hugues Vollant, Marc Henry
Schémas : Coredoc, Aurore Mathon
Cartographie : Légendes Cartographie
Iconographie : Gaëlle Mary
Compositeur : Fabienne Grain
Fabrication : Kévin Magar


ISBN : 978-2-09-501795-8
Dépôt légal : juillet 2023 - N° de projet : 10288320
Achevé d'imprimer en juin 2023 par Vincenzo Bona S.p.A. à Turin en Italie

# Mode d'emploi

*Un ouvrage pratique pour réviser toutes les matières et réussir l'examen !*

**Retrouvez en un seul ouvrage les matières au programme de 2de.**

**Et pour chaque chapitre, trois rubriques pour progresser en toute sérénité :**

## Cours

- Des **cours synthétiques** et **structurés** pour maîtriser tous les thèmes du programme.
- Des **encadrés en marge** donnent des informations complémentaires, du vocabulaire, des biographies, etc.

## → Révision express

- Une page **Révision Express** à la fin de chaque chapitre résume les principaux points à retenir.
- Un **Quiz** permet de se tester rapidement et de vérifier que le cours est bien compris.

## ▶▶▶ Cap sur le bac

- Des **exercices** pour vous entraîner ou des **sujets type** qui pourraient vous être proposés au bac.
- Des **conseils méthodologiques** vous aident à comprendre les points difficiles et à réaliser les exercices ou les sujets.
- Les **corrigés** sont accompagnés de nombreux **conseils**, **remarques**, **astuces du prof** pour acquérir les bons réflexes pour le bac.

# Sommaire

## MATHS



## PHYSIQUE-CHIMIE

## SES



## FRANÇAIS



## HISTOIRE-GÉO



## ANGLAIS

# La classe de Seconde

## 1 Les moments-clés

### A. Le test de positionnement

- **Ce test numérique** qui a lieu en début de Seconde permet de connaître vos acquis et vos besoins en Français et en Mathématiques. C'est la première étape de l'accompagnement personnalisé : soutien, approfondissement et aide à l'orientation.

### B. Les semaines de l'orientation

- **Les semaines de l'orientation** (novembre-décembre et entre janvier et mars) permettent de vous informer et d'explorer plusieurs perspectives d'orientation.
- **Au cours de ces moments consacrés à l'orientation**, vous pourrez échanger avec les équipes pédagogiques de l'établissement, rencontrer des acteurs de l'enseignement supérieur, échanger avec des acteurs du monde économique, social et professionnel…

### C. Le choix des spécialités pour la classe de 1re

- Au 2e trimestre, vous formulez des **intentions** d'orientation sur la « fiche dialogue » (orientation vers la voie générale ou technologique ou réorientation vers la voie professionnelle). Vous choisissez **4 enseignements de spécialité provisoires** parmi les **13 proposés**. Le conseil de classe donne un avis sur vos intentions.
- Au 3e trimestre, vous devrez choisir vos **3 enseignements de spécialité définitifs**.

## 2 Les enseignements de la classe de 2de

### LA CLASSE DE SECONDE

**ENSEIGNEMENTS COMMUNS**

| | |
|---|---|
| Français | 4h00 |
| Histoire-Géographie | 3h00 |
| LVA et LVB | 5h30 |
| Mathématiques | 4h00 |
| Physique-chimie | 3h00 |
| SVT | 1h30 |
| EPS | 2h00 |
| EMC | 18h00/an |
| SES | 1h30 |
| Sciences Numériques et technologie | 1h30 |

**ENSEIGNEMENTS OPTIONNELS** 2 MAXIMUM

**Enseignement général** AU CHOIX

| | |
|---|---|
| LCA : Latin* | 3h00 |
| LCA : Grec* | 3h00 |
| LVC étrangère ou régionale | 3h30 |
| Langue des signes française | 3h00 |
| Arts | 3h00 |
| EPS | 3h00 |
| Arts du cirque | 6h00 |

**Enseignement techno** AU CHOIX

| | |
|---|---|
| N Management et gestion | 1h30 |
| Santé et social | 1h30 |
| Biotechnologies | 1h30 |
| Sciences et laboratoire | 1h30 |
| Sciences de l'ingénieur | 1h30 |

et d'autres…

* les LCA peuvent être prises en plus des 2 enseignements optionnels

# Maths

## Nombre et calcul



## Géométrie



## Fonctions



## Statistiques et probabilités



Maths

# Chapitre 1 Ensembles de nombres

## 1 Les ensembles de nombres

**De quoi s'agit-il ?** **Il existe différentes sortes de nombres. On les regroupe dans des ensembles.**

### 1 Définition

- L'ensemble des nombres réels, noté $\mathbb{R}$, est l'ensemble de tous les nombres que nous utilisons.
- On représente cet ensemble par une droite graduée :

### 2 Les différents ensembles de nombres

- L'ensemble des **nombres entiers naturels** est $\mathbb{N}$ $\{0 ; 1 ; 2 ; \ldots\}$.
- L'ensemble des **nombres entiers relatifs** est $\mathbb{Z}$ $\{\ldots ; -2 ; -1 ; 0 ; 1 ; 2 ; \ldots\}$.
- L'ensemble des **nombres décimaux** $\mathbb{D}$ est l'ensemble des nombres dont l'écriture décimale comporte un nombre fini de chiffres après la virgule. Ils s'écrivent aussi sous la forme $a \times 10^p$ où $a$ et $p$ sont des nombres entiers relatifs.
- L'ensemble des **nombres rationnels** $\mathbb{Q}$ est l'ensemble des nombres qui s'écrivent sous la forme $\frac{p}{q}$, où $p$ et $q$ sont des nombres entiers relatifs ($q \neq 0$).

> **Remarque**
> On a $\mathbb{N} \subset \mathbb{Z} \subset \mathbb{D} \subset \mathbb{Q} \subset \mathbb{R}$
> (Le symbole $\subset$ se lit « inclus dans ».)

Ainsi, $\frac{3}{2} \in \mathbb{D}$ car $\frac{3}{2} = 1{,}5$ et $\frac{1}{3} \in \mathbb{Q}$ ($\frac{1}{3} = 0{,}33\ldots$ et ne s'exprime pas sous forme décimale).

## 2 Les intervalles

**De quoi s'agit-il ?** **Il s'agit de manipuler les intervalles de nombres.**

### 1 Écriture des intervalles

Soit $a$ et $b$ deux nombres réels tels que $a < b$.

- L'ensemble des nombres réels $x$ vérifiant la double inégalité $a \leqslant x \leqslant b$ est l'intervalle fermé $[a ; b]$ d'extrémités $a$ et $b$, où $a$ et $b$ sont les bornes de l'intervalle.

Il est représenté sur un axe par un segment :

• L'ensemble des nombres réels $x$ vérifiant la double inégalité $a < x < b$ est l'intervalle ouvert $]a\,;b[$ d'extrémités $a$ et $b$, où $a$ et $b$ sont les bornes de l'intervalle.
Il est représenté sur un axe par un segment :

• L'ensemble des nombres réels $x$ vérifiant l'inégalité $x > a$ est l'intervalle ouvert en $a$ noté $]a\,;\infty[$.
Il est représenté sur un axe par une demi-droite :

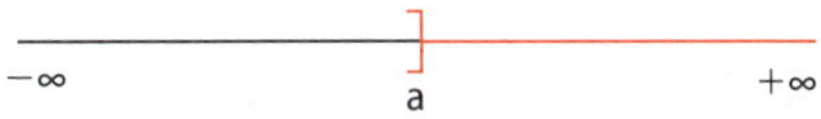


• L'ensemble des nombres réels $x$ vérifiant l'inégalité $x \leqslant b$ est l'intervalle fermé en $b$ noté $]\infty\,;b]$.
Il est représenté sur un axe par une demi-droite :

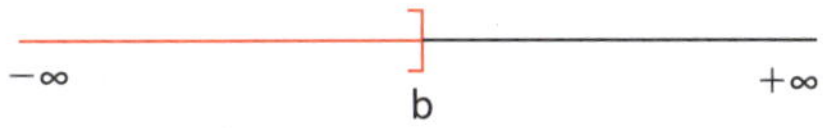


## 2 Intersection et réunion d'intervalles

• L'**intersection** de deux intervalles A et B, notée $A \cap B$, est l'ensemble des nombres réels qui appartiennent à la fois aux deux intervalles.

• La **réunion** de deux intervalles A et B, notée $A \cup B$, est l'ensemble des nombres réels qui appartiennent à l'un ou l'autre des deux intervalles.

**Remarque**
$\mathbb{R}$ est l'intervalle $]-\infty\,;+\infty[$.

# 3 Notation $|a|$, distance entre deux nombres réels

**De quoi s'agit-il ?** **Il faut apprendre à utiliser la notation de valeur absolue dans l'expression des distances.**

## 1 Valeur absolue

Soit $a$ un nombre réel.
La valeur absolue de $a$, notée $|a|$, représente la distance du nombre réel $a$ à 0.
On note aussi $|a| = d(a\,;0)$.

## 2 Distance entre deux nombres

• $|a - b|$ est la distance entre les nombres réels $a$ et $b$, notée $d(a\,;b)$.

C'est la longueur $AB$, où $a$ est l'abscisse de $A$ et $b$ l'abscisse de $B$.

**Conseil**
Ce schéma permet de bien comprendre la situation.

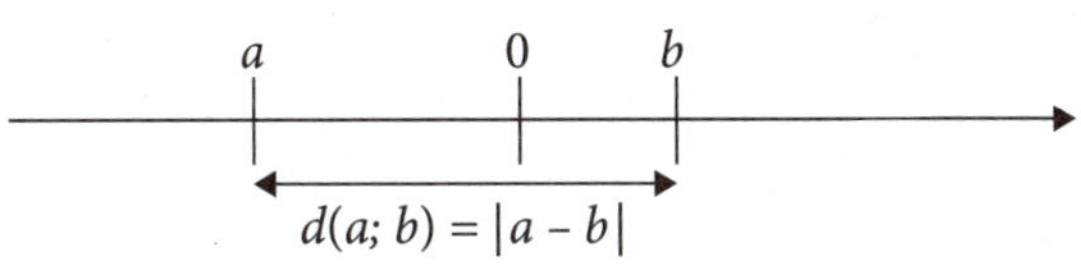


• **Exemples**
• La distance de −5 à 8 est $|8 - (-5)| = |8 + 5| = |13| = d(13\,;0) = 13$.
• La distance de −13 à −1 est $|-13 - (-1)| = |-13 + 1| = |-12| = d(-12\,;0) = 12$.

• **Propriétés**
Une distance est toujours positive ou nulle.
$d(a\,;b) = d(b\,;a) = |a - b| = |b - a|$.

## Exercice résolu

### Résoudre une équation avec valeur absolue

**ÉNONCÉ**

Résoudre les équations :

**1.** $|x-1| = 2$ ; **2.** $|x+3| = 1$.

**CORRIGÉ**

**1.** $|x-1| = d(x ; 1)$, donc on peut poser $d(x ; 1) = 2$ et proposer une résolution graphique de l'équation :

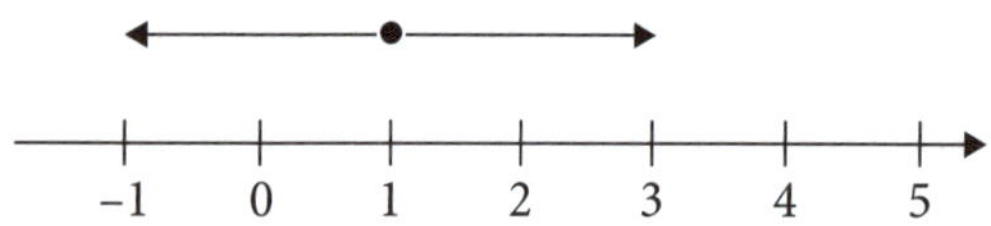


L'équation a donc deux solutions : $-1$ et 3.

**2.** $|x+3| = |x-(-3)| = d(x ; -3)$, donc on peut poser $d(x ; -3) = 1$ et proposer une résolution graphique de l'équation :

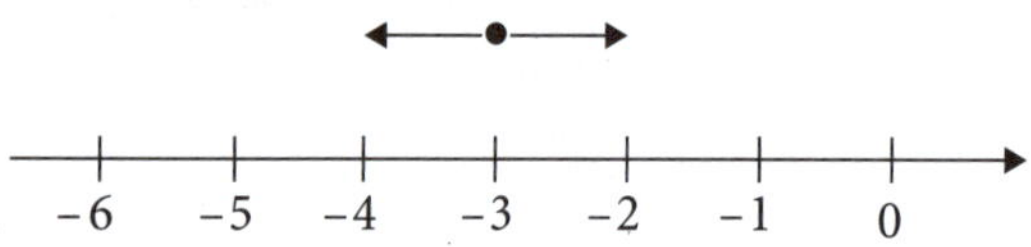


L'équation a donc deux solutions : $-4$ et $-2$.

**Remarque**

L'écriture $|a-b|$ doit immédiatement faire penser à la notion de distance.

**Réflexe à avoir**

Il faut toujours se ramener à l'écriture « valeur absolue de $a$ moins $b$ ».

# 4 Intervalles et valeurs absolues

**De quoi s'agit-il ?** **Il faut comprendre le lien entre intervalle et valeur absolue.**

Soit $a$ un nombre réel et $r$ un nombre réel positif ou nul.

## 1 Intervalle $[a-r ; a+r]$

L'intervalle $[a-r ; a+r]$ est l'intervalle de centre $a$ et de rayon $r$.

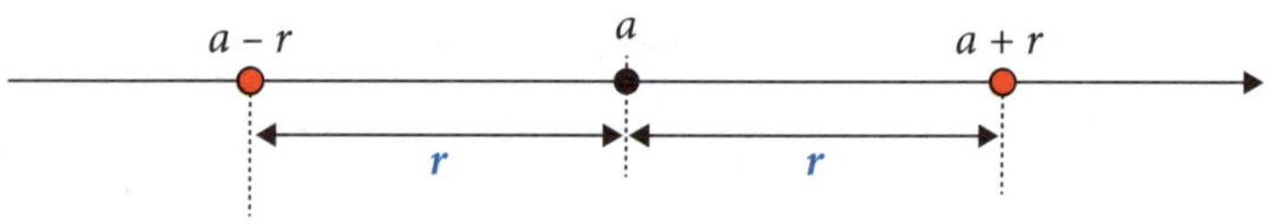


## 2 Condition $|x-a| \leqslant r$

La condition $|x-a| \leqslant r$ est équivalente à $d(a ; x) \leqslant r$.
Ainsi, l'ensemble des nombres réels $x$ vérifiant la condition $|x-a| \leqslant r$ est l'intervalle $[a-r ; a+r]$.

- **Exemple**

L'ensemble des nombres réels vérifiant la condition $|x-3| \leqslant 4$ est l'intervalle $[3-4 ; 3+4]$, soit $[-1 ; 7]$.

## Exercice résolu

### Utiliser différentes écritures

**Conseil**
Il faut être capable de passer d'une écriture à l'autre.

**ÉNONCÉ**

Compléter le tableau suivant.

| Encadrement | Intervalle | Distance | Valeur absolue |
|---|---|---|---|
| $3 \leqslant x \leqslant 19$ | | | |
| | $x \in [-10\,;-4]$ | | |
| | | $d(x\,;10) \leqslant 3$ | |
| | | | $\lvert x-5 \rvert \leqslant 4$ |
| $-2 \leqslant x \leqslant 10$ | | | |

**CORRIGÉ**

| Encadrement | Intervalle | Distance | Valeur absolue |
|---|---|---|---|
| $3 \leqslant x \leqslant 19$ | $x \in [3\,;19]$ | $d(x\,;11) \leqslant 8$ | $a = 11\,;r = 8$<br>$\lvert x-11 \rvert \leqslant 8$ |
| $-10 \leqslant x \leqslant -4$ | $x \in [-10\,;-4]$ | $d(x\,;-7) \leqslant 3$ | $a = -7\,;r = 3$<br>$\lvert x+7 \rvert \leqslant 3$ |
| $7 \leqslant x \leqslant 13$ | $x \in [10-3\,;10+3]$<br>$x \in [7\,;13]$ | $d(x\,;10) \leqslant 3$ | $\lvert x-10 \rvert \leqslant 3$ |
| $1 \leqslant x \leqslant 9$ | $x \in [5-4\,;5+4]$<br>$x \in [1\,;9]$ | $d(x\,;5) \leqslant 4$ | $\lvert x-5 \rvert \leqslant 4$ |
| $-2 \leqslant x \leqslant 10$ | $x \in [-2\,;10]$ | $d(x\,;4) \leqslant 6$ | $a = 4\,;r = 6$<br>$\lvert x-4 \rvert \leqslant 6$ |

# 5 Encadrement et chiffres significatifs

**De quoi s'agit-il ?** **La précision et le nombre de chiffres significatifs jouent un rôle important dans la description d'un résultat.**

## 1 Encadrement d'un nombre

- Encadrer un nombre, c'est trouver une valeur inférieure et une valeur supérieure à ce nombre.
- Soit $a$, $b$ et $c$ trois nombres tels que $a < b < c$.

La précision de l'encadrement à $10^{-n}$ près est telle que $c - a = 10^{-n}$.

- **Exemple**

$8{,}23 < 8{,}236 < 8{,}24$ est un encadrement à $10^{-2}$ près car $8{,}24 - 8{,}23 = 0{,}01 = 10^{-2}$.

## 2 Calculs et chiffres significatifs

• Lorsqu'un nombre prend une signification réelle pour représenter une grandeur (longueur, aire, volume...), le nombre de chiffres employés pour le décrire est important. On les nomme chiffres significatifs, cs en abrégé.

- Les chiffres autres que les zéros sont toujours significatifs.
- Les zéros à **gauche** du premier chiffre non nul **ne sont pas** significatifs.

• **Exemple**
3,000 a 4 chiffres significatifs, 3,05 a 3 chiffres significatifs, 0,007 n'a qu'un chiffre significatif.

• Le résultat d'une **multiplication ou d'une division** a **autant** de chiffres significatifs qu'en comporte la mesure **la moins précise** utilisée dans le calcul.

• **Exemple**
$12{,}5 \times 2{,}3$ donne 28,75, que l'on doit écrire avec deux chiffres significatifs.
$12{,}5 \times 2{,}3 = 29$ (2 chiffres significatifs).

• Le résultat d'une **addition** ou d'une **soustraction** a autant de **décimales** qu'en a la mesure **la moins précise** utilisée dans le calcul.
Les **décimales** d'un nombre sont les chiffres **après** la virgule.

• **Exemple**
$25{,}3 + 16{,}02 + 3{,}007 = 44{,}3$ car 25,3 n'a qu'**une** décimale.

• Quand on réalise un calcul sur la calculatrice, on obtient parfois un nombre comportant beaucoup de chiffres, il convient de l'arrondir **au plus près** avec le bon nombre de chiffres significatifs.

## Exercices résolus

### Déterminer le nombre de chiffres significatifs

**ÉNONCÉ**

Déterminer le nombre de chiffres significatifs des nombres suivants.
**1.** 20 000 ; **2.** 130 ; **3.** 0,003 2 ; **4.** 50 ;
**5.** 11,57 ; **6.** 0 297,030 ; **7.** 88 990 ; **8.** 0,000 005.

**CORRIGÉ**

**1.** 5 chiffres significatifs ; **2.** 3 chiffres significatifs ;
**3.** 2 chiffres significatifs ; **4.** 2 chiffres significatifs ;
**5.** 4 chiffres significatifs ; **6.** 6 chiffres significatifs ;
**7.** 5 chiffres significatifs ; **8.** 1 chiffre significatif.

### Donner le nombre de chiffres significatifs adapté

**ÉNONCÉ**

Calculer l'aire d'un disque de rayon 2,3 m.

**CORRIGÉ**

L'aire du disque se calcule avec la formule $A = \pi \times 2{,}3^2$.
La calculatrice affiche $\pi \times 2{,}3^2 \approx 16{,}619025\ldots$, mais comme le rayon ne comporte que 2 chiffres significatifs, le résultat à indiquer est : 17 $m^2$.

# → Révision express

## Le schéma à retenir

### Les ensembles des nombres

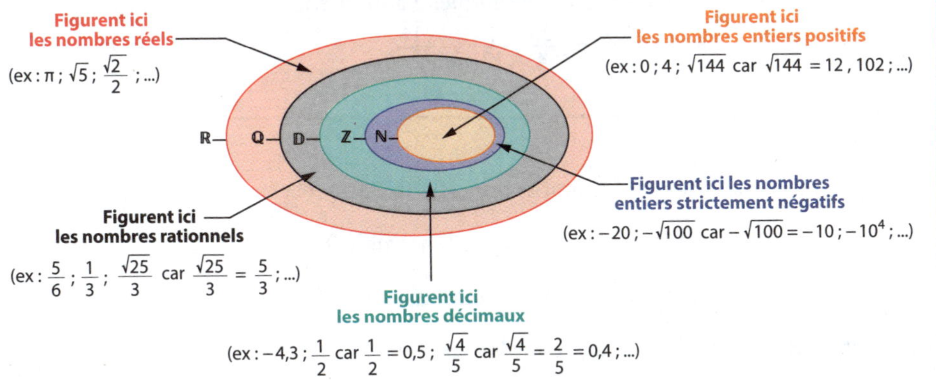


## Quiz

*Répondre par vrai ou faux :*

1. $-3 \in \mathbb{Z}$ : ☐ vrai ☐ faux
2. $-40 \in \mathbb{D}$ : ☐ vrai ☐ faux
3. $\sqrt{8} \in \mathbb{N}$ : ☐ vrai ☐ faux
4. $\mathbb{D} \subset \mathbb{Z}$ : ☐ vrai ☐ faux
5. $\frac{\sqrt{25}}{2} \in \mathbb{D}$ : ☐ vrai ☐ faux
6. $\pi \subset \mathbb{R}$ : ☐ vrai ☐ faux
7. $\frac{1}{4} \in \mathbb{D}$ : ☐ vrai ☐ faux
8. $\frac{10}{3} \in \mathbb{Q}$ : ☐ vrai ☐ faux

→ Réponses p. 475

## EXERCICE 1

### Reconnaître les différents ensembles de nombres

**Énoncé**

Placer chacun des nombres suivants dans l'ensemble auquel il appartient ($\mathbb{N}$, $\mathbb{Z}$, $\mathbb{D}$, $\mathbb{Q}$ ou $\mathbb{R}$) : $\sqrt{2}$ ; $-\frac{2}{3}$ ; 17 ; 2,6 ; $-\frac{3}{4}$ ; $-5$ ; $3^2$ ; $\frac{2}{5}$ ; $2\pi$ ; $\frac{20}{4}$ ; $\frac{1}{13}$ ; $-\frac{\sqrt{16}}{2}$.

**Méthode**

Rechercher le plus petit ensemble auquel le nombre appartient. Pour cela :

1 Repérer les nombres entiers positifs et les placer dans l'ensemble $\mathbb{N}$.

2 Repérer les nombres entiers négatifs et les placer dans l'ensemble $\mathbb{Z}$.

3 Repérer les nombres décimaux et les placer dans l'ensemble $\mathbb{D}$.

4 Repérer les nombres rationnels et les placer dans l'ensemble $\mathbb{Q}$.

5 Repérer les nombres irrationnels et les placer dans l'ensemble $\mathbb{R}$.

**Corrigé**

**1.** 17 ; $3^2 = 9$ et $\frac{20}{4} = 5$ sont des nombres entiers positifs.

**2.** $-5$ et $-\frac{\sqrt{16}}{2} = -2$ sont des nombres entiers négatifs.

**3.** 2,6 ; $-\frac{3}{4} = -0{,}75$ et $\frac{2}{5} = 0{,}4$ sont des nombres décimaux.

**4.** $-\frac{2}{3} = -0{,}666\,666...$ et $\frac{1}{13} = 0{,}076\,923\,0...$ sont des nombres rationnels.

**5.** $\sqrt{2}$ et $2\pi$ sont des nombres irrationnels.

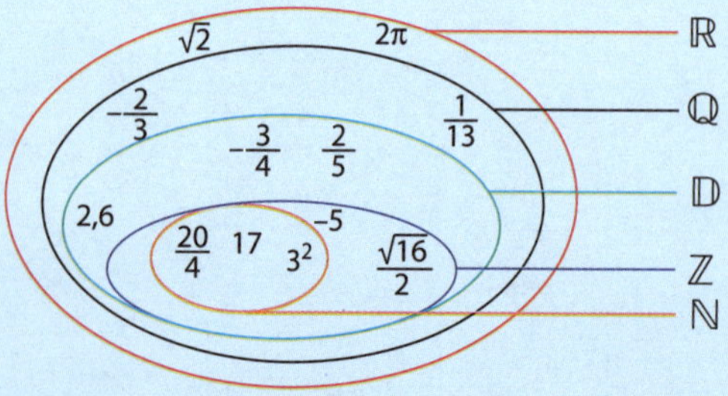


**Piège à éviter**
Un nombre décimal comporte un nombre fini de chiffres après la virgule.

**Piège à éviter**
Tout nombre décimal est un nombre rationnel mais tout nombre rationnel n'est pas un nombre décimal.

**Réflexe à avoir**
Il ne faut pas oublier que :
$\mathbb{N} \subset \mathbb{Z} \subset \mathbb{D} \subset \mathbb{Q} \subset \mathbb{R}$

## EXERCICE 2

### Représenter des intersections et des réunions d'intervalles

**Énoncé**

On donne : $I_1 = ]-3\,;+\infty[$, $I_2 = ]-\infty\,;0]$,
$I_3 = I_1 \cap I_2$ et $I_4 = I_1 \cup I_2$.

**Piège à éviter**
Il ne faut pas confondre les symboles $\cap$ (intersection) et $\cup$ (union).

**1.** Représenter sur la droite des réels l'intervalle $I_3$.
En déduire l'ensemble des nombres réels appartenant à $I_3$.

**2.** Représenter sur la droite des réels l'intervalle $I_4$.
En déduire l'ensemble des nombres réels appartenant à $I_4$.

**Méthode**

**1** Représenter **l'intersection** de deux intervalles en suivant les instructions :

- représenter les deux intervalles sur une même droite graduée ;
- hachurer dans un sens l'ensemble des nombres appartenant au 1er intervalle et hachurer dans l'autre sens l'ensemble des nombres appartenant au 2e intervalle :

→ l'intersection des deux intervalles est l'ensemble des nombres réels qui sont **hachurés deux fois.**

**2** Représenter **la réunion** de deux intervalles en suivant les instructions :

- représenter les deux intervalles sur une même droite graduée ;
- hachurer dans un sens l'ensemble des nombres appartenant au 1er intervalle et hachurer dans l'autre sens l'ensemble des nombres appartenant au 2e intervalle :

→ la réunion des deux intervalles est l'ensemble des nombres réels qui sont **hachurés au moins une fois.**

**Corrigé**

On hachure les ensembles $I_1$ et $I_2$ :

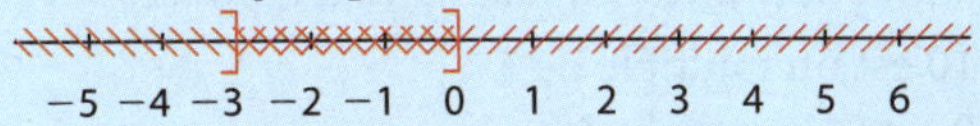


**1.** On a donc :
$I_3 = ]-3\,;0]$.

**Réflexe à avoir**
$I_1 \cap I_2$ correspond à l'ensemble des nombres qui appartiennent **à la fois** à $I_1$ et à $I_2$. Ils sont hachurés deux fois sur la droite.

**2.** On a donc :
$I_4 = \mathbb{R}$.

**Réflexe à avoir**
$I_1 \cup I_2$ correspond à l'ensemble des nombres qui appartiennent à $I_1$ **ou** à $I_2$ **ou** à $I_1$ et $I_2$. Ils sont hachurés **au moins une fois** sur la droite.

# Chapitre 2 Utiliser les notions de multiples, diviseurs et de nombres premiers

## 1 Ensembles $\mathbb{N}$ et $\mathbb{Z}$, multiples et diviseurs

**De quoi s'agit-il ?** Il faut se familiariser avec les notions de multiples et diviseurs.

### 1 Ensembles $\mathbb{N}$ et $\mathbb{Z}$

- $\mathbb{N}$ est l'ensemble des nombres entiers naturels.

$$\mathbb{N} = \{0, 1, 2, 3, 4, 5, \ldots, 10, 11, \ldots, 200, 201, 202, \ldots\}$$

- $\mathbb{N}^*$ (se lit *N* étoile) est l'ensemble des nombres entiers naturels sauf 0.
- $\mathbb{Z}$ est l'ensemble des nombres entiers relatifs, c'est-à-dire positifs, négatifs ou nuls.

$\mathbb{Z} = \{\ldots, -100, \ldots, -12, -11, -10, \ldots, -5, -4, -3, -2, -1, 0, 1, 2, 3, 4, \ldots, 10, 11, 12, \ldots, 100, \ldots\}$

**Remarque :** $\mathbb{N} \subset \mathbb{Z}$.

### 2 Multiples et diviseurs

Soit $a$ et $b$ deux nombres entiers relatifs.

- Dire que $a$ divise $b$ signifie qu'il existe un nombre entier relatif $k$ tel que $b = k \times a$.

On dit également que $b$ est un multiple de $a$.

- **Exemple**

$80 = 2 \times 40$, donc 80 est un multiple de 40, et 40 est un diviseur de 80.

## Exercice résolu

**Piège à éviter**
Il ne faut pas confondre multiple et diviseur.

**Utiliser le vocabulaire et justifier une réponse**

**ÉNONCÉ**

Répondre par Vrai ou Faux aux affirmations suivantes, en justifiant la réponse.

**1.** 60 est un multiple de 12.
**2.** 10 est un multiple de 4.
**3.** 45 est un multiple de $-5$.
**4.** 0 est un multiple de 8.
**5.** 13 est un multiple de 26.
**6.** 5 est un diviseur de 45.
**7.** $-3$ est un diviseur de 18.
**8.** 1 est un diviseur de 17.
**9.** 18 est un diviseur de 9
**10.** Soit $n$ un nombre entier naturel non nul ; 0 est un diviseur de $n$.

**CORRIGÉ**

**1.** Vrai, car $60 = 5 \times 12$. **2.** Faux, car $10 = 2{,}5 \times 4$, mais 2,5 n'est pas un nombre entier.
**3.** Vrai, car $45 = -9 \times (-5)$. **4.** Vrai, car $0 = 0 \times 8$.
**5.** Faux, car $13 = 0{,}5 \times 26$, mais 0,5 n'est pas un nombre entier.
**6.** Vrai, car $45 = 9 \times 5$. **7.** Vrai, car $18 = (-6) \times (-3)$. **8.** Vrai, car $17 = 17 \times 1$.
**9.** Faux, car $9 = 0{,}5 \times 18$, mais 0,5 n'est pas un nombre entier.
**10.** Faux, il n'existe pas de nombre entier $k$ tel que $n = k \times 0$.

# 2 Nombres pairs, nombres impairs, nombres premiers

**De quoi s'agit-il ?** Il faut se familiariser avec les notions de nombre pair, nombre impair et nombre premier.

## 1 Nombres pairs, nombres impairs

- Un nombre entier multiple de 2 est pair, sinon il est impair.
- Un nombre pair $a$ est de la forme $a = 2k$, avec $k$ un nombre entier.
- Un nombre impair $b$ est de la forme $b = 2k + 1$, avec $k$ un nombre entier.

**Exemples**

- 0, 32, 128, −32, −1 000 sont des nombres entiers pairs.
- −113, −99, 13, 39 sont des nombres entiers impairs.

## 2 Nombres premiers

- Un nombre premier est un nombre **entier naturel** qui admet exactement deux diviseurs : 1 et lui-même.

**Exemple**

2, 3, 5, 7, 11, 13, 17, 19, 23, 29, 31, 37, 41, 43, …

**Remarque**

1 n'est pas premier car il n'a qu'un seul diviseur entier positif et 0 non plus car il est divisible par tous les entiers positifs.

## Exercices résolus

### Démontrer une proposition

**ÉNONCÉ**

**1.** Développer le produit $(2n + 1)^2$ où $n$ est un entier.
**2.** En déduire que le carré d'un nombre impair est impair.

**CORRIGÉ**

**1.** $(2n + 1)^2 = (2n)^2 + 2 \times 2n \times 1 + 1^2 = 4n^2 + 4n + 1$.
**2.** $4n^2 + 4n + 1 = 2(2n^2 + 2n) + 1$.
Si $b$ est un nombre impair, alors il s'écrit sous la forme $b = 2n + 1$ où $n$ est un nombre entier.
Ainsi, $b^2$ s'écrit $(2n + 1)^2 = 2(2n^2 + 2n) + 1$ ; en posant $K = 2n^2 + 2n$,
on a : $b^2 = 2K + 1$ où $K$ est un nombre entier.
Donc $b^2$ est un nombre impair.

### Utiliser son cours pour raisonner

**ÉNONCÉ**

Peut-on trouver deux nombres premiers dont le produit est un nombre premier ?

**CORRIGÉ**

Posons $a$ et $b$ les deux nombres entiers naturels premiers cherchés.
Soit $P$ le produit de $a$ et $b$ : $P = a \times b$.
Cette dernière égalité permet d'affirmer que $a$ et $b$ sont des diviseurs de $P$.
Or, un nombre premier est un nombre qui n'est divisible que par 1 et par lui-même, donc $P$ n'est pas un nombre premier.
Ainsi, il n'existe pas de nombres premiers dont le produit est un nombre premier.

## Révision express

### Les points importants à retenir

Soit $a$, $b$ et $k$ trois nombres entiers relatifs.

- L'écriture $b = k \times a$ signifie que $b$ est un multiple de $a$ et que $a$ est un diviseur de $b$
- Un nombre pair $a$ est de la forme $a = 2k$
- Un nombre impair $b$ est de la forme $b = 2k + 1$
- Un nombre premier est un nombre entier naturel qui admet exactement deux diviseurs 1 et lui-même.

### Quiz

*Choisissez la ou les réponses exactes.*

**1.** ☐ **a.** 12 est un diviseur de 4 ; ☐ **b.** 4 est un multiple de 12 ;
☐ **c.** 12 est un multiple de 4 ; ☐ **d.** 4 est un diviseur de 12.

**2.** ☐ **a.** 5 est un diviseur de 15 ; ☐ **b.** 15 est un multiple de 5 ;
☐ **c.** 5 est un multiple de 15 ; ☐ **d.** 15 est diviseur de 5.

**3.** ☐ **a.** –7 est un diviseur de 21 ; ☐ **b.** –7 est un multiple de 21 ;
☐ **c.** 21 est un multiple de –7 ; ☐ **d.** 21 est un diviseur de –7.

**4.** ☐ **a.** 0 est un diviseur de 13 ; ☐ **b.** 0 est un multiple de 13 ;
☐ **c.** 13 est un multiple de 0 ; ☐ **d.** 13 est un diviseur de 0.

*Répondre par Vrai ou Faux en justifiant la réponse.*

**5.** 30 est un multiple de 3. ☐ vrai ☐ faux

**6.** 20 est un multiple de 8. ☐ vrai ☐ faux

**7.** –45 est un multiple de –5. ☐ vrai ☐ faux

**8.** 0 est un multiple de 3. ☐ vrai ☐ faux

**9.** 13 est un multiple de 39. ☐ vrai ☐ faux

**10.** 5 est un diviseur de 5. ☐ vrai ☐ faux

**11.** –3 est un diviseur de 21. ☐ vrai ☐ faux

**12.** 1 est un diviseur de 11. ☐ vrai ☐ faux

→ Réponses p. 475

## EXERCICE 1

### Produire un raisonnement par disjonction des cas

**Énoncé**

Montrer à l'aide d'un raisonnement par disjonction des cas que la proposition suivante est vraie : « Pour tout nombre entier naturel $n$, $n(n + 1)$ est divisible par 2. »

**Méthode**

Le raisonnement par disjonction des cas consiste à démontrer une proposition en distinguant plusieurs cas.

1. On repère le paramètre sur lequel est basée la proposition.
2. On détermine le nombre de cas possibles.
3. On démontre la proposition pour chacun des cas mis en évidence.

**Corrigé**

**1.** La proposition est basée sur l'entier naturel $n$.

**2.** On détermine que deux cas sont possibles ici :
- cas 1 : $n$ est un entier naturel pair ;
- cas 2 : $n$ est un entier naturel impair.

**3.** • Cas 1 : si $n$ est un nombre entier naturel pair, alors $n$ est un multiple de 2 et on peut écrire $n = 2p$ ($p \in \mathbb{N}$).

Pour $n = 2p$, alors $n(n + 1) = 2p \times (n + 1)$,
soit $n(n + 1) = 2[p \times (n + 1)]$, donc $n(n + 1)$ est divisible par 2.

• Cas 2 : si $n$ est un nombre entier naturel impair, on peut écrire $n = 2p + 1$ ($p \in \mathbb{N}$). Pour $n = 2p + 1$,
alors $n(n + 1) = n \times (2p + 1 + 1) = n \times (2p + 2) = 2n \times (p + 1) = 2[n \times (p + 1)]$,
donc $n(n + 1)$ est divisible par 2.

Ainsi, pour tout nombre entier naturel $n$, $n(n + 1)$ est divisible par 2.

**Rappel**
Le raisonnement par disjonction des cas consiste à démontrer une proposition en distinguant plusieurs cas.

## EXERCICE 2

### Produire un raisonnement par l'absurde

**Énoncé**

Démontrer par l'absurde qu'il n'existe aucun nombre rationnel dont le carré est égal à 2.

**Méthode**

Le raisonnement par l'absurde consiste à supposer que cette propriété est vraie et à aboutir à une contradiction.

1 Supposer que la proposition est vraie.

2 Développer l'hypothèse élaborée.

3 Aboutir à une contradiction qui amène à conclure que la proposition est fausse.

**Corrigé**

**1.** Supposons l'affirmation vraie, soit qu'il existe qu'il existe deux nombres entiers $a$ et $b$ tels que : $\frac{a}{b} = \sqrt{2}$ où $\frac{a}{b}$ est une fraction irréductible.

**2.** En élevant cette fraction au carré, on obtient $\left(\frac{a}{b}\right)^2 = 2$, soit $\frac{a^2}{b^2} = 2$, ou encore $a^2 = 2b^2$.
Cette dernière égalité permet d'affirmer que $a^2$ est un nombre pair.
Ceci entraîne que $a$ est pair (le carré d'un nombre pair est pair et le carré d'un nombre impair est impair), donc de la forme $a = 2n$.
Alors, l'égalité $a^2 = 2b^2$ devient $(2n)^2 = 2b^2$, soit $4n^2 = 2b^2$, c'est-à-dire $b^2 = 2n^2$.
On en déduit que $b^2$ est pair, et donc que $b$ est pair.
Ainsi $a$ et $b$ sont pairs.

**À savoir**
**Un nombre pair est de la forme $2n$ et un nombre impair est de la forme $2n + 1$ ($n$ est un entier).**

**3.** On arrive à une contradiction, car on a supposé que $\frac{a}{b}$ est une fraction irréductible, et on a montré que 2 divise ces nombres.
C'est donc que l'hypothèse initiale est fausse.
Il n'existe donc aucun nombre rationnel dont le carré est égal à 2.

Chapitre 3

# Utiliser le calcul littéral

MATHS

## 1 Puissances entières relatives et racines carrées

**De quoi s'agit-il ?** Il faut savoir manipuler les puissances et les racines carrées.

### 1 Puissances entières relatives

Soit $a$ un nombre quelconque et $n$ un nombre entier supérieur ou égal à 1.

- $a^n = \underbrace{a \times a \times a \times \ldots \times a}_{n \text{ fois}}$

Par exemple, $3^4 = 3 \times 3 \times 3 \times 3 = 81$.

- Par convention : $a^0 = 1$.
- Si $a \neq 0$, l'inverse de $a^n$ est égal à $\frac{1}{a^n}$ et se note $a^{-n}$. On a donc $a^{-n} = \frac{1}{a^n}$.

Par exemple, $2^{-3} = \frac{1}{2^3} = \frac{1}{8}$.

### 2 Règles de calcul

Soit $a$ et $b$ deux nombres non nuls. Pour tous les nombres relatifs $m$ et $n$ :

- $a^n \times a^m = a^{n+m}$.
- $\frac{a^n}{a^m} = a^{n-m}$.
- $a^n \times b^n = (a \times b)^n$.
- $(a^n)^m = a^{n \times m}$.

### 3 Racines carrées

- **Définition**

Soit $a$ un nombre réel positif ou nul.

La racine carrée de $a$, notée $\sqrt{a}$ est le nombre réel positif $b$ tel que $b^2 = a$.

Par exemple, $\sqrt{36} = 6$ (car $6^2 = 36$).

- **Propriétés**

Soit $a$ et $b$ deux nombres réels strictement positifs.

- $\sqrt{ab} = \sqrt{a} \times \sqrt{b}$.
- $\sqrt{\frac{a}{b}} = \frac{\sqrt{a}}{\sqrt{b}}$.
- $(\sqrt{a})^2 = a$.
- $\sqrt{a^2} = |a|$.

Exemple : si $a = 5$, $\sqrt{5^2} = \sqrt{25} = 5 = a$ ; si $a = -5$, $\sqrt{(-5)^2} = \sqrt{25} = 5 = -a$.

## Exercices résolus

### Appliquer les règles de calcul

**ÉNONCÉ**

Transformer l'écriture en une seule puissance, puis effectuer le calcul.

$A = 3^2 \times 3^{-5}$ ; $B = 10^{-2} \times 10^5 \times 10$ ; $C = \dfrac{5}{5^2} \times \dfrac{5^2}{5^{-5}}$ ; $D = ((-2)^2)^3$ ; $E = (-2^2)^3$.

**CORRIGÉ**

$A = 3^{2-5} = 3^{-3} = \dfrac{1}{3^3} = \dfrac{1}{27}$ ;

$B = 10^{-2+5+1} = 10^4 = 10\,000$ ;

$C = \dfrac{5 \times 5^2}{5^2 \times 5^{-5}} = \dfrac{5^{1+2}}{5^{2-5}} = \dfrac{5^3}{5^{-3}} = 5^{3-(-3)} = 5^6 = 15\,625$ ;

$D = (-2)^{2\times 3} = (-2)^6 = 64$ ;

$E = (-4)^3 = -64$.

### Calculer avec racines carrées

**ÉNONCÉ**

Effectuer, sans calculatrice, les calculs suivants :

$A = \sqrt{16} \times 10^2$ ; $B = 5\sqrt{49}$ ; $C = \sqrt{20} \times \sqrt{5}$ ; $D = (-3\sqrt{5})^2$.

**CORRIGÉ**

$A = \sqrt{16} \times \sqrt{10^2} = 4 \times 10 = 40$ ;

$B = 5 \times 7 = 35$ ;

$C = \sqrt{20 \times 5} = \sqrt{100} = 10$ ;

$D = (-3)^2 \times (\sqrt{5})^2 = 9 \times 5 = 45$.

# 2 Développement

**De quoi s'agit-il ? On peut changer la forme d'une expression algébrique suivant son utilisation.**

On considère quatre nombres réels $a$, $b$, $c$ et $d$.

## 1 Développer une expression

Pour développer une expression algébrique, on peut :

- appliquer les règles de distributivité :

$$a(b + c) = ab + ac \text{ et } (a + b)(c + d) = ac + ad + bc + bd.$$

- utiliser les identités remarquables :

• $(a + b)^2 = a^2 + 2ab + b^2$ ;

• $(a - b)^2 = a^2 - 2ab + b^2$ ;

• $(a - b)(a + b) = a^2 - b^2$.

### 2 Règle des parenthèses

- $a + (-b) = a - b$.
- $a + (b + c) = a + b + c$.
- $a - (b + c) = a - b - c$.
- $a - (b - c) = a - b + c$.

### 3 Règle des signes

- $a \times (-b) = -ab$.
- $(-a) \times b = -ab$.
- $(-a) \times (-b) = ab$.

**À savoir**

Le rôle des parenthèses est important. Exemple : $(-2)^2 = 4$ et $-2^2 = -4$.

## 3 Factorisation d'une expression algébrique

**De quoi s'agit-il ?** **Il faut connaître les différents cas de factorisation.**

On considère quatre nombres réels $a$, $b$, $c$ et $d$.

**1. Pour factoriser une expression algébrique**, on peut :

- chercher un facteur commun apparent : $ac + bc = c(a + b)$ ;
- utiliser les identités remarquables :

$$a^2 + 2ab + b^2 = (a + b)^2 ;$$
$$a^2 - 2ab + b^2 = (a - b)^2 ;$$
$$a^2 - b^2 = (a - b)(a + b) ;$$

- combiner les deux en écrivant une expression sous la forme $\mathrm{A}(x) \times \mathrm{B}(x)$.

**2.** La factorisation permet de résoudre des équations et des inéquations pour lesquelles on applique la règle du produit de facteurs :
$\mathrm{A}(x) \times \mathrm{B}(x) = 0$ équivaut à $\mathrm{A}(x) = 0$ ou $\mathrm{B}(x) = 0$.

## 4 Inégalités

**De quoi s'agit-il ?** **Il faut connaître les règles de calcul sur les inégalités.**

### 1 Règles sur les inégalités

- Pour tout nombre réel $a$ : $x < y$ est équivalent à $x + a < y + a$.
- Pour tout nombre réel $k > 0$ : $x < y$ est équivalent à $kx < ky$.
- Pour tout nombre réel $k < 0$ : $x < y$ est équivalent à $kx > ky$.
- On peut toujours ajouter membre à membre deux inégalités.
- On **ne peut pas soustraire** membre à membre deux inégalités.

**Piège à éviter**

Lorsque $k < 0$, l'inéquation change de sens.

## Exercices résolus

### Effectuer des opérations sur les inégalités

**ÉNONCÉ**

On donne $x < 5$. Trouver les inégalités qui vérifient :

**1.** $2x - 3$ ; **2.** $1 - 5x$.

**CORRIGÉ**

**1.** On a successivement :
$x < 5$ ; $2x < 2 \times 5$ ; $2x < 10$ ; $2x - 3 < 10 - 3$, soit $2x - 3 < 7$.

**2.** On a successivement :
$x < 5$ ; $5x < 5 \times 5$ ; $5x < 25$ ; $(-1) \times 5x > (-1) \times 25$ ; $-5x > -25$ ;
$-5x + 1 > -25 + 1$, soit $1 - 5x > -24$.

### Utiliser deux inégalités

**ÉNONCÉ**

On donne $2 < x < 3$ ; $5 < y < 6$ et $-4 < z < -3$.
Encadrer les expressions suivantes :

**1.** $x + y$ ; **2.** $x + z$ ; **3.** $x - y$ ; **4.** $x - z$.

**CORRIGÉ**

**1.** Pour encadrer $x + y$, on utilise $2 < x < 3$ et $5 < y < 6$ :
$2 + 5 < x + y < 3 + 6$ ; soit $7 < x + y < 9$.

**2.** Pour encadrer $x + z$, on utilise $2 < x < 3$ et $-4 < z < -3$ :
$2 + (-4) < x + z < 3 + (-3)$ ; soit $-2 < x + z < 0$.

**3.** Pour encadrer $x - y$, on utilise $2 < x < 3$ et $-6 < -y < -5$ :
$2 + (-6) < x + (-y) < 3 + (-5)$ ; soit $-4 < x - y < -2$.

**4.** Pour encadrer $x - z$, on utilise $2 < x < 3$ et $3 < -z < 4$ :
$2 + 3 < x + (-z) < 3 + 4$ ; soit $5 < x - z < 7$.

### Comparer deux rationnels positifs en utilisant leur quotient

**ÉNONCÉ**

Soit $a = \frac{7}{8}$ et $b = \frac{11}{24}$.

**1.** Exprimer $\frac{a}{b}$ sous la forme d'une fraction irréductible.

**2.** En déduire que $a > b$.

**Piège à éviter**
On peut comparer deux nombres en utilisant le quotient s'ils sont **positifs**.

**CORRIGÉ**

**1.** $\frac{a}{b} = \frac{\frac{7}{8}}{\frac{11}{24}} = \frac{7}{8} \times \frac{24}{11} = \frac{7 \times 3 \times 8}{8 \times 11} = \frac{21}{11}$.

**2.** $21 > 11$, donc $\frac{21}{11} > 1$. Ainsi, $\frac{a}{b} > 1$, ce qui permet d'affirmer que $a > b$.

# 5 Équations et inéquations

**De quoi s'agit-il ?** **La résolution d'équations et d'inéquations repose sur des techniques de base qu'il faut maîtriser.**

## 1 Équations

Résoudre dans $\mathbb{R}$ une équation revient à déterminer tous les nombres réels $x$ qui vérifient l'égalité. Ces nombres réels sont appelés les solutions de l'équation.

- **Équation du premier degré de la forme $ax + b \mathcal{R} 0$ ($a \neq 0$)**

L'équation $ax + b = 0$ ($a \neq 0$), d'inconnue $x$, a pour unique solution $x = \frac{-b}{a}$.

- **Équation du second degré de la forme $x^2 \mathcal{R} a$**

- Si $a > 0$, alors l'équation possède deux solutions réelles : $-\sqrt{a}$ et $\sqrt{a}$
- Si $a = 0$, alors l'équation posséde une solution réelle : 0.
- Si $a < 0$, alors l'équation ne posséde aucune solution réelle.

- **Équation du second degré de la forme $ax^2 + bx + c \mathcal{R} 0$ ($a \neq 0$, $b \neq 0$)**

On factorise, si possible, l'expression à l'aide d'une identité remarquable pour obtenir un produit de facteurs du premier degré.

- **Autres formes d'équations**

Soit A($x$) et B($x$) deux expressions algébriques.

- $A(x) \times B(x) = 0$ équivaut à $A(x) = 0$ ou $B(x) = 0$.
- $\frac{A(x)}{B(x)} = 0$ équivaut à $A(x) = 0$ et $B(x) \neq 0$.

## 2 Inéquations

Résoudre dans $\mathbb{R}$ une inéquation revient à déterminer tous les nombres réels $x$ qui vérifient l'inégalité.

- **Signe de $ax + b$ ($a \neq 0$)**

- Si $a > 0$, alors $ax + b > 0$ équivaut à $x > -\frac{b}{a}$.
- Si $a < 0$, alors $ax + b > 0$ équivaut à $x < -\frac{b}{a}$.

| $x$ | $-\infty$ | $-\frac{b}{a}$ | $+\infty$ |
|---|---|---|---|
| $ax + b$ | signe de $-a$ | 0 | signe de $a$ |

- **Détermination algébrique du signe d'un produit ou d'un quotient**

Pour résoudre une inéquation de degré supérieur à 1, il est nécessaire que l'expression soit ramenée à un produit ou quotient de facteurs du premier degré.

**Règle des signes :** Soit $a$ et $b$ deux nombres réels non nuls.

Si $a$ et $b$ sont de mêmes signes, alors $a \times b$ et $\frac{a}{b}$ sont positifs.

Si $a$ et $b$ sont de signes contraires, alors $a \times b$ et $\frac{a}{b}$ sont négatifs.

**À savoir**

Pour déterminer le signe d'un produit ou d'un quotient, on est souvent amené à faire un tableau de signe.

## ➜ Révision express

### Les points importants à retenir

**Techniques de résolution d'équations**

Résolution d'une équation :

- $ax + b = 0$ : la solution est $x = \frac{-b}{a}$
- $A(x) \times B(x) = 0$ équivaut à $A(x) = 0$ ou $B(x) = 0$
- $\frac{A(x)}{B(x)} = 0$ équivaut à $A(x) = 0$
- $x^2 = a$ : les solutions sont $-\sqrt{a}$ et $\sqrt{a}$ si $a \geq 0$
- $ax^2 + bx + c = 0$
  - → on factorise si possible
  - → on résout graphiquement l'équation $ax^2 = -bx - c$

### Quiz

*Cochez la ou les bonnes réponses :*

**1.** La solution de l'équation $-3x + 2 = 0$ est :

☐ $\frac{2}{3}$ ☐ $-\frac{2}{3}$ ☐ $\frac{3}{2}$ ☐ $-\frac{3}{2}$

**2.** Les solutions de l'équation $x^2 + 4 = 0$ sont :

☐ **0 et 2** ☐ **0 et – 2** ☐ **–2 et 2** ☐ **pas de solution**

**3.** L'équation $(x - 4)(2 - 4x)$ a deux solutions :

☐ **– 4 et** $\frac{1}{2}$ ☐ **4 et** $\frac{1}{2}$ ☐ **– 4 et** $-\frac{1}{2}$ ☐ **4 et** $-\frac{1}{2}$

**4.** La solution de l'équation $\frac{5 - x}{x + 2} = 0$ est :

☐ **– 2** ☐ **2** ☐ **5** ☐ **– 5**

**5.** Les solutions de l'équation $x^2 = 16$ sont :

☐ **– 8 et 8** ☐ **– 4 et 4** ☐ **0 et 4**

**6.** La solution de l'équation $x^2 + 2x + 1 = 0$ est :

☐ **0** ☐ **1** ☐ **– 1** ☐ **– 1 et 1**

→ Réponses p. 475

## EXERCICE 1

# Résoudre une équation du premier degré à une inconnue

## Énoncé

Résoudre les équations suivantes :

a) $4x + 1 - x + 2 = 0$ ;

b) $-3(x + 2) + 3 = 2(2x - 3) - x$.

## Méthode

$a$ et $b$ sont deux nombres réels donnés.

Ramener les équations à une équation de la forme $ax = b$.

1 Développer et réduire chaque membre.

2 Regrouper tous les termes en « $x$ » dans le même membre et tous les termes constants dans l'autre membre.

## Corrigé

**a)** Pour résoudre l'équation $4x + 1 - x + 2 = 0$.

**1. On réduit le membre de gauche de l'équation :**

l'équation $4x - x + 1 + 2 = 0$ est équivalente à $3x + 3 = 0$.

**2. On regroupe tous les termes en « $x$ » dans le même membre :**

l'équation $3x + 3 = 0$ est successivement équivalente à :

$$3x = -3 \,;\, x = \frac{-3}{3} \,;\, x = -1.$$

**Réflexe à avoir**
On divise par 3 les deux membres de l'équation.

La solution de l'équation est $-1$.

**b)** Pour résoudre l'équation $-3(x + 2) + 3 = 2(2x - 3) - x$.

**1. On développe et on réduit chaque membre de l'équation :**

l'équation $-3(x + 2) + 3 = 2(2x - 3) - x$ est successivement équivalente à :

$$-3x - 6 + 3 = 4x - 6 - x \,; \qquad -3x - 3 = 3x - 6.$$

**2. On regroupe tous les termes en « $x$ » dans le même membre :**

l'équation $-3x - 3 = 3x - 6$ est successivement équivalente à :

$$-3x - 3x = -6 + 3 \,;\, -6x = -3 \,;\, x = \frac{-3}{-6} = \frac{1}{2}.$$

La solution de l'équation est $\frac{1}{2}$.

**Réflexe à avoir**
Ne pas oublier de conclure par une phrase.

## EXERCICE 2

# Savoir résoudre une inéquation du premier degré à une inconnue

### Énoncé

Résoudre les inéquations suivantes :

**a)** $3x + 3 < x + 1$ ; **b)** $-5x + 2 \geqslant x$.

### Méthode

$a$ et $b$ sont deux nombres réels donnés.

Ramener l'inéquation à une inéquation de la forme $ax < b$ ou $ax \leqslant b$ ou $ax > b$ ou $ax \geqslant b$ en regroupant tous les termes en « $x$ » dans le même membre et tous les termes constants dans l'autre membre.

### Corrigé

**a)** Pour résoudre l'inéquation $3x + 3 < x + 1$, **on regroupe tous les termes en « $x$ » dans le même membre**. L'inéquation est successivement équivalente à :

$$3x - x < 1 - 3 ;$$

$$2x < -2 ;$$

$$x < -\frac{2}{2} ;$$

$$x < -1.$$

**Piège à éviter**
Lorsqu'on ajoute ou soustrait un même nombre aux deux membres de l'inégalité, l'inégalité ne change pas de sens.

**Piège à éviter**
Lorsqu'on multiplie ou divise les deux membres de l'inégalité par un même nombre strictement positif (ici 2), l'inégalité ne change pas de sens.

L'ensemble des solutions de l'inéquation est l'intervalle $]-\infty ; -1[$.

**b)** Pour résoudre l'inéquation $-5x + 2 \geqslant x$, **on regroupe tous les termes en « $x$ » dans le même membre.**

L'inéquation est successivement équivalente à :

$$-5x - x \geqslant -2 ; -6x \geqslant -2 ;$$

$$x \leqslant \frac{-2}{-6} ; x \leqslant \frac{2}{6} ; x \leqslant \frac{1}{3}.$$

**Piège à éviter**
Lorsqu'on multiplie ou divise les deux membres de l'inégalité par un même nombre strictement négatif (ici – 6), l'inégalité change de sens.

L'ensemble des solutions de l'inéquation est l'intervalle $]-\infty ; \frac{1}{3}]$.

**Réflexe à avoir**
Donner l'ensemble des solutions de l'inéquation sous la forme d'un intervalle.

# Chapitre 4 Manipuler les vecteurs du plan

MATHS

## 1 Repérage dans le plan

**De quoi s'agit-il ?** **Il faut comprendre l'idée de repérage dans le plan.**

### 1 Repère orthonormé

Trois points (O ; I, J) formant un triangle rectangle isocèle de sommet O définissent un repère orthonormé du plan.

### 2 Coordonnées d'un point

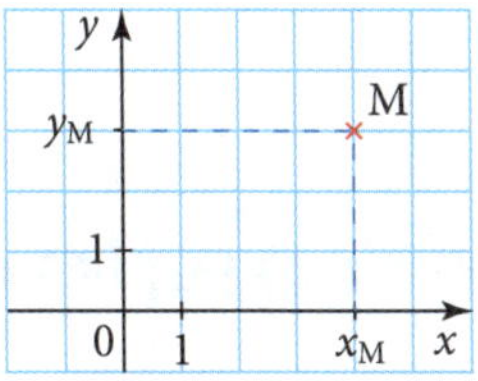


Dans le plan rapporté à un repère orthonormé, les coordonnées d'un point M sont l'abscisse $x_M$ et l'ordonnée $y_M$ de M. On note $M(x_M ; y_M)$.

### 3 Distance de deux points

Dans le plan rapporté à un repère orthonormé, on considère les points $A(x_A ; y_A)$ et $B(x_B ; y_B)$.

La distance de A à B, notée AB, est égale à $AB = \sqrt{(x_B - x_A)^2 + (y_B - y_A)^2}$.

### 4 Milieu d'un segment

Soit $A(x_A ; y_A)$ et $B(x_B ; y_B)$ deux points du plan.

Les coordonnées du milieu I de [AB] sont : $I\left(\dfrac{x_A + x_B}{2} ; \dfrac{y_A + y_B}{2}\right)$.

## 2 Vecteurs du plan

**De quoi s'agit-il ?** **Le vecteur est un outil utilisé en géométrie.**

### 1 Définition d'un vecteur

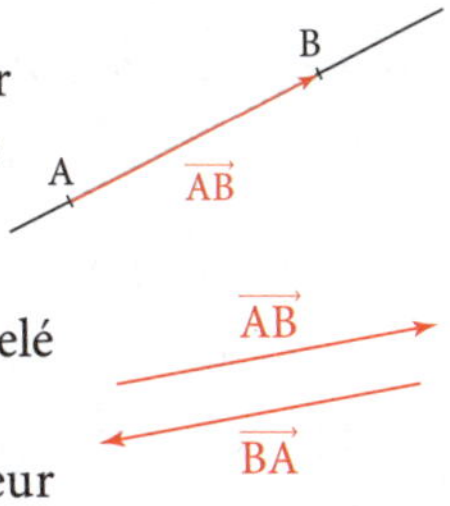


- À deux points A et B, on peut associer le vecteur $\overrightarrow{AB}$ caractérisé par une direction, un sens et une longueur. La **direction** de $\overrightarrow{AB}$ est celle de la droite (AB). Le **sens** de $\overrightarrow{AB}$ est de A vers B. La **longueur** de $\overrightarrow{AB}$ est la distance AB.
- Lorsque les points A et B sont confondus, le vecteur $\overrightarrow{AB}$ est appelé **vecteur nul**. Si A = B, alors $\overrightarrow{AA} = \overrightarrow{BB} = \vec{0}$.
- Deux **vecteurs opposés** ont la même direction, la même longueur mais des sens contraires. On a $\overrightarrow{AB} = -\overrightarrow{BA}$.
- Le vecteur $\overrightarrow{AB}$ peut être associé à la translation qui transforme A en B.

**À savoir**

Si $\overrightarrow{AB} = \overrightarrow{AC}$, alors les points B et C sont confondus.

## 2 Vecteurs égaux

- Deux **vecteurs égaux** ont la même direction, le même sens et la même longueur.
- Le point I est le milieu du segment [AB] lorsque ;

$\overrightarrow{AI} = \overrightarrow{IB}$ ou $\overrightarrow{AI} + \overrightarrow{BI} = \vec{0}$ ou $\overrightarrow{AI} = \frac{1}{2}\overrightarrow{AB}$.

- Lorsque les points A, B, C et D ne sont pas alignés, les trois propositions suivantes sont équivalentes :

**(1)** $\overrightarrow{AB} = \overrightarrow{CD}$.

**(2)** ABDC est un parallélogramme.

**(3)** Les segments [AD] et [BC] ont le même milieu.

# 3 Opérations sur les vecteurs

**De quoi s'agit-il ? On peut faire certaines opérations avec les vecteurs, en respectant des règles précises.**

## 1 Somme de deux vecteurs

- Lorsque l'extrémité du premier vecteur et l'origine du second vecteur sont identiques, on applique la **relation de Chasles** : $\overrightarrow{AB} + \overrightarrow{BC} = \overrightarrow{AC}$.

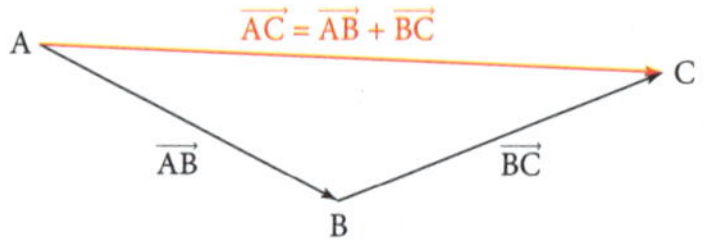


- Lorsque deux vecteurs ont la même origine, on applique la **règle du parallélogramme** :

• Pour représenter la somme $\overrightarrow{AB} + \overrightarrow{AC}$, on place le point D tel que ABDC soit un parallélogramme. On alors $\overrightarrow{AB} + \overrightarrow{AC} = \overrightarrow{AD}$ ou encore $\overrightarrow{AC} + \overrightarrow{AB} = \overrightarrow{AD}$.

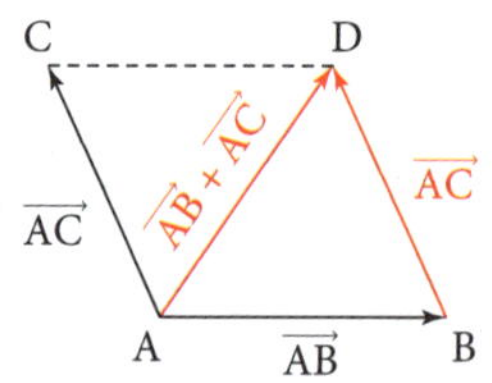


**À savoir**

$\overrightarrow{AB} + \overrightarrow{AC} = \overrightarrow{AD}$ équivaut à ABDC est un parallélogramme.

• Pour représenter la somme $\overrightarrow{AB} + \overrightarrow{CD}$, on place le point E tel que $\overrightarrow{CD} = \overrightarrow{BE}$, et on applique la relation de Chasles :

$$\overrightarrow{AB} + \overrightarrow{CD} = \overrightarrow{AB} + \overrightarrow{BE} \ ; \ \overrightarrow{AB} + \overrightarrow{CD} = \overrightarrow{AE}.$$

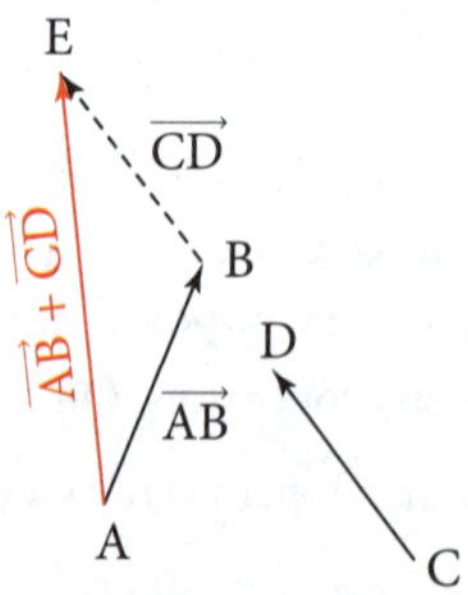

## 2 Produit d'un vecteur par un nombre réel non nul

Le produit du vecteur $\overrightarrow{AB}$ par le nombre réel $k$ est le vecteur $\overrightarrow{AC}$ tel que $\overrightarrow{AC} = k\overrightarrow{AB}$.

- Si $k > 0$, alors $\overrightarrow{AC}$ et $\overrightarrow{AB}$ sont de même sens.
- Si $k < 0$ alors $\overrightarrow{AC}$ et $\overrightarrow{AB}$ sont de sens contraires.

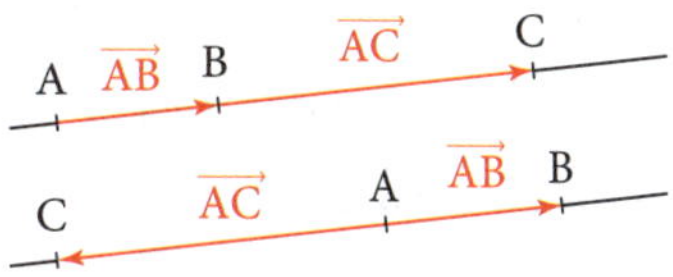


### Exercice résolu

**Représenter des vecteurs**

**ÉNONCÉ**

Soit ABDC un parallélogramme non aplati.
Déterminer et représenter les vecteurs $\vec{u}$, $\vec{v}$ et $\vec{w}$ tels que :
$\vec{u} = \overrightarrow{AB} + \overrightarrow{BD}$ ; $\vec{v} = \overrightarrow{AB} + \overrightarrow{DB}$ ; $\vec{w} = \overrightarrow{CA} + \overrightarrow{BA}$.

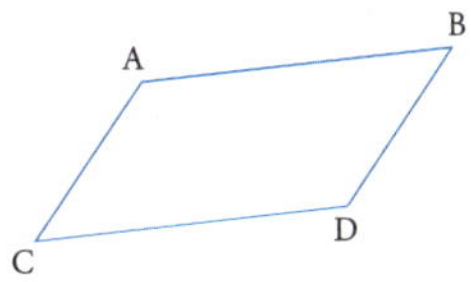


**CORRIGÉ**

- D'après la relation de Chasles : $\overrightarrow{AB} + \overrightarrow{BD} = \overrightarrow{AD}$, soit $\vec{u} = \overrightarrow{AD}$.
- Les vecteurs $\overrightarrow{AB}$ et $\overrightarrow{DB}$ n'ont pas la même origine.

On place le point E tel que $\overrightarrow{BE} = \overrightarrow{DB}$.

On a alors : $\overrightarrow{AB} + \overrightarrow{DB} = \overrightarrow{AB} + \overrightarrow{BE}$.

Soit en appliquant la relation de Chasles : $\overrightarrow{AB} + \overrightarrow{BE} = \overrightarrow{AE}$, soit $\vec{v} = \overrightarrow{AE}$.

- On a $\overrightarrow{CA} = \overrightarrow{BE}$. Les vecteurs $\overrightarrow{BE}$ et $\overrightarrow{BA}$ ont la même origine.
On applique la règle du parallélogramme : on place le point F de sorte que BEFA soit un parallélogramme.

On a alors : $\overrightarrow{BE} + \overrightarrow{BA} = \overrightarrow{BF}$, soit $\vec{w} = \overrightarrow{BF}$.

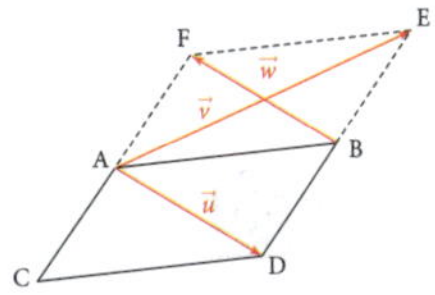


**Conseil**
On utilise la relation de Chasles et la règle du parallélogramme.

# 4 Coordonnées d'un vecteur

**De quoi s'agit-il ?** Quand le plan est muni d'un repère, on utilise les coordonnées des vecteurs.

Le plan est rapporté à un repère orthonormé. Soit A $(x_A ; y_A)$ et B $(x_B ; y_B)$.

## 1 Définitions

Le vecteur $\overrightarrow{AB}$ a pour coordonnées $(x_B - x_A ; y_B - y_A)$.

**À savoir**

Le vecteur nul $\vec{0}$ a pour coordonnées (0 ; 0).

- **Coordonnées de l'opposé d'un vecteur et de la somme de deux vecteurs**

Si $\overrightarrow{AB}$ a pour coordonnées $(x\,;y)$, alors $\overrightarrow{BA}$ a pour coordonnées $(-x\,;-y)$.

Si deux vecteurs $\overrightarrow{AB}$ et $\overrightarrow{CD}$ ont pour coordonnées respectives $(x\,;y)$ et $(x'\,;y')$, alors le vecteur $\overrightarrow{AB}+\overrightarrow{CD}$ a pour coordonnées $(x+x'\,;y+y')$.

- **Coordonnées du milieu d'un segment**

Les coordonnées du milieu I de [AB] sont :

$$\mathrm{I}\left(\frac{x_A+x_B}{2}\,;\frac{y_A+y_B}{2}\right).$$

- **Coordonnées du produit d'un vecteur par un nombre réel *k***

Si $\overrightarrow{AB}$ a pour coordonnées $(x\,;y)$, alors $k\overrightarrow{AB}$ a pour coordonnées $(kx\,;ky)$.

## 2 Égalité de deux vecteurs

$\overrightarrow{AB}\,(x\,;y)=\overrightarrow{CD}\,(x'\,;y')$ équivaut à $x=x'$ et $y=y'$.

## 3 Expression de la norme d'un vecteur

Soit le vecteur $\overrightarrow{AB}(x\,;y)$.

La norme du vecteur $\overrightarrow{AB}$, notée $||\overrightarrow{AB}||$, est :

$$||\overrightarrow{AB}||=\sqrt{x^2+y^2}.$$

On a :

$$||\overrightarrow{AB}||=\mathrm{AB}.$$

## Exercice résolu

### Lire les coordonnées d'un vecteur

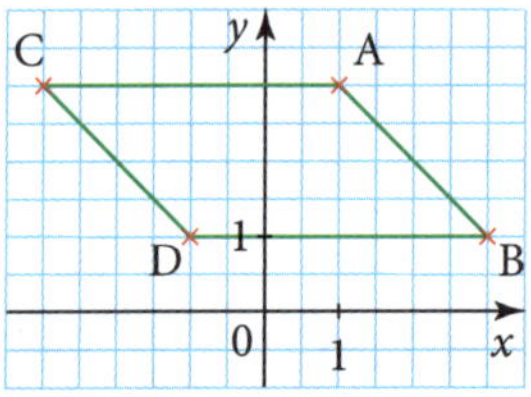


**ÉNONCÉ**

Dans le plan rapporté à un repère orthonormé, on considère le parallélogramme ABDC.

Déterminer par lecture graphique les coordonnées des vecteurs $\vec{u}$ et $\vec{v}$ tels que : $\vec{u}=\overrightarrow{AB}\,;\vec{v}=\overrightarrow{BC}$.

**CORRIGÉ**

Soit $(x\,;y)$ les coordonnées cherchées.

- Pour aller du point A au point B, on se déplace horizontalement de deux unités vers la droite, donc $x=2$ ; verticalement de deux unités vers le bas, donc $y=-2$. On a ainsi : $\vec{u}\,(2\,;-2)$.
- Pour aller du point B au point C, on se déplace horizontalement de six unités vers la gauche, donc $x=-6$ ; verticalement de deux unités vers le haut, donc $y=2$. $\vec{v}\,(-6\,;2)$.

# 5 Colinéarité de deux vecteurs

**De quoi s'agit-il ?** **Avec les vecteurs, on montre l'alignement de points et le parallélisme de droites.**

Le plan est rapporté à un repère orthonormé.

## 1 Définition

Deux vecteurs $\vec{u}$ et $\vec{v}$ sont colinéaires lorsqu'ils ont la même direction. Il existe donc un nombre réel $k$ tel que : $\vec{u} = k\vec{v}$.

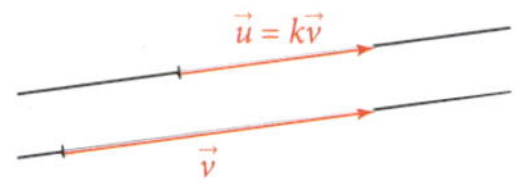


## 2 Conditions de colinéarité

Deux vecteurs $\vec{u}(x\,;y)$ et $\vec{v}(x'\,;y')$ sont colinéaires équivaut à :

$$xy' - x'y = 0.$$

Le nombre réel $xy' - x'y$ est appelé déterminant des vecteurs $\vec{u}$ et $\vec{v}$.

## 3 Vecteurs colinéaires et droites parallèles

Soit A, B, C et D quatre points distincts du plan.
Les droites (AB) et (CD) sont parallèles lorsque les vecteurs $\overrightarrow{AB}$ et $\overrightarrow{CD}$ sont colinéaires.

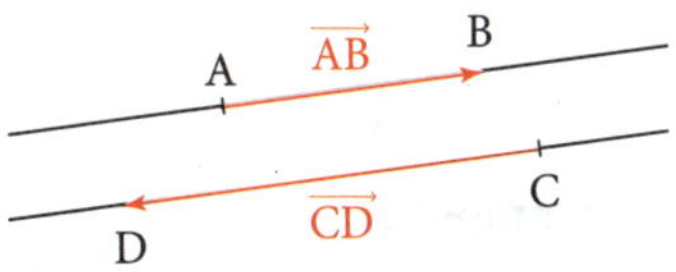


## 4 Vecteurs colinéaires et points alignés

Soit A, B et C trois points distincts du plan.
Les points A, B et C sont alignés lorsque les vecteurs $\overrightarrow{AB}$ et $\overrightarrow{AC}$ sont colinéaires.

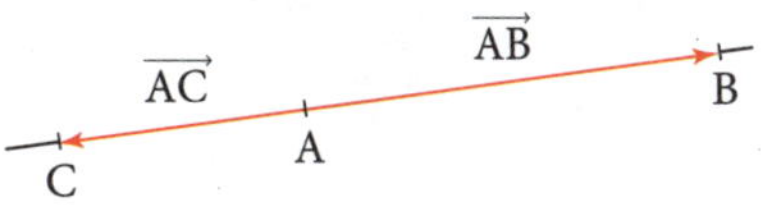


**Remarque**
**Lorsqu'on peut former deux vecteurs colinéaires à partir de trois points, cela signifie que ces trois points sont alignés.**

## Exercice résolu

### Justifier l'alignement de trois points

**ÉNONCÉ**

Dans le plan rapporté à un repère orthonormé, on considère les points :

$$A(2 ; 1), \quad B(4 ; 3) \quad \text{et} \quad C(0 ; -2).$$

Les points A, B et C sont-ils alignés ?

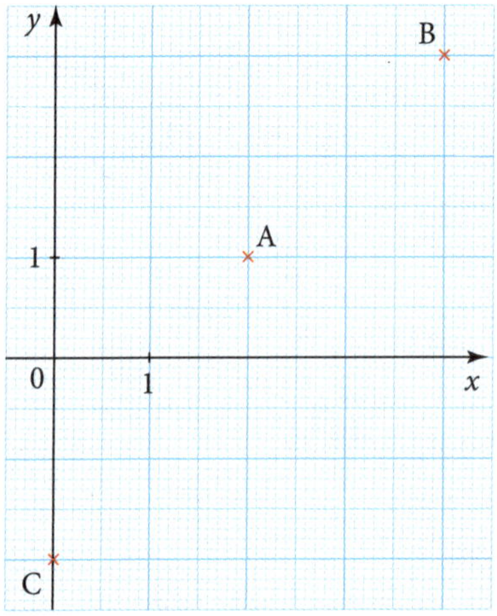


**Remarque**
On place les points sur une figure, on calcule les coordonnées des vecteurs $\overrightarrow{AB}$ et $\overrightarrow{AC}$, puis on applique la condition de colinéarité.

**CORRIGÉ**

**Représentation graphique**

Calcul des coordonnées du vecteur $\overrightarrow{AB}$ :

$\overrightarrow{AB}(x_B - x_A ; y_B - y_A)$ ;

$\overrightarrow{AB}(4 - 2 ; 3 - 1)$, soit $\overrightarrow{AB}$ $(2 ; 2)$.

Calcul des coordonnées du vecteur $\overrightarrow{AC}$:

$\overrightarrow{AC}(x_C - x_A ; y_C - y_A)$ ;

$\overrightarrow{AC}(0 - 2 ; -2 - 1)$, soit $\overrightarrow{AC}(-2 ; -3)$.

Condition de colinéarité : le déterminant des vecteurs est nul.

$\overrightarrow{AB}(x ; y)$ et $\overrightarrow{AC}$ $(x' ; y')$ colinéaires équivaut à $xy' - x'y = 0$.

Comme $\overrightarrow{AB}$ $(2 ; 2)$ et $\overrightarrow{AC}(-2 ; -3)$ alors :

$xy' - x'y = 2 \times (-3) - (-2) \times 2 = -6 + 4 = -2 \neq 0$.

Les vecteurs $\overrightarrow{AB}$ et $\overrightarrow{AC}$ ne sont pas colinéaires, donc les points A, B et C ne sont pas alignés.

**Remarque**
Sur la figure, les points A, B et C semblaient alignés.

# Révision express

## Les points importants à retenir

### L'outil vectoriel

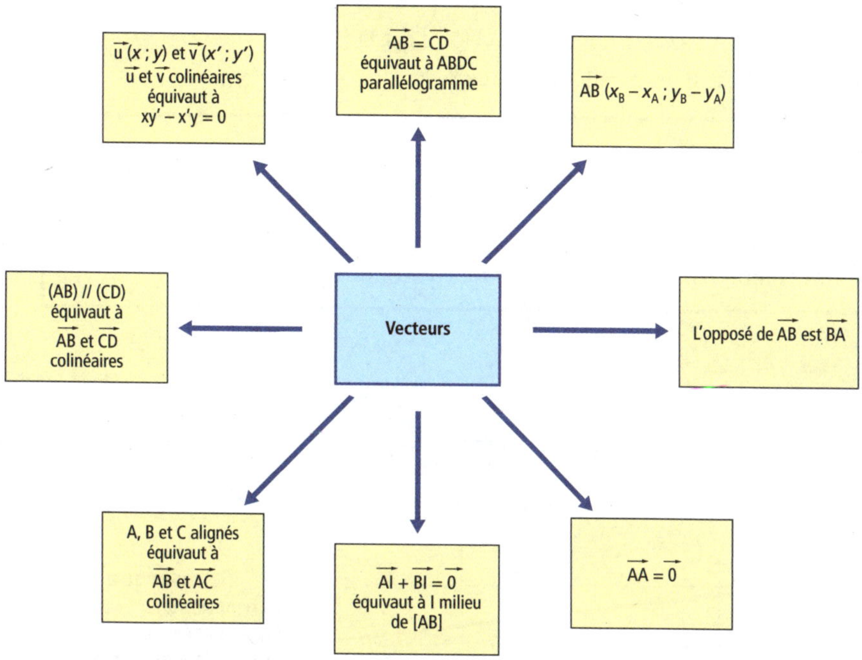


## Quiz

Le plan est rapporté à un repère orthonormé. On donne A (2 ; 3), B (–1 ; 1), C (0 ; –1) et D (–1 ; –3).

*Cochez la bonne réponse :*

1. Les coordonnées de $\overrightarrow{AB}$ sont (–2 ; –3) : ☐ vrai ☐ faux
2. Les points A, C et D sont alignés : ☐ vrai ☐ faux
3. Le milieu de [AC] a pour coordonnées (1 ; 1) : ☐ vrai ☐ faux
4. Les droites (AC) et (BD) sont parallèles : ☐ vrai ☐ faux
5. Les vecteurs $\overrightarrow{AD}$ et $\overrightarrow{CD}$ sont colinéaires : ☐ vrai ☐ faux
6. Le quadrilatère ABCD est un parallélogramme : ☐ vrai ☐ faux

→ Réponses p. 475

## EXERCICE 1

### Savoir utiliser les vecteurs en géométrie

**Énoncé**

Le plan est rapporté à un repère orthonormé.

On considère les points A (–2 ; –1) ; B (1 ; 2) ; C (5 ; 1) et D (2 ; –3).

Le quadrilatère ABCD est-il un parallélogramme ?

**Méthode**

1 Déterminer les coordonnées des vecteurs $\overrightarrow{AB}$ et $\overrightarrow{DC}$ (ou $\overrightarrow{BC}$ et $\overrightarrow{AD}$).

2 Si $\overrightarrow{AB} = \overrightarrow{DC}$ (ou si $\overrightarrow{BC} = \overrightarrow{AD}$), alors conclure que le quadrilatère ABCD est un parallélogramme ; sinon ABCD n'est pas un paralléllogramme.

**Corrigé**

On a : $\overrightarrow{AB}$ (1 – (–2) ; 2 – (–1)), soit $\overrightarrow{AB}$ (3 ; 3) et $\overrightarrow{DC}$ (5 – 2 ; 1 – (–3)), soit $\overrightarrow{DC}$ (3 ; 4).

Comme $\overrightarrow{AB} \neq \overrightarrow{DC}$, on en conclut que le quadrilatère ABCD n'est pas un parallélogramme.

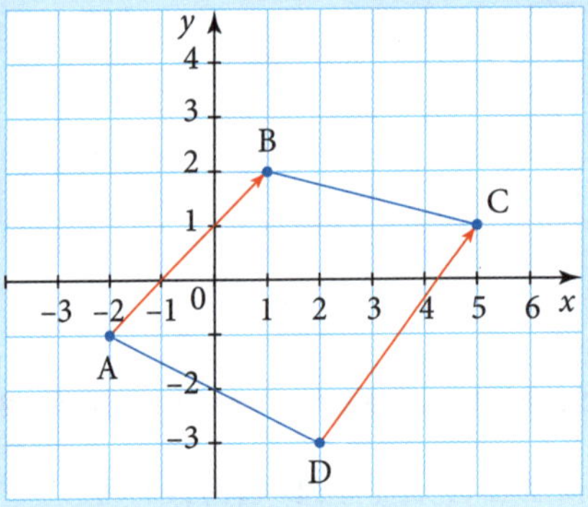


**Remarque**

On peut constater graphiquement que le quadrilatère n'est pas un parallélogramme...

Montrer que $\overrightarrow{AB} \neq \overrightarrow{DC}$ permet de le démontrer.

## EXERCICE 2

### Montrer que deux droites sont ou ne sont pas parallèles

**Énoncé**

Le plan est rapporté à un repère orthonormé.
On considère les points A(2 ; 0) ; B(−2 ; −2) ; C(1 ; −3) et D(3 ; −2).
Le droites (AB) et (CD) sont-elles parallèlles ?

**Méthode**

1 Calculer les coordonnées des vecteurs $\overrightarrow{AB}$ et $\overrightarrow{CD}$.

2 Si les vecteurs $\overrightarrow{AB}$ et $\overrightarrow{CD}$ sont colinéaires, alors conclure que les droites (AB) et (CD) sont parallèles ; sinon elles ne le sont pas.

**Corrigé**

**1.** On a :
$\overrightarrow{AB}$ (−2 −2 ; −2 −0), soit $\overrightarrow{AB}$ (−4 ; −2) et $\overrightarrow{CD}$ (3 − 1 ; −2 − (−3)), soit $\overrightarrow{CD}$ (2 ; 1).

**2.** On a $\overrightarrow{AB} = -2\overrightarrow{CD}$, les vecteurs $\overrightarrow{AB}$ et $\overrightarrow{CD}$ sont donc colinéaires ; on en conclut que les droites (AB) et (CD) sont parallèles.

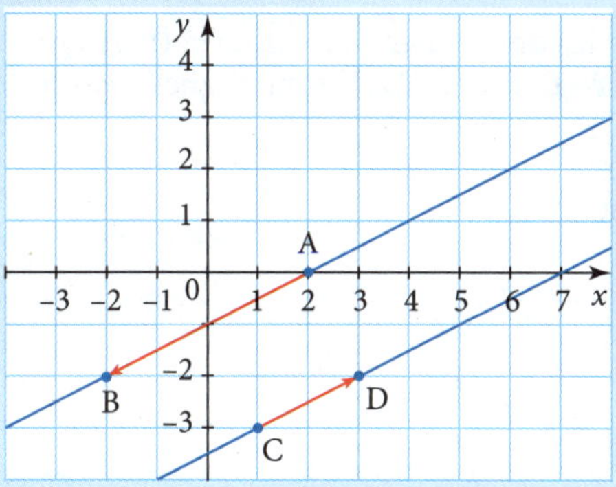


**Remarque**
La colinéarité des vecteurs $\overrightarrow{AB}$ et $\overrightarrow{CD}$ permet de justifier que les droites (AB) et (CD) sont parallèles.

# Chapitre 5 Résoudre des problèmes de géométrie

## 1 Configurations usuelles du plan

**De quoi s'agit-il ?** On rappelle certains théorèmes essentiels de géométrie plane.

### 1 Théorème de Pythagore

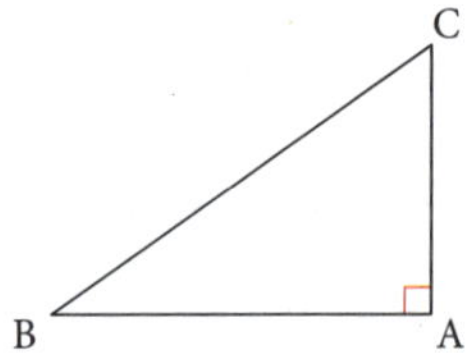


- **Théorème**

Soit ABC un triangle rectangle en A.

On a : $BC^2 = AB^2 + AC^2$.

- **Réciproque**

Si ABC est un triangle tel que $BC^2 = AB^2 + AC^2$, alors le triangle est rectangle en A.

### 2 Théorème de Thalès appliqué au triangle

- **Théorème**

Les droites sécantes (AB) et (AC) sont coupées par les droites parallèles (ED) et (BC). Sur les droites (AB) et (AC) sécantes en A, les points A, E, B et A, D, C sont alignés dans le même ordre.

$$\frac{AE}{AB} = \frac{AD}{AC} = \frac{ED}{BC}.$$

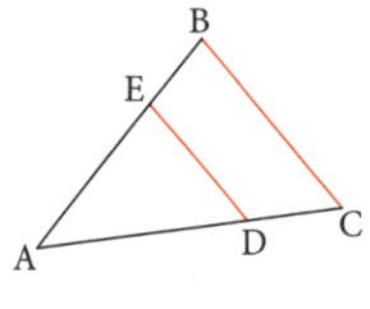


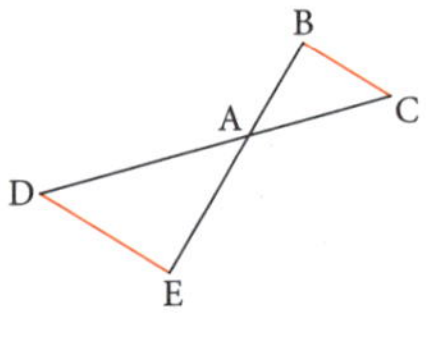


- **Réciproque**

Soit ABC et AED deux triangles tels que A, E, B et A, D, C soient alignés dans le même ordre.

Si $\frac{AE}{AB} = \frac{AD}{AC}$, alors les droites (ED) et (BC) sont parallèles.

## 3 Théorème des milieux dans le triangle

Soit ABC un triangle.

Si I et J sont les milieux respectifs de [AB] et [AC], alors (IJ) et (BC) sont parallèles et :

$$IJ = \frac{1}{2} BC.$$

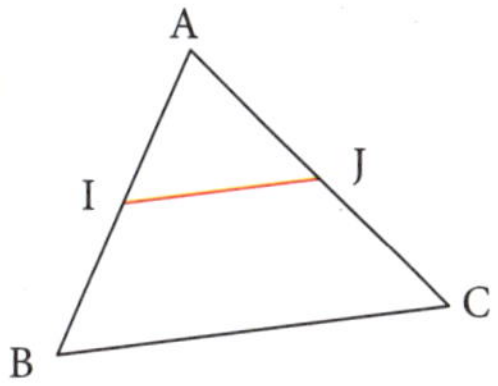


## Exercice résolu

### Utiliser le théorème des milieux

**ÉNONCÉ**

ABCD est un trapèze ; M, N, O et P sont les milieux respectifs des côtés [AB], [BC], [CD] et [AD].
Déterminer la nature du quadrilatère MNOP.

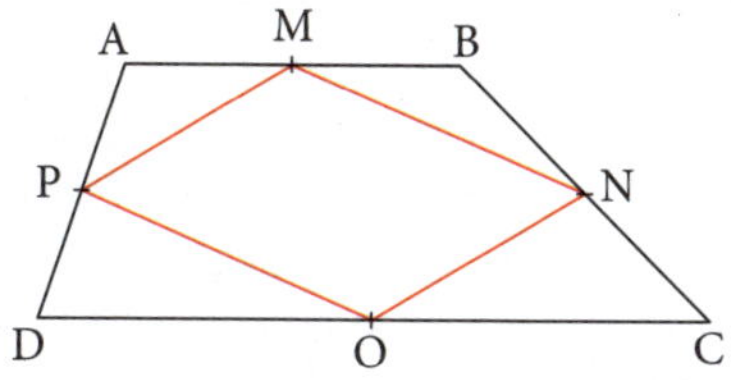


**CORRIGÉ**

• Les mots-clés sont « milieux des côtés » ; ce qui fait penser au théorème des milieux dans le triangle.
Dans le triangle ABD, M est le milieu de [AB],
P est le milieu de [AD], donc d'après le théorème des milieux dans le triangle, on en déduit que les droites (MP) et (BD) sont parallèles et que :

$$MP = \frac{1}{2} BD.$$

De même, dans le triangle CBD, N est le milieu de [BC], O est le milieu de [CD], donc (NO) est parallèle à (BD) et $NO = \frac{1}{2} BD$.
On a donc :

• (MP) parallèle à (BD) et $MP = \frac{1}{2} BD$ ;

• (NO) parallèle à (BD) et $NO = \frac{1}{2} BD$.

On en déduit que les droites (MP) et (NO) sont parallèles et que MP = NO. Deux côtés opposés du quadrilatère MNOP sont parallèles et de même longueur ; le quadrilatère MNOP est donc un parallélogramme.

**Conseil**
On repère les mots-clés de l'énoncé en observant la figure.

# 2 Projeté orthogonal d'un point sur une droite

**De quoi s'agit-il ? Il faut être capable de déterminer le projeté orthogonal d'un point sur une droite.**

**Définition**

- Le point M est un point extérieur à la droite Δ.
- On dit que le point H de la droite Δ est le projeté orthogonal du point M sur la droite Δ lorsque les droites (MH) et Δ sont perpendiculaires.

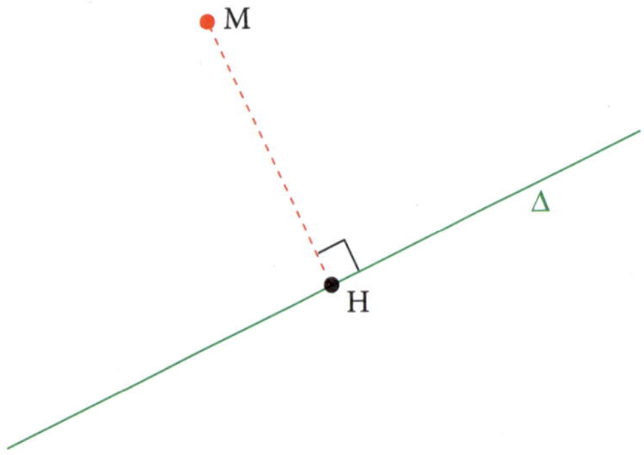


**Remarque**

**MH est la plus courte distance séparant le point M et un point quelconque de la droite.**

## Exercice résolu

### Utiliser les théorèmes de géométrie

ABC est un triangle rectangle en A.
H est le projeté orthogonal de A sur [BC].
On donne AB = 28 et BH = 12.

**1.** Tracer la figure.

**2.** Calculer, arrondies à 0,1 près, les longueurs AH, BC, CH et AC.

**3.** Déterminer $\widehat{B}$ et $\widehat{C}$.

**4.** Calculer, arrondie à l'unité, l'aire du triangle ABC de deux manières différentes.

**CORRIGÉ**

**1.**

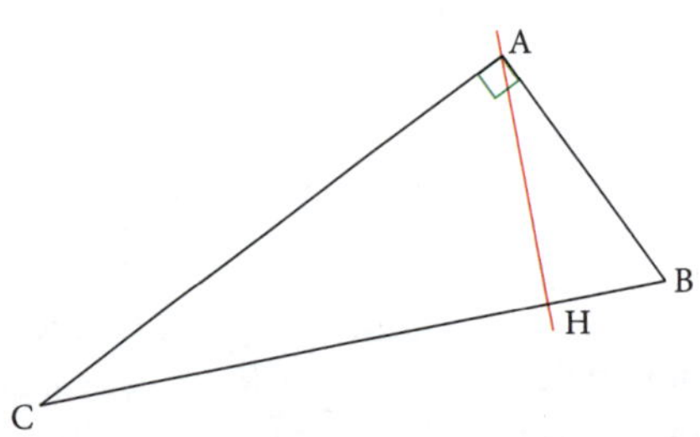


...

•••

**2.** • On applique le théorème de Pythagore dans le triangle AHB rectangle en H :
On a : $AB^2 = AH^2 + BH^2$, on en déduit :
$AH^2 = AB^2 - BH^2$,
soit $AH^2 = 28^2 - 12^2 = 640$.
Ainsi, $AH = \sqrt{640} \approx 25{,}3$.
• Dans le triangle AHB rectangle en H, on a : $\cos \widehat{B} = \dfrac{BH}{AB} = \dfrac{12}{28} = \dfrac{3}{7}$.
• Dans le triangle ABC rectangle en A, on a :

$$\cos \widehat{B} = \frac{AB}{BC}, \text{ soit } BC = \frac{AB}{\cos \widehat{B}} = \frac{28}{\frac{3}{7}} \approx 65{,}3.$$

• $CH = BC - HB \approx 65{,}3 - 12 \approx 53{,}3$.
• On applique enfin le théorème de Pythagore dans le triangle ABC rectangle en A :
On a : $BC^2 = AC^2 + AB^2$, on en déduit : $AC^2 = BC^2 - AB^2$,
soit $AC^2 = 65{,}3^2 - 28^2 = 3\,480{,}09$.
Ainsi, $AC = \sqrt{3\,480{,}09} \approx 59$.

**3.** • On a $\cos \widehat{B} = \dfrac{3}{7}$, on en déduit $\widehat{B} = 64{,}6°$.
• $\widehat{A} + \widehat{B} + \widehat{C} = 180°$, donc $\widehat{C} = 180° - (\widehat{A} + \widehat{B}) = 180° - (90° + 64{,}6°) = 25{,}4°$.

**4.** • L'aire du triangle ABC est égale à :
$\dfrac{1}{2}(AB \times AC) = \dfrac{1}{2}(28 \times 59) \approx 826$ (unités d'aire).
• L'aire du triangle ABC est égale à :
$\dfrac{1}{2}(BC \times AH) = \dfrac{1}{2}(65{,}3 \times 25{,}3) \approx 826$ (unités d'aire).

## Révision express

### Les points importants à retenir

En géométrie, il faut procéder par associations d'idées pour trouver le théorème que l'on peut utiliser :

- Triangle rectangle → Théorème de Pythagore et sa réciproque
  → Relations trigonométriques « SOHCAHTOA »
  → Cercle circonscrit à un triangle rectangle
- Triangle et droites parallèles → Théorème de Thalès
- Triangle et milieu des côtés → Théorème des milieux
- Projeté orthogonal → Hauteur dans un triangle, plus courte distance à une droite

*Il y en a beaucoup d'autres ...*

### Quiz

ABC est un triangle rectangle en A. I est un point de [AB], J est un point de [AC] et (IJ) parallèle à (BC), H est le projeté orthogonal de A sur [BC].

*Faire un dessin, puis cochez pour chaque question, la bonne réponse.*

**1.** ☐ **a.** $AC^2 = AB^2 + BC^2$ ☐ **b.** $BC^2 = AB^2 + AC^2$ ☐ **c.** $AB^2 = AC^2 + BC^2$

**2.** Le projeté orthogonal de C sur (AB) est : ☐ **a.** B ☐ **b.** n'existe pas ☐ **c.** C ☐ **d.** A

**3.** Le point le plus proche de B sur la droite (AC) est :
☐ **a.** B ☐ **b.** n'existe pas ☐ **c.** C ☐ **d.** A

**4.** ☐ **a.** $\frac{AI}{AB} = \frac{AC}{AJ}$ ☐ **b.** $\frac{AJ}{AC} = \frac{IJ}{BC}$ ☐ **c.** $\frac{BC}{IJ} = \frac{AI}{AB}$ ☐ **d.** $\frac{AJ}{JC} = \frac{AI}{AB}$

**5.** Le diamètre du cercle circonscrit à ABC est :
☐ **a.** [AB] ☐ **b.** [AC] ☐ **c.** [BC] ☐ **d.** [AZ] où Z milieu de [BC]

**6.** ☐ **a.** ABH est un triangle rectangle en A.
☐ **b.** ABH est un triangle rectangle en H.
☐ **c.** ABH est un triangle rectangle en B.
☐ **d.** ABH n'est pas un triangle rectangle.

**7.** ☐ **a.** $AH^2 = AB^2 + BH^2$ ☐ **b.** $AH^2 = AB^2 - BH^2$ ☐ **c.** $AH^2 = HB^2 - AB^2$

**8.** ☐ **a.** $AC^2 = AH^2 + CH^2$ ☐ **b.** $AC^2 = AH^2 - CH^2$ ☐ **c.** $AC^2 = AB^2 + HC^2$

→ Réponses p. 475

EXERCICE GUIDÉ

## Repérer des configurations usuelles

### Énoncé

On considère un triangle ABC tel que AB = 6 cm, AC = 9 cm et BC = $\sqrt{117}$ cm.

**1.** Quelle est la nature du triangle ABC ?

**2.** Le point E est le point du segment [AC] tel que AE = 4 cm. La médiatrice du segment [EC] coupe le segment [EC] en H, le segment [BC] en J et la droite (BE) en M.

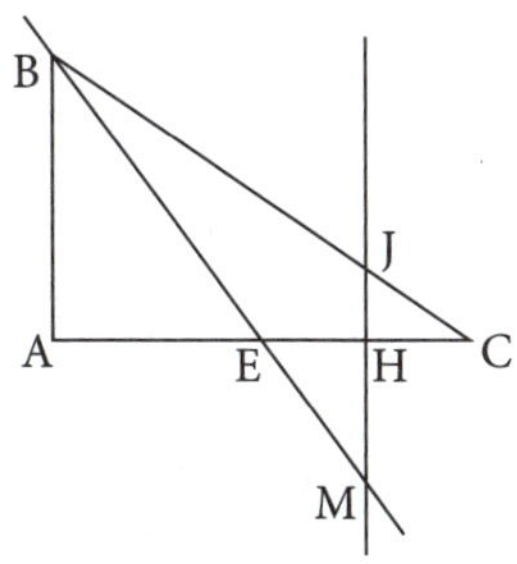


Prouver que :

**a.** les droites (JH) et (AB) sont parallèles ;

**b.** le segment [HC] mesure 2,5 cm.

**3.** Calculer la valeur exacte de la longueur JH.

**4.** Calculer la longueur HM.

### Méthode

**1** Repérer les mots-clés et les configurations usuelles et faire le lien avec les théorèmes de géométrie.

**2** Rédiger la réponse en détaillant les étapes du raisonnement et en nommant les figures dans lesquelles on applique les théorèmes.

### Corrigé

**1.** Dans le triangle ABC, on a :

$$AB^2 + AC^2 = 6^2 + 9^2 = 36 + 81 = 117 \text{ et } BC^2 = 117.$$

On a donc $AB^2 + AC^2 = BC^2$.

D'après la réciproque du théorème de Pythagore, on en déduit que le triangle ABC est rectangle en A.

> **Conseil**
> La figure suggère que le triangle ABC est rectangle, on pense alors au théorème de Pythagore.

**2. a.** La médiatrice (JH) du segment [EC] est perpendiculaire à [EC] et donc à (AC) puisque E est un point de [AC]. La droite (AB) est perpendiculaire à (AC) puisque le triangle ABC est rectangle en A.
Deux droites perpendiculaires à une même troisième droite étant parallèles entre elles, on en déduit que les droites (JH) et (AB) sont parallèles.

> **Conseil**
> La médiatrice doit faire penser à l'idée de milieu.

**b.** AE = 4 cm, donc EC = AC – AE = 9 – 4 = 5 cm.

La médiatrice (JH) du segment [EC] coupe [EC] en son milieu, donc H est le milieu de [EC] et HC = $\frac{5}{2}$ = 2,5 cm.

**Conseil**
Cette configuration doit faire penser au théorème de Thalès.

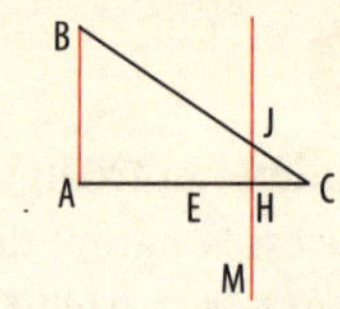


**3.** D'après le théorème de Thalès appliqué aux triangles CJH et CBA, où (JH) // (BA), on a :

$$\frac{CH}{CA} = \frac{CJ}{CB} = \frac{JH}{BA}, \text{ soit } \frac{2,5}{9} = \frac{CJ}{\sqrt{117}} = \frac{JH}{6}.$$

En considérant l'égalité $\frac{2,5}{9} = \frac{JH}{6}$, on a :

$$9 \times JH = 2,5 \times 6.$$

Ainsi, JH = $\frac{2,5 \times 6}{9} = \frac{5}{3}$ cm.

**4.** D'après le théorème de Thalès appliqué aux triangles EHM et EBA, où (HM) // (BA), on a :

$$\frac{EH}{EA} = \frac{EM}{EB} = \frac{HM}{BA}, \text{ soit } \frac{2,5}{4} = \frac{EM}{EB} = \frac{HM}{6}.$$

En considérant l'égalité $\frac{2,5}{4} = \frac{HM}{6}$, on a : 4 × HM = 2,5 × 6.

Ainsi, HM = $\frac{2,5 \times 6}{4}$ = 3,75 cm.

**Conseil**
On considère le graphique sous « un autre angle », qui fait penser au théorème de Thalès.

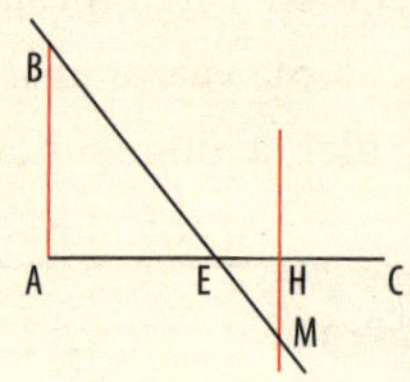

Chapitre 6

# Représenter et caractériser les droites du plan



## 1 Équation cartésienne d'une droite

**De quoi s'agit-il ?** Il faut distinguer la notion d'équation cartésienne et d'équation réduite d'une droite.

### 1 Vecteur directeur d'une droite

Soit $\mathcal{D}$ une droite du plan. On appelle vecteur directeur de $\mathcal{D}$, tout vecteur non nul $\vec{u}$ qui a la même direction que la droite $\mathcal{D}$.

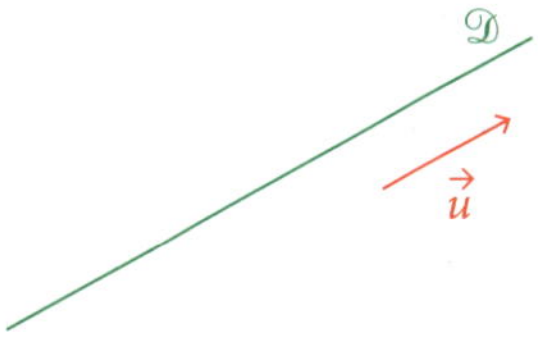


### 2 Équation cartésienne d'une droite

Toute droite $\mathcal{D}$ admet une équation de la forme $ax + by + c = 0$, avec $(a ; b) \neq (0 ; 0)$. Un vecteur directeur de $\mathcal{D}$ est $\vec{u}(-b ; a)$.

Cette équation est appelée **équation cartésienne** de $\mathcal{D}$.

### 3 Équation réduite d'une droite

- Si $b \neq 0$, alors l'**équation cartésienne** $ax + by + c = 0$ peut s'écrire $y = -\frac{a}{b}x - \frac{c}{b}$. Cette écriture est l'**équation réduite** de $\mathcal{D}$.
- $-\frac{a}{b}$ est le coefficient directeur (ou la pente) de $\mathcal{D}$ et $-\frac{c}{b}$ est son ordonnée à l'origine.
- $\vec{u}\left(1 ; -\frac{a}{b}\right)$ est un vecteur directeur de $\mathcal{D}$.

- **Exemple**

Soit $\mathcal{D}$ une droite d'équation cartésienne $4x + 2y - 1 = 0$.

Son équation réduite est $y = -2x + \frac{1}{2}$, son coefficient directeur est $-2$, un vecteur directeur est $\vec{u}(1 ; -2)$ ou encore $\vec{v}(-2 ; 4)$, qui est colinéaire à $\vec{u}$.

#### Exercice résolu

**Déterminer l'équation cartésienne d'une droite connaissant deux points distincts**

**ÉNONCÉ**

Déterminer une équation cartésienne de la droite $\mathcal{D}$ passant par les points $A(-1 ; -3)$ et $B(3 ; -2)$, puis le coefficient directeur de $\mathcal{D}$.

...

•••

**CORRIGÉ**

A et B appartiennent à $\mathcal{D}$, donc $\overrightarrow{AB}$ est un vecteur directeur de $\mathcal{D}$.
$\overrightarrow{AB}(3 - (-1)\ ;\ -2 - (-3))$, soit $\overrightarrow{AB}(4\ ;\ 1)$.

• Une équation cartésienne de $\mathcal{D}$ est de la forme $ax + by + c = 0$.
Or les coordonnées d'un vecteur directeur sont $(-b\ ;\ a)$, soit $(4\ ;\ 1)$, on peut donc remplacer $a$ par 1 et $b$ par $-4$. On obtient $x - 4y + c = 0$.
A$(-1\ ;\ -3)$ appartenant à $\mathcal{D}$, ses coordonnées vérifient l'équation de $\mathcal{D}$, soit $-1 - 4 \times (-3) + c = 0$, donc $c = 1 - 12 = -11$.
Une équation cartésienne de $\mathcal{D}$ est : $x - 4y - 11 = 0$.

• L'équation $x - 4y - 11 = 0$ est équivalente à $-4y = -x + 11$, soit $y = \frac{1}{4}x - \frac{11}{4}$.
Le coefficient directeur de $\mathcal{D}$ est donc $\frac{1}{4}$.

# 2 Équation réduite d'une droite

**De quoi s'agit-il ?** **Les propriétés des droites doivent être connues.**

## 1 Équation d'une droite non parallèle à l'axe des ordonnées

### • Équation réduite d'une droite $\mathcal{D}$ de la forme $y = mx + p$

Dans le plan rapporté à un repère orthonormé, une droite $\mathcal{D}$ non parallèle à l'axe des ordonnées a pour équation réduite $y = mx + p$.
Le nombre réel $m$ est appelé coefficient directeur de $\mathcal{D}$. Si $m > 0$, alors la droite « monte » ; si $m < 0$, alors la droite « descend ».
Le nombre réel $p$ est appelé ordonnée a l'origine ; $\mathcal{D}$ passe par le point de coordonnées $(0\ ;\ p)$.

### • Calcul du coefficient directeur

Soit A$(x_A\ ;\ y_A)$ et B$(x_B\ ;\ y_B)$ deux points distincts d'une droite $\mathcal{D}$ non verticale.
Le coefficient directeur $m$ de $\mathcal{D}$ est : $m = \frac{y_B - y_A}{x_B - x_A}$.

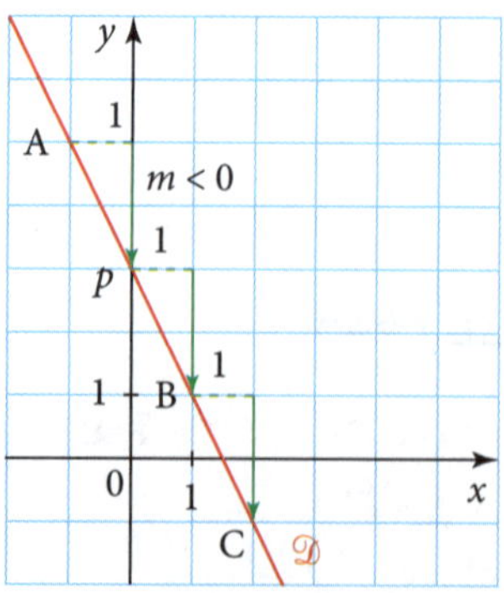


**À savoir**

Si $m$ ℛ 0, alors la droite est parallèle à l'axe des abscisses.

### • Coordonnées d'un point de la droite $\mathcal{D}$ d'équation réduite $y = mx + p$

Un point A$(x_A\ ;\ y_A)$ est un point de $\mathcal{D}$ lorsque ses coordonnées vérifient l'équation de la droite. On peut alors écrire : $y_A = mx_A + p$.

## 2 Équation d'une droite parallèle à l'axe des ordonnées

Dans le plan rapporté à un repère orthonormé une droite $\mathscr{D}$ parallèle à l'axe des ordonnées a pour équation : $x = c$ ; $c \in \mathbb{R}$.

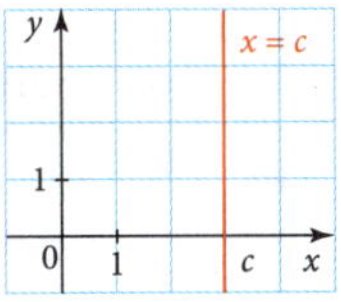


### Exercice résolu

#### Déterminer l'équation réduite d'une droite

**ÉNONCÉ**

Le plan est rapporté à un repère orthonormé.
Déterminer :
**1.** les équations réduites des droites $\mathscr{D}_1$, $\mathscr{D}_2$ et $\mathscr{D}_3$ ;
**2.** l'équation réduite de la droite passant par les points A(3 ; 1) et B(–1 ; –8).

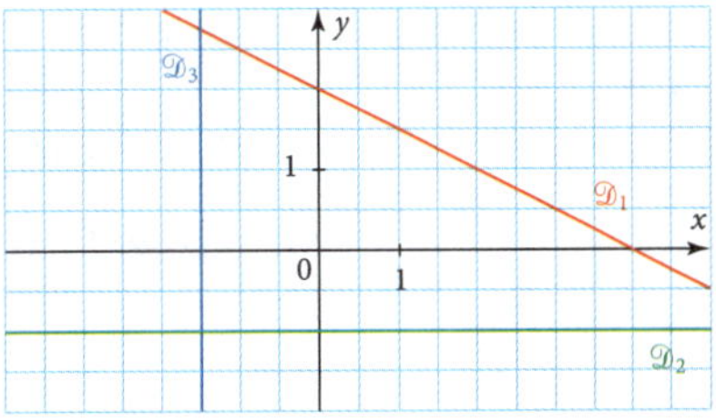


**CORRIGÉ**

**1.** • Le coefficient directeur de $\mathscr{D}_1$ est égal à –0,5, son ordonnée à l'origine est égale à 2, donc l'équation réduite de $\mathscr{D}_1$ est $y = -0{,}5x + 2$.
• $\mathscr{D}_2$ est parallèle à l'axe des abscisses et passe par (0 ; – 1), donc son équation réduite est $y = -1$.
• $\mathscr{D}_3$ est parallèle à l'axe des ordonnées et passe par $\left(-\frac{3}{2} ; 0\right)$, donc son équation est $x = -\frac{3}{2}$.
**2.** Le coefficient directeur de la droite (AB) est : $\frac{-8-1}{-1-3}$

$$m = \frac{y_B - y_A}{x_B - x_A}, \text{ soit } m = \frac{-8-1}{-1-3} = \frac{-9}{-4} = \frac{9}{4}.$$

Son équation réduite est de la forme $y = \frac{9}{4}x + p$ ; or A étant un point de (AB), on peut écrire : $1 = \frac{9}{4} \times 3 + p$, soit $1 = \frac{27}{4} + p$.
Ainsi, $p = 1 - \frac{27}{4} = \frac{-23}{4}$ et (AB) : $y = \frac{9}{4}x - \frac{23}{4}$.

**Conseil**
On lit sur le graphique les valeurs de *m* et de *p*.

# 3 Systèmes d'équations linéaires

**De quoi s'agit-il ?** La résolution d'un système d'équations peut se faire graphiquement.

## 1 Système d'équations linéaires : résolution graphique

On considère le système $\begin{cases} ax + by + c = 0 \\ a'x + b'y + c' = 0 \end{cases}$ où $a, b, c, a', b', c'$ sont des nombres réels donnés.

Résoudre un tel système revient à déterminer tous les couples $(x ; y)$ qui vérifient les deux égalités considérées.

On écrit les deux équations sous la forme $y = mx + p$, puis on trace les droites $\mathscr{D}_1$ et $\mathscr{D}_2$ correspondant à ces deux équations.

Résoudre un tel système revient à déterminer les coordonnées du point d'intersection (s'il existe) des droites $\mathscr{D}_1$ et $\mathscr{D}_2$. Lorsque les droites $\mathscr{D}_1$ et $\mathscr{D}_2$ sont :

<table>
<tr><th>a) Sécantes en un point $A(x_A ; y_A)$</th><th>b) Confondues</th></tr>
<tr><td>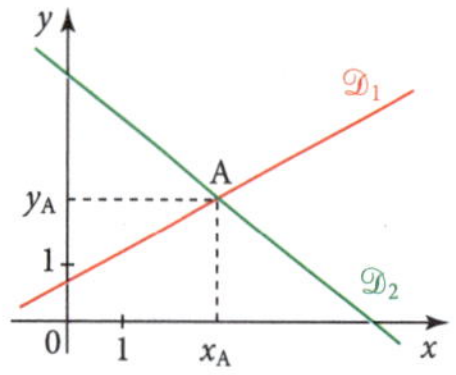

Le système admet un unique couple solution : $(x_A ; y_A)$.</td><td>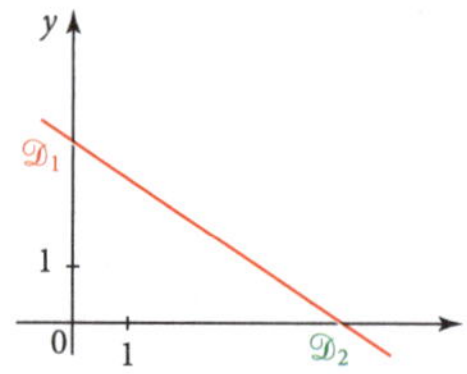

Le système admet une infinité de couples solutions : les couples $(x ; y)$ vérifiant l'une des équations des droites.</td></tr>
<tr><th colspan="2">c) Strictement parallèles</th></tr>
<tr><td colspan="2">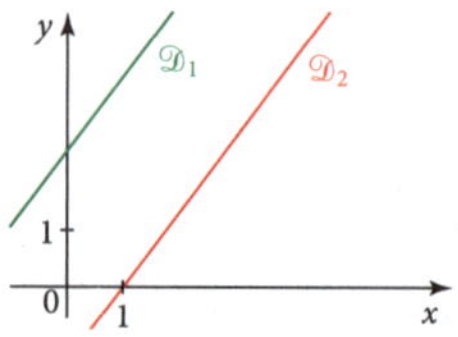

Le système n'admet pas de solution.</td></tr>
</table>

# 4 Parallélisme et perpendicularité de deux droites

**De quoi s'agit-il ?** **Il existe des critères de parallélisme et de perpendicularité.**

Soit $\mathscr{D}_1$ et $\mathscr{D}_2$ deux droites d'équations réduites respectives :

$$y = mx + p \text{ et } y = m'x + p',$$

dans le plan rapporté à un repère.

## 1 Droites parallèles

Deux droites non verticales sont parallèles lorsque leurs coefficients directeurs sont égaux.

$\mathscr{D}_1 // \mathscr{D}_2$ équivaut à $m = m'$.

## 2 Droites perpendiculaires

Si le plan est rapporté à un repère **orthonormé**, alors deux droites non parallèles aux axes sont perpendiculaires lorsque le produit de leurs coefficients directeurs est égal à – 1.

$\mathscr{D}_1 \perp \mathscr{D}_2$ équivaut à $m \times m' = -1$.

## 3 Exemple

Le plan est rapporté à un repère orthonormé.
On considère les droites $\mathscr{D}_1$, $\mathscr{D}_2$ et $\mathscr{D}_3$ d'équations réduites respectives :

$\mathscr{D}_1 : y = 2x - 1$ ; $\mathscr{D}_2 : y = -\frac{1}{2}x + \frac{3}{2}$ ; $\mathscr{D}_3 : y = -\frac{1}{2}x - 1$.

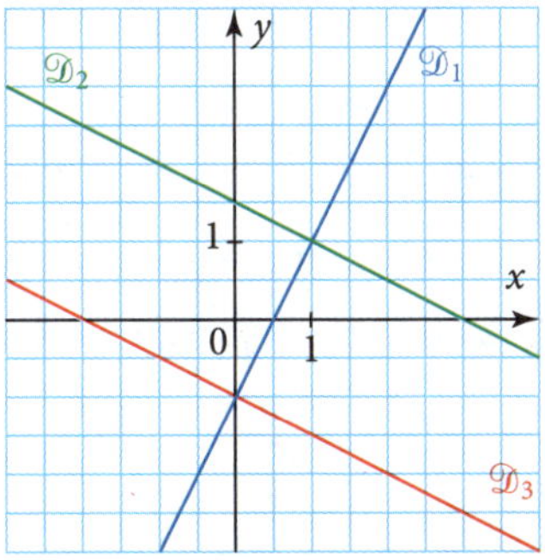


- Les droites $\mathscr{D}_2$ et $\mathscr{D}_3$ ont le même coefficient directeur $\left(m = -\frac{1}{2}\right)$ : elles sont parallèles.
- Le repère est orthonormé. Le coefficient directeur de $\mathscr{D}_1$ est 2, le coefficient directeur de $\mathscr{D}_2$ est $-\frac{1}{2}$ ; on a $2 \times \left(-\frac{1}{2}\right) = -1$.

Les droites $\mathscr{D}_1$ et $\mathscr{D}_2$ sont perpendiculaires.
De plus $\mathscr{D}_3$ est parallèle à $\mathscr{D}_2$, donc $\mathscr{D}_3$ est perpendiculaire à $\mathscr{D}_1$ ; on peut vérifier que le produit de leur coefficient directeur est égal à – 1.

## Révision express

### Les points importants à retenir

- Equation réduite : $y = mx + p$
  - → $m$ est le coefficient directeur
  - → $p$ est l'ordonnée à l'origine, la droite passe par $(0 ; p)$
  - → le vecteur $(1 ; m)$ est un vecteur directeur

- Equation cartésienne : $ax + by + c = 0$
  - → $-\frac{a}{b}$ est le coefficient directeur
  - → $-\frac{c}{b}$ est l'ordonnée à l'origine
  - → le vecteur $(1 ; -\frac{a}{b})$ est un vecteur directeur

### Quiz

*Cochez la bonne réponse.*

**1.** Soit la droite d'équation $y = -2x + 3$. Son coefficient directeur est :
☐ **a.** 2 ☐ **b.** 3 ☐ **c.** –2 ☐ **d.** (1 ; –2)

**2.** Soit la droite d'équation $y = x - 3$. Un vecteur directeur est :
☐ **a.** 1 ☐ **b.** (1 ; –3) ☐ **c.** (1 ; 1) ☐ **d.** (–2 ; –2)

**3.** Soit la droite d'équation $-3x + y + 2 = 0$. Son coefficient directeur est :
☐ **a.** 1 ☐ **b.** –3 ☐ **c.** 3 ☐ **d.** (1 ; –3)

**4.** Soit la droite d'équation $-4x + 2y + 3 = 0$. Un vecteur directeur est :
☐ **a.** 2 ☐ **b.** (1 ; 2) ☐ **c.** (1 ; –4) ☐ **d.** (1 ; 0,5)

**5.** Soit la droite d'équation $y = -x + 4$. Son ordonnée à l'origine est :
☐ **a.** –2 ☐ **b.** 1 ☐ **c.** 4 ☐ **d.** –1

**6.** Soit la droite d'équation $-x + 2y - 3 = 0$. Son ordonnée à l'origine est :
☐ **a.** 1,5 ☐ **b.** 0,5 ☐ **c.** –1 ☐ **d.** –3

**7.** Soit la droite d'équation $y = -x + 4$. Elle passe par le point de coordonnées :
☐ **a.** (1 ; 5) ☐ **b.** (–1 ; 4) ☐ **c.** (0 ; 2) ☐ **d.** (1 ; 3)

**8.** Soit la droite d'équation $-x + 2y - 3 = 0$. Elle passe par le point de coordonnées :
☐ **a.** (0 ; 1) ☐ **b.** (–1 ; 3) ☐ **c.** (1 ; 2) ☐ **d.** (1 ; – 2)

→ **Réponses p. 475**

## EXERCICE 1

### Déterminer le coefficient directeur et un vecteur directeur d'une droite

**Énoncé**

Le plan est rapporté à un repère orthonormé. On considère les droites $\mathcal{D}_1$ et $\mathcal{D}_2$ telles que :

- une équation cartésienne de $\mathcal{D}_1$ est : $-2x - 3y + 1 = 0$ ;
- l'équation réduite de $\mathcal{D}_2$ est $y = \frac{1}{2}x - 4$.

Déterminer le coefficient directeur et un vecteur directeur de $\mathcal{D}_1$ et $\mathcal{D}_2$.

**Méthode**

**1** À partir de son équation réduite $y = mx + p$ :
le coefficient directeur est $m$ et un vecteur directeur a pour coordonnées $(1 ; m)$.

**2** À partir d'une équation cartésienne $ax + by + c = 0$ :
le coefficient directeur est $-\frac{a}{b}$ et un vecteur directeur a pour coordonnées $(-b ; a)$.

**Corrigé**

- Le coefficient directeur de $\mathcal{D}_1$ est $-\frac{a}{b}$, soit $-\frac{(-2)}{(-3)}$, c'est-à-dire $-\frac{2}{3}$ et un vecteur directeur de $\mathcal{D}_1$ est $(-b ; a)$, soit $(-(-3) ; -2)$, c'est-à-dire $(3 ; -2)$.
- Le coefficient directeur de $\mathcal{D}_2$ est $\frac{1}{2}$ et un vecteur directeur de $\mathcal{D}_2$ est $(1 ; m)$, soit $\left(1 ; \frac{1}{2}\right)$.

**Remarque**
Une droite parallèle à l'axe des abscisses (d'équation réduite $y = c$ ou dont une équation cartésienne est $y + c = 0$) a un coefficient directeur nul et un vecteur directeur de coordonnées égales à $(1 ; 0)$.

**Remarque**
Une droite parallèle à l'axe des ordonnées (pas d'équation réduite et dont une équation cartésienne est $x + c = 0$) n'a pas de coefficient directeur et a un vecteur directeur de coordonnées égales à $(0 ; 1)$.

## EXERCICE 2

### Savoir lire le coefficient directeur d'une droite

**Énoncé**

Déterminer graphiquement le coefficient directeur de chacune des droites $\mathcal{D}_1$, $\mathcal{D}_2$ et $\mathcal{D}_3$.

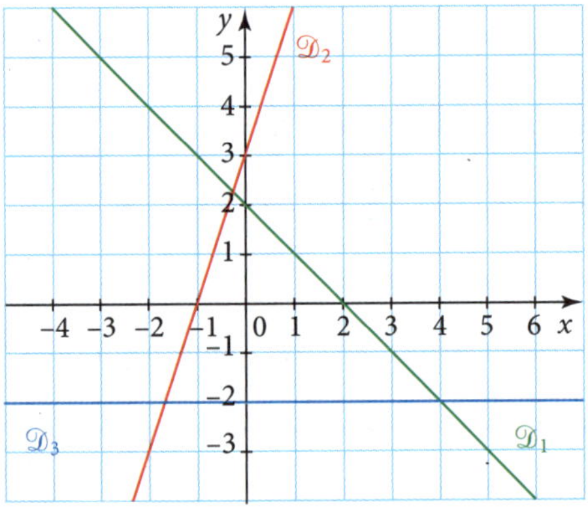


**Méthode**

1 Se positionner sur un point de la droite (à coordonnées entières si possible).

2 Se déplacer horizontalement d'une unité vers la droite.

3 Lire le coefficient directeur qui est égal au nombre d'unités verticales nécessaires pour atteindre la droite ; le coefficient directeur est positif si on se déplace vers le haut, il est négatif si on se déplace vers le bas.

**Corrigé**

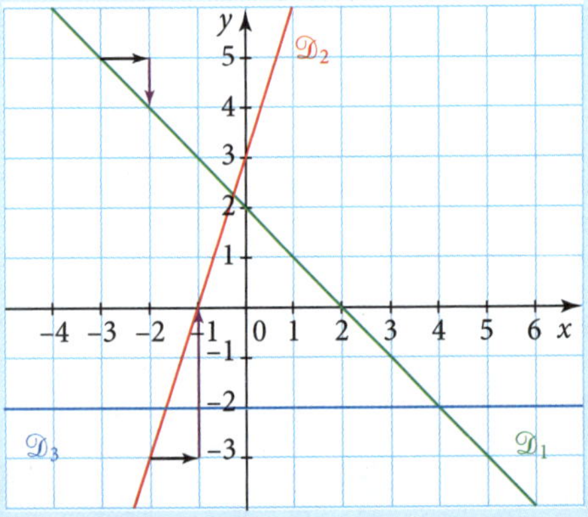


**Rappel**
Le coefficient directeur d'une droite horizontale est égal à 0.

On obtient par lecture graphique : le coefficient directeur de $\mathcal{D}_1$ est $-1$ ; celui de $\mathcal{D}_2$ est 3 ; celui de $\mathcal{D}_3$ est 0.

# Fonctions de référence



## 1 Fonctions carré, inverse, racine carrée et cube

**De quoi s'agit-il ?** Il faut bien connaître ces quatre fonctions de référence.

### 1 Fonction carré

La fonction carré est la fonction définie sur $\mathbb{R}$ par $f(x) = x^2$.

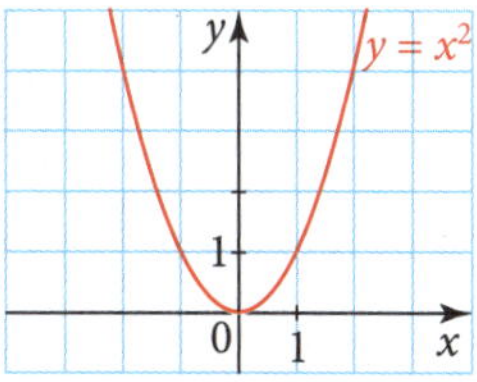


### 2 Fonction inverse

La fonction inverse est la fonction définie sur

$$]-\infty\ ;\ 0[\ \cup\ ]0\ ;\ +\infty[\quad \text{par } f(x) = \frac{1}{x}.$$

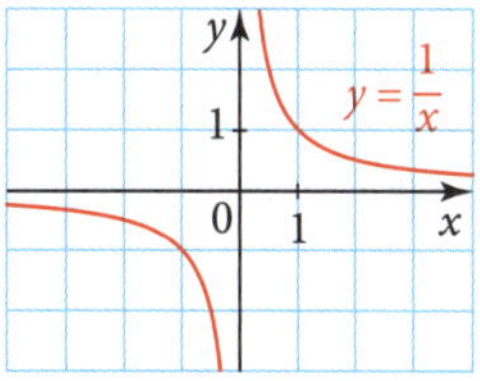


### 3 Fonction racine carrée

La fonction racine carrée est la fonction définie sur

$$[0\ ;\ +\infty[\quad \text{par } f(x) = \sqrt{x}.$$

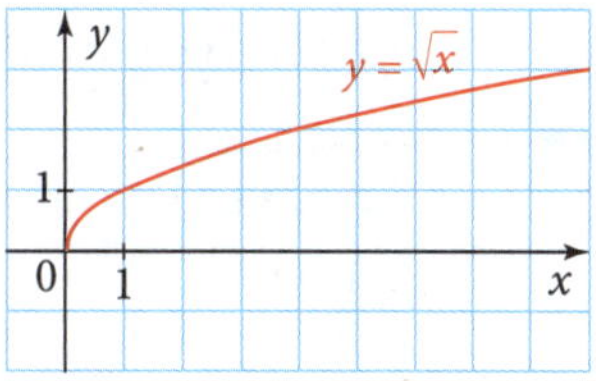


### 4 Fonction cube

La fonction cube est la fonction définie sur $\mathbb{R}$ par $f(x) = x^3$.

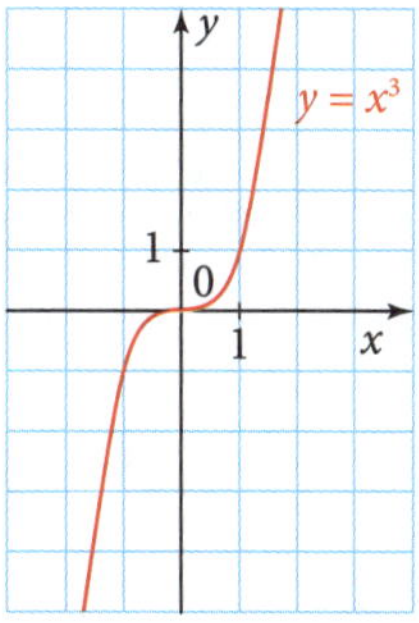


## Exercice résolu

**Résoudre une équation et une inéquation**

**ÉNONCÉ**

**1.** Résoudre graphiquement l'équation $\frac{1}{x} = x$.

**2.** Résoudre dans $\mathbb{R}$ l'inéquation $x^2 > 1$.

...

**CORRIGÉ**

**1.**

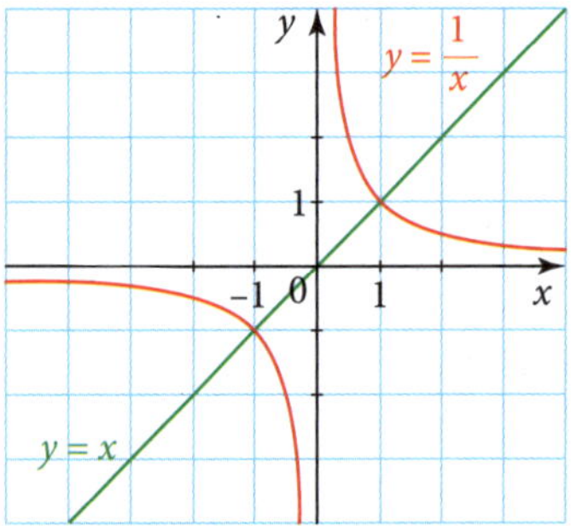


Les solutions de l'équation $\frac{1}{x} = x$ sont les abscisses des points d'intersection de la courbe et de la droite. On lit : – 1 et 1.

**Méthode**

On trace la courbe d'équation $y = \frac{1}{x}$ et la droite d'équation $y = x$ dans un repère bien choisi, puis on détermine les abscisses des points d'intersection de la courbe et de la droite.

**2.** $x^2 > 1$ équivaut à $x^2 - 1 > 0$, soit :

$$(x - 1)(x + 1) > 0.$$

**Conseil**

On étudie le signe de $x^2 - 1$ à l'aide d'un tableau.

| $x$ | $-\infty$ | | $-1$ | | $1$ | | $+\infty$ |
|---|---|---|---|---|---|---|---|
| $x - 1$ | | $-$ | | $-$ | 0 | $+$ | |
| $x + 1$ | | $-$ | 0 | $+$ | | $+$ | |
| $x^2 - 1 = (x - 1)(x + 1)$ | | $+$ | 0 | $-$ | 0 | $+$ | |

L'ensemble des solutions de l'inéquation $x^2 > 1$ est :

$$]-\infty ; -1[ \cup ]1 ; +\infty[.$$

**Conseil**

On peut vérifier graphiquement ce résultat.

## Révision express

### Les points importants à retenir

Ces quatre fonctions usuelles doivent être parfaitement connues.

- Fonction carré → définie sur $\mathbb{R}$ → expression algébrique : $f(x) = x^2$ → allure de la courbe : savoir la dessiner → propriétés : fonction paire, signe : $f(x) \geqslant 0$.
- Fonction inverse → définie sur $]-\infty\,;0[\,\cup\,]0\,;+\infty[$ → expression algébrique : $f(x) = \dfrac{1}{x}$ → allure de la courbe : savoir la dessiner → propriétés : fonction impaire, signe : $f(x) < 0$ si $x < 0$ et $f(x) > 0$ si $x > 0$.
- Fonction racine carrée → définie sur $[0\,;+\infty[$ → expression algébrique : $f(x) = \sqrt{x}$ → allure de la courbe : savoir la dessiner → signe : $f(x) \geqslant 0$.
- Fonction cube → définie sur $\mathbb{R}$ → expression algébrique : $f(x) = x^3$ → allure de la courbe : savoir la dessiner → propriétés : fonction impaire, signe : $f(x) \leqslant 0$ si $x \leqslant 0$ et $f(x) \geqslant 0$ si $x \geqslant 0$.

## Quiz

*Répondre par vrai ou faux.*

1. La courbe représentative de la fonction inverse est symétrique par rapport à l'axe des ordonnées. ☐ vrai ☐ faux
2. La fonction cube est paire. ☐ vrai ☐ faux
3. La fonction carré est paire. ☐ vrai ☐ faux
4. La fonction racine carrée est définie en 0. ☐ vrai ☐ faux
5. La fonction racine carrée est impaire. ☐ vrai ☐ faux
6. La fonction carré est définie sur $[0\,;+\infty[$. ☐ vrai ☐ faux
7. La courbe représentative de la fonction cube est symétrique par rapport à l'axe des ordonnées. ☐ vrai ☐ faux
8. La courbe représentative de la fonction inverse est symétrique par rapport à l'origine du repère. ☐ vrai ☐ faux
9. Pour tout réel $x < 0$, la fonction inverse est strictement négative. ☐ vrai ☐ faux
10. La courbe représentative de la fonction carré est située au-dessus ou sur l'axe des abscisses. ☐ vrai ☐ faux
11. La courbe représentative de la fonction inverse est située au-dessus de l'axe des abscisses. ☐ vrai ☐ faux
12. La fonction inverse est impaire. ☐ vrai ☐ faux

→ Réponses p. 475

## EXERCICE 1

### Savoir résoudre graphiquement une équation de la forme $f(x) = k$

**Énoncé**

Résoudre graphiquement l'équation $\frac{1}{x} = -0{,}5$.

**Méthode**

**1** Tracer la représentation graphique de la fonction $f$ et la droite d'équation $y = k$.

**2** Lire les abscisses des éventuels points d'intersection de la courbe de $f$ et de la droite, ce sont les solutions de l'équation.
Conclure.

**Corrigé**

**1.** On trace les courbes d'équations $y = \frac{1}{x}$ et $y = -0{,}5$.

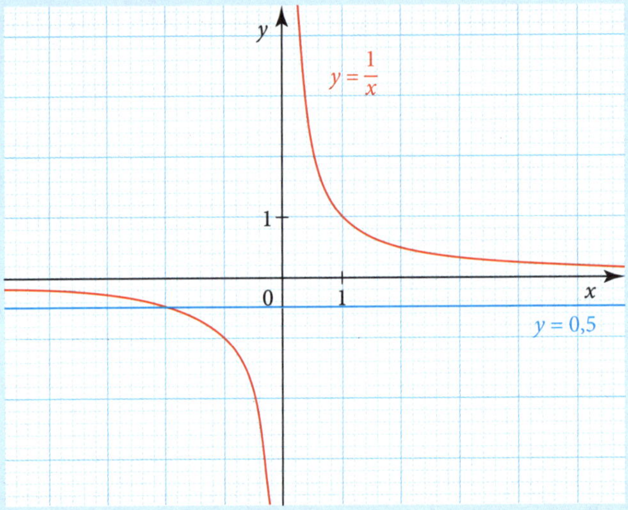


**2.** La courbe et la droite se coupent au point d'abscisse –2.
La solution de l'équation $\frac{1}{x} = -0{,}5$ est –2.

EXERCICE 2

## Savoir résoudre graphiquement une inéquation de la forme $f(x) < k$ ou $f(x) > k$

**Énoncé**

Résoudre graphiquement l'inéquation $x^2 < 4$.

**Méthode**

1 Tracer la représentation graphique de la fonction $f$ et la droite d'équation $y = k$.

2 Déterminer, en fonction de la position de la courbe et de la droite (au-dessus/au-dessous), les solutions de l'inéquation proposée.
Conclure.

**Corrigé**

**1.** On trace la courbe d'équation $y = x^2$ et la droite d'équation $y = 4$.

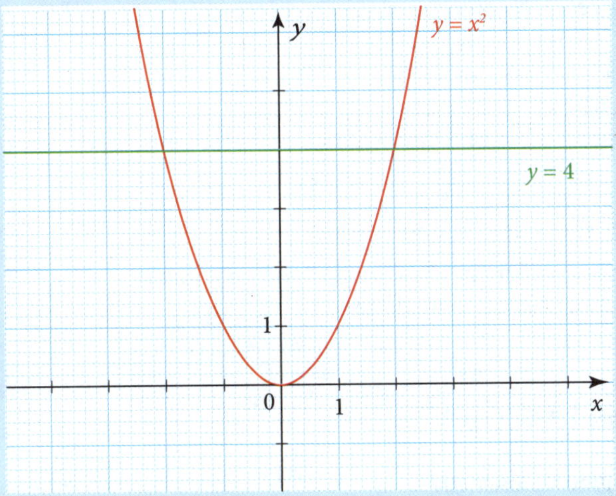


**Rappel**
- Pour l'inéquation $f(x) < k$, on cherche les abscisses des points de $\mathscr{C}_f$ situés **au-dessous** de la droite d'équation $y = k$.
- Pour l'inéquation $f(x) > k$, on cherche les abscisses des points de $\mathscr{C}_f$ situés **au-dessus** de la droite d'équation $y = k$.

**2.** La courbe d'équation $y = x^2$ est située **au-dessous** de la droite d'équation $y = 4$ pour les valeurs de $x$ telles que $-2 < x < 2$.

L'ensemble des solutions de l'inéquation $x^2 < 4$ est $]-2 ; 2[$.

# Chapitre 8 Fonctions, courbes représentatives

## 1 Fonctions à valeurs réelles

**De quoi s'agit-il ?** **On utilise des fonctions pour modéliser, analyser, prévoir et interpréter des phénomènes scientifiques, économiques et techniques.**

### 1 Définition

- Soit $I$ une partie de $\mathbb{R}$.

Une fonction définie sur un intervalle $I$ est un « dispositif mathématique », qui à chaque valeur $x$ de $I$ associe un unique nombre réel noté $f(x)$.

Une fonction mathématique permet de modéliser, d'analyser, de prévoir et d'interpréter des phénomènes scientifiques, économiques et techniques.

- **Exemple**

On modélise la vente de tee-shirts par la fonction $f$ définie sur $[5 ; 30]$ par $f(x) = -3x + 100$ où $x$ désigne le prix en euros d'un tee-shirt.

– On a, par exemple, $f(20) = -3 \times 20 + 100 = 40$, ce qui signifie que si le prix du tee-shirt est fixé à 20 €, alors on en vendra 40.

– On peut utiliser cette fonction pour répondre à la question suivante : « Quel doit être le prix du tee-shirt si on veut en vendre au moins 61 ? »

Pour répondre à cette question, on pose l'inéquation $f(x) \geqslant 61$ équivalente successivement à :

$-3x + 100 \geqslant 61$ ; $-3x \geqslant 61 - 100$ ; $-3x \geqslant -39$ ; $x \leqslant \dfrac{-39}{-3}$ ; $x \leqslant 13$

On en conclut que pour vendre au moins 61 tee-shirts, le prix doit être au plus de 13 €.

Le modèle proposé est une fonction affine dont le coefficient – 3 est négatif, on en conclut que le nombre de tee-shirts vendus est une fonction décroissante du prix.

## 2 Courbe représentative d'une fonction

**De quoi s'agit-il ?** **À une fonction, on associe sa courbe représentative.**

- Soit $f$ une fonction définie sur $I = [a ; b]$.

La courbe représentative $\mathscr{C}$ de la fonction $f$ est l'ensemble des points $M(x ; y)$ tels que : $x \in I$ et $y = f(x)$.

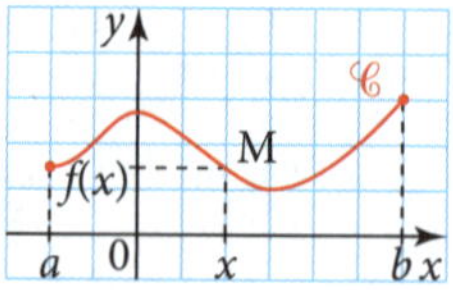


- **Exemple**

Soit $f$ une fonction définie sur $[0 ; 5]$ dont on donne la représentation graphique dans le plan rapporté à un repère.

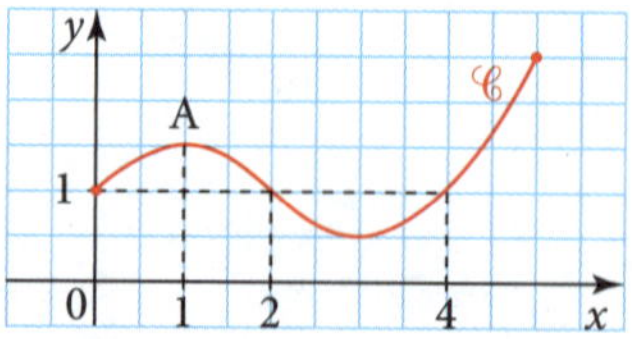


On peut lire sur le graphique :

$A\left(1 ; \dfrac{3}{2}\right)$ appartient à $\mathscr{C}$ ou encore $f(1) = \dfrac{3}{2}$ ;

l'image de 1 par $f$ est $\dfrac{3}{2}$.

$f(0) = 1, f(2) = 1$ et $f(4) = 1$ ; 1 a pour antécédent par $f$ : 0, 2 et 4.

## Exercice résolu

### Résoudre graphiquement un problème

**ÉNONCÉ**

À l'instant $t = 0$, on lance un projectile à partir du sol.
La hauteur $y$ (en m) du projectile en fonction du temps $t$ (en s) est donnée par la courbe.

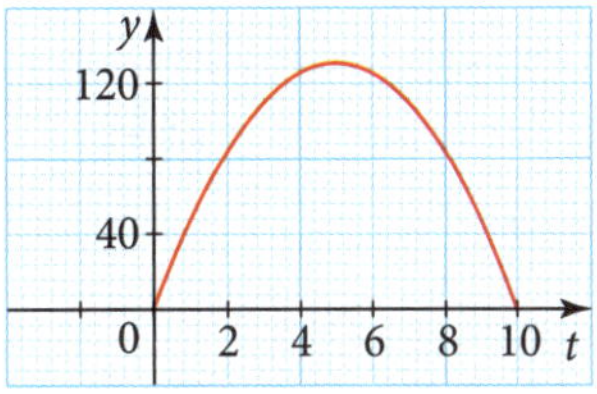


**1.** Quelle est la hauteur atteinte par le projectile au bout de 2 s ?

**2.** Au bout de combien de temps le projectile retombe-t-il au sol ?

**3.** Entre quels instants la hauteur du projectile est-elle au moins égale à 80 m ?

**CORRIGÉ**

**1.** L'ordonnée du point de la courbe d'abscisse 2 est 80.
Au bout de 2 s, le projectile atteint une hauteur de 80 m.

**Conseil**
Lire sur la courbe l'ordonnée du point d'abscisse 2.

**2.** Il y a deux points de la courbe dont l'ordonnée est nulle.
Ces points ont pour abscisses 0 et 10.
Or le point de coordonnées $(0 ; 0)$ correspond au lancement du projectile, donc le projectile retombe au sol au bout de 10 s.

**Conseil**
Lire sur la courbe le point d'ordonnée égale à 0.

**3.** Tous les points dont l'abscisse est comprise entre 2 et 8 ont une ordonnée supérieure ou égale à 80. Ainsi le projectile aura atteint une hauteur supérieure ou égale à 80 m entre les instants $t = 2$ et $t = 8$.

**Conseil**
Lire sur la courbe les abscisses des points dont l'ordonnée est supérieure ou égale à 80.

# 3 Fonction paire, impaire

**De quoi s'agit-il ? Une fonction peut être paire, impaire ou ni l'un ni l'autre ; il faut connaître ces propriétés.**

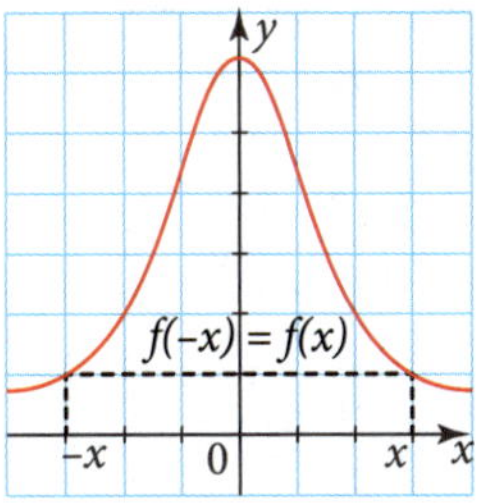


- Une fonction $f$ définie sur un ensemble $D$ symétrique par rapport à 0 est **paire** si et seulement si pour tout $x \in D : f(-x) = f(x)$.

La courbe représentative d'une fonction paire est symétrique par rapport à l'axe des ordonnées.

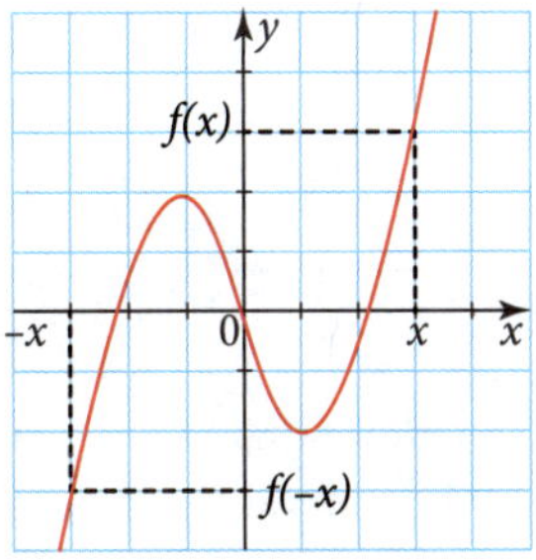


- Une fonction $f$ définie sur un ensemble $D$ symétrique par rapport à 0 est **impaire** si et seulement si pour tout $x \in D$ :

$$f(-x) = -f(x).$$

La courbe représentative d'une fonction impaire est symétrique par rapport à l'origine du repère.

## Exercices résolus

### Étudier la parité d'une fonction

**ÉNONCÉ**

Les fonctions suivantes sont-elles paires, impaires ou ni l'un ni l'autre ?

**1.** $f$ est définie sur $\mathbb{R}$ par $f(x) = x^2 + x$.

**2.** $f$ est définie sur $]-\infty\ ;0[\cup]0\ ;+\infty[$ par $f(x) = 1 - \dfrac{1}{x^2}$ .

**3.** $f$ est définie sur $]-\infty\ ;1[\cup]1\ ;+\infty[$ par $f(x) = \dfrac{1}{1-x}$.

**4.** $f$ est définie sur $\mathbb{R}$ par $f(x) = -x^3$.

**CORRIGÉ**

**1.** $\mathbb{R}$ est symétrique par rapport à 0, mais $f(-x) = (-x)^2 + (-x) = x^2 - x$, donc $f(-x) \neq f(x)$ et $f(-x) \neq -f(x)$. $f$ n'est ni paire, ni impaire.

**2.** $]-\infty\ ;0[\cup]0\ ;+\infty[$ est symétrique par rapport à 0 et

$f(-x) = 1 - \dfrac{1}{(-x)^2} = 1 - \dfrac{1}{x^2} = f(x)$, donc $f$ est paire.

**3.** $]-\infty\ ;1[\cup]1\ ;+\infty[$ n'est pas symétrique par rapport à 0, donc $f$ n'est ni paire, ni impaire.

**4.** $\mathbb{R}$ est symétrique par rapport à 0 et $f(-x) = -(-x)^3 = -(-x^3) = x^3 = -f(x)$, donc $f$ est impaire.

### Utiliser un graphique

**ÉNONCÉ**

Les courbes suivantes représentent-elles des fonctions paires, impaires ou ni l'un ni l'autre ?

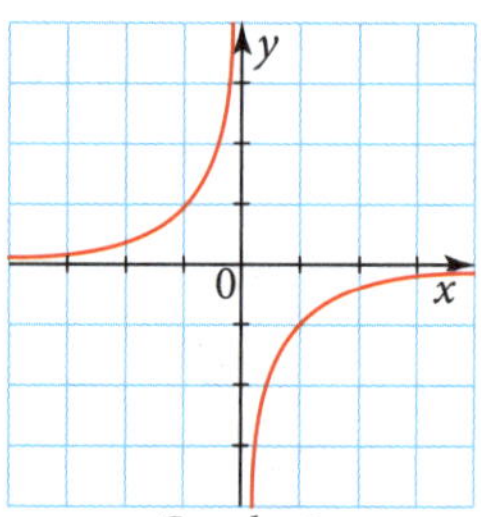

Courbe 1

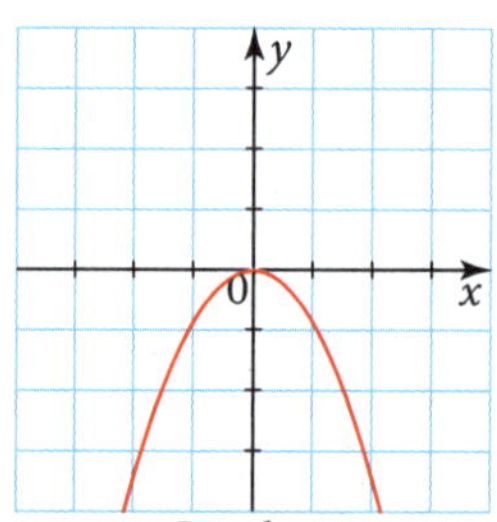

Courbe 2

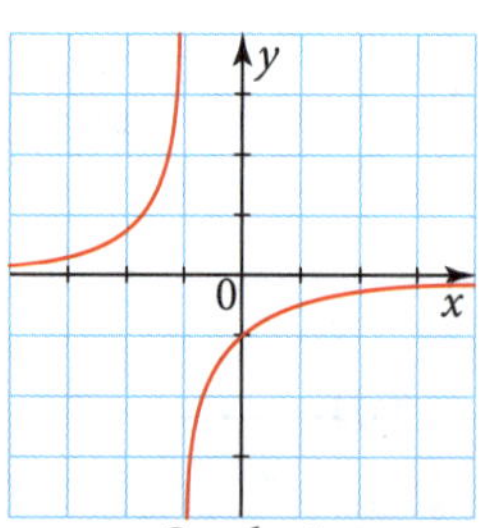

Courbe 3

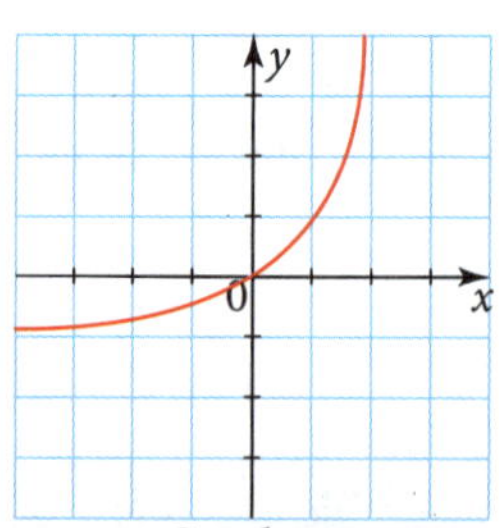

Courbe 4

**CORRIGÉ**

Courbe 1 : fonction impaire.
Courbe 2 : fonction paire.
Courbe 3 : ni paire, ni impaire.
Courbe 4 : ni paire, ni impaire.

# Révision express

## Les points importants à retenir

### Vocabulaire des fonctions

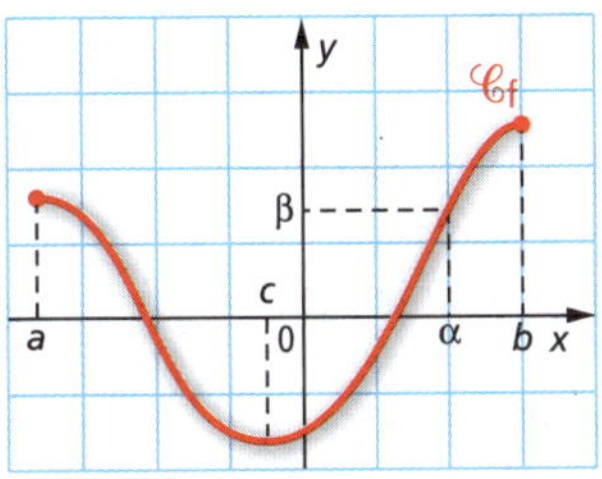


- $f$ est définie sur $[a\ ;\ b]$.
- $f(\alpha) = \beta$ est l'image de $\alpha$ par $f$.
- $\alpha$ est un antécédent de $\beta$ par $f$.
- $f$ est strictement décroissante sur $[a\ ;\ c]$.
- $f$ est strictement croissante sur $[c\ ;\ b]$.
- $f(c)$ est le minimum de $f$ sur $[a\ ;\ b]$, atteint en $c$.

## Quiz

On donne la courbe représentative, dans le plan rapporté à un repère, d'une fonction $f$ définie sur $[-2\ ;\ 5]$.

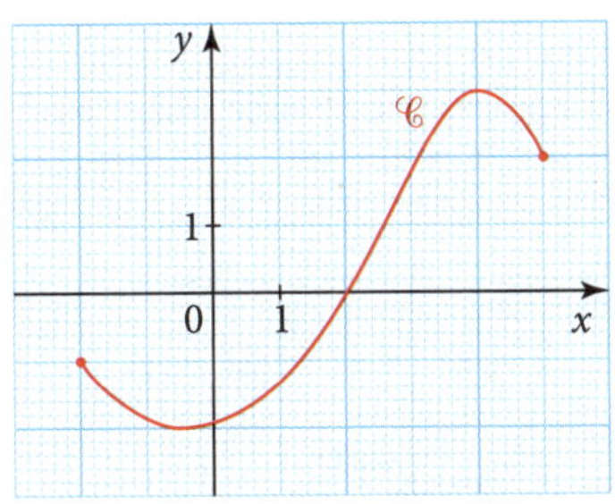


*Cochez la ou les bonnes réponses :*

**1.** L'image de $-2$ par $f$ est : ☐ **0** ☐ **−1** ☐ **−2** ☐ **(−2 ; −1)**

**2.** L'ordonnée du point de $\mathscr{C}$ d'abscisse 2 est : ☐ **0** ☐ **2** ☐ **−2** ☐ **3**

**3.** Le nombre d'antécédents de $-1$ par $f$ est : ☐ **0** ☐ **1** ☐ **2** ☐ **3**

**4.** La solution de l'équation $f(x)\ \mathscr{R}\ 0$ est : ☐ **0** ☐ **2** ☐ **−2** ☐ **−1,9**

**5.** L'ensemble des solutions de l'inéquation $f(x) < 0$ sont les nombres réels de l'intervalle :
☐ **]−2 ; 0[** ☐ **[−2 ; 2[** ☐ **[−2 ; 2]**

**6.** L'ensemble des solutions de l'inéquation $f(x) > 2$ sont les nombres réels de l'intervalle :
☐ **]3 ; 5[** ☐ **[3 ; 5[** ☐ **[3 ; 5]**

**7.** Le maximum de $f$ sur $[-2\ ;\ 5]$ est : ☐ **4** ☐ **2** ☐ **−2** ☐ **3**

**8.** Le minimum de $f$ sur $[-2\ ;\ 5]$ est : ☐ **0** ☐ **−0,5** ☐ **−2** ☐ **3**

**9.** La fonction $f$ est strictement croissante sur : ☐ **[−2 ; 4 ]** ☐ **[−0,5 ; 4]** ☐ **[4 ; 5]**

→ Réponses p. 475

## EXERCICE 1

### Modéliser avec une fonction

#### Énoncé

Pour chacun des cas, modéliser la situation avec une fonction mathématique.

**1.** Soit $f$ la fonction qui associe au rayon d'un cercle son aire.

**2.** Soit $f$ la fonction qui associe au prix d'un objet son nouveau prix après une réduction de 10 %.

**3.** Le tarif d'une voiture en autopartage compte un abonnement de 10 € par mois + 4 € de l'heure.
Soit $f$ la fonction qui associe à la durée d'utilisation le coût mensuel en euros.

**4.** On considère un rectangle dont la longueur en centimètres est égale à sa largeur augmentée de 5 cm.
Soit $f$ la fonction qui associe à la largeur du rectangle son aire en $cm^2$.

#### Méthode

**1** Définir la variable $x$.

**2** Expliciter mathématiquement ce qui est écrit en langage usuel en donnant l'expression algébrique de la fonction, ainsi que son ensemble de définition.

#### Corrigé

**1.** Soit $x$ le rayon du cercle.

$f$ est la fonction définie sur $[0\,;+\infty[$ par $f(x) = \pi x^2$.

**2.** Soit $x$ le prix initial de l'objet. Il subit une baisse de 10 %, son nouveau prix est :

$$x - 10\ \%\ x = x - \frac{10}{100}x = x - 0{,}1x = x(1 - 0{,}1) = 0{,}9x.$$

$f$ est la fonction définie sur $[0\,;+\infty[$ par $f(x) = 0{,}9x$.

**3.** Soit $x$ la durée d'utilisation en heures.

$f$ est la fonction définie sur $[0\,;+\infty[$ par $f(x) = 10 + 4x$.

**4.** Soit $x$ la largeur du rectangle. Sa longueur correspond à sa largeur augmentée de 5 cm, c'est-à-dire $x + 5$. L'aire du rectangle est ainsi égale à $x \times (x + 5) = x^2 + 5x$.

$f$ est la fonction définie sur $[0\,;+\infty[$ par $f(x) = x^2 + 5x$.

## EXERCICE 2

### Étudier la parité d'une fonction

**Énoncé**

Étudier la parité des fonctions suivantes.

**1.** $f$ définie sur $\mathbb{R}$ par $f(x) = -3x$ ;

**2.** $f$ définie sur $]-\infty\ ;0[\cup]0\ ;+\infty[$ par $f(x) = 2 - \dfrac{2}{x^2}$ ;

**3.** $f$ définie sur $[0\ ;+\infty[$ par $f(x) = x^2$ ;

**4.** $f$ définie sur $\mathbb{R}/\{-1\ ;1\}$ par $f(x) = \dfrac{2}{x^2-1}$ ;

**5.** $f$ définie sur $\mathbb{R}/\{-1\}$ par $f(x) = \dfrac{2}{x+1}$.

**Méthode**

**1** Vérifier que l'ensemble de définition de la fonction est bien centré en 0.

**2** Déterminer l'expression de $f(-x)$ :
- si $f(-x) = f(x)$, alors on conclut que la fonction est paire ;
- si $f(-x) = -f(x)$, alors on conclut que la fonction est impaire ;
- sinon, on conclut que la fonction n'est ni paire, ni impaire.

**Corrigé**

**1.** $\mathbb{R}$ est un ensemble centré en 0 ; $f(-x) = -3(-x) = 3x = -(-3x) = -f(x)$.

$f$ est impaire.

**2.** $]-\infty\ ;0[\cup]0\ ;+\infty[$ est un ensemble centré en 0 ; $f(-x) = 2 - \dfrac{2}{(-x)^2} = 2 - \dfrac{2}{x^2} = f(x)$.

$f$ est paire.

**3.** $[0\ ;+\infty[$ n'est pas un ensemble centré en 0 ; $f$ n'est ni paire, ni impaire.

**4.** $\mathbb{R}/\{-1\ ;1\}$ que l'on peut encore écrire $]-\infty\ ;-1[\cup]-1\ ;1[\cup]1\ ;+\infty[$ est un ensemble centré en 0.

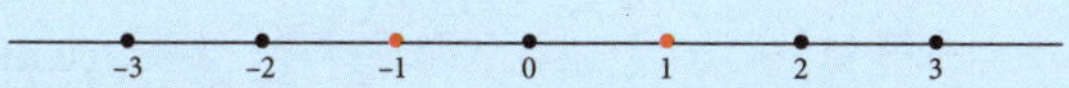


$$f(-x) = \frac{2}{(-x)^2-1} = \frac{2}{x^2-1} = f(x).$$

$f$ est paire.

**5.** $\mathbb{R}/\{-1\}$ n'est pas un ensemble centré en 0 ; $f$ n'est ni paire, ni impaire.

**Piège à éviter**
Un intervalle centré en 0 est symétrique par rapport à 0.

# Chapitre 9 Variations et extremums

## 1 Sens de variation d'une fonction

**De quoi s'agit-il ?** **Le sens de variation de la fonction est résumé dans un tableau de variation.**

### 1 Définition et propriétés

- Soit $f$ une fonction définie sur un intervalle I = $[a ; b]$.

On dit que $f$ est strictement **croissante** sur I lorsque pour tout nombre réel $x_1$ et $x_2$ de I tels que $x_1 < x_2$, on a : $f(x_1) < f(x_2)$.

On dit que $f$ est strictement **décroissante** sur I lorsque pour tout nombre réel $x_1$ et $x_2$ de I tels que $x_1 < x_2$, on a : $f(x_1) > f(x_2)$.

On dit que $f$ est **constante** sur I lorsque pour tout nombre réel $x$ de I, on a : $f(x) = k$ ; $k \in \mathbb{R}$.

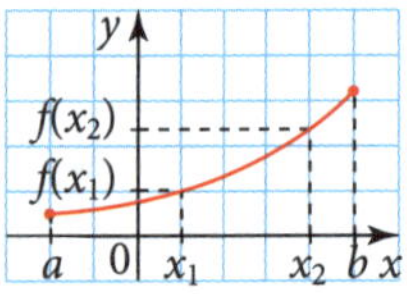

$f$ est strictement croissante sur I. La courbe « monte » sur I.

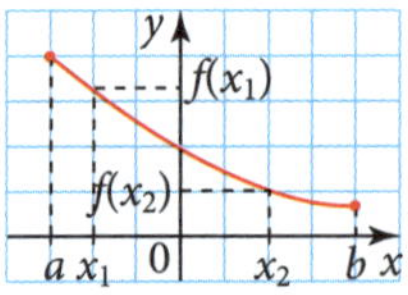

$f$ est strictement décroissante sur I. La courbe « descend » sur I.

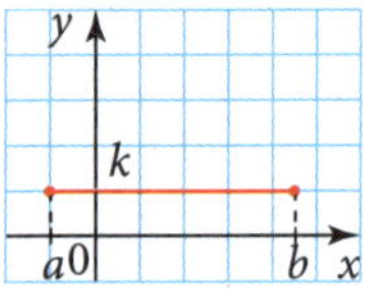

$f$ est constante sur I. La courbe est « horizontale » sur I.

- Une fonction strictement croissante sur I conserve l'ordre : si deux nombres réels de I sont rangés dans un certain ordre, leurs images sont rangées dans le même ordre.
- Une fonction strictement décroissante sur I renverse l'ordre : si deux nombres réels de I sont rangés dans un certain ordre, leurs images sont rangées dans l'ordre contraire.

### 2 Tableau de variation

Le sens de variation d'une fonction se résume dans un tableau de variation : on détermine les intervalles sur lesquels la fonction est strictement croissante, strictement décroissante ou constante.

## 2 Minimum, maximum d'une fonction

**De quoi s'agit-il ?** **Ces propriétés sont à connaître par cœur.**

**Remarque**
**Une fonction peut ne pas avoir de minimum ou de maximum.**

Soit $f$ une fonction définie sur un intervalle I et $x_0$ un nombre réel appartenant à I.

- $f$ admet un **minimum** en $x_0$ si pour tout nombre réel $x$ de I, on a $f(x) \geqslant f(x_0)$.
- $f$ admet un **maximum** en $x_0$ si pour tout nombre réel $x$ de I, on a $f(x) \leqslant f(x_0)$.

## Exercice résolu

**Utiliser l'extremum**

**ÉNONCÉ**

On donne le tableau de variation d'une fonction $f$ définie sur $\mathbb{R}$.
Montrer que pour tout nombre réel $x$, $f(x) > 0$.

| $x$ | $-\infty$ | 3 | $+\infty$ |
|---|---|---|---|
| $f(x)$ | ↘ | 1 | ↗ |

**CORRIGÉ**

Toutes les valeurs de $f(x)$ sont supérieures ou égales à 1 : le minimum est égal à 1, atteint en $x = 3$.

On a donc, pour tout nombre réel $x$, $f(x) \geqslant 1$.
Or $1 > 0$ donc, pour tout nombre réel $x$, $f(x) > 0$.

**Rappel**
C'est la définition du minimum qui permet de répondre à la question.

# 3 Fonctions affines

**De quoi s'agit-il ?** C'est une fonction usuelle qu'il faut parfaitement connaître.

## 1 Fonction affine : $x \longmapsto ax + b$

Cette fonction est définie sur $\mathbb{R}$.

- $a > 0$

| $x$ | $-\infty$ | $\frac{-b}{a}$ | $+\infty$ |
|---|---|---|---|
| $ax + b$ | $-\infty$ ↗ | 0 | ↗ $+\infty$ |
| signe de $ax + b$ | $-$ | 0 | $+$ |

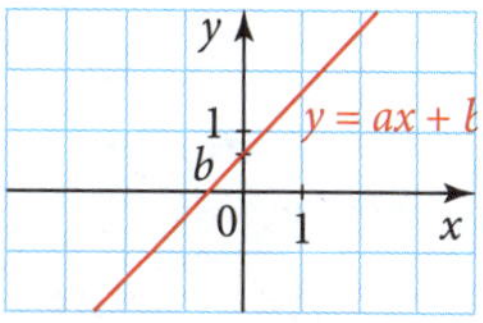


- $a < 0$

| $x$ | $-\infty$ | $\frac{-b}{a}$ | $+\infty$ |
|---|---|---|---|
| $ax + b$ | $+\infty$ ↘ | 0 | ↘ $-\infty$ |
| signe de $ax + b$ | $+$ | 0 | $-$ |

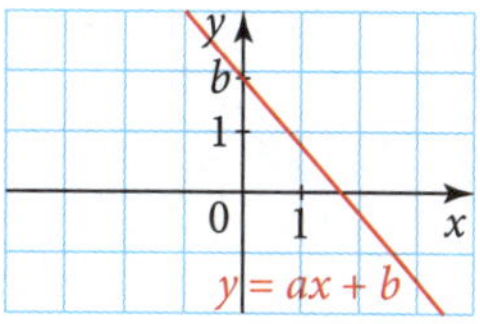


## 2 Coefficient directeur d'une droite

- La représentation graphique d'une fonction affine $f$ définie par $f(x) = ax + b$ est la droite d'équation $y = ax + b$ ; $a$ est le coefficient directeur de la droite.

Soit $x_A$ et $x_B$ deux nombres réels, le taux d'accroissement de la fonction affine de $x_A$ à $x_B$ est :

$$\frac{f(x_B)-f(x_A)}{x_B-x_A}=\frac{(ax_B+b)-(ax_A+b)}{x_B-x_A}=\frac{ax_B+b-ax_A-b}{x_B-x_A}=\frac{a(x_B-x_A)}{x_B-x_A}=a.$$

Le coefficient directeur de la droite correspond ainsi au taux d'accroissement de la fonction affine de $x_A$ à $x_B$.

# 4 Variation des fonctions carré, inverse, racine carrée et cube

**De quoi s'agit-il ?** **Le tableau de variation de ces fonctions usuelles doit être connu.**

## 1 Fonction carré

Cette fonction est définie sur $\mathbb{R}$.

| $x$ | $-\infty$ | | $0$ | | $+\infty$ |
|---|---|---|---|---|---|
| $x^2$ | $+\infty$ | ↘ | $0$ | ↗ | $+\infty$ |
| signe de $x^2$ | | $+$ | $0$ | $+$ | |

## 2 Fonction inverse

Cette fonction est définie sur $]-\infty\,;0[\,\cup\,]0\,;+\infty[$.

| $x$ | $-\infty$ | | $0$ | | $+\infty$ |
|---|---|---|---|---|---|
| $\frac{1}{x}$ | $0$ | ↘ | $-\infty$ ‖ $+\infty$ | ↘ | $0$ |
| signe de $\frac{1}{x}$ | | $-$ | ‖ | $+$ | |

## 3 Fonction racine carrée

| $x$ | $0$ | | $+\infty$ |
|---|---|---|---|
| $\sqrt{x}$ | $0$ | ↗ | $+\infty$ |
| Signe de $\sqrt{x}$ | $0$ | $+$ | |

## 4 Fonction cube

| $x$ | $-\infty$ | | $0$ | | $+\infty$ |
|---|---|---|---|---|---|
| $x^3$ | $-\infty$ | | ↗ | | $+\infty$ |
| Signe de $x^3$ | $-$ | | $0$ | | $+$ |

## Exercices résolus

### Utiliser le sens de variation d'une fonction

**ÉNONCÉ**

Comparer les deux nombres sans utiliser la calculatrice.

**1.** $(-3,4)^2$ et $(-3,8)^2$ ; **2.** $\frac{1}{3}$ et $\frac{1}{\pi}$ ; **3.** $5,2^3$ et $5,4^3$ ; **4.** $\sqrt{21}$ et $\sqrt{22}$.

**CORRIGÉ**

**1.** La fonction carré est strictement décroissante sur $]-\infty\,;0]$ et $-3,4 > -3,8$, donc $(-3,4)^2 < (-3,8)^2$.

**2.** La fonction inverse est strictement décroissante sur $]0\,;+\infty[$ et $3 < \pi$, donc $\frac{1}{3} > \frac{1}{\pi}$.

**3.** La fonction cube est strictement croissante sur $\mathbb{R}$ et $5,2 < 5,4$, donc $5,2^3 < 5,4^3$.

**4.** La fonction racine carrée est strictement croissante sur $[0\,;+\infty[$ et $21 < 22$, donc $\sqrt{21} < \sqrt{22}$.

### Encadrer un inverse et un carré

**ÉNONCÉ**

Donner un encadrement de $\frac{1}{x}$ et de $x^2$ pour chaque cas.

**1.** $-0,5 < x < -0,4$ ; **2.** $x > 0,1$.

**CORRIGÉ**

**1.** La fonction inverse et la fonction carré sont strictement décroissantes respectivement sur $]-\infty\,;0[$ et sur $[0\,;+\infty[$, donc $\frac{1}{-0,5} > \frac{1}{x} > \frac{1}{-0,4}$, soit $-2 > \frac{1}{x} > -2,5$ ou encore $-2,5 < \frac{1}{x} < -2$ et $(-0,5)^2 > x^2 > (-0,4)^2$, soit $0,25 > x^2 > 0,16$, ou encore $0,16 < x^2 < 0,25$.

**2.** La fonction inverse est strictement décroissante sur $]0\,;+\infty[$ et la fonction carré est strictement croissante sur $[0\,;+\infty[$, donc $\frac{1}{x} < \frac{1}{0,1}$, soit $\frac{1}{x} < 10$ et $x^2 > 0,1^2$, soit $x^2 > 0,01$.

## → Révision express

### Les points importants à retenir

- Déterminer le sens de variation d'une fonction, c'est déterminer le ou les intervalles où la fonction est croissante et le ou les intervalles où la fonction est décroissante.
- Le vocabulaire est important et précis :
On dit que la **fonction est décroissante** sur un intervalle mais que sa **courbe représentative descend** sur cet intervalle. De même, on dit que la **fonction est croissante** sur un intervalle mais que sa **courbe représentative monte** sur cet intervalle.
- La connaissance des variations d'une fonction permet de comparer des images d'une fonction.
- La lecture et l'interprétation du tableau de variation d'une fonction permet de résoudre certaines questions liées au signe de la fonction et à l'existence de solutions d'une équation.

## Quiz

*Répondre par vrai ou faux.*

On donne le tableau de variation d'une fonction $f$ définie sur $I$ :

| $x$ | $-\infty$ | | $-1$ | | $3$ | | $10$ |
|---|---|---|---|---|---|---|---|
| $f(x)$ | $-\infty$ | ↗ | $-2$ | ↘ | $-10$ | ↗ | $0$ |

1. $f$ est définie sur $I = ]-\infty ; 10]$. ☐ vrai ☐ faux
2. Le maximum de $f$ sur $I$ est 0. ☐ vrai ☐ faux
3. Pour tout $x$ $I$, $f(x) \leqslant 0$. ☐ vrai ☐ faux
4. Le minimum de $f$ sur $I$ est $-10$. ☐ vrai ☐ faux
5. Le minimum de $f$ sur $[-1 ; 10]$ est $-10$. ☐ vrai ☐ faux
6. $f$ est strictement décroissante sur $[-1 ; 10]$. ☐ vrai ☐ faux
7. $f(4) \leqslant f(5)$. ☐ vrai ☐ faux
8. $f(-0{,}5) \leqslant f(-0{,}25)$. ☐ vrai ☐ faux
9. La courbe représentative de $f$ monte sur $]-\infty ; -1]$. ☐ vrai ☐ faux
10. La courbe représentative de $f$ ne coupe pas l'axe des abscisses. ☐ vrai ☐ faux
11. L'équation $f(x) = 1$ a une unique solution sur $]-\infty ; 10]$. ☐ vrai ☐ faux
12. $f(-1) = -2$. ☐ vrai ☐ faux
13. $f(0) = 10$. ☐ vrai ☐ faux

→ Réponses p. 475

EXERCICE 1

## Savoir dresser un tableau de variation à partir d'une courbe représentative

### Énoncé

On donne un tracé de la courbe représentative d'une fonction $f$ définie sur $[-2\,;6]$.
Dresser le tableau de variation de $f$.

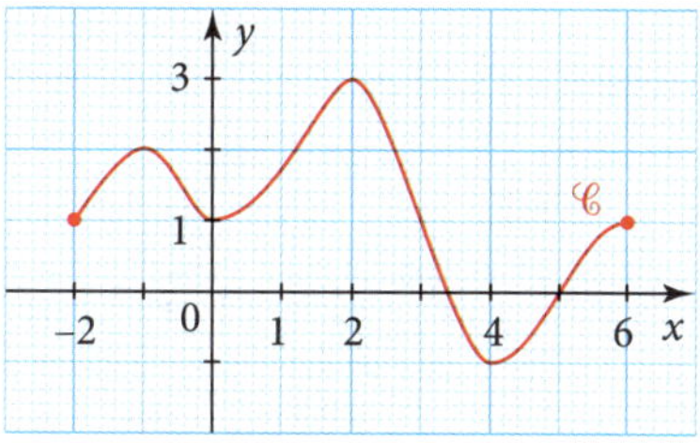


### Méthode

**1** Chercher :

- les intervalles sur lesquels $\mathscr{C}$ monte : $f$ est strictement croissante sur chacun de ces intervalles ;
- les intervalles sur lesquels $\mathscr{C}$ descend : $f$ est strictement décroissante sur chacun de ces intervalles.

**2** Dresser le tableau de variation de $f$ en notant les valeurs de $x$ pour lesquelles $f$ change de sens de variation.

### Corrigé

**1.** • La courbe monte sur les intervalles $[-2\,;-1]$, $[0\,;2]$ et $[4\,;6]$.

Donc $f$ est strictement croissante sur $[-2\,;-1]$, $[0\,;2]$ et $[4\,;6]$.

• La courbe descend sur les intervalles $[-1\,;0]$ et $[2\,;4]$.

Donc $f$ est strictement décroissante sur $[-1\,;0]$ et $[2\,;4]$.

**Piège à éviter**
On dit qu'une courbe monte ou descend sur un intervalle, mais que la fonction est strictement croissante ou décroissante sur un intervalle.

**2.** Tableau de variation de $f$ :

| $x$ | $-2$ | | $-1$ | | $0$ | | $2$ | | $4$ | | $6$ |
|---|---|---|---|---|---|---|---|---|---|---|---|
| $g(x)$ | 1 | ↗ | 2 | ↘ | 1 | ↗ | 3 | ↘ | $-1$ | ↗ | 1 |

## EXERCICE 2

# Interpréter le tableau de variation d'une fonction

## Énoncé

On donne le tableau de variation des fonctions $f$ et $g$.

| $x$ | $0$ | | $2$ | | $+\infty$ |
|---|---|---|---|---|---|
| $f(x)$ | ‖ | ↘ | $1$ | ↗ | |

| $x$ | $-\infty$ | | $0$ | | $+\infty$ |
|---|---|---|---|---|---|
| $g(x)$ | | ↗ | $-1$ | ↘ | |

**À savoir**

La double barre dans le tableau de variation signifie que la fonction n'est pas définie en 0.

**1.** Déterminer l'ensemble de définition des fonctions $f$ et $g$.

**2.** Expliquer pourquoi l'inéquation $f(x) < 0$ n'a pas de solution.

**3.** Résoudre l'inéquation $g(x) < 0$.

## Méthode

**1** Lire sur la première ligne du tableau l'ensemble de définition de la fonction.

**2** Interpréter les informations du tableau de variation et la signification des éventuels minimums et maximums.

## Corrigé

**1.** L'ensemble de définition de la fonction $f$ est $]0 ; +\infty[$, celui de $g$ est $\mathbb{R}$.

**2.** Le minimum de $f$ sur $]0 ; +\infty[$ est 1.

Ainsi, pour tout nombre réel $x$ appartenant à $]0 ; +\infty[$, $f(x) \geqslant 1$. On en conclut que $f(x) > 0$ et que l'inéquation $f(x) < 0$ n'a pas de solution.

**3.** Le maximum de $g$ sur $\mathbb{R}$ est $-1$.

Ainsi pour tout nombre réel $x$ appartenant à $\mathbb{R}$, $g(x) \leqslant -1$.

On en conclut que $g(x) < 0$ et que l'ensemble des solutions de l'inéquation $g(x) < 0$ est $\mathbb{R}$.

**Conseil**

C'est la lecture et l'interprétation du tableau de variation qui permet de résoudre les inéquations.

Chapitre 10

# Information chiffrée et statistique descriptive

MATHS

## 1 Proportion, pourcentage d'une sous-population dans une population

**De quoi s'agit-il ?** Ce sont des notions très utiles dans notre « quotidien ».

### 1 Proportion

• Considérons une population $E$ d'effectif $n_E$ et une sous-population de $E$, notée $A$, d'effectif $n_A$.

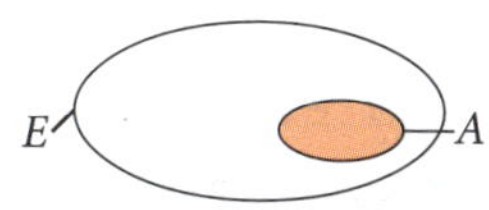


La **proportion** de $A$ dans $E$ est le nombre réel $p$ tel que : $\boldsymbol{p = \frac{n_A}{n_E}}$.

Une proportion peut s'écrire sous forme fractionnaire, sous forme décimale ou sous forme de pourcentage (par exemple, $\frac{3}{5} = 0{,}6 = 60\ \%$).

**Propriétés :** $0 \leqslant n_A \leqslant n_E$ et $0 \leqslant p \leqslant 1$.

• De l'égalité $\boldsymbol{p = \frac{n_A}{n_E}}$, on déduit : $\boldsymbol{n_A = p \times n_E}$ ***et*** $\boldsymbol{n_E = \frac{n_A}{p}}$.

### 2 Comparaisons de proportions et d'effectifs

• Lorsque deux sous-populations appartiennent à une même population de référence, leurs proportions et leurs effectifs sont rangés dans le même ordre et on peut les comparer.

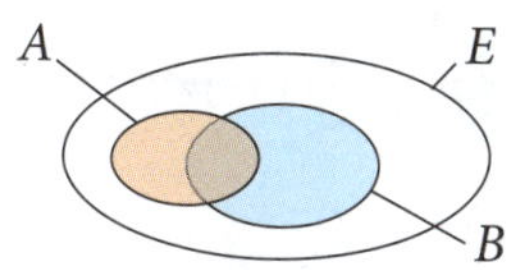


Si $p_A < p_B$ alors $n_A < n_B$.

• **Exemples**

• Dans une classe de Seconde, 30 % des élèves pratiquent un sport et 20 % jouent d'un instrument de musique.
La population de référence étant **la même** pour les deux proportions données, on peut donc affirmer qu'il y a plus d'élèves qui pratiquent un sport que d'élèves qui jouent d'un instrument de musique.

• 75 % des élèves de la classe de 2$^{\text{de}}$ 1 et 80 % des élèves de la classe de 2$^{\text{de}}$ 2 pratiquent un sport. On ne sait pas dans quelle classe le **nombre** d'élèves qui pratiquent un sport est le plus élevé car les proportions données ne correspondent pas à des sous-populations du même ensemble de référence.

## Exercice résolu

### Utiliser une proportion

**ÉNONCÉ**

Une entreprise de 120 employés compte 15 % de cadres, 60 % de techniciens et 25 % d'ouvriers. 75 employés de cette entreprise sont des femmes.

**1.** Calculer l'effectif des cadres.

**2.** Calculer la proportion de femmes dans l'entreprise.

•••

**CORRIGÉ**

**1.** Soit $E$ la population des employés et $C$ la sous-population des cadres.

$$p = \frac{n_C}{n_E}, \text{ donc } n_C = p \times n_E, \text{ soit } n_C = 15\ \% \times 120 = 0{,}15 \times 120 = 18.$$

L'entreprise compte 18 cadres.

**2.** Soit $E$ la population des employés et $F$ la sous-population des femmes.

$$p = \frac{n_F}{n_E}, \text{ donc } p = \frac{75}{120} = 0{,}625 = 62{,}5\ \%.$$

L'entreprise compte 62,5 % de femmes.

# 2 Ensembles de référence inclus les uns dans les autres : pourcentage de pourcentage

**De quoi s'agit-il ?** **Le dessin permet de bien comprendre la situation : il s'agit de trois ensembles inclus l'un dans l'autre.**

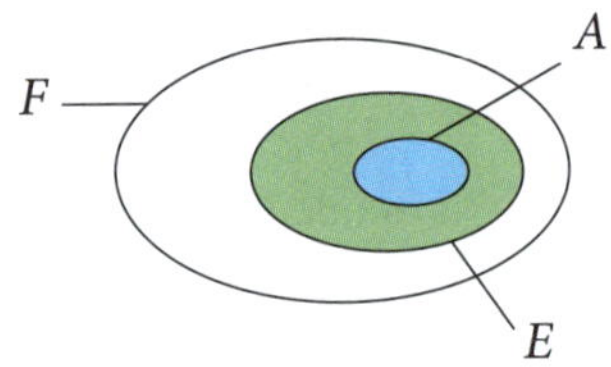


Considérons trois populations $A$, $E$ et $F$ telles que $A$ soit une sous-population de $E$ et $E$ une sous-population de $F$.

$p_1$ est la proportion de $A$ dans $E$.

$p_2$ est la proportion de $E$ dans $F$.

Alors, $\boldsymbol{p = p_1 \times p_2}$ est la **proportion de $A$ dans $F$.**

## Exercice résolu

### Calculer un pourcentage de pourcentage

**ÉNONCÉ**

Le maire d'une ville organise un référendum. Les résultats sont les suivants : 45 % des électeurs inscrits sur les listes électorales se sont déplacés pour voter. Parmi eux, 60 % ont répondu « oui » à la question posée par le maire.
Quelle proportion des électeurs inscrits a répondu « oui » à la question du maire ?

**CORRIGÉ**

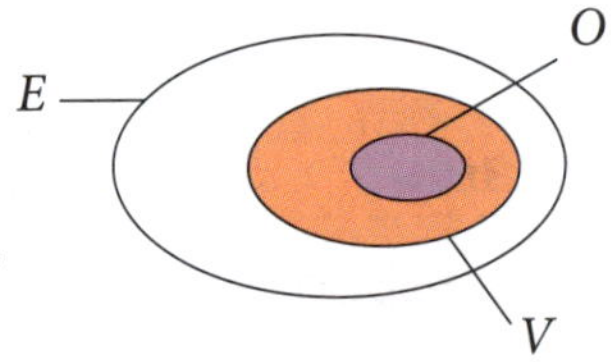


$E$ est la population des électeurs inscrits.
$V$ est la population des votants.
$O$ est la population des personnes qui ont répondu « oui ».

- La proportion de $V$ dans $E$ est 45 %.
- La proportion de $O$ dans $V$ est 60 %.
- La proportion de $O$ dans $E$ est donc :

$$45\ \% \times 60\ \% = 0{,}45 \times 0{,}6 = 0{,}27 = 27\ \%.$$

27 % des électeurs inscrits ont répondu « oui » à la question du maire.

**Méthode**
**Le schéma permet de modéliser la situation.**

# 3 Évolution : variation absolue, variation relative

**De quoi s'agit-il ?** On modélise l'évolution d'une valeur $y_1$ vers une valeur $y_2$.

Soit $y_1$ et $y_2$ deux nombres réels strictement positifs.

$$y_1 \longrightarrow y_2$$

- La **variation absolue** de $y_1$ à $y_2$ est le nombre $y_2 - y_1$.
- La **variation relative** (ou **taux d'évolution**) de $y_1$ à $y_2$ est le nombre :

$$t = \frac{y_2 - y_1}{y_1}.$$

- **Exemples**

• Si $y_1 = 2$ et $y_2 = 4$, la variation absolue est égale à $4 - 2 = 2$ et la variation relative est égale à $\frac{4-2}{2} = \frac{2}{2} = 1 = 100\ \%$ ; il s'agit d'une hausse de 100 %.

• Si $y_1 = 10$ et $y_2 = 12$, la variation absolue est égale à $12 - 10 = 2$ (comme précédemment) mais la variation relative est égale à $\frac{12-10}{10} = \frac{2}{10} = 0{,}2 = 20\ \%$ ; il s'agit d'une hausse de 20 %.

- Il faut distinguer si un pourcentage exprime une **proportion** ou une **évolution**.
- **Exemple**

85 % des élèves ont eu leur bac cette année, soit 3 % de plus que l'année dernière… 85 % exprime une proportion, mais 3 % exprime une évolution.

**Remarques**

- $t$ est un nombre réel supérieur à $-1$ qui peut être écrit sous forme décimale, fractionnaire ou de pourcentage.
- Lorsque $t > 0$, il s'agit d'une hausse de $y_1$ à $y_2$, lorsque $t < 0$, il s'agit d'une baisse de $y_1$ à $y_2$.
- Les variations absolues et relatives sont des notions différentes.

## Exercice résolu

### Calculer un taux d'évolution

**ÉNONCÉ**

Dans une épicerie, le nombre de produits dans un rayon 1 passe de 15 à 27, tandis que dans un rayon 2, le nombre de produits passe de 30 à 21. Calculer les variations absolues et relatives du nombre de produits pour chacun des deux rayons.

**CORRIGÉ**

• Dans le rayon 1 : $y_1 = 15$ et $y_2 = 27$.
La variation absolue est égale à $27 - 15 = 12$ ; le nombre de produits a augmenté de 12 unités dans ce rayon.
La variation relative est égale à $\frac{12}{15} = 0{,}8 = 80\ \%$ ; le nombre de produits de ce rayon a augmenté de 80 %.

• Dans le rayon 2 : $y_1 = 30$ et $y_2 = 21$.
La variation absolue est égale à $21 - 30 = -9$ ; le nombre de produits a diminué de 9 unités dans ce rayon.
La variation relative est égale à $\frac{-9}{30} = -0{,}3 = -30\ \%$ ; le nombre de produits de ce rayon a diminué de 30 %.

# 4 Évolutions successives, évolutions réciproques

**De quoi s'agit-il ?** **On modélise plusieurs évolutions.**

## 1 Coefficient multiplicateur

Soit $y_1$ et $y_2$ deux nombres réels strictement positifs et $t$ le taux d'évolution de $y_1$ à $y_2$.
Le coefficient multiplicateur de $y_1$ à $y_2$ est le nombre $\mathbf{1 + t}$.

$$y_1 \xrightarrow{\times(1+t)} y_2$$

On a donc $\mathbf{y_2 = (1 + t)y_1}$.

## 2 Évolutions successives

Soit $y_1$, $y_2$ et $y_3$ trois nombres réels strictement positifs.
Soit $t_1$ le taux d'évolution de $y_1$ à $y_2$, $t_2$ le taux d'évolution de $y_2$ à $y_3$ et $t$ le taux d'évolution de $y_1$ à $y_3$.

$$y_1 \xrightarrow{\times(1+t_1)} y_2 \xrightarrow{\times(1+t_2)} y_3$$

$$y_1 \xrightarrow[\times(1+t)]{} y_3$$

Ainsi : $\mathbf{1 + t = (1 + t_1) \times (1 + t_2)}$.

## 3 Évolutions réciproques

Soit $y_1$ et $y_2$ deux nombres réels strictement positifs. Soit $t$ le taux d'évolution de $y_1$ à $y_2$, on nomme $t'$ le taux d'évolution **réciproque** de $y_2$ à $y_1$.

$$y_1 \xrightarrow{\times(1+t)} y_2 \qquad y_2 \xrightarrow[\times(1+t')]{} y_1$$

On a : $\mathbf{1 + t'} = \dfrac{1}{1+t}$.

# 5 Moyenne pondérée

**De quoi s'agit-il ?** **Il s'agit de bien comprendre l'utilisation de cet indicateur de position.**

## 1 Définition et formule

- La moyenne est un indicateur de **tendance centrale**, c'est un nombre qui caractérise une **position** des valeurs du caractère d'une série statistique à caractère quantitatif.

- On note $x_1, x_2, \ldots, x_p$, les différentes valeurs prises par un caractère quantitatif ; $n_1, n_2, \ldots, n_p$, les effectifs respectifs de ces valeurs et $N$ l'effectif total.

La **moyenne** $\overline{x}$ est définie par $\overline{x} = \dfrac{x_1 \times n_1 + x_2 \times n_2 + \ldots + x_p \times n_p}{N}$.

## 2 Utilisation de la calculatrice pour obtenir la moyenne

- Avec une calculatrice de **modèle *CASIO*** :

Dans le menu, on choisit STAT et on tape [EXE] : on entre les valeurs $x_i$ dans List 1 et les effectifs $n_i$ dans List 2.

On sélectionne CALC et SET, puis sur la ligne 1 Var X :, on sélectionne List 1 ; sur la ligne 1 Var Freq :, on sélectionne List 2 (ou 1 si la série est donnée sous forme d'une liste de valeurs).

On termine par [EXE] 1 VAR et on cherche sur l'écran la moyenne $\overline{x}$.

- Avec une calculatrice de **modèle *TEXAS INSTRUMENTS*** :

On tape stats et [entrer] pour sélectionner 1:Edit : on entre les valeurs $x_i$ dans L1 et les effectifs $n_i$ dans L2.

On tape stats, 𝔽(CALC), puis [entrer] pour sélectionner 1:1-Var Stats:, puis [2nde] [1] [,] [2nde] [2] (ou seulement [2nde] [1] si la série est donnée sous forme d'une liste de valeurs).

On termine par [entrer] et on cherche la moyenne $\overline{x}$.

**Attention**
Si les valeurs sont regroupées en classes, de la forme $[a_i ; b_i[$, on entre dans la liste 1 de la calculatrice le centre des classes $x_i$ avec la formule $x_i = \dfrac{a_i + b_i}{2}$.

## 3 Utilisation du tableur pour obtenir la moyenne

Avec un tableur (logiciel **Excel**), on utilise la formule [=MOYENNE(… ; …)].

# 6 Linéarité de la moyenne

**De quoi s'agit-il ?** **Connaître les propriétés de la moyenne permet de simplifier les calculs.**

La moyenne possède certaines propriétés, dont la propriété de linéarité.

- Si on ajoute un même nombre $c$ à toutes les valeurs d'une série de moyenne $\overline{x}$, alors la moyenne de la série augmente de $c$.

La nouvelle moyenne obtenue est donc $\overline{x} + c$.

- Si on multiplie par un même nombre $k$ toutes les valeurs d'une série de moyenne $\overline{x}$, alors la moyenne de la série est multipliée par $k$.

La nouvelle moyenne obtenue est donc $k\,\overline{x}$.

- Si une série de valeurs $x_i$ a pour moyenne $\overline{x}$, alors la série de valeurs $ax_i + b$ a pour moyenne $a\,\overline{x} + b$.

### Exercice résolu

**Utiliser la linéarité de la moyenne**

**ÉNONCÉ**

**1.** Calculer « de tête » la moyenne des valeurs suivantes de la série A :

2; 8; 3; 7; 4; 6.

**2.** On considère la série B :

22; 82; 32; 72; 42; 62.

Calculer la moyenne de la série B, après avoir vérifié que chacune de ses valeurs vérifie la relation $10x_i + 2$ où $x_i$ correspond aux valeurs de la série A.

…

**CORRIGÉ**

**1.** La moyenne de la série A est : $\frac{2+8+3+7+4+6}{6} = 5$.

**2.** $22 = 10 \times 2 + 2$ ; $82 = 10 \times 8 + 2$ ; $32 = 10 \times 3 + 2$ ; $72 = 10 \times 7 + 2$ ;
$42 = 10 \times 4 + 2$ ; $62 = 10 \times 6 + 2$.
On applique la propriété de linéarité.
La moyenne de la série B est égale à : $10 \times 5 + 2 = 52$.

# 7 Indicateurs de dispersions : écart interquartile, écart type

**De quoi s'agit-il ?** **Ces indicateurs vont permettre d'affiner la comparaison de deux séries.**

- La moyenne et la médiane sont des indicateurs de **position**, leurs indicateurs de **dispersions** associés sont respectivement l'écart type et l'écart interquartile.
- On utilise les couples (moyenne ; écart type) ou (médiane ; écart interquartile) pour modéliser des séries et les comparer.

## 1 Écart type

L'écart type est l'indicateur de dispersion associé à la moyenne. Il mesure la dispersion des valeurs autour de leur moyenne. Plus l'écart type est faible, plus la population est homogène.

## 2 Quartiles

- Le premier quartile $Q_1$ est une valeur qui partage la population, dont les valeurs du caractère sont rangées en ordre croissant, en deux groupes : le 1er groupe représente à peu près 25 % de l'effectif total et le 2nd groupe à peu près 75 %.
- Le troisième quartile $Q_3$ est une valeur qui partage la population, dont les valeurs du caractère sont rangées en ordre croissant, en deux groupes : le 1er groupe représente à peu près 75 % de l'effectif total et le 2nd groupe à peu près 25 %.

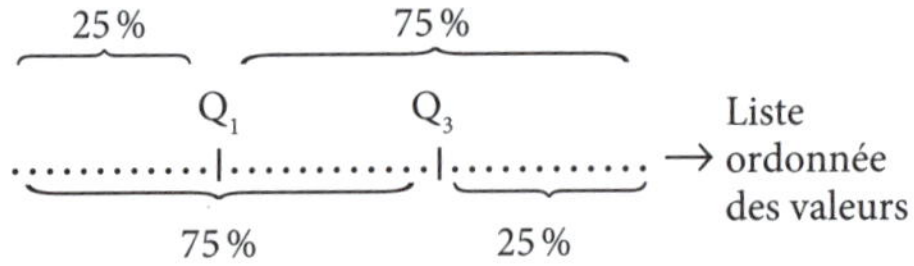


## 3 Utilisation de la calculatrice ou du tableur

- Avec une calculatrice de **modèle *CASIO*** :

on termine par EXE 1 Var et on cherche sur l'écran la médiane Med, le 1er quartile $Q_1$, le 3e quartile $Q_3$ et l'écart type noté $x\sigma n$.

- Avec une calculatrice de **modèle *TEXAS INSTRUMENTS*** (voir p. 190 pour le détail des premières étapes) :

on termine par entrer et on cherche sur l'écran la médiane Med, le 1er quartile $Q_1$, le 3e quartile $Q_3$ et l'écart type noté $\sigma x$.

- Avec un tableur (logiciel **Excel**), on utilise les formules :

=MEDIANE(… : …) pour obtenir la médiane, =QUARTILE(… : … ; 1) pour obtenir le 1er quartile, =QUARTILE(… : … ; 3) pour obtenir le 3e quartile et =ECARTYPEP pour obtenir l'écart type.

# Révision express

## Les points importants à retenir

### Outils statistiques

**Série statistique** $x_1, x_2, x_3, \ldots, x_p$ d'effectifs respectifs $n_1, n_2, n_3, \ldots, n_p$

- On peut utiliser la calculatrice ou un tableur pour calculer la moyenne, la médiane et les quartiles
- • Effectif total : $N = n_1 + n_2 + n_3 + \ldots + n_p$
  • Fréquence de $x_i$ : $f_i = \dfrac{n_i}{N}$
- Paramètre de position : la moyenne
  $$\overline{x} = \frac{n_1x_1 + n_2x_2 + n_3x_3 + \ldots + n_px_p}{N}$$
- Paramètres de dispersion : la médiane et les quartiles

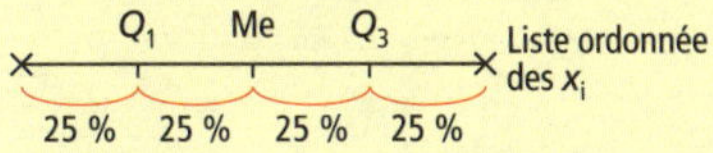


## Quiz

Le tableau statistique suivant présente la répartition des prix d'une marque de pulls dans différents points de vente.

| Prix (en €) $x_i$ | 20 | 30 | 35 | 40 | 45 |
|---|---|---|---|---|---|
| Nombre de Magasins $n_i$ | 1 | 7 | 11 | 8 | 4 |

*Cochez la ou les bonnes réponses :*

1. L'effectif total est : ☐ **170** ☐ **31**
2. La fréquence du prix 30 € est environ : ☐ **0,23** ☐ **0,26** ☐ **0,97**
3. La moyenne est : ☐ **34** ☐ **35,97**
4. La médiane est : ☐ **35** ☐ **30** ☐ **40**
5. Le premier quartile $Q_1$ est : ☐ **20** ☐ **30** ☐ **35**
6. Le troisième quartile $Q_3$ est : ☐ **30** ☐ **35** ☐ **40**

→ Réponses p. 475

## EXERCICE 1

### Utiliser un coefficient multiplicateur

**Énoncé**

**1.** L'article A coûte 120 € et il augmente de 11 %. Calculer son nouveau prix.

**2.** L'article B coûte 46,50 € après une baisse de 7 %. Calculer son prix initial.

**Méthode**

Soit $t$ le taux d'évolution d'un nombre $y_1$ à un nombre $y_2$ et $1 + t$ le coefficient multiplicateur associé à ce taux.

**1** Pour calculer $y_2$ à partir du coefficient multiplicateur $1 + t$ et de $y_1$, utiliser la formule $y_2 = (1 + t)y_1$.

**2** Pour calculer $y_1$ à partir du coefficient multiplicateur $1 + t$ et de $y_2$, transformer la formule $y_2 = (1 + t)y_1$, équivalente à $y_1 = \frac{y_2}{1+t}$ et écrire le résultat sous forme décimale, puis sous forme de pourcentage.

**Corrigé**

**1.** Pour l'article A, on sait que $y_1 = 120$ et $t = 0{,}11$.

On a donc $y_2 = (1 + 0{,}11) \times 120 = 1{,}11 \times 120 = 133{,}20$.

Le prix de l'article A après augmentation de 11 % est 133,20 €.

**Piège à éviter**
Faire un schéma pour modéliser la situation :

$$120 \xrightarrow{\times(1+0{,}11)} y_2$$

**2.** Pour l'article B, on sait que $y_2 = 46{,}50$ et $t = -0{,}07$.

On a donc $y_1 = \frac{46{,}50}{1-0{,}07} = \frac{46{,}50}{0{,}93} = 50$.

Le prix initial de l'article B avant la baisse de 7 % est de 50 €.

**Piège à éviter**
Faire un schéma pour modéliser la situation :

$$y_1 \xrightarrow{\times(1-0{,}07)} 46{,}50$$

## EXERCICE 2

### Modéliser deux évolutions successives

**Énoncé**

Dans le courant de l'année, le prix d'un article augmente de 5 %, puis baisse de 8 %. Calculer le taux d'évolution du prix de l'article au cours de cette année.

**Méthode**

**1** On détermine le coefficient multiplicateur $1 + t_1$ associé au taux $t_1$ et le coefficient multiplicateur $1 + t_2$ associé au taux $t_2$.

**2** On calcule le coefficient multiplicateur $1 + t$ associé au taux $t$, qui est le produit des coefficients multiplicateurs associés aux taux $t_1$ et $t_2$ :

$$1 + t = (1 + t_1)(1 + t_2).$$

**3** On en déduit le taux d'évolution $t$ :

$$t = (1 + t_1)(1 + t_2) - 1.$$

**Corrigé**

**1.** Le coefficient multiplicateur associé à la hausse de 5 % est :

$$1 + 5\ \% = 1 + 0{,}05 = 1{,}05$$

et le coefficient multiplicateur associé à la baisse de 8 % est :

$$1 - 8\ \% = 1 - 0{,}08 = 0{,}92.$$

**2.** Le coefficient multiplicateur associé aux deux évolutions successives est :

$$1{,}05 \times 0{,}92 = 0{,}966.$$

$$y_1 \xrightarrow{\times(1+t_1)} y_2 \xrightarrow{\times(1+t_2)} y_3 \qquad y_1 \xrightarrow[\times(1+t)]{} y_3$$

**3.** Le taux d'évolution du prix de l'article est :

$$0{,}966 - 1 = -0{,}034 = -3{,}4\ \%.$$

Le prix de l'article après les deux évolutions successives a diminué de 3,4 %.

# Chapitre 11 Probabilités sur ensemble fini. Échantillonnage

## 1 Ensemble des issues et des événements

**De quoi s'agit-il ?** **En probabilité, on mathématise le hasard : pour cela, on utilise certaines techniques.**

### 1 Représentations ensemblistes d'événements

Les événements d'un univers peuvent se représenter à l'aide d'ensembles.

Cette représentation permet de visualiser une situation et apporte un support pratique à la comptabilisation du nombre d'issues d'un événement.

**Propriétés**

$A \cap \bar{A} = \varnothing$
et $A \cup \bar{A} = \Omega$.

Univers Ω

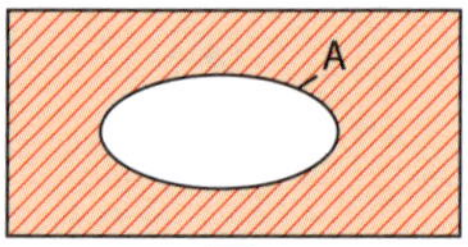


$\bar{A}$
(issues qui ne sont pas dans A).

Univers Ω

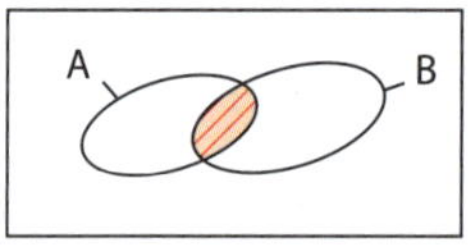


$A \cap B$
(issues qui sont dans A et B).

Univers Ω

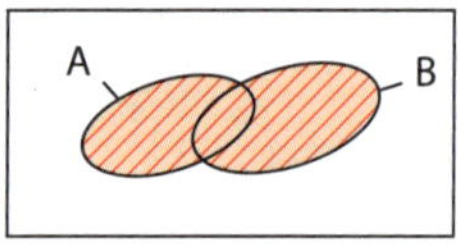


$A \cup B$
(issues qui sont dans A ou B).

## 2 Loi de probabilité, probabilité d'un événement

**De quoi s'agit-il ?** **Il s'agit de poser un cadre au modèle mathématique.**

### 1 Vocabulaire

- L'univers est l'ensemble des issues d'une expérience aléatoire, il est noté Ω.
- Les résultats possibles d'une expérience aléatoire sont appelés événements élémentaires.
- Un événement est un ensemble d'événements élémentaires.

### 2 Calcul des probabilités

- La probabilité d'un événement est la somme des probabilités des événements élémentaires qui le constituent.
- Il y a équiprobabilité lorsque tous les événements élémentaires ont la même probabilité d'être obtenus.

Dans ce cas, la probabilité d'un événement A est :

$$p(\text{A}) = \frac{\text{Nombre d'événements élémentaires constituant A}}{\text{Nombre d'événements élémentaires de l'univers}}.$$

# 3 Probabilité des événements A ∩ B et A ∪ B

**De quoi s'agit-il ?** **Les notions d'intersection et d'union d'événements modélisent des situations de référence.**

## 1 Événement A ∩ B

L'événement $A \cap B$ est constitué des issues qui sont à la fois dans A et dans B.

## 2 Événement A ∪ B

L'événement $A \cup B$ est constitué de toutes les issues qui sont dans l'un au moins des événements A, B.

## 3 Probabilité de A ∩ B et A ∪ B

A et B étant deux événements : $p(A \cup B) + p(A \cap B) = p(A) + p(B)$.

**À savoir**

Si $A \cap B = \varnothing$, c'est-à-dire si A et B sont incompatibles, alors $p(A \cup B) = p(A) + p(B)$.
En effet, si $A \cap B = \varnothing$, alors $p(A \cap B) = 0$.

## Exercices résolus

### Utiliser les formules

**ÉNONCÉ**

Une entreprise produit des pièces d'un même modèle. Ces pièces peuvent présenter deux types de défaut : le défaut A et le défaut B.

- 6 % des pièces présentent le défaut A (événement A) ;
- 4 % des pièces présentent le défaut B (événement B) ;
- 2,5 % des pièces présentent les deux défauts.

On choisit une pièce au hasard dans la production de l'entreprise.
Déterminer la probabilité de l'événement E : « la pièce choisie présente l'un au moins des deux défauts ».

**CORRIGÉ**

D'après l'énoncé, on a : $p(A) = \frac{6}{100} = 0{,}06$ et $p(B) = \frac{4}{100} = 0{,}04$.
2,5 % des pièces présentent les deux défauts, donc : $p\,(A \cap B) = \frac{2{,}5}{100} = 0{,}025$.
L'événement E correspond à $(A \cup B)$, soit $E = A \cup B$.
Or $p(A \cup B) + p(A \cap B) = p(A) + p(B)$, donc :
$p(E) = p(A) + p(B) - p(A \cap B) = 0{,}06 + 0{,}04 - 0{,}025 = 0{,}075$.

**Rappel**

Exprimez E en fonction de A et de B.

•••

•••

### Utiliser les formules

**ÉNONCÉ**

Une étude sur le comportement de lycéens a donné les résultats suivants :

| | Garçons | Filles | Total |
|---|---|---|---|
| Fumeurs réguliers | 80 | 80 | 160 |
| Fumeurs occasionnels | 40 | 40 | 80 |
| Non fumeurs | 80 | 60 | 140 |
| Total | 200 | 180 | 380 |

On choisit au hasard un lycéen.

**1.** Calculer la probabilité des événements suivants.
A : « Le lycéen est non fumeur », B : « Le lycéen est une fille ».

**2.** Définir les événements $A \cap B$ et $A \cup B$, puis calculer leur probabilité.

**CORRIGÉ**

**1.** Parmi les 380 lycéens, 140 sont non fumeurs, donc $p(A) = \frac{140}{380} = \frac{7}{19}$.

Parmi les 380 lycéens, 180 sont des filles, donc $p(B) = \frac{180}{380} = \frac{9}{19}$.

**2.** • $A \cap B$ : « le lycéen est une fille qui ne fume pas ».

$p(A \cap B) = \frac{60}{380} = \frac{3}{19}$.

• $A \cup B$ : « le lycéen ne fume pas ou est une fille ».

$p(A \cup B) = p(A) + p(B) - p(A \cap B) = \frac{7}{19} + \frac{9}{19} - \frac{3}{19} = \frac{13}{19}$.

# 4 Dénombrement à l'aide de tableaux et d'arbres

**De quoi s'agit-il ?** **Ces « outils » permettent de dénombrer facilement les issues de l'expérience aléatoire.**

• Pour déterminer la probabilité d'un événement, il faut déterminer le nombre d'issues favorables à l'événement considéré. On peut utiliser un tableau ou un arbre.

• **Exemples :** • on lance deux fois de suite un dé à six faces ; on obtient ainsi un couple $(a ; b)$ où :
– $a$ est le chiffre apparu avec le premier lancer ;
– $b$ est le chiffre apparu avec le deuxième lancer.
On détermine les issues de l'expérience aléatoire à l'aide d'un tableau.

| 1er lancer / 2e lancer | 1 | 2 | 3 | 4 | 5 | 6 |
|---|---|---|---|---|---|---|
| 1 | (1 ; 1) | (1 ; 2) | (1 ; 3) | (1 ; 4) | (1 ; 5) | (1 ; 6) |
| 2 | (2 ; 1) | (2 ; 2) | (2 ; 3) | (2 ; 4) | (2 ; 5) | (2 ; 6) |
| 3 | (3 ; 1) | (3 ; 2) | (3 ; 3) | (3 ; 4) | (3 ; 5) | (3 ; 6) |
| 4 | (4 ; 1) | (4 ; 2) | (4 ; 3) | (4 ; 4) | (4 ; 5) | (4 ; 6) |
| 5 | (5 ; 1) | (5 ; 2) | (5 ; 3) | (5 ; 4) | (5 ; 5) | (5 ; 6) |
| 6 | (6 ; 1) | (6 ; 2) | (6 ; 3) | (6 ; 4) | (6 ; 5) | (6 ; 6) |

L'expérience aléatoire comporte 36 issues.

• On lance 4 fois de suite une pièce de monnaie bien équilibrée. On détermine les issues à l'aide d'un arbre.

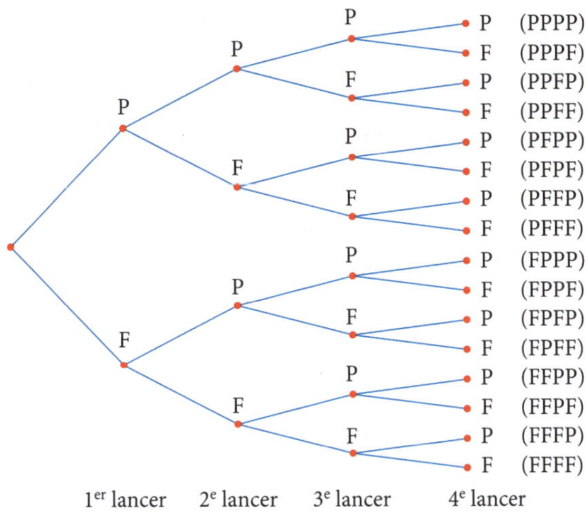


L'expérience compte 16 issues.

## Exercice résolu

### Utiliser un tableau

**ÉNONCÉ**

Dans une foire, un forain propose le jeu suivant.

On lance un dé cubique dont les faces sont numérotées de 1 à 6, puis on fait tourner une roue portant les numéros 0, 1, 2, 3. On obtient ainsi un couple $(a\,;b)$ où :

• le nombre $a$ est lu sur la face supérieure du dé ;

• le nombre $b$ est indiqué par la roue.

On suppose que tous les couples $(a\,;b)$ ont la même probabilité d'être obtenus.

Le résultat du jeu est le nombre $a \times b$.

**1.** Déterminer les événements élémentaires de cette expérience aléatoire à l'aide d'un tableau.

**2.** Calculer la probabilité de chacun des événements suivants.

A : « Le résultat du jeu est un nombre qui appartient à l'intervalle [5 ; 18] ».

B : « Le résultat du jeu a été obtenu à partir d'un numéro impair sur la roue ».

**CORRIGÉ**

**1.**

| $b$ \ $a$ | 1 | 2 | 3 | 4 | 5 | 6 |
|---|---|---|---|---|---|---|
| **0** | 0 | 0 | 0 | 0 | 0 | 0 |
| **1** | 1 ∘ | 2 ∘ | 3 ∘ | 4 ∘ | ∘ 5 × | ∘ 6 × |
| **2** | 2 | 4 | 6 × | 8 × | 10 × | 12 × |
| **3** | ∘ 3 | ∘ 6 × | ∘ 9 × | ∘ 12 × | ∘ 15 × | ∘ 18 × |

L'expérience aléatoire compte 24 issues.

**Rappel**

On crée un tableau à double entrée dans lequel on va pouvoir compter les issues de l'expérience et les issues constituant les événements A et B.

**2.** • On dénombre 11 issues constituant A (marqués dans le tableau par une ×).

On a donc $p(A) = \dfrac{11}{24}$.

• On dénombre 12 issues constituant B (marqués dans le tableau par un ∘).

On a donc $p(B) = \dfrac{12}{24} = \dfrac{1}{2}$.

# ➜ Révision express

## Les schémas à retenir

### Représentation ensemblistes d'événements

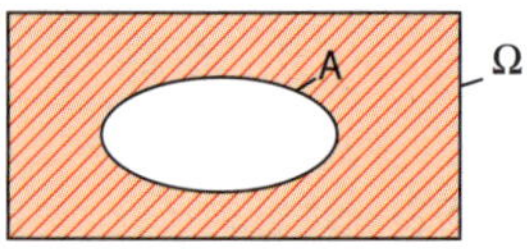


événement $\overline{A}$
$p(\overline{A}) = 1 - p(A)$

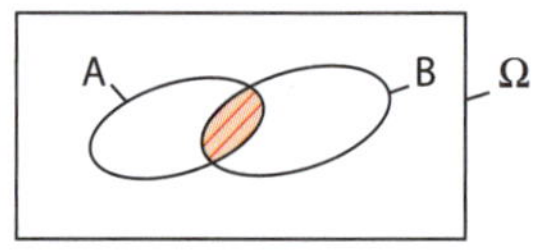


événement $A \cap B$

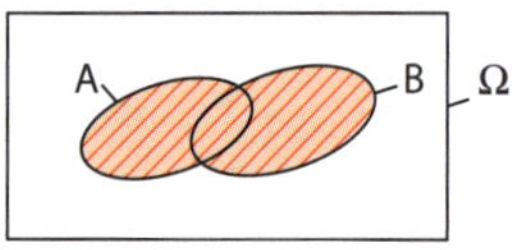


événement $A \cup B$
$p(A \cup B) = p(A) + p(B) - p(A \cap B)$

## Quiz

On considère un établissement scolaire dont la situation des élèves est donnée dans le tableau suivant.

| | Internes | Demi-pensionnaires | Externes | Total |
|---|---|---|---|---|
| **Filles** | 120 | 240 | 440 | 800 |
| **Garçons** | 200 | 240 | 760 | 1 200 |
| **Total** | 320 | 480 | 1 200 | 2 000 |

On choisit un élève au hasard.

*Cochez la ou les bonnes réponses :*

**1.** La probabilité que l'élève choisi soit une fille est : ☐ **0,06** ☐ **0,4** ☐ **0,6**

**2.** La probabilité que l'élève choisit soit externe est : ☐ **0,6** ☐ **0,4** ☐ **1,2**

**3.** La probabilité que l'élève choisi soit une fille interne est : ☐ **0,375** ☐ **0,06** ☐ **0,15**

**4.** La probabilité que l'élève choisi soit un garçon ou un interne est : ☐ **0,66** ☐ **0,76** ☐ **0,1**

→ Réponses p. 475

# EXERCICE 1

## Savoir utiliser les symboles $\cap$ et $\cup$

### Énoncé

Une usine d'horlogerie fabrique des montres. À la sortie de la chaîne de fabrication, elles peuvent présenter un défaut mécanique ou un défaut esthétique.
On choisit au hasard une montre ; on note M l'événement « la montre a un défaut mécanique », et E l'événement « la montre a un défaut esthétique ».

**1.** Exprimer, en fonction de M et de E, l'événement A : « la montre a un défaut mécanique et un défaut esthétique ».

**2.** Exprimer, en fonction de M et de E, l'événement B : « la montre a au moins un des deux défauts ».

**3.** Exprimer, en fonction de M et de E, l'événement C : « la montre n'a aucun défaut ».

### Méthode

Il faut repérer dans l'énoncé le vocabulaire associé à l'intersection, à l'union ou à la notion de contraire :

- le symbole $\cap$ désigne l'intersection, il correspond au « et » ;
- le symbole $\cup$ désigne l'union, il correspond au « ou inclusif », c'est-à-dire : ou l'un, ou l'autre, ou les deux ;
- le contraire de la réunion de deux événements est l'intersection de leur contraire, c'est-à-dire le contraire de « X ou Y » est « ni X, ni Y ».

### Corrigé

**1.** L'ensemble A est constitué des montres qui ont les deux défauts, mécanique et esthétique.

On a donc : $A = M \cap E$.

**2.** L'ensemble B est constitué des montres qui ont soit le défaut mécanique, soit le défaut esthétique, soit les deux défauts.

On a donc : $B = M \cup E$.

**Rappel**
L'expression « au moins » est caractéristique de l'union.

**3.** L'ensemble C est constitué des montres qui n'ont ni le défaut mécanique, ni le défaut esthétique, c'est l'événement contraire de B.

On a donc : $C = \overline{B} = \overline{M \cup E}$, ou encore $C = \overline{M} \cap \overline{E}$.

C est l'évènement : « la montre choisie n'a ni le défaut mécanique, ni le défaut esthétique. »

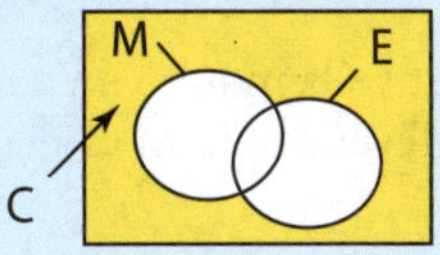

# EXERCICE 2

## Savoir utiliser les formules de probabilité

### Énoncé

Une usine d'horlogerie fabrique des montres. À la sortie de la chaîne de fabrication, elles peuvent présenter un défaut mécanique ou un défaut esthétique.
On choisit au hasard une montre ; on note M l'événement « la montre a un défaut mécanique », et E l'événement « la montre a un défaut esthétique ».
On admet que $p(M) = 0,03$ ; $p(E) = 0,06$ et $p(M \cap E) = 0,02$.
Calculer la probabilité des événements suivants.

**1.** « La montre n'a pas de défaut esthétique ».

**2.** « La montre a au moins un des deux défauts ».

**3.** « La montre n' a aucun défaut ».

### Méthode

**1** Exprimer les événements cherchés en fonction des événements connus (ici M et E).

**2** Calculer les probabilités à l'aide des formules donnant :

- la probabilité de l'événement contraire d'un événement A : $p(\overline{A}) = 1 - p(A)$ ;
- la probabilité de la réunion de deux événements A et B :
$p(A \cup B) = p(A) + p(B) - p(A \cap B)$.

### Corrigé

**1.** L'événement « la montre n'a pas de défaut esthétique » est l'événement contraire de E, soit l'événement $\overline{E}$.

On a donc $p(\overline{E}) = 1 - p(E) = 1 - 0,06 = 0,94$.

**2.** L'événement « la montre a au moins un des deux défauts » est la réunion des événements M et E, soit l'événement $M \cup E$.

On a donc $p(M \cup E) = p(M) + p(E) - p(M \cap E)$

$= 0,03 + 0,06 - 0,02 = 0,07$.

**Remarque**
La notion d'union au sens inclusif n'est pas facile à manipuler. Il faut identifier les situations qui traduisent « l'union », et appliquer la formule :
$p(A \cup B) = p(A) + p(B) - p(A \cap B)$.

**3.** L'événement « la montre n'a aucun défaut » est l'événement contraire de $M \cup E$, soit l'événement $\overline{M \cup E}$.

On a donc :

$$p(\overline{M \cup E}) = 1 - p(M \cup E) = 1 - 0,07 = 0,93.$$

**Piège à éviter**
La notion de contraire est assez subtile : le contraire de « avoir au moins un défaut » est « n'avoir aucun défaut ».

Chapitre 12

# Variables et instructions élémentaires



## 1 Description d'un algorithme

**De quoi s'agit-il ?** Il faut comprendre ce qu'est un algorithme et le vocabulaire qui est utilisé.

### 1 Définition

Un algorithme décrit une succession **d'instructions.** Il est organisé en plusieurs parties : la déclaration des variables, un début, des instructions (la description d'opérations à exécuter) et une fin.

### 2 Les instructions élémentaires

- **Affectation d'une instruction** : cela consiste à attribuer une valeur à une variable avec le symbole « ← ».
- **Entrées / sorties** : l'entrée permet à l'utilisateur de rentrer des valeurs au clavier pour être utilisées par le programme, on utilise l'action **Lire** ; la sortie permet de communiquer avec l'utilisateur, on utilise l'action **Écrire**.
- **Exemple**

Écrire un algorithme qui demande un nombre X à l'utilisateur, puis calculer X + 5 et afficher le résultat à l'écran.

| Algorithme | Description |
|---|---|
| **Variables** X, Y : nombres réels | Déclaration des variables. |
| **Début** | Début du programme. |
| **Écrire** « entrez le nombre X : » | Le programme reproduit la phrase écrite entre guillemets. |
| **Lire** X | Le programme attend la frappe d'une valeur au clavier. |
| Y ← X + 5 | Le programme calcule la valeur de X + 5 et affecte ce résultat à la variable Y. |
| **Écrire** Y | La valeur de Y est affichée à l'écran. |
| **Fin** | Fin du programme. |

# 2 Boucles et itérateurs

**De quoi s'agit-il ?** **Une boucle permet de répéter plusieurs fois une instruction.**

## 1 Structure Répéter… Jusqu'à…

- Cette structure décrit une action répétée jusqu'à ce qu'une condition soit respectée.
- **Exemple**

L'algorithme suivant affiche la table de multiplication par 8.

```
Début
  n ⟵ 1
  Répéter
    Écrire « 8 × », n, « = », 8*n
    n ⟵ n + 1
  Jusqu'à n = 11
Fin
```

## 2 Structure Tant que… Faire…

- Cette structure est exécutée répétitivement tant qu'une condition est vraie.
- **Exemple**

L'algorithme suivant affiche la table de multiplication par 8.

```
Début
  n ⟵ 1
  Tant que n ≤ 10
    Faire
      Écrire « 8 × », n, « = », 8*n
      n ⟵ n + 1
    FinFaire
Fin
```

## 3 Structure Pour… Faire…

- Cette structure est exécutée répétitivement un certain nombre de fois.
- **Exemple**

L'algorithme suivant affiche la table de multiplication par 8.

```
Début
  Pour n ⟵ 1 Jusqu'à 10
    Faire
      Écrire « 8 × », n, « = », 8*n
    FinFaire
Fin
```

# 3 Instruction conditionnelle

**De quoi s'agit-il ?** **Une instruction conditionnelle permet d'exécuter des instructions seulement sous une certaine condition.**

## 1 Structure Si… Alors…

- On teste une condition pour déterminer si une ou plusieurs actions doivent être exécutées.
- **Exemple**

L'algorithme suivant affiche la racine carrée d'un nombre s'il est positif.

```
Variables x, y : nombres réels
Début
  Écrire « Entrez votre nombre »
  Lire x
  Si x ≥ 0 Alors
        y ⟵ RacineCarrée(x)
        Écrire « Sa racine carrée est : », y
  FinSi
Fin
```

## 2 Structure Si… Alors… Sinon…

- On teste une condition pour déterminer quelles actions doivent être effectuées.

- **Exemple**

L'algorithme suivant affiche la racine carrée d'un nombre s'il est positif, sinon il affiche un message d'erreur.

**Variables** x, y : nombres réels
**Début**
    Écrire « Entrez votre nombre »
    Lire x
    **Si** x < 0 **Alors**
        Écrire « Ce nombre est négatif »
        **Sinon**
        y ⟵ racine Carrée (x)
        Écrire « Sa racine carrée est : », y
    **FinSi**
**Fin**

**À savoir**

Il faut repérer dans le programme la structure conditionnelle à l'aide des mots-clés.

## 4 Notions de fonctions

**De quoi s'agit-il ?** **Les fonctions sont des programmes intermédiaires.**

Dans un programme, on peut écrire des « sous-programmes » appelés **fonctions**.
C'est une suite d'instructions que l'on appelle fonction.
Cette fonction porte un **nom** et utilise zéro, un ou plusieurs **paramètres**.

- **Exemple** **Fonction** *produit(a, b)*
    *retourner(a × b)*

La fonction créée s'appelle *produit* et elle utilise 2 paramètres : *a* et *b*.
Lorsque l'on tape l'instruction *produit(3,10)*, la fonction renvoie : 30.

### Exercice résolu

**Utiliser les fonctions en langage Python**

**ÉNONCÉ**

On considère les programmes suivants :

**Programme 1**

```
def volsph(c):
    return 4 / 3 * 3.14 * r**3
def aire(d):
    return 3.14 * r**2
r = float(input("Entrez la valeur de r :"))
print("V =", volsph(r))
print("A =", aire(r))
print("P =", 2*3.14*r)
```

•••

•••

**Programme 2**

```
def table(choix):
     n = 1
     while n <11 :
         print (n * choix)
         n = n +1
```

**1.** Que permet d'obtenir le programme 1 pour $r = 2$ ?
**2.** Que permet d'obtenir le programme 2 pour l'instruction *table(7)* ?

**CORRIGÉ**

**1.** Le programme 1 permet de calculer le volume V de la sphère de rayon $r$, l'aire A du disque de rayon $r$ et le périmètre P du cercle de rayon $r$.
Pour $r = 2$, on obtient :

V = 33.49333333333333    A = 12.56    P = 12.56

**2.** Le programme 2 permet d'afficher la table de multiplication choisie.
Pour table(7), on obtient :

7   14   21   28   35   42   49   56   63   70

# Révision express

## Le schéma à retenir

### Instructions et vocabulaire

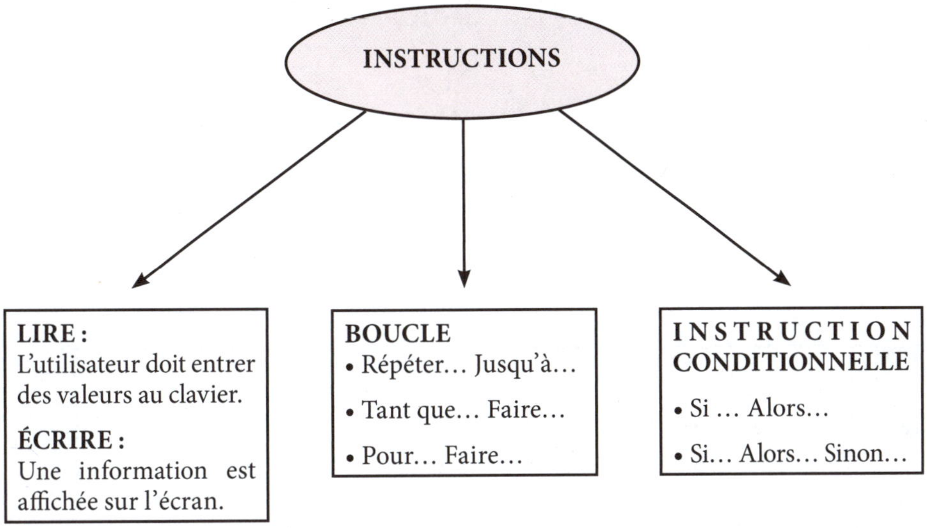


## Quiz

On considère les algorithmes suivants.

| Algorithme 1 | Algorithme 2 |
|---|---|
| **Variables** X, Y, Z : nombres réels<br>**Début**<br>Y ⟵ 3<br>Lire X<br>Z ⟵ X^2 – Y + 3<br>Écrire Z<br>**Fin** | **Variables** X, Y : nombres entiers<br>**Début**<br>X ⟵ 8<br>Y ⟵ 3<br>X ⟵ Y<br>Y ⟵ X<br>**Fin** |

*Cochez la ou les bonnes réponses :*

**1.** Le résultat produit par l'algorithme 1 si X = 6 est :

☐ **36** ☐ **20** ☐ **33** ☐ **3**

**2.** Les valeurs de X et de Y après l'exécution du programme par l'algorithme 2 sont :

☐ **X = 8 et Y = 3** ☐ **X = 3 et Y = 3** ☐ **X = 8 et Y = 8** ☐ **X = 3 et Y = 8**

→ Réponses p. 475

## EXERCICE 1

### Interpréter un algorithme comportant une boucle

**Énoncé**

Décrire l'algorithme suivant. Que produit-il ?

```
Variables x, y : nombres réels
Début
x ← 1
   Répéter
  y ← x*x
  Écrire y
  x ← x + 1
   Jusqu'à x = 7
Fin
```

**Méthode**

1 Repérer l'affection de la variable $x$.

2 Repérer la boucle par ses mots-clés et décrire son action.

3 Conclure.

**Corrigé**

**1.** La valeur initiale de $x$ est 1.

| | |
|---|---|
| **Répéter** | *Début de la boucle.* |
| y ← x*x | *On affecte à y la valeur* $1 \times 1 = 1$. |
| Écrire y | *La valeur obtenue de y est écrite à l'écran.* |
| x ← x + 1 | *x est affecté de la valeur* $1 + 1 = 2$. |
| | *<u>L'action décrite par la boucle se répète</u> :* |
| | *On affecte à y la valeur* $x \times x = 2 \times 2 = 4$. |
| | *La valeur obtenue de y est écrite à l'écran.* |
| | *x est affecté de la valeur* $x + 1 = 2 + 1 = 3$. |
| | *<u>L'action décrite par la boucle se répète.</u>* |
| | *L'action décrite par la boucle prend fin lorsque* x = 7. |
| **Jusqu'à** x = 7 | |

**Piège à éviter**
L'action n'est pas exécutée pour $x = 7$.

L'algorithme produit l'affichage des nombres :

1 ; 4 ; 9 ; 16 ; 25 et 36.

EXERCICE 2

## Interpréter un algorithme comportant une instruction conditionnelle

### Énoncé

Décrire l'algorithme suivant.
Que produit-il pour $x = 5$ et $y = 10$ ? pour $x = 7$ et $y = 6$ ? pour $x = -5$ et $y = -4$ ?

```
Variables x, y, z : nombres réels
Début
   Écrire « Entrez la valeur de x : »
   Lire x
   Écrire « Entrez la valeur de y : »
   Lire y
      Si x > y Alors
            z ← x^2
            Écrire z
            Sinon
            z ← y^2
            Écrire z
      FinSi
Fin
```

### Méthode

1 Interpréter les instructions de début de programme.

2 Repérer les mots-clés de la structure conditionnelle et interpréter la condition testée.

### Corrigé

Le programme demande à l'utilisateur deux nombres $x$ et $y$.

**Remarque**
Le contraire de $x > y$ est $x \leq y$.

Si $x > y$, alors le programme affiche $x^2$, sinon il affiche $y^2$ ;
le programme affiche donc le carré du plus grand des deux nombres.

**1.** Pour $x = 5$ et $y = 10$, le programme calcule $10^2$ et affiche 100.

**2.** Pour $x = 7$ et $y = 6$, le programme calcule $7^2$ et affiche 49.

**3.** Pour $x = -5$ et $y = -4$, le programme calcule $(-4)^2$ et affiche 16.

# Physique-chimie

## Constitution et transformation de la matière



## Mouvement et interactions



## Ondes et signaux



Physique-chimie

# Chapitre 1 Description et caractérisation de la matière à l'échelle macroscopique

## 1 Corps purs et mélanges au quotidien

**De quoi s'agit-il ? Une substance chimique peut être un corps pur ou un mélange. Il existe des mélanges homogènes et des mélanges hétérogènes.**

### 1 Espèce chimique, corps pur, mélange

Corps purs et mélanges

- Une **espèce chimique** désigne un ensemble d'entités chimiques identiques et ayant la même formule chimique.

**Exemples** : L'espèce chimique « fer » (Fe) désigne un ensemble d'atomes de fer.

- Un **corps pur** est une substance constituée d'une seule sorte d'espèces.

**Exemples** : l'eau distillée ne contient que des molécules d'eau $H_2O$.

- Un **mélange d'espèces chimiques** est une substance constituée de plusieurs espèces chimiques.

**Exemples** : l'air est constitué essentiellement de diazote $N_2$ et de dioxygène $O_2$.

- Un **mélange est hétérogène** si au moins deux de ses constituants ne se mélangent pas et sont visibles après agitation.

**Exemples** : L'eau et l'huile forment un mélange constitué de 2 phases liquides.

- Un **mélange est homogène** s'il est constitué d'espèces qui se mélangent : il n'est constitué que d'une phase.

**Exemple** : L'eau et l'alcool se mélangent et ne forment qu'une phase liquide.

### 2 Identification d'espèces chimiques

- Une espèce chimique peut être identifiée par ses **caractéristiques physiques**.

→ **Températures de changement d'état.** La température de fusion notée $T_f$ (passage de l'état solide à liquide) et la température d'ébullition notée $T_{eb}$ sont caractéristiques de chaque espèce.

Exemple : Pour l'eau $T_f = 0$ °C et $T_{eb} = 100$ °C.

→ **Masse volumique.** C'est la masse de l'espèce par unité de volume. On la note ρ et on a $\rho = \frac{m}{V}$ avec $m$ : la masse du corps en kilogramme (kg), $V$ son volume en mètre cube ($m^3$) et ρ en kilogramme par mètre cube ($kg{\cdot}m^{-3}$).

- Une espèce chimique peut être identifiée par des **tests chimiques** (test au sulfate de cuivre anhydre pour l'eau, test à l'eau de chaux pour le dioxyde de carbone…).

### 3 Composition massique, composition volumique

La **composition massique** d'un mélange est le pourcentage en masse de chaque espèce constituant le mélange, c'est-à-dire la masse de l'espèce divisée par la masse du mélange. La **composition volumique** est le volume d'une espèce divisé par le volume du mélange.

**Exemple** : L'air est un mélange de plusieurs gaz, constitué, en volume, de 21 % de dioxygène, de 78 % de diazote et de 1 % d'autres gaz (vapeur d'eau, méthane, ozone, dioxyde de carbone, etc.).



## 2 Les solutions aqueuses, un exemple de mélange

**De quoi s'agit-il ?** **Le sang est une solution aqueuse, certains médicaments présents sous forme liquide sont des solutions aqueuses constituées d'eau et d'espèces chimiques actives.**

**Vocabulaire**

- **soluté** : espèce chimique dissoute dans le solvant.
- **solvant** : constituant majoritaire de la solution.

**Remarque**

Le soluté peut être un solide, un liquide, un gaz.

### 1 Solution, soluté et solvant

- Une solution est obtenue par dissolution d'un soluté dans un solvant. Si le solvant est de l'eau, la solution est dite **aqueuse**. Le soluté est en très petite quantité par rapport au solvant.

Solutions et concentration

- Une solution dans laquelle, après agitation, tout le solide introduit n'est pas dissous est une solution **saturée.**

### 2 Que contient une solution aqueuse ?

- Prenons l'exemple du chlorure de sodium NaCl. La solution aqueuse de chlorure de sodium contient des ions sodium Na+ et des ions chlorure Cl– dispersés parmi les molécules d'eau. La solution de chlorure de sodium contient autant d'ions Na+ que d'ions Cl– : elle est électriquement neutre.

**Doc. 1** Dissolution du sel

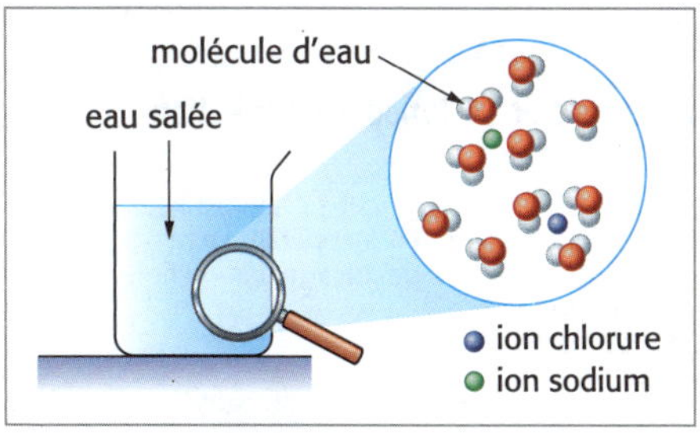


- Prenons l'exemple du sucre $C_{12}H_{22}O_{11}$. Le solvant est l'eau, le soluté est le sucre, composé moléculaire. La solution aqueuse de saccharose contient des molécules de saccharose dispersées parmi les molécules d'eau. La solution ne contient que des molécules d'eau et des molécules de saccharose : elle est électriquement neutre.

**Doc. 2** Dissolution du sucre

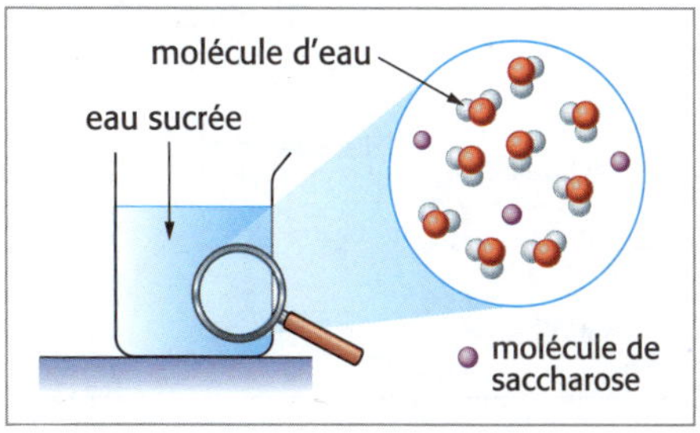

## 3 Concentration d'une espèce en solution

• La **concentration massique $c_m$(A)** d'une espèce chimique A dans une solution est égale au quotient de la masse $m_A$ de A par le volume $V$ de la solution :

$$c_m(A) = \frac{m_A}{V}$$

$m_A$ en gramme (g)
$V$ en litre (L)
$c_m$ en gramme par litre ($g.L^{-1}$)

Préparation de solutions

• Sur les emballages de certains médicaments, on peut lire une composition en pourcentage massique plutôt qu'en concentration massique. Exemple : solution de glucose à 5 %, cela signifie qu'une masse de 100 g de solution (soit environ 100 mL) contient 5 g de glucose : sa concentration massique est donc de 5 $g.L^{-1}$.

• Dans une analyse de sang, on détermine des concentrations massiques. Par exemple, la concentration massique en cholestérol : 2,49 $g.L^{-1}$.

## 4 Préparation d'une solution par dissolution d'une espèce

• On souhaite préparer un volume $V$ de solution de concentration massique $c_m$ par dissolution d'une espèce.

• Calculez la masse de soluté à dissoudre grâce à la relation : $m_A = c_m.V$ $V$, puis suivre le mode opératoire suivant (**Doc. 3**) :

**Astuce**
**Pensez à faire la tare avant de peser le soluté.**

**1.** Pesez la masse nécessaire et l'introduire dans une fiole jaugée du volume souhaité.

**2.** Rincez à l'eau distillée en récupérant l'eau de rinçage dans la fiole.

**3.** Remplissez d'eau aux 2/3, agitez pour dissoudre le soluté.

**4.** Complétez avec de l'eau distillée jusqu'au trait de jauge, puis agitez pour homogénéiser la solution.

**Doc. 3 Préparation d'une solution par dissolution**

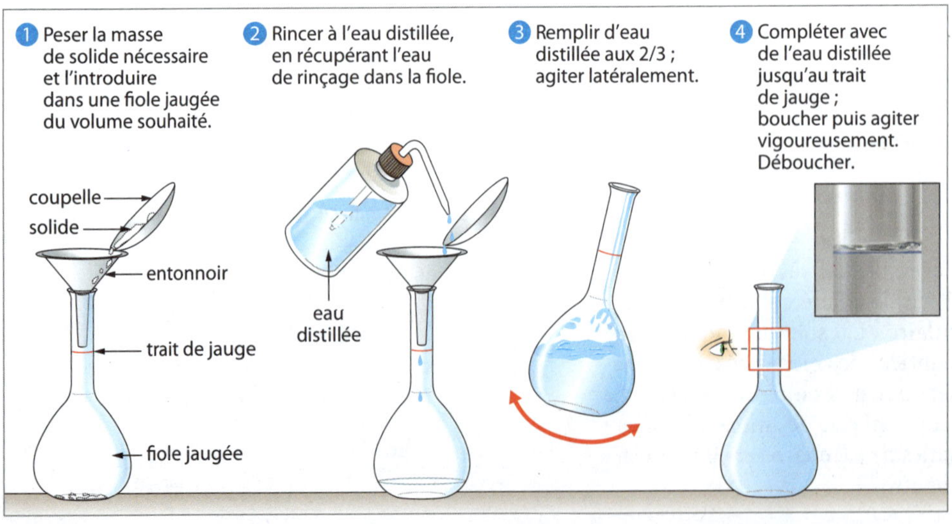

## 5 Préparation d'une solution par dilution

• **Diluer une solution**, c'est préparer une nouvelle solution moins concentrée que la solution en ajoutant du solvant.

On prélève un volume $V_0$ de la solution mère de concentration $C_{m_0}$ que l'on dilue avec de l'eau distillée pour obtenir une solution diluée de volume $V_1$ et de concentration désirée $C_{m_1}$.

• La **masse de soluté X** contenue dans le volume $V_0$ est $m(\text{X}) = C_{m_0} \times V_0$.

Cette masse se retrouve dans la solution après dilution. Cela traduit la conservation de la matière. Il en résulte que $m(\text{X}) = C_{m_1} \times V_1$.

On en déduit la relation suivante, qui traduit la conservation de la matière :

$$C_{m_0} V_0 = C_{m_1} V_1$$

• **Facteur de dilution**

Après dilution, on obtient par dilution une solution fille moins concentrée que la solution mère. On calcule le facteur de dilution $F$ par :

$$F = \frac{C_{m_0}}{C_{m_1}} = \frac{V_1}{V_0}$$ ; $F$ s'exprime **sans unité.**

**Doc. 4** Préparation d'une solution par dilution

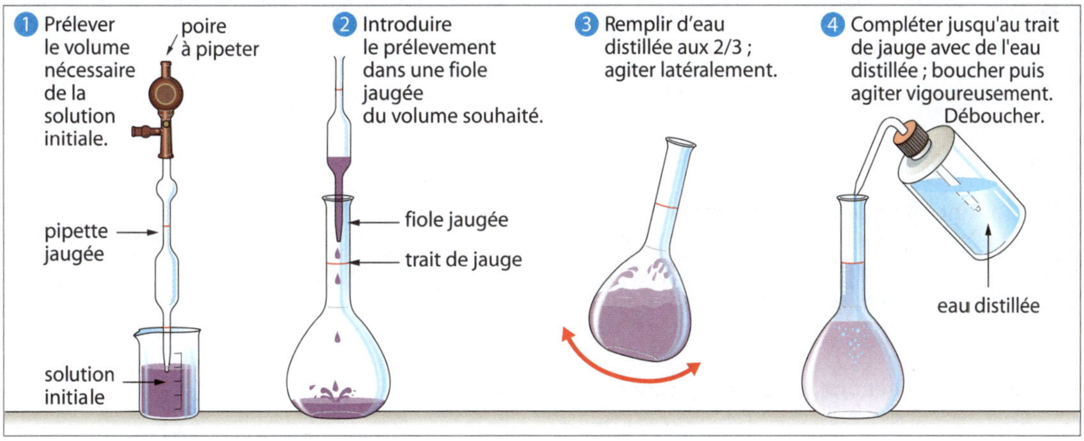


• **Réalisation et utilisation d'une échelle de teintes**

L'intensité de la couleur dépend de la concentration de la solution : plus une solution est concentrée, plus sa couleur est intense. Pour réaliser une échelle de teintes, on prépare des solutions de concentrations $c_i$ à partir d'une solution de concentration $c_0$. On peut ainsi faire un encadrement de la concentration d'une solution de cette même substance par comparaison des teintes.

## Révision express

### Les points importants à retenir

- Une espèce chimique est définie par ses caractéristiques physiques (aspect, températures de changement d'état, solubilité dans un solvant, densité ou masse volumique) et par sa formule chimique.

- On identifie une espèce chimique en comparant ses propriétés physiques à celle de l'espèce chimique naturelle connue (température de fusion, d'ébullition, solubilité dans un solvant, masse volumique, densité).

- Une solution est obtenue par dissolution d'un soluté dans un solvant. Le solvant est le constituant majoritaire de la solution. Si le solvant est de l'eau, la solution est dite aqueuse. La concentration massique d'une espèce chimique A dans une solution est égale au quotient de la masse $m_A$ de A par le volume $V$ de la solution. $c_m = \dfrac{m_A}{V}$ en gramme (g), V en L, $C_m$ en gramme par litre $g.L^{-1}$

- On peut préparer une solution par dilution, en prélevant de la solution mère et en ajoutant de l'eau.

## Quiz

*Cochez la bonne réponse.*

**1.** Le passage de l'éthanol pur de l'état liquide à l'état gazeux se fait à la température de fusion de l'éthanol.

☐ **vrai** ☐ **faux**

**2.** Le solvant est l'espèce qui est introduite en plus grande quantité.

☐ **vrai** ☐ **faux**

**3.** Dans une solution, le solvant est toujours de l'eau.

☐ **vrai** ☐ **faux**

**4.** On peut préparer une solution plus concentrée par dilution.

☐ **vrai** ☐ **faux**

→ **Réponses p. 475**

EXERCICE 1

## Mesurer la densité d'un sirop pour la toux

### Énoncé

On souhaite mesurer la densité d'un sirop pour la toux.

Pour cela, on dispose d'une éprouvette graduée et d'une balance. Après avoir pesé l'éprouvette vide ($m_1 = 51{,}7$ g), on verse très précisément $V = 10{,}0$ mL de sirop dans l'éprouvette et on pèse l'ensemble : $m_2 = 64{,}3$ g.

**1.** Calculer la masse volumique du sirop.

**2.** En déduire sa densité par rapport à l'eau.

**3.** Calculer la masse $m'$ de sirop contenu dans un flacon de volume $V' = 250$ mL.

Calculer le rapport frontal de la molécule A.

### Méthode

**1** Pensez à calculer la masse de sirop contenu dans l'éprouvette.

**2** Utilisez la définition de la densité $d = \frac{\rho}{\rho_{eau}}$.

**Conseil**
Retenez la masse volumique de l'eau :
$\rho_{eau} = 1{,}00\ \text{g.cm}^{-3}$.

### Corrigé

**1.** La masse du sirop est $m = m_2 - m_1$.
Le volume de sirop est $V = 10{,}0$ mL.
D'où la masse volumique $\rho = \frac{m}{V}$, soit $\rho = \frac{12{,}6}{10{,}0} = 1{,}26\ \text{g.cm}^{-3}$.

**Conseil**
Écrivez une expression littérale.

**2.** La masse volumique du sirop est $\rho = 1{,}26\ \text{g.cm}^{-3}$.
On peut en déduire sa densité $d = \frac{\rho}{\rho_{eau}}$.
$\rho_{eau} = 1{,}00\ \text{g.cm}^{-3}$ et $\rho = 1{,}26\ \text{g.cm}^{-3}$, soit $d = 1{,}26$.

**Rappel**
$1{,}00\ \text{g.cm}^{-3} = 1{,}00\ \text{g.mL}^{-1}$ car $1\text{mL} = 1\text{cm}^{-3}$.

**3.** La masse $m'$ de sirop contenu dans le volume $V'$ s'exprime par :

$$m' = \rho.V'$$

D'où $m' = 1{,}26 \times 250 = 315$ g.

**Rappel**
Attention aux unités :
$\rho$ en $\text{g.cm}^{-3}$ ou $\text{g.mL}^{-1}$
$V'$ en mL ou $\text{cm}^3$
$m'$ en g.

## EXERCICE 2

### Préparer un sérum physiologique

#### Énoncé

On souhaite préparer $V = 200$ mL de sérum physiologique, solution de chlorure de sodium de concentration $c_m = 5{,}5$ g.L$^{-1}$.

**1.** Quel est le soluté ? Quel est le solvant ? Qualifier la solution.

**2.** Calculer la masse de chlorure de sodium à peser.

**3.** Décrire le mode opératoire précisant le matériel utilisé.

**4.** Écrire l'équation de dissolution du chlorure de sodium dans l'eau.

**5.** Est-ce une solution ionique ou moléculaire ?

#### Méthode

**1** Pour identifier le soluté, il faut connaître quelques formules de solutés courants. Lorsque le solvant n'est pas précisé, il s'agit de l'eau.

**2** Pour calculer la masse de soluté, identifiez les données $V$ et $c_m$, puis la grandeur recherchée $m$, ensuite écrivez une expression littérale donnant $m$ en fonction de $V$ et $c_m$.

**3** Pour décrire le mode opératoire, n'oubliez aucune étape.

**4** Pour pouvoir écrire des équations de dissolution, apprenez les formules de quelques ions courants.

**5** Si le soluté est composé d'ions, c'est une solution ionique ; s'il est composé de molécules, c'est une solution moléculaire.

#### Corrigé

**1.** Le soluté est le chlorure de sodium, le solvant est l'eau ; donc la solution est dite aqueuse.

**2.** Par définition, la concentration massique vaut $c_m = \frac{m}{V}$.

D'où $\boxed{m = c_m \times V}$

A.N. : $c_m = 5{,}5$ g.L$^{-1}$ ; $V = 200$ mL $= 0{,}200$ L ; $m = 5{,}5 \times 0{,}200 = 1{,}1$ g.

**Méthode**
Convertissez le volume en L : 200 mL = 0,200 L.

**3.** À l'aide d'une spatule, on place dans une coupelle de pesée posée sur une balance 1,1 g de chlorure de sodium NaCl. Avec un entonnoir, on verse ce solide dans une fiole jaugée de 200 mL, on rince l'entonnoir avec de l'eau distillée que l'on récupère dans la fiole jaugée. On remplit la fiole jaugée aux 2/3 avec de l'eau distillée. On agite jusqu'à dissolution complète du soluté. On complète la fiole jaugée avec de l'eau distillée jusqu'au trait de jauge. On agite pour homogénéiser la solution.

**Méthode**
Il est important de recueillir tout le soluté, sinon la concentration de la solution préparée est inférieure à la concentration souhaitée.

**4.** $NaCl(s) \longrightarrow Na^+(aq) + Cl^-(aq)$

**5.** C'est une solution ionique de formule $(Na^+(aq) + Cl^-(aq))$.

**Remarque**
Une solution est toujours électriquement neutre.

Chapitre 2

# Modélisation de la matière à l'échelle microscopique



## 1

## Du macroscopique au microscopique, de l'espèce chimique à l'entité

**De quoi s'agit-il ?** Une espèce chimique peut être un ion, une molécule, un composé ionique. Comment les distinguer ?

Molécules et atomes : modèles moléculaires et formules chimiques

### 1 Espèces moléculaires et espèces ioniques

- Une **espèce chimique** est une collection d'un nombre très élevé d'entités chimiques identiques. Chaque entité est soit un atome, soit un groupe d'atomes liés : molécule ou ion selon sa charge.
- Un **atome** est **la plus petite partie d'un corps simple** pouvant se combiner chimiquement avec un autre pour former des molécules ou des ions polyatomiques.
**Exemples** : Atome de fer Fe, atome d'hydrogène H.
- Une **molécule** est un **assemblage d'atomes** qui ne porte pas de charge électrique, c'est-à-dire qui est électriquement neutre.
**Exemples** : Molécule de dioxygène $O_2$, molécule d'eau $H_2O$.
- Un **ion** est **un atome ou un groupement d'atomes** ayant gagné ou perdu un ou plusieurs électrons. Un ion chargé d'électricité positive est un **cation**, un ion chargé d'électricité négative est un **anion**.
**Exemples** : Cation monoatomique : $Cu^{2+}$; anion monoatomique : $Cl^-$, cation polyatomique : $H_3O^+$, anion polyatomique : $SO_4^{2-}$.

### 2 Composés ioniques, composés moléculaires

- Un **composé ionique** est **constitué de cations et d'anions**. Il est électriquement neutre : les charges positives des cations sont compensées par les charges négatives des anions.
- Un **composé moléculaire** est **constitué de molécules** : il est électriquement neutre.

Exemples :
- Le chlorure de sodium NaCl est constitué d'un cation $Na^+$ de charge +e et d'un anion $Cl^-$ de charge –e. La charge de ce composé est +e – e = 0 C : il est électriquement neutre.
- Le sulfate de cuivre $CuSO_4$ est constitué d'un cation $Cu^{2+}$ de charge +2e et un anion $SO_4^{2-}$ de charge –2e : la charge de ce composé est –2e + 2e = 0 C.
- Le chlorure de calcium $CaCl_2$ est constitué d'un cation $Ca^{2+}$ de charge +2e et de 2 ions $Cl^-$ de charge –e : la charge de ce composé est $+2 \times e + 2 \times (-e) = 0$ C.

# 2 Le noyau de l'atome, siège de sa masse et de son identité

**De quoi s'agit-il ?** La matière est constituée d'atomes. Quelles sont ses propriétés, sa constitution ?

## 1 Définition et constitution d'un atome

L'atome

- La matière est constituée d'atomes. On assimile un atome à une sphère dure dont le diamètre est de l'ordre de $10^{-10}$ m.
- L'**atome** est constitué de deux parties : le noyau et le nuage électronique. Le rayon d'un noyau est environ $10^5$ fois plus petit que celui de l'atome.
- Caractéristiques des trois particules constituant l'atome :

| Particule | Électron $e^-$ | Proton p | Neutron n |
|---|---|---|---|
| Masse (en kg) | $9{,}109 \times 10^{-31}$ | $1{,}673 \times 10^{-27}$ | $1{,}675 \times 10^{-27}$ |
| Charge (en C) | $-1{,}6 \times 10^{-19} = -e$ | $1{,}6 \times 10^{-19} = +e$ | 0 |

**e** représente la **charge élémentaire**, exprimée en **coulomb (C)**.

- **Le noyau**

Le noyau d'un atome contient des **neutrons** (n) et des **protons** (p). Ce sont les nucléons. Le noyau est donc **chargé positivement**.

- **Le nuage électronique**

Le nuage électronique contient des **électrons** ($e^-$) ; il est **chargé négativement**.

## 2 Représentation conventionnelle d'un atome

- **Symbole de l'atome**

Chaque atome est représenté par un symbole, constitué d'une ou deux lettres. On trouve ce symbole dans la classification périodique.

**Exemples de symboles d'atomes :** C (carbone) ; Cu (cuivre) ; Na (sodium).

- **Représentation du noyau**

On appelle **numéro atomique** ou nombre de charges, **noté *Z***, le nombre de protons contenus dans le noyau. On note ***A*** le **nombre de nucléons** (protons + neutrons) contenus dans le noyau. On peut aussi appeler *A* « le nombre de masse ».
Le noyau d'un atome X contenant *Z* protons et *A* nucléons est représenté par $^{A}_{Z}\mathrm{X}$.
Le noyau contient $N = A - Z$ neutrons.

## 3 Caractéristiques de l'atome

- Un atome est **électriquement neutre**. Il contient autant de protons que d'électrons.
- La masse $m_p$ d'un proton est très proche de la masse $m_n$ d'un neutron. En revanche, la masse $m_e$ d'un électron est beaucoup plus faible (environ 1 800 fois). La masse d'un atome est donc concentrée dans son noyau.

On a $m_{\text{atome}} = Zm_p + (A - Z)m_n + Zm_e \approx Zm_p + (A - Z)m_n \approx Am_{\text{nucléon}} \approx m_{\text{noyau}}$.

# 3 Le cortège électronique de l'atome définit ses propriétés chimiques

**De quoi s'agit-il ?** Comment les électrons du nuage électronique sont-ils organisés ?



## 1 Modèle du nuage électronique

Cortège électronique de l'atome

- **Charge du nuage**

L'**atome est électriquement neutre**. Son noyau contient $Z$ protons, portant chacun la charge électrique $q_p = e$. Le noyau porte la charge électrique $Q = Ze$.
Le nuage électronique contient des électrons. Un électron est une particule élémentaire qui porte la charge électrique $q_e = -e$. Dans le nuage électronique, il y a donc $Z$ électrons, qui portent la charge électrique totale $Q' = -Ze$.

- **Masse des électrons**

La masse d'un électron est **très faible devant celle d'un nucléon** (≈ 1 800 fois plus petite). Les électrons, très mobiles autour du noyau, peuvent s'en échapper.

- **Organisation des électrons**

Tous les électrons ne sont pas liés au noyau de la même façon. On explique cette propriété avec le **modèle de la structure « en couches »**.
Les électrons qui se trouvent sur la couche externe peuvent facilement être arrachés.
D'autres, qui se trouvent dans les couches internes, ne peuvent pas être arrachés et restent liés au noyau.
Cette structure explique les propriétés chimiques des éléments.

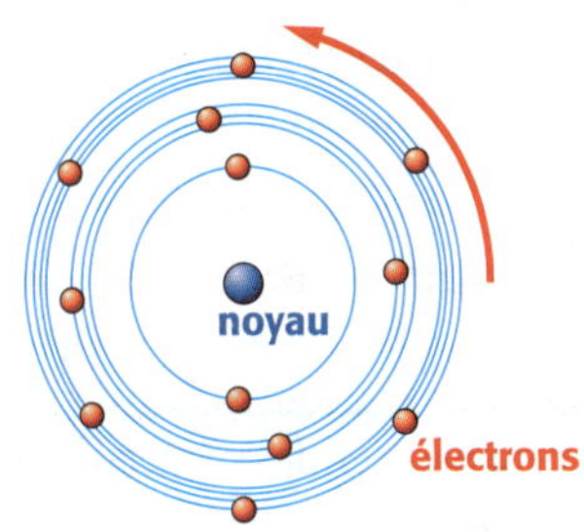


## 2 Configuration électronique et classification périodique

- Les électrons sont répartis sur des sous-couches, nommées s, p, d…

Une **sous-couche s** peut accueillir au maximum **2 électrons, une sous-couche s p, 6 électrons.**
Les électrons se disposent autour du noyau de manière à ce que leur niveau d'énergie soit le plus bas : ils remplissent dans l'ordre **1s, 2s, 2p, 3s, 3p**…
Le nombre placé devant s, p… est le **numéro de la couche ou nombre quantique principal**.

- Les **électrons de valence** sont ceux qui sont sur la dernière couche occupée, appelée aussi **couche externe**.

Pour les premiers éléments de la classification périodique ($Z \leq 18$), le numéro de la dernière couche, **couche de valence**, correspond au numéro de la ligne de la classification périodique, et le nombre d'électrons externes donne le numéro de la colonne à laquelle appartient l'élément.

## 3 Familles chimiques

Des éléments placés dans une même colonne de la classification périodique ont le **même nombre d'électrons externes** : ils font partie de la même **famille chimique** et ont des propriétés chimiques communes. Une famille particulière est la famille des éléments de la dernière colonne, nommée **famille des gaz nobles**. Les éléments de cette famille ont la propriété commune de ne pas réagir : on dit qu'ils sont **inertes chimiquement.**

# 4 Vers des entités plus stables chimiquement

**De quoi s'agit-il ?** **Seuls les atomes de gaz nobles sont stables. Comment les autres atomes vont-ils se stabiliser ?**

## 1 Stabilité des gaz nobles

Stabilité chimique (duet et octet)

L'hélium (He), le néon (Ne), l'argon (Ar), le krypton (Kr), le xénon (Xe) et le radon (Rn) sont des éléments qui font partie d'une même famille : ce sont des **gaz nobles**.
Ils présentent une grande stabilité, ils existent sous forme d'atomes, ne forment pas de molécules ou d'ions : cela s'explique par leur structure électronique.

| | | | |
|---|---|---|---|
| **Hélium** | $Z = 2$ | $1s^2$ | 2 électrons externes |
| **Néon** | $Z = 10$ | $1s^2 2s^2 2p^6$ | 8 électrons externes |
| **Argon** | $Z = 18$ | $1s^2 2s^2 2p^6 3s^2 3p^6$ | 8 électrons externes |
| **Krypton** | $Z = 36$ | $1s^2 2s^2 2p^6 3s^2 3p^6 4s^2\ 3d^{10} 4p^6$ | 8 électrons externes |

La stabilité de ces atomes est liée à leur structure : tous ces atomes ont 8 électrons externes, sauf l'hélium qui en a 2.

## 2 Énoncé des règles du duet et de l'octet

Les atomes des autres familles d'éléments n'ont pas cette structure stable en duet ou en octet. Ils vont former des molécules ou des ions pour obtenir cette structure stable.

**➜ La règle du duet**
Au cours de transformations chimiques, les atomes dont le numéro atomique $Z$ est inférieur ou égal à 4 ont tendance à acquérir la structure électronique stable en duet.

**➜ La règle de l'octet**
Au cours de transformations chimiques, les atomes dont le numéro atomique est supérieur à 4 ont tendance à acquérir la structure stable en octet.

## 3 Application aux ions monoatomiques stables

Structure électronique de quelques ions monoatomiques stables :

| Formule de l'ion | Numéro atomique $Z$ | Nombre d'électrons de l'atome | Nombre d'électrons de l'ion | Structure électronique de l'ion |
|---|---|---|---|---|
| $Li^+$ | 3 | 3 | 2 | $1s^2$ |
| $Na^+$ | 11 | 11 | 10 | $1s^2 2s^2 2p^6$ |
| $Al^{3+}$ | 13 | 13 | 10 | $1s^2 2s^2 2p^6$ |
| $Cl^-$ | 17 | 17 | 18 | $1s^2 2s^2 2p^6 3s^2 3p^6$ |

Les ions monoatomiques stables qui existent dans la nature ont une structure électronique en duet ou en octet.

# 5 Modèle de Lewis

**De quoi s'agit-il ?** Comment les électrons sont-ils organisés dans une molécule ?

## 1 Valence d'un atome

Schéma de Lewis



• Une **liaison covalente** correspond à la mise en commun de deux électrons provenant chacun de couches électroniques externes ou périphériques de deux atomes différents.

• La **valence** d'un atome est le nombre maximal de liaisons covalentes qu'il peut former.
**Exemple** : Le carbone est tétravalent (4 liaisons simples possibles au maximum), alors que l'hydrogène est monovalent.

## 2 Règles du duet et de l'octet

• **Règle du duet :** tout atome dont le numéro atomique Z est inférieur à 5 tente d'obtenir la structure stable de l'hélium $1s^2$.

• **Règle de l'octet :** les autres atomes ayant un numéro atomique $Z$ est supérieur ou égal à 5 évoluent pour obtenir 8 électrons sur leur couche externe, c'est-à-dire un octet d'électrons, qui est la structure stable des gaz nobles.
**Exemple** : L'hydrogène H respecte la règle du duet, alors que le carbone C, l'azote N ou l'oxygène O respectent la règle de l'octet.

• **Le modèle de Lewis** est une **représentation simple** d'une molécule qui ne prend pas en compte sa géométrie. Il est basé sur le respect des règles du duet et de l'octet, et de la valence des atomes de la molécule. Les atomes sont représentés par leur **symbole**. Les liaisons covalentes ou les doublets d'électrons d'un atome assurant le respect des règles du duet et de l'octet sont représentés par des tirets.

**Exemple** : Le modèle de Lewis du méthanol est : 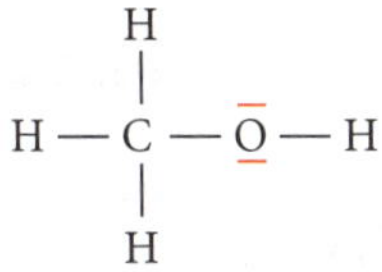

## 3 Doublets liants - Doublets non liants

Le modèle de Lewis fait apparaître des doublets d'électrons. Il en existe deux sortes :
– **les doublets liants :** ils représentent les liaisons entre deux atomes différents (en noir dans la molécule de méthanol) ;
– **les doublets non liants :** ils représentent les électrons de la couche périphérique d'un atome qui ne peuvent pas être mis en jeu dans les liaisons interatomiques (en rouge).

## 4 Énergie de liaison

Pour rompre une liaison covalente AB, entre deux atomes A et B d'une molécule, il est nécessaire de fournir de l'énergie au système. Plus la liaison à casser est forte, plus l'énergie à apporter est importante. On appelle ainsi **énergie de liaison** entre deux atomes A et B **l'énergie à apporter pour dissocier une mole de gaz** AB.

# 6 Compter les entités dans un échantillon de matière

**De quoi s'agit-il ?** **La matière est constituée d'un très grand nombre d'entités chimiques. Comment les compter ?**

## 1 Nécessité d'un changement d'échelle

La mole - Quantité de matière

Les masses d'un atome, d'une molécule ou d'un ion sont très petites par rapport aux masses des objets qui sont à notre échelle. Pour exprimer de très grandes quantités d'entités chimiques (atomes, ions, molécules), les chimistes ont introduit une nouvelle grandeur physique : **la quantité de matière**, dont l'unité est **la mole**.

## 2 Définition de la mole et constante d'Avogadro

- La **mole** est la quantité de matière d'un système contenant autant d'entités élémentaires qu'il y a d'atomes dans 12,00 g de carbone 12.
- La constante indiquant le nombre d'entités par mole est une constante fondamentale qui a été nommée **constante d'Avogadro**. Elle est notée $\mathcal{N}_A$ :

$$\mathcal{N}_A = 6{,}02 \times 10^{23}\ \text{mol}^{-1}$$

## 3 Quantité de matière et nombre d'entités d'un échantillon

La quantité de matière $n$ d'un échantillon contenant **$N$ entités chimiques** est

$N = \mathcal{N}_A n$ ; $N$ est sans unité, $\mathcal{N}_A$ s'exprime en $\text{mol}^{-1}$ et $n$ en mol.

## 4 Quantité de matière et nombre d'entités dans un échantillon

- **Masse d'une entité chimique**

On peut calculer la **masse d'une entité chimique** à partir de sa formule brute et de la masse des atomes qui la constituent, en faisant **la somme des masses de ces atomes.**
**Exemple** : On peut calculer la masse de la molécule d'eau de formule brute $H_2O$, connaissant la masse d'un atome d'hydrogène $m_H = 1{,}67 \times 10^{-27}$ kg et la masse d'un atome d'oxygène : $m_0 = 2{,}7 \times 10^{-26}$ kg.
On peut alors calculer la masse d'une molécule d'eau :

$$m_{H2O} = 2 \times m_H + m_0 = 2 \times 1{,}67 \times 10^{-27} + 2{,}7 \times 10^{-26} = 3{,}0 \times 10^{-26}\ \text{kg}.$$

La masse d'un électron étant négligeable devant celle de l'atome, la masse d'un ion se calcule comme celle d'une molécule **sans tenir compte de la charge.**

- **Déterminer le nombre d'entités et la quantité de matière d'une espèce dans un échantillon**

Pour pouvoir prélever des échantillons, on ne dispose pas d'appareils permettant de mesurer des quantités de matière : il faut peser l'échantillon avec une balance, d'où l'intérêt de relier **masse** d'un échantillon et **quantité de matière en mole**.
La **quantité de matière $n$** s'exprime en fonction de la masse $m$ de l'échantillon, de la masse de l'entité $m_{\text{entité}}$ et du nombre d'Avogadro $\mathcal{N}_A$ par :

$$n = \frac{m}{m_{\text{entité}} \times \mathcal{N}_A}$$

# Révision express

## Les points importants à retenir

- L'atome est constitué d'un noyau et d'un nuage électronique. Le noyau contient deux sortes de particules : les protons et les neutrons. L'atome est électriquement neutre.

- Les électrons sont répartis sur des orbitales, nommées s, p, d…
Une **orbitale s** peut accueillir au maximum **2 électrons, une orbitale p, 6 électrons**.
Les orbitales se remplissent dans l'ordre **1s, 2s, 2p, 3s, 3p**…
Le nombre placé devant s, p… est le **numéro de la couche ou nombre quantique principal**.
Les électrons de valence sont ceux qui sont sur la dernière couche occupée, appelée aussi couche externe.

- Toutes les entités chimiques (atomes, ions) qui ont le même numéro atomique *Z* appartiennent au même élément.

- La règle du duet et de l'octet : au cours de transformations chimiques, les atomes dont le numéro atomique *Z* est inférieur ou égal à 4 ont tendance à acquérir la structure électronique stable en duet, les autres ont tendance à acquérir la structure stable en octet.

- La quantité de matière *n* d'un échantillon contenant *N* entités chimiques est :
$N = n \times N_A$ avec *N* sans unité, $N_A$ en $mol^{-1}$ et *n* en mol.

PHYSIQUE-CHIMIE

## Quiz

*Cochez la bonne réponse.*

Le numéro atomique du magnésium est $Z = 12$.

**1.** L'atome de magnésium contient 12 nucléons.

☐ **vrai** ☐ **faux**

**2.** La structure électronique de l'atome de magnésium est $1s^2 2s^2 3p^6 4s^2$.

☐ **vrai** ☐ **faux**

**3.** Cet atome a une structure électronique stable car il a 2 électrons sur sa couche externe,comme l'hélium.

☐ **vrai** ☐ **faux**

**4.** Il forme un cation $Mg^{2+}$.

☐ **vrai** ☐ **faux**

**5.** Le nombre d'entités contenues dans une mole dépend de l'entité.

☐ **vrai** ☐ **faux**

→ Réponses p. 475

## EXERCICE 1

# Définir la composition d'ions

### Énoncé

Compléter le tableau suivant.

| Symbole de l'ion | Nom de l'élément | Nombre de protons | Nombre de nucléons | Nombre de neutrons | Nombre d'électrons |
|---|---|---|---|---|---|
| $^{39}_{19}K^{+}$ | | | | | |
| $^{1}_{1}H^{+}$ | | | | | |
| $^{32}_{16}S^{2-}$ | | | | | |
| $^{127}_{53}I^{-}$ | | | | | |
| $^{56}_{26}Fe^{2+}$ | | | | | |

### Méthode

1 Pour trouver le nom de l'élément, utilisez la classification périodique, et lisez le nom de l'élément correspondant au symbole.

2 Le nombre de protons est donné par le numéro atomique $Z$, noté en bas à gauche.

3 Le nombre de nucléons $A$ est noté en haut à gauche.

4 Le nombre de neutrons $N$ se calcule par $N = A - Z$.

5 Pour trouver le nombre de protons, calculez le nombre d'électrons de l'atome : il est égal au nombre d'électrons de l'atome, car il est électriquement neutre. Une charge positive correspond à un électron en moins, une charge négative à un électron en plus.

**Conseil**
Retenez la notation $^{A}_{Z}X$.

### Corrigé

| Symbole de l'ion | Nom de l'élément | Nombre de protons | Nombre de nucléons | Nombre de neutrons | Nombre d'électrons |
|---|---|---|---|---|---|
| $^{39}_{19}K^{+}$ | potassium | 19 | 39 | 20 | 18 |
| $^{1}_{1}H^{+}$ | hydrogène | 1 | 1 | 0 | 0 |
| $^{32}_{16}S^{2-}$ | soufre | 16 | 32 | 16 | 18 |
| $^{127}_{53}I^{-}$ | iode | 53 | 127 | 74 | 54 |
| $^{56}_{26}Fe^{2+}$ | fer | 26 | 56 | 30 | 24 |

EXERCICE 2

## Trouver la formule de l'alumine

### Énoncé

L'alumine est un composé ionique contenant l'élément aluminium et l'élément oxygène.

**1.** Donner la structure électronique de l'atome d'aluminium et de l'atome d'oxygène.

**2.** Quels ions forment-ils ?

**3.** En déduire la formule de l'alumine.

*Données* : Al : $Z = 13$ ; O : $Z = 8$.

### Méthode

**1** Pour écrire la structure électronique d'un atome ou d'un ion, commencez par calculer le nombre d'électrons, puis répartissez-les en couches en respectant les règles de remplissage des couches électroniques.

**Conseil**
Apprenez les règles de remplissage des couches électronique.

**2** Pour savoir quel ion peut former un atome, appliquez la règle de l'octet ou du duet.

**3** Pour écrire la formule de l'alumine, cherchez les proportions de cations et d'anions pour que le composé ionique soit électriquement neutre. Les charges positives apportées par les cations doivent être compensées par les charges négatives apportées par les anions.

### Corrigé

**1.** Al : $Z = 13$ : l'atome d'aluminium a 13 électrons ; sa structure électronique est $1s^2 2s^2 2p^6 3s^2 3p^1$.
O : $Z = 8$ : l'atome d'oxygène a 8 électrons ; sa structure électronique est $1s^2 2s^2 2p^4$.

**2.** L'atome d'aluminium perd les 3 électrons de sa couche externe pour avoir la structure électronique stable en octet du néon $1s^2 2s^2 3p^6$ : il forme donc l'ion $Al^{3+}$.
L'atome d'oxygène gagne 2 électrons pour obtenir la structure électronique stable en octet du néon $1s^2 2s^2 3p^6$ : il forme donc l'ion $O^{2-}$.

**3.** L'alumine est un composé électriquement neutre : les charges positives apportées par les ions $Al^{3+}$ sont compensées par les charges négatives apportées par les ions $O^{2-}$ : sa formule est $Al_2O_3$.

## EXERCICE 3

# Déterminer le nombre d'entités et la quantité de matière (en mol) d'une espèce dans un échantillon de masse donnée

### Énoncé

Calculer le nombre de molécules contenues dans un morceau de sucre de masse $m = 6{,}0$ g. Calculer ensuite la quantité de matière de saccharose dans ce morceau de sucre.

***Données :*** *Le sucre est constitué de molécules de saccharose de formule* $C_{12}H_{22}O_{11}$ *de masse* $m_{C_{12}H_{22}O_{11}} = 5{,}7 \times 10^{-25}$ *kg.*

*Le nombre d'entités dans une mole est donné par le nombre d'Avogadro :*

$$\mathcal{N}_A = 6{,}02 \times 10^{23}\ \text{mol}^{-1}.$$

### Méthode

L'échantillon est un assemblage d'entités, sa masse est la somme des masses des entités (atomes, molécules, ions) qui le constituent.
Pour calculer la quantité de matière, il faut diviser le nombre d'entités dans l'échantillon par le nombre d'entités dans une mole, donné par
le nombre d'Avogadro : $\mathcal{N}_A = 6{,}02 \times 10^{23}$ mol$^{-1}$.

### Corrigé

Le morceau de sucre est constitué de $N$ molécules de saccharose.
La masse du morceau de sucre est $\boldsymbol{m = N \times m_{C_{12}H_{22}O_{11}}}$.
On en déduit :

$$N = \frac{m}{m_{C_{12}H_{22}O_{11}}} = \frac{6{,}0 \times 10^{-3}}{5{,}7 \times 10^{-25}} = 1{,}1 \times 10^{22}.$$

La quantité de matière dans ce morceau de sucre s'exprime par :

$$\boldsymbol{n} = \frac{N}{\mathcal{N}_A} = \frac{1{,}1 \times 10^{22}}{6{,}02 \times 10^{23}} = \mathbf{0{,}017\ mol.}$$

# Modélisation des transformations de la matière et transfert d'énergie



## 1 Transformation physique

**De quoi s'agit-il ?** La matière existe sous 3 états et peut changer d'état sous certaines conditions. Quels sont les changements d'états et leurs propriétés ?

### 1 États de la matière

Changements d'état et énergie

Une espèce chimique peut exister sous trois états physiques différents : solide, liquide et gazeux.
Microscopiquement, **l'état solide** est un état ordonné et condensé : les atomes, molécules ou ions qui le constituent sont proches les uns des autres, et vibrent autour d'une position d'équilibre.
**L'état liquide** est un état désordonné, mais les atomes, molécules ou ions qui le constituent sont proches les uns des autres mais en mouvement.
**L'état gazeux** est en revanche un état désordonné dans lequel les molécules peuvent se déplacer librement. Elles sont éloignées les unes des autres.

### 2 Changement d'état

- Un **changement d'état** est le passage d'un état physique à un autre. À pression constante, la **température de changement d'état est constante** pendant toute la durée du changement d'état.

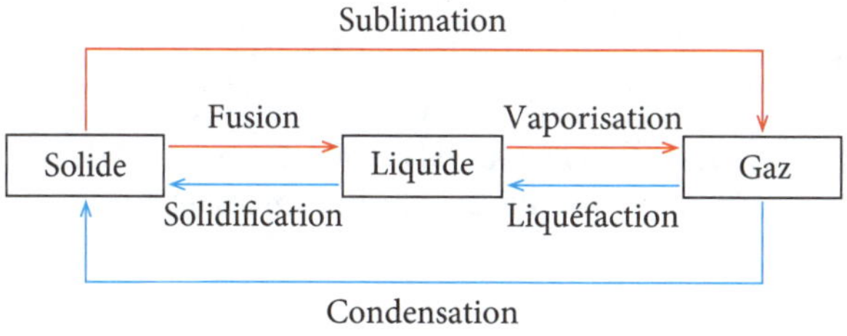


**Figure 1**

Lors d'un changement d'état, l'espèce chimique n'est pas modifiée, **c'est une transformation physique**.
**Exemple** : Fusion du sel : $NaCl(s) \rightarrow NaCl(\ell)$.

**Attention :** une fusion est un changement d'état, à ne pas confondre à une dissolution. Lors de la dissolution, les ions ou les molécules sont séparés par des molécules d'eau.
**Exemple** : Dissolution du sel, chlorure de sodium NaCl, dans l'eau :

$$NaCl(s) \rightarrow Na^{+}(aq) + Cl^{-}(aq)$$

• **Transformations physiques endothermiques et exothermiques**
Certaines transformations physiques nécessitent de la chaleur pour se faire : elles sont dites **endothermiques**. Elles sont repérées par des flèches rouges sur la **figure 1**.
Certaines transformations physiques libèrent de la chaleur : elles sont dites **exothermiques**. Elles sont repérées par des flèches bleues sur la **figure 1**.

• **Énergie de changement d'état et applications**
Lors d'un changement d'état, à pression donnée et à la température du changement d'état considéré, 1 kilogramme de ce corps échange avec le milieu extérieur une énergie appelée **énergie massique de changement d'état** ou **chaleur latente**. On la note $L$ et elle s'exprime en $J \cdot kg^{-1}$.

$\Delta U_{\text{changement d'état}} = m \times L$ avec $m$ : masse du corps considéré (en kg),
$L$ : chaleur latente massique (en $J \cdot kg^{-1}$).

Une transformation est **endothermique** lorsque $\Delta U > 0$.
Une transformation est **exothermique** lorsque $\Delta U < 0$.

# 2 Transformation chimique

**De quoi s'agit-il ? Au cours d'une transformation chimique, des espèces chimiques se transforment en d'autres. Quelles sont ses propriétés ?**

## 1 Réaction chimique

Les transformations chimiques

• Au cours d'une transformation chimique, il se produit une réaction entre certaines espèces chimiques présentes dans l'état initial appelées les **réactifs**. Il se forme d'autres espèces chimiques, appelées les **produits**.

• Certaines espèces chimiques n'interviennent pas au cours de la réaction. On dit que ce sont des **espèces spectatrices**. On modélise une transformation chimique par une réaction chimique.

## 2 Équation de la réaction

Au cours d'une transformation chimique, il y a **conservation des éléments** et des charges. On traduit cette conservation des éléments et des charges en ajustant les **nombres stœchiométriques** dans l'équation.

## 3 Effet thermique d'une transformation chimique

Lors d'une transformation chimique, il peut y avoir une diminution ou une augmentation de la température. Lorsqu'il y a une élévation, la transformation est dite **exothermique**.

## 4 État du système et équation de la réaction

**Utilisation de l'équation**
L'équation de la réaction renseigne sur les proportions dans lesquelles les réactifs disparaissent et les produits sont formés.

**Exemple** : combustion complète du méthane dans le dioxygène.
L'équation de la réaction s'écrit :

$$CH_4(g) + 2\ O_2(g) \rightarrow CO_2(g) + 2\ H_2O(g).$$

## 5 Bilan de matière

Pour connaître l'évolution d'un système, il faut connaître son état initial et l'équation de réaction. L'équation de réaction permet de faire un bilan de matière.

- **Prenons l'exemple de la combustion complète du méthane :**

$$1\ CH_4(g) + 2\ O_2(g) \rightarrow 1\ CO_2(g) + 2\ H_2O(g).$$

Cette équation traduit que la quantité de dioxygène qui disparaît en réagissant est égale au double de la quantité de méthane qui disparaît, car pour 1 molécule de méthane $CH_4$, il faut 2 molécules de dioxygène $O_2$.
De même, la quantité de dioxyde de carbone formé est égale à la quantité de méthane consommé, et la quantité d'eau formée est égale au double de la quantité de méthane consommé.
La réaction s'arrête lorsqu'un des réactifs disparaît complètement : c'est le **réactif limitant**.
L'espèce qui ne disparaît pas complètement est dite **en excès**.
Si la réaction s'arrête car il ne reste aucun des réactifs, c'est que le mélange initial était dans les **proportions stœchiométriques**.

# 3 Synthèse d'une espèce chimique présente dans la nature

**De quoi s'agit-il ?** Il est possible de synthétiser des espèces chimiques : comment ?

## 1 Synthèse d'espèces chimiques

La chimie de synthèse a pour but la fabrication d'espèces chimiques moins chères que celles extraites dans la nature.
**Exemple** : Synthèse de l'aspirine. L'aspirine est une molécule naturellement présente dans le saule blanc ou la reine-des-prés.

## 2 Réalisation de la synthèse

- Introduction des réactifs dans le ballon et chauffage. Lorsque la réaction entre les réactifs est lente, il faut accélérer la réaction soit en chauffant le mélange réactionnel, soit en ajoutant un catalyseur.

- Le **chauffage à reflux** permet :
- de travailler à une température élevée,
- d'accélérer la synthèse de l'espèce chimique,
- d'éviter les pertes de réactifs et de produits.

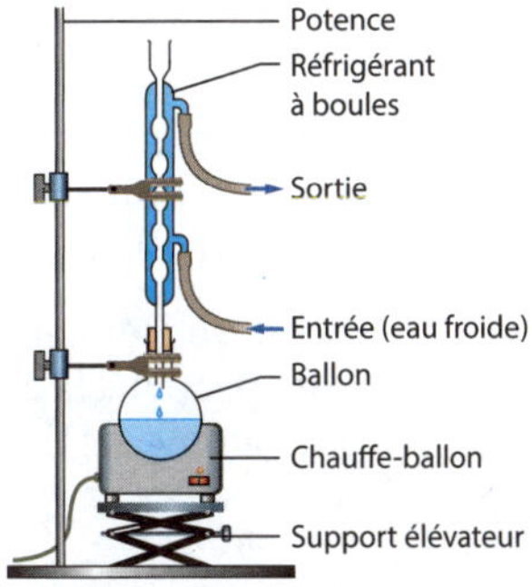


**Montage du chauffage à reflux**

## 3 Purification

Lorsque l'espèce est synthétisée, il faut la **purifier** : on procède à des **rinçages** et des **recristallisations**.

## 4 Identification

- On peut mesurer une **caractéristique physique** (température de fusion avec un banc Kofler, indice de réfraction…).

- On peut réaliser une **chromatographie sur couche mince (CCM)**.

Le mélange à analyser est déposé sur un support appelé **phase stationnaire** (un papier filtre ou une plaque CCM). Il est entraîné par un solvant, appelé **éluant**, qui migre par **capillarité** sur la plaque. Les constituants du mélange se séparent : chacun d'eux est d'autant plus entraîné par l'éluant qu'il est plus soluble dans celui-ci et moins **adsorbé** sur la phase stationnaire.
Après migration, les taches doivent être révélées, par immersion dans un bain de permanganate de potassium ou par observation à la lumière UV.

On calcule alors le **rapport frontal**. Le rapport frontal d'une espèce chimique représente la **distance *h* qu'elle a parcourue** rapportée à la distance ***H* parcourue par le solvant**, c'est-à-dire la distance entre la ligne de dépôt et la ligne du front du solvant.

$$R_f = \frac{h}{H}$$

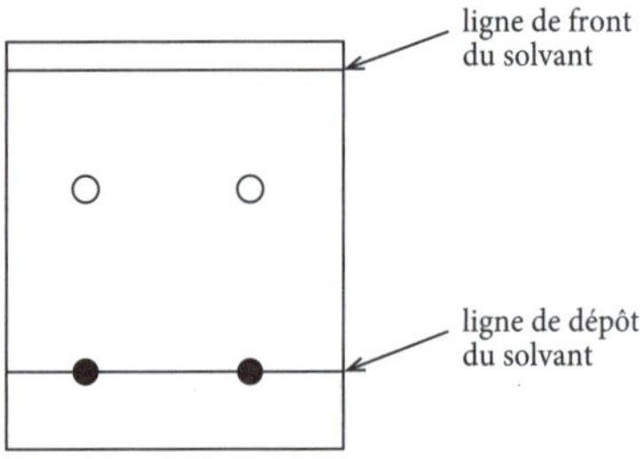


**$R_f$ est sans unité et $0 \leq R_f \leq 1$.**

Deux espèces qui montent à la même hauteur sont identiques.

# 4 Transformations nucléaires

**De quoi s'agit-il ?** Comment est-il possible de transformer des espèces chimiques ?

## 1 Isotopes

Transformation : physique, chimique ou nucléaire ?

- **Définition**

Deux isotopes d'un même élément ont le **même numéro atomique *Z*** mais un **nombre de masse *A* (nombre de nucléons)** différent.
Le numéro atomique caractérise l'élément : deux isotopes sont donc le **même élément**.

- **Propriétés des isotopes d'un élément**

Les isotopes ont les **mêmes propriétés chimiques**, mais des masses différentes. En effet, on rappelle que la masse d'un atome est définie par la relation :

$$m_{\text{atome}} \approx A m_{\text{nucléon}}$$

Chaque isotope de l'élément X a une masse qui dépend de *A*, le nombre de masse.

• **Exemple d'isotopes**

Le « cuivre 63 » et le « cuivre 65 » sont des isotopes de l'élément cuivre. La représentation conventionnelle de leur noyau est respectivement $^{63}_{29}Cu$ et $^{65}_{29}Cu$. Ces deux noyaux contiennent 29 protons, mais un nombre de nucléons différent (respectivement 63 et 65).

## 2 Les réactions nucléaires

• **La fusion**

Au centre du Soleil, la température atteint 15 millions de degrés, grâce à la fusion des noyaux légers, comme ceux de l'hydrogène (un proton) et de l'hélium (deux protons et deux neutrons). La réaction nucléaire de **fusion** donne naissance, à partir de deux noyaux d'atomes légers, à un noyau plus lourd. Elle s'accompagne d'une forte **libération d'énergie.**

• **La fission**

La **fission** nucléaire est le phénomène par lequel, sous l'impact d'un neutron, le noyau se transforme en deux noyaux plus légers. Elle s'accompagne d'un dégagement de chaleur énorme : 1 gramme d'uranium 235 libère ainsi autant d'énergie que la combustion de plusieurs tonnes de charbon. La fission spontanée existe mais elle est très rare.

## 3 Écriture symbolique d'une réaction nucléaire

**Lois de conservation :** au cours d'une réaction nucléaire, le **nombre total de protons *Z*** et **le nombre total de nucléons *A*** sont **conservés**.

**Exemple** : Fusion du tritium et du deutérium, 2 isotopes de l'hydrogène :

$$^{2}_{1}H + ^{3}_{1}H \rightarrow ^{4}_{2}He + ^{1}_{0}n$$

On vérifie que le nombre total de protons est conservé : 1 + 1 = 2 + 0.
D'autre part, le nombre de nucléons est conservé : 2 + 3 = 4 + 1.

## 4 Transformation physique ou chimique ?

Au cours d'une réaction nucléaire, les éléments ne sont pas conservés : ce n'est pas une transformation chimique, mais une **transformation physique**.

# Révision express

## Les points importants à retenir

- La matière existe sous 3 états : **solide, liquide et gazeux**.
- Le passage d'un état à un autre est un changement d'état.
- Certains changements d'état sont **exothermiques**, d'autres **endothermiques**.

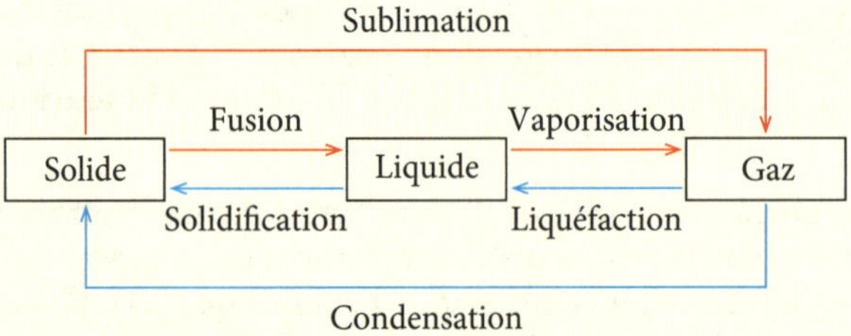


- Au cours d'une réaction chimique, les espèces chimiques sont transformées : **les réactifs** réagissent pour former **des produits** et il y a **conservation des éléments**.
- L'équation de la réaction permet de faire un **bilan de matière**, et connaissant les quantités de réactifs, de connaître les quantités de produits formés.
- On synthétise au laboratoire ou dans l'industrie des espèces chimiques, puis on les purifie. Enfin, on les identifie par leurs caractéristiques physiques ou par chromatographie.
- La réaction nucléaire de **fusion**, donne naissance, à partir de deux noyaux d'atomes légers, à un noyau plus lourd. Elle s'accompagne d'une forte **libération d'énergie**.
- La **fission** nucléaire est le phénomène par lequel, sous l'impact d'un neutron, le noyau se transforme en deux noyaux plus légers.

## Quiz

*Cochez la bonne réponse.*

**1.** Un changement d'état est une réaction chimique.

☐ **vrai** ☐ **faux**

**2.** Quand on mélange du sucre au café, il fond.

☐ **vrai** ☐ **faux**

**3.** Deux isotopes font partie du même élément chimique.

☐ **vrai** ☐ **faux**

**4.** Lors d'une fusion, les noyaux fondent.

☐ **vrai** ☐ **faux**

**5.** Au cours d'une réaction nucléaire, le nombre total de protons Z mais pas le nombre de total de nucléons A.

☐ **vrai** ☐ **faux**

→ Réponses p. 475

EXERCICE 1

## Écrire une équation de réaction

### Énoncé

On introduit dans un flacon contenant de l'air un morceau de charbon enflammé. Le charbon contient uniquement des atomes de carbone. Après la transformation, il reste du charbon. Tout le dioxygène de l'air a réagi. On ajoute de l'eau de chaux et on observe qu'après agitation, elle se trouble.

**1.** Identifier les réactifs de la réaction chimique.

**2.** Identifier les produits de la réaction chimique.

**3.** Traduire cette transformation par une équation de réaction.

### Bien comprendre le sujet

**1** Pour identifier les réactifs, cherchez les espèces chimiques présentes au début dans le système et qui disparaissent en réagissant.

**2** Pour identifier les produits, cherchez les espèces qui sont formées lors de la réaction.

**3** Pour écrire l'équation de la réaction, écrire à gauche de la flèche les formules chimiques des réactifs, à droite celles des produits, puis ajustez avec des nombres stœchiométriques pour traduire la conservation des éléments.

### Corrigé

**1.** Le carbone (contenu dans le charbon) et le dioxygène (contenu dans l'air) sont les réactifs.

**2.** Le gaz qui trouble l'eau de chaux est du dioxyde de carbone : le dioxyde de carbone est le produit de la réaction.

**3.** On symbolise cette transformation par :

carbone + dioxygène → dioxyde de carbone.

Soit, en utilisant les formules : $C\ (s) + O_2\ (g) \rightarrow CO_2\ (g)$.

Cette équation traduit bien la conservation des éléments carbone et oxygène ainsi que la conservation de la charge.

## EXERCICE 2

# Réaction entre les ions cuivre et le zinc

## Énoncé

Dans un erlenmeyer, on place un fil de zinc dans une solution de sulfate de cuivre. La solution perd sa couleur bleue ; des ions zinc $Zn^{2+}$ apparaissent et un dépôt rouge de cuivre métallique se forme à la surface du fil de zinc. La courbe donnant l'évolution des quantités de matière en fonction de la quantité d'ions $Cu^{2+}$ consommés est donnée ci-dessous :

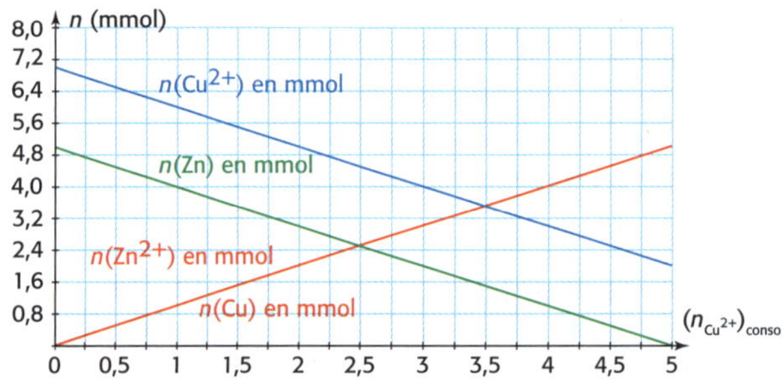


**1.** Identifier les réactifs et les produits de la réaction.

**2.** Quelles sont les quantités d'ions $Cu^{2+}$ et de zinc à l'état initial ?

**3.** Les ions sulfate régissent-ils ? Qualifier cette espèce.

**4.** Écrire l'équation de la réaction.

**5.** Caractériser l'état final.

## Méthode

**1** Il faut bien lire le graphique : la quantité de réactif diminue, la quantité de produit augmente.

**2** À l'état initial, les ions, les ions $Cu^{2+}$ ne sont pas encore consommés : on lit alors les quantités des espèces présentes sur l'axe des ordonnées.

**3** et **4** Identifiez les réactifs et les produits, pour écrire l'équation de la réaction.

**5** Pour caractériser l'état final, il faut relever les valeurs lorsqu'une espèce est totalement consommée.

## Corrigé

**1.** Les **réactifs** sont les **ions cuivre** II de formule $\mathbf{Cu^{2+}}$ et le **zinc**. En effet, le graphique indique que la quantité d'ions $Cu^{2+}$ diminue ainsi que la quantité de zinc. De plus, la solution perd sa couleur bleue due aux ions $Cu^{2+}$ : cela indique qu'ils disparaissent en réagissant.

**2. Graphiquement**, on lit que, à l'état initial, la quantité d'ions $\mathbf{Cu^{2+}}$ est **7,0 mmol** et la quantité de **zinc** est de **5,0 mmol**.

**3.** Les ions sulfate $SO_4^{2-}$ **ne réagissent pas**, ils sont **spectateurs**.

**4.** L'équation de la réaction est :

$$\mathbf{Cu^{2+}(aq) + Zn(s) \rightarrow Cu(s) + Zn^{2+}(aq).}$$

> **L'astuce du prof**
> L'équation de la réaction est équilibrée en charges et en nombre d'atomes.

**5.** Sur le graphique, on lit : $(n_{Cu^{2+}})_f$ = **2,0 mmol** ; $(n_{Cu})_f$ = **5,0 mmol** ; $(n_{Cu^{2+}})_f$ = **5,0 mmol**.

Chapitre 4

# Décrire un mouvement

## 1 Mouvement d'un objet

**De quoi s'agit-il ?** Pour étudier le mouvement d'un objet, il faut préciser le système étudié et le référentiel dans lequel on l'étudie. Ensuite, on étudie sa trajectoire et l'évolution de sa vitesse au cours du mouvement.

Décrire un mouvement

### 1 Système et référentiel

- Le mouvement d'un système est la description, dans un référentiel donné, de la trajectoire d'un point et de l'évolution de sa vitesse au cours du mouvement.
- **Le système** est l'objet dont on étudie le mouvement.
- **Le référentiel** est un objet de référence par rapport auquel on étudie le mouvement du système. Le **référentiel terrestre** est utilisé pour étudier le mouvement d'un objet à la surface de la Terre.

**Idée à retenir**

Exemples de référentiels : terrestre, géocentrique, héliocentrique.

### 2 Trajectoire

- La **trajectoire** d'un point est l'ensemble de ses positions successives.
- Si la trajectoire d'un point est une droite, le mouvement est **rectiligne**.

Si la trajectoire d'un point est un cercle, le mouvement est **circulaire**

Si la trajectoire d'un point est une courbe, le mouvement est **curviligne**

- La trajectoire d'un point **dépend du référentiel**.

**Idée à retenir**

Dans le référentiel terrestre ⓐ, la trajectoire de la balle est curviligne ; dans le référentiel du vélo ⓑ, c'est une droite.

**Doc. 5** Trajectoire d'une balle lâchée d'un vélo en mouvement

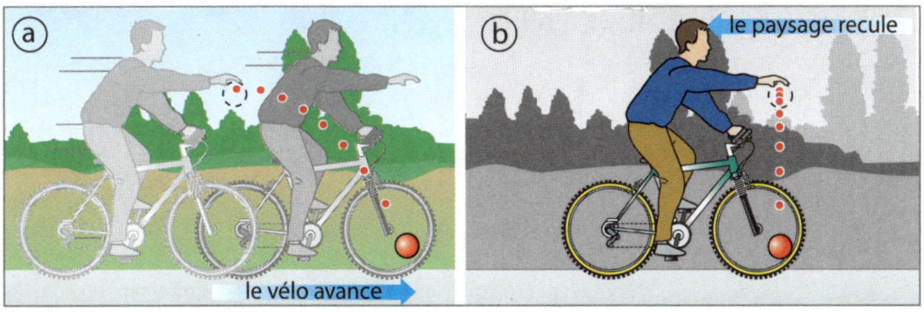


- Pour étudier le mouvement d'un corps, il faut préciser le solide choisi comme référence et appelé le référentiel (**Doc. 5**).

PHYSIQUE-CHIMIE

## 3 Vecteur déplacement d'un point

Le vecteur vitesse

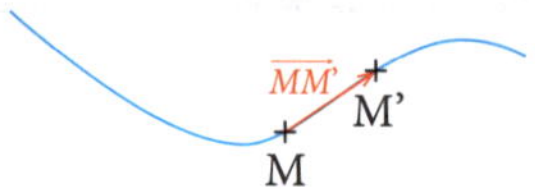


• On appelle **vecteur déplacement** d'un point $M$, le vecteur $\overrightarrow{MM'}$ où $M$ et $M'$ sont les positions successives du point $M$ à des instants voisins séparés par $\Delta t$.

• Le **vecteur vitesse moyenne** du point $M$ se déplaçant vers le point $M'$ est :

$$\vec{v} = \frac{\overrightarrow{MM'}}{\Delta t} \text{ et sa valeur est } v = \frac{MM'}{\Delta t}$$

$\overrightarrow{MM'}$ est le vecteur déplacement du point $M$, et $\Delta t$ la durée pour aller de $M$ à $M'$.

• **Caractéristiques**
– **Origine :** le point considéré.
– **Direction :** la tangente à la trajectoire en ce point. En pratique, c'est la même direction que la droite passant par le point précédent et le point suivant.
– **Sens :** celui du mouvement.
– **Norme ou longueur :** proportionnelle à la valeur de la vitesse moyenne, en tenant compte de l'échelle de représentation des vitesses, c'est-à-dire $v = \frac{MM'}{\Delta t}$ avec $MM'$ en mètre (m), $\Delta t$ en seconde (s) et $v$ en $m{\cdot}s^{-1}$ (unités du système international).

**Remarque**
On utilise en pratique l'unité $km{\cdot}h^{-1}$. On a $1\ m{\cdot}s^{-1} = 3{,}6\ km{\cdot}h^{-1}$.

• **Vitesse instantanée.** Si la durée $\boldsymbol{\Delta t}$ est **très courte**, alors cette vitesse moyenne sur une petite durée est appelée **vitesse instantanée**.

• **Évolution de la vitesse**
• Si la vitesse du point est constante, on dit que son mouvement est **uniforme.**
Si la vitesse du point augmente, on dit que son mouvement est **accéléré**.
Si la vitesse du point diminue, on dit que son mouvement est **ralenti.**

• Le mouvement et la vitesse d'un point dépendent du référentiel : c'est la **relativité du mouvement.**

## 4 Mouvement d'un objet

**Astuce**
La distance parcourue entre deux images nous renseigne sur la vitesse.

• Pour décrire le mouvement d'un point d'un objet, on étudie la **trajectoire** de ce point et on analyse **l'évolution de sa vitesse.**

• L'enregistrement d'un golfeur tapant dans une balle de golf est représenté ci-dessous (**Doc. 6**).

**Doc. 6** Chronophotographie d'un golfeur

## Vocabulaire

- **chronophotographie :** technique utilisée pour analyser des mouvements en photographiant à intervalle de temps régulier un corps.

- La balle décrit une **trajectoire curviligne** (parabolique) et la **vitesse diminue** sur la montée : la balle est donc animée d'un **mouvement curviligne ralenti.**

La tête du club de golf décrit une **trajectoire circulaire**, et la **vitesse diminue** : la tête est donc animée d'un **mouvement circulaire ralenti**.

- Un mouvement d'un point est **rectiligne si sa trajectoire est une droite**.

- Si la valeur de la vitesse est constante, il est **rectiligne uniforme** : le vecteur vitesse $\vec{v}$ est constant $\vec{v} = \overrightarrow{\text{cte}}$.

- Si la valeur de la vitesse n'est pas constante, le mouvement n'est pas uniforme. Si elle augmente, le mouvement est **rectiligne accéléré**, si elle diminue, le mouvement est **rectiligne ralenti**.

**Exemple** : On a représenté les positions d'un point $M$ à intervalle de temps régulier et le vecteur vitesse à plusieurs dates.

## Idée à retenir

Pour décrire le mouvement d'un objet, on définit le référentiel dans lequel on travaille, on étudie la nature de sa trajectoire et on analyse l'évolution de sa vitesse au cours du mouvement.

## Révision express

### Les points importants à retenir

- Pour décrire le mouvement d'un objet (le système), on définit l'objet par rapport auquel on l'étudie (généralement, le référentiel terrestre). On étudie la nature de sa trajectoire (rectiligne, curviligne, circulaire, quelconque) et on analyse l'évolution de sa vitesse au cours du mouvement (mouvement uniforme, ralenti ou accéléré).
- Le mouvement d'un objet dépend du référentiel dans lequel on l'étudie.
- Lorsqu'un objet est soumis à des forces, cela provoque des effets sur son mouvement ou sa forme (déformation, mise en mouvement, modification de la vitesse, de la trajectoire…).
- Lorsqu'on applique une même force à deux objets de masses différentes, l'effet est plus important sur celui qui a la masse la plus petite.
- Une force modifie éventuellement la valeur de l'énergie cinétique d'un corps.
- Le principe d'inertie indique que dans un référentiel terrestre, un système persévère dans son état de repos ou de mouvement rectiligne uniforme si les forces qui s'exercent sur lui se compensent et réciproquement.
- On mesure la durée d'un exploit sportif avec un chronomètre gradué au 1/100$^e$ de seconde. La précision de la mesure dépend de nombreux facteurs (précision de l'instrument, temps de réaction, distance au starter…).

### Quiz

*Cochez la bonne réponse.*

**1.** Le référentiel pratique pour étudier le mouvement d'un ballon de football est le référentiel terrestre.

☐ vrai ☐ faux

**2.** Pour qu'un objet soit en mouvement, il faut nécessairement qu'il soit soumis au moins à une force.

☐ vrai ☐ faux

**3.** Une bille posée sur une table est immobile ; elle n'est soumise à aucune force.

☐ vrai ☐ faux

**4.** Les traces laissées par un skieur qui descend une piste permettent d'analyser son mouvement.

☐ vrai ☐ faux

**5.** Un coureur cycliste parcourt 20 km en 30 minutes. Sa vitesse moyenne est de 10 km/h.

☐ vrai ☐ faux

**6.** Le record du monde du 100 mètres est de 9 s 58. La précision est de 1/100$^e$ de seconde.

☐ vrai ☐ faux

**7.** Lorsqu'un patineur glisse sur la glace, il est soumis à des forces qui se compensent car les forces de frottement sont négligeables.

☐ vrai ☐ faux

→ Réponses p. 476

EXERCICE 1

## Étudier le mouvement d'un skieur

### Énoncé

On a enregistré les positions d'un skieur à intervalles de temps égaux $\Delta t = 1{,}0$ s. La distance parcourue entre deux positions est de 2,0 m.

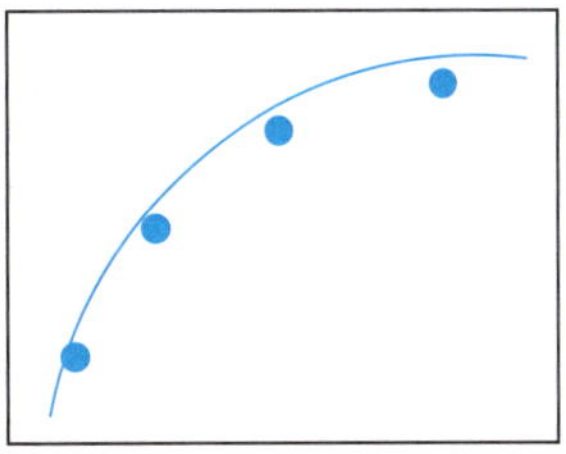

**1.** Quel est le système étudié ? Dans quel référentiel étudie-t-on son mouvement ?

**2.** Quelle est la nature du mouvement du skieur ?

**3.** Quelle est la vitesse moyenne du skieur ?

**4.** Quelle est la vitesse en km/h ?

### Méthode

**1** Identifiez le système et le référentiel.

**2** Utilisez deux adjectifs : un qualifiant la trajectoire (rectiligne, curviligne, circulaire…) et un autre caractérisant l'évolution de la vitesse (accéléré, ralenti, uniforme…).

**3** Utilisez la formule $v = \frac{d}{\Delta t}$.

**4** Pour convertir les vitesses de m/s en km/h, il suffit de multiplier par 3,6 : 1 m/s = 3,6 km/h.

**Piège à éviter**
Ne confondez pas mouvement et trajectoire.

### Corrigé

**1.** Le système étudié est le skieur. Le référentiel d'étude est le référentiel terrestre.

**2.** La trajectoire du skieur est une courbe ; les distances parcourues sont identiques pendant des durées égales : le skieur est donc animé d'un mouvement curviligne et uniforme.

**3.** La vitesse moyenne du skieur est $v = \frac{d}{\Delta t}$, soit $v = \frac{2{,}0}{1{,}0} = 2{,}0 \text{ m.s}^{-1}$.

**4.** v = 2,0 m/s = 2,0 × 3,6 = 7,2 km/h.

## EXERCICE 2

### Savoir tracer un vecteur vitesse

**Énoncé**

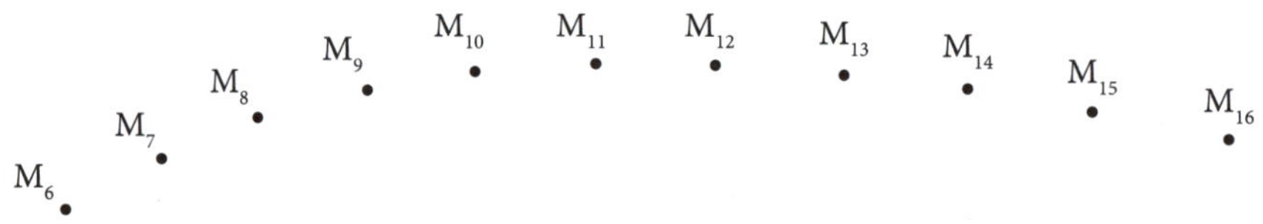


On a enregistré les positions d'un point à intervalle régulier de valeur $\tau = 20$ ms. Tracer le vecteur vitesse $\overrightarrow{v_{10}}$ au point $M_{10}$. L'enregistrement est donné avec l'échelle 1 cm représente 1 m.

**Méthode**

Tracer un trait liant 2 points encadrant le point considéré $M_i$.

Mesurer la distance entre les 2 points encadrant le point considéré $M_{i-1}\,M_{i+1}$ éventuellement en tenant compte de l'échelle de l'enregistrement.

Calculer la valeur de la vitesse $\overrightarrow{v_i} = \dfrac{M_{i-1}M_{i+1}}{\Delta t}$.

Calculer la longueur du vecteur $\overrightarrow{v_i}$ en tenant compte de l'échelle.

Tracer le vecteur vitesse $\overrightarrow{v_i}$ dont l'origine est $M_i$, la direction celle de la droite $(M_{i-1}\,M_{i+1})$, le sens celui du mouvement et la longueur, celle calculée précédemment.

**Corrigé**

On trace le trait $M_9M_{11}$.

On mesure la distance $M_9M_{11} = 2{,}1$ cm.

On calcule la distance réelle **en tenant compte de l'échelle** : $(M_9M_{11})_{\text{réelle}} = 2{,}1$ m.

On calcule $v_{10} = \dfrac{(M_9M_{11})_{\text{réelle}}}{\Delta t} = \dfrac{(M_9M_{11})_{\text{réelle}}}{2\tau} = \dfrac{2{,}1}{2 \times 20 \times 10^{-3}} = \mathbf{53\ m \cdot s^{-1}}$.

On représente alors $\overrightarrow{v_{10}}$ a pour **origine $M_{10}$**, direction **parallèle à $(M_9M_{11})$**, le sens du mouvement et la longueur 5,3 cm avec l'échelle 1 cm ↔ 10 m·s$^{-1}$.

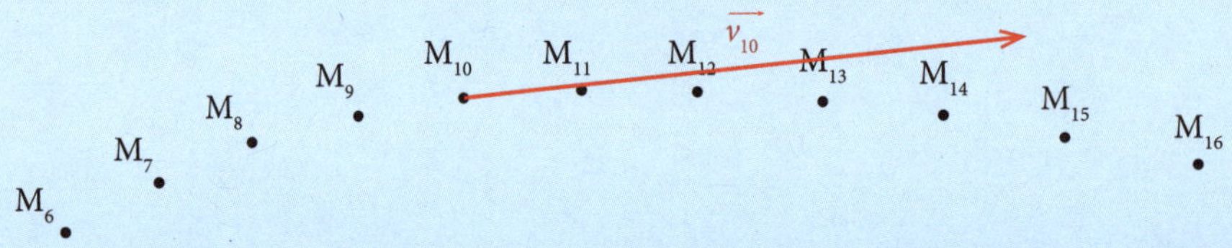

Chapitre 5

# Action sur un système, principe d'inertie



## 1 Forces et principe d'inertie

**De quoi s'agit-il ?** **Lorsqu'un corps est soumis à des forces, cela peut modifier sa vitesse, sa trajectoire, ou le déformer. Dans certains cas, cela peut aussi n'avoir aucun effet sur le mouvement.**

### 1 Représentation d'une force

• Une force est représentée par un segment fléché appelé **vecteur force**, noté $\vec{F}_{acteur/receveur}$ dont les caractéristiques sont :
- l'origine du vecteur : le point d'application de la force ;
- la direction du vecteur : la direction de la force ;
- le sens du vecteur : le sens de la force ;
- la norme (ou longueur) : proportionnelle à la valeur de la force, exprimée en newton (N).

**Remarque**
La valeur d'une force se mesure avec un dynamomètre.

• **Exemple** : représentation de la force exercée par la main du patineur (A) sur la main de la patineuse (B).

**Doc. 7** Les patineurs A. Savchenko et R. Szolkowy aux J.O. de 2010

**Remarque**
La main de la patineuse exerce une force de même valeur, de même direction, de même point d'application, mais de sens opposé sur la main du patineur.

### 2 Mouvement et force

• Une force qui s'exerce sur un corps peut :
- **mettre ce corps en mouvement** (exemple : action du pied du footballeur sur le ballon lors du tir au but) ;
- **modifier sa trajectoire** (exemple : action de la tête d'un footballeur qui dévie un ballon) ;
- **modifier sa vitesse** (exemple : la vitesse d'une balle en chute libre augmente sous l'effet de son poids).

## 3 Principe d'inertie

Comprendre le principe d'inertie

● Le **principe d'inertie** a été énoncé par Newton en 1687. Il établit la relation entre le mouvement rectiligne et uniforme d'un corps et les forces auxquelles il est soumis.
– Si un corps est soumis à des forces qui se compensent, son mouvement est rectiligne uniforme (ou il est immobile).
– Si un corps est animé d'un mouvement rectiligne uniforme (ou s'il est immobile), il est soumis à des forces qui se compensent.
– L'immobilité est un cas particulier de mouvement rectiligne uniforme (vitesse nulle).
– Un corps soumis à des forces qui se compensent et un corps soumis à aucune force ont un comportement équivalent.
– Un corps peut être en mouvement sans force s'appliquant sur lui.

● **Exemple :** un patineur glissant sur la glace est soumis à des forces qui se compensent : son poids et la réaction de la glace. Son mouvement est rectiligne et uniforme.

**Remarque**
Aristote pensait qu'une force était nécessaire à tout mouvement. Il avait oublié l'existence des forces de frottement.

**Remarque**
Sur la glace, les forces de frottement sont négligeables.

**À savoir**

Dans un référentiel terrestre, un système persévère dans son état de repos ou de mouvement rectiligne uniforme si les forces qui s'exercent sur lui se compensent et réciproquement.

# 2 La gravitation universelle

**De quoi s'agit-il ? Le mouvement de chute d'une balle à la surface de la Terre et le mouvement de la Lune autour de la Terre sont dus à la force de gravitation universelle.**

## 1 Interaction gravitationnelle

● **Mise en évidence**
– Le mouvement d'une balle en chute verticale étudié dans le référentiel terrestre est rectiligne et accéléré.
– Le mouvement de la Lune étudié dans le référentiel géocentrique est circulaire et uniforme.

Dans les deux cas, d'après le principe d'inertie, on peut en conclure que la balle et la Lune sont soumises à une **force** ou à **des forces qui ne se compensent pas**.

● Isaac Newton émet l'hypothèse, en 1687, que la force s'exerçant sur un corps en chute verticale et la force s'exerçant sur la Lune sont de même nature : c'est la **force d'interaction gravitationnelle** exercée par la Terre.
Il affirme plus généralement que deux corps s'attirent mutuellement.

**Vocabulaire**
■ **principe d'inertie :** il indique qu'un corps soumis à des forces qui se compensent est animé d'un mouvement rectiligne et uniforme.

## 2 Loi de l'attraction gravitationnelle

• Deux corps de masses $m_A$ et $m_B$, situés à une distance $d$, exercent l'un sur l'autre des forces attractives. Ces forces sont :

- appliquées aux centres A et B des deux corps ;
- de direction : la droite (AB) ;
- de même valeur $F_{A/B}$ avec :
- de sens opposés $\vec{F}_{A/B} = - \vec{F}_{B/A}$

$$F_{A/B} = F_{B/A} = G\frac{m_A m_B}{d^2}$$

$m_A$ et $m_B$ en kilogramme (kg)
$d$ en mètre (m)
$F_{A/B}$ et $F_{B/A}$ en newton (N)
G : constante de gravitation universelle, $G = 6{,}67 \times 10^{-11}$ SI.

**Astuce**
N'oubliez pas d'exprimer les masses en kilogramme et de mettre la distance au carré dans les applications numériques.



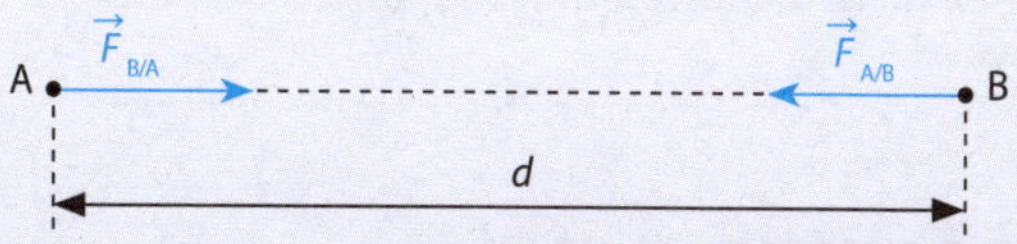


$\vec{F}_{A/B}$ représente la force d'attraction gravitationnelle exercée par le corps A sur le corps B.

$\vec{F}_{B/A}$ représente la force d'attraction gravitationnelle exercée par le corps B sur le corps A.

**Important**
Même si les masses sont différentes, les corps exercent la même force l'un sur l'autre.

• L'attraction gravitationnelle s'exerce entre les astres, mais aussi entre la Terre et les objets placés à son voisinage.

## 3 Poids d'un corps et force d'attraction gravitationnelle

• À la surface de la Terre, un corps de masse $m$ est soumis à son poids $\vec{P}$ dont les caractéristiques sont (**Doc. 8**) :
- point d'application : centre de gravité du corps ;
- direction : verticale ;
- sens : de haut en bas ;
- valeur : $P = mg$ où $g$ est l'intensité de la pesanteur en N.kg$^{-1}$.

**Doc. 8 Caractéristiques du poids d'un objet**

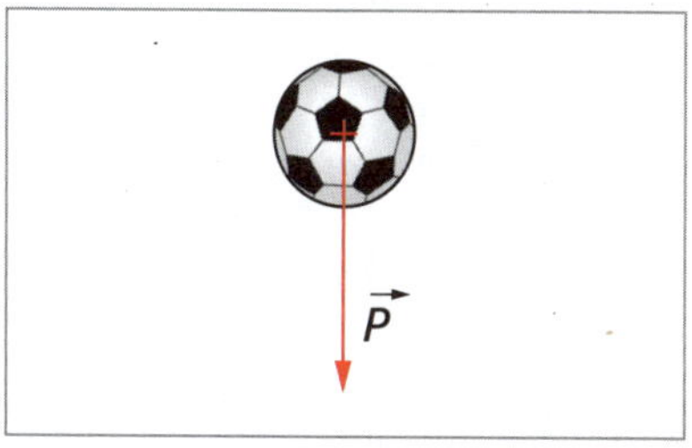


L'intensité de la pesanteur (et donc le poids) dépend du lieu où l'on se trouve (**Doc. 9**). Sur Terre, $g$ varie entre 9,79 et 9,83 N.kg$^{-1}$.

**Doc. 9 Valeur de l'intensité de la pesanteur sur quelques planètes**

| | Mercure | Vénus | Terre | Mars | Jupiter | Saturne |
|---|---|---|---|---|---|---|
| g ($N.kg^{-1}$) | 3,78 | 8,60 | 9,81 | 3,72 | 22,9 | 9,05 |

- La **force gravitationnelle** exercée par la Terre et le **poids** ont même valeur, même direction et même sens : le poids d'un corps peut s'identifier à la force gravitationnelle exercée par la Terre sur ce corps.

**Rappel**

La masse d'un corps est indépendante du lieu où se trouve le corps. Elle s'exprime en kilogramme (kg) dans le SI.

**À savoir**

Deux corps s'attirent mutuellement. La valeur de la force est proportionnelle à leur masse et inversement proportionnelle au carré de la distance qui les sépare. C'est la loi de gravitation universelle.

## 4 Force exercée par un support, force exercée par un fil

- La **force exercée par un support** sur un corps est appelée **réaction**. Elle se note $\vec{R}$. Elle s'exerce sur toute la surface de contact entre le corps et le support, pour simplifier, on représentera ce vecteur au **centre de la surface de contact**, elle est **perpendiculaire au support s'il n'y a pas de frottements** entre l'objet et le support.

- La force **exercée par un fil** sur un objet est appelée **tension** $\frac{BH}{AB}$**.** Elle s'exerce au **point de contact** entre l'objet et le fil, et sa direction est celle du fil.

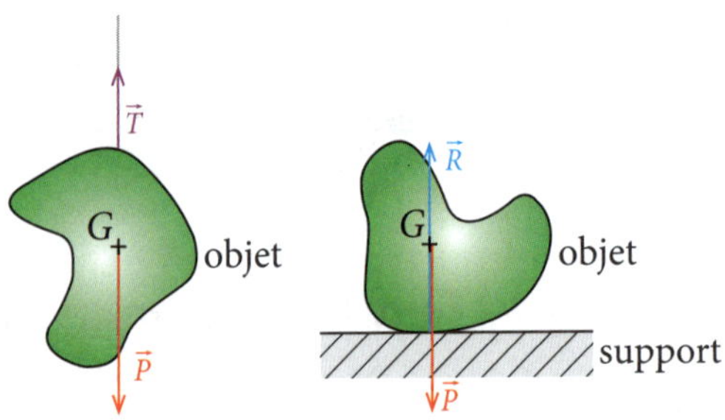

## Révision express

Qu'est-ce qu'une action mécanique ?

### Les points importants à retenir

- Lorsqu'un objet est soumis à des forces, cela a des effets sur son mouvement ou sa forme (déformation, mise en mouvement, modification de la vitesse, de la trajectoire…).
- Le principe d'inertie indique que dans un référentiel terrestre, un système persévère dans son état de repos ou de mouvement rectiligne uniforme si les forces qui s'exercent sur lui se compensent.
- Le mouvement (trajectoire et vitesse) d'un corps dépend du référentiel.
- Les corps s'attirent mutuellement : c'est l'interaction gravitationnelle.
- Deux corps de masse *m*A et *m*B, situés à une distance *d*, exercent l'un sur l'autre des forces attractives de valeur : $F_{A/B} = F_{B/A} = G\dfrac{m_A m_B}{d^2}$
- Le poids d'un corps de masse *m* peut être assimilé à la force gravitationnelle qu'exerce la Terre sur ce corps.
- La valeur du poids *P* se calcule par la relation $P = m \cdot g$, avec g intensité de la pesanteur.

## Quiz

*Cochez la bonne réponse.*

**1.** Pour qu'un objet soit en mouvement, il faut nécessairement qu'il soit soumis au moins à une force.
☐ **vrai** ☐ **faux**

**2.** Une bille posée sur une table est immobile ; elle n'est soumise à aucune force.
☐ **vrai** ☐ **faux**

**3.** Le poids d'un corps dépend du lieu où il est placé.
☐ **vrai** ☐ **faux**

**4.** Le poids d'un corps s'exprime en kilogramme.
☐ **vrai** ☐ **faux**

**5.** La valeur de la force gravitationnelle est d'autant plus élevée que les corps sont éloignés.
☐ **vrai** ☐ **faux**

**6.** Si un corps A exerce une force sur un corps B, alors le corps B exerce une force sur le corps A.
☐ **vrai** ☐ **faux**

**7.** Le poids est une force verticale, dirigée vers le bas, qui s'exerce au centre de l'objet.
☐ **vrai** ☐ **faux**

→ Réponses p. 476

## EXERCICE 1

# Analyser les forces qui s'exercent sur un ballon de basket

### Énoncé

Un joueur de basket s'apprête à lancer le ballon vers le panier.

Le ballon a une masse $m = 650$ g.

*Donnée* : intensité de la pesanteur g = 10 $N.kg^{-1}$.

**1.** Le ballon est immobile dans les mains du joueur pendant 2,0 secondes. Faire le bilan des forces qui s'exercent sur le ballon avant le lancer.

**2.** Le joueur lance le ballon vers le panier. Faire le bilan des forces qui s'exercent sur le ballon et la(les) représenter.

**Piège à éviter**
Confondre vitesse et force : une force s'exprime en N, une vitesse en $m.s^{-1}$.

### Méthode

**1** Analysez les actions de contact et les actions à distance, puis utilisez le principe d'inertie.

**2** Faites le bilan des forces, donnez leurs caractéristiques, puis représentez-les en tenant compte de ces caractéristiques et en choisissant une échelle adaptée.

### Corrigé

**1.** Système étudié : le ballon. Référentiel : terrestre.

- Forces à distance : son poids $\vec{P}$.

Il n'y a pas d'autre force à distance (pas de force électrostatique, pas de force magnétique…).

- Forces de contact : le ballon touche la main, il exerce sur elle une force appelée réaction $\vec{R}$

Le ballon à l'état immobile, d'après le principe d'inertie, les forces se compensent, c'est-à-dire $\vec{P} + \vec{R} = \vec{0}$

**2.** Le ballon n'est soumis qu'à son poids dont les caractéristiques sont :

- point d'application : le centre de gravité G du ballon ;
- direction : verticale – sens : vers le bas ;
- valeur : $P = mg$.

A.N. : $P = 0{,}650 \times 10 = 6{,}5$ N.

On peut choisir 1 cm représente 2 N.

La longueur du vecteur est alors 3,3 cm.

**Piège à éviter**
Écrivez une expression littérale, puis faites l'application numérique en utilisant les unités du Système international (SI).

EXERCICE 2

## Comparer le poids sur la Lune et sur la Terre

### Énoncé

En 1969, des hommes ont marché sur la Lune.

**1.** Exprimer le poids d'un astronaute de masse *m* sur la Terre.

**2.** Exprimer la valeur de la force gravitationnelle qu'exerce la Terre sur un astronaute de masse *m*. En déduire une expression de la valeur de l'intensité de la pesanteur sur la Terre $g_T$ et la calculer.

**3.** En déduire une expression de la valeur de l'intensité de la pesanteur sur la Lune et calculer sa valeur.

**4.** En déduire que l'intensité de la pesanteur sur la Lune est six fois moindre que sur la Terre.

*Données* : masse de la Lune $M_L = 7{,}35 \times 10^{22}$ kg ; rayon de la Lune $R_L = 1\ 740$ km ;
masse de la Terre $M_T = 5{,}98 \times 10^{24}$ kg ; rayon de la Terre $R_T = 6\ 378$ km.

### Méthode

**1** Utilisez la définition du poids d'un corps.

**2** Utilisez la définition de la valeur de la force gravitationnelle à la surface de la Terre. Identifiez le poids et la force gravitationnelle.

**3** Utilisez la relation trouvée à la question précédente en remplaçant par les données sur la Lune.

**4** Faites le rapport entre les deux intensités de pesanteur.

### Corrigé

**1.** Par définition, $P = m\,g_T$.

**2.** Par définition, $F_{T/A} = G\dfrac{m\,M_T}{(R_T)^2}$.

> **Astuce**
> L'astronaute se trouve à une distance $R_T$ du centre de la Terre.

Par identification : $mg_T = G\dfrac{mM_T}{(R_T)^2}$, donc $g_T = G\dfrac{M_T}{(R_T)^2}$.

A.N. : $g_T = 6{,}67 \times 10^{-11} \times \dfrac{5{,}98 \times 10^{24}}{(6378 \times 10^3)^2} = 9{,}81\ \text{N·kg}^{-1}$.

**3.** En comparant les expressions, on peut écrire $g_L = G\dfrac{M_L}{(R_L)^2}$.

A.N. : $g_L = 6{,}67 \times 10^{-11} \times \dfrac{7{,}35 \times 10^{22}}{(1740 \times 10^3)^2} = 1{,}62\ \text{N·kg}^{-1}$.

**4.** Le rapport entre les deux intensités de pesanteur est $\dfrac{g_T}{g_L} = \dfrac{9{,}81}{1{,}62} = 6{,}06$.

# Chapitre 6 Émission et perception d'un son

## 1 Émission et propagation d'un signal sonore, vitesse de propagation

**De quoi s'agit-il ?** Comment les sons sont-ils émis transmis et reçus ?

### 1 L'émission de l'onde sonore

- Une **onde sonore** est la **propagation de proche en proche** d'une **perturbation** caractérisée par une vibration des molécules du milieu autour de leurs positions d'équilibre. Une onde sonore est une succession de compressions / dilatations des molécules.

- **Émission par un diapason**
Les branches du diapason vibrent et mettent en mouvement les molécules d'air, de proche en proche, créant des zones de compression (A) et de dilatation (B).

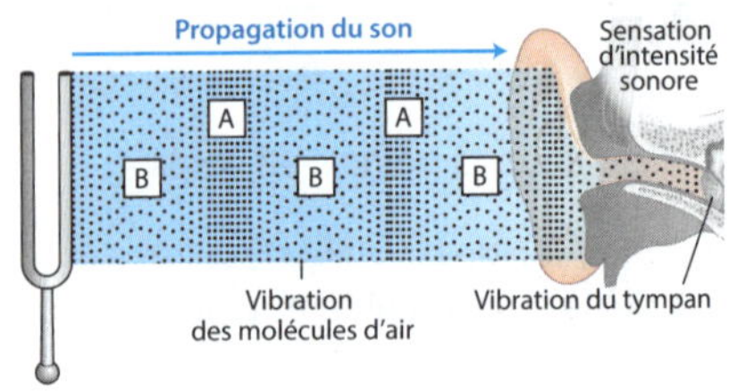


- **Émission par les instruments de musique**
Un instrument de musique possède un système mécanique vibrant (corde, anche…) et un résonateur qui permet d'amplifier le son (caisse de résonance, tuyaux…).

- **Émission par un haut-parleur**
Un haut-parleur transforme une tension électrique en un son de même fréquence : c'est la vibration de la membrane qui permet l'émission du son.

- **Émission par la voix**
L'émission d'un son de la voix est faite par les cordes vocales qui vibrent. Ce son est amplifié par des résonateurs du conduit vocal et de la cavité buccale.

### 2 La propagation d'un signal sonore

Vitesse de propagation d'un son

- La propagation d'un son **nécessite un milieu matériel.**

Un son ne se propage pas dans le vide.

- La **vitesse de propagation** ou **célérité** est $v = \dfrac{d}{\Delta t}$ où $d$ est la distance parcourue par la perturbation sonore en mètre (m) et $\Delta t$ la durée de parcours de la perturbation sonore en seconde (s). $v$ s'exprime en $m{\cdot}s^{-1}$.

Elle se mesure par la méthode du « clap » : un son bref est émis face à deux micros distants de $d$ (voir schéma ci-après). L'oscilloscope permet de visualiser les signaux correspondant aux sons reçus par le microphone 1 et par le microphone 2. On mesure la durée $\Delta t$ qui s'écoule entre la réception par les deux microphones. On calcule alors $v$ par la relation $v = \dfrac{d}{\Delta t}$.

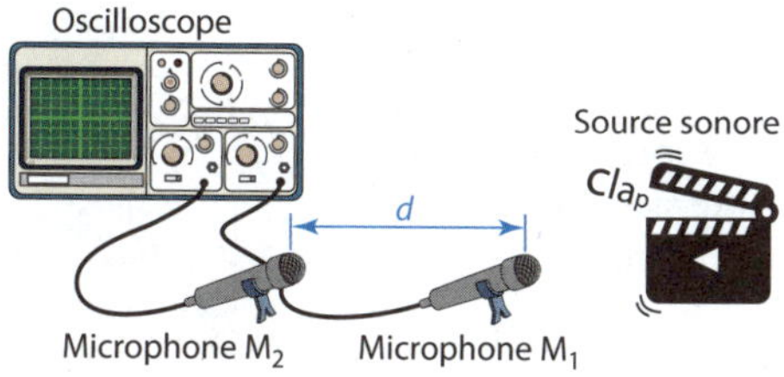


- La **vitesse de propagation du son** dans l'air est environ $v$ = **340 m·s⁻¹**. Elle dépend de la température. Elle dépend aussi du milieu de propagation.

# 2 Signal sonore périodique, fréquence et période

**De quoi s'agit-il ?** Quelles sont les caractéristiques d'un son ?

## 1 Acquisition d'un son

L'acquisition d'un son peut se faire grâce à un oscilloscope, ou par une carte d'acquisition couplée à un ordinateur.
On visualise une **tension** qui est sa **représentation temporelle**.

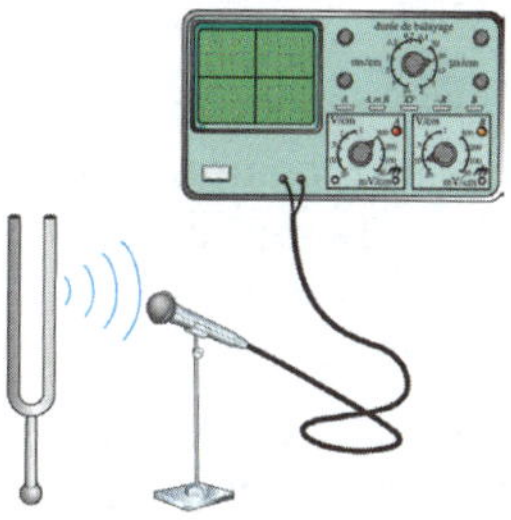

## 2 Son périodique

Le son est **périodique** si le signal enregistré a un motif qui se répète à **intervalles de temps réguliers**.

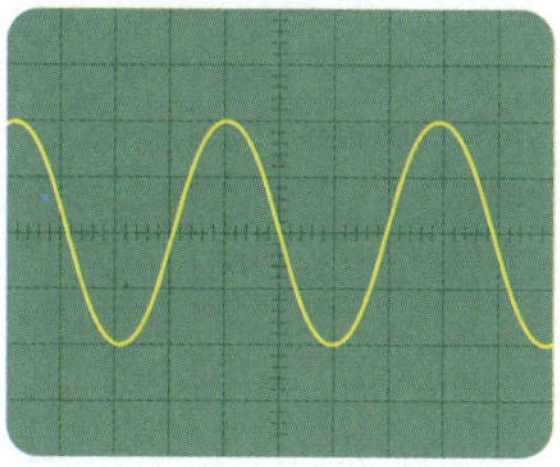

**Enregistrement d'un « son pur » émis par un diapason : il est périodique et sinusoïdal.**

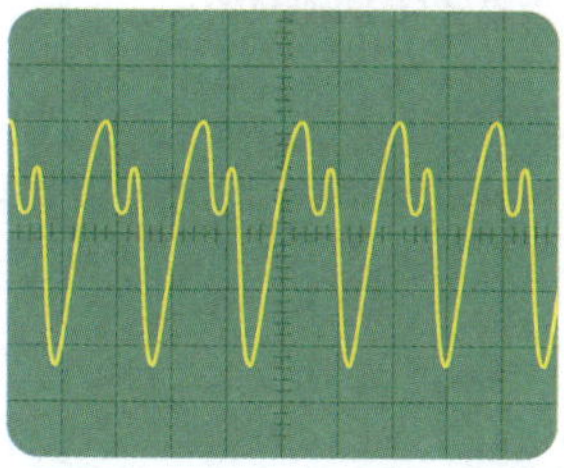

**Enregistrement d'un son émis par un instrument de musique : c'est un son périodique mais non sinusoïdal.**

Signal sonore périodique

## 3 Période et fréquence d'une tension périodique

- La **période** d'une tension périodique est la plus petite durée au bout de laquelle elle se répète identique à elle-même. Sur un oscillogramme, c'est la durée d'un motif. Elle se note $T$ et s'exprime en seconde (s).
- La **fréquence** d'une tension périodique est le nombre de motifs élémentaires en une seconde. Elle se note $f$ et s'exprime en hertz (Hz).
- Il existe une relation entre la période (T) et la fréquence ($f$) : $f = \frac{1}{T}$ avec $f$ en hertz (Hz) et T en seconde (s).

## 4 Tension sinusoïdale

Une tension est dite sinusoïdale si la courbe représentant l'évolution de la tension au cours du temps est **une sinusoïde**.
Une tension sinusoïdale est une tension variable, alternative, périodique :

$$U_{max} = -U_{min} = 2{,}0 \text{ V}$$

$$U_{min} = -2{,}0 \text{ V} \; ; \; T = 5{,}0 \text{ s.}$$

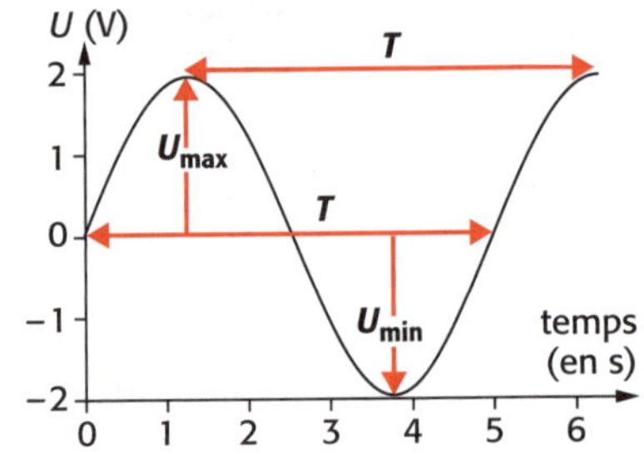


# 3 Perception du son

**De quoi s'agit-il ?** Comment les sons sont-ils perçus par l'oreille humaine ?

## 1 Sensibilité de l'oreille humaine

Pour l'être humain, le principal récepteur sonore est l'oreille. L'**oreille humaine normale** perçoit des sons de fréquences comprises **entre 20 Hz et 20 000 Hz**. Les ondes sonores de fréquences inférieures à 20 Hz sont des **infrasons**. Les ondes sonores de fréquences supérieures à 20 kHz sont des **ultrasons**.

## 2 Son des instruments de musique

Les sons produits par les instruments de musique sont périodiques mais pas nécessairement sinusoïdaux. Leurs **caractéristiques physiologiques** sont les suivantes :

- La **hauteur** d'un son est liée à sa **fréquence**. Plus la fréquence est élevée, plus le son est aigu.

- Le **timbre** d'un son est lié à la forme de son signal. Dans l'exemple ci-dessous, la même note est jouée par deux instruments de musique : la guitare et la trompette. On peut les distinguer à l'oreille car les sons n'ont pas le même timbre : la forme du signal n'est pas la même.

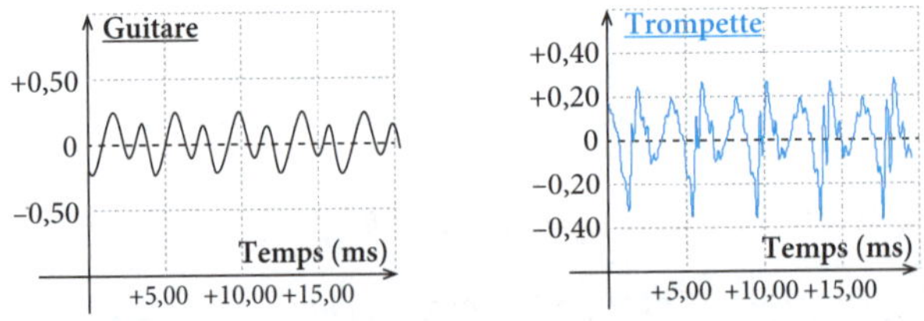


- L'**intensité** d'un son est liée à son **amplitude**. Cette caractéristique nous indique si le son est fort ou faible : plus un son est intense, plus le son est fort.

- Le **niveau d'intensité sonore,** ou **niveau sonore**, se mesure avec un sonomètre et s'exprime en **décibel (dB)**. Plus l'intensité est grande, plus le niveau d'intensité sonore est grand. Mais lorsque l'intensité sonore est multipliée par 2, le niveau sonore est augmenté de 3 dB.

PHYSIQUE-CHIMIE

# Révision express

## Les points importants à retenir

- Une onde sonore est une perturbation qui se propage dans un milieu. Elle ne se propage pas dans le vide.
- La vitesse de propagation ou célérité est $v = \frac{d}{\Delta t}$ où $d$ est la distance parcourue par la perturbation sonore en mètre (m) et $\Delta t$ la durée de parcours de la perturbation sonore en seconde (s), $v$ s'exprime en $m \cdot s^{-1}$.
- La vitesse de propagation d'une onde dépend du milieu.
- La **période** d'une tension périodique est la plus petite durée au bout de laquelle elle se répète identique à elle-même. Elle se note ***T*** et s'exprime en seconde (s).
- La **fréquence** d'une tension périodique est le nombre de motifs élémentaires en une seconde. Elle se note ***f*** et s'exprime en hertz (Hz).
- Il existe une relation entre la période et la fréquence **:** $f = 1/T$ avec $f$ en hertz (Hz).
- **L'oreille humaine normale** perçoit des sons de fréquences comprises **entre 20 Hz et 20 000 Hz**
- Les sons produits par les instruments de musique sont périodiques mais pas nécessairement sinusoïdaux.
  – La **hauteur** d'un son est liée à sa **fréquence**. Plus elle est élevée, plus le son est aigu ; plus elle est basse, plus le son est grave.
  – Le **timbre** d'un son est lié à la forme de son signal.

## Quiz

*Cochez la bonne réponse.*

**1.** Le son et la lumière peuvent se propager dans le vide.

☐ **vrai** ☐ **faux**

**2.** La vitesse d'un son ne dépend pas du milieu de propagation.

☐ **vrai** ☐ **faux**

**3.** Le domaine audible par l'homme est compris entre 2Hz et 2 kHz.

☐ **vrai** ☐ **faux**

**4.** La hauteur d'un son est liée à la forme du signal.

☐ **vrai** ☐ **faux**

**5.** Le timbre d'un son est ce qui permet de distinguer une même note jouée par deux instruments différents.

☐ **vrai** ☐ **faux**

→ Réponses p. 476

## EXERCICE 1

### Mesurer une période à partir d'un oscillogramme

**Énoncé**

À partir de l'oscillogramme ci-contre, déterminer la période de la tension visualisée en voie B.

***Données :*** *$s_A = 2$ V/div ; $s_B = 2$ V/div ; b = 1 ms/div.*

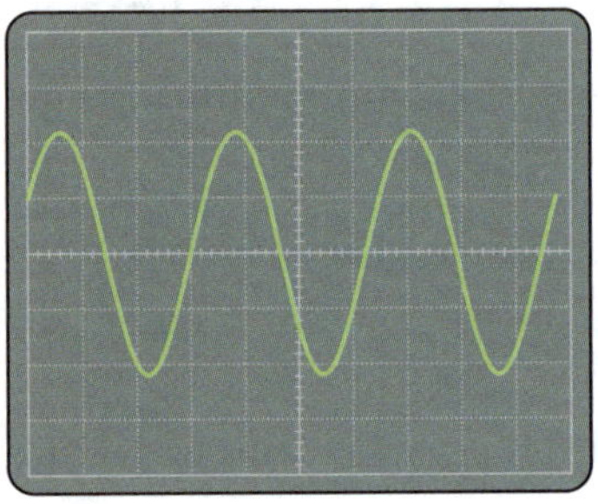

**Méthode**

1. Repérez un motif.
2. Comptez le nombre n de divisions correspondant à ce motif.
3. Repérez la durée de balayage b (échelle horizontale).
4. Calculez la période par $T = n \times b$.

**Corrigé**

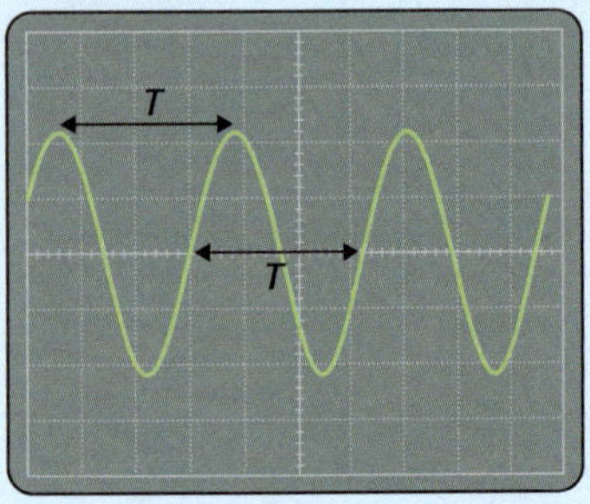


**1.** Le motif est repéré sur l'oscillogramme.

**2.** Une période est décrite en 3,2 divisions.

**3.** $\boldsymbol{b}$ **= 1 ms/div.**

**4.** $T = 3{,}2 \times 1 =$ **3,2 ms.**

**Réflexe à avoir**

Chaque division est composée de 5 sous-divisions. Chaque petite division vaut donc 1/5[e] de carreau, soit 0,2 carreau.

**EXERCICE 2**

## Enregistrement d'un son

### Énoncé

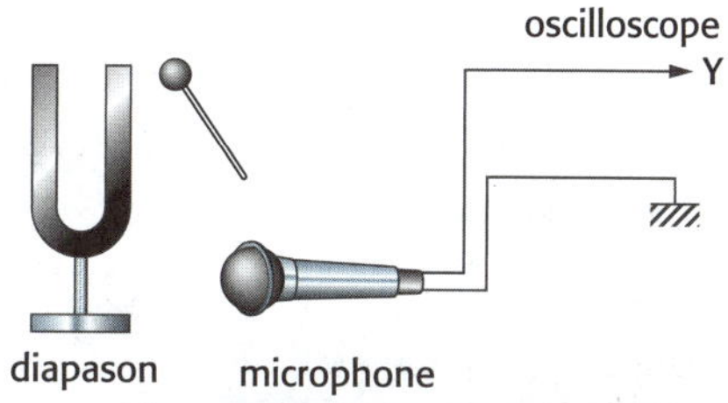


Pour enregistrer le son émis par un diapason, on a réalisé le montage ci-contre :

– le microphone est placé à quelques centimètres du diapason ;

– on donne un coup de maillet sur le diapason.

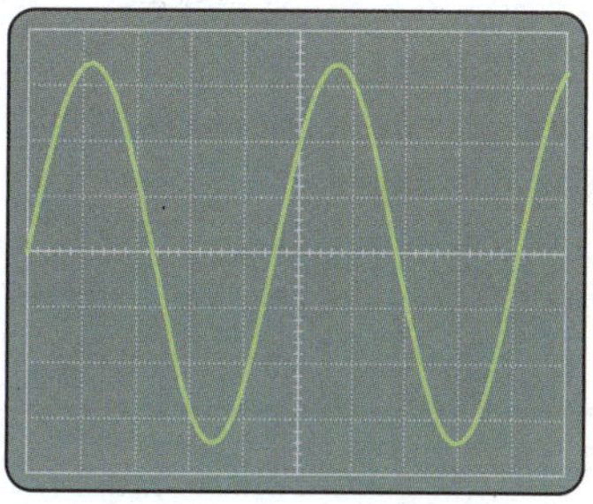

Sur l'oscilloscope, on a obtenu l'oscillogramme ci-contre avec les réglages suivants : verticalement 2 V/div et horizontalement 0,5 ms/div.

**1.** Un son est dit pur s'il est sinusoïdal.

Le diapason émet-il un son pur ?

**2.** Calculer la fréquence du son émis par le diapason.

**3.** Le tableau suivant donne le nom d'une note en fonction de sa fréquence :

| Nom des notes | *do*$_{\text{(grave)}}$ | *ré* | *mi* | *fa* | *sol* | *la* | *si* | *do*$_{\text{(aigu)}}$ |
|---|---|---|---|---|---|---|---|---|
| **Fréquence (Hz)** | 261,59 | 293,72 | 329,58 | 349,48 | 360,06 | 440 | 493,68 | 523,16 |

À partir des valeurs de la fréquence trouvée précédemment, retrouver le nom de la note.

### Méthode

**1** Vérifier que le signal est périodique et possède l'évolution particulière d'une sinusoïde.

**2** Il faut d'abord calculer la période $T$ à partir de l'oscillogramme puis $f$ avec la relation : $f = \frac{1}{T}$.

**3** Relier la fréquence à la note à l'aide du tableau.

### Corrigé

**1.** La courbe obtenue sur l'oscilloscope est une sinusoïde, le son émis par un diapason est un **son pur**.

**2.** Pour déterminer la fréquence, il faut d'abord mesurer la période de la tension sur l'oscilloscope.

Un motif a lieu en 4,6 divisions et la durée de balayage est de 0,5 ms/div.

$$T = 4{,}6 \times 0{,}5 = 2{,}3 \text{ ms} = 2{,}3 \times 10^{-3} \text{ s} ;$$

$$f = \frac{\mathbf{1}}{\boldsymbol{T}} = \frac{1}{2{,}3 \times 10^{-3}} = \mathbf{4{,}4 \times 10^2 \text{ Hz}}.$$

La fréquence du son émis par ce diapason est $f = 4{,}4 \times 10^2$ Hz.

**3.** La note émise par le diapason est **un *la*** car la fréquence mesurée est **proche de 440 Hz**.

# EXERCICE 3

## Mesure de la vitesse du son

### Énoncé

On réalise l'expérience suivante : deux microphones M1 et M2 sont alignés et distants de $d$ = 1,0 m. Ils sont reliés respectivement aux voies 1 et 2 d'un oscilloscope à mémoire. Devant le microphone M1, on produit un « clap sonore », et on obtient l'oscillogramme ci-dessous.

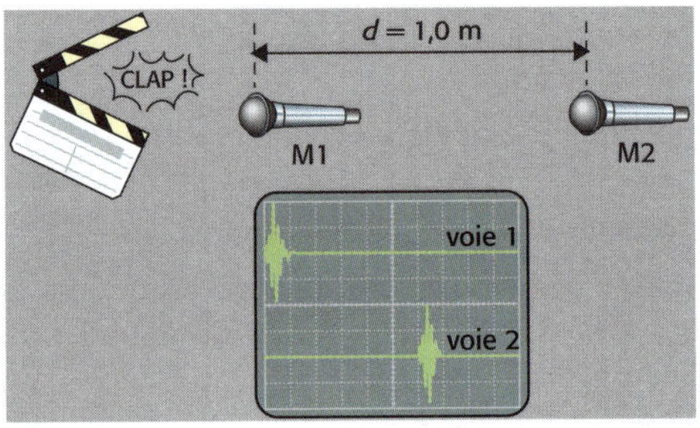


**1.** Expliquer pourquoi le microphone 2 reçoit le son après le microphone 1.

**2.** Sachant que le balayage horizontal de l'oscilloscope est de 500 μs/div, calculer la vitesse de propagation du son dans l'air.

### Méthode

**1** Le son est une onde qui se propage : elle est reçue d'abord par le micro 1 qui est plus proche de l'émetteur.

**2** À l'aide de l'oscilloscope, calculer la durée mise par le son pour aller de M1 à M2.

### Corrigé

**1.** Le microphone 2 reçoit le son après le microphone 1 **car il est placé après celui-ci**. La vitesse du son étant finie, le décalage de temps entre le signal reçu par le microphone 1 et celui reçu par le microphone 2 correspond au **temps mis par le son pour aller de M1 à M2**.

**2.** D'après l'oscillogramme, le décalage temporel entre les deux signaux vaut :

$$\Delta t = 6{,}0 \times 500 = 3{,}0 \times 10^3\ \mu s = 3{,}0\ ms.$$

$$\boldsymbol{v} = \frac{\boldsymbol{d}}{\Delta t} = \frac{1{,}0}{3{,}0 \times 10^{-3}} = 3{,}3 \times 10^2\ m \cdot s^{-1}.$$

La vitesse de propagation du son mesurée est $\boldsymbol{v = 3{,}3 \times 10^2\ m \cdot s^{-1}}$.

Cette valeur correspond aux incertitudes de mesures près à la valeur connue de 340 m · s$^{-1}$.

> **Remarque**
> La mesure de la période sur l'oscillogramme peut être donnée avec 2 chiffres significatifs.

Chapitre 7

# Vision et image



## 1 Propagation de la lumière, spectres et longueur d'onde

**De quoi s'agit-il ?** La lumière est une onde électromagnétique : quelles sont ses propriétés ?

### 1 Propagation de la lumière

- La lumière se propage en ligne droite dans un milieu homogène et transparent.
- Le trajet suivi par la lumière du point source S jusqu'à l'œil O est modélisé par une droite orientée SO appelée **rayon lumineux**.
- La lumière se propage dans le vide à la vitesse c ; c'est une constante universelle avec $c \approx 3{,}00 \times 10^8\ m \cdot s^{-1}$.

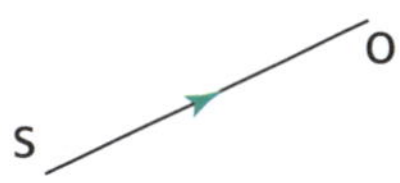


### 2 Longueur d'onde d'une radiation

Les longueurs d'onde des radiations perceptibles par l'œil humain sont comprises entre 400 nm (violet extrême) et 750 nm (rouge).

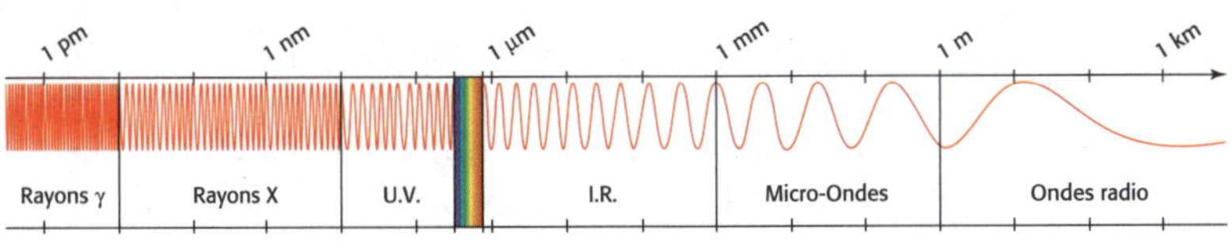


**Domaines de longueurs d'ondes électromagnétiques**

### 3 Les spectres

- **Lumière blanche :** on obtient un spectre continu avec toutes les radiations du visible. La lumière blanche est une lumière polychromatique. Les longueurs d'onde des radiations sont comprises entre 400 nm et 800 nm (environ).

- **Lampe à vapeur de mercure (de sodium, d'hélium) :** on obtient un spectre discontinu constitué de quelques raies colorées sur un fond noir, appelé spectre de raies. C'est une lumière polychromatique.

# 2 Lois de Snell-Descartes

**De quoi s'agit-il ?** **La lumière est déviée lorsqu'elle passe d'un milieu transparent à un autre. Quelles sont les propriétés de la réfraction ?**

## 1 Lois de Snell-Descartes pour la réfraction

Réflexion et réfraction de la lumière

- **Mise en évidence de la réfraction**

Lorsque la lumière passe d'un milieu transparent à un autre, elle change de direction ; c'est la **réfraction** de la lumière.

La réfraction de la lumière a été mise en évidence par Descartes qui a remarqué que la lumière blanche pouvait être décomposée, puis recomposée en traversant un prisme.

- **Lois de Snell-Descartes**

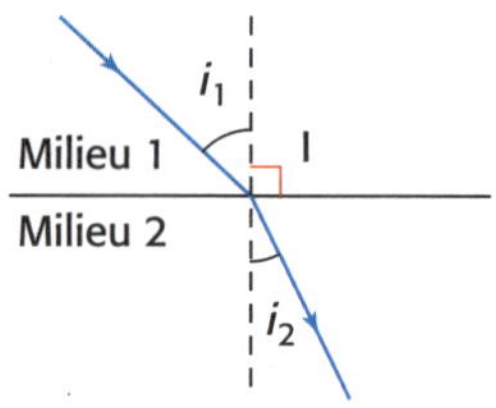


Les rayons lumineux se propagent dans un même plan, appelé **plan d'incidence**.

L'**indice de réfraction** $n$ est une grandeur qui caractérise un milieu transparent. Par définition, $n = \frac{c}{v}$ avec c : la célérité de la lumière dans le vide et $v$ : la célérité de la lumière dans le milieu.

L'angle d'incidence $i_1$ et l'angle réfracté $i_2$ sont liés par la relation : $\boldsymbol{n_1 \sin i_1 = n_2 \sin i_2}$.
$n_1$ et $n_2$ sont des nombres sans unité, appelés indices des milieux 1 et 2.

Les angles sont mesurés par rapport à la normale (droite perpendiculaire au dioptre, limite entre les deux milieux) au point d'incidence I.

## 2 Lois de Snell-Descartes pour la réflexion

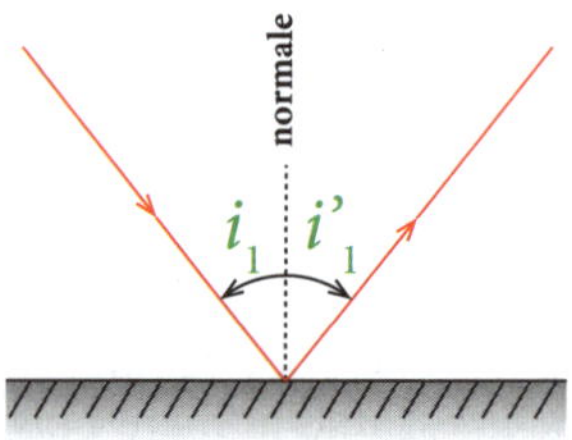

plan d'incidence

- Il **y a réflexion** lorsque la lumière change brutalement de direction, mais tout en restant dans le **même milieu de propagation**, par exemple lorsqu'elle est réfléchie par un miroir.

**Lois de la réflexion**

**1.** Le rayon réfléchi appartient au plan d'incidence défini par la normale au dioptre et le rayon incident.

**2.** Les angles **d'incidence** $\boldsymbol{i_1}$ et de **réflexion** $\boldsymbol{i'_1}$ vérifient :

$$i_1 = i'_1$$

# 3 Lentille convergente, modèle de l'œil

**De quoi s'agit-il ? L'œil contient une lentille permettant de faire l'image d'un objet sur la rétine. Quelles sont ses propriétés ?**



## 1 Lentilles minces convergentes

- Une lentille mince est un objet en matériau transparent ayant un axe de symétrie et un **centre *O* appelé centre optique**.

Un faisceau de lumière parallèle dont la trajectoire est perpendiculaire à l'axe de la lentille convergente (rayons provenant de l'infini) converge en un point unique derrière la lentille appelé **foyer image**. On le note ***F′***.

- Modélisation d'une lentille convergente.

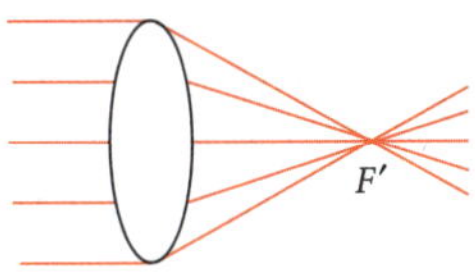


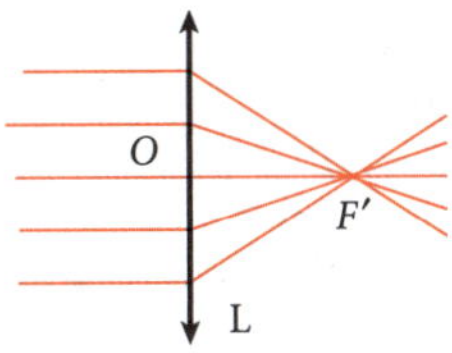


- La **distance focale *f′*** d'une lentille se définit alors comme la distance entre le centre *O* de la lentille et le foyer image *F′* : $f' = OF'$.

## 2 Modèle de l'œil réduit

L'« œil réduit » comprend un **diaphragme** (pupille et iris), une **lentille convergente** (cristallin) et un **écran** (rétine) situé à 17 mm de la lentille. Les rayons lumineux sont concentrés sur la rétine.

## 3 Foyers d'une lentille

- Pour chaque lentille, il existe deux points particuliers de l'axe optique notés *F* et *F′* respectivement **foyer objet** et **foyer image**. *F* et *F′* sont tels que :
– l'image de tout objet situé en *F* se forme à l'infini après la lentille ;
– l'image de tout objet provenant de l'infini avant la lentille se forme en *F′*.

## 4 Grandissement

Le **grandissement γ**, sans unité, est le rapport de la taille de l'image sur la taille de l'objet :

$$\gamma = \frac{A'B'}{AB}.$$

D'après le théorème de Thalès $\gamma = \dfrac{OA'}{OA}$ :

– si $\gamma > 1$, l'image est plus grande que l'objet : elle est agrandie ;

– si $\gamma = 1$, l'image et l'objet ont même taille ;

– si $\gamma < 1$, l'image est plus petite que l'objet.

# ➔ Révision express

## Les points importants à retenir

- La lumière se propage en ligne droite dans un milieu homogène et transparent. La lumière se propage dans le vide à la vitesse $c \approx 3{,}00 \times 10^8\ \mathrm{m \cdot s^{-1}}$
- Une radiation monochromatique est caractérisée par sa longueur d'onde $\lambda_0$ dans le vide (et dans l'air), exprimée en mètre et sous-multiples.
- La lumière blanche est une lumière polychromatique, constituée d'une infinité de radiations, chacune caractérisée par sa couleur.
- L'angle d'incidence $i_1$ et l'angle réfracté $i_2$ sont liés par la relation $\mathbf{n_1 \sin i_1 = n_2 \sin i_2}$. $n_1$ et $n_2$ sont des nombres sans unité, appelés indices des milieux 1 et 2.

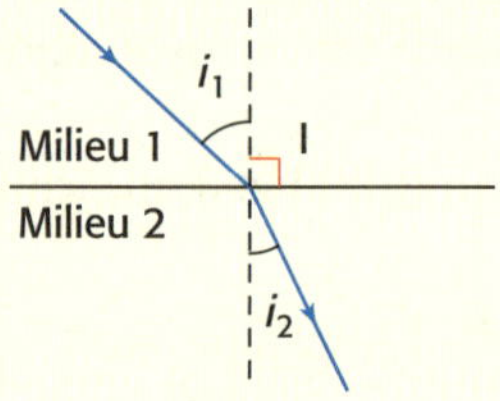


- Un faisceau de lumière parallèle dont la trajectoire est perpendiculaire à l'axe de la lentille convergente (rayons provenant de l'infini) converge en un point unique derrière la lentille appelé **foyer image**. On le note $F'$.
- Le grandissement γ est le rapport de la taille de l'image sur la taille de l'objet : $\gamma = \dfrac{A'B'}{AB}$

## Quiz

*Cochez la bonne réponse.*

**1.** La lumière, comme le son ne se propage pas dans le vide.

☐ **vrai** ☐ **faux**

**2.** La vitesse de la lumière dans le verre est supérieure à la vitesse de la lumière dans le vide.

☐ **vrai** ☐ **faux**

**3.** On donne le spectre d'une lampe blanche fluorocompacte (basse consommation).

C'est une lumière monochromatique.

☐ **vrai** ☐ **faux**

**4.** Le spectre de la lumière de la lampe blanche fluorocompacte est continu.

☐ **vrai** ☐ **faux**

**5.** Si le grandissement γ>1, l'image de l'objet est plus petite que l'objet.

☐ **vrai** ☐ **faux**

→ **Réponses p. 476**

## EXERCICE 1

### Étudier le spectre du mercure

#### Énoncé

On étudie le spectre du mercure.

**1.** Décrire ce spectre.

**2.** La lumière est-elle monochromatique ou polychromatique ?

**3.** Décrire l'expérience qui permet d'obtenir ce spectre.

**4.** Le spectre d'un mélange de gaz est donné ci-dessous. Ce gaz contient-il du mercure ? Justifier la réponse.

#### Méthode

**1** Donnez les caractéristiques du spectre : raies colorées sur fond noir ou raies (bandes) noires sur fond continu, puis indiquez s'il s'agit d'un spectre d'émission ou absorption.

**2** Identifiez le nombre de raies : s'il n'y en a qu'une, c'est une lumière monochromatique ; dans le cas contraire, c'est une lumière polychromatique.

**3** Faites un schéma de l'expérience qui permet d'obtenir ce type de spectres.

**4** Identifiez les raies présentes dans le spectre du mélange. Si les raies du premier spectre sont présentes, c'est que l'espèce chimique est présente dans ce mélange.

#### Corrigé

**1.** Le spectre est constitué de raies colorées sur fond noir ; il s'agit d'un spectre d'émission.

**2.** Le spectre contient plusieurs raies colorées ; il s'agit d'une lumière polychromatique.

**3.** Le montage comprend : la source de lumière, une fente, un spectroscope (à prisme ou un réseau) et un écran.

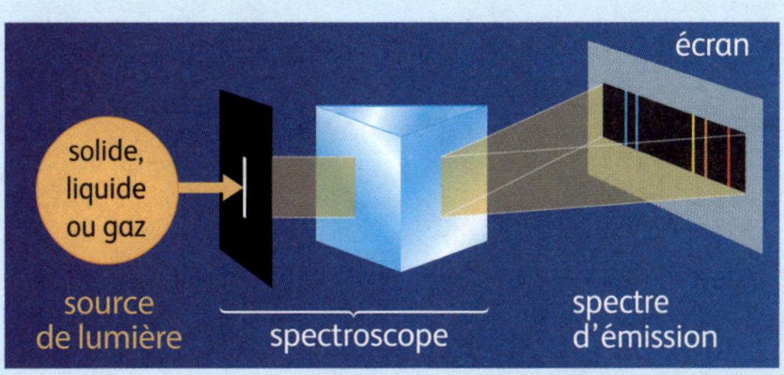


**4.** Le spectre du mélange de gaz contient les mêmes raies que le spectre du mercure. Le mélange contient donc du mercure. En revanche, ce mélange contient d'autres gaz dont on ne peut pas donner la nature.

## EXERCICE 2

### Le rayon va-t-il subir une réfraction ou une réflexion ?

#### Énoncé

Un rayon lumineux se propage dans le verre (indice 1,52) et arrive à la surface de l'air (indice 1,00). Il fait un angle de 25° avec la normale au dioptre.

**1.** Faire un schéma.

**2.** Calculer l'angle réfracté $i_2$ dans l'air.

**3.** Calculer l'angle limite et expliquer ce qui se passe si le rayon incident fait un angle $i_3 = 45°$ avec la normale.

#### Méthode

**1** Utilisez les notations de l'énoncé et faites un schéma clair.

**2** Identifiez l'angle d'incidence et les indices des milieux, puis appliquez la relation $n_1$ sin $i_1$ 5 = $n_2$ sin $i_2$ en remplaçant par les données.

**3** Appliquez la relation $\sin i_{lim} = \frac{n_2}{n_1}$.

Un rayon lumineux arrivant avec un angle d'incidence inférieur à l'angle limite est réfracté ; un rayon lumineux arrivant avec un angle d'incidence supérieur à l'angle limite est réfléchi.

#### Corrigé

**1.** Le schéma est représenté ci-dessous.

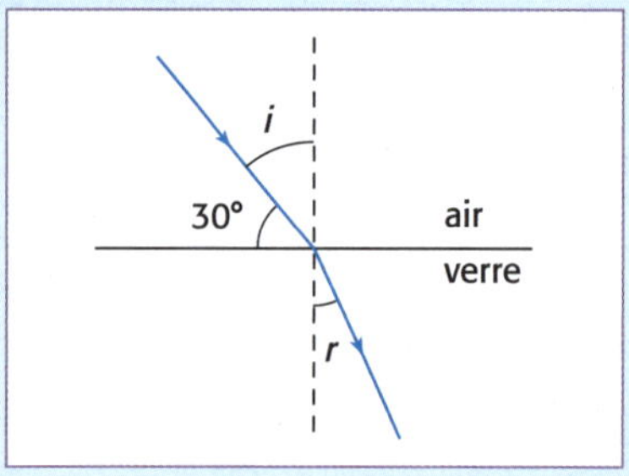


**2.** En utilisant la loi de Snell-Descartes pour la réfraction, on écrit :

$n_1 \sin i_1 = n_2 \sin i_2$, soit :

$$\sin i_2 = \frac{n_1 \sin i_1}{n_2} \text{ et donc } \sin i_2 = \frac{1{,}52 \times \sin 25°}{1{,}00} = 0{,}64.$$

Soit $i_2 = 40{,}0°$.

**3.** L'angle limite pour ce dioptre est tel que $\sin i_{lim} = \frac{n_2}{n_1}$.

On a donc $\sin i_{lim} = \frac{1{,}00}{1{,}52} = 0{,}66$, soit $i_{lim} = 41°$.

Pour $i = 45° > i_{lim}$, le rayon est réfléchi en faisant un angle égal à $i$ avec la normale.

## EXERCICE 3

### Tracés des rayons particuliers

#### Énoncé

On a représenté sur un schéma à l'échelle 1 un objet AB et son image A′B′donnée par une lentille convergente dont l'axe optique est représenté en pointillés.

**1.** Tracez le rayon issu de *B* et qui n'est pas dévié par la lentille.

**2.** Trouvez alors la position du centre optique *O* de la lentille sur l'axe.

**3.** En traçant le rayon issu de *B* et parallèle à l'axe optique de la lentille, trouvez la position du foyer principal image *F′* de la lentille.

**4.** Déduisez en la position du foyer objet de la lentille

#### Méthode

**1** Tout rayon provenant de B et traversant la lentille passe par B′, car B′ est l'image de B.

**2** Le rayon qui passe par le centre optique O de la lentille n'est pas dévié.

**3** Le rayon parallèle à l'axe optique est dévié en passant par le foyer image F′ de la lentille.

**4** Les foyers et image sont symétriques par rapport à la lentille.

#### Corrigé

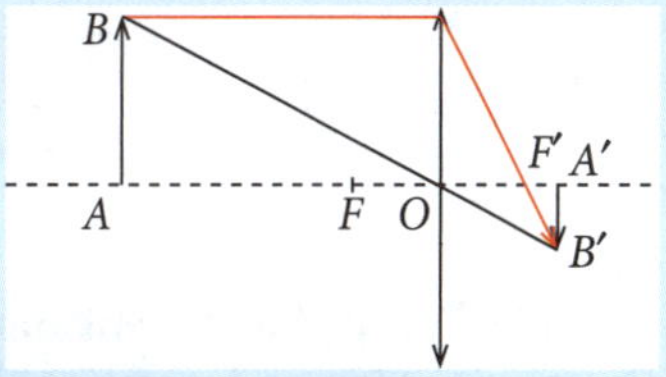


**1.** Le rayon qui vient du point *B* et qui passe par le centre de la lentille, **n'est pas dévié** (en noir sur le schéma).

**2.** On trouve alors la position du centre optique *O* de la lentille : **intersection du rayon et de l'axe optique**. On peut alors schématiser la lentille.

**3.** Le rayon qui vient de *B* et parallèle à l'axe optique est dévié et coupe **l'axe au foyer image** *F*' de la lentille. On détermine ainsi la position du foyer image *F*' (en rouge sur le schéma).

**4.** Le foyer ***F* est symétrique de *F*' par rapport à *O*** et il appartient à l'axe optique. On détermine ainsi sa position.

# Chapitre 8 Signaux et capteurs

## 1 Loi des nœuds, loi des mailles

Loi des mailles

**De quoi s'agit-il ?** Quelles sont les lois de l'électricité ?

- **Rappels**

**Nœud** : C'est un point du circuit ou aboutissent au moins 3 conducteurs.
**Branche** : C'est une partie d'un circuit associant 2 nœuds.
**Maille** : C'est une association de plusieurs branches formant un circuit fermé.

- On mesure **l'intensité *I*** du courant traversant un dipôle avec un **ampèremètre** qui se branche en **série** dans le circuit. L'unité d'intensité est l'ampère, de symbole A.

- **Unicité de l'intensité**

Dans un **circuit en série**, l'intensité du courant est la même dans tous les dipôles et ne dépend pas de l'ordre des dipôles.

- **Loi des nœuds**

La somme des intensités des courants arrivant à un nœud est égale à la somme des intensités de courants qui en repartent.

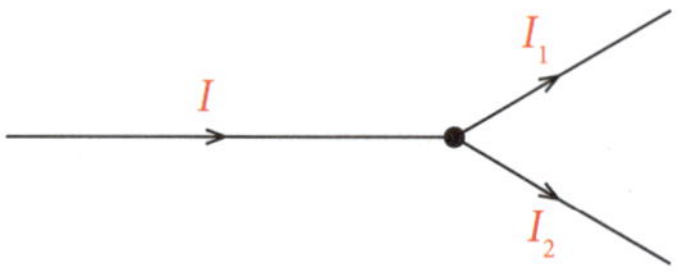


$I = I_1 + I_2$

- La **tension *U*** se mesure à l'aide d'un **voltmètre** qui se branche en **dérivation**. L'unité de tension est le volt, de symbole V.

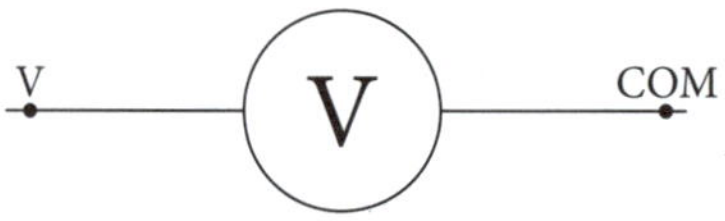


- **Loi de l'unicité de la tension**

Dans un circuit **en dérivation**, la tension à leurs bornes est la même.
Si on applique cette loi dans un circuit où tous les dipôles sont en dérivation, alors la tension aux bornes de chaque récepteur est égale à la tension du générateur.

- **Loi des mailles**

La somme des tensions à l'intérieur d'une maille est nulle.
Sur la maille *ABCD* ci-contre, on a :

$$U_{AB} + U_{BC} + U_{CD} + U_{DA} = 0$$

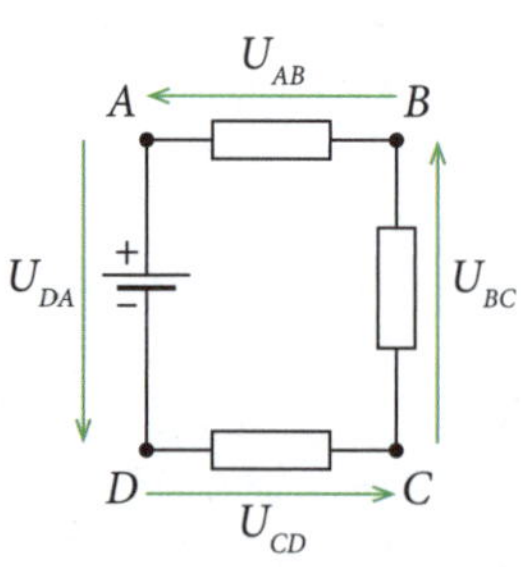

# 2 Caractéristiques d'un dipôle, capteurs

**De quoi s'agit-il ? Quelles sont les caractéristique d'un dipôle, d'un capteur ? Comment tension et intensité sont-elles reliées ?**



- Un **dipôle** est un composant électrique qui possède **deux bornes**.

**Exemple** : un moteur, une lampe, un générateur…
Il se caractérise par la relation qui lie la tension $U$ à ses bornes et l'intensité $I$ du courant qui le traverse : $\boldsymbol{U = f(I)}$ ou $\boldsymbol{I = g(U)}$.

- **Loi d'Ohm**. Si on applique une tension à un résistor, il est traversé par un courant d'intensité proportionnelle à cette tension.

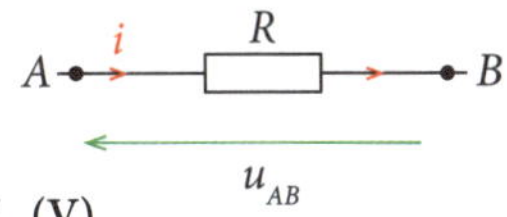


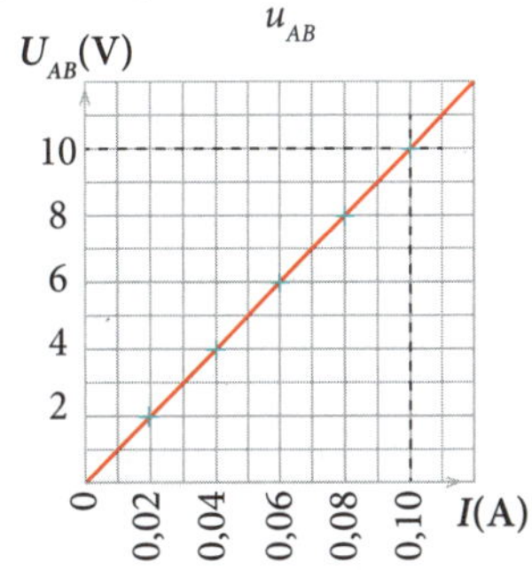


**L'équation caractéristique est donc : $\boldsymbol{U_{AB} = Ri}$**, cette relation s'appelle la **loi d'Ohm**.
Le coefficient de proportionnalité est la **résistance** du dipôle qui s'exprime en ohm (Ω).

**Exemple** ci-contre : $R = \dfrac{10}{0{,}10} = 1{,}0 \times 10^2\ \Omega$.

– La loi d'Ohm pouvant aussi s'écrire $i = \dfrac{U_{AB}}{R}$, on définit la **conductance** du dipôle, notée $G$ : $\boldsymbol{G = \dfrac{1}{R}}$, exprimée en $\Omega^{-1}$ ou en siemens (S). La loi d'Ohm s'écrit alors $\boldsymbol{i = Gu}$.

- **Caractéristique tension-courant d'un générateur idéal** : $u = E$ quelle que soit l'intensité du courant $i$ débité.

La valeur $E$ s'appelle force électromotrice (fém) ; $\boldsymbol{U_{PN} = E}$.

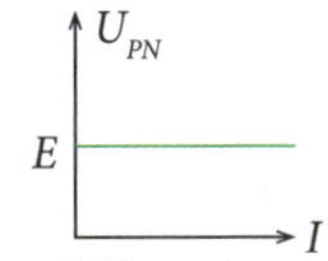


- **Caractéristique tension-courant d'un générateur réel** : un générateur réel délivre une tension qui dépend de l'intensité du courant débité. $E$ est la tension en circuit ouvert, c'est-à-dire pour $I = 0$.

$\boldsymbol{U_{PN} = E - rI}$, $E$ est la fém du générateur et $r$ est sa résistance interne.

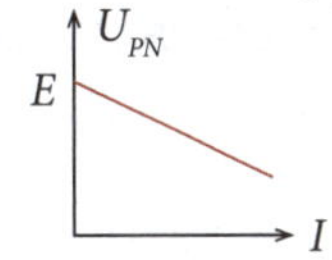


- **Point de fonctionnement**. On appelle point de fonctionnement du circuit le point de coordonnées ($I_F$, $U_F$) dans le diagramme qui permet de tracer les caractéristiques des composants du circuit. Ce point doit se trouver à la fois sur la caractéristique tension – courant du générateur et sur celle du dipôle. Pour déterminer le **point de fonctionnement** correct d'un circuit, il est commode d'utiliser une méthode graphique.

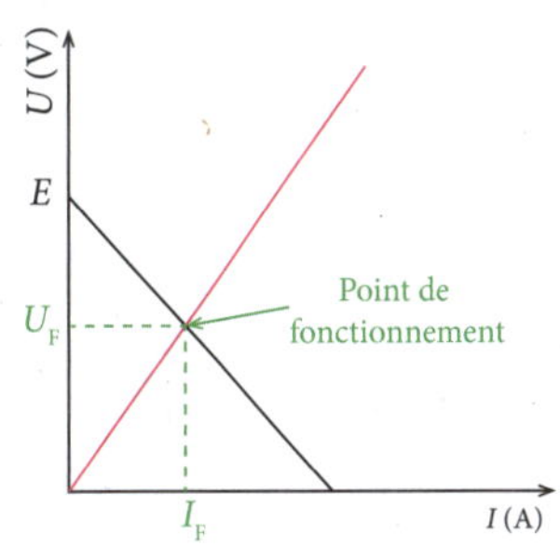


- Un **capteur** est un « appareil » qui permet de convertir une grandeur physique d'entrée $E$ en une grandeur physique de sortie $S$ mesurable, souvent une tension. À chaque capteur, on associe une courbe d'étalonnage $S = f(E)$ qui le caractérise. Si c'est une droite passant par l'origine du repère, le capteur est linéaire. Dans le cas contraire, il est dit non linéaire.

**Exemple** : Pour un capteur thermoélectrique la grandeur d'entrée est la température, la grandeur de sortie est électrique. Dans une thermistance CTN, la résistance dépend de la température.

# Révision express

Rappels courant/tension

## Les points importants à retenir

- On mesure **l'intensité *I*** du courant traversant un dipôle avec un **ampèremètre** qui se branche en **série** dans le circuit, elle s'exprime en ampère (A).
- Dans un **circuit en série,** l'intensité du courant est la même dans tous les dipôles et elle ne dépend pas de l'ordre des dipôles.
- La somme des intensités des courants arrivant à un nœud est égale à la somme des intensités de courants qui en repartent.
- La **tension U** se mesure à l'aide d'un **voltmètre** qui se branche en **dérivation.**
- L'unité de tension est le volt de symbole V.
- Lorsque des **dipôles sont branchés en dérivation**, la tension à leurs bornes est la même.
- La somme des tensions à l'intérieur d'une maille est nulle.
- Si on applique une tension à un résistor, il est traversé par un courant d'intensité proportionnelle à cette tension : $U=R\,I_{AB}$.
- Un **capteur** est un « appareil » qui permet de convertir une grandeur physique d'entrée *E* en une grandeur physique de sortie *S* mesurable, souvent une tension.

## Quiz

*Cochez la bonne réponse.*

**1.** Un ampèremètre se branche en dérivation dans un circuit.

☐ vrai ☐ faux

**2.** La loi d'Ohm dans un résistor s'écrit $U= R\,I_{AB}$ où $I_{AB}$ est l'intensité du courant qui circule de B vers A.

☐ vrai ☐ faux

**3.** La caractéristique d'un capteur est toujours une droite.

☐ vrai ☐ faux

**4.** Si la caractéristique d'un capteur est une droite, le capteur est linéaire.

☐ vrai ☐ faux

→ Réponses p. 476

## EXERCICE 1

### Savoir écrire la loi des mailles

#### Énoncé

On demande d'écrire la loi des mailles pour le circuit suivant :

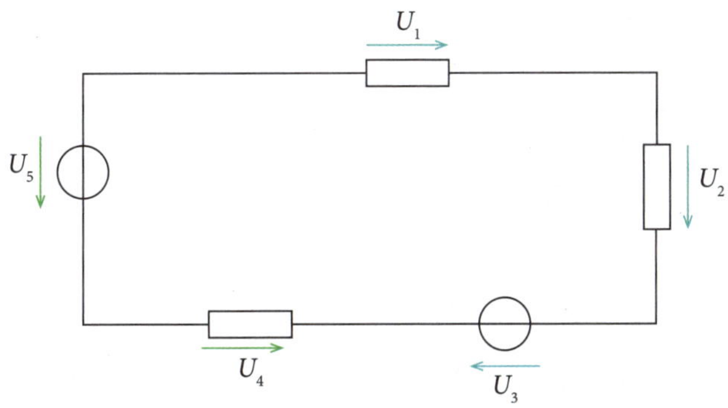


#### Méthode

**1** Choisir un sens de parcours arbitraire pour la maille.

**2** Décrire la maille dans le sens choisi en respectant les conventions suivantes :
– si la flèche est rencontrée par la pointe (sens inverse)
la tension est affectée du signe –.
– si la flèche est rencontrée dans le sens choisi, la tension est affectée du signe +.

#### Corrigé

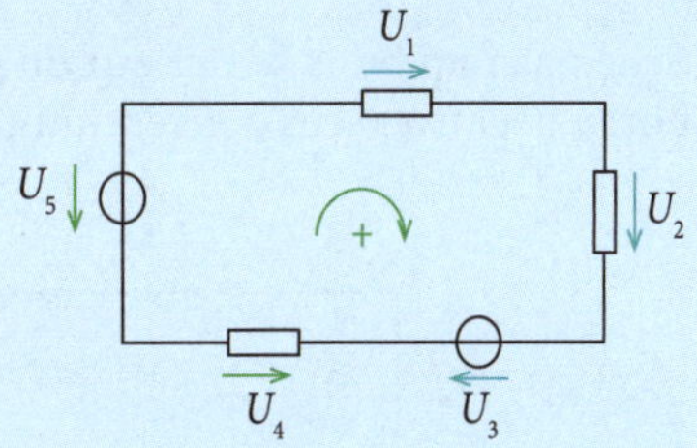


On choisit par exemple le **sens indiqué** ci-contre en vert, on obtient :

$$\boldsymbol{U_1 + U_2 + U_3 - U_4 - U_5 = 0}.$$

La relation obtenue ne dépend pas du sens de parcours choisi. En effet si on choisit **l'autre sens**, on obtient :

$$\boldsymbol{- U_1 + U_5 + U_4 - U_3 - U_2 = 0} \,;$$

en multipliant par – 1 membre à membre, on obtient la même relation.

## EXERCICE 2

# Étude d'un circuit simple

## Énoncé

On considère le circuit schématisé ci-après, toutes les lampes sont identiques.

**1.** Indiquer sur le schéma les sens du courant $I$ et des courants dérivés $I_1$ et $I_2$ dans les branches dérivées 1 et 2.

**2.** Quelle intensité mesurent les ampèremètres A et A' ?

**3.** On mesure à l'aide de A' une intensité de 10 mA et une intensité de 15 mA à l'aide de l'ampèremètre A. Calculer les intensités $I$, $I_1$ et $I_2$.

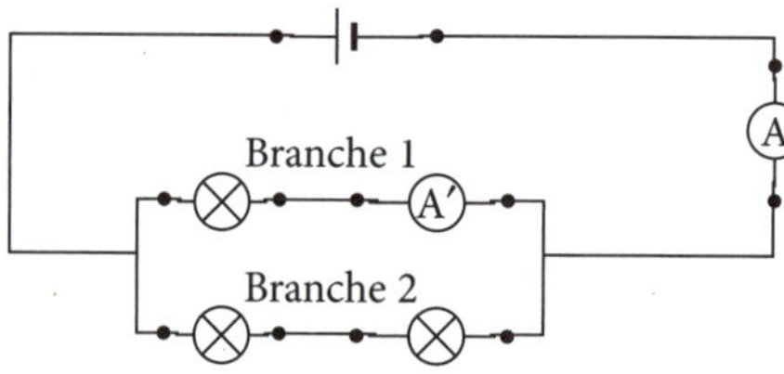


## Méthode

**1** Il faut d'abord indiquer le sens du courant dans la branche principale, celle qui contient le générateur, et noter soigneusement les intensités $I_1$ et $I_2$ dans les branches dérivées.

**2** Chaque ampèremètre mesure l'intensité du courant qui le traverse.

**3** Appliquer la loi des nœuds.

## Corrigé

**1.** Schéma ci-après. À l'extérieur du générateur, le courant circule de la borne positive vers la borne négative (sens conventionnel du courant).

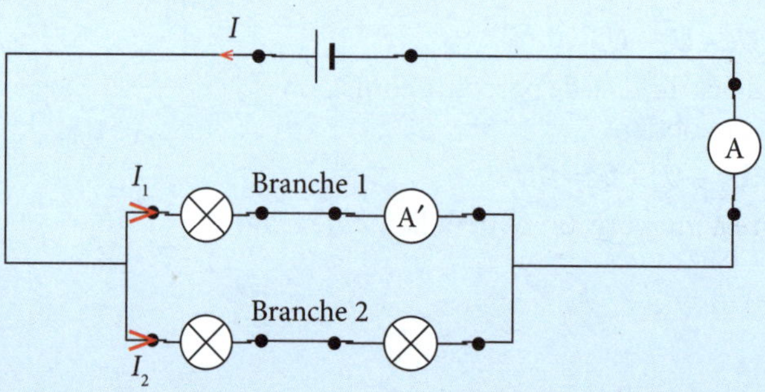


**2.** L'ampèremètre A' mesure $I_1$ et l'ampèremètre A mesure $I_2$.

**3.** $I_1$ = 10 mA ; $\boldsymbol{I_2}$ **= 15 mA.**

D'après la loi des nœuds, $\boldsymbol{I} = I_1 + I_2$ = 10 +15 = **25 mA.**

# SVT

## Partie 1 : La Terre, la vie et l'organisation du vivant



## Partie 2 : Les enjeux contemporains de la planète



## Partie 3 : Corps humain et santé

# Chapitre 1 Organisation fonctionnelle du vivant

## 1 Des organismes uni ou pluricellulaires

**De quoi s'agit-il ? Chez les organismes unicellulaires, toutes les fonctions sont assurées par une seule cellule. Chez les organismes pluricellulaires, elles sont assurées par des organes constitués de cellules spécialisées.**

### 1 Un organisme composé d'une cellule unique

- La paramécie (**Doc. 1**) est un organisme unicellulaire eucaryote qui se déplace par le battement des cils fixés à sa surface. Elle absorbe des proies microscopiques et les digère grâce à des vésicules remplies d'enzymes. Son volume d'eau est régulé par une paire de vacuoles contractiles.
- Ainsi, chez les unicellulaires, une seule et même cellule assure toutes les fonctions (locomotion, nutrition, excrétion, défense et reproduction) grâce à des structures particulières (cils…) et des organites (vacuoles…).
- De la même façon, chez les procaryotes (bactéries), une cellule unique réalise toutes les fonctions mais elle est dépourvue d'organites.

**Vocabulaire**
- **eucaryote** : cellule qui possède un noyau et différents organites, contrairement aux procaryotes (bactérie) qui en sont dépourvus.
- **vacuole** : grande vésicule remplie de liquide régulant le volume et la concentration cellulaires.
- **organite** : compartiment cellulaire spécialisé dans une fonction.

**Doc. 1** La Paramécie, un organisme unicellulaire

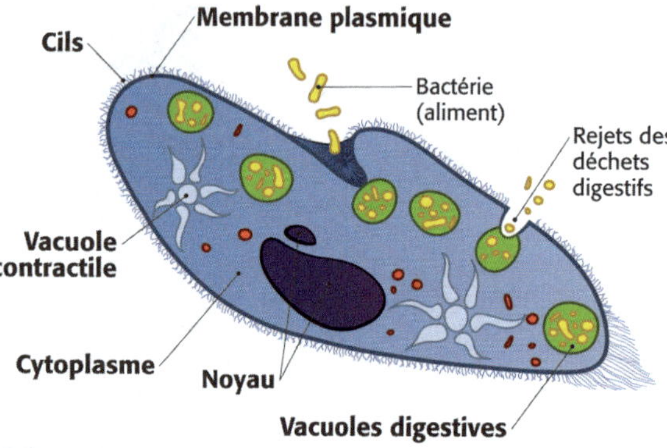


### 2 Les cellules spécialisées des organismes pluricellulaires

- Les organismes pluricellulaires possèdent différents organes (cœur, poumons, foie…) spécialisés dans une ou plusieurs fonctions. Chacun d'eux est lui-même constitué de plusieurs tissus qui assurent des rôles spécifiques.
- Les tissus sont eux-mêmes constitués d'un ou plusieurs types de cellules. À l'inverse de la paramécie, ce sont des cellules spécialisées dans une fonction particulière (contraction, absorption, etc.). Une matrice extracellulaire ou ciment intercellulaire maintient la cohésion des cellules d'un tissu. Elle est composée de différentes macromolécules, notamment de protéines, qui permettent l'adhérence cellulaire.

**Vocabulaire**
- **matrice extracellulaire** : ensemble de molécules situées à l'extérieur des cellules d'un tissu et qui les réunit entre elles.

# 2 Une fonction particulière

**De quoi s'agit-il ?** **Toutes les cellules d'un organisme possèdent la même information génétique. Cependant, une cellule spécialisée n'en exprime qu'une partie, ce qui la distingue des autres types cellulaires.**

## 1 Une cellule spécialisée

- Chaque type de cellule spécialisée présente des caractéristiques particulières qui lui permettent d'accomplir une fonction. Ainsi, les cellules nerveuses (**Doc. 2a**) sont munies de prolongements ou fibres qui véhiculent le message nerveux. Chez les cellules intestinales (**Doc. 2b**), des microvillosités favorisent l'absorption des nutriments en augmentant la surface de contact.

- Chez les végétaux, les cellules de la feuille possèdent des organites spécifiques, les chloroplastes qui captent la lumière et réalisent la photosynthèse. Remplies d'eau, ces cellules résistent à la pression grâce à leur épaisse paroi. Au contraire, les poils absorbants de la racine peuvent prélever eau et ions du sol grâce à leur paroi très fine tandis que leur grande surface facilite l'absorption.

- La spécialisation des cellules repose aussi sur le déroulement de réactions biochimiques particulières (synthèses, transformations), faisant intervenir des enzymes spécifiques.

**Vocabulaire**

- **microvillosités :** replis de la membrane plasmique augmentant sa surface.
- **chloroplaste :** organite contenant de la chlorophylle, responsable de la photosynthèse.
- **paroi :** enveloppe rigide qui double extérieurement la membrane plasmique chez toutes les cellules végétales.
- **enzyme :** molécule qui facilite le déroulement d'une réaction biochimique sans y participer directement.

**Doc. 2** **Deux cellules spécialisées**

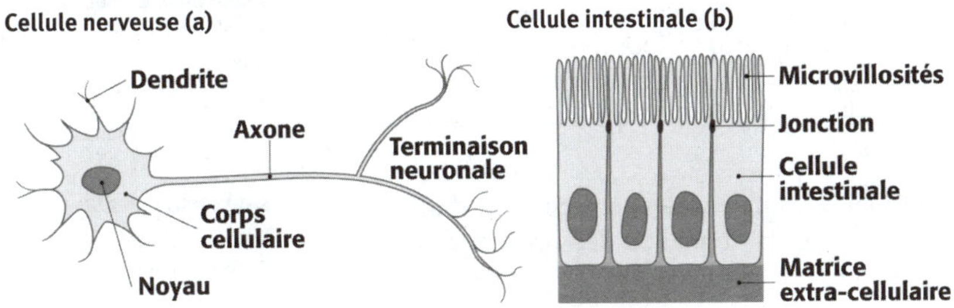


## 2 Une expression différentielle des gènes

- Les cellules d'un organisme sont toutes issues d'une cellule-œuf initiale, par une succession de mitoses. Un expérience (Gurdon, 1960) montre qu'à partir du noyau d'une cellule intestinale, il est possible de former un individu complet présentant les mêmes caractères que celui dont provient le noyau. On peut en déduire que le noyau d'une cellule spécialisée renferme l'information génétique nécessaire à la construction d'un organisme entier. Ainsi, malgré leurs différences, les cellules spécialisées renferment toutes la même information génétique, identique à celle de la cellule-œuf.

**Vocabulaire**

- **mitose :** division d'une cellule initiale qui aboutit à deux cellules identiques à celle-ci et identiques entre elles.
- **gène :** portion d'une molécule d'ADN correspondant à une unité d'information génétique.

• Dans toutes les cellules, l'information génétique est portée par des molécules d'ADN (acide désoxyribonucléique), organisées en gènes. Si les cellules spécialisées renferment la totalité de l'information génétique, elles n'expriment qu'une partie des gènes, différente selon les types de cellules.

# 3 L'ADN, support de l'information génétique

**De quoi s'agit-il ? Chaque cellule renferme du matériel génétique contenu dans les chromosomes sous forme d'ADN. La structure moléculaire de l'ADN lui permet de porter une information.**

## 1 Une molécule organisée en gènes

• Le noyau des cellules eucaryotes renferme plusieurs chromosomes formés de molécules d'ADN (46 dans l'espèce humaine) sur lesquelles des gènes se succèdent de façon discontinue.

• Un gène est une unité d'information contrôlant la réalisation d'un caractère. De plus, l'information contenue dans l'ADN est écrite dans un langage universel.

**Vocabulaire**

- **chromosome** : élément porteur d'information génétique, constitué (entre autres) d'ADN.

## 2 Une molécule séquencée

• L'ADN est une macromolécule constituée de deux chaînes (ou brins) enroulées en double hélice (**Doc. 3**)

• Une chaîne est formée d'une succession d'éléments appelés nucléotides, chacun composé d'un sucre (le désoxyribose), d'un acide phosphorique et d'une base azotée (ADN = acide désoxyribonucléique). Il existe quatre types de nucléotides, A, C, G et T, qui diffèrent par leur base azotée.

• Le long de la molécule d'ADN, les nucléotides se succèdent dans un ordre précis, appelé séquence. C'est la séquence des nucléotides qui constitue l'information contenue sous forme codée dans les gènes.

• Par ailleurs, les deux chaînes d'une molécule d'ADN s'associent par leurs bases azotées selon une règle stricte appelée loi de complémentarité.

**Vocabulaire**

- **macromolécule** : molécule de grande taille formée par l'assemblage d'un grand nombre d'éléments.
- **nucléotide** : maillon élémentaire de la molécule d'ADN.
- **loi de complémentarité** (des bases) : règle selon laquelle un nucléotide A d'une chaîne d'ADN s'apparie toujours avec un T de l'autre chaîne, et un G toujours avec un C.

**Doc. 3 La molécule de l'ADN**

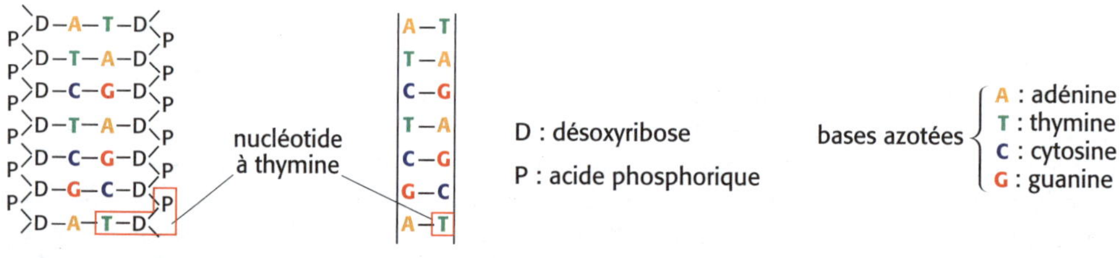


**a.** représentation complète

**b.** représentation simplifiée

# 4 La cellule, siège des réactions chimiques de la vie

**De quoi s'agit-il ?** **Pour assurer les besoins fonctionnels d'une cellule, de nombreuses transformations biochimiques s'y déroulent : elles constituent son métabolisme.**

## 1 Des échanges de matière

- Placées en culture, des cellules des levures réalisent des échanges avec leur milieu : elles absorbent du dioxygène et du glucose et rejettent du dioxyde de carbone et de l'eau. À partir de ces résultats, on peut écrire le bilan des réactions qui se sont produites chez les levures :

glucose + dioxygène → dioxyde de carbone + eau

- L'ensemble de ces réactions constitue la respiration cellulaire, réalisée seulement en présence de dioxygène.
- En absence d'$O_2$, les levures peuvent néanmoins consommer du glucose et rejeter du $CO_2$ ainsi qu'un autre déchet, l'éthanol. Elles réalisent alors la fermentation (alcoolique) :

glucose → dioxyde de carbone + éthanol.

- Respiration et fermentation constituent des voies métaboliques, c'est-à-dire une succession de réactions biochimiques, chacune facilitées par des enzymes particuliers. Quelques-unes de ces réactions sont communes à ces deux voies qui sont interconnectées.

**Vocabulaire**
- **levure :** champignon unicellulaire.
- **fermentation :** voie métabolique réalisée en absence de dioxygène et au cours de laquelle le glucose est en partie dégradé.
- **voie métabolique :** succession de réactions biochimiques transformant le produit d'une réaction en un autre.

## 2 Une libération d'énergie

- Au cours de la respiration, le glucose (molécule organique) est entièrement dégradé pour donner de l'eau et du $CO_2$ (molécules minérales). Ainsi, toute l'énergie contenue dans la molécule de glucose est libérée puis utilisée pour les besoins cellulaires (la multiplication par exemple).
- En absence de dioxygène, les cellules peuvent aussi dégrader le glucose grâce à la fermentation mais cette dégradation, incomplète, libère moins d'énergie.

**Vocabulaire**
- **molécule organique :** molécule caractéristique des êtres vivants (à opposer à molécule minérale).

SVT

# 5 Autotrophie et hétérotrophie

**De quoi s'agit-il ?** **Certaines cellules sont capables de fabriquer de la matière organique à partir de matière minérale. Les autres la prélèvent dans leur environnement.**

## 1 La photosynthèse : une synthèse de matière organique

- En présence de la lumière, les végétaux consomment du dioxyde de carbone et de l'eau, ce qui leur permet de produire de la matière organique (glucose). En même temps, ils rejettent un déchet, le dioxygène.

- Cette synthèse nécessite un apport d'énergie, sous forme de lumière : c'est la photosynthèse, dont le bilan peut s'écrire :

$$6CO_2 + 6H_2O \xrightarrow{\text{lumière}} C_6H_{12}O_6 + 6O_2$$

- La photosynthèse se déroule dans des organites spécialisés, les chloroplastes, contenant des molécules particulières dont la chlorophylle.

**Vocabulaire**

- **photosynthèse :** synthèse de matière organique (glucose) à partir de matière minérale (eau et dioxyde de carbone) grâce à l'énergie lumineuse.

## 2 Deux types de métabolismes

- La plupart des cellules, y compris les cellules chlorophylliennes, tirent leur énergie de la dégradation du glucose, par respiration. Chez les eucaryotes, la respiration se déroule dans des organites spécialisés : les mitochondries.
- Grâce à la photosynthèse, les cellules chlorophylliennes fabriquent le glucose nécessaire à leur respiration. Elles sont autotrophes.
- Les cellules animales sont incapables de produire le glucose et doivent le prélever dans leur environnement. Elles sont hétérotrophes.

**Vocabulaire**

- **autotrophe :** cellule ou organisme capable de fabriquer sa propre matière organique.
- **hétérotrophe :** cellule ou organisme incapable de fabriquer sa propre matière organique et devant la prélever dans le milieu.

## Révision express

Comprendre le métabolisme

### Le schéma à retenir

**Organisation fonctionnelle du vivant**

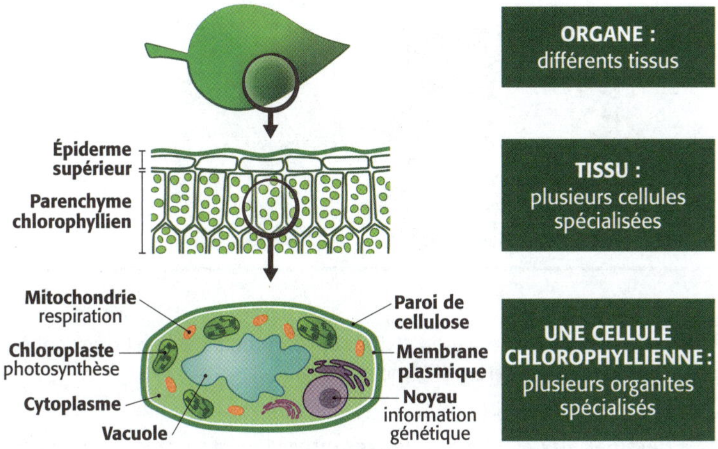




## Quiz

*Cochez la bonne réponse.*

**1.** Les cellules chlorophylliennes sont dépourvues de mitochondries.

☐ vrai ☐ faux

**2.** La molécule d'ADN est formée de nucléotides.

☐ vrai ☐ faux

**3.** Les cellules spécialisées se distinguent par leurs gènes.

☐ vrai ☐ faux

**4.** Les cellules autotrophes prélèvent la matière organique de leur environnement.

☐ vrai ☐ faux

**5.** Au cours de la respiration, le glucose est partiellement dégradé.

☐ vrai ☐ faux

→ Réponses p. 476

## EXERCICE 1

# Identifier et dessiner des cellules

### Énoncé

Identifiez ces cellules observées au microscope optique et réalisez un dessin légendé de chacune d'elles.

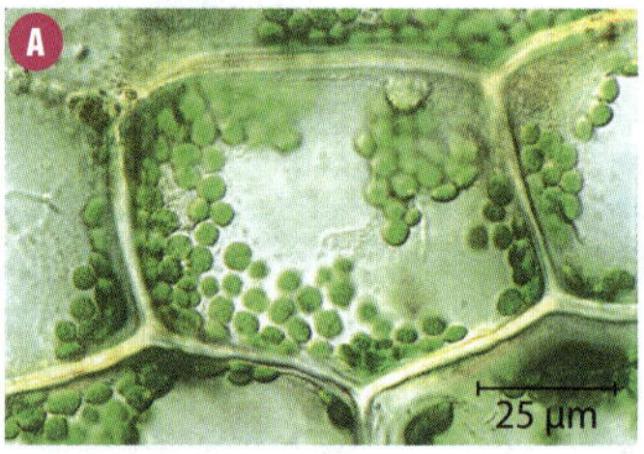


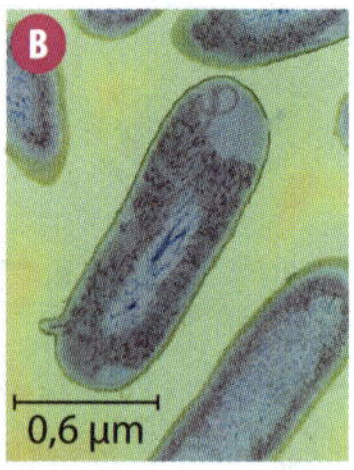


### Méthode

Un dessin scientifique est issu d'une observation. Il doit représenter la réalité et donc conserver la disposition et les proportions des différents éléments présents.

Quelques règles s'imposent pour sa réalisation.

1 **Penser avant de dessiner aux éléments à représenter** : leur disposition et leur proportion.

2 **Prévoir sur la page l'espace pour les légendes et le titre.**

3 **Dessiner simplement** avec des traits continus, sans effet d'ombre ou autre.

### Corrigé

La cellule A possède un noyau et des organites. C'est donc une cellule eucaryote. La présence de chloroplastes (organites contenant de la chlorophylle) de vacuoles et d'une paroi indique qu'il s'agit d'une cellule végétale. La cellule B, de plus petite taille, est dépourvue d'organites : c'est une cellule procaryote.

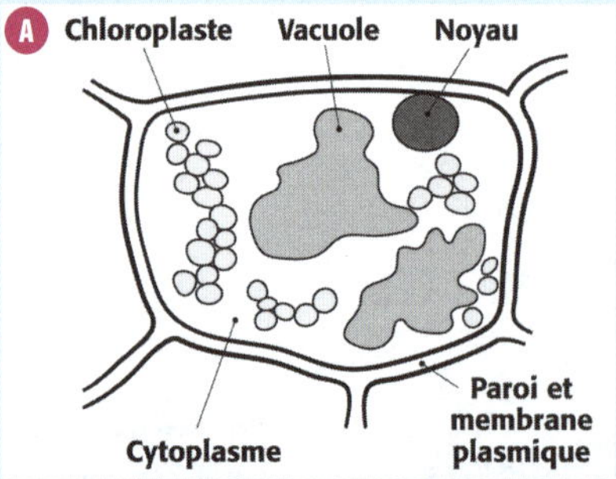


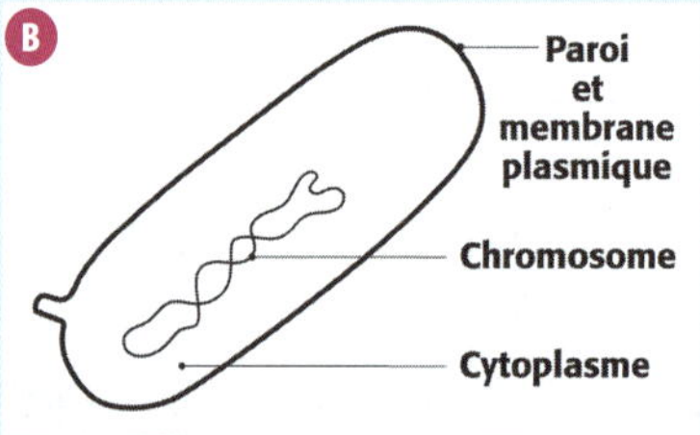


**Réflexe à avoir**

Pour identifier les cellules, il faut rechercher les éléments pertinents, présence ou absence de noyau, présence d'organites, de quel type de quelle couleur, etc.
Attention, ce n'est pas parce qu'un organite n'est pas visible qu'il n'est pas présent.
De nombreux organites ne sont d'ailleurs visibles qu'au microscope électronique.

## EXERCICE 2

# Exploiter un tableau

## Énoncé

Le tableau ci-dessous donne les proportions relatives des différents nucléotides de l'ADN chez plusieurs espèces. On a pris pour référence le nucléotide A auquel on a donné arbitrairement la valeur 10.

| | A | G | C | T |
|---|---|---|---|---|
| **Homme : rate** | 10 | 7,2 | 7,0 | 10,1 |
| **Porc : thymus** | 10 | 6,8 | 6,9 | 9,6 |
| **Oursin : sperme** | 10 | 5,4 | 5,4 | 9,7 |
| **Ble : germe** | 10 | 8,9 | 8,7 | 10,2 |

## Questions

**1.** Comparez les proportions des différents nucléotides à l'intérieur de chaque espèce.

**2.** Quelles informations concernant la structure de l'ADN cela apporte-t-il ?

**3.** Comparez maintenant les proportions relatives des différents nucléotides entre espèces. Quelle autre propriété de l'ADN est ainsi mise en évidence ?

## Méthode

Pour comparer les proportions des nucléotides à l'intérieur de chaque espèce, il faut repérer une caractéristique valable pour une espèce : à partir du nombre de A qui est fixé arbitrairement à 10, on procède par comparaisons successives, avec G, C, puis T. On répète la même démarche pour G, jusqu'à ce qu'on établisse une relation. Quand on connaît son cours, on retrouve rapidement cette relation ! On vérifie ensuite si elle est valable pour les autres espèces.

## Corrigé

**1.** On remarque qu'à l'intérieur de chaque espèce, les proportions des nucléotides A et T sont identiques, de même que celles de G et C.

**2.** Cette égalité de proportion s'explique par le fait que la molécule d'ADN est formée de deux brins complémentaires, tels que les A d'un brin s'associent aux T de l'autre brin, et les G s'associent aux C.

**3.** Les proportions de nucléotides à l'intérieur de la molécule d'ADN ne sont pas les mêmes d'une espèce à l'autre. En effet, la succession de nucléotides (ou séquence) d'une molécule d'ADN constitue l'information génétique, différente selon les espèces.

**Réflexe à avoir**

**Attention à comparer le tableau par ligne ou par colonne selon la question posée.**

# Chapitre 2 La biodiversité actuelle et passée

## 1 Les différentes formes de la biodiversité

**De quoi s'agit-il ? Le monde vivant est caractérisé par sa diversité ou biodiversité. Celle-ci peut être définie à différents niveaux.**

### 1 La diversité des écosystèmes et des espèces

• Le monde vivant est organisé en écosystèmes (océans, forêts, prairies…), constitués chacun d'un ensemble d'êtres vivants, la biocénose, et d'un environnement, le biotope.

• Les êtres vivants d'un écosystème occupent un biotope donné qui correspond à leurs besoins en eau, chaleur, nourriture…

• Chaque écosystème est occupé par un nombre variable d'espèces. La diversité des espèces dans un écosystème est mesurée par le nombre d'espèces différentes qu'il renferme et éventuellement par le nombre d'individus de chaque espèce.

**Vocabulaire**

- **écosystème** : ensemble formé par une communauté d'êtres vivants qui établissent des relations entre eux (biocénose) et avec leur environnement (biotope).
- **espèce** : groupe d'individus dotés de caractères communs, qui sont interféconds et engendrent une descendance viable et fertile.

### 2 La diversité génétique

• On définit une espèce comme un ensemble d'individus interféconds qui engendrent une descendance viable et fertile. Tous possèdent des caractères communs, propres à l'espèce. Néanmoins, ces caractères communs existent sous des formes variables d'un individu à l'autre.

• La diversité des caractères au sein de l'espèce repose sur une diversité génétique. En effet, les individus d'une même espèce possèdent les mêmes gènes mais sous des versions différentes, les allèles.

• Les allèles d'un même gène sont issus de mutations (**Doc. 1**). Ce sont des événements qui se produisent au hasard et modifient la séquence de nucléotides de l'ADN. Ces changements, qui modifient l'information génétique, sont susceptibles d'être transmis de génération en génération et de se répandre à l'intérieur de l'espèce.

**Vocabulaire**

- **interféconds** : capables de se reproduire entre eux.
- **diversité génétique** : variabilité des allèles au sein d'une même espèce.
- **allèle** : version d'un gène caractérisée par une séquence particulière.
- **mutations** : modifications aléatoires de la séquence d'ADN.

**Doc. 1** Deux allèles d'un même gène

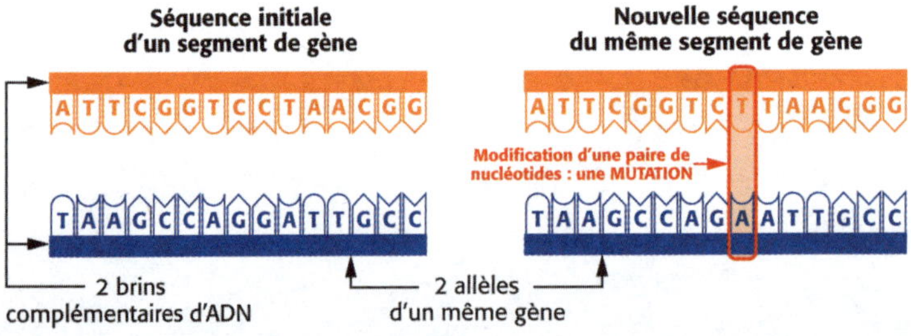

# 2 La biodiversité du passé

**De quoi s'agit-il ?** **L'étude de la biodiversité du passé par l'examen des fossiles montre que l'état actuel de la biodiversité correspond à une étape de l'histoire du vivant.**

## 1 Une biodiversité en perpétuelle variation

- Les roches sédimentaires ont conservé sous forme de fossiles les restes des espèces animales et végétales aujourd'hui disparues, constituant la biodiversité du passé.

- La disposition de ces roches en couches superposées, chacune formée à une époque donnée, permet de reconstituer la biodiversité à différentes périodes. Elle montre que les faunes et les flores se sont modifiées au cours du temps (**Doc. 2**).

- Si la vie est apparue il y a 3,5 milliards d'années sous forme unicellulaire, les premiers organismes pluricellulaires retrouvés dans des gisements de fossiles sont datés de moins de 600 millions d'années. Les formes existantes alors sont peu ressemblantes aux formes actuelles.

- L'ère primaire (– 541 à – 252 millions d'années) est caractérisée par la diversification des pluricellulaires, d'abord des invertébrés à corps mou, puis à carapace et coquille, puis des vertébrés marins qui colonisent dans un second temps le milieu continental. Les fougères géantes dominent chez les végétaux.

- L'ère secondaire (– 252 à – 66 millions d'années) est celle des grands reptiles comme les Dinosaures, des Ammonites, et des Conifères chez les végétaux.

- À l'ère Tertiaire (– 66 millions d'années à aujourd'hui), les grands oiseaux non volants sont d'abord dominants, puis des mammifères se développent, ainsi que les plantes à fleurs. Plus récemment, la lignée humaine se sépare de celle des grands singes.

### Vocabulaire

- **roches sédimentaires :** roches formées par dépôt de sédiments.
- **fossiles :** restes ou traces d'êtres vivants aujourd'hui disparus.
- **ammonites :** animaux marins à coquille enroulée, appartenant au groupe des mollusques céphalopodes.
- **conifère :** groupe d'arbres produisant des fruits en forme de cônes (pin, sapin…).
- **lignée humaine :** groupes d'êtres vivants descendant du dernier ancêtre commun de l'Homme et de son plus proche parent actuel, le chimpanzé.

**Doc. 2** Évolution de la biodiversité

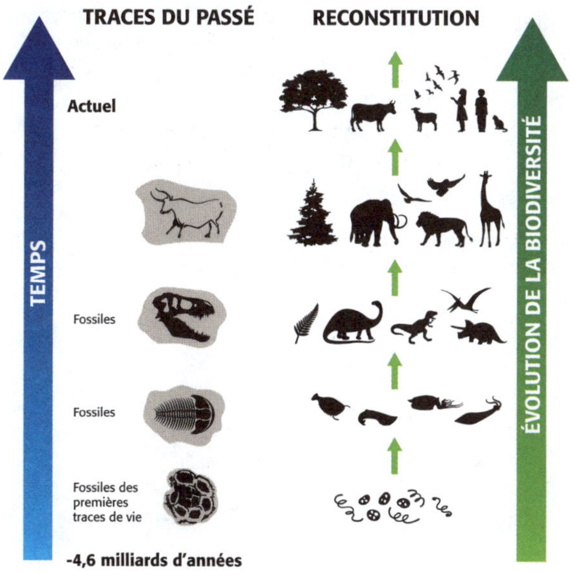

## 2 Un renouvellement des espèces

- La succession de biodiversités différentes au cours de l'histoire de la Terre témoigne d'une disparition continuelle des espèces et des groupes.

- Néanmoins, certains groupes se sont maintenus, en particulier les plus vastes : insectes, mammifères, mollusques… À l'intérieur de chacun, de nouvelles espèces sont apparues.

- La biodiversité actuelle est le résultat de l'évolution de la biodiversité du passé. Ainsi, l'état actuel de la biodiversité correspond à une étape du monde vivant : les espèces actuelles correspondent à une infime partie des espèces (environ 1 %) ayant existé depuis les débuts de la vie.

**Vocabulaire**

- **évolution** : processus à l'origine de l'apparition de nouvelles espèces à partir d'espèces préexistantes.

# 3 Les crises biologiques, des bouleversements de la biodiversité

**De quoi s'agit-il ?** **L'histoire du monde vivant est marquée par des crises biologiques, périodes au cours desquelles le renouvellement de la biodiversité s'est produit de façon massive et brutale.**

## 1 Des extinctions massives

- À la limite Crétacé – Paléocène, il y a 66 millions d'années, de nombreux groupes d'êtres vivants disparaissent brutalement (**Doc. 3**) :
  - les Dinosaures (reptiles ou Archosauriens), groupe dominant pendant l'ère Secondaire ainsi que les Ptérosaures (reptiles volants) et les Plésiosaures ;
  - les Ammonites (mollusques) ;
  - 90 % des genres de protozoaires, organismes unicellulaires.

- On estime ainsi que 60 à 75 % des espèces s'éteignirent à la limite Crétacé – Paléocène.

- Ces disparitions ont un caractère massif et soudain. Elles concernent des formes variées, microscopiques comme géantes, des invertébrés comme des vertébrés, des animaux comme des végétaux.

- Tous les milieux de vie, marin comme continental, sont concernés, en tout point du globe et sur une courte durée à l'échelle des temps géologiques (quelques centaines de milliers d'années). On parle ainsi de crise biologique.

- Cette crise biologique s'explique sans doute par un bouleversement des conditions du milieu lié à la chute d'une grosse météorite et à la répétition d'épisodes volcaniques.

**Vocabulaire**

- **crise biologique** : modification brutale et massive de la biosphère.
- **crétacé** : période géologique (– 145 à – 66 Ma) marquant la fin de l'ère Secondaire.
- **paléocène** : période marquant le début de l'ère Tertiaire.
- **archosauriens** : nom donné dans la classification à l'ensemble formé par le groupe des reptiles et celui des oiseaux.
- **plésiosaures** : grands vertébrés marins proches des reptiles, vivant à l'ère Secondaire.

**Doc. 3** Une crise de la biodiversité à la fin du Crétacé

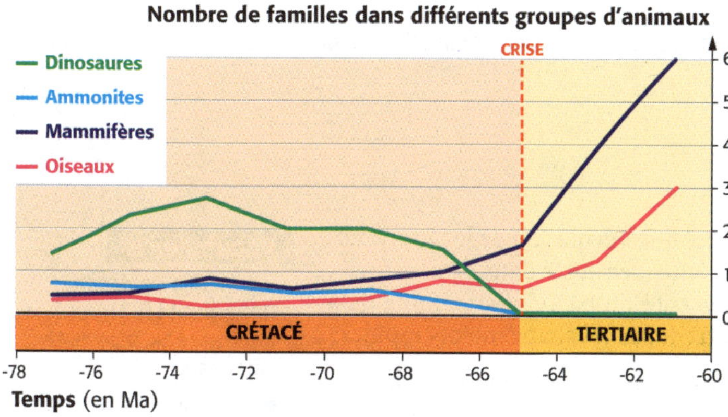


## 2 Une diversification des êtres vivants

• L'étude des roches postérieures à – 66 millions d'années montre le développement de nombreux groupes d'êtres vivants (**Doc. 3**), mammifères, oiseaux, insectes et plantes à fleurs. Déjà présents auparavant, ces groupes étaient alors peu diversifiés, avec un nombre d'espèces plus réduit.

• On explique ce renouvellement par la libération de niches écologiques, occupées auparavant par les espèces éteintes avec la crise. Par exemple, la disparition des Dinosaures a permis le développement et la diversification des mammifères, les deux groupes occupant les mêmes milieux.

• Ainsi, au cours du temps (**Doc. 4**), plusieurs crises biologiques se sont succédées (à la fin du Permien, du Trias et du Crétacé) au cours desquelles la disparition de groupes et d'espèces est suivie par la diversification des groupes survivants. Les crises sont des facteurs majeurs de l'évolution de la biodiversité au cours du temps.

**Vocabulaire**

■ **niche écologique** : désigne à la fois le milieu de vie et les ressources nécessaires à la survie d'une espèce.

**Doc. 4** Biodiversité des organismes marins au cours du temps

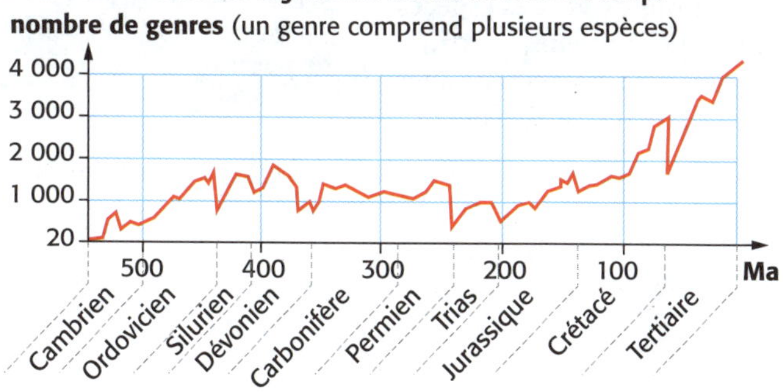

# 4 L'évolution récente de la biodiversité

**De quoi s'agit-il ?** La biodiversité continue aujourd'hui à évoluer, sous l'action de l'Homme ou indépendamment de celui-ci.

## 1 Une évolution rapide

- Les scientifiques ont longtemps pensé que l'évolution de la biodiversité s'était déroulée à un rythme lent. Cette idée, juste dans de nombreux cas, reposait sur le fait que la biodiversité du passé n'est connue qu'à travers les fossiles, lesquels n'enregistrent pas les changements rapides.

- Or des études sur les êtres vivants actuels montrent plusieurs cas d'évolution rapide. Par exemple, cinq couples de lézards des ruines (*Podarcis sicula*) introduits dans la petite île de Pod Mrcaru (mer Adriatique), ont donné naissance en une trentaine d'années à un millier d'individus plus gros, avec des mâchoires plus développées, des pattes plus petites ainsi qu'un appareil digestif modifié. Leur mode de vie et leur comportement ont changé : autrefois insectivores, ils sont devenus phytophages et en même temps, moins agressifs et moins agiles. Les scientifiques considèrent qu'une nouvelle espèce est en train de se former.

**Vocabulaire**

- **évolution rapide** : changement à l'intérieur de la biodiversité qui se produit en quelques années.
- **insectivore** : qui se nourrit d'insectes.
- **phytophages** : êtres vivants qui se nourrissent de végétaux.

## 2 Une évolution sous influence de l'Homme

- Des recensements périodiques montrent, pour certaines espèces, une diminution du nombre d'individus ainsi que de leur répartition géographique, voire une menace d'extinction.

- Aussi la diminution de la biodiversité ces dernières décennies a amené les scientifiques à établir des « points chauds de la biodiversité ». Ce sont des zones renfermant de nombreuses espèces endémiques et dans lesquelles 70 % des milieux d'origine (forêts, zones humides, marais…) ont disparu, et avec eux de nombreuses espèces.

- Les activités humaines en modifiant les conditions de vie des espèces peuvent entrainer leur disparition (**Doc. 5**). Ces phénomènes d'extinction sont suffisamment rapides et massifs pour que les scientifiques parlent de « 6e crise biologique », la 5e étant la crise Crétacé-Paléocène.

- Des mesures de conservation sont mises en place, avec un double objectif : préserver ces espèces sans empêcher les activités humaines nécessaires.

**Vocabulaire**

- **espèces endémiques** : espèce ne vivant que dans une région déterminée.
- **mesures de conservation** : dispositifs permettant de protéger les espèces et d'assurer leur pérennité.

**Doc. 5** Les causes des extinctions liées aux activités humaines

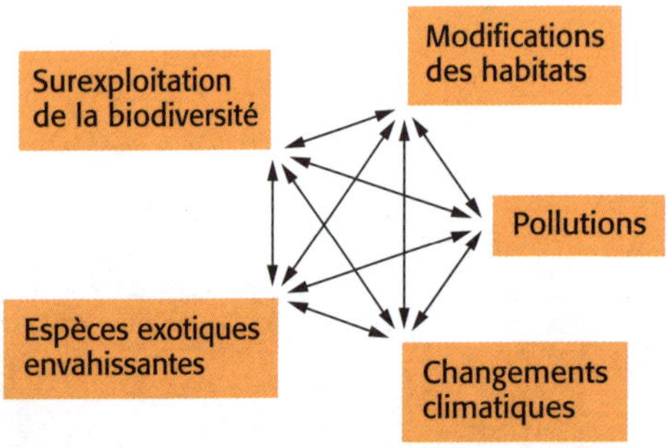

## → Révision express

Comment protéger la biodiversité

### Le schéma à retenir

**Les différentes formes de la biodiversité**

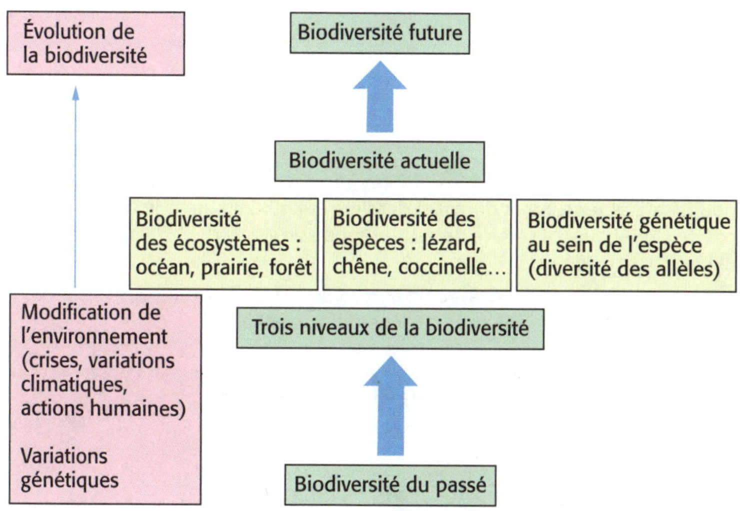


### Quiz

*Cochez la bonne réponse.*

**1.** Les individus d'une même espèce possèdent les mêmes gènes.
☐ vrai ☐ faux

**2.** L'évolution de la biodiversité peut s'observer sur une courte échelle de temps.
☐ vrai ☐ faux

**3.** Les crises biologiques sont marquées par une diversification du monde vivant.
☐ vrai ☐ faux

**4.** Citer deux causes humaines d'une diminution de la biodiversité.

**5.** Un écosystème est composé d'une biocénose et d'un biotope.
☐ vrai ☐ faux

→ Réponses p. 476

EXERCICE 1

## Exploiter et relier des données

### Énoncé

Exploitez les documents, dans l'ordre le plus judicieux, pour mettre en évidence une des causes possibles de la disparition du Mammouth laineux.

### Documents

**Doc. 1**

Le milieu de vie du Mammouth laineux, la « steppe-toundra », caractérisé par une végétation rase dont il se nourrissait, se rencontrait durant la dernière ère glaciaire dans le nord de l'Asie, en Europe et au nord de l'Amérique. La surface de cette steppe est passée de 7 700 000 km2 il y a 42 000 ans à 800 000 km2 il y a 6 000 ans.

Cet animal était bien adapté au froid, avec un corps couvert de fourrure, des oreilles et une queue courtes, limitant les risques de gelure et de déperdition de chaleur.

**Doc. 2** Variation des effectifs des Mammouths au cours du temps

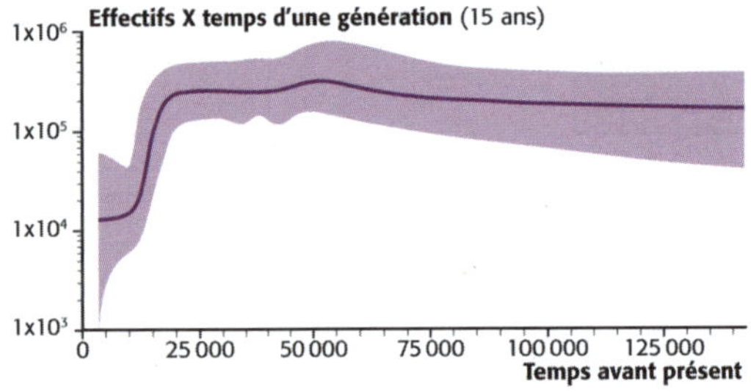


**Doc. 3** Température moyenne à la surface de la Terre au cours des derniers 40 000 ans

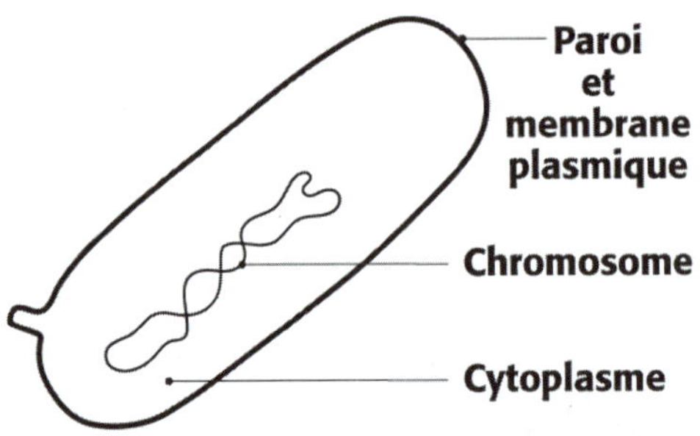


### Méthode

Il s'agit de résoudre un problème par la mise en relation de documents.

Il faut chercher dans le **Doc. 1** des informations en rapport avec la disparition de cette espèce.

Sur le **Doc. 2**, il faut repérer sur la courbe la partie remarquable, celle où les effectifs s'effondrent. Attention à la lecture du document : le présent correspond au 0 !

Enfin le **Doc. 3** peut fournir une cause possible de sa disparition. Mais l'explication n'est peut-être pas si simple qu'il n'y paraît.

**Corrigé**

Le Mammouth laineux a été une espèce florissante il y a quelques centaines de milliers d'années. On cherche à connaître les causes de sa disparition.

La surface de la steppe-toundra a été réduite (**Doc. 1**) d'un facteur 10 environ, en quelques dizaines de milliers d'années. On peut se demander si cela n'est pas la cause de la disparition des Mammouths laineux.

La population de Mammouth laineux, relativement constante (**Doc. 2**) pendant des dizaines de milliers d'années, s'est effondrée brutalement entre – 20 000 et – 10 000 ans environ.

Durant cette période, les températures moyennes ont augmenté (**Doc. 3**) de façon significative (de 6 à 15 °C). Or le Mammouth laineux est un animal adapté au froid (**Doc. 1**). On peut donc supposer que ces adaptations ne lui ont pas permis de supporter un réchauffement.

Néanmoins, lors d'un réchauffement climatique, il arrive que les espèces migrent vers le nord pour retrouver des conditions climatiques favorables, ce qui n'a pas été le cas du Mammouth. Sa disparition a donc d'autres explications que celles des simples adaptations au froid.

En effet, le réchauffement a un impact sur la végétation et par conséquent sur le milieu de vie des espèces. Ainsi, le **Doc. 1** mentionne une diminution de la surface de la steppe entre – 42 000 et – 6 000 ans.

En reliant les données, on peut penser qu'un réchauffement climatique a provoqué une régression du milieu de vie du Mammouth, en même temps qu'une inadaptation de l'animal à des conditions climatiques devenues défavorables, l'ensemble ayant provoqué son déclin.

# Chapitre 3 Évolution de la biodiversité

## 1 Une variation aléatoire de la fréquence allélique

**De quoi s'agit-il ?** Dans une population, la fréquence des allèles peut varier au cours du temps par le fait du hasard.

### 1 Fréquence allélique au sein d'une population

- Au sein d'une population, les individus se ressemblent car ils appartiennent à la même espèce mais ils présentent néanmoins des caractères différents.
- Ainsi, dans une population de Drosophiles (**Doc. 1**), quelques-unes possèdent des ailes réduites (ailes vestigiales) à la place d'ailes longues. Cette différence est due à l'existence de plusieurs allèles pour un gène contrôlant l'expression du caractère « longueur des ailes ».
- À l'échelle d'une population de Drosophiles, à un moment donné, l'allèle « aile vestigiale » est présent avec une certaine proportion ou fréquence allélique par rapport à l'allèle « aile longue ».
- La fréquence d'un allèle donné varie d'une population à l'autre. Elle peut aussi varier au cours du temps au sein d'une population.

**Doc. 1** Des Drosophiles aux caractères différents

**A** ailes normales

**B** ailes vestigiales

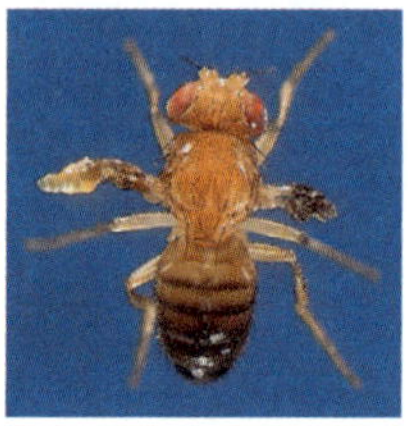

**Vocabulaire**

- **population** : ensemble d'individus appartenant à la même espèce et vivant dans un même milieu.
- **fréquence allélique** : nombre d'un allèle donné sur le nombre total d'allèles du même gène présents dans la population.

### 2 La dérive génétique

- Lors de la reproduction sexuée, les allèles se transmettent d'une génération à la suivante. Chaque nouvel individu hérite de façon aléatoire, pour un gène donné, d'un allèle maternel et d'un allèle paternel. Néanmoins, tous les individus ne se reproduisent pas et tous n'ont pas le même nombre de descendants.
- Ainsi, dans une population à petit effectif, la fréquence des allèles varie aléatoirement au cours du temps (**Doc. 2**). Un allèle peut même disparaître en quelques générations. Cette modification aléatoire de la fréquence des allèles au cours du temps est appelée dérive génétique. Elle se produit de façon plus marquée lorsque l'effectif de la population est faible.

**Vocabulaire**

- **aléatoire** : par le fait du hasard.
- **dérive génétique** : variation aléatoire de la fréquence d'un allèle. Elle est d'autant plus grande que l'effectif de la population est petit.

● En revanche, dans une population de grande dimension (d'au moins plusieurs milliers d'individus), les variations aléatoires se compensent et la fréquence des allèles reste généralement stable.

**Doc. 2 Variation de la fréquence d'un allèle pour différentes populations**

(la fréquence de l'allèle étudié est de 0,5 au départ )

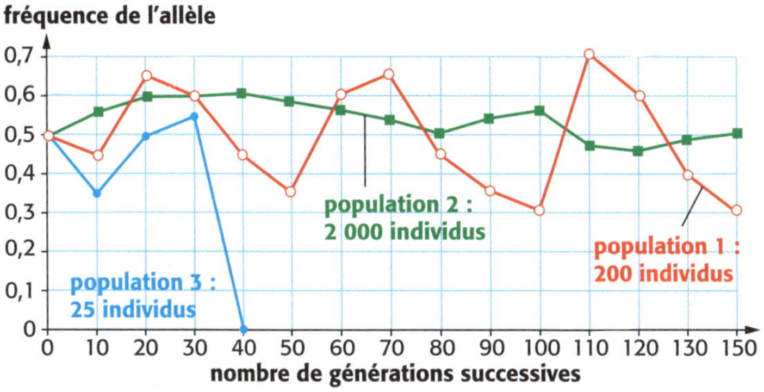




## 2 La sélection naturelle

**De quoi s'agit-il ? La sélection naturelle est une variation de la fréquence des allèles, produite non pas par le hasard mais par la pression exercée par le milieu sur les êtres vivants.**

### 1 Des allèles avantageux dans un milieu donné

● Dans un milieu donné, certains allèles procurent un avantage aux individus qui les portent. Ainsi, chez la Phalène du Bouleau (papillon de nuit), la couleur du corps est déterminée par un gène dont on connaît deux allèles (clair et sombre), ce dernier étant apparu par mutation, donc au hasard. Sur les troncs de Bouleau blanc, les Phalènes de couleur claire passent inaperçues (**Doc. 3**), ce qui les protège de leurs prédateurs.

**Doc. 3 Des Phalènes plus ou moins visibles selon le support**

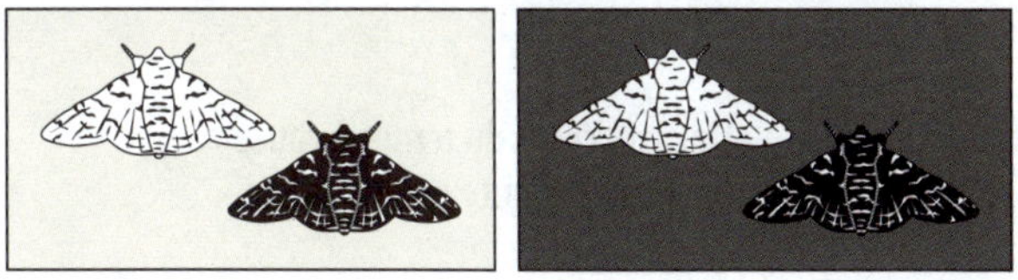

● Or, au milieu du XIXe siècle, en Angleterre, avec le développement des industries, la pollution a noirci l'écorce des Bouleaux (tuant les lichens). Les Phalènes claires devenaient alors plus visibles, et dans ces conditions, l'allèle « sombre » s'est révélé avantageux : les individus porteurs de cet allèle avaient plus de chances d'échapper à leurs prédateurs et par conséquent de rester en vie.

● Cette notion d'allèle avantageux est néanmoins relative puisqu'elle dépend des conditions du milieu. En effet, au cours des dernières décennies, la pollution a diminué et les Bouleaux ont retrouvé une couleur plus claire. L'allèle « sombre » devient alors plutôt un handicap.

**Vocabulaire**

■ **allèle avantageux :** allèle qui, dans un milieu donné, fournit aux individus qui le portent plus de chance de parvenir à l'âge adulte et par conséquent de se reproduire.

## 2 Une variation de la fréquence allélique

Dans les régions polluées d'Angleterre, en cinquante ans, les Phalènes de couleur sombre remplacent progressivement les Phalènes claires, autrefois majoritaires (**Doc. 4**). En effet les individus porteurs d'un allèle avantageux ont davantage de chances d'arriver à l'âge adulte, de se reproduire et de transmettre cet allèle à leur descendance.

**Doc. 4 Fréquence des formes de Phalènes au cours du temps**

| | Phalènes blanches | Phalènes noires |
|---|---|---|
| 1850 | 99 % | 1 % |
| 1900 | 5 % | 95 % |

• Ainsi, sous la pression du milieu, la fréquence de l'allèle considéré augmente de génération en génération (**Doc. 5**) : c'est la sélection naturelle positive. À l'inverse, les allèles à l'origine des caractères défavorables, moins transmis, sont progressivement éliminés : c'est la sélection naturelle négative.

• De cette façon, la sélection naturelle modifie progressivement les fréquences alléliques et par conséquent la diversité génétique des populations.

**Vocabulaire**

▪ **sélection naturelle** : modification de la fréquence allélique au sein d'une population sous la pression de l'environnement.

**Doc. 5 Fréquence des allèles chez la Phalène du Bouleau**

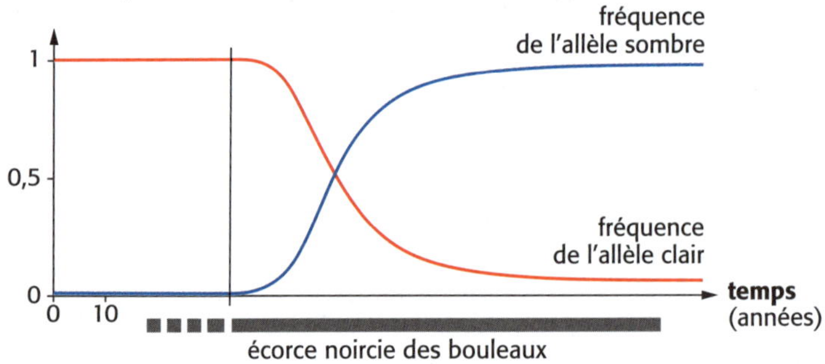


# 3 La formation de nouvelles espèces

**De quoi s'agit-il ? Toutes les populations se séparent en sous-populations au cours du temps à cause de facteurs environnementaux ou génétiques. Par la suite, leur évolution indépendante est à l'origine de la formation de nouvelles espèces.**

## 1 Les mécanismes d'un isolement reproductif

• Certaines conditions géographiques (création d'un relief, d'un bras de mer…) peuvent amener un groupe d'individus à s'isoler de sa population d'origine ou encore à séparer deux populations génétiquement identiques.

• Par exemple, après une migration vers le sud à la suite d'une glaciation, une population d'oiseaux initiale (**Doc. 6**) s'est scindée en deux sous-populations isolées par la mer. Étant séparées, ces deux populations ne peuvent plus se reproduire entre elles et s'échanger des allèles. On parle d'isolement reproductif.

• Celui-ci n'est pas toujours dû à des causes géographiques. Des changements de mode de vie pour une partie des individus (passage d'un mode de vie diurne à nocturne), une modification de l'habitat (colonisation par des insectes d'un type d'arbre plutôt qu'un autre) peuvent entraîner une différenciation progressive de deux sous-populations dans un même milieu.

• Enfin, des modifications anatomiques apparues chez quelques individus peuvent rendre l'accouplement impossible et là encore isoler deux populations auparavant interfécondes.

**Doc. 6 Une spéciation d'origine géographique**

**Il y a 30 000 ans**
Une espèce d'oiseau vit sur le territoire de la France. Elle possède des caractéristiques qui lui sont propres (forme, couleur, chant du mâle…).

**Il y a 15 000 ans**
Une glaciation provoque un refroidissement et une migration vers le sud dans deux péninsules (ibérique et italienne). Les deux populations séparées subissent des mutations et deviennent différentes (couleur, chant).

**Il y a 5 000 ans**
Le réchauffement provoque une migration vers le nord, mais les deux populations sont trop différentes pour se reconnaître et se reproduire entre elles. Elles forment donc deux espèces différentes.

**Vocabulaire**
- **glaciations :** périodes froides de l'histoire de la Terre, caractérisées par une extension des glaces.
- **isolement reproductif :** mécanisme empêchant deux populations de la même espèce de se reproduire entre elles.

SVT

## 2 Un éloignement génétique

• Au cours du temps, deux populations isolées subissent des mutations et sont soumises à des pressions environnementales différentes. Du fait de la sélection naturelle (et de la dérive génétique en cas de faible effectif), elles s'éloignent génétiquement et leurs caractères se transforment.

• Par exemple, des caractères déterminés génétiquement, comme la nature du chant ou encore la couleur du plumage, peuvent évoluer différemment chez deux populations d'oiseaux séparées (**Doc. 6**).

• Lorsque suite au réchauffement, après leur remontée vers le nord, les populations d'oiseaux sont réunies, elles ne sont alors plus capables de se reproduire entre elles. Ayant perdu leur interfécondabilité, elles forment alors deux espèces distinctes. C'est la spéciation.

• De cette façon, la biodiversité se modifie au cours du temps.

**Vocabulaire**
- **interfécondabilité :** aptitude de deux individus d'un groupe donné à se reproduire entre eux.
- **spéciation :** formation d'une nouvelle espèce à partir d'une espèce préexistante.

# 4 La communication intraspécifique

**De quoi s'agit-il ?** **Les individus de la même espèce communiquent entre eux selon diverses modalités dans le cadre d'une fonction biologique (nutrition, reproduction, défense…).**

## 1 La communication influence le comportement

- La communication dans le monde vivant consiste en la transmission d'un message entre un organisme émetteur et un organisme récepteur. Ce dernier peut alors modifier son comportement en réponse à ce message (**Doc. 7**).

- À l'intérieur d'une même espèce, les animaux communiquent pour se reproduire, établir une hiérarchie, défendre un territoire ou encore se nourrir. Ces échanges impliquent les vertébrés comme les invertébrés, les animaux solitaires comme ceux qui vivent en société.

> **Vocabulaire**
>
> - **émetteur :** celui qui produit des informations sous forme de signaux.
> - **récepteur :** celui qui reçoit le message et dont le comportement est modifié.

- La communication est particulièrement importante dans le comportement reproducteur.

- Chez les vertébrés, en particulier les oiseaux et les mammifères, des comportements plus complexes comme les parades nuptiales sont nécessaires à la rencontre des partenaires et à l'accouplement.

## 2 Les modalités de la communication animale

- Une séquence de communication entre deux individus de la même espèce peut être découpée en une succession d'étapes : émission d'un signal par l'animal émetteur, propagation du signal, puis réception par l'animal récepteur, élaboration d'une réponse qui consiste en une modification du comportement (**Doc. 7**).

**Doc. 7** **Les étapes de la communication**

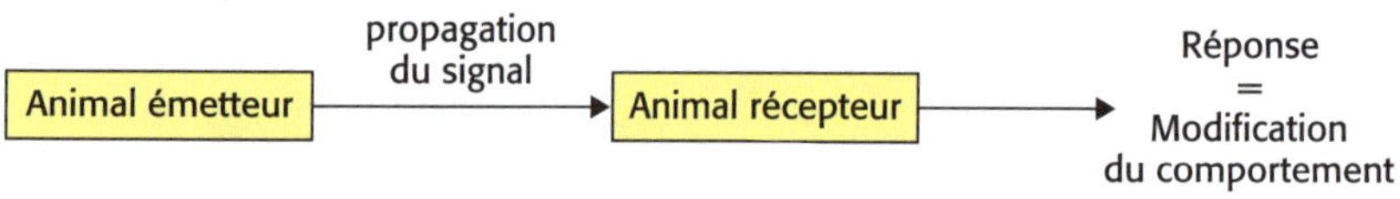


- Le signal est une modification de l'environnement, de nature variée. Il peut être visuel, sonore ou chimique. Une fois capté par l'organe récepteur de l'animal, ce signal est susceptible de donner naissance à un message nerveux, lui-même transmis à un centre nerveux. Ce dernier, après analyse des informations reçues, déclenchera une réponse.

- Dans le cas du comportement reproducteur, cette réponse sera l'acceptation du mâle par la femelle. Cela suppose une reconnaissance du signal, envisageable seulement si les deux animaux appartiennent à la même espèce. Ainsi, la communication permet la perpétuation de l'espèce.

# 5 Communication intraspécifique et évolution

**De quoi s'agit-il ? À travers la reproduction, la communication interindividuelle peut contribuer à la sélection naturelle. Des difficultés de communication peuvent entraîner un isolement reproducteur et par conséquent une spéciation.**

## 1 La sélection sexuelle

- Certaines espèces se caractérisent par un dimorphisme sexuel, c'est-à-dire la présence de caractères différents chez le mâle et la femelle, par exemple la crête du Coq, le plumage coloré de la queue chez le Paon, la crinière du Lion ou les bois du Cerf.
- Ces caractères constituent un signal de communication lors du comportement reproducteur et donnent un avantage aux mâles chez lesquels ils sont particulièrement développés. Ces caractères sont sélectionnés par les partenaires sexuels et sont ainsi transmis à leurs descendants. On parle de sélection sexuelle.
- Dans certains cas, ces caractères peuvent apparaître désavantageux. Ils rendent plus repérables face aux prédateurs ou occasionnent une dépense énergétique supplémentaire. C'est le cas, par exemple, des longues plumes de la queue de l'Euplecte, un oiseau vivant au sud de l'Afrique (**Doc. 8**). Néanmoins, ces caractères confèrent un plus grand succès reproducteur en favorisant la rencontre des partenaires. Il s'exerce alors deux pressions sélectives opposées.

**Vocabulaire**

- **dimorphisme sexuel :** ensemble des différences d'aspect (forme, taille, couleur...) entre les individus mâle et femelle d'une même espèce.
- **sélection sexuelle :** sélection de certains caractères qui favorisent l'accouplement, indépendamment de la survie.

SVT

## 2 Un rôle dans la spéciation

- L'isolement d'une population en deux groupes entraîne l'éloignement et la divergence génétique. Ce phénomène a des répercussions sur des caractères variés, en affectant le comportement reproducteur. Il peut conduire à la formation de nouvelles espèces.
- Ainsi, des populations de poissons Cichlidés vivant dans le lac Victoria se sont scindées en différents groupes vivants dans des eaux plus ou moins troubles. Chez ces différents groupes, le système visuel a divergé en raison de la sélection naturelle, ce qui a entrainé pour les femelles des préférences différentes pour la couleur des mâles. De cette façon, un isolement reproductif s'est mis en place et par conséquent l'individualisation de nouvelles espèces.

**Doc. 8 Influence de la longueur des plumes de la queue de l'Euplecte sur son succès reproducteur**

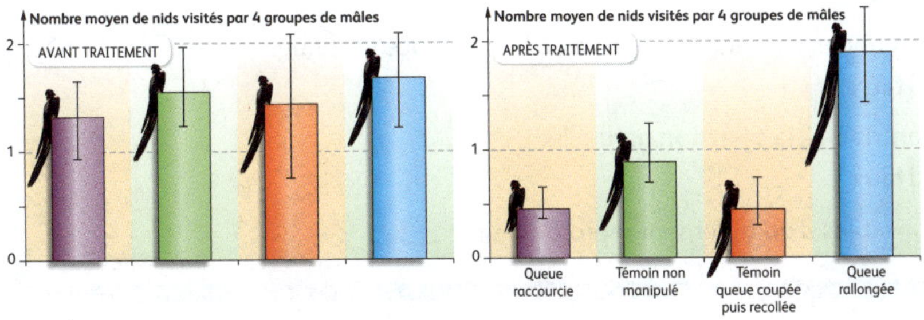


Les plumes de la queue de certains mâles ont été expérimentalement raccourcies ou allongées et le nombre moyen de nids visités par ces mâles a été estimé. On précise qu'un nid est visité par un mâle s'il contient ses descendants.

# ➜ Révision express

Comprendre les mécanismes de la sélection naturelle

## Le schéma à retenir

### L'évolution de la biodiversité

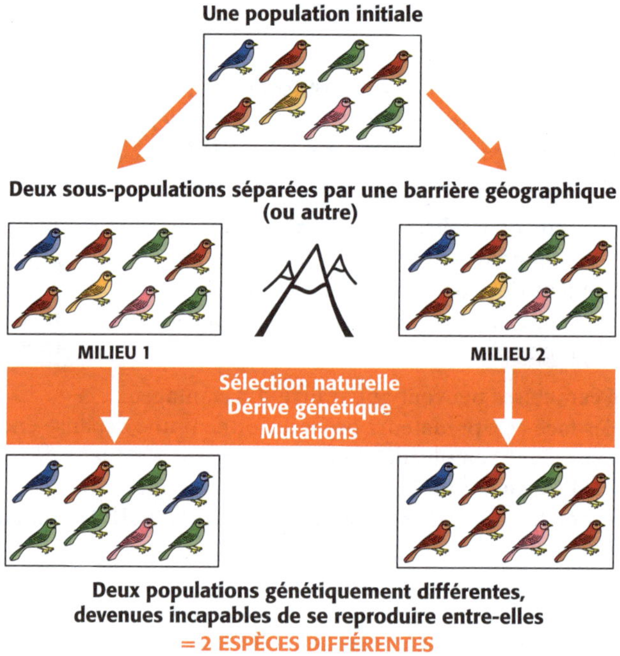


## Quiz

*Cochez la bonne réponse.*

**1.** De nouveaux allèles apparaissent sous la pression de l'environnement.
☐ vrai ☐ faux

**2.** Une spéciation se produit lorsque deux populations ne sont plus interfécondes.
☐ vrai ☐ faux

**3.** La sélection naturelle est une modification aléatoire de la fréquence allélique.
☐ vrai ☐ faux

**4.** La sélection sexuelle contribue à la sélection naturelle.
☐ vrai ☐ faux

**5.** Citez trois causes responsables d'un isolement reproducteur.

→ Réponses p. 476

EXERCICE

## Utiliser un logiciel pour modéliser des variations de fréquence allélique

### Énoncé

On cherche à expliquer comment des populations peuvent se modifier au cours du temps. Pour cela, grâce à un logiciel de simulation, on modélise les variations de fréquence d'un allèle au cours du temps dans des populations en jouant sur différents facteurs : l'effectif de la population d'une part, la valeur sélective de l'allèle considéré d'autre part.

On peut utiliser un logiciel en ligne à l'adresse suivante :

https://www.pedagogie.ac-nice.fr//svt/productions/derive-genetique/

### Questions

**1.** Montrez que, dans une population de faible effectif, la fréquence d'un allèle varie de façon aléatoire. Nommez et expliquez ce phénomène.

**2.** Montrez qu'un allèle avantageux dans un milieu donné devient majoritaire et expliquez par quel mécanisme.

### Méthode

**1** Pour montrer l'effet du hasard, on utilise l'écran « dérive génétique ».
On choisit un effectif de 20 pour la population et une fréquence de 50 % pour l'allèle.
On lance alors plusieurs simulations successives. Pour chacune, on compare la fréquence de l'allèle obtenue au bout de 100 générations à la fréquence initiale.
On choisit ensuite un effectif élevé (10 000) et on compare aux résultats précédents.

**2** Pour mettre en évidence l'augmentation de fréquence d'un allèle avantageux (A), on bascule sur l'écran « sélection naturelle ». On attribue une valeur sélective élevée (1) au génotype AA, (0,8 pour AB et 0,5 pour BB), on choisit pour cet allèle une fréquence de 50 %, puis on lance la simulation.

### Corrigé

**1.** On observe que dans une population de petit effectif la fréquence de l'allèle A (0,5 initialement) varie différemment selon les simulations : cet allèle peut disparaître (fréquence : 0), ou au contraire devenir majoritaire (fréquence proche de 1).

Ce phénomène est appelé dérive génétique ; il s'explique par le fait que la transmission des allèles d'une génération à la suivante est aléatoire. Tous les individus ne se reproduisent pas et tous n'ont pas le même nombre de descendants. Si on augmente l'effectif de la population, on observe que la fréquence de l'allèle reste constante. L'effet du hasard est corrigé.

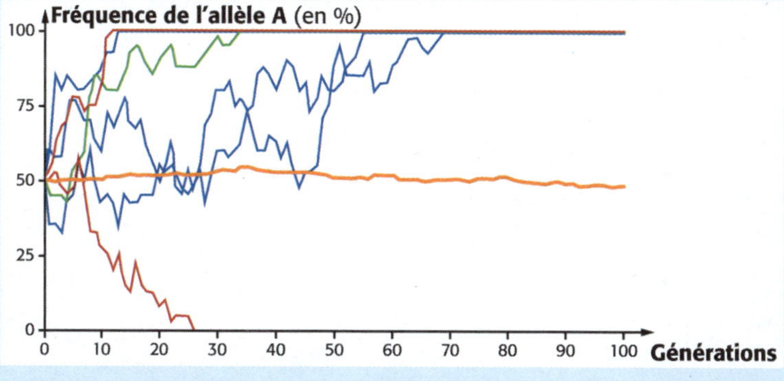

La courbe orange est obtenue pour une population de 10 000 individus (les autres courbes pour des populations de 20 individus).

**2.** On observe qu'un allèle dont la valeur sélective est élevée voit sa fréquence augmenter au cours du temps et devient majoritaire.

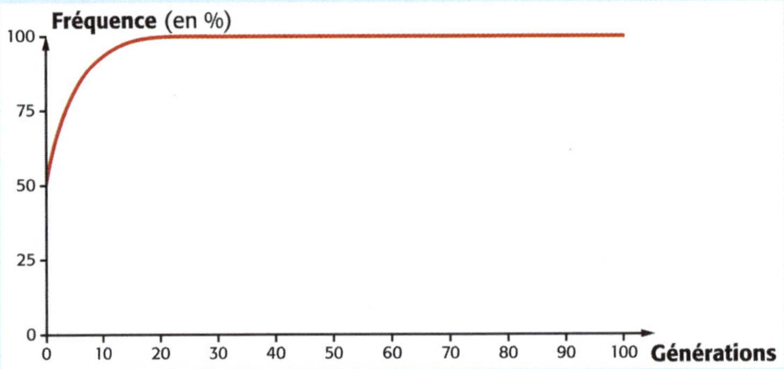


En effet, lorsqu'un allèle confère aux individus qui le portent un avantage dans un milieu donné, ceux-ci ont plus de chance de parvenir à l'âge adulte et de se reproduire.

Ainsi, cet allèle est transmis à la génération suivante, et peu à peu sa fréquence augmente de génération en génération.

On appelle sélection naturelle le mécanisme par lequel la fréquence d'un allèle varie sous la pression de l'environnement. De la même façon, on peut montrer qu'un allèle à faible valeur sélective voit sa fréquence diminuer au cours du temps.

Chapitre 4

# Érosion et sédimentation

## 1 L'érosion et le démantèlement des reliefs

**De quoi s'agit-il ? Les chaînes de montagnes anciennes, comme les Vosges ou le Massif Central, se reconnaissent à leurs pentes peu abruptes et leur altitude modeste. L'érosion a fait disparaître les reliefs et mis à jour les roches profondes.**

### 1 L'eau, principal agent d'altération

- En exerçant sur les roches une action mécanique ainsi qu'une action chimique, l'eau est le principal agent d'altération. L'eau de pluie s'infiltre dans les fractures des roches. À basse température, elle gèle, augmente de volume, ce qui finit par provoquer l'éclatement de la roche.

- L'eau exerce aussi une action chimique sur les roches. Elle participe à des réactions chimiques, arrache des ions et des minéraux aux roches, ce qui finit par les fragmenter (**Doc. 1**). Des minéraux comme les feldspaths et les micas du granite sont transformés en argile, facilement transportable par les eaux de ruissellement, tout comme les ions (**Doc. 2**). La roche perd sa cohésion, s'effrite tandis que des matériaux détritiques de taille variable sont entraînés par les eaux de ruissellement.

**Vocabulaire**

- **érosion** : phénomènes externes qui enlèvent les terrains existants et modifient le relief.
- **altération** : modification chimique et physique des roches.
- **matériaux détritiques** : particules de différentes tailles issues de la désagrégation des roches.
- **arène granitique** : roche provenant de la désagrégation du granite.

**Doc. 1 Composition chimique du granite et de l'arène granitique**

L'eau altère le granite. Peu à peu, il se désagrège et se transforme en une nouvelle roche, l'arène granitique.

| Éléments chimiques / Roche | Si | Al | Fe | Mg | Ca | Na | K | O |
|---|---|---|---|---|---|---|---|---|
| Granite | 85 | 21 | 5,2 | 1,8 | 2,9 | 7,5 | 10,6 | 125,6 |
| Arène granitique | 84,9 | 21 | traces | traces | 0,1 | 0,8 | 5,2 | 126,9 |

**Doc. 2 Les transformations minéralogiques et chimiques du granite**

Certains ions résistent à l'altération, le silicium par exemple, d'autres y sont très sensibles comme le fer et le magnésium. Ces échanges entre la roche et son environnement ont des répercussions sur les minéraux qui la constituent. Le quartz, composé de silicium et d'oxygène, n'est pas affecté par l'altération et se retrouve intact dans l'arène. D'autres minéraux comme la biotite (mica noir), riches en fer et en magnésium, disparaissent au cours de l'altération, transformés en minéraux argileux. Enfin, l'oxygène de l'eau est incorporé dans de nouveaux minéraux. Ces changements minéralogiques affectent l'aspect physique de la roche qui change de couleur, devient friable et forme des fragments de petite taille.

### 2 D'autres agents d'érosion

• Les roches sont soumises à des attaques multiples. Les racines des végétaux pénètrent à l'intérieur des fractures des roches et les fragmentent. Les acides sécrétés par les racines ou les lichens incrustés à la surface des roches favorisent la dissolution d'éléments minéraux, ce qui les fragilise. La gravité exerce en permanence une force sur les roches et facilite leur fracturation au niveau de zones de faiblesse. Le vent transporte avec lui des grains de sable qui, lorsqu'ils frottent contre une roche jouent le rôle d'un abrasif et l'érodent. Les variations importantes de température contractent et dilatent la roche qui finit par se fracturer.

• L'intensité de l'altération dépend à la fois des caractéristiques de la roche, en particulier de sa cohérence, et des conditions climatiques.

**Vocabulaire**

- **cohérence** : propriété de la roche qui maintient les différents minéraux soudés entre eux.

## 2 Le transport et la sédimentation

**De quoi s'agit-il ? L'érosion produit des particules solides et des ions solubles qui sont emportés par des agents de transport comme l'eau. Ils circulent alors sur une distance plus ou moins longue et finissent par se déposer.**

### 1 Le transport des matériaux

• Les matériaux détritiques issus de l'érosion sont de taille variée : gros blocs rocheux, graviers, grains de sable, fines particules d'argile.

• Ils peuvent être déplacés par gravité, sur quelques kilomètres au plus, dans les régions à forte pente (montagnes ou régions désertiques).

• Le vent transporte principalement les éléments les plus fins, d'une taille de l'ordre du millimètre (grain de sable par exemple).

• Quant aux glaciers, ils entraînent à vitesse très lente d'énormes quantités de matériaux de tailles variées, du grain au bloc rocheux mesurant plusieurs mètres.

• Le transport des ions solubles et des matériaux détritiques est aussi assuré par l'eau, celle des cours d'eau, ou par les eaux de ruissellement sur une pente, en particulier suite à de fortes pluies. Dans les cours d'eau, les matériaux détritiques sont transportés en suspension ou en roulant sur le fond. La distance parcourue est d'autant plus grande qu'ils sont de petite taille : des milliers de kilomètres dans le cas des grands fleuves.

**Vocabulaire**

- **glacier** : masse de glace compacte plus ou moins étendue qui s'écoule lentement le long d'une pente sous l'effet de la gravité.
- **ruissellement** : écoulement des eaux à la surface des sols.
- **transport en suspension** : transport des particules flottant dans la masse des eaux.

### 2 La sédimentation

• L'écoulement de l'eau produit une force verticale qui lui permet de porter les matériaux détritiques. Cette force dépend de la vitesse du courant, laquelle dépend à la fois de l'abondance des pluies et de la pente.

• Quand la vitesse du courant devient insuffisante par rapport à la masse des matériaux transportés, ceux-ci se déposent. C'est la sédimentation.

**Vocabulaire**

- **sédimentation** : se produit lorsque des particules cessent de se déplacer et se déposent pour former une couche.

● De l'amont vers l'aval d'un cours d'eau, les éléments les plus lourds se déposent les premiers (**Doc. 3**), les plus légers les derniers et un classement s'établit sur le fond, le long du cours d'eau. Voilà pourquoi les énormes blocs rocheux se trouvent seulement sur le fond des torrents tandis que les grains de sable ou les particules d'argile se déposent vers l'embouchure.

**Vocabulaire**
- **amont** : partie d'un cours d'eau située entre un point donné et sa source.
- **aval** : partie d'un cours d'eau située entre un point donné et son embouchure.
- **embouchure** : endroit où un cours d'eau se jette dans la mer.

**Doc. 3 Le classement des particules dans un cours d'eau**

Capacité de transport des agents d'érosion : pour un débit donné, plus les pentes sont fortes, plus les blocs sont gros.

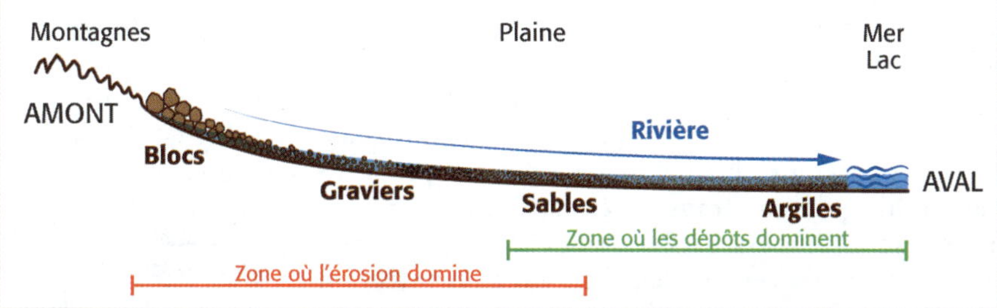


De l'amont à l'aval d'un cours d'eau, des particules de taille variées reposent sur le fond.

En amont, au niveau d'un torrent par exemple, d'énormes blocs rocheux sont déposés et dépassent même de la surface de l'eau. Progressivement, la taille des particules déposées diminue jusqu'à devenir microscopique. Elles forment alors des boues, souvent constituées par des argiles.

# 3 La formation de roches sédimentaires

**De quoi s'agit-il ? À partir des sédiments déposés, il se forme des couches de roches sédimentaires superposées dont les caractéristiques dépendent de la nature des dépôts et du milieu de formation.**

## 1 Du sédiment à la roche : la diagenèse

● Une fois déposées, les particules forment un sédiment mais pas encore une roche. Au fur et à mesure que de nouveaux sédiments s'accumulent, sous l'effet de leur poids, la pression augmente sur les plus profonds. Progressivement, l'eau encore présente entre les grains est chassée (**Doc. 4**) et les particules se resserrent. La couche de sédiments qui ressemblait à de la vase devient de plus en plus solide : c'est le phénomène de compaction.

● Par ailleurs, l'augmentation de la pression favorise la précipitation des éléments chimiques présents dans l'eau entre les particules. Il se forme alors un ciment, soudant les particules entre elles (**Doc. 4**) : l'ensemble forme alors une roche sédimentaire. On appelle diagenèse le passage du sédiment à la roche.

**Vocabulaire**
- **compaction** : resserrement des particules sédimentaires après expulsion de l'eau.
- **roche sédimentaire** : roche formée à partir du dépôt de sédiments.
- **diagenèse** : ensemble des processus qui transforment un dépôt de sédiments en roche sédimentaire.

**Doc. 4 Les étapes de la diagenèse**

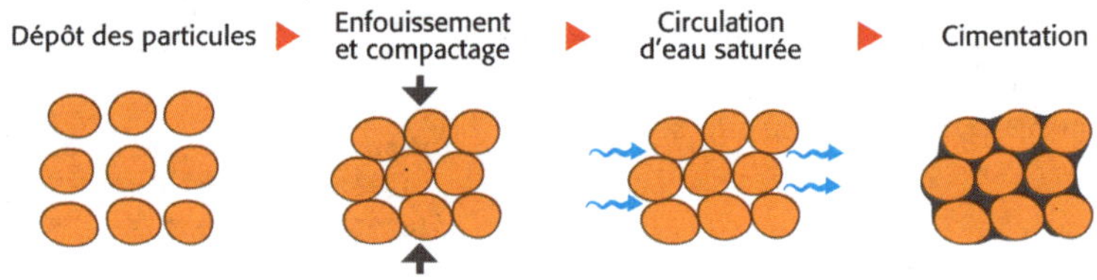


## 2 Des roches sédimentaires variées

• Selon la nature des dépôts et le milieu de sédimentation, il se forme différents types de roches sédimentaires détritiques. Les pélites, roches détritiques fines et argileuses, sont issues de boues accumulées au fond des océans. Les grès, issus de l'agrégation et la cimentation de grains de sable, peuvent provenir de grains transportés par le vent ou par l'eau. Ceux transportés par le vent s'entrechoquent violemment et prennent un aspect rond-mat, tandis que ceux transportés par l'eau restent luisants même si leurs arêtes sont émoussées (**Doc. 5**). Les grains peu ou pas transportés sont non-usés, luisants et anguleux. Les conglomérats sont formés de galets et de grains bien visibles à l'œil nu, liés entre eux par un ciment naturel.

• Ainsi, l'étude des roches sédimentaires apporte des informations sur leur origine, leur mode de transport, le milieu et les conditions dans lesquelles elles se sont déposées.

**Vocabulaire**

- **pélites** : roche sédimentaire composée presque exclusivement d'argile.
- **grès** : roche sédimentaire détritique, formée par l'agrégation et la cimentation de grains de sable.
- **conglomérat** : roche formée de particules de tailles différentes (galets, graviers, grains).

• Il est alors possible de reconstituer des milieux anciens aujourd'hui disparus. Par exemple, la présence de roches argileuses en montagne, surtout si elles contiennent des fossiles marins, indique la présence à la place de ce relief d'une mer ou d'un océan aujourd'hui disparus.

**Doc. 5 Usure des grains de sables**

• Non-usés
• Émoussés luisants
• Ronds mats

# 4 Érosion et risques naturels

**De quoi s'agit-il ? L'Homme prélève les roches sédimentaires et les matériaux détritiques issus de l'érosion. Les activités humaines peuvent amplifier ou limiter l'érosion.**

## 1 L'utilisation des produits de l'érosion

- L'Homme prélève des roches sédimentaires et des matériaux détritiques comme les sables et les graviers dans des gravières, dans des carrières ou directement dans un cours d'eau.

- Ces matériaux sont triés selon leur taille et utilisés pour la fabrication des bétons et mortiers, utilisés dans la construction. Les plus gros servent aussi à la construction de routes, de murs et de bâtiments.

## 2 Les modalités de la communication animale

- L'érosion est un phénomène naturel et permanent mais sa vitesse et son intensité dépendent des conditions climatiques. Une augmentation de la fréquence des tempêtes accélère l'érosion des côtes et par conséquent le recul du trait de côte (**Doc. 6**). Quant au réchauffement climatique, il entraîne une élévation du niveau marin qui favorise également l'érosion.

- Certaines activités humaines peuvent intensifier l'érosion :
– l'extraction des sédiments au niveau des rivières ou leur retenue par des barrages destinés à la production d'énergie et à l'irrigation diminue l'apport sédimentaire au niveau des côtes ;
– l'urbanisation en bord de mer fragilise les défenses naturelles des côtes contre l'assaut des vagues ;
– la construction de ports, d'épis, de brise-lames… perturbe la répartition des sédiments le long du littoral.
Peu à peu, avec l'érosion, les plages disparaissent, tout comme les routes, les sentiers littoraux et les habitations côtières.

- Différentes méthodes sont aujourd'hui développées pour freiner l'érosion. L'implantation de végétation permet grâce aux racines, d'ancrer le sable des dunes. Tiges et feuilles freinent la progression du sable transportés par le vent. Un drainage, posé sous forme d'une canalisation souterraine parallèle à la ligne de plage (**Doc. 7**), collecte l'eau qui s'infiltre, laquelle est évacuée grâce à une pompe. Ainsi, une moindre grande quantité d'eau repart vers le large, et avec elle moins de sédiments.

**Vocabulaire**

- **trait de côte** : ligne de rivage qui sépare la mer de la terre.
- **élévation du niveau marin** : l'élévation de la température atmosphérique provoque la dilatation de l'eau des océans, la fonte des glaces et par conséquent l'élévation du niveau marin.
- **brise-lames** : pour limiter l'effet destructeur des vagues qui s'abattent sur la côte, on interpose dans l'eau des constructions massives en béton sur lesquelles les vagues se brisent avant d'atteindre la côte.
- **drainage** : système permettant la capture et l'évacuation de l'eau circulant dans le sous-sol.

**Doc. 6** Recul du trait de côte entre 2013 et 2015 (Aquitaine)

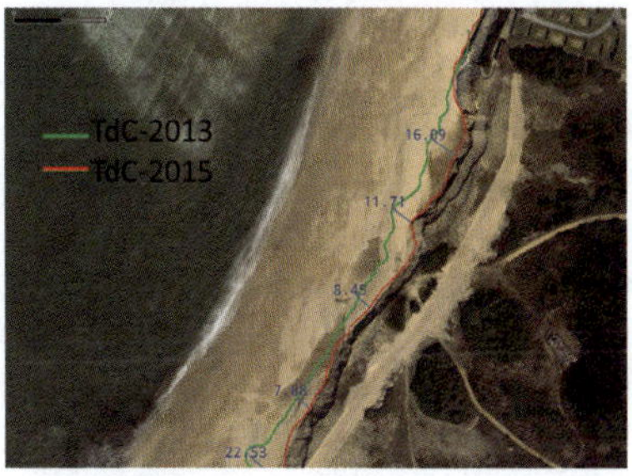


**Doc. 7** Drainage pour limiter l'érosion

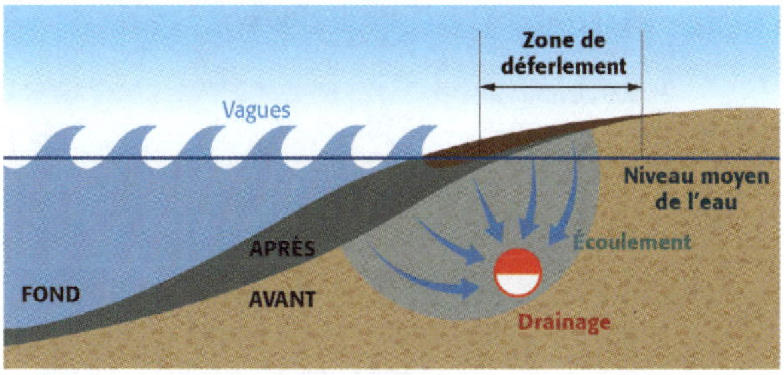

## ➔ Révision express

Comprendre comment l'érosion modèle les reliefs et libère des matériaux

### Le schéma à retenir

**Érosion et sédimentation**

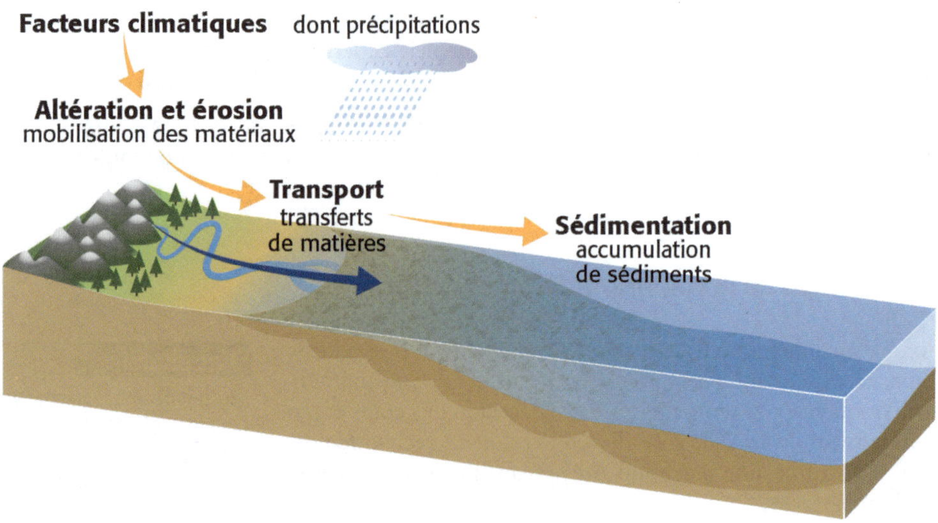


### Quiz

*Cochez la bonne réponse.*

1. Les roches sédimentaires sont disposées en couches superposées.
   - ☐ **vrai**
   - ☐ **faux**

2. Dans l'eau, le transport des particules dépend :
   - ☐ **de leur taille.**
   - ☐ **de la vitesse du courant.**
   - ☐ **de l'abondance des pluies.**

3. La présence d'une végétation protège de l'érosion.
   - ☐ **vrai**
   - ☐ **faux**

4. L'altération des roches libère des ions solubles et des matériaux détritiques.
   - ☐ **vrai**
   - ☐ **faux**

→ Réponses p. 476

EXERCICE

## Exploiter le diagramme de Hjulström

### Énoncé

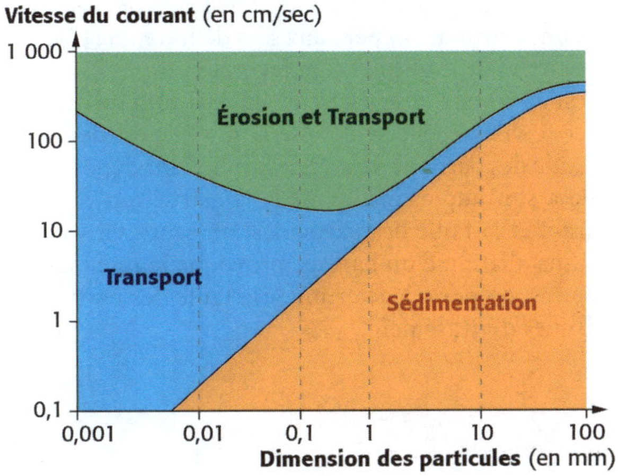


Le diagramme ci-dessous a été établi expérimentalement en étudiant le comportement des particules sédimentaires dans un cours d'eau, en fonction de leur taille et de la vitesse du courant.

Selon ces deux facteurs, on détermine alors si une particule sédimentaire est transportée (zone en bleu), si elle se dépose (zone en orange), ou bien encore si elle est arrachée à son support au cours de l'érosion (zone en vert).

### Questions

**1.** Déduisez du graphique l'influence de la vitesse du courant sur le comportement d'une particule.

**2.** Déduisez du graphique l'influence de la taille d'une particule sur son comportement.

**3.** Indiquez quel intérêt présentent les données de ce graphique pour la construction d'un ouvrage sur cette rivière, un pont d'une part, un barrage d'autre part.

### Méthode

**1** Ce graphique apparaît complexe à première vue et pour le comprendre, il faut l'analyser méthodiquement : il permet de déterminer le comportement d'une particule de taille donnée pour une vitesse de courant donnée.
Il faut l'étudier en faisant varier un seul des deux facteurs à la fois. Par exemple, on se demande quel est le comportement d'une particule de taille donnée lorsque la vitesse du courant augmente. On peut alors en déduire l'effet de la vitesse du courant sur le comportement des particules sédimentaires.

**2** De la même façon, on s'interroge sur le comportement d'une particule dans un courant de vitesse donnée, lorsque la taille de cette particule augmente. On peut alors en déduire l'effet de la taille d'une particule sur son comportement.

**3** Enfin, pour la question 3, puisqu'il n'y a pas de document sur la construction d'un ouvrage sur la rivière, il faut mettre en relation les effets de celle-ci et déduire les réponses à partir des deux premières questions.

**Corrigé**

**1.** Une particule de 0,01 mm de diamètre dans un cours d'eau où la vitesse est de 1 cm/s par exemple, se trouve dans la zone bleue : la particule est donc transportée.
Lorsque la vitesse du cours d'eau augmente et atteint 100 cm/s, pour la même particule de 0,01 mm de diamètre, le point correspondant se trouve dans la zone verte : la particule est arrachée à la roche qui subit alors une érosion. On peut alors en déduire que plus la vitesse du courant est élevée, plus l'érosion et/ou le transport sont favorisés.
**2.** Lorsque la vitesse du courant est de 1 cm/s, une particule de 0,01 mm de diamètre sera transportée. En revanche, pour cette vitesse, elle se dépose si sa taille est de 10 mm. On peut alors en déduire que plus la taille des particules est grande, plus leur dépôt est favorisé.
**3.** La connaissance de cette règle a son importance pour la construction d'un pont car en connaissant la vitesse du courant et la taille des particules, on saura s'il y a un risque d'érosion des piliers de ce pont. L'installation d'un barrage provoque la retenue de l'eau et donc son ralentissement. Dans ce cas, on pourra déterminer la taille des particules qui se déposeront et donc évaluer les risques d'envasement.

# Chapitre 5 Les sols et la production de biomasse

SVT

## 1 Une organisation en horizons

**De quoi s'agit-il ? Le sol est la partie superficielle de l'écorce terrestre dans laquelle les végétaux enfoncent leurs racines. Sa composition à la fois minérale et organique résulte d'une double origine.**

### 1 L'eau, principal agent d'altération

• Le sol surmonte le sous-sol (**Doc. 1**) lui-même constitué d'une roche massive non fractionnée, la roche-mère. De la profondeur vers la surface, il est organisé en différents horizons.

• À sa base, il comporte des fragments de roche, de plus en plus petits vers la surface. Au-dessus se trouve un mélange de particules rocheuses et d'une substance brune composée de matière organique, l'humus. Plus on s'élève vers la surface et plus le sol est riche en humus.

• Enfin, sa couche superficielle, la litière, est formée de débris en décomposition.

**Doc. 1** Coupe d'un sol dans une région granitique

**Vocabulaire**

- **sous-sol** : ensemble des roches non fragmentées ni altérées situées sous le sol.
- **roche-mère** : roche dont la fragmentation et l'altération participe à la formation d'un sol.
- **horizons** : différentes couches d'un sol, de composition variable selon la profondeur.
- **humus** : mélange de composés organiques qui donne au sol sa couleur brune.
- **litière** : couche superficielle d'un sol forestier constituée par l'accumulation de débris d'êtres vivants en décomposition, essentiellement des feuilles mortes.

### 2 Une double origine

• Dans une éprouvette contenant du sol et de l'eau, différentes particules minérales sédimentent selon leur densité : les plus grosses se déposent au fond, les plus fines au-dessus (**Doc. 2**).

• L'eau contient de très fines particules d'argile et d'humus en suspension ainsi que des ions dissous. Ce mélange d'éléments de nature minérale et organique a une double origine.

• Soumise à l'altération, la roche-mère se fragmente et des particules minérales de taille variable sont libérées. En réagissant avec l'eau, les minéraux du granite se transforment en argiles. Quant à la matière organique du sol, elle provient de la litière. Elle est fragmentée et transformée en humus en même temps qu'elle est enfouie en profondeur. Ainsi, la nature et la composition des sols résultent de l'interaction entre les roches et la biosphère.

**Doc. 2 La composition d'un sol**

# 2 Le sol, un milieu vivant

**De quoi s'agit-il ? Le sol est peuplé de nombreux êtres vivants liés les uns aux autres par des relations alimentaires. Ils constituent la faune et la flore du sol, une grande partie de la biomasse étant formée de micro-organismes.**

## 1 La diversité des êtres vivants du sol

- Le sol abrite une faune variée. Les animaux du sol sont pour la plupart de petite taille à l'exception des lombrics (vers de terre). Les plus abondants appartiennent au groupe des arthropodes, comme les collemboles, proches des insectes, les acariens ou encore les myriapodes.
- Le sol contient aussi des micro-organismes comme les bactéries et les champignons filamenteux. Ils sont les représentants les plus nombreux et, malgré leur petite taille, constituent la majeure partie de la biomasse.

La répartition des êtres vivants varie aussi selon la profondeur du sol. Ils sont plus abondants dans les horizons superficiels, là où se concentre la matière organique.

**Vocabulaire**

- **faune** : ensemble d'animaux.
- **arthropode** : groupe d'animaux dont le corps est segmenté et muni de pattes articulées.
- **biomasse** : masse de matière vivante.

## 2 Des relations entre les êtres vivants

- La plupart (80 %) des animaux du sol comme les lombrics, cloportes et collemboles sont détritivores : ils se nourrissent de matière organique morte ou nécromasse (débris végétaux, cadavres) et d'excréments d'animaux. La nécromasse provient notamment de la litière, renouvelée régulièrement depuis la surface, en particulier par la chute des feuilles. Elle s'accumule avant d'être enfouie en profondeur dans le sol grâce à des animaux comme le lombric.

● Les détritivores sont à leur tour consommés par des animaux prédateurs, araignées et larves d'insecte par exemple, eux-mêmes devenant la proie d'autres prédateurs.

● Après leur mort et leur fragmentation, tous ces êtres vivants sont consommés par les bactéries et les champignons du sol, qui constituent le groupe des décomposeurs.

Ces derniers se nourrissent aussi des fragments végétaux en partie décomposés ainsi que des excréments d'animaux qui contiennent de la matière organique partiellement digérée et des molécules déjà simplifiées. Ainsi, les êtres vivants du sol sont liés entre eux par des relations alimentaires dont l'ensemble constitue un réseau trophique.

**Vocabulaire**

- **détritivores :** consommateurs de matière organique morte.
- **nécromasse :** masse de matière organique morte.
- **réseau trophique :** ensemble des relations alimentaires qui lient entre eux les êtres vivants dans un milieu.

# 3 Le recyclage de la matière dans le sol

**De quoi s'agit-il ? Sous l'action conjuguée des animaux et des micro-organismes du sol, la minéralisation de la matière organique assure la restitution des éléments minéraux prélevés par les végétaux dans le sol.**



## 1 La minéralisation de la matière organique

● Une rondelle de papier-filtre (constituée de matière organique semblable à celle des feuilles) n'est décomposée que si elle est placée au contact d'un sol non stérilisé, c'est-à-dire contenant des micro-organismes (**Doc. 3**). Ces derniers interviennent donc dans la décomposition de la matière organique. Parmi ceux-ci, les bactéries et champignons filamenteux jouent un rôle particulier en se nourrissant de la matière organique auparavant fragmentée et rejetée par les animaux. Ils assurent la minéralisation progressive de la matière organique : ce sont des décomposeurs.

**Vocabulaire**

- **minéralisation :** dégradation de la matière organique et transformation en matière minérale.
- **décomposeurs :** micro-organismes qui assurent la minéralisation de la matière organique qui lient entre eux les êtres vivants dans un milieu.

**Doc. 3 Les étapes de la diagenèse**

Sol stérilisé

Sol non stérilisé

● L'activité des décomposeurs est plus ou moins intense selon les paramètres du sol. Une température et un taux d'humidité élevés favorisent la décomposition de la matière organique.

● L'aération du sol est également importante, les êtres vivants ayant besoin de dioxygène pour leur respiration. Au cours de celle-ci, ils dégradent le glucose en présence de dioxygène, ce qui aboutit à sa minéralisation :

glucose + dioxygène → dioxyde de carbone + eau

$$C_6H_{12}O_6 + 6O_2 \rightarrow 6CO_2 + 6H_2O$$

• Par ailleurs, grâce à l'action des micro-organismes, une partie de la matière organique est transformée puis stockée sous forme d'humus. Celui-ci sera à son tour lentement transformé en matière minérale, sous forme d'ions minéraux dissous dans l'eau du sol.

## 2 Le cycle de la matière

• Les ions minéraux issus de l'activité des décomposeurs sont absorbés par les racines des végétaux qui les utilisent, en même temps que l'eau et le dioxyde de carbone de l'air, pour la synthèse de leur matière organique.

• Grâce aux décomposeurs, la réserve minérale du sol est en permanence reconstituée, et les pertes dues à l'absorption des végétaux sont compensées.

• Cette réserve minérale est aussi entretenue par l'altération de la roche-mère. Ainsi, le sol participe au cycle de la matière (**Doc. 4**) en favorisant la transformation de la matière organique en matière minérale et inversement.

**Vocabulaire**

- **réserve minérale :** réserve en ions et en eau utilisables par les végétaux.
- **cycle de la matière :** ensemble des étapes qui transforment la matière organique des êtres vivants en matière minérale, elle-même utilisée à son tour pour la synthèse de matière organique.

**Doc. 4 Le cycle de la matière**

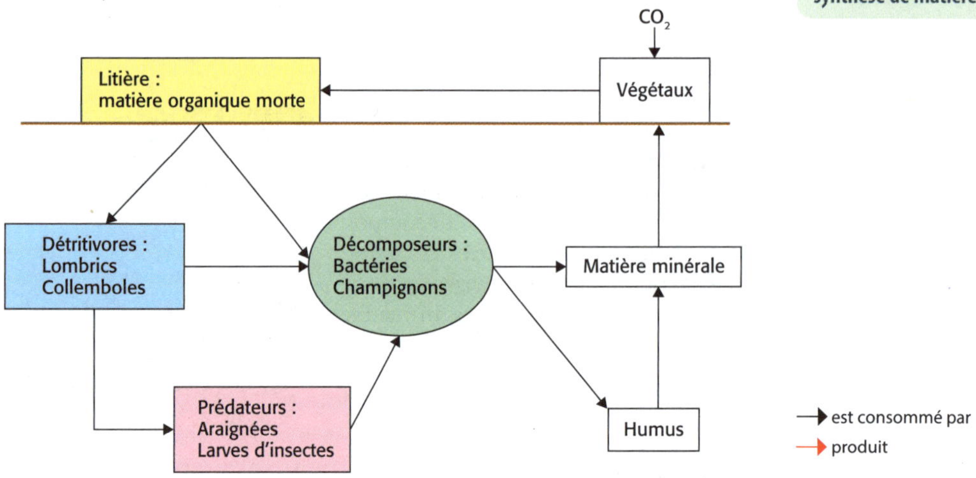


# 4 La fertilité des sols

**De quoi s'agit-il ?** **La biomasse produite sur un sol dépend de sa fertilité, elle-même liée à sa composition et ses propriétés.**

## 1 Une réserve en air et en eau

• Un sol trop compact empêche la pénétration de l'air et prive les êtres vivants du sol (racines, faune, micro-organismes) du dioxygène nécessaire à leur respiration. Il limite aussi la circulation d'eau.

• Au contraire, un sol qui forme des grumeaux de terre favorise la circulation et la mise en réserve de l'air et de l'eau (**Doc. 5**). Les racines des végétaux y pénètrent plus facilement.

**Vocabulaire**

- **grumeaux :** masse de matière formée par agglomération de particules.

● Cette structure est rendue possible par la présence d'argile et d'humus en quantité suffisante. Associés entre eux et avec les débris de roche, ils forment des grumeaux entre lesquels air et eau circulent.

**Doc. 5** La structure du sol

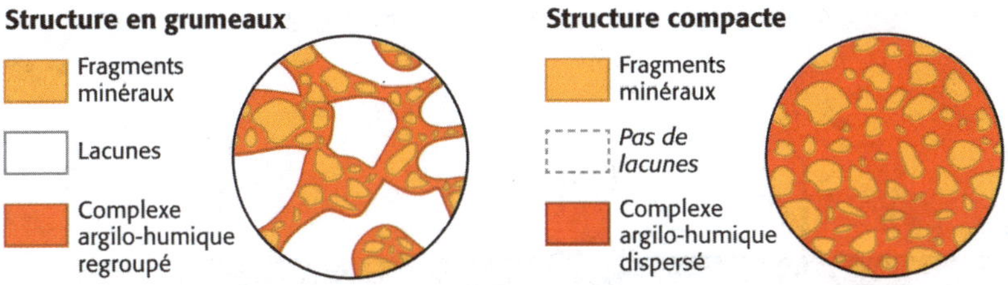


## 2 Une réserve en ions

Les éléments minéraux du sol, produits par l'altération des roches ou la décomposition de la matière organique, sont susceptibles d'être entraînés par le lessivage. Si une partie des ions est sous forme libre dans l'eau du sol, une autre est retenue par les particules d'argile et d'humus, grâce à leurs charges électriques (**Doc. 6**). Elle constitue une réserve minérale délivrée progressivement aux plantes.

**Vocabulaire**

- **lessivage** : entraînement des substances minérales du sol par les eaux de ruissellement.

**Doc. 6** Le stockage et les échanges d'ions dans le sol

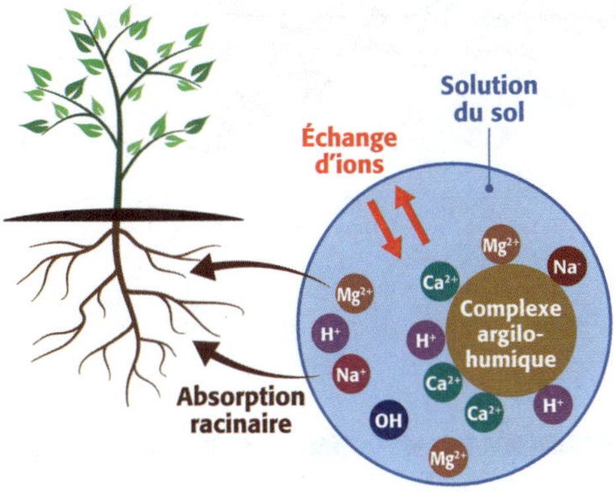


## 3 L'acidité du sol

● Un sol renferme une plus ou moins grande quantité d'ions H+ qui détermine son pH, c'est-à-dire son degré d'acidité variable selon la roche-mère. Sur un calcaire, le pH sera plutôt basique et plutôt acide sur un granite.

● L'acidité du sol conditionne la présence des végétaux qui peuvent s'y développer. Certaines espèces végétales sont dites calcicoles et d'autres silicicoles.

● La vitesse de décomposition de la matière organique dépend aussi de l'acidité du sol. Dans les sols faiblement acides, les micro-organismes du sol sont abondants et la dégradation de la matière organique est rapide.

**Vocabulaire**

- **calcicole** : qui pousse exclusivement ou préférentiellement sur sol calcaire et peu acide.
- **silicole** : qui pousse exclusivement ou préférentiellement sur sol acide.

## Révision express

Découvrir le rôle indispensable des êtres vivants du sol

### Le schéma à retenir

**Le fonctionnement d'un sol et le devenir de la matière**

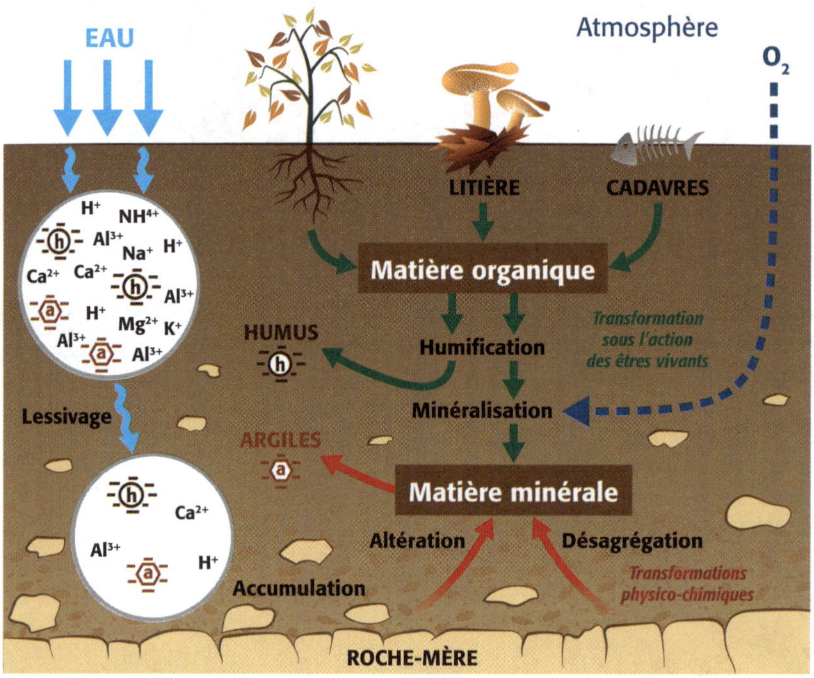


## Quiz

*Cochez la bonne réponse.*

**1.** La roche-mère fait partie du sol.

☐ vrai ☐ faux

**2.** L'humus est constitué de matière minérale.

☐ vrai ☐ faux

**3.** Les détritivores facilitent le travail des décomposeurs.

☐ vrai ☐ faux

**4.** Une structure en grumeaux favorise l'aération du sol.

☐ vrai ☐ faux

**5.** Citez deux décomposeurs.

→ Réponses p. 477

## EXERCICE

# Utiliser une clé de détermination

**Énoncé**

L'étude de la faune du sol apporte des informations sur quelques-unes de ses propriétés notamment son aptitude à la dégradation de la matière organique. Mais, en raison de la diversité de cette faune, on utilise un outil d'aide à la détermination appelé clé de détermination.

Utilisez la clé de détermination présentée pour déterminer le nom des représentants (notés de 1 à 5) de la faune de ce sol.

## Méthode

Il faut tout d'abord comprendre comment fonctionne une clé de détermination.
Son principe consiste à choisir, à chaque étape, entre deux caractères (par exemple présence ou l'absence de pattes) représentés dans deux cases adjacentes.
On progresse ainsi, de la gauche vers la droite de cette clé, dans la classification d'abord en identifiant le groupe de l'animal, puis des sous- catégories jusqu'au nom de l'espèce.

| | | | |
|---|---|---|---|
| Présence de pattes articulées : **arthropodes** | 3 paires de pattes : **insectes** (ou apparentés) | Avec ailes : Punaise, Perce-oreille | |
| | | Sans ailes : | Sans antennes : Protoure |
| | | | Avec antennes : Collembole |
| | 4 paires de pattes : **arachnides** | Corps en deux parties : Araignée | |
| | | Corps trapu : Acariens | |
| | | Une paire de pince : Pseudo-scorpion | |
| | | Grandes pattes : Opilion | |
| | Plus de 7 paires de pattes : **myriapodes** | Une paire de pattes par segment : Géophile | |
| | | Deux paires de pattes par segment : Diplopodes | |
| | 7 paires de pattes : **crustacés** | Cloporte | |
| Absence de pattes | Mollusques | Limace, Escargot | |
| | Vers | Corps sans anneau : Nématode | |
| | | Corps avec anneaux : Lombric | |
| | Larves d'insectes | | |

## Corrigé

L'animal (1) possède plus de 7 paires de pattes : c'est donc un myriapode. Il ne possède qu'une paire de pattes par segment c'est un Géophile.

L'animal (2) possède 4 paires de pattes : c'est donc un arachnide. Son corps est divisé en deux parties, d'une part la tête et le thorax fusionnés et d'autre part l'abdomen. C'est une araignée.

L'animal (3) avec ses 4 paires de pattes est aussi un arachnide mais contrairement au précédent son corps n'est pas divisé en deux parties, il est plutôt trapu. Par ailleurs, il ne possède ni pinces ni de grandes pattes, ce qui élimine les pseudoscorpions et les opilions. L'animal est un acarien.

L'animal (4) présente les mêmes caractéristiques. C'est lui aussi un acarien.

L'animal (5) possède 3 paires de pattes, c'est donc un insecte. Il est dépourvu d'ailes mais possède des antennes, c'est donc un collembole.

**Remarque**

On voit sur certains segments deux pattes côte à côte, mais il s'agit bien des pattes droite et gauche, qui ne sont pas exactement alignées par rapport à l'axe de la photo.

# Chapitre 6 Agrosystème et développement durable

## 1 L'agrosystème, un écosystème cultivé

**De quoi s'agit-il ? Les agrosystèmes sont des écosystèmes artificiels créés par l'Homme et gérés afin de produire de la biomasse destinée à satisfaire les besoins de l'humanité.**

### 1 Des écosystèmes tournés vers la production

- La majeure partie de la production des agrosystèmes cultivés est destinée à l'alimentation humaine, mais d'autres sont exploités pour la production de textile, d'agrocarburants ou de molécules pour l'industrie pharmaceutique.
- Le modèle de culture varie selon les besoins, les conditions, les ressources locales. Ainsi, l'agriculture vivrière est tournée vers une production locale consommée essentiellement par l'agriculteur et sa famille, employant peu de techniques modernes, demandant de faibles investissements et avec des rendements faibles.
- L'agriculture intensive au contraire recherche l'accroissement maximal de la biomasse en utilisant des techniques modernes, dont l'utilisation d'intrants parmi lesquels des fertilisants et des produits phytosanitaires (ou pesticides).
- Entre ces deux modes de production, l'agriculture extensive se caractérise par des rendements relativement faibles.

**Vocabulaire**

- **agrosystème** : écosystème artificiel créé par l'Homme pour la culture de végétaux ou pour l'élevage.
- **vivrière** (agriculture) : dont la production est destinée essentiellement à l'agriculteur et sa famille.
- **intrants** : produits ajoutés à une culture afin d'améliorer son rendement.
- **produits phytosanitaires** : produits utilisés dans les cultures pour éliminer les ravageurs et les adventices, et éviter le développement de maladies.

SVT

### 2 Une double origine

- Comme tous les écosystèmes, l'agrosystème est constitué d'un biotope et d'une biocénose entre les êtres vivants de laquelle s'établissent des relations alimentaires.
- Dans un champ, la biocénose est constituée essentiellement de la plante cultivée, (maïs, blé…) mais aussi de quelques adventices, de ravageurs et de parasites.
- Le biotope d'un agrosystème est caractérisé par les qualités du sol (sablonneux, argileux, calcaire, et dans l'idéal profond et riche en minéraux) ainsi que par les facteurs climatiques (température, précipitations…).
- L'Homme agit sur la biocénose en implantant la plante cultivée et en éliminant les adventices et les nuisibles (**Doc. 1**). Il modifie aussi le biotope pour favoriser la production de cette plante cultivée.

**Vocabulaire**

- **adventices** : espèces se développant dans une culture sans y avoir été semées et faisant concurrence à la plante cultivée.

**oc. 1 Gestion de l'agrosystème « champ de maïs »**

L'action sur la biocénose consiste en premier lieu à implanter la plante, le maïs, au cours du semis. À partir de la germination, une jeune plantule se développe, grandit et se transforme en pied de maïs. À la floraison, des fleurs mâles et femelles se mettent en place sur la tige.

Elles donneront des graines, réunies en épis. Une fois arrivés à maturité, les épis sont récoltés.

Au cours de la culture, la pulvérisation de produits phytosanitaires tels que herbicides et insecticides permettent la suppression des parasites et ravageurs de la culture.

Le biotope quant à lui est modifié par le travail du sol, l'apport d'engrais, l'irrigation et les traitements sur la culture.

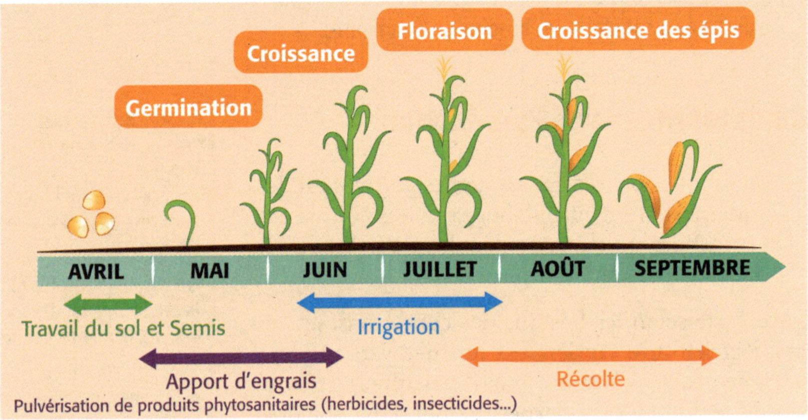


# 2 Flux de matière et d'énergie dans les agrosystèmes

**De quoi s'agit-il ? Un agrosystème est traversé par des flux d'énergie et de matière dont dépendent à la fois sa productivité et son impact sur l'environnement.**

## 1 Flux d'énergie

- Un champ de maïs produit de la matière renfermant une quantité d'énergie (270 mégajoules par hectare et par an, par exemple). Celle-ci provient intégralement de la conversion de l'énergie solaire (21 300 MJ/ha/an) par la plante au cours de la photosynthèse.
- L'énergie convertie sous forme de matière organique est ensuite exportée en dehors du champ pour les besoins de l'Homme. Ainsi, l'agrosystème est traversé par un flux d'énergie, à sens unique, du soleil vers le consommateur.

**Vocabulaire**

- **productivité :** production (en unités d'énergie ou de masse) par unité de surface et de temps.
- **rendement énergétique :** rapport de la quantité d'énergie sortante sur la quantité d'énergie entrante.

- Le rendement énergétique (ou rendement écologique) de cette conversion est le rapport entre l'énergie produite et l'énergie solaire incidente. Dans l'exemple du champ de maïs, il correspond à 270 / 21 300 = 0,012, c'est-à-dire 1,2 %. Si l'on s'intéresse uniquement à la partie consommable par l'Homme (l'épi et ses 85 MJ/ha/an produits), le rendement est de 85/21 300 = 0,004, c'est-à-dire 0,4 %.
- Chaque agrosystème se caractérise par un rendement énergétique ou efficacité énergétique. S'il est calculé pour la production animale nourrie à partir du maïs produit, il est encore plus faible car un premier niveau de perte énergétique a lieu entre le maïs et l'animal, un second entre l'animal et l'Homme.

## 2 Flux de matière

• Pour fabriquer sa matière organique, la plante puise de la matière minérale dans son environnement : du dioxyde de carbone dans l'air, des éléments minéraux et de l'eau dans le sol.

• Seule une petite partie de la matière organique produite par la plante reste ou retourne dans le sol (racines, débris de tiges et de feuilles), la majeure partie est exportée. Il n'y a donc pas de recyclage de la matière dans le sol du champ cultivé contrairement à ce qui se produit dans un écosystème naturel (**Doc. 2**). L'agrosystème est donc un écosystème déséquilibré.

• Le cycle de la matière étant rompu, le sol s'appauvrit en éléments nutritifs et l'agriculteur doit compenser en apportant des fertilisants, sous forme d'engrais organiques ou minéraux. Ceux-ci restaurent la fertilité du sol en permettant la nutrition de la plante.

**Vocabulaire**

■ **engrais** : apport de matière minérale ou organique destiné à enrichir le sol en éléments nutritifs pour les végétaux cultivés.

**Doc. 2** L'agrosystème, un écosystème en déséquilibre

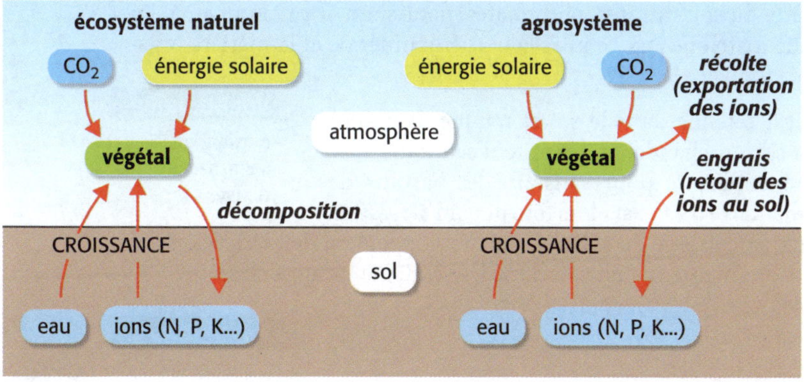


# 3 Améliorer la productivité des agrosystèmes

**De quoi s'agit-il ?** **Pour relever le défi de nourrir l'humanité, la productivité des agrosystèmes s'est améliorée grâce à l'emploi de techniques modernes.**

## 1 Une amélioration permanente des rendements

• Jusque dans la première moitié du XX^e siècle, les rendements des principales céréales cultivées en France, maïs, blé, orge, étaient compris entre 10 et 20 quintaux par hectare. Aujourd'hui, ils atteignent 100 Q/ha pour le maïs et 70 Q/ha pour le blé tendre (**Doc. 3**).

**Vocabulaire**

■ **rendement** (agricole) : masse de matière récoltée par unité de surface (en quintaux par hectare le plus souvent).

• Ces progrès remarquables s'expliquent par la modernisation de l'agriculture opérée dès le début des années 1950. À cette époque, les plantes cultivées ont reçu des traitements phytosanitaires éliminant les plantes adventices ainsi que les parasites et les ravageurs.

**Doc. 3 Évolution du rendement moyen des principales céréales en France**

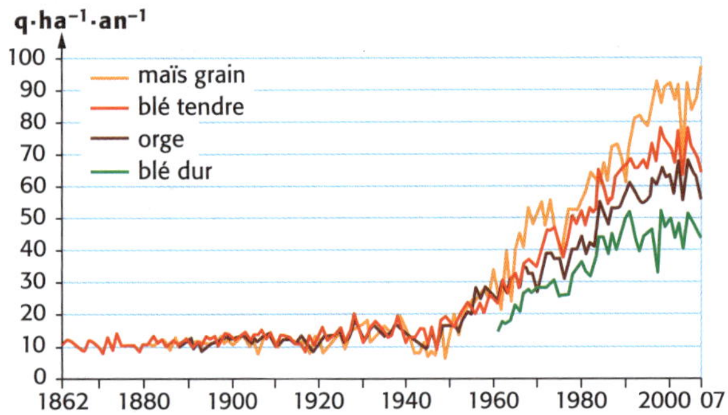


## 2 Rendements et irrigation

• L'eau est le principal (80 à 95 %) constituant des plantes. Elle est absorbée par les racines et avec elle les ions minéraux du sol (nitrates, phosphates, potassium et calcium, etc.). En circulant dans la plante, elle distribue aux cellules la matière minérale et la matière organique nécessaires à leur métabolisme.

• L'eau des précipitations est retenue dans le sol et rendue disponible pour la plante. Pendant la saison chaude, la quantité d'eau dans le sol diminue et peut devenir insuffisante pour satisfaire les besoins des plantes. Un apport supplémentaire d'eau est alors fourni par l'irrigation. On estime que dans la deuxième moitié du XX$^e$ siècle le développement de l'irrigation des plantes cultivées a permis d'augmenter de plus de 50 % les rendements agricoles.

**Vocabulaire**

- **irrigation** : apport d'eau fourni par l'Homme à une culture.

## 3 Rendements et fertilisants

Des fertilisants permettent de compenser l'appauvrissement du sol dû aux pertes liées à l'exportation de la récolte. Ces fertilisant peuvent être composés de substances minérales directement absorbées par les racines mais perdues en partie par lessivage. Il peut aussi s'agir d'engrais organiques, plutôt utilisés par l'agriculture biologique. Ces derniers favorisent la multiplication des micro-organismes du sol et la production d'humus. Ils seront décomposés et minéralisés avant d'être utilisés par la plante.

**Vocabulaire**

- **engrais organique** : engrais, le plus souvent d'origine naturelle et produits à partir de déchets organiques (fumier, compost). Ils doivent être minéralisés dans le sol avant d'être assimilables par les végétaux.
- **agriculture biologique** : mode de production interdisant l'usage de produits chimiques de synthèse tels que les pesticides et utilisant des engrais organiques en quantité limitée.

# 4 Vers une agriculture durable

**De quoi s'agit-il ? Le développement d'une agriculture durable permet tout à la fois de couvrir les besoins de l'humanité et de limiter ou de compenser les impacts environnementaux.**

## 1 Une protection des cultures plus respectueuse de l'environnement

• Les produits phytosanitaires peuvent s'avérer dangereux, notamment par leur concentration le long des chaînes alimentaires. En effet, la substance d'abord accumulée dans les végétaux se retrouve concentrée dans les organismes qui la consomment et plus concentrée encore chez les prédateurs de ces derniers. On observe ainsi un effet de concentration d'un facteur 5 à 10 d'un maillon à l'autre de la chaîne, le dernier maillon, l'Homme dans le cas d'un agrosystème, étant le plus exposé.

• On préconise donc une utilisation raisonnée des produits phytosanitaires (**Doc. 4**). Par ailleurs, on peut avoir recours à la lutte biologique en favorisant l'activité d'auxiliaires qui consomment les ravageurs de culture (comme la coccinelle qui se nourrit de pucerons).

**Doc. 4 Changements observés dans la production de riz et les dépenses de pesticides en Indonésie**

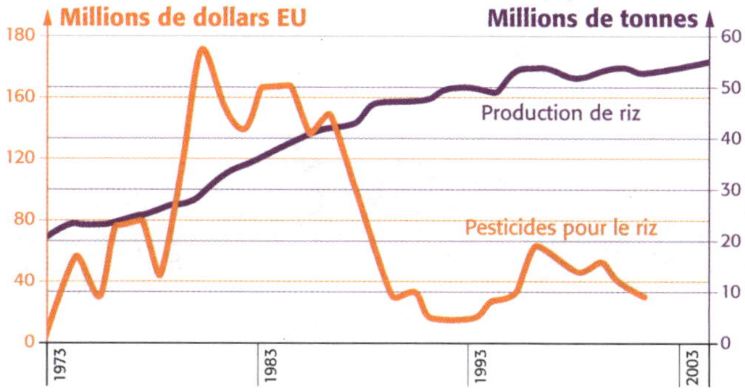


**Vocabulaire**

- **agriculture durable** : agriculture qui gère les ressources en sol et en eau dans la perspective d'un développement durable.
- **raisonnée** (agriculture) : qui a pour objectif d'optimiser la production en maîtrisant les quantités d'intrants (pesticides, engrais) dans le but de limiter leur impact sur l'environnement.
- **lutte biologique** : utilisation d'organismes vivants pour prévenir ou réduire les dégâts causés par des ravageurs des cultures.
- **auxiliaires** (de culture) : ennemis naturels (prédateurs, parasites) des ravageurs de culture. Ce sont aussi les insectes pollinisateurs.



## 2 Une fertilisation raisonnée

• L'usage des engrais a parfois eu des effets négatifs : pollution des nappes d'eau souterraines, accumulation des algues vertes le long des plages en Bretagne…

• Une utilisation raisonnée des engrais minéraux consiste à fournir une juste quantité au moment où la plante en a besoin, en évitant les périodes de fortes pluies, responsables du lessivage des sols. Cette pratique est d'autant plus judicieuse qu'un apport excessif d'engrais diminue le rendement de la plante. Enfin, l'utilisation d'engrais organique, dont les molécules sont de grande taille et non lessivables, limite ces problèmes.

## 3 La protection des sols

• Le maintien d'une couverture (résidus de culture ou cultures intermédiaires) protège les sols de l'érosion et du ruissellement. Par ailleurs, la rotation des cultures favorise leur enrichissement en matière organique.

• Le travail du sol dès la fin de la récolte augmente sa capacité d'infiltration et permet d'éviter le ruissellement.

• Enfin, l'abandon du labour évite la formation d'une semelle de labour et favorise l'accumulation de matière organique dans la couche superficielle du sol.

**Vocabulaire**

- **semelle de labour** : couche tassée et dure qui se forme en profondeur dans le sol suite au labour.

## ➜ Révision express

Comprendre les particularités d'un agrosystème

### Le schéma à retenir

**Les relations dans un agrosystème**

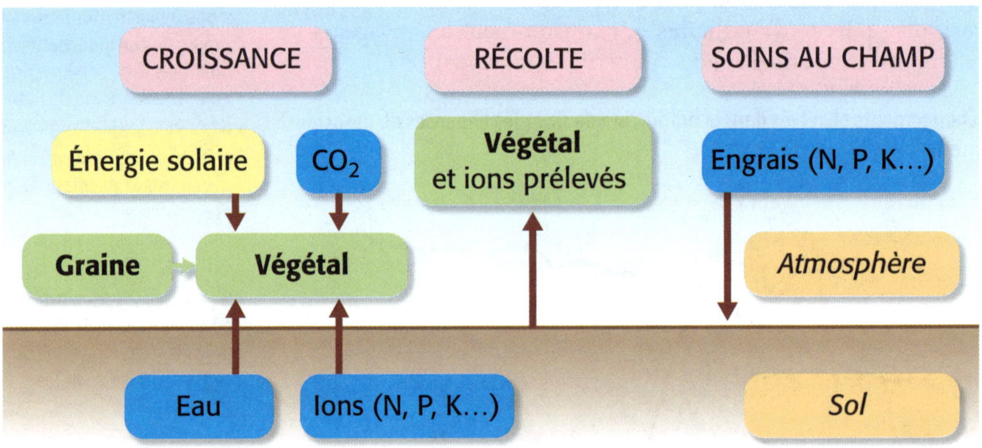


### Quiz

*Cochez la bonne réponse.*

**1.** L'agriculture biologique n'emploie pas d'engrais.
☐ vrai ☐ faux

**2.** Les engrais sont des produits phytosanitaires.
☐ vrai ☐ faux

**3.** Dans un agrosystème, le cycle de la matière est interrompu.
☐ vrai ☐ faux

**4.** Le rendement écologique est généralement exprimé en quintaux par hectare.
☐ vrai ☐ faux

**5.** Le rendement agricole est le rapport de l'énergie incidente sur celle de la biomasse produite.
☐ vrai ☐ faux

→ Réponses p. 477

## EXERCICE

# Réaliser une synthèse à partir de documents

## Énoncé

L'agriculture moderne a permis de produire plus avec moins et de nourrir plus d'Hommes. Discutez cette affirmation à partir des documents suivants.

**Doc. 1** Indicateurs d'intensication de la production agricole mondiale, 1961-2007

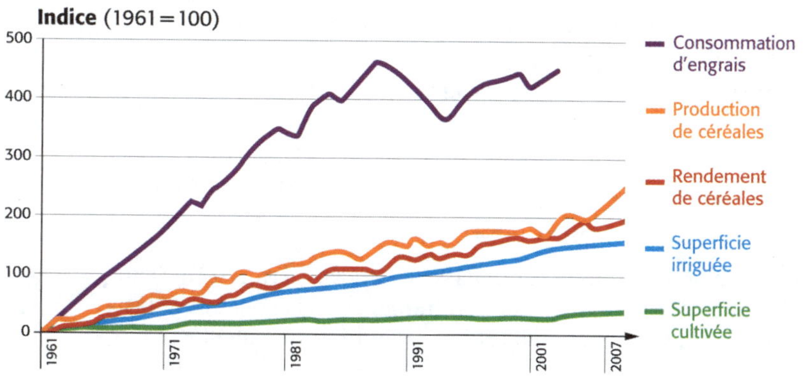


**Doc. 2** Sous-alimentation et population mondiale

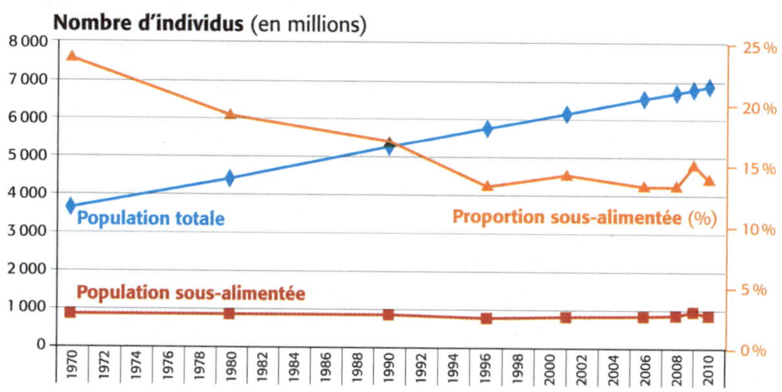


## Méthode

Toute synthèse doit s'accompagner d'une introduction qui présente le problème à traiter et d'une conclusion qui y répond.
Il faut commencer par rechercher dans l'énoncé les idées principales à traiter : « produire plus », « avec moins » et « nourrir plus d'Hommes », puis les retrouver dans les documents :
« Produire plus » est figuré par les courbes du **Doc. 1**, qui correspondent à la production et au rendement des céréales. Pour retrouver « Avec moins » dans le graphique du Doc. 1, il faut comprendre « moins » dans un sens relatif, c'est-à-dire en comparaison avec une autre donnée.
Enfin « nourrir plus d'Hommes » est à rechercher dans le **Doc. 2** où est mesurée la sous-alimentation mondiale.

## Corrigé

### Introduction

L'explosion démographique, débutée au début du XX^e^ siècle, se poursuivra au moins jusqu'au milieu du XXI^e^ siècle. Quelle réponse l'agriculture mondiale at-elle pu apporter au problème de l'explosion démographique ? La production de céréales a été multipliée environ par 3 depuis 1960 (**Doc. 1**) alors que la superficie cultivée est restée globalement constante. On a donc produit plus avec moins (de terre). Cela s'explique par l'augmentation des rendements, due à une plus grande consommation d'eau (surface irriguée) et d'engrais. Ces deux derniers points doivent permettre de nuancer l'affirmation « avec moins » puisqu'il y a eu une augmentation des apports dans les agrosystèmes.

Le **Doc. 2** permet de mesurer les effets de ces pratiques agricoles. Le nombre d'individus sous-alimentés reste constant (environ 1 milliard) depuis 50 ans.

Néanmoins, en quatre décennies, la population mondiale a presque doublé et la proportion d'individu sous-alimentés a presque diminué de moitié (de 22 % à 14 % environ).

### Conclusion

L'amélioration des conditions de production de la biomasse végétale a permis à l'agriculture mondiale de suivre l'augmentation de la population humaine et de contenir le problème de la sous-alimentation sans arriver pour autant à le résoudre entièrement.

# Chapitre 7 Procréation et sexualité humaine

## 1 La mise en place des appareils reproducteurs

**De quoi s'agit-il ? Les caractéristiques de chaque sexe se mettent en place par étapes successives durant la vie embryonnaire.**

### 1 Un déterminisme génétique du sexe

• Le sexe génétique (ou sexe chromosomique) d'un individu est établi dès la fécondation après la réunion au hasard de deux gamètes, chacun muni d'un seul chromosome sexuel X ou Y. Si la cellule-œuf qui en résulte hérite de deux chromosomes X, elle deviendra une femme. Si elle comporte un X et un Y, elle donnera un homme.

• À la sixième semaine de développement, un appareil génital, comprenant une paire de gonades indifférenciées, se met en place chez l'embryon.

• Chez les individus XY, à la septième semaine, les gonades se différencient en testicules sous le contrôle d'un gène présent sur le chromosome Y, le gène SRY.

• Chez les individus XX, en l'absence du gène SRY, la différenciation des gonades en ovaires s'opère spontanément à la dixième semaine.

**Vocabulaire**

- **gamètes** : cellules reproductrices (spermatozoïdes chez l'homme, ovocytes chez la femme).
- **chromosomes sexuels** : paire de chromosomes (XX ou XY) qui détermine le sexe d'un individu.
- **gonades** : organes qui produisent les gamètes ainsi que les hormones sexuelles.
- **indifférenciée** (gonade) : qui ne présente pas de caractère mâle ou femelle.

### 2 Un déterminisme hormonal du sexe

• Au début du développement, les gonades indifférenciées sont associées à deux paires de conduits, à l'origine des voies génitales et urinaires.

• Chez le garçon, sous l'influence d'une hormone libérée par les testicules, la testostérone, une des paires de conduits se différencie pour former les canaux déférents, la prostate et les vésicules séminales. C'est une autre hormone testiculaire, l'AMH, qui est responsable de la régression de la seconde paire de conduits.

• Chez la fille, une paire de conduits régresse spontanément tandis que l'autre se transforme en trompes, utérus et vagin (**Doc. 1**).

• À la naissance, les organes génitaux externes et les appareils reproducteurs sont différenciés chez les deux sexes mais ils ne deviendront fonctionnels qu'à la puberté.

**Vocabulaire**

- **voies génitales** : conduits empruntés par les gamètes (canaux déférents chez l'homme ; trompe, utérus, vagin chez la femme).
- **hormone** : messager chimique qui circule dans le sang et agit sur des organes cibles dont il modifie le fonctionnement.

**Doc. 1** L'appareil génital différencié mâle (a) et femelle (b)

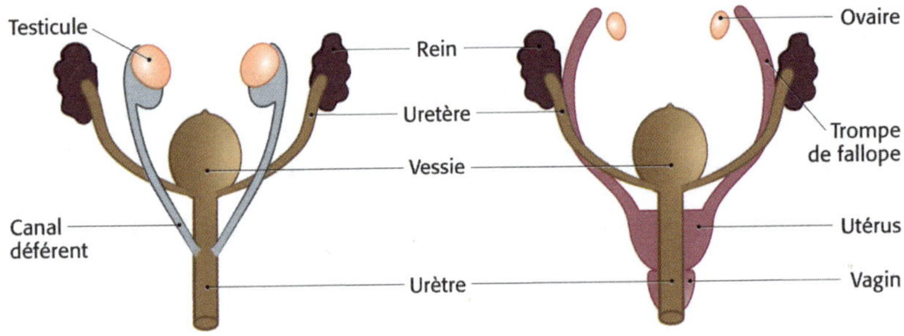


# 2 L'acquisition d'un appareil reproducteur fonctionnel à la puberté

**De quoi s'agit-il ? Au moment de la puberté, le taux des hormones libérées par les gonades augmente fortement et l'appareil reproducteur devient fonctionnel.**

## 1 L'appareil reproducteur masculin

- Les testicules sont constitués d'un ensemble de tubes séminifères, entourés de tissu interstitiel (**Doc. 2**). Celui-ci renferme des vaisseaux sanguins et des cellules sécrétrices, les cellules de Leydig, qui libèrent de la testostérone.

- Au moment de la puberté, le taux de testostérone augmente fortement, ce qui déclenche la production de spermatozoïdes par les testicules.

- Les spermatozoïdes proviennent des divisions de cellules situées dans la paroi des tubes séminifères, réalisées de façon continue à partir de la puberté et ce durant toute la vie de l'homme. Une fois produits, les spermatozoïdes sont libérés dans les canaux déférents. Associés au liquide séminal, ils forment le sperme.

- L'élévation du taux de testostérone à la puberté est également responsable de l'acquisition de caractères sexuels secondaires : développement de la pilosité, mue de la voix, développement de la musculature…

**Doc. 2** Schéma d'un tube séminifère (coupe transversale)

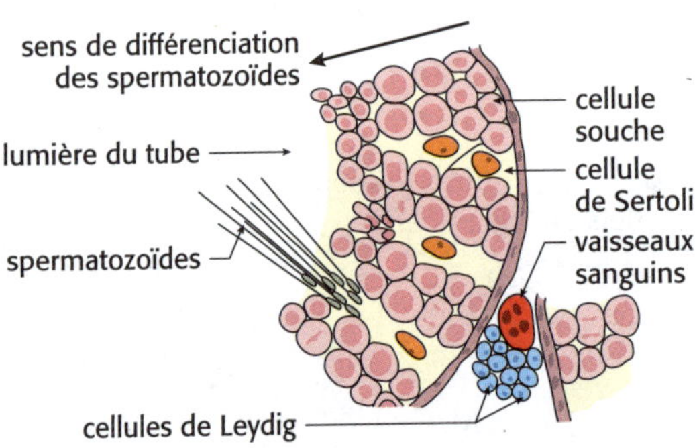


**Vocabulaire**

- **tubes séminifères :** tubes microscopiques constituant les testicules. Ils assurent la production de spermatozoïdes.
- **caractères sexuels secondaires :** caractères apparaissant à la puberté, différents selon le sexe de l'individu.

## 2 L'appareil reproducteur féminin

● À la puberté, les ovaires commencent à secréter des hormones et à libérer, tous les 28 jours environ, un gamète femelle (ovocyte) dans les trompes.

● Chacune des deux trompes débouche dans l'utérus, un organe dont la paroi musculaire ou myomètre est tapissée intérieurement d'une muqueuse appelée endomètre. La puberté est marquée par l'apparition des règles (voir p. 276).

● Ainsi, l'ovaire et l'utérus se caractérisent par une activité cyclique qui débute à la puberté et cesse à la ménopause.

● Enfin, chez la femme, la puberté se traduit par l'apparition de caractères sexuels secondaires (développement des seins, de la pilosité…) sous l'influence des hormones ovariennes.

**Vocabulaire**

- **muqueuse** (utérine) : couche la plus superficielle de l'utérus, au contact de la cavité utérine.
- **ménopause** : période de la vie d'une femme à partir de laquelle les ovaires cessent leur activité.



# 3 Cycles ovariens et utérins

**De quoi s'agit-il ? À partir de la puberté, l'ovaire et l'utérus se caractérisent par une activité cyclique dont le synchronisme est contrôlé par les hormones ovariennes.**

## 1 Le cycle ovarien

● Les ovaires renferment des follicules, chacun constitués d'un ovocyte entouré de cellules folliculaires. À partir de la puberté, les follicules se transforment : leur taille augmente, leurs enveloppes de cellules folliculaires se différencient et se creusent d'une cavité.

● Dans l'ovaire, des cycles d'une durée moyenne de 28 jours se succèdent de la puberté jusqu'à la ménopause. Un cycle comporte deux phases, la phase folliculaire et la phase lutéale, séparées par l'ovulation (Doc. 3).

**Vocabulaire**

- **follicule** : ensemble composé d'un ovocyte et d'enveloppes formées de plusieurs couches de cellules.
- **ovulation** : expulsion d'un ovocyte hors de l'ovaire.

● Pendant la phase folliculaire, un follicule cavitaire achève sa maturation jusqu'à l'ovulation. Son ovocyte est alors expulsé de l'ovaire.

● Ensuite, durant la phase lutéale, le reste du follicule se transforme en corps jaune qui se développe puis dégénère. Toutefois, en cas de grossesse, le corps jaune se maintient et les cycles sont interrompus.

**Doc. 3** Le cycle ovarien

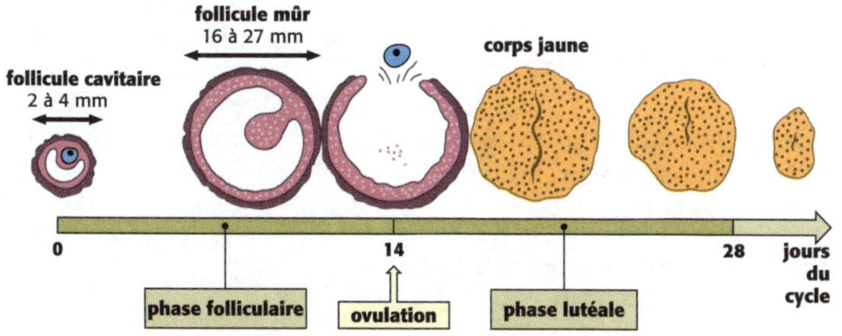

## 2 Le cycle utérin

- Périodiquement, la muqueuse qui tapisse l'intérieur de l'utérus se dégrade. Elle est éliminée au cours des règles (ou menstruations) qui marquent le début du cycle utérin (**Doc. 4**).

- Puis la muqueuse se reconstitue, s'épaissit et se vascularise. Après l'ovulation, ses transformations, et notamment la présence de glandes sécrétrices ramifiées la rendent apte à l'implantation d'un éventuel embryon.

- Parallèlement, au moment de l'ovulation, la glaire cervicale se fluidifie tandis que des contractions utérines facilitent la progression des spermatozoïdes. Ces contractions cessent par la suite au cours de la phase post-ovulatoire.

- Ce sont des hormones, libérées de façon cyclique par l'ovaire, qui agissent sur l'utérus et assurent le synchronisme des cycles ovariens et utérins.

- Le follicule produit des œstrogènes qui stimulent la reconstruction de la muqueuse. Puis la sécrétion d'œstrogènes et de progestérone par le corps jaune rend la muqueuse apte à la nidation et inhibe les contractions utérines. Ainsi, l'utérus est prêt à l'accueil d'un éventuel embryon dans les jours qui suivent l'ovulation.

**Vocabulaire**
- **vasculariser (se)** : former des vaisseaux sanguins.
- **glaire cervicale** : substance visqueuse présente au niveau du col de l'utérus, la région où l'utérus communique avec le vagin. Elle empêche le passage des microbes mais aussi des spermatozoïdes, sauf lorsqu'elle est fluidifiée au moment de l'ovulation.
- **nidation** : implantation d'un embryon dans la muqueuse utérine.

**Doc. 4** Le cycle utérin

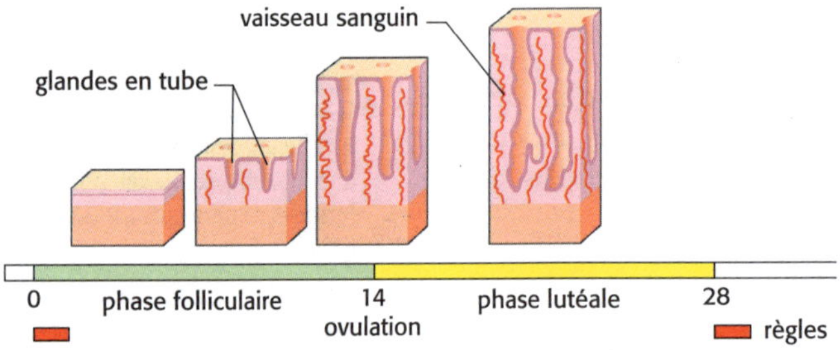


# 4 Un contrôle du fonctionnement des appareils reproducteurs

**De quoi s'agit-il ?** **L'activité des gonades est contrôlée par le complexe hypothalamo-hypophysaire (CHH), lui-même sous le contrôle des hormones gonadiques.**

## 1 Le rôle du complexe hypothalamo-hypophysaire

- L'hypophyse antérieure est une glande hormonale fixée au plancher de l'encéphale. Elle contrôle à distance le fonctionnement des gonades par l'intermédiaire de deux hormones : la LH et la FSH.

- Chez l'homme, la LH stimule la production de testostérone par les cellules de Leydig, et la FSH, associée à la testostérone, active la production de spermatozoïdes.

**Vocabulaire**
- **encéphale** : partie du système nerveux central contenue dans la boîte crânienne. Il comprend le cerveau, le cervelet et le tronc cérébral.
- **hypothalamus** : région du cerveau située à sa base.
- **neurohormone** : hormone produite par une cellule nerveuse.

• Chez la femme, ces deux hormones sont sécrétées de façon cyclique (**Doc. 5**). La FSH stimule le développement des follicules ovariens tandis que la LH stimule la production des hormones ovariennes. L'ovulation est déclenchée par une augmentation brutale du taux de LH (pic de LH).

• L'activité sécrétrice de l'hypophyse est elle-même stimulée par l'hypothalamus, situé à la base de l'encéphale. Ce contrôle s'effectue par l'intermédiaire d'une neurohormone, la GnRH. En effet, l'hypophyse est reliée aux neurones de l'hypothalamus par un réseau de vaisseaux sanguins.

**Doc. 5 Taux des hormones ovariennes et hypophysaires chez la femme**

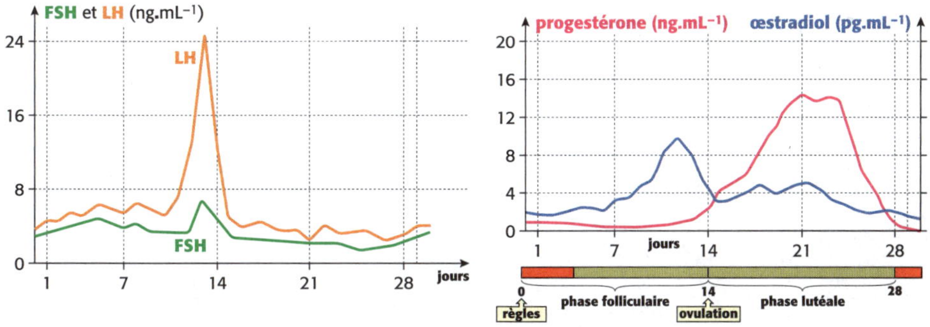


## 2 Un contrôle du CHH par les hormones gonadiques

• Chez l'homme, le taux plasmatique de testostérone est maintenu constant car le testicule agit lui-même sur le complexe hypothalamo-hypophysaire par l'intermédiaire de la testostérone. Lorsque son taux devient trop élevé, l'activité hypothalamohypophysaire est freinée : on parle de rétrocontrôle négatif.

• Chez la femme, c'est une élévation du taux plasmatique d'œstrogènes, due à la croissance du follicule, qui stimule le CHH et déclenche un pic de LH à l'origine de l'ovulation.

• Durant le reste du cycle, les œstrogènes puis la progestérone freinent l'activité du CHH en exerçant un rétrocontrôle négatif.

**Vocabulaire**

■ **rétrocontrôle** : action en retour d'un organe sur celui qui le contrôle. Il peut limiter son activité (rétrocontrôle négatif) ou au contraire le stimuler (rétrocontrôle positif).

# 5 Cerveau, plaisir et sexualité

**De quoi s'agit-il ?** **Les relations sexuelles mettent en jeu des circuits nerveux à l'origine d'une sensation de plaisir.**

## 1 Le système de récompense

• Une expérience (Olds et Milner, 1954) a permis d'identifier les zones cérébrales responsables de la sensation de plaisir. Une électrode, implantée dans le cerveau d'un rat, délivre une stimulation indolore à l'animal lorsqu'il appuie sur une pédale placée dans sa cage.

• Quand l'électrode est implantée dans certaines zones cérébrales, le comportement de l'animal devient compulsif : il renouvelle les stimulations jusqu'à 6 000 fois par heure au point de ne plus se nourrir et il finit par mourir. Une sensation de plaisir serait donc associée à ces zones cérébrales.

- Les structures cérébrales impliquées dans cette sensation de plaisir constituent le système de récompense. Son activation génère un plaisir qui motive le sujet à rechercher et atteindre cette récompense.

- Plusieurs zones cérébrales sont impliquées dans les circuits de la récompense (**Doc. 6**). Des messages nerveux partent de l'aire tegmentale ventrale (ATV) et aboutissent à différents niveaux comme le noyau accumbens, l'amygdale ou le cortex préfrontal.

**Vocabulaire**

- **système de récompense :** ensemble de structures cérébrales impliquées dans la sensation de plaisir.

**Doc. 6 Les voies principales du système de récompense**

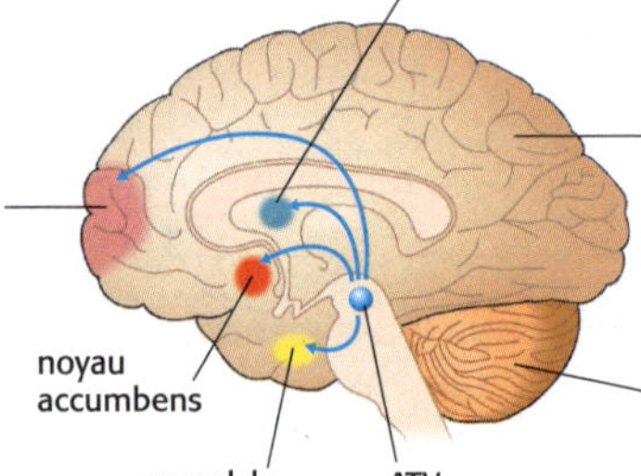


## 2 Les neuromédiateurs du plaisir

- Les neurones du système de récompense produisent et sécrètent un neuromédiateur particulier, la dopamine.

- Cette substance est libérée durant les rapports sexuels mais aussi au cours de tous les actes générateurs de plaisir. Les pratiquants de jeux de hasard ou les toxicomanes, victimes d'addiction, sécrètent eux aussi en abondance de la dopamine.

- En dehors de ces situations particulières, un niveau minimum de dopamine est nécessaire dans le cerveau de chaque individu, dans le cas contraire un sentiment de malaise prend naissance.

**Vocabulaire**

- **neuromédiateur :** substance chimique libérée par un neurone lui permettant de communiquer avec d'autres neurones.
- **addiction :** besoin incontrôlable de recourir à des produits ou pratiquer des conduites procurant du plaisir.

- Pendant l'orgasme, des endorphines sont libérées. Ces neuromédiateurs ont des effets semblables à la morphine et provoquent une sensation de plaisir et de bien-être.

# 6 Hormones et procréation humaine

**De quoi s'agit-il ?** **Les connaissances acquises sur la régulation du fonctionnement des appareils reproducteurs permettent des applications médicales dans la maîtrise de la procréation.**

## 1 Le déroulement de la procréation

- Une fois expulsé dans la trompe après l'ovulation, l'ovocyte y est susceptible d'être fécondé par un des spermatozoïdes libérés dans le vagin. La cellule-œuf migrera alors vers l'utérus, tout en se divisant et en se transformant en embryon.

- Six jours après la fécondation, l'embryon se fixe à la muqueuse utérine et pénètre à l'intérieur. C'est la nidation. La gestation durera neuf mois au cours desquels un taux élevé de progestérone contrôle l'état de l'utérus et empêche ses contractions.

## 2 Contraception et contragestion

- Les pilules contraceptives contiennent des hormones de synthèse qui modifient le fonctionnement de l'appareil reproducteur en agissant comme des leurres.
- Certaines d'entre-elles en freinant l'activité du complexe hypothalamo-hypophysaire bloquent la maturation du follicule et empêchent l'ovulation. Chez l'homme, elles empêchent la production de spermatozoïdes.
- D'autres hormones de synthèse, en dérèglant le cycle utérin, agissent sur la glaire cervicale et sur la muqueuse utérine. En empêchant le développement de celle-ci et par conséquent l'implantation d'un embryon, elles jouent alors un rôle contragestif. C'est le cas de la « pilule du lendemain ».
- Quant au préservatif, en empêchant la rencontre des gamètes, il protège également des maladies sexuellement transmissibles comme le SIDA.

**Vocabulaire**

- **contraceptif** : dispositif ou produit qui empêche la conception de façon réversible (à l'inverse de la stérilisation qui est définitive).
- **contragestif** : dispositif (comme le stérilet) ou substance qui empêche la gestation.



## 3 La procréation médicalement assistée

- Les causes de l'infertilité sont nombreuses et concernent l'homme comme la femme. Chez celle-ci, l'obstruction des trompes qui empêche la rencontre des gamètes est une des causes des plus courantes.
- La FIVETE (**Doc. 7**) permet d'y remédier. Elle peut être complétée par l'ICSI lorsque le sperme a perdu son pouvoir fécondant : on injecte alors directement un spermatozoïde dans le cytoplasme de l'ovocyte. L'opération se déroule sous microscope, à l'aide d'une micropipette.

**Vocabulaire**

- **infertilité** : difficultés pour un couple à procréer.
- **ICSI** : injection Intra-Cytoplasmique de Spermatozoïde. Elle est pratiquée quand les spermatozoïdes sont peu mobiles ou incapables de traverser les enveloppes de l'ovocyte.

**Doc. 7 La FIVETE (Fécondation In Vitro Et Transfert d'Embryon)**

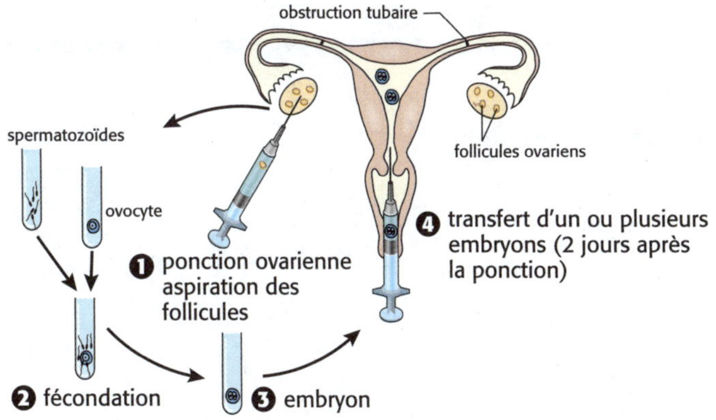

## Révision express

Découvrir comment cycles ovarien et utérin sont synchronisés

### Le schéma à retenir

**Régulation du fonctionnement des appareils sexuels**

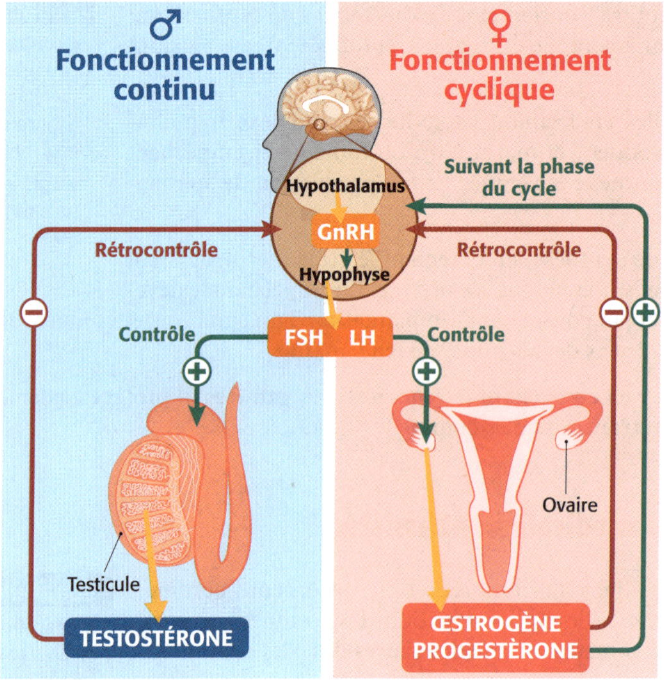


### Quiz

*Cochez la bonne réponse.*

**1.** La différenciation des ovaires se fait sous contrôle hormonal.
☐ vrai ☐ faux

**2.** Les règles sont déclenchées par un pic de LH.
☐ vrai ☐ faux

**3.** Citez des hormones ovariennes.

**4.** À la puberté, les gonades produisent des gamètes.
☐ vrai ☐ faux

**5.** Le gène SRY est responsable de l'apparition des caractères sexuels secondaires chez l'homme.
☐ vrai ☐ faux

→ Réponses p. 477

EXERCICE

## Suivre une démarche expérimentale

### Énoncé

Les progrès scientifiques, en particulier en Sciences de la Vie, sont basés sur la mise au point d'une démarche scientifique rigoureuse. Celle-ci a permis d'établir des protocoles expérimentaux pour mettre en évidence le rôle et le mode d'action de différents organes. Ainsi fut démontré l'action des testicules, par voie hormonale, chez le Coq. Ce dernier possède en effet des caractères sexuels secondaires (crête développée, comportement agressif, chant particulier…) dont sont dépourvus les Poules et les Chapons (mâles ayant subi une castration avant de devenir adulte). Des expériences réalisées chez le Coq figurent dans le tableau suivant.

| | Expérience | Résultats |
|---|---|---|
| A | Castration d'un jeune Coq encore immature | Pas de développement des caractères sexuels secondaires |
| B | Castration d'un Coq adulte | Régression des caractères sexuels secondaires |
| C | Greffe chez un Coq castré de testicules à un autre emplacement que celui d'origine | Rétablissement des caractères sexuels secondaires |
| D | Injection de testostérone de Taureau chez un Coq préalablement castré | Rétablissement des caractères sexuels secondaires |

Expliquez la démarche expérimentale suivie au cours de ces expériences pour déterminer le mode d'acquisition des caractères sexuels secondaires chez le Coq.

### Méthode

- Pour résoudre un problème scientifique (un fait que l'on ne sait pas expliquer), on pratique une démarche expérimentale.
- Dans un premier temps, on formule une hypothèse (explication provisoire) pour résoudre ce problème.
- On réalise ensuite une expérience pour valider cette de cette hypothèse. Par exemple, si on suppose qu'un organe intervient dans une fonction, l'ablation de cet organe empêchera la réalisation de cette fonction.
- On confronte ensuite le résultat réellement obtenu au résultat attendu : s'il est identique, l'hypothèse est validée. À l'inverse, si l'hypothèse est infirmée, il faut chercher une autre explication.

### Corrigé

A : Hypothèse testée : les testicules contrôlent l'acquisition des caractères sexuels chez le coq. Or, si on pratique la castration (ablation des testicules) chez un jeune coq, les caractères sexuels secondaires n'apparaissent pas. L'hypothèse est donc validée.

B : Hypothèse testée : les testicules contrôlent le maintien des caractères sexuels le coq. La castration fait régresser les caractères sexuels secondaires du coq. L'hypothèse est donc validée.

Deux hypothèses sont possibles pour expliquer l'action à distance des testicules sur d'autres organes (crête, cerveau, etc.). Ils peuvent agir par voie nerveuse ou sanguine. En pratiquant une greffe à un emplacement différent de celui d'origine, on supprime la possibilité de rétablissement de connexions nerveuses. Seules des connexions sanguines peuvent s'établir entre le testicule et d'autres organes.

C : On suppose que le testicule communique par voie sanguine avec les organes sur lesquels il agit. Les résultats montrent que l'action du testicule est maintenue.

Il agit donc par voie sanguine, c'est-à-dire par l'intermédiaire d'une hormone.

D : Hypothèse : l'hormone testiculaire responsable de l'acquisition et du maintien des caractères sexuels secondaires chez le coq est la testostérone.

Une injection de testostérone de Taureau produit le même effet que le testicule chez un coq castré. L'hypothèse est donc validée.

**Conclusion**

Les testicules contrôlent l'acquisition des caractères sexuels secondaires chez le coq par l'intermédiaire d'une hormone, la testostérone. Celle-ci est libérée dans le sang et atteint des organes cibles sur lesquels elle agit.

# Chapitre 8 Micro-organismes et santé



## 1 Des agents pathogènes à l'origine de maladies

**De quoi s'agit-il ? De nombreux microbes vivent dans notre environnement. Certains provoquent des maladies infectieuses : ce sont des pathogènes.**

### 1 Une grande variété de pathogènes

• Les agents pathogènes, à l'origine de maladies infectieuses, vivent aux dépens d'un autre organisme dont ils détournent les ressources. Les préjudices causés à cet hôte se manifestent sous forme de symptômes (fièvre, douleur…) ou de troubles graves (problèmes cardiaques ou respiratoires).

• Les principaux pathogènes sont les bactéries et les virus dont le pouvoir de multiplication élevé favorise l'invasion de l'organisme. Quelques eucaryotes (champignons, protozoaires) sont également responsables de maladies.

• Une maladie infectieuse peut exister à l'état endémique (paludisme), mais elle peut aussi apparaître sous forme d'épidémie (grippe). Certaines sont présentes à l'échelle du globe : ce sont des pandémies (SIDA).

**Vocabulaire**

- **agent pathogène** : facteur capable de provoquer une maladie.
- **symptômes** : manifestations d'une maladie.
- **virus** : agent infectieux se multipliant à l'intérieur d'une cellule, après avoir inséré son matériel génétique.
- **endémique** (maladie) : qui sévit de manière persistante dans une région.
- **épidémie** : augmentation rapide du nombre de cas d'une maladie en un lieu donné.

### 2 Le SIDA, une maladie sexuellement transmissible

• Le SIDA est une maladie causée par un virus, le VIH qui se transmet d'un sujet à l'autre par contact sexuel, par voie sanguine ou de la mère à l'enfant (**Doc. 1**).

• Le VIH colonise les lymphocytes (cellules du système immunitaire) et s'y multiplie en les détruisant. Peu à peu l'organisme devient incapable de se défendre et des maladies opportunistes se déclarent, pouvant entraîner la mort.

**Vocabulaire**

- **SIDA** (Syndrome d'Immuno-Déficience Acquise) : maladie du système immunitaire provoquée par le VIH (Virus de l'Immuno-déficience Humaine).
- **opportunistes** (maladies) : maladies qui se déclarent quand l'organisme est affaibli.

• Après la pénétration du virus, l'organisme produit des anticorps spécifiques qui peuvent être détectés dans le sang. Le sujet infecté est alors dit séropositif.

• Malgré l'action des anticorps, le virus continue à se propager dans l'organisme, et peu à peu le système de défense s'affaiblit.

• Des traitements permettent de contenir l'action du virus mais pas de guérir du SIDA. L'utilisation de trois antiviraux à la fois (trithérapie) accroît leur efficacité.

**Doc. 1** Mode de transmission du SIDA

| Voie sexuelle | Voie sanguine | Mère à enfant |
| --- | --- | --- |
| • Liquide séminal<br>• Sperme<br>• Sécrétions cervico-vaginales | • Drogues<br>• Transfusions sanguines<br>• Accidents d'exposition au sang (AES) | • In utero :<br>- 1/3 avant accouchement<br>- 2/3 pendant accouchement<br>• Allaitement<br>• En l'absence de traitement 20 % transmission de la mère à l'enfant par VIH-1 |

# 2 Une maladie vectorielle, le paludisme

**De quoi s'agit-il ? Le paludisme est une maladie infectieuse répandue dans les régions tropicales et intertropicales. Elle est transmise par un vecteur, l'Anophèle.**

## 1 Le paludisme, une maladie parasitaire

- La maladie se caractérise par des accès périodiques de fièvre et des atteintes neurologiques (coma, convulsions) parfois mortelles.
- L'agent infectieux est un micro-organisme animal, un protozoaire, le Plasmodium. Après avoir séjourné dans le foie, le parasite pénètre dans les hématies où il se nourrit de l'hémoglobine. Il grossit puis se multiplie jusqu'à l'éclatement de l'hématie, qui libère alors une vingtaine de parasites. Ceux-ci s'installent alors dans de nouvelles hématies.
- Ainsi, l'infection se propage dans le sang du malade et atteint des organes comme le cerveau. Après plusieurs cycles de multiplication, les cellules libérées par les hématies se transforment en futurs gamètes.

**Vocabulaire**

- **protozoaires** : groupe d'animaux unicellulaires.
- **parasite** : organisme vivant aux dépens d'un autre organisme.
- **hématie** : cellule sanguine appelée aussi globule rouge.

## 2 Un vecteur, l'Anophèle

- Le parasite est transmis à l'Homme par l'intermédiaire d'un vecteur. Il s'agit d'un moustique, l'Anophèle, dont la femelle se nourrit de sang. Lorsqu'une femelle pique un individu infecté, elle ingère avec le sang les futurs gamètes du plasmodium. La fécondation, réalisée dans l'estomac du moustique, aboutit à la formation d'une cellule-œuf qui se multiplie et produit de nombreuses spores.
- Celles-ci migrent dans les glandes salivaires du moustique, prêtes à être injectées au cours de la prochaine piqûre.
- Ainsi, le parasite réalise son cycle de vie chez deux hôtes, l'Homme chez qui il se multiplie et le moustique chez qui il se reproduit (**Doc. 2**).

**Vocabulaire**

- **vecteur** : agent de transmission.
- **spores** : cellules à rôle de dispersion.

**Doc. 2** Le cycle du plasmodium dans l'Homme (1, 2, 3) et dans l'Anophèle (4, 5, 6)

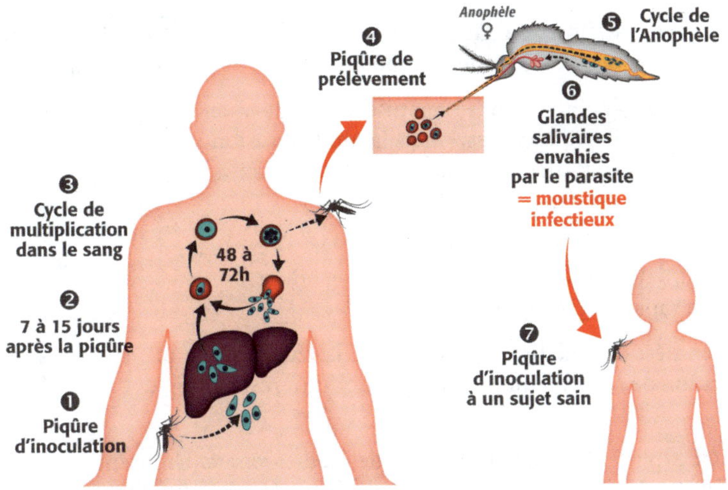




## B Une maladie endémique

- Dans les zones tropicales et intertropicales, le climat chaud et humide favorise la reproduction des moustiques. En effet, l'eau est nécessaire au développement de leurs larves aquatiques. Par ailleurs, la température élevée accélère leur cycle de développement.

- Les Hommes infectés sont des réservoirs de parasites, favorisant la transmission de la maladie.

**Vocabulaire**
- **larve** : forme d'un animal qui, à la sortie de l'œuf, est différente de l'adulte.

# 3 Des méthodes pour lutter contre le paludisme

**De quoi s'agit-il ?** **Pour lutter contre le paludisme, maladie la plus répandue au monde, on tente de limiter la propagation de l'agent infectieux et d'éliminer le vecteur.**

## 1 Limiter la propagation

- Dans les zones endémiques du paludisme, des mesures de prophylaxie sont mises en place, par exemple l'utilisation de moustiquaires et de produits répulsifs afin d'éviter la piqûre de l'Anophèle.

- L'éradication du vecteur par des insecticides comme le DDT a été concluante pendant un temps mais les problèmes liés, d'une part à l'environnement, et d'autre part à la résistance du Moustique, ont conduit à chercher d'autres moyens de lutte.

- Il semble plus facile d'éradiquer les larves aquatiques par des travaux d'assèchement des zones marécageuses, par la lutte biologique qui consiste par exemple à placer des poissons mangeurs de larves dans les milieux où celles-ci se développent. On disperse aussi des mâles Anophèles stériles dans la nature afin qu'ils entrent en compétition pour les femelles avec les mâles fertiles.

**Vocabulaire**
- **prophylaxie** : mesures de protection permettant de prévenir l'apparition, la propagation ou l'aggravation d'une maladie.
- **produit répulsif** : substance faisant fuir de façon plus ou moins spécifique une espèce.
- **résistance** : état d'un organisme qui rend inefficace un moyen de lutte utilisé à son encontre.

## 2 Dépistage et traitement des sujets infectés

- Chaque personne infectée constitue un réservoir à Plasmodium, source de propagation du parasite, qu'il est utile de repérer.

- Les premiers symptômes d'une infection se manifestent par une poussée de fièvre à plus de 40 °C, laquelle correspond à la multiplication du Plasmodium à l'intérieur des hématies, des frissons, puis des sueurs abondantes.

- L'examen au microscope optique d'un frottis sanguin (**Doc. 3**) est la méthode la plus fiable pour détecter la présence du parasite. On utilise aussi des tests de détection rapide d'antigènes.

**Vocabulaire**

- **réservoir** : espèce qui participe au cycle de développement d'un pathogène.
- **antigène** : molécule spécifique d'un agent pathogène. Elle est détectée par le système immunitaire de la personne infectée.

- Pendant plusieurs décennies, des médicaments comme la chloroquine ont été utilisés avec succès, mais l'apparition de souches mutées de Plasmodium résistantes les ont rendus moins efficaces.

- Des nouvelles voies sont explorées dans la recherche de médicaments. Un premier vaccin, peu efficace, a été fabriqué en 1986, remplacé par d'autres depuis, plus performants mais qui demandent encore à être améliorés. La difficulté est que le Plasmodium peut muter de nombreuses fois à l'intérieur des hématies, tromper le système immunitaire et rendre le vaccin inefficace.

**Doc. 3 Hématies parasitées par le Plasmodium**

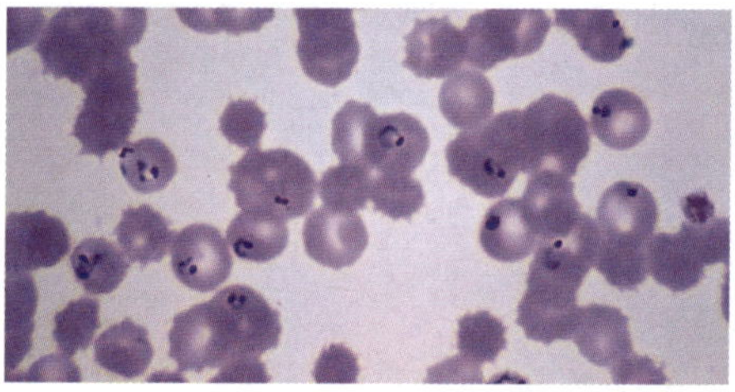

Dans ce frottis sanguin, le parasite est visible à l'intérieur des hématies.

# 4 Le microbiote humain, des microbes en symbiose avec l'Homme

**De quoi s'agit-il ?** **Notre organisme héberge un grand nombre de micro-organismes non pathogènes. Ceux-ci constituent le microbiote, lequel assure des fonctions variées.**

## 1 Une diversité microbienne

- Le microbiote humain est composé de 30 000 à 40 000 milliards de microorganismes, soit un nombre équivalent à celui de nos cellules. Il s'agit principalement de bactéries, réparties en 200 à 250 espèces différentes.

- La plupart de ces micro-organismes vivent dans l'intestin (**Doc. 4**), mais aussi sur la peau et les muqueuses (bouche, appareil génital).

- Bien qu'une centaine d'espèces bactériennes soit commune à tous, la composition du microbiote est propre à chaque individu. Elle dépend

**Vocabulaire**

- **microbiote** : ensemble des micro-organismes vivant dans un environnement particulier chez un hôte, l'Homme (ou un animal ou un végétal).
- **muqueuse** : tissu qui tapisse intérieurement les organes creux du corps (tube digestif, appareil respiratoire, vagin…).

à la fois de facteurs génétiques et de l'environnement, en particulier de l'alimentation de l'hôte et des médicaments absorbés (antibiotiques notamment).

- Le microbiote se met en place progressivement. Dans l'utérus, le fœtus est totalement dépourvu de micro-organismes. La construction de son microbiote débute à l'accouchement, par transmission des micro-organismes maternels, puis se poursuit pendant les quelques jours qui suivent, notamment par l'allaitement, jusqu'à ce que le nombre de micro-organismes deviennent en quelques jours comparable à celui de l'adulte. Néanmoins, c'est seulement après trois ans que leur diversité sera similaire.

**Doc. 4 Le microbiote humain**

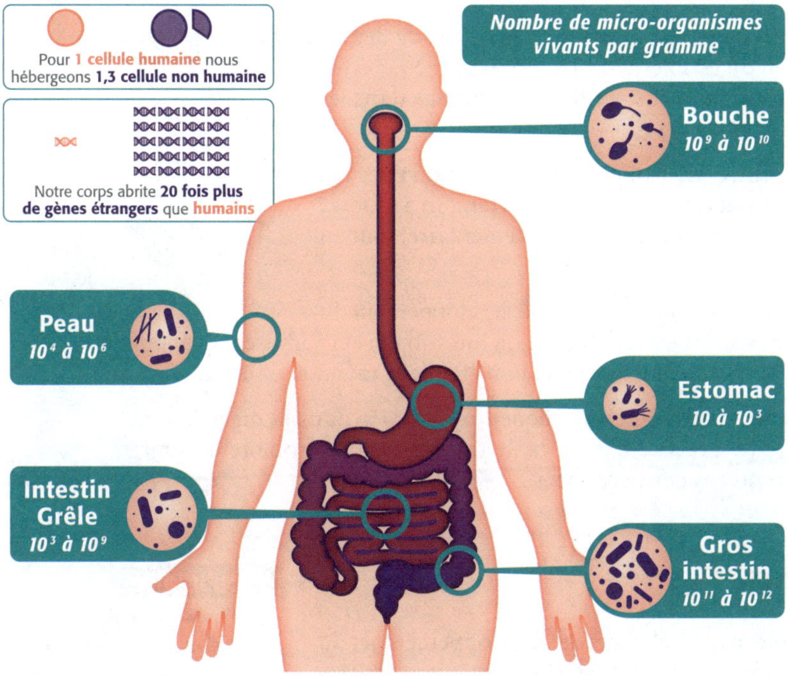


## 2 Une association à bénéfices réciproques

- Le microbiote, celui de la peau comme celui des muqueuses, entre en compétition avec des micro-organismes potentiellement pathogènes et limite leur prolifération. Il peut aussi les éliminer en sécrétant des substances bactéricides.

- Néanmoins, certains micro-organismes normalement bénins du microbiote peuvent devenir pathogènes pour l'organisme notamment en cas d'affaiblissement du système immunitaire. De même, un traitement antibiotique en altérant le microbiote peut favoriser la prolifération de pathogènes.

- Dans l'intestin, le microbiote participe à la digestion et agirait aussi sur le fonctionnement et le développement du cerveau humain.

- Le microbiote quant à lui profite aussi de son hôte. Ce dernier lui offre habitat et nourriture : cellules mortes, sécrétions du corps ou aliments ingérés. Entre l'organisme et son microbiote s'établit ainsi une relation à bénéfices réciproques ou symbiose.

**Vocabulaire**

- **bactéricide** : substance qui détruit les bactéries.
- **symbiose** : association obligatoire et à bénéfices réciproques entre deux organismes.

# 5 Microbiote intestinal et santé

**De quoi s'agit-il ? Les interactions entre hôte et microbiote jouent un rôle essentiel pour le maintien de la santé et du bien-être de l'hôte. La composition en micro-organismes et la diversité du microbiote sont des indicateurs de santé.**

## 1 Un rôle dans la digestion

- Les bactéries du microbiote sont présentes sur toute la longueur du tube digestif mais particulièrement concentrées dans la partie terminale de l'intestin (colon et rectum).
- Elles sont capables, contrairement aux enzymes digestives, de dégrader les fibres alimentaires non digestibles par l'Homme lui-même. Ainsi, le microbiote favorise la prise de poids et offre un avantage dans les cas de restrictions alimentaires.
- En effet, une comparaison entre un groupe de souris dépourvues expérimentalement de microbiote et un groupe de souris témoin a montré que ces dernières avaient 60 % de masse grasse supplémentaire, tout en consommant moins d'aliments.
- Par ailleurs, les bactéries du microbiote favorisent le développement du réseau sanguin autour de l'intestin (et donc l'absorption intestinale) et produisent des composés (vitamines K, B8 et B12…) qui contribuent au bon état de la muqueuse intestinale.
- Chez les individus obèses, un microbiote spécifique, très efficace dans la digestion, favoriserait de plus le stockage de graisse. D'ailleurs, le transfert du microbiote de souris obèses à des souris maigres rend ces dernières obèses.

**Vocabulaire**

- **enzyme digestive :** substance sécrétée par l'appareil digestif qui découpe (simplifie) les molécules de grande taille des aliments.
- **fibres alimentaires :** molécules de grande tailles contenues dans les végétaux.

## 2 Un rôle dans l'immunité

- Le microbiote joue un rôle essentiel dans le développement et la maturation du système immunitaire intestinal. Il protège de réactions inflammatoires, notamment en limitant le développement de certaines bactéries.
- En effet, ces dernières libèrent des substances qui altèrent l'intégrité de la barrière intestinale, passent dans le sang et déclenchent l'inflammation. Ainsi, certaines maladies inflammatoires intestinales s'expliqueraient en partie par une perturbation du microbiote.
- Des perspectives de traitements par modulation du microbiote sont envisagées dans le cas de certaines maladies.

**Vocabulaire**

- **inflammatoire** (réaction) : réaction de défense du système immunitaire à une agression externe.

**Doc. 5 Les rôles du microbiote intestinal**

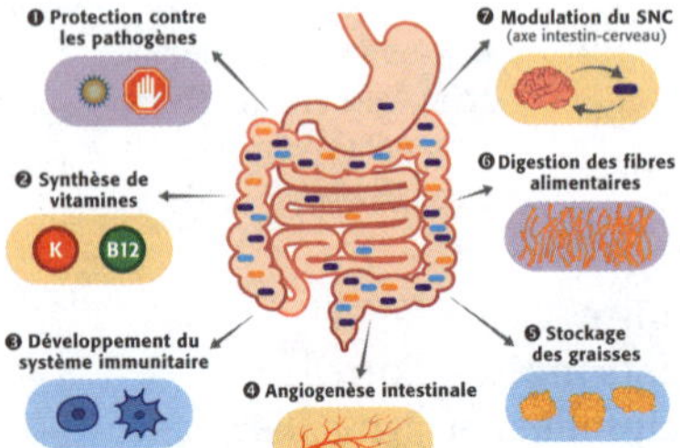


SNC : système nerveux central    Angiogenèse : mise en place de vaisseaux sanguins

## Révision express

Découvrir comment prévenir et traiter une maladie infectieuse potentiellement mortelle : le paludisme

### Le schéma à retenir

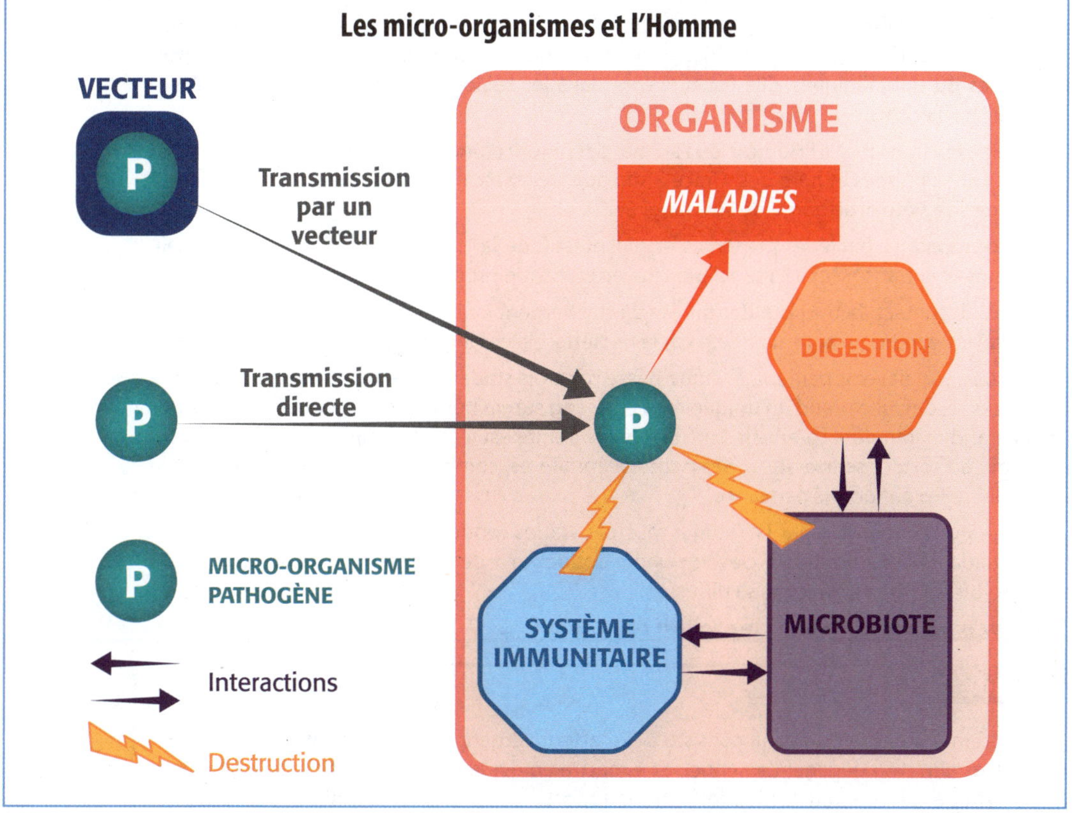


## Quiz

*Cochez la bonne réponse.*

**1.** Le microbiote humain participe à la digestion.
☐ vrai ☐ faux

**2.** Le paludisme se répartit dans les zones tropicales et intertropicales.
☐ vrai ☐ faux

**3.** Une symbiose est une association à bénéfices réciproques.
☐ vrai ☐ faux

**4.** Les bactéries du microbiote intestinal peuvent devenir pathogènes.
☐ vrai ☐ faux

**5.** L'anophèle est un moustique impliqué dans la transmission du SIDA.
☐ vrai ☐ faux

→ Réponses p. 477

EXERCICE

## Représenter le cycle du vecteur de la maladie de Lyme

### Énoncé

La borréliose de Lyme est une maladie infectieuse, non contagieuse, causée par la bactérie Borrelia. Elle se manifeste par des troubles dermatologiques, neurologiques, articulaires, parfois cardiaques ou ophtalmiques. Elle est présente dans les régions tempérées d'Europe, d'Amérique du Nord et d'Asie.

La bactérie est transmise à l'Homme ou l'animal par piqûre d'une Tique infectée (acarien), vivant dans les zones boisées et humides. Grâce à son appareil buccal (le rostre), la Tique s'accroche à la peau de son hôte et se gorge de son sang.

Durant ce repas, les bactéries présentes dans l'intestin de la Tique rejoignent les glandes salivaires, puis sont transmises à l'animal piqué avec un risque proportionnel

au temps de contact (faible pour des durées d'attachement inférieures à 72 heures). Par ailleurs, quand la Tique mord un animal infecté par la bactérie, elle les ingurgite avec le sang de l'animal.

Au cours de son développement, la Tique passe par trois stades (larve, nymphe, adulte). À chacun de ces stades, elle prend un unique repas de sang sur un hôte différent. Après un repas pris sur un grand mammifère comme le Cerf, la femelle adulte est fécondée puis pond ses oeufs. Les larves qui en sortent se fi xent sur des petits Mammifères, comme le font ensuite les nymphes auxquelles elles ont donné naissance.

L'Homme peut être piqué par la Tique à tous ces stades (principalement par les nymphes) et contracter la maladie. Toutefois, c'est un « hôte accidentel » de la bactérie. Il n'en constitue pas un réservoir car il ne permet pas sa diffusion.

**Résumez par un schéma le cycle évolutif de la Tique.**

### Méthode

**1** La première partie du travail consiste à lire attentivement le texte, à souligner les termes importants afin d'en dégager l'essentiel, et à mettre en évidence les étapes du cycle du développement de la Tique. Toutes les informations apportées par le texte ne sont pas à utiliser pour le schéma : celles par exemple concernant la localisation géographique de la Tique ou les effets de la maladie sur l'organisme ne concernent pas le cycle de développement et sont donc hors sujet.

**2** Au cours d'une seconde lecture, on reporte sur un brouillon les mots essentiels qui devront figurer sur le schéma. Il est possible aussi de commencer à les relier par des flèches pour représenter les relations qui les unissent.

**3** Ceci fait, on peut alors réfléchir à la conception du cycle : il prendra l'aspect d'un cercle dans lequel les étapes du développement se succèdent, dans leur ordre chronologique, reliées entre elles par des flèches. Il est inutile de dessiner les différentes formes de l'animal, on peut simplement indiquer leur nom.

**4** L'Homme n'est qu'un hôte parmi d'autres du cycle de la Tique mais il peut être représenté en position centrale, puisqu'il nous intéresse particulièrement en raison des effets importants de la maladie.

Corrigé

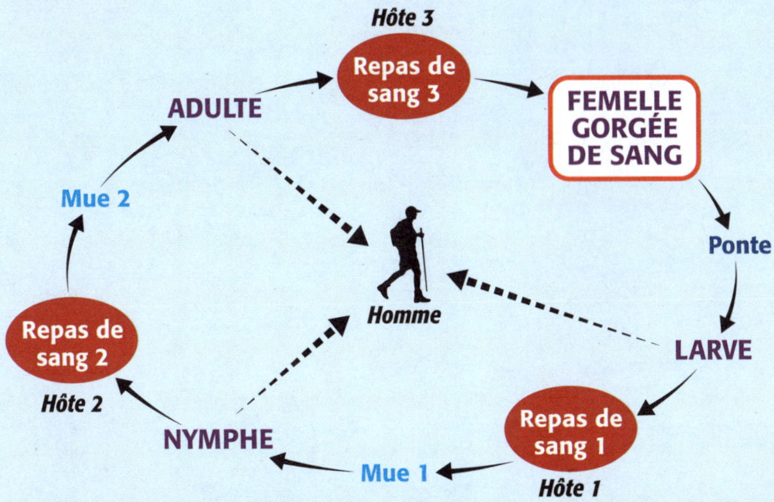
Hôte 3
Repas de sang 3
ADULTE
FEMELLE GORGÉE DE SANG
Mue 2
Ponte
Homme
Repas de sang 2
LARVE
Hôte 2
Repas de sang 1
NYMPHE
Mue 1
Hôte 1

# SES

## Introduction



## Partie 1 : Science économique



## Partie 2 : Sociologie et science politique



SES

# Intro Comment les économistes, les sociologues et les politistes raisonnent-ils et travaillent-ils ?

## 1 Comment allouer efficacement des ressources rares ?

**De quoi s'agit-il ? L'objet d'étude de l'économie est la richesse. L'économiste cherche à savoir comment produire des richesses afin de satisfaire au mieux les besoins.**

### 1 Qu'est-ce que la richesse en économie ?

- La **richesse** en économie correspond à **l'ensemble des biens et des services utiles, rares et dont l'obtention nécessite un effort**. À noter qu'en économie, trois types d'acteurs, nommés agents économiques, interviennent : le consommateur, l'entreprise et l'État.

- Un bien ou un service est utile à partir du moment où il correspond à un besoin, une envie. Il n'est pas seulement utile au sens pratique du terme. La satisfaction de certains besoins est vitale, on parle de **besoins primaires**, comme l'alimentation. Les **besoins secondaires** sont liés à l'équipement, au confort (meubles, automobile). Enfin, les **besoins tertiaires** correspondent à l'épanouissement (santé, éducation, loisirs).

- En économie, il faut **envisager la rareté en fonction des besoins**. Beaucoup de ressources semblent abondantes (eau, céréales, forêts), mais compte tenu des besoins importants des populations, elles doivent être considérées comme rares.

- L'air, bien que d'une grande utilité n'est pas un bien économique, parce qu'il existe en quantité immense et ne nécessite aucun effort pour se le procurer. En revanche, sous l'eau, le plongeur devra se procurer des bouteilles d'air. **L'air devient alors un bien économique en devenant rare**.

**Vocabulaire**

- **économie** : science qui étudie la façon dont les agents opèrent des choix dans un contexte marqué par la rareté.
- **besoin** : sentiment de manque, de privation, face à un désir encore non satisfait. En économie, un besoin n'est pas forcément synonyme de nécessité.
- **rareté** : caractère limité des ressources. Il n'y a pas forcément d'idée de caractère précieux ou peu ordinaire.

### 2 Des ressources limitées qui imposent de faire des choix

- **Nos besoins sont multiples et insatiables**, car sans cesse nourris par le progrès technique et la publicité. En revanche, **les ressources sont rares**, ce qui nous oblige à faire des choix, aussi bien individuellement que collectivement.

- **Au niveau de l'individu**, la contrainte est imposée par le **revenu**, qui constitue l'essentiel des ressources, et les prix relatifs des biens que l'on désire. Le consommateur, en fonction de ses préférences (utilité) cherchera à obtenir le maximum de satisfaction pour un minimum de dépenses.

- **Au niveau collectif**, la société, à travers l'État et l'ensemble des pouvoirs publics, est également amenée à faire des choix. Les besoins collectifs sont nombreux (santé, éducation, sécurité), mais le budget de l'État n'est pas illimité.

**Vocabulaire**

- **prix relatif** : rapport entre le prix d'un bien et celui d'un autre. Élément de comparaison entre différents biens.
- **utilité** : satisfaction procurée par la consommation d'un bien ou d'un service.
- **budget** : sommes réservées à des dépenses particulières.
- **allocation** : attribution des richesses, des ressources (allouer une somme d'argent).

- L'économie est donc la **science des choix dans un environnement aux ressources limitées**. Elle cherche à saisir et calculer les situations économiquement optimales, en tenant compte également des attentes sociales. Son objectif est donc de parvenir à une allocation efficace des ressources.

# 2 Comment fait-on société ?

**De quoi s'agit-il ? L'un des objectifs de la sociologie est de comprendre comment les individus s'organisent pour vivre ensemble. Il s'agit aussi de décrypter les mécanismes à l'origine de la construction du lien social.**

## 1 Règles et institutions

- Si les individus arrivent à coexister, à coopérer et à construire des communautés humaines c'est parce qu'ils produisent des règles qui organisent la vie en société. Ce sont des **prescriptions** (commandement, recommandation), comme « être poli », et des **interdits**, comme « ne pas voler », auxquels les individus doivent se soumettre.

- Ces règles peuvent être **formelles**, c'est-à-dire formulées explicitement sous forme de **lois** (dans le Code pénal par exemple). Elles peuvent aussi être **informelles**, c'est- à-dire relever de **conventions** admises par les individus sans être écrites (la manière de s'habiller par exemple). Dans ce cas on parlera de normes.

- Or, ces règles qui permettent aux individus de vivre ensemble et donc de « faire société » ne sont pas le produit de la nature. Ce **sont les hommes qui les produisent**. Pour les produire, les transmettre et faire fonctionner la société, l'homme se dote d'institutions comme le droit, l'État, la religion ou la famille.

- La sociologie cherche à mettre en évidence les mécanismes à l'œuvre dans la construction et le fonctionnement des sociétés, ainsi que leur évolution.

**Vocabulaire**

- **règle :** prescription d'ordre moral ou pratique, plus ou moins impérative, relative au domaine social, juridique, administratif, idéologique ou religieux.
- **société :** collectivité organisée d'individus régie par des règles et des institutions propres.
- **normes :** règles et usages informels socialement prescrits.
- **institution :** structure d'origine coutumière ou légale, faite d'un ensemble de règles, qui participe à l'organisation de la société ou de l'État.
- **sociologie :** science qui étudie l'homme vivant en société. Elle s'intéresse aux facteurs sociaux qui conduisent les individus à adopter tel ou tel comportement et cherche à comprendre le sens que les individus donnent à leur action.

## 2 La création du lien social

- Pour comprendre le fonctionnement d'une société, le sociologue s'intéresse à ce **qui rattache les individus ou les groupes sociaux** les uns aux autres et permet la **cohésion sociale et l'intégration**.

- Pour « faire société », il faut que les individus s'associent autour de mêmes valeurs, c'est-à-dire **des principes qui donnent un sens commun** à leurs actions et leurs relations. Par exemple, la laïcité fait partie des valeurs républicaines auxquelles sont attachés les Français. L'entraide, l'amour, sont des valeurs qui dominent les relations familiales aujourd'hui.

**Vocabulaire**

- **valeur :** idéaux orientant la conduite des individus ou des groupes sociaux.

- Ces valeurs s'expriment dans des **symboles** (le drapeau pour la nation ou le mariage pour la famille), des **pratiques communes** (le vote, les fêtes religieuses ou nationales), qui viennent rappeler que nous sommes une **communauté**. On peut parler ici de « **sacralisation de la société** ».

SES

# 3 Comment expliquer les comportements sociaux ?

**De quoi s'agit-il ?** **Nos actions sont très largement déterminées par notre environnement social. La sociologie étudie les comportements sociaux, c'est-à-dire l'ensemble des manières de faire, d'agir et d'interagir des individus dans la société.**

## 1 Des comportements sous influence

- Un comportement est dit « social » à partir du moment où :
– il se caractérise par une **dimension collective** (un grand nombre de personnes adopte ce comportement) ;
– il est **régulier** (on l'observe de façon récurrente) ;
– il est le produit de **facteurs extérieurs** à l'individu (environnement social).

- On peut d'abord distinguer ce qui relève de l'inné (qui existe dès la naissance) de ce qui relève de l'acquis (produit d'un apprentissage) dans nos comportements. Manger, dormir, se déplacer, se reproduire, sont des **comportements innés**, qui relèvent de la nature.

- En revanche, les goûts alimentaires, le langage, les croyances, les rapports avec les autres sont **construits** par nos interactions sociales (avec les proches, à l'école, au travail).

- Cet environnement est encadré par des **normes** et des **valeurs**. Très tôt l'individu intègre dans ses comportements sociaux ce cadre qui s'impose, consciemment ou non, à lui. Se comporter comme une fille ou un garçon, comme un jeune ou un adulte, ne va pas de soi ; il y a des statuts et des rôles sociaux à acquérir.

**Vocabulaire**

- **inné :** ce qui est donné à la naissance.
- **acquis :** ce qui se construit par l'apprentissage et l'expérience.
- **interactions sociales :** réactions réciproques entre l'individu et son environnement (autres individus, institutions).
- **statut social :** place, souvent hiérarchisée, qu'un individu ou un groupe occupe dans la société.
- **rôle social :** conduite attendue par les membres de la société.

- **Le sociologue doit « démasquer la société »** (Pierre Bourdieu). Il doit comprendre et mettre en évidence ce qu'il y a derrière ces comportements, des facteurs les plus évidents aux variables cachées.

## 2 L'évolution des comportements sociaux

- Si les sociétés traditionnelles (comme les communautés villageoises sous l'Ancien Régime) se caractérisent par une certaine inertie des mœurs où, de générations en générations, les comportements sont semblables, les sociétés modernes, depuis la Révolution industrielle, sont davantage soumises aux **changements**.

**Vocabulaire**

- **mœurs :** ensemble des pratiques sociales communes à un groupe social ou à une société.

- Les transformations de la famille, l'évolution de la place des femmes et des enfants, les pratiques religieuses, les modes vestimentaires ou musicales sont autant d'exemples de la vitesse avec laquelle **nos comportements évoluent**.

- Certaines pratiques considérées hier comme répréhensibles (déviantes) sont aujourd'hui tolérées, voire constituent la norme. Plus d'une naissance sur deux a lieu hors mariage aujourd'hui en France, contre à peine 10 % en 1980, et près d'un mariage sur deux finit par un divorce, divorces 4 fois moins nombreux il y a 50 ans (**Doc. 1**).

- **Le sociologue analyse ces phénomènes et tente d'en déterminer les causes et les conséquences.** Il ne les juge pas, même si lui-même est immergé dans la vie sociale ; il les étudie avec la distance et la neutralité nécessaires à toute démarche scientifique.

**Doc. 1** Évolution du nombre de divorces en France

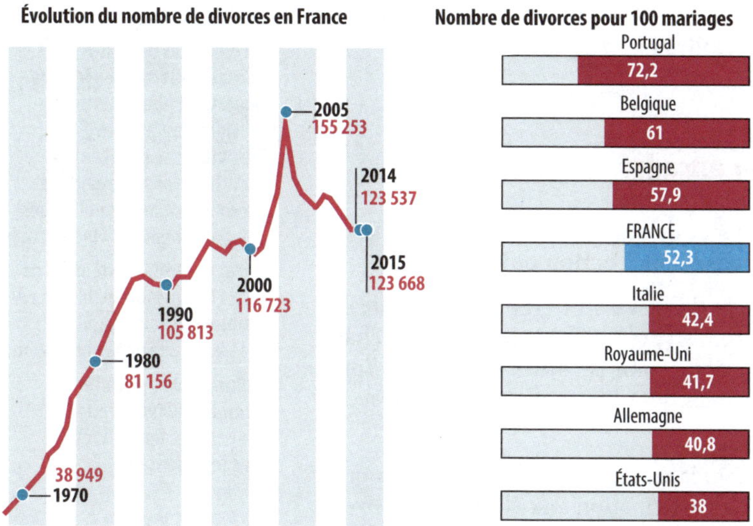


*Source* : EUROSTAT, OCDE

# 4 Comment se conquiert et s'exerce le pouvoir politique ?

**De quoi s'agit-il ?** Toute société est soumise à un pouvoir politique chargé de la gouverner. La science politique s'intéresse à la manière dont on conquiert ce pouvoir, mais aussi au rapport qu'entretient l'État avec sa population et les groupes intermédiaires (syndicats, partis, associations).



## 1 La compétition politique en démocratie

- Dans la vie politique, la **lutte pour le pouvoir** est centrale et permanente. Si, durant de nombreux siècles, le pouvoir a été conquis par les armes, dans nos sociétés occidentales, où s'est imposée la démocratie représentative, la **compétition politique** s'est pacifiée et organisée autour d'élections.

- Pour conquérir le pouvoir, la compétition s'organise entre **partis politiques** qui tentent, autour d'un programme, de mettre en avant des idées capables de recueillir les suffrages des électeurs.

- En démocratie, il existe des règles qui encadrent la compétition politique. Qui peut se présenter ? Qui peut voter ? Comment sont élus les représentants ? Quelles limites poser à la liberté d'expression ?

- D'autres forces, comme les **syndicats**, les **associations** de citoyens, tentent de faire valoir leurs intérêts à travers des mobilisations collectives (grèves ou manifestations). Ils cherchent également le relais des **médias** pour faire connaître leurs revendications et peser sur l'opinion publique et les partis politiques.

- Le fait d'obtenir la **majorité des voix** à une élection donne de la **légitimité** à celui ou ceux qui ont conquis le pouvoir. Ils incarnent la **souveraineté du peuple**.

**Vocabulaire**

- **démocratie représentative** : une démocratie est dite représentative quand la conduite du pouvoir est assurée par des représentants élus et non directement par le peuple lui-même.
- **opinion publique** : manière de penser la plus répandue dans la population. Elle est souvent mesurée par des sondages.

• La science politique s'intéresse à cette compétition. Elle analyse le **fonctionnement des élections**, les **enjeux du débat public** et les **stratégies** développées par les forces politiques pour conquérir, mais aussi exercer, le pouvoir.

## 2 Un exercice du pouvoir encadré

• Un État de droit suppose l'existence de **règles** pour protéger la population de l'arbitraire. **Le droit encadre donc l'action politique.**

• Ces règles permettent également de **servir l'intérêt général** et de **dépasser les clivages particuliers** tout en préservant la **liberté des débats**. L'action d'un gouvernement est donc soumise à des obligations (procédure, constitution) et aux critiques des opposants (droit de grève, de manifester, liberté de la presse).

• Plusieurs éléments renseignent sur la « qualité » de la vie démocratique : le pluralisme politique, le taux de participation aux élections, le niveau de culture politique de la population, sont autant d'indicateurs que la science politique cherche à mesurer et analyser.

**Vocabulaire**

- **science politique :** discipline qui étudie les processus politiques mettant en jeu des rapports de pouvoir entre les individus, les groupes, l'État. Elle s'intéresse par exemple aux institutions, aux partis et aux comportements politiques (comportement des électeurs).
- **État de droit :** système dans lequel la puissance publique est soumise au droit, au même titre que l'ensemble de la population.
- **pluralisme :** système politique qui reconnaît la diversité des opinions et de leurs représentants.

# 5 Recueillir et traiter les données

**De quoi s'agit-il ?** **Pour analyser les phénomènes économiques et sociaux, les économistes, sociologues et politistes s'appuient sur des données tirées de la réalité. Pour garantir une rigueur maximale, leur collecte et leur traitement s'appuient sur des méthodes bien établies.**

## 1 Le recueil et l'utilisation des données quantitatives

• Pour mesurer un phénomène, on recueille alors des données quantitatives. Pour les **phénomènes économiques** globaux, comme la croissance, le chômage ou le déficit public, l'économiste se tourne vers les **grands organismes publics**, dont la fonction est de collecter les informations et de fournir des statistiques. En France, les données économiques sont principalement fournies par l'**Insee** (Institut national de la statistique et des études économiques).

• Pour les **phénomènes sociaux**, il n'y a pas d'organisation publique dédiée, car ils interviennent dans des univers très distincts. Il faut donc recueillir les statistiques **auprès de chaque instance chargée du domaine étudié** (données du ministère de l'Intérieur pour analyser la délinquance ; l'Éducation nationale pour l'échec scolaire).

• Pour rendre compte d'un phénomène le plus précisément possible, il faut « faire parler » les chiffres. On utilise alors des **outils statistiques**, qui permettent de faire ressortir des informations (proportions, moyenne, élasticité).

**Vocabulaire**

- **données quantitatives :** données auxquelles on peut attribuer une valeur. Elles permettent de mesurer un phénomène.
- **statistiques :** ensemble des données numériques concernant un phénomène quelconque.

## 2 Le recueil et l'utilisation des données qualitatives

• Tous les phénomènes économiques et sociaux ne sont pas quantifiables. On recueille alors des données qualitatives. Un sociologue qui travaille sur le harcèlement scolaire aura besoin, en plus des statistiques, d'avoir des témoignages de victimes ou de harceleurs pour comprendre le phénomène. Pour analyser une nouvelle pratique sociale qui se développe, il lui faudra observer, écouter les acteurs de ce phénomène. C'est une **enquête de terrain**.

• Pour les économistes, la compréhension des stratégies économiques et commerciales, de l'organisation du travail ou du management passe aussi par un **travail d'observations et d'échanges** avec les acteurs concernés.

• Pour traiter ces informations, on mobilise des outils plus conceptuels, des **notions théoriques** qui aident à la compréhension d'un phénomène. Le concept d'utilité en économie éclaire sur les motivations des consommateurs ; celui de groupe social en sociologie aide à appréhender des phénomènes propres à une communauté.

**Vocabulaire**

▪ **données qualitatives :** données auxquelles on ne peut pas donner de valeur (des sentiments, une opinion). Elles permettent de répondre aux questions « comment ? » ou « pourquoi ? ».

## 3 L'utilisation des sondages.

• Pour obtenir à la fois des données quantitatives et qualitatives, les sociologues et politistes utilisent des sondages (**Doc. 2**). Ils élaborent des questionnaires en fonction **des objectifs de recherches**.

• Pour connaître une opinion générale sur un fait social ou politique, on posera une **question fermée** (réponse « oui/non ») ou avec des réponses préétablies (« Très satisfait » à « Pas du tout satisfait », par exemple). Si, en revanche, on souhaite connaître l'opinion de façon plus précise, on posera une **question ouverte**, laissant la personne interrogée fournir des arguments.

• Un sondage peut reposer sur un échantillon représentatif de la population (panel), mais peut aussi se faire de **manière aléatoire**. Dans ce cas, il faudra un grand nombre de personnes interrogées pour s'approcher de la réalité.

**Vocabulaire**

▪ **sondages :** enquête statistique dont le but est de connaître, à un moment précis, la manière dont se répartissent les opinions individuelles sur une question donnée.

**Doc. 2 Les Français et l'insécurité à l'école**

QUESTION : **Pour chacune des mesures suivantes**, dites-moi si vous pensez **qu'elle serait vraiment efficace** pour améliorer la sécurité au sein des établissements scolaires ?

La représentativité de l'échantillon est assurée par la méthode des quotas appliqués aux variables suivantes : sexe, âge, niveau de diplôme et profession de l'interviewé après stratification par région et catégorie d'agglomération.

SES

# 6 Utiliser des modèles

**De quoi s'agit-il ? En SES, un modèle est une représentation simplifiée d'un système économique ou social. Il aide à étudier et prévoir le fonctionnement d'un secteur économique ou des comportements sociaux.**

## 1 Simuler le fonctionnement d'une économie

- Un modèle est une « maquette » idéale de l'économie ou une **reproduction à échelle réduite** d'un secteur d'activité. Pour le construire, il faut « simplifier » cette réalité, en garder les traits les plus importants.
- Un modèle n'est donc pas une représentation parfaite de la réalité, mais une **représentation schématisée**, simplifiée, qui a pour ambition d'en montrer les principaux aspects.
- Pour les économistes, c'est l'outil mathématique qui permet de modéliser les comportements des agents en établissant des **relations entre différentes variables** (à l'aide d'une équation mathématique par exemple).
- Pour faire fonctionner un modèle, les économistes, tout comme d'autres scientifiques, formulent des hypothèses de départ. On considère par exemple que les consommateurs cherchent toujours à obtenir le plus de satisfaction possible, que les entreprises veulent réaliser le maximum de profits, etc.
- Ils testent ensuite leur modèle sur la réalité (**vérification empirique**) pour le valider, le corriger ou le rejeter.

**Vocabulaire**

- **modèle :** représentation simplifiée de la réalité. Cette représentation est souvent mathématisée.
- **variables :** élément qui peut prendre des valeurs différentes au sein d'un ensemble ou d'une relation.
- **hypothèse de départ :** proposition visant à fournir une base à un raisonnement, à une démonstration.

## 2 Décrire un phénomène ou proposer des alternatives

- Le modèle sert à **présenter un phénomène** et à **en comprendre le fonctionnement**. Par exemple, on fait travailler un ouvrier pendant 10 heures et on mesure, à chaque heure, son volume de production. On constate que son volume de production par heure augmente jusqu'à la cinquième heure, mais qu'il décroît ensuite. Il est alors possible de construire un modèle sur les liens entre temps de travail et production.
- Mais le modèle peut également servir à simuler **différents scénarios en faisant jouer plusieurs variables** : en donnant des pauses à l'ouvrier, en améliorant son confort de travail… On prévoit ainsi plusieurs possibilités et leurs conséquences à grande échelle, si on les généralise à l'ensemble des ouvriers.
- Ces modèles sont utilisés à l'échelle **d'un consommateur, d'une entreprise** : c'est une échelle microéconomique. Mais ils peuvent aussi être construits à une échelle **supérieure** : celle **d'un secteur d'activité** (le marché automobile par exemple) ou de **l'économie d'un pays**, voire de la planète dans son ensemble. On parle alors d'échelle macroéconomique.
- On prévoit ainsi l'évolution des ventes chez Renault, du marché de l'automobile français dans son ensemble, mais aussi les futures rentrées d'argent dans les caisses de l'État en fonction de la croissance économique qu'on a modélisée.
- **Il n'existe pas un seul modèle en économie**, mais plusieurs, qui sont parfois complémentaires et parfois en concurrence les uns avec les autres.

**Vocabulaire**

- **microéconomie :** approche de l'économie à l'échelle de l'agent individuel (consommateur, entreprise).
- **macroéconomie :** approche de l'économie à l'échelle globale, généralement d'un État.

# 7 Établir des corrélations et des liens de causalité

**De quoi s'agit-il ? En analysant des données statistiques, témoignages ou observations, on s'aperçoit que des éléments varient ensemble, qu'ils semblent liés. Existe-t-il alors un rapport de cause à effet entre les deux ?**

## 1 Corrélations positives et négatives

- Pour tenter de comprendre un phénomène, on cherche à voir si, parallèlement à celui-ci, d'autres éléments évoluent également. On veut établir des corrélations.

- Par exemple, quand on étudie la réussite scolaire, on s'aperçoit que plus le temps passé devant un écran est important, moins les résultats à l'école sont bons. Ici, les **deux variables évoluent en sens inverse**, c'est une corrélation négative. En revanche, si on constate que plus il fait chaud, plus la consommation de glaces est élevée, on parlera de corrélation positive (**les deux éléments varient dans le même sens**).

- Pour déterminer les causes d'un phénomène, il faut donc établir des corrélations, mettre en lumière des **liens possibles entre ce phénomène et d'autres variables**.

**Vocabulaire**
- **corrélation :** lien entre deux éléments qui varient ensemble.
- **corrélation positive :** se dit lorsque deux variables liées évoluent dans le même sens.
- **corrélation négative :** se dit lorsque deux variables liées évoluent en sens contraire.

## 2 Corrélations et causalité : des rapports multiples

- Il faut bien distinguer corrélation et causalité. Si deux éléments varient ensemble, on peut faire l'hypothèse que **la variation de l'un des éléments est la cause de la variation de l'autre**. On parlera ici d'un lien de causalité, à condition de pouvoir en faire la démonstration. L'espérance de vie diminue avec la consommation de tabac (corrélation) ; fumer provoque des maladies graves (causalité).

- Deux variables peuvent avoir un **lien de causalité réciproque**. L'augmentation des richesses d'un pays s'accompagne d'un niveau d'éducation moyen plus élevé (corrélation). C'est parce que le pays a les moyens pour financer la construction d'écoles et le recrutement d'enseignants (l'enrichissement est la cause de l'amélioration du niveau d'éducation). Mais on peut également envisager que, parce que le niveau d'éducation est meilleur, le pays peut s'enrichir. Établir un lien ne renseigne pas sur le sens du lien : quel élément est la cause, lequel est l'effet ? Dans l'exemple pris, **les deux variables sont à la fois cause et effet** (relation de réciprocité).

**Vocabulaire**
- **causalité :** lien qui rattache une cause à un effet.

- Parfois, deux éléments semblent liés, mais l'explication (causalité) est ailleurs. On parle alors de « **variable cachée** ». 25 % des Garance et 18 % des Augustin obtiennent la mention Très bien. Plus significatif encore, en 2017 et en 2018, les Juliette obtiennent le même taux de 20 % de mentions Très bien, alors que ce ne sont pas les mêmes élèves.

- **Il y a bien corrélation** entre le prénom et la mention au bac, **mais la cause n'est pas le prénom** lui-même : c'est le **milieu social**, qui pèse sur le choix du prénom et sur la réussite scolaire.

## Révision express

### Le schéma à retenir

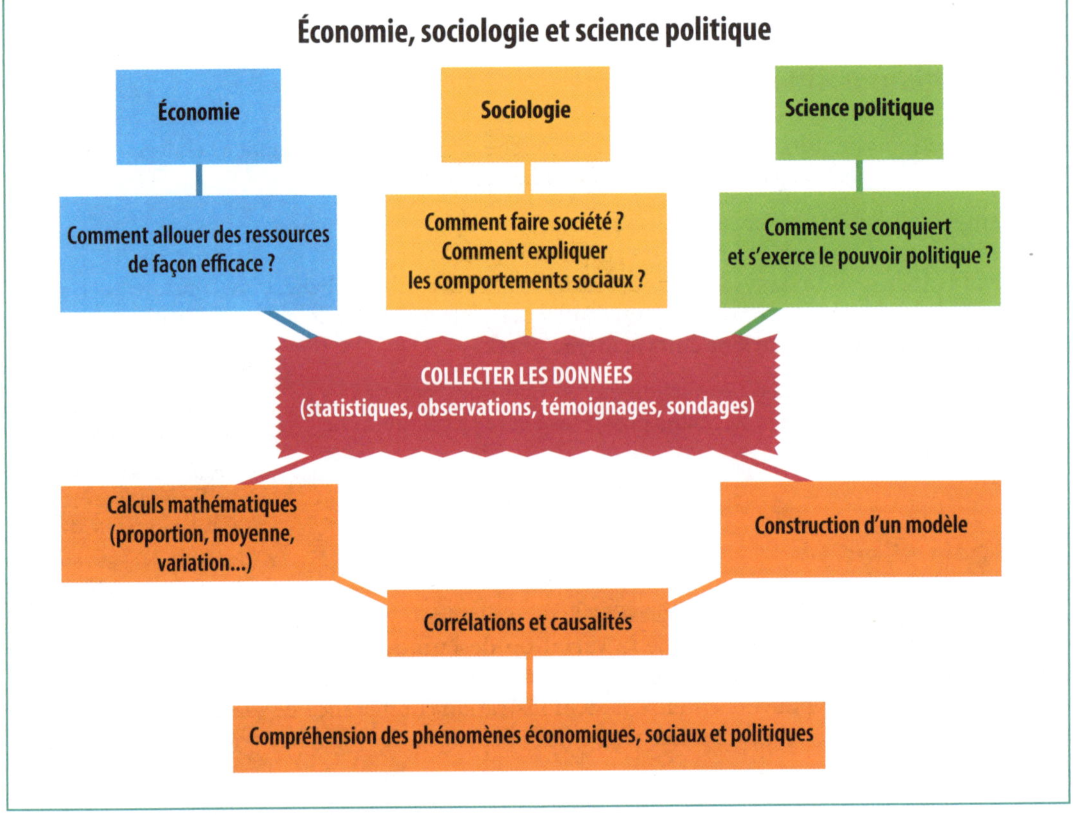


### Quiz

*Cochez la bonne réponse*

**1.** Nos besoins évoluent.
☐ **vrai** ☐ **faux**

**2.** La sociologie s'intéresse aux comportements innés.
☐ **vrai** ☐ **faux**

**3.** L'opinion publique se mesure.
☐ **vrai** ☐ **faux**

**4.** Un modèle économique est unique.
☐ **vrai** ☐ **faux**

**5.** Corrélation et causalité sont synonymes.
☐ **vrai** ☐ **faux**

→ Réponses p. 477

## EXERCICE 1

# Calculer et lire des pourcentages de répartition

## Énoncé

**1.** Calculez le taux de véganisme et de flexitariens. Calculez la proportion de personnes à régime alimentaire particulier. Rédigez une phrase avec les résultats trouvés.

**2.** Quelle est le nombre de filles qui sont flexitariennes, de garçons végans ? Arrondissez à l'entier supérieur

**3.** Calculez le nombre de filles végans de 15-34 ans. Arrondissez à l'entier supérieur.

**Pratiques alimentaires des Français**

| | Nombre d'individus déclarant être : | % de filles | Part des 15-34 ans en % |
|---|---|---|---|
| **Végan*** | 22 | 85 | **67** |
| **Végétariens**** | **38** | 80 | 62 |
| **flexitariens***** | **281** | 60 | 55 |
| **Sans régime particulier** | **559** | 41 | 23 |
| **Ensemble** | 900 | | |

* : N'utiliser aucun produit animal.
** : Ne pas manger de viande
*** : Manger de tout mais réduire sa consommation de viande

## Méthode

Calculer des pourcentages à partir de valeurs absolues.

Pour calculer un pourcentage (on parle également de part ou de taux), il faut rapporter la partie dont on souhaite mesurer le poids relatif à un ensemble.

Part en % = Valeur de la partie/Valeur de l'ensemble × 100

La somme de toutes les parties est égale à 100 %. Une proportion ne peut pas être supérieure à 100 %, car c'est ce qui correspond à l'ensemble. Elle ne peut pas être inférieure à 0.

Exemple : si dans une classe de 30 élèves, les garçons sont 12 et les filles 18. La proportion (ou le pourcentage) de garçons dans la classe sera de : 12 (partie)/30 (ensemble) × 100 = 40 %.

Lecture : Les garçons représentent 40 % des élèves de la classe.

## Corrigé

**1.** Taux de véganisme : 22/900 × 100 = 2,4 %. Taux de flexitariens : 281/900 × 100 = 31,2 %.
Proportion des individus à régime alimentaire particulier :

$$(22 + 38 + 281)/900 \times 100 = 341/900 \times 100 = 37{,}9\ \%$$

2,4 % des individus déclarent être végans. 31,2 % des individus déclarent être flexitariens. 37,9 % des individus déclarent avoir un régime alimentaire particulier.

**2.** 60 × 281/100 = 169 filles déclarent être flexitariennes. 15 × 22/100 = 3 garçons sont végans (100 % – 85 % pour trouver la proportion de garçon végans).

**3.** 85 × 22/100 = 19 filles sont végans. 67 × 19/100 = 13 filles de 15-34 ans sont végans.

# Chapitre 1 Comment crée-t-on des richesses et comment les mesure-t-on ?

## 1 Qui produit les richesses ?

**De quoi s'agit-il ?** **Les richesses sont créées par différents types de producteurs. En fonction des objectifs recherchés, la richesse créée sera de nature différente.**

### 1 Les entreprises

- Une entreprise est une **organisation productive** dont le but est de réaliser des profits. Elles réalisent l'essentiel de la production marchande, c'est-à-dire les biens et les services vendus sur le marché à un prix supérieur aux coûts de productions.
- **Elles sont classées par taille, secteur d'activité ou statut juridique** (entreprise individuelle, SARL ou SA). C'est le volume d'activité, les contraintes financières ou encore le niveau de risque qui déterminent le choix du statut.

**Vocabulaire**

- **entreprise :** organisation productive dont l'objectif est de réaliser des bénéfices.
- **production marchande :** biens et services dont la vente permet de dégager un profit (prix supérieur aux coûts de production).

- L'écrasante majorité des entreprises en France est de petite taille (95 %), mais leur poids économique est plus faible que les grandes entreprises, qui ne représentent qu'à peine 0,1 % du total des entreprises, mais concentrent à elles seules plus du quart des effectifs salariés.
- D'autres, enfin, appartiennent à l'économie sociale (coopératives, mutuelles…).

### 2 Les administrations publiques

- **Les administrations publiques fournissent des biens et services gratuits ou quasi-gratuits** à la population et aux entreprises. Cette production non marchande est réalisée par des agents publics fonctionnaires ou contractuels (contrats de droit privé).

**Vocabulaire**

- **production non marchande :** biens et services dont la vente permet de dégager un profit (prix supérieur aux coûts de production).

- Elles interviennent à plusieurs niveaux. Les **administrations centrales** assurent les grandes missions de l'État, comme la sécurité, l'éducation ou la santé. Les **administrations locales**, comme la commune, le département ou la région, remplissent des missions à l'échelle plus locale (transports publics, voirie…).
- Le rôle des administrations publiques est de fournir à tous les citoyens des **services utiles au fonctionnement du pays**. Elles assurent également une mission de solidarités et de justice sociale (protection sociale et réduction des inégalités).

### 3 Les associations

- **Les associations produisent principalement des biens et services non marchands**, mais peuvent aussi vendre des biens (badges, t-shirts) et services pour financer leur cause. C'est pour cette raison que l'on parle de **but non lucratif**.

**Vocabulaire**

- **association :** regroupement d'individus qui décident de mettre en commun des moyens afin d'exercer une activité ayant un but premier autre que leur enrichissement personnel.

• Elles interviennent dans les loisirs, la vie politique, la défense des droits et des libertés ou dans l'humanitaire. Certaines opèrent à un **niveau très local** (chorale d'un village) ; d'autres agissent au **niveau national** (syndicats, Restos du cœur) ; certaines, enfin, interviennent à l'échelle planétaire sur des enjeux humanitaires (Médecins sans frontières) ou environnementaux (Greenpeace). Ici, on parlera plutôt d'ONG (organisations non gouvernementales), dont les budgets et le nombre de salariés et bénévoles peuvent être très importants.

## 2 La production dans l'entreprise

**De quoi s'agit-il ? Pour produire des richesses, les agents économiques mobilisent des ressources appelées facteurs de production. Le choix de ces facteurs obéit à des impératifs techniques, mais aussi économiques.**

### 1 Mobiliser des facteurs de production

• **Pour produire, l'entreprise a d'abord besoin de travail**. Il peut s'exercer dans le cadre d'un statut **indépendant** ou d'un statut de **salarié**, quand le travailleur vend ses compétences à un employeur.

• Il peut être **manuel** ou **intellectuel** en fonction des besoins de l'entreprise ; qualifié ou non en fonction des compétences attendues pour la production à réaliser.

• Pour produire, il faut également du **capital technique**, comme des matières premières et de l'énergie (capital circulant), dont les **ressources naturelles** font partie, mais qui peuvent être aussi transformées en matériaux plus élaborés ou des machines et des locaux (capital fixe).

• Ces capitaux intègrent de la **technologie**, c'est-à-dire, des avancées, des innovations, améliorant la performance ou la qualité des facteurs de production.

**Vocabulaire**

- **travail :** activités humaines socialement organisées dans le but de produire des richesses et donnant lieu à une rémunération.
- **capital circulant :** moyens de production détruits ou transformés lors du processus de production. Il s'agit principalement des matières premières et de l'énergie.
- **capital fixe :** moyens de production durables matériels (machines, locaux) ou immatériels (logiciels et brevets).
- **facteurs de production :** moyens de production durables : travail, capital et ressources naturelles.

### 2 Des facteurs de production qui se combinent

• En fonction du type de production, **l'un ou l'autre des facteurs peut être dominant**. Dans un environnement hostile à l'homme (forages pétroliers en mer ou mise en orbite de satellite), une entreprise utilisera principalement des machines. Inversement, des productions artistiques ou des soins psychologiques font appel quasi exclusivement au travail humain.

• Dans d'autres cas, le recours à du capital exige le recrutement d'un travailleur. Une entreprise de transports routiers, lorsqu'elle mobilise un camion (capital), mobilise également un chauffeur (travail). On dit pour ces situations que **les facteurs de production sont complémentaires**.

• Enfin, de nombreuses productions sont réalisables aussi bien par des machines que des travailleurs. On parle de **facteurs de production substituables**. Le travail peut être remplacé par une machine et inversement. Par exemple, le progrès technique dans l'agriculture a permis de substituer du capital au travail. Autrement dit, le travail humain dans les exploitations agricoles a reculé au profit de l'utilisation de machines.

**Vocabulaire**

- **progrès technique :** ensemble des innovations permettant d'améliorer l'efficacité du système productif, de créer de nouveaux produits ou de nouveaux procédés commerciaux.

### 3 Des facteurs de production qui se combinent

• Si plusieurs combinaisons productives sont possibles, **l'entreprise va opter pour celle qui, à niveau de production égal, coûte le moins cher**. Ainsi, on observe que pour produire un même bien, certaines entreprises profiteront d'une main-d'œuvre peu coûteuse dans un pays où les salaires sont bas, tandis que d'autres préféreront utiliser une production robotisée permise par des machines coûteuses, mais aux rendements très élevés.

• Le choix de combinaison des facteurs de production, quand ceux-ci sont substituables, suppose donc de connaître le **coût du travail** (salaire et charges sociales) **et du capital** (coûts d'investissement et entretien), mais aussi leur productivité respective.

**Vocabulaire**

■ **productivité :** rapport entre les quantités produites et les moyens utilisés (travail et capital). La productivité mesure l'efficacité des facteurs de production.

## 3 Comment mesurer les richesses créées ?

**De quoi s'agit-il ? Mesurer la richesse créée par les entreprises, les administrations et les associations, c'est pouvoir connaître réellement la richesse disponible à l'échelle d'une nation, notamment pour son partage et son utilisation.**

### 1 La valeur ajoutée marchande

• La valeur ajoutée marchande correspond à la **richesse créée principalement par les entreprises** (**Doc. 1**). On cherche à mesurer ici ce que l'entreprise a apporté en plus, par son activité, à l'économie. Ce sont les richesses nouvellement produites.

• Pour produire, une entreprise a besoin de matières premières, d'énergie ou de services que d'autres entreprises ont produits. Ces ressources, également nommées « **consommations intermédiaires** » (ou capital circulant), doivent donc être ôtées de ce que l'entreprise a produit. Une entreprise produisant des automobiles ne produit pas l'acier de la carrosserie, elle l'achète à une autre entreprise. On ne doit donc pas le compter deux fois dans la valeur ajoutée.

• **Pour calculer la valeur ajoutée**, on part du chiffre d'affaires, c'est-à-dire la valeur de la production vendue (prix × quantités vendues), duquel on soustrait les consommations intermédiaires.

**Vocabulaire**

■ **valeur ajoutée :** chiffre d'affaires – consommations intermédiaires.

■ **chiffre d'affaires :** quantités vendues × prix de vente. On parle également de recettes.

### 2 La valeur ajoutée non marchande

• **Les services non marchands**, produits notamment par les administrations, **ne donnent pas lieu à une vente**. Ils sont gratuits ou quasi-gratuits. **Ils sont cependant sources de richesse** pour la collectivité.

• Sans valeur marchande, on les évalue à leurs **coûts de production**, principalement les salaires versés aux agents qui les produisent. Un enseignant créera par exemple comme richesse son salaire et l'énergie nécessaire à l'éclairage, au chauffage et aux outils qu'il utilise.

## 3 Une richesse dont on tire des revenus

• **Le capital et le travail**, associés, **permettent de créer la richesse**. Ceux qui fournissent ces facteurs vont être rémunérés et recevoir une partie de la valeur ajoutée.

• Aux travailleurs, vont les **salaires**, les primes et avantages (mutuelle). Au capital, revient le bénéfice qui servira à payer les propriétaires de l'entreprise (dividendes pour les actionnaires), à investir ou à être épargné. Ce bénéfice correspond au chiffre d'affaires duquel on retire les sommes dépensées pour produire.

**Vocabulaire**

- **bénéfice :** chiffre d'affaires – coûts de production (ensemble des dépenses et des charges associées à la production). On parle également de profit ou d'excédent brut d'exploitation.

**Doc. 1 Valeur ajoutée par branche d'activités en France**

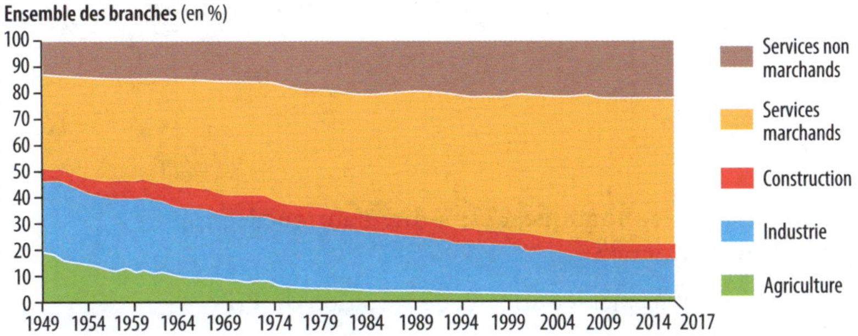


Champ : France. Source : Insee, comptes nationaux - base 2014.

Remarque : la part des services dans la valeur ajoutée progresse nettement au détriment de l'industrie et de l'agriculture. C'est un des signes de la tertiarisation de l'économie.

# 4 Mesurer la richesse et la croissance à l'aide du PIB

**De quoi s'agit-il ? Le PIB (produit intérieur brut) est un outil qui permet de mesurer la richesse créée et la croissance économique d'un territoire sur une période donnée.**

Qu'est-ce que le PIB ?

## 1 Le PIB : un outil central dans la mesure de la richesse

• Le PIB **est un agrégat** (il additionne des valeurs) **qui correspond à la somme des valeurs ajoutées marchandes et non marchandes**. Il mesure donc la richesse créée par l'ensemble des agents économiques durant une année sur un territoire donné. Pour être tout à fait précis, il faut y ajouter la TVA et les droits de douane.

• Ce sont **tous les agents économiques présents sur le territoire** qui entrent dans le calcul du PIB. La production des usines du constructeur automobile japonais Toyota présentes en France entre donc dans le calcul du PIB français. À l'inverse, une société française produisant à l'étranger sera exclue du calcul.

**Vocabulaire**

- **PIB :** ensemble des richesses créées sur un territoire sur une année.
- **TVA :** taxe sur la valeur ajoutée. Il s'agit d'un pourcentage appliqué par l'État sur l'ensemble des prix des biens vendus. Elle est payée par le consommateur final.
- **Droits de douane :** taxes fixées par un État ou une communauté d'États (Union européenne) qui s'ajoutent au prix des produits importés à l'entrée du territoire.

## 2 PIB et niveau de vie

- Le PIB par habitant (appelé aussi PIB par tête) permet d'avoir une **mesure plus précise du niveau de vie**. En effet, le PIB calcule un volume global de richesse qui dans certains cas peut être très important. Le PIB de la Chine est de 13 000 milliards de dollars en 2017, alors que celui de la France est de 2 700 milliards. Or, une fois rapporté à la population, le PIB par habitant de la Chine n'est plus que de 16 700 dollars, alors que celui de la France se situe à plus de 40 000 dollars.

**Vocabulaire**

- **PIB par habitant :** PIB/population totale. Il s'agit d'une richesse moyenne par habitant. C'est un indicateur de niveau de vie.

- Il faut noter que **le PIB par habitant indique un niveau de vie moyen, qui peut masquer d'importantes inégalités**. C'est le cas notamment dans les monarchies pétrolières (Qatar, Arabie Saoudite) qui, avec un PIB par tête très élevé, se révèlent être des nations très inégalitaires du fait d'une concentration importante des richesses autour de quelques familles, laissant une large population dans la précarité.

## 3 Mesurer la croissance à l'aide du PIB

- **Le PIB permet de calculer la croissance économique**, c'est-à-dire dans quelle proportion (en %) les richesses s'accroissent dans le temps.
- Mesurer la croissance économique revient à calculer un taux de variation du PIB.
- Pour un pays comme la France dont le PIB en 2018 dépasse les 2 600 milliards d'euros, une croissance de 1 % sur une année équivaut à une richesse supplémentaire de 28 milliards d'euros disponible pour le pays.

# 5 La croissance : les grandes tendances mondiales

**De quoi s'agit-il ? La croissance économique est un phénomène déjà ancien pour les pays occidentaux, elle s'étend sur plusieurs siècles. Désormais, même si elle est instable, elle concerne une grande partie de la planète.**

## 1 Deux siècles de croissance…

- À la fin du XVIII^e siècle, un premier pays connaît un décollage économique : l'Angleterre. Cette forte croissance est permise par **des découvertes technologiques, l'augmentation des rendements agricoles et de la population**. C'est à cette période que s'impose la manufacture (l'usine) comme cadre de la production.
- La diffusion du progrès technique, l'usage croissant des machines et l'apparition de nouveaux moyens de transports (chemin de fer) permettent des gains de productivité importants, faisant baisser les prix et augmenter les profits.
- À partir du milieu du XIX^e siècle, la croissance s'installe en Europe, aux États-Unis et au Japon. Cette période sera nommée « **Révolution industrielle** ».
- C'est durant la période, allant de l'après-Seconde Guerre mondiale jusqu'aux années 1970, que les pays occidentaux connaissent l'expansion

**Vocabulaire**

- **gains de productivité :** augmentation de l'efficacité du processus productif. On produit autant, voire plus, en utilisant une quantité moindre de facteurs de production.
- **expansion :** phase de croissance économique soutenue et durable.

économique la plus importante de leur histoire, avec plus de **5 % de croissance annuelle moyenne**. Cette période est appelée en France les « **Trente Glorieuses** ».

- À partir des années 1980, **ce sont les pays dits émergents** comme la Chine, l'Inde ou le Brésil, **qui connaissent à leur tour des taux de croissance inédits**, poussés par la mondialisation et le rattrapage économique. La Chine, notamment, voit son PIB augmenter de plus de 10 % par an sur cette période.

## 2 … ponctués de périodes de crises.

- Si la tendance sur le long terme est à l'augmentation générale des richesses, des **périodes de recul économique** surviennent, provoquées notamment par des crises.

- De 1873 à 1896, puis surtout dans les années 1930 (suite au krach de Wall street), le monde est touché par des **dépressions économiques durant lesquelles le PIB recule nettement**. Les prix s'effondrent, tandis que le chômage et la pauvreté explosent.

- Après un ralentissement notable au milieu des années 1970 (double choc pétrolier), c'est en 2008, suite à la crise dite « des subprimes » qu'à nouveau l'ensemble des pays de la planète est touché par la récession. (**Doc. 2**)

**Vocabulaire**

- **dépression :** période caractérisée par une réduction forte et durable du PIB.
- **crise des subprimes :** nom donné à la crise financière et bancaire qui débute en 2008 aux États-Unis par l'effondrement du marché de l'immobilier.
- **récession :** période de ralentissement ou de recul temporaire de l'activité économique.

**Doc. 2** Évolution du PIB mondial depuis 2000

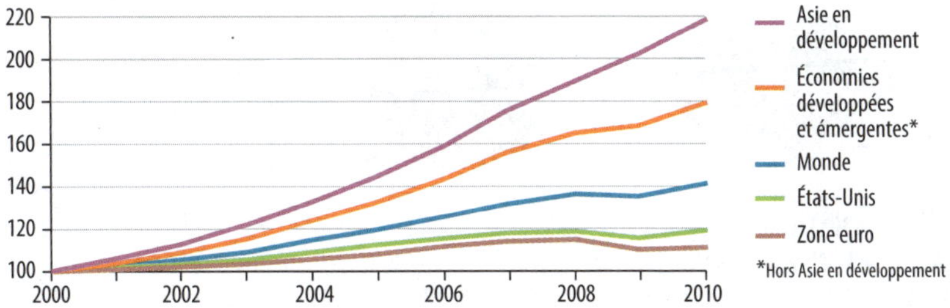


Depuis 2000, on constate que la croissance des pays émergents, en particulier en Asie, a un rythme 2 fois plus soutenu que celle des pays occidentaux (indice 220, contre 110 à 120 pour l'Europe et les États-Unis).

# 6 Inégalités et soutenabilité de la croissance

**De quoi s'agit-il ?** **Le PIB donne une mesure de la richesse produite, mais il n'éclaire pas sur son partage ni sur les effets nuisibles de la production, notamment sur l'environnement.**

## 1 Des richesses produites inégalement réparties

- Avec un PIB de plus de 2 500 milliards d'euros, la France a un PIB par habitant d'environ 38 000 euros. Mais **derrière cette moyenne, il existe des inégalités importantes**.

- D'une part, **au niveau des salaires** : si le salaire mensuel net moyen en France est de 2 300 euros, le salaire médian n'est que de 1 710 euros (la moitié des salariés gagnent moins de 1 710 euros). 5 % des salariés gagnent plus de 5 000 euros par mois, 1 % plus de 10 000 euros.

- Par ailleurs, la **possession d'un patrimoine** accentue les inégalités de revenus. Détenir des biens immobiliers permet de les louer et d'en tirer des revenus supplémentaires.

- Mais c'est surtout du côté des **actionnaires des grandes entreprises** que les rémunérations impressionnent. Par exemple, Bernard Arnault, propriétaire du groupe de luxe LVMH touche chaque année autour de 700 millions d'euros de dividendes.

- Enfin, **une part croissante de la population ne vit que de minima sociaux**, comme le RSA ou le minimum vieillesse. Cette population qui représente plus de 7 millions d'individus (12 % de la population) reçoit 1,2 % du PIB.

**Vocabulaire**

- **salaire médian :** niveau de salaire qui partage une population en deux parties équivalentes. La moitié gagne moins, l'autre plus.
- **dividendes :** revenus tirés de la possession d'actions d'entreprises. Ils découlent pour l'essentiel des profits réalisés par l'entreprise.
- **minima sociaux :** ensemble des revenus minimum versés aux personnes en situation de précarité

**Doc. 3 Les inégalités de revenus en France**

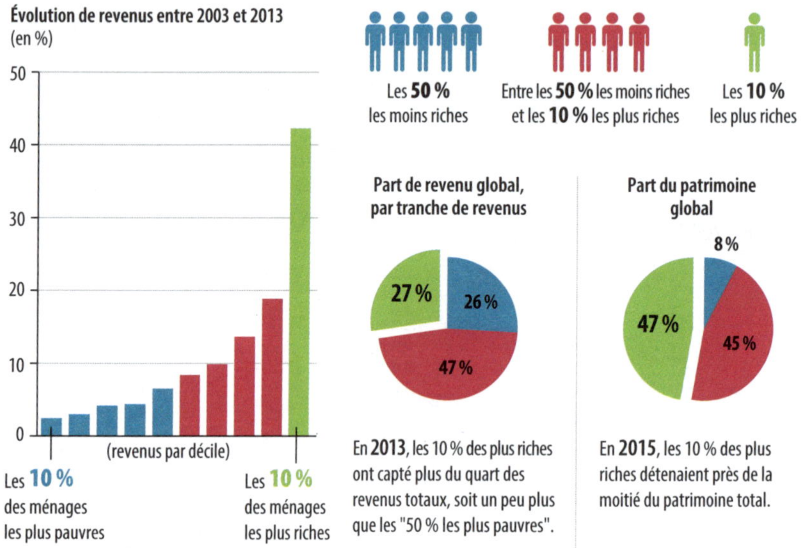


En 2013, les 10 % des plus riches ont capté plus du quart des revenus totaux, soit un peu plus que les "50 % les plus pauvres".

En 2015, les 10 % des plus riches détenaient près de la moitié du patrimoine total.

Source : Observatoire des inégalités 2017.

## 2 Une croissance qui pèse sur l'environnement

- **La production de masse, à laquelle répond une consommation de masse, a représenté un modèle de croissance** durant les « Trente Glorieuses ». Ce modèle, bien qu'ayant subi des évolutions, reste dominant et s'est développé à l'échelle mondiale.

- Avec l'émergence de zones densément peuplées, le rattrapage économique qui s'opère, combiné à une généralisation du mode de vie occidental, on observe des **tensions importantes sur les ressources naturelles** (eau, forêts, biodiversité…).

- Notre modèle de croissance s'appuie encore largement sur les énergies fossiles (pétrole, gaz, charbon) émettrices de GES (gaz à effet de serre). Ces émissions croissantes entraînent un **dérèglement climatique** qui met en péril certaines zones du globe (montée des eaux, sécheresses, cyclones).

• De nombreuses voix s'élèvent aujourd'hui en faveur d'une croissance soutenable qui réduirait notre empreinte écologique et freinerait le réchauffement climatique. À défaut, nous risquerions de ne pouvoir préserver les capacités de satisfaire les besoins des générations futures. Selon les critères retenus, il faudrait **1,7 planète pour absorber notre mode de consommation actuel**.

**Vocabulaire**

- **croissance soutenable :** modèle de croissance capable d'assurer aux générations futures les capacités de satisfaire leurs besoins et de maintenir leur bien-être.
- **empreinte écologique :** mesure de la surface nécessaire pour produire les ressources et absorber les déchets d'un groupe humain. C'est un indicateur de l'impact global de l'homme sur la planète.

**Doc. 4** L'empreinte écologique

## L'Empreinte écologique

### Qu'est-ce que c'est ?

- Un indicateur de l'impact global de l'Homme sur la planète.
- Une mesure de la surface nécessaire pour produire les ressources et absorber les déchets d'un groupe humain.
- Elle s'applique à un individu, une ville, un pays, ou à la Terre.

*Selon les critères retenus, il faudrait 1,7 planète pour absorber notre mode de consommation actuel. Problème : nous n'en avons qu'une...*

SES

## Révision express

### Le schéma à retenir

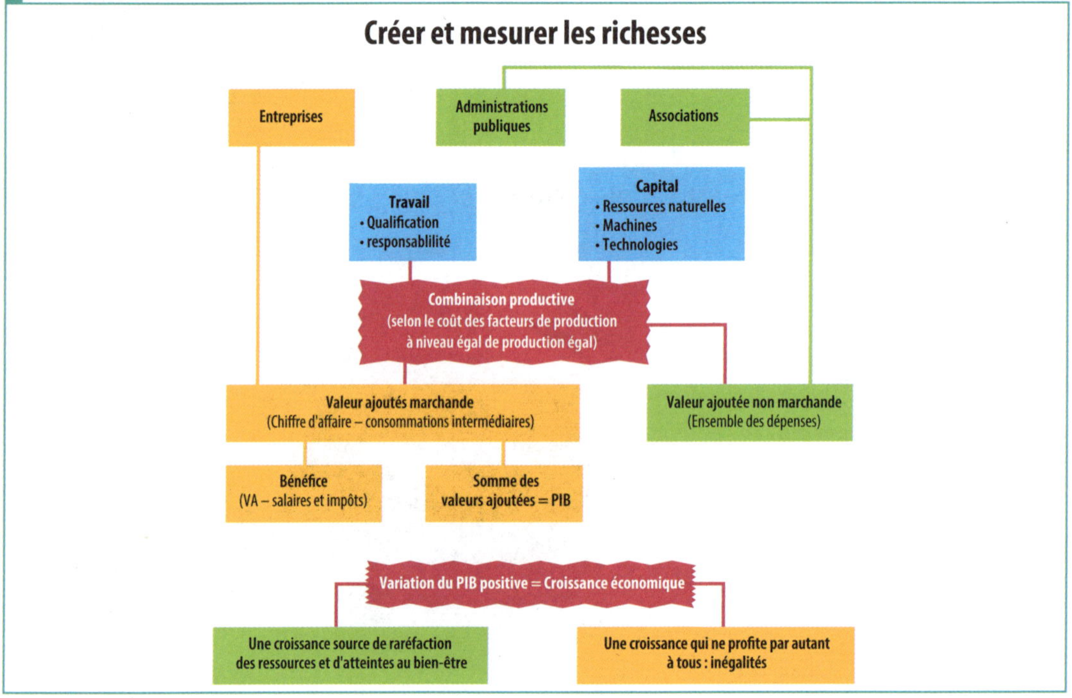


### Quiz

*Cochez la bonne réponse.*

**1.** Seules les entreprises produisent des richesses.
☐ vrai ☐ faux

**2.** La combinaison productive associe travail et capital.
☐ vrai ☐ faux

**3.** La productivité mesure l'efficacité des facteurs de production.
☐ vrai ☐ faux

**4.** La croissance, c'est l'augmentation des valeurs ajoutées.
☐ vrai ☐ faux

**5.** La croissance réduit les inégalités.
☐ vrai ☐ faux

**6.** La croissance économique accroît l'empreinte écologique humaine.
☐ vrai ☐ faux

→ Réponses p. 477

## EXERCICE 1

# Calculer des variations

### Énoncé

En 2017, la France avait un PIB de 2 500 milliards d'euros. L'Insee prévoit une augmentation de 90 milliards pour 2018. Enfin, le nombre de chômeurs qui était de 2,9 millions en 2017 devrait passer à 2,7 millions.

**1.** Calculez le taux de variation du PIB entre 2017 et 2018. Rédigez une phrase pour présenter votre résultat.

**2.** Mesurez la baisse du nombre de chômeurs à l'aide d'un coefficient multiplicateur.

### Méthode

Trois façons de calculer des évolutions relatives : taux de variation, coefficient multiplicateur et indice.

• **Le taux de variation (T)** mesure la variation relative entre deux valeurs sur deux périodes différentes. On notera la valeur de départ Vd et la valeur d'arrivée Va.

$$T = \frac{(Va - Vd)}{Vd \times 100}$$

Le taux de variation s'exprime en %. Si $T > 0$ c'est une augmentation. Si $T < 0$ c'est une baisse.

• **Le coefficient multiplicateur (CM)** permet de savoir **par combien a été multipliée** une donnée.

$$CM = Va/Vd$$

Si $CM > 1$, la valeur donnée augmente. Si $0 < CM < 1$, la valeur donnée baisse

• **L'indice (I)** permet de mesurer l'évolution de valeurs par rapport à une valeur de référence. On choisit une valeur de référence qui servira de base, puis on attribue à cette valeur la valeur 100 (indice base 100).

• On transforme alors une série de données qu'on rapporte à cette valeur de base multipliée par 100.

$$I = \frac{Vn}{V \text{ de base} \times 100}$$

Si $I > 100$, la valeur donnée augmente
Si $I < 100$, la valeur donnée baisse.

• **Relations entre les différentes formules**

Entre indice et coefficient multiplicateur : $I = CM \times 100$ ou $CM = \frac{I}{100}$

Entre taux de variation et indice : $T = I - 100$ ou $I = T + 100$

Entre coefficient multiplicateur et taux de variation : $CM = (\frac{T}{100}) + 1$ ou $T = (CM - 1) \times 100$

### Corrigé

**1.** Le PIB 2018 devrait s'élever à 2 500 (valeur de départ) + 90 = 2 590 milliards d'euros (valeur d'arrivée). Le taux de variation du PIB entre 2017 et 2017 est donc de :

$$(2590 - 2500)/2500 \times 100 = 3{,}6\ \%.$$

Entre 2017 et 2018, le PIB a augmenté de 3,6 %.

**2.** CM = 2,7/2,9 (soit Va/Vd) = 0,93.

## EXERCICE 2

# Lire et interpréter des valeurs nominales et réelles

## Énoncé

En France entre 2017 et 2018, le PIB en valeur nominale est passé de 2 500 à 2 600 milliards d'euros. Entre 2017 et 2018, les prix ont augmenté en général de 1,8 % (taux d'inflation). Dans le même temps, le salaire minimum net mensuel (SMIC) est passé de 1 180 à 1 188 euros.

**1.** Calculez le PIB en valeur réelle (en volume) de 2018 compte tenu de la hausse des prix.

**2.** Calculez le SMIC réel en 2018.

**3.** Les salariés payés au SMIC ont-ils gagné en pouvoir d'achat ? Justifiez.

## Méthode

L'inflation modifie notre perception de la richesse. Le prix constaté correspond à la valeur nominale (prix courant). Mais un produit plus cher ne signifie pas qu'il a gagné en valeur réelle. Il faut donc retirer du calcul des valeurs les effets de l'inflation (valeur réelle ou prix constant ou encore en volume).

### 1 Le calcul de l'inflation permet de convertir une valeur nominale en valeur réelle.

- Prenons un ménage faisant ses courses à un moment donné (T0) et remplissant son chariot d'un certain nombre de produits représentant la consommation moyenne d'un ménage standard. Admettons que son ticket de caisse s'élève à 100 €.
- Ce même ménage fait les mêmes courses plus tard dans l'année (T1), le montant s'élève à 102 €. Il a acheté les mêmes produits, il ne s'est donc pas procuré de richesses supplémentaires. Il s'agit donc ici d'inflation (+ 2 % dans ce cas précis).

### 2 Déflater une valeur

- Si l'argent de poche d'un lycéen passe de 40 € par mois à 44 € l'année suivante, cela correspond à une hausse de 10 %.
- Si cette année les prix ont augmenté de 2 % en moyenne (soit un indice des prix à 102), on comprend qu'une partie de l'augmentation de son argent de poche est absorbée par l'inflation.
- Pour connaître le gain réel pour le lycéen, il faut retirer les effets de l'inflation (déflater) donc rapporter à la nouvelle valeur de l'argent de poche, l'indice des prix calculé par l'insee et multiplier par 100 :

**Argent de poche en valeur nominale/Indice des prix × 100**

Dans le cas présent, je fais le calcul suivant : (44/102) × 100 = 43,13 €
Le lycéen n'a gagné que 3,13 € en pouvoir d'achat réel.

## Corrigé

**1.** On pose : (PIB en valeur nominale de 2018/Indice des prix) × 100

Soit : (2 600/101,8) × 100 = 2 554 milliards d'euros

Le PIB réel (ou en volume) est donc de 2 554 milliards d'euros, une fois les effets de l'inflation supprimés.

**2.** On pose : (SMIC 2018/Indice des prix) × 100. Soit : (1 188/101,8) × 100 = 1 167 €.

**3.** Les salariés payés au SMIC ont vu leur pouvoir d'achat baisser car leur salaire réel a perdu 13 euros.

Chapitre 2

# Comment se forment les prix sur un marché ?

## 1 Qu'est-ce qu'un marché ?

**De quoi s'agit-il ?** **L'économie de marché s'est imposée. Mais il faut distinguer le marché en tant qu'outil théorique, des marchés particuliers. Il n'y a pas un seul marché, mais des marchés.**

### 1 Le marché, un mode de régulation de l'activité économique

• Le marché est le **lieu de rencontre de l'offre** (vendeurs) **et de la demande** (acheteurs), qui conduit à la formation d'un prix.

• Les vendeurs souhaitent vendre le plus cher possible pour maximiser leurs gains, alors que les acheteurs cherchent à payer le moins possible pour satisfaire leurs besoins. **Le marché permet de trouver un point d'équilibre où l'offre est égale à la demande** grâce à la flexibilité du prix. Des intérêts divergents deviennent alors compatibles.

• Pour le libéralisme économique, le marché est le moyen le plus sûr d'orienter les conduites des agents vers la situation optimale pour l'économie.

**Vocabulaire**

- **flexibilité du prix :** capacité du prix à varier librement en fonction de l'offre et de la demande.
- **libéralisme économique :** doctrine selon laquelle les libertés économiques (propriété privée, liberté d'entreprendre, libre-échange) sont souhaitables. La régulation de l'économie par le marché doit l'emporter sur l'intervention de l'État.

### 2 La multiplicité des marchés

• **Il y autant de marchés que de biens et services à échanger**. Le marché se matérialise parfois dans certains lieux : **le marché du centre-ville**, par exemple, est un lieu de rencontre entre vendeurs et acheteurs. D'autres sont plus spécialisés, comme la criée aux poissons dans les ports de pêche où, chaque jour, en fonction des quantités de poissons de telle ou telle espèce, les prix peuvent varier fortement.

• **On échange également des services**. Le marché du tourisme, du loisir ou encore de la livraison sont des marchés en croissance, où la concurrence entre offreurs est importante pour répondre à une demande en expansion.

• Certains marchés sont plus importants et divisés en « **sous-marchés** ». On parlera par exemple du marché de l'automobile, qui ne se matérialise dans aucun lieu unique et se subdivise en différentes catégories (marché du neuf, de l'occasion, des « citadines » ou des SUV). C'est le même principe pour le marché de l'immobilier ou du textile par exemple.

• On parle également de marché pour le **travail**, les **devises** et les **capitaux financiers**. En théorie, ils fonctionnent comme les autres, mais en pratique, ils peuvent être encadrés par des règles particulières.

**Vocabulaire**

- **concurrence :** structure d'un marché qui se caractérise par une pluralité d'entreprises en compétition les unes avec les autres pour bénéficier de la préférence des consommateurs.

# 2 Comment se détermine l'offre sur un marché ?

**De quoi s'agit-il ?** **Le niveau des quantités offertes par les producteurs sur un marché dépend de plusieurs facteurs. Les coûts de production et le prix du marché sont déterminants pour fixer la courbe d'offre.**

## 1 L'influence du coût de production sur l'offre

- Le premier élément que le producteur doit connaître est son **coût de production**, appelé aussi « prix de revient ».
- Ce coût de production est composé de divers éléments :
  – des coûts fixes qui restent stables quel que soit son niveau de production. Le loyer d'un restaurant, par exemple, est le même, qu'il serve peu ou beaucoup de repas ;
  – des coûts variables qui dépendent, eux, des quantités produites. Le restaurant devra dépenser en ingrédients ou en énergie (électricité, gaz) autant qu'il aura à servir de repas.
- Une fois ses coûts connus, et compte tenu du prix du marché, le producteur sait à partir de quel chiffre d'affaires il couvre ses dépenses. Il détermine ainsi son seuil de rentabilité.

**Vocabulaire**

- **coût fixe :** coût qui ne varie pas proportionnellement à la production. Il progresse par palier.
- **coût variable :** coût qui varie selon le niveau d'activité.
- **seuil de rentabilité :** niveau de production ou de prix à partir duquel les recettes couvrent l'ensemble des coûts de production. En dessous de ce seuil, l'entreprise fait des pertes. Au-delà, elle réalise des bénéfices.

## 2 Le lien entre prix du marché et offre

- Dans un marché concurrentiel, il y a plusieurs offreurs. Sur un même marché, le producteur doit tenir compte des prix proposés par ses concurrents. On dit qu'il est « preneur de prix ».
- Tant que le prix est supérieur à ses dépenses, le producteur est incité à produire davantage pour augmenter ses gains. **L'offre est donc une fonction croissante du prix** : plus le prix augmente, plus les quantités offertes augmentent elles aussi.
- Prenons l'exemple des pêcheurs : pêcher du poisson a un coût (chalutier, carburants, marin-pêcheurs). Si le poisson est abondant et facile d'accès, les coûts seront peu élevés. À mesure qu'il se raréfie sous l'effet d'une consommation croissante, son prix augmente. Cette augmentation du prix permet aux producteurs d'aller pêcher des espèces plus lointaines, plus profondes ou plus techniques à exploiter : **il augmentera donc son offre**. Si le prix vient à baisser, il cessera d'exploiter les bancs de poissons dont les coûts de production sont supérieurs au prix de vente : **il réduira son offre**.

**Vocabulaire**

- **preneur de prix :** en situation de concurrence le prix s'impose à tous les producteurs. Si tous les vendeurs de kebab d'une ville proposent un prix à 6 €, personne ne pourra vendre les siens à 7 €, car aucun client n'aura intérêt à les lui acheter à ce prix.

# 3 Comment se détermine la demande sur un marché ?

**De quoi s'agit-il ?** **Le volume des quantités demandées dépend de plusieurs variables. L'utilité, le prix et le revenu déterminent le choix du**

## 1 L'utilité du consommateur

• L'utilité peut se traduire par la **satisfaction que ressent un individu quand il consomme un bien**. Elle est liée à la notion de besoin ou d'envie.

• En théorie, plus nous consommons un bien, plus la satisfaction ressentie baisse. La rapidité avec laquelle la satisfaction diminue diffère selon les biens et selon les goûts des individus. **L'utilité du consommateur est donc propre à chacun** (même si les phénomènes de mode ont également une influence).

**Vocabulaire**

■ **utilité :** satisfaction procurée par l'obtention d'un bien ou d'un service.

## 2 Demande et variation du prix

• Si l'utilité du consommateur décroît à mesure qu'il consomme un bien, il sera moins enclin à payer le même prix pour un produit qui lui procure moins de satis- faction. **La demande est donc une fonction décroissante du prix** (**Doc. 1**).

• En revanche, si le prix baisse, il sera incité à consommer davantage, puisque la baisse de son plaisir est compensée par la baisse du prix.

• On peut mesurer le niveau de variation de la demande en fonction des variations du prix à l'aide de l'élasticité **de la demande par rapport au prix.**

**Vocabulaire**

■ **élasticité :** mesure de la sensibilité de la demande à une variation du prix ou du revenu. Pour la calculer, on rapporte la variation de la demande à la variation du prix ou du revenu.

## 3 Demande et variation du revenu

• Notre niveau de consommation est fixé par le revenu dont nous disposons (contrainte budgétaire). **Le niveau de la demande dépendra donc des ressources du consommateur**. Associé aux prix, il détermine notre pouvoir d'achat.

• Quand les premières automobiles arrivent sur le marché au début du XX$^{e}$ siècle, elles sont coûteuses et la demande est limitée aux catégories les plus fortunées de la population. Avec les procédés industriels développés par Ford, le prix d'une automobile chute (le prix de la Ford T sera divisé par 3 entre 1908 et 1920) et on observe les premiers embouteillages dans les villes américaines. C'est bien la baisse du prix conjuguée à l'augmentation des revenus et au désir collectif de posséder une automobile qui feront exploser la demande au cours du XX$^{e}$ siècle.

• Cependant, la demande ne varie pas proportionnellement au revenu, car tous les biens ne procurent pas les mêmes satisfactions. Nous serions donc prêts à sacrifier plus ou moins de notre revenu **en fonction de l'utilité que le bien nous procure**.

• Si ses revenus augmentent, le consommateur ne va pas consommer davantage de sel ou d'huile (bien inférieur). En revanche, il sera davantage tenté d'aller plus souvent au cinéma, qui lui procure plus de plaisir (bien supérieur). Ces variations de la consommation par rapport au revenu se mesurent par l'élasticité de la demande par rapport au revenu.

**Vocabulaire**

■ **pouvoir d'achat :** capacité d'un agent à consommer en fonction du revenu dont il dispose.

■ **bien inférieur :** bien dont la quantité demandée diminue avec le revenu.

■ **bien supérieur :** bien dont la quantité demandée augmente plus vite que le revenu (ex. : biens culturels).

● Enfin, l'existence de **biens de substitution** (remplacer la viande de bœuf par de la volaille), de **déterminants socioculturels** (âge, sexe, milieu social) ou le **contexte** économique et social peuvent également modifier le niveau de la demande.

**Doc. 1 La courbe de demande**

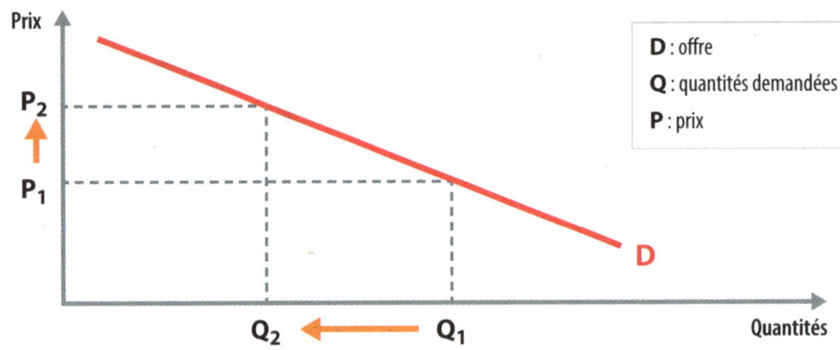


# 4 Comment le prix se fixe-t-il et se modifie-t-il ?

**De quoi s'agit-il ?** **Sous l'influence des variations de l'offre et de la demande, le marché voit son prix évoluer. Quels sont les mécanismes régulateurs à l'œuvre ?**

Qu'est-ce que la loi de l'offre et de la demande ?

## 1 Les facteurs d'évolution de l'offre et de la demande

● Tout d'abord, il existe des **facteurs économiques** qui créent un déplacement de la courbe de demande. Le **revenu** est déterminant : lorsque celui-ci augmente, la courbe de demande pour un bien donné se déplace vers la droite ; pour tous les niveaux de prix, la consommation augmente (**Doc. 2**).

● En outre, la **variation du prix des autres biens consommés** peut modifier la courbe de demande. L'augmentation du prix du carburant peut ainsi obliger à réduire sa consommation dans d'autres secteurs.

● Pour la courbe d'offre, le déplacement est principalement conditionné par le **coût des facteurs de production**. En effet, un prix de revient moins élevé pour le producteur l'incite à produire davantage. La courbe d'offre se déplace alors vers la droite (**Doc. 3**).

**Vocabulaire**

- **courbe de demande :** représentation graphique des quantités de marchandises que les acheteurs sont prêts à acheter pour un prix donné.
- **courbe d'offre :** représentation graphique des quantités de marchandises que les vendeurs sont prêts à offrir pour un prix donné.

● Les **changements technologiques** sont également à l'origine de déplacements. Les innovations dans l'industrie informatique et la baisse des coûts de production déplacent la courbe d'offre vers la droite.

## 2 Marché et prix d'équilibre

● Si le niveau de la demande augmente brusquement et que le niveau de l'offre reste le même, on se trouve en situation de **pénurie. Le prix n'assure plus l'équilibre entre l'offre et la demande**.

● Les consommateurs entrent alors en concurrence entre eux et sont prêts à payer davantage pour le bien convoité. Le prix augmente jusqu'à ce que le nombre d'acheteurs disposés à payer se réduise au niveau des quantités offertes.

● **Le marché permet donc de trouver un nouveau prix** qui assure l'égalité entre offre et demande : le prix d'équilibre. Cette capacité à ajuster en permanence offre et demande par le prix fait dire que le marché est **autorégulateur** (il revient par lui-même à l'équilibre).

● Si à l'inverse, l'offre augmente et que la demande reste identique, le prix baissera, pour inciter de nouveaux acheteurs à demander le bien dans ces nouvelles conditions. **C'est la loi de l'offre et de la demande.**

**Vocabulaire**

■ **prix d'équilibre :** prix qui assure, sur un marché, l'égalité entre les quantités offertes et demandées. Graphiquement, c'est le point de rencontre des courbes d'offre et de demande.

**Doc. 2 Le déplacement de la courbe de demande**

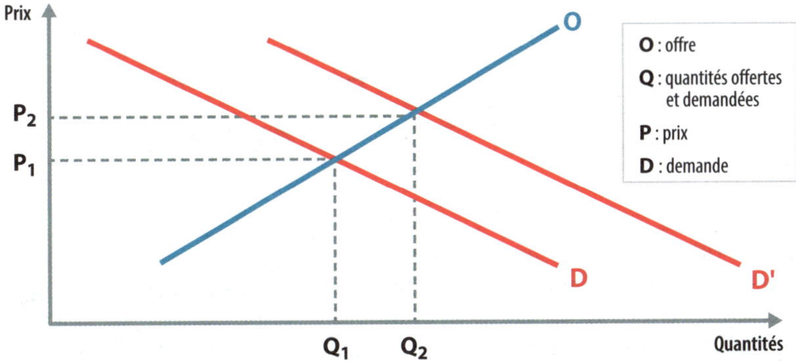


On observe ici une augmentation de la demande qui passe de D à D', ce qui crée un nouveau prix d'équilibre plus élevé $P_2$.

**Doc. 3 Le déplacement de la courbe d'offre**

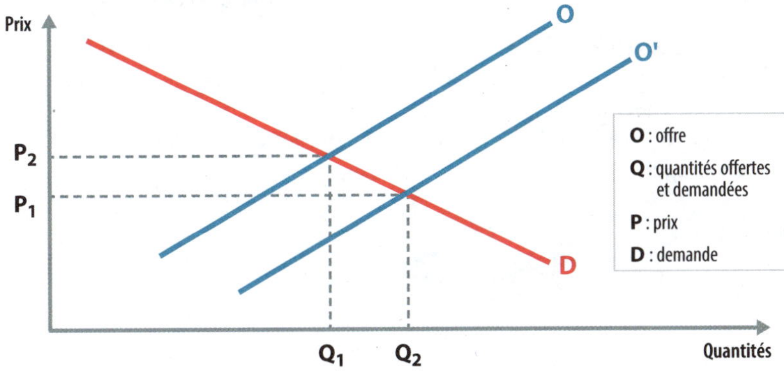


Ici, c'est l'offre qui augmente passant de O à O', ce qui entraîne la baisse du prix d'équilibre de $P_2$ à $P_1$.

# 5 Le rôle de l'État dans la fixation du prix

**De quoi s'agit-il ?** **Pour certains biens ou services, l'État peut intervenir et influencer la fixation du prix. Quels sont les effets de l'intervention de l'État sur l'équilibre du marché**

## 1 Les effets des taxes et des subventions sur l'équilibre du marché

• L'État, à travers des taxes, **peut fixer un prix élevé** pour dissuader les consommateurs et protéger leur santé (tabac, alcool). Les études montrent que l'augmentation du prix du tabac est l'une des raisons du recul de la consommation.

• Pour protéger l'environnement, il a également mis en place une **taxe sur les produits émetteurs en gaz à effet de serre** (GES). Cette « taxe carbone » cherche à orienter les conduites des agents qui les produisent ou qui les consomment, afin d'en réduire la production (**Doc. 4**).

• C'est le principe « **pollueur-payeur** ». En augmentant le prix du bien responsable de l'émission de GES, on s'attend à ce que la demande du bien en question régresse. On mise bien sur des **mécanismes de marché pour protéger l'environnement**. Une partie des taxes sur les carburants visent ainsi à inciter les personnes à opter pour d'autres modes de transports.

• L'État peut également **subventionner certains produits**. En versant une prime déductible du prix du produit ou des impôts, l'État incite les consommateurs à choisir des produits faiblement émetteurs en GES (principe du bonus/malus).

**Vocabulaire**

- **taxe carbone :** impôt environnemental proportionnel aux quantités de dioxyde de carbone (CO2) émises lors de la production et/ou de l'usage d'un bien ou d'un service. Elle peut être payée en amont sur l'utilisation des énergies fossiles par le producteur ou en aval par le consommateur.
- **subvention :** aide financière versée par l'État justifiée par l'intérêt général.

• Deux domaines sont privilégiés pour les subventions :
- **l'automobile** (subventions afin de faciliter l'achat de véhicules électriques ou hybrides et de réduire le parc de voitures à moteur thermique) ;
- **l'isolation de l'habitat** (subventions pour réduire la consommation énergétique des logements : pompes à chaleur, double vitrage).

**Doc. 4** Les effets de la taxe carbone

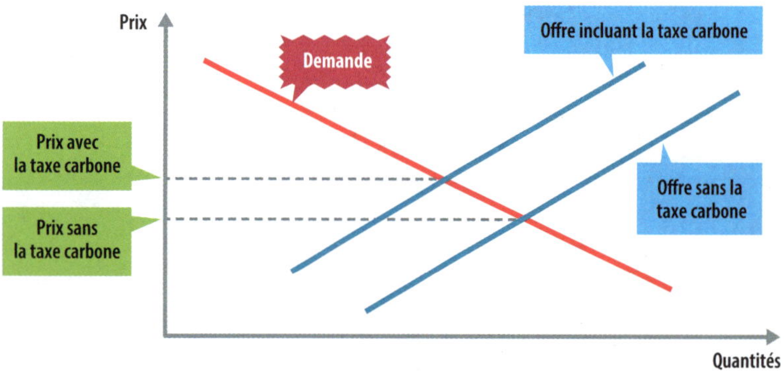


L'introduction d'une taxe carbone engendre une augmentation du prix d'équilibre. La demande recule, ce qui conduit les producteurs à réduire les quantités offertes et les incite à trouver des solutions moins émettrices de GES pour préserver leur niveau d'activité.

## 2 Le rôle des prix planchers et des prix plafonds

• Un prix plancher désigne la valeur en dessous de laquelle un bien ou un service ne peut être vendu. L'État impose ce prix minimum **pour protéger un secteur d'activité** en lui assurant des revenus acceptables. Sans ce prix, les mécanismes de marché peuvent entraîner les prix en dessous des coûts de production, ce qui condamnerait les producteurs à la faillite.

• Un prix plafond est la valeur au-dessus de laquelle un bien ou un service ne peut être vendu sur un marché. L'État fixe un prix plafond **pour maintenir l'accès à certains biens ou services**. Il s'agit de **protéger le consommateur** de tarifs abusifs qui le priveraient de biens jugés fondamentaux (loyers encadrés dans certaines grandes villes).

**Vocabulaire**

- **prix plancher :** prix en dessous duquel un bien ne peut être vendu sur le marché.
- **prix plafond :** prix au-dessus duquel un bien ne peut être vendu sur le marché.

**Doc. 5 Évolution du prix du tabac et de sa consommation**

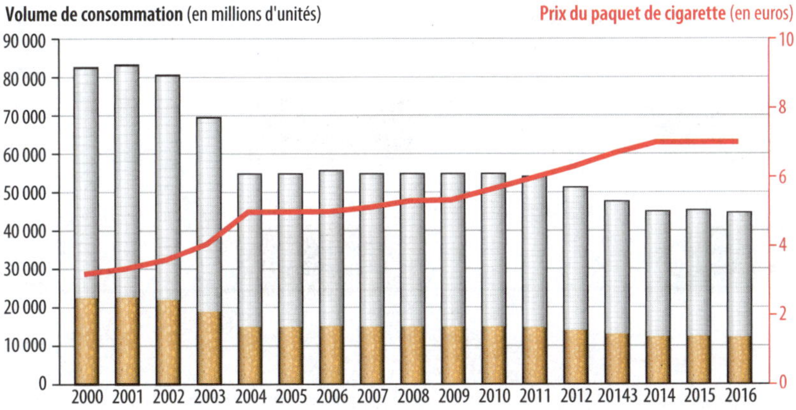


On remarque que la décision des pouvoirs publics d'augmenter le prix des cigarettes (doublement du prix en 16 ans), accompagnée de campagnes d'informations sur les méfaits du tabac, a réduit la consommation.

# Révision express

## Le schéma à retenir

## Quiz

*Cochez la bonne réponse.*

**1.** La demande est une fonction croissante du prix.
☐ vrai ☐ faux

**2.** Le prix d'équilibre est égal aux coûts de production de l'entreprise.
☐ vrai ☐ faux

**3.** Si l'offre est supérieure à la demande, les prix baissent.
☐ vrai ☐ faux

**4.** Tous les prix sont fixés par le marché.
☐ vrai ☐ faux

**5.** L'utilité est propre à chacun des individus.
☐ vrai ☐ faux

**6.** La taxe carbone est une mesure d'incitation fiscale.
☐ vrai ☐ faux

→ Réponses p. 477

## EXERCICE 1

# Calculer et interpréter des élasticités-prix

### Énoncé

Une salle d'opéra fait la statistique suivante concernant ses billets vendus pour les places juste devant la scène et l'orchestre (le parterre) et les places situées le plus haut et le plus loin de la scène (le 2e balcon).

| Prix en euros | Nombre de billets vendus pour le parterre | Nombre de billets vendus pour le 2e balcon |
|---|---|---|
| 40 | 300 | 300 |
| 80 | 280 | 200 |
| 100 | 270 | 60 |

**1.** Calculez l'élasticité de la demande par rapport au prix du billet pour les deux catégories de place.

**2.** Interprétez les résultats trouvés

### Méthode

Quelle est la sensibilité du consommateur à la variation du prix d'un bien ? C'est ce que mesure l'élasticité à travers un coefficient (E).

**1** Comment calculer une élasticité-prix ?

$$E(d/p) = \frac{\text{(Demande d'arrivée – Demande de départ)/Demande de départ}}{\text{(Prix d'arrivée – Prix de départ)/Prix de départ}}$$

**2** Comment lire et interpréter une élasticité ?

| | Niveau d'élasticité (E) |
|---|---|
| $E = 0$ | Rigidité. Absence de réaction de la demande à la variation du prix. |
| $-1 < E < 0$ | Faible élasticité. La demande réagit peu à la variation du prix. |
| $E = -1$ | Elasticité proportionnelle. Demande et prix varient de la même façon. |
| $-\infty < E < -1$ | Elasticité parfaite. La demande varie proportionnellement plus que le prix. |

### Corrigé

**1.** Élasticité de la demande par rapport au prix des billets pour le parterre :

$$\frac{(270 - 300)/300}{(100 - 40)/40} = -\ 0{,}06$$

Élasticité de la demande par rapport au prix des billets pour le 2e balcon :

$$\frac{(60 - 300)/300}{(100 - 40)/50} = -0{,}53$$

**2.** La hausse des prix n'a quasiment aucun effet sur la vente des billets les mieux placés (c'est une clientèle souvent fortunée ou d'amateurs avertis prêts à payer cher pour avoir de meilleures conditions). L'élasticité sur les billets du 2e balcon reste assez faible (largement inférieur à 1), mais est 9 fois plus importante (0,53/0,06) que pour le public du parterre.

## EXERCICE 2

# Lire et interpréter des indices synthétiques

## Énoncé

Tous les produits ont-ils vu leur prix évoluer de la même façon ? Justifiez votre réponse.

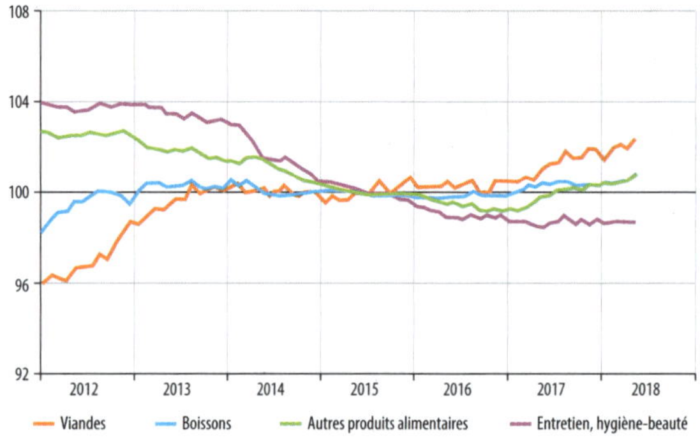


Source : Insee - indices des prix à la consommation.

## Méthode

Un indice synthétique mesure la valeur d'une grandeur composée de plusieurs grandeurs agrégées. L'utilisation des indices synthétiques permet d'offrir une lecture simplifiée et générale de situations économiques et sociales. Il facilite également les comparaisons dans le temps et dans l'espace.

### 1 L'indice des prix à la consommation (IPC)

- L'Insee fournit un indice permettant de mesurer l'évolution générale des prix (taux d'inflation) : l'indice des prix à la consommation.
- L'Insee choisit un panier de biens représentatifs de la consommation des ménages français et leur affecte un coefficient de pondération en fonction de leur poids relatif dans la consommation une année donnée. L'ensemble des prix de ce panier est ensuite ramené à 100, qui sert d'indice de base.
- L'IPC mesure une évolution moyenne des prix. Il se peut que sur une même période certains biens aient vu leur prix augmenté tandis que d'autres ont baissé. Le résultat global dépendra des différences de variations de prix et du poids relatif des biens dans le panier.
- L'IPC permet ensuite de revaloriser des revenus (SMIC, retraites, allocations familiales, pensions alimentaires…) ou de revoir des taux d'intérêt en fonction de l'inflation constatée.

### 2 Autres exemples d'indices utilisés en économie

- Les indices boursiers comme le CAC 40 sont aussi des indices synthétiques. Le CAC 40 mesure l'évolution de la valeur des actions des 40 plus grosses sociétés cotées en bourse.
- L'indice de développement humain (IDH) est également un indice synthétique qui repose sur l'agrégation de plusieurs critères : un critère de richesse (revenu national brut/habitant), un critère de santé (espérance de vie à la naissance) et un critère d'éducation (durée moyenne d'études pour les adultes et années d'études attendues pour les personnes scolarisées).

## Corrigé

Certains biens comme la viande ont vu leur prix augmenter entre 2015 et 2018 avec une hausse de 2,5 % (indice 102,5), tandis que le prix des produits d'entretien et hygiène-beauté ont baissé de 2 % (indice 98).

# Chapitre 3 Comment devenons-nous des acteurs sociaux ?

## 1 Le processus de socialisation

**De quoi s'agit-il ?** **La socialisation est le processus de transmission des normes et des valeurs qui rend apte l'individu à vivre en société. Comment se déroule cette transmission ? Quels sont les mécanismes à l'œuvre dans ce processus ?**

### 1 Les fonctions de la socialisation

- La société fournit un **cadre dans lequel les individus doivent entrer**. Ce cadre est constitué de normes et de valeurs qui organisent nos pratiques et nos rapports sociaux (**Doc. 1**).
- À l'intérieur de la société coexistent différents groupes sociaux (territoires urbains ou ruraux, communauté religieuse ou niveau social) qui développent certaines **particularités culturelles**, donnant une **marge d'interprétation** de ces normes et valeurs.
- L'individu doit faire l'apprentissage de ces normes et valeurs pour se construire une identité sociale, rendre son **comportement conforme aux attentes sociales** et **s'intégrer à la société** et à son groupe social.
- Ainsi, le fait de partager un modèle culturel commun, d'adhérer aux mêmes règles sociales, aux mêmes principes et de développer des comportements similaires, permet d'assurer à l'ensemble de la société une certaine **cohésion**.

**Vocabulaire**
- **normes :** règles et usages informels socialement prescrits.
- **valeurs :** idéaux orientant la conduite des individus ou des groupes sociaux.
- **groupe social :** ensemble d'individus formant une unité sociale durable caractérisée par des liens internes.
- **identité sociale :** manière dont les individus ou les groupes se définissent par eux-mêmes et sont définis par les autres.
- **modèle culturel :** ensemble de manières de faire, de sentir et de penser propre à une collectivité humaine.

### 2 Les mécanismes socialisateurs

Plusieurs mécanismes sont à l'œuvre lors du processus de socialisation.

- L'**inculcation** est une **transmission** explicite et contrainte de normes et valeurs. Elle se caractérise par des injonctions, des sanctions positives ou négatives répétées et intervient dès le plus jeunes âge (les règles de politesse).
- L'**imprégnation** correspond davantage à un processus d'imitation, consciente ou non, des personnes qui jouent le rôle de référent ou servent de modèle auquel l'individu socialisé s'identifie. C'est une sorte de « bain culturel » dans lequel l'individu est plongé régulièrement.
- L'**expérimentation** de situations variées, durant lesquelles la personne se socialise en intériorisant les réactions des autres à son comportement, où l'individu est plus acteur de sa socialisation à travers ses interactions sociales.
- Une fois socialisé, l'individu sera capable, de façon autonome, de participer au « **jeu social** » en respectant les rôles que la société lui assigne (savoir se comporter comme les autres l'attendent).

**Vocabulaire**
- **socialisation :** processus d'apprentissage des normes et des valeurs dont le but est de permettre à l'individu de participer à la vie sociale.
- **rôle :** comportement attendu en fonction du statut social.

SES

**Doc. 1 Normes et valeurs**

Toute société définit ce qui est bien et mal, beau et laid, honorable et honteux, agréable et désagréable [...]. Lorsque l'on dit à un enfant qui s'est mal conduit : « Tu n'as pas honte, c'est laid ce que tu as fait ! », on lui inculque les valeurs et les normes de sa société et on l'habitue à en respecter les moeurs, sans pouvoir pour autant lui en proposer d'autre justification que l'évidence. Chacun doit « sentir » ce qui est bien et ce qui est mal. [...] Une valeur s'impose à l'individu comme une évidence et un absolu, qu'on peut affiner mais qu'on ne peut, normalement, remettre en question. Bien sûr, les valeurs varient avec les civilisations et, à l'intérieur d'une même civilisation, avec les groupes et catégories sociales. [...] Les valeurs s'organisent en un « idéal » que la société propose à ses membres [...]. Cet idéal oriente les pensées et les actes [...]. Dans une société donnée, les valeurs s'organisent en un système ou une échelle de valeurs (ethos) qui doit avoir une certaine cohérence ; même s'il comporte certaines contradictions.

Henri Mendras, *Éléments de sociologie*, Armand Colin, 1997.

# 2 Le rôle de la famille dans la socialisation

**De quoi s'agit-il ? La famille est le premier environnement social que rencontre l'individu. C'est aussi elle qui joue le rôle le plus déterminant dans le processus de socialisation.**

## 1 La famille : un rôle central dans la socialisation primaire

- Les sociologues considèrent qu'**un individu se socialise tout au long de sa vie**, puisqu'il y est toujours confronté à des situations différentes (passage de parent à grand-parent, de salarié à retraité...). Ils distinguent cependant **deux grandes étapes** : la socialisation primaire, qui a lieu durant l'enfance, et la socialisation secondaire, qui commence à l'adolescence.
- Pendant la première phase, la **famille** est la principale **instance de socialisation** (**Doc. 2**). Elle transmet les **principes élémentaires de la vie en société** (langage, politesse) et intervient sur un individu vierge de toute référence. Le cadre familial est prépondérant, car l'enfance est la période où nous sommes le plus malléables.
- Cette socialisation s'effectue **au quotidien**, avec une fréquence très forte des contacts parents-enfants. Elle se réalise dans des **relations dominées par l'affection**, ce qui renforce l'intensité de ce processus.

**Vocabulaire**

- **socialisation primaire :** apprentissage des normes et des valeurs qui se réalise durant l'enfance.
- **socialisation secondaire :** apprentissage des normes et des valeurs durant une partie de l'adolescence et la vie d'adulte.

## 2 Une influence profonde et durable

- Pour de nombreux sociologues qualifiés de « déterministes », **la famille pèse fortement sur la personnalité de l'individu**, qui intériorise un système de pensée, des goûts, des opinions, des manières d'être, profondément marqués par son environnement familial.
- Le sociologue **Pierre Bourdieu** utilise le terme d'habitus pour considérer cet ensemble d'éléments transmis et durablement acquis par l'individu lors de la socialisation primaire.

**Vocabulaire**

- **déterminisme :** courant de pensée sociologique qui considère que les comportements individuels sont le produit de contraintes sociales et non du libre choix des acteurs sociaux.
- **habitus :** concept créé par Pierre Bourdieu pour définir ce que l'on a acquis et qui s'est incarné de façon durable dans le corps et l'esprit de l'individu sous forme de dispositions permanentes.

• C'est à travers cet habitus que, par la suite, l'individu interviendra dans son environnement. Son niveau de langage, ses goûts artistiques, ses opinions politiques ou même sa manière de s'habiller ou de manger seront largement influencés par la socialisation familiale. **La socialisation primaire joue alors un rôle déterminant dans la reproduction sociale.**

**Vocabulaire**

■ **reproduction sociale :** processus par lequel les positions sociales se perpétuent de génération en génération.

• D'autres sociologues, bien que reconnaissant le rôle important de la famille, considèrent que celle-ci **ne participe que temporairement à la construction sociale** de l'individu et que de multiples facteurs comptent tout autant.

**Doc. 2 La famille, source de bonheur ?**

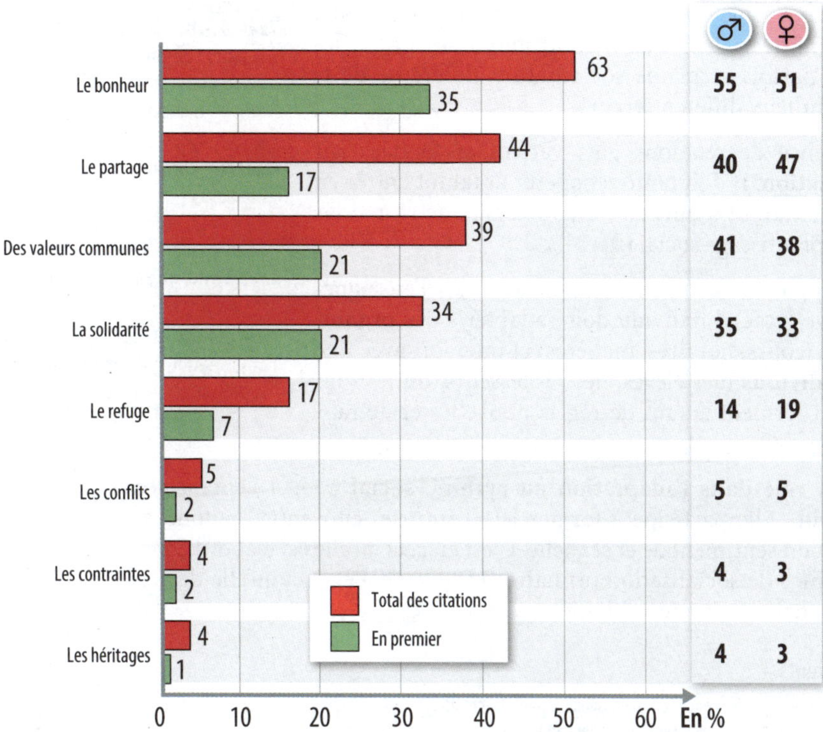


Source : Sondage Ifop, « Les Français et les nouveaux enjeux de la famille », 330 033, 2015.

## 3 Le rôle de l'école dans la socialisation

**De quoi s'agit-il ?** **Au-delà des savoirs et des connaissances, l'école transmet des valeurs et des normes. Elle est aussi un espace de relations sociales qui participent à la socialisation.**

### 1 La promotion de valeurs de différentes natures

• L'école est d'abord une **institution** qui s'inscrit dans les **valeurs républicaines**. L'égalité, la justice, la laïcité sont, entre autres, des principes auxquels les citoyens sont attachés. Par ses enseignements et ses pratiques, l'école transmet ces valeurs communes.

SES

• Par l'enseignement qu'elle propose, elle donne un **cadre culturel** aux enfants qu'elle accueille. La langue, l'histoire, les arts sont des éléments d'un patrimoine culturel qui participent à la **construction d'une identité commune**.

• Par ailleurs, elle impose ou valorise également des **attitudes**. Le travail, le respect, l'application, le calme sont autant de principes ou de conduites qu'elle diffuse par la parole des professeurs, les notes et appréciations. Ces éléments sont d'ailleurs souvent **repris par la famille, qui se conforme la plupart du temps aux attentes de l'école** (**Doc. 3**).

## 2 Un lieu d'interactions sociales

Davantage que la famille, l'école offre un **environnement propice aux relations sociales diversifiées**. L'enfant se confronte à ses pairs (les autres élèves), qui ont parfois reçu une socialisation différente de la sienne ou viennent de milieux différents.

• L'enfant fait l'expérience de relations plus variées et fondées sur **d'autres liens que l'affection**. Il doit tantôt coopérer et tantôt entrer en conflit, tantôt s'effacer et tantôt s'affirmer : une diversité de situations qui enrichissent son apprentissage social (**Doc. 4**).

• En grandissant, le rapport à l'école se transforme. Dans l'enseignement secondaire (collège/lycée), l'individu doit s'adapter à des **organisations plus complexes** (cours, horaires, matières) et interagir avec une **variété croissante d'individus** (des élèves, des professeurs, du personnel d'encadrement), qui forment autant de règles nouvelles et de rapports sociaux différents.

**Vocabulaire**

- **pairs :** ensemble de personnes ayant les mêmes fonctions, statuts.
- **rythme social :** organisation de la vie sociale autour de moments communs quotidiens (le travail, les repas, le coucher), hebdomadaires (le repos du week-end) ou annuels (les fêtes, les vacances).
- **instance (ou agent) :** organisation qui participe à la socialisation (famille, école).

• L'école joue donc un **rôle dans l'adaptation au rythme social** auquel l'enfant sera confronté une fois adulte. Elle participe à former le(la) futur(e) citoyen(ne) autonome, mais aussi à la socialisation sentimentale et sexuelle. C'est en cela qu'elle est d'abord considérée comme une instance de socialisation primaire (jusqu'au collège) et qu'elle devient par la suite un agent de socialisation secondaire.

**Doc. 3 L'école vue par les parents**

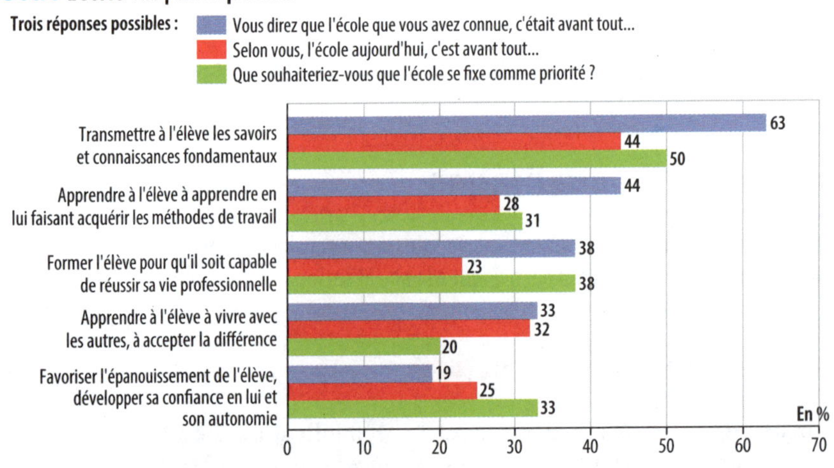

**Doc. 4 Apprendre à considérer les autres dans ses propres conduites**

Une seconde étape [est] franchie lorsque – à partir de l'entrée à l'école – l'enfant passe du jeu libre aux jeux réglementés et doit être capable « de prendre l'attitude de tout individu qui participe à la partie ». [...] Lorsque les enfants se réunissent pour « jouer à l'indien », chacun peut interpréter les rôles comme il l'entend et se faire son propre cinéma. Mais s'ils entament une partie de foot, il faudra progressivement comprendre que chaque joueur à un « rôle organisé », que le gardien reste dans ses buts et que l'arrière doit les protéger, que l'on ne peut pas sortir du terrain avec la balle ni marquer un but avec la main (enfin...) : l'enfant devra intérioriser les règles du jeu, c'est-à-dire comprendre « que l'attitude de l'un appelle l'attitude appropriée de l'autre ».

Claude Dubar, *La Socialisation*, Armand Colin, 2011.

# 4 Le rôle des médias dans la socialisation

**De quoi s'agit-il ? Les médias occupent une place importante dans nos pratiques culturelles. Ils sont présents dès le plus jeune âge et transmettent des normes et des valeurs de façon massive et de plus en plus rapidement.**

## 1 Les médias et la production de modèles culturels

- Les médias de masse comme la presse écrite, la radio, puis la télévision ont constitué et constituent encore, pour des générations entières, une source d'information et de divertissement à travers laquelle l'individu reçoit une **idéologie**, des éléments de communication, mais aussi des **modèles** auxquels s'identifier.
- Que ce soit dès le plus jeune âge, avec les dessins animés, le cinéma, ou plus tard avec les séries ou les émissions de télé-réalité, l'enfant puis l'adolescent reçoivent **des discours et des images plus ou moins explicites** quant aux conduites valorisées, aux normes esthétiques ou aux modes vestimentaires et musicales.
- En choisissant les événements dont ils estiment devoir nous informer, les médias de masse contribuent aussi à **construire nos représentations du monde**.

**Vocabulaire**

- **médias de masse :** médias capables d'atteindre et d'influencer une large audience.
- **normes esthétiques :** ce que la société ou le groupe social défini comme beau.
- **représentation :** construction d'une réalité, interprétation de notre environnement.

## 2 De nouveaux médias qui transforment nos comportements

- L'arrivée d'internet et des réseaux sociaux a transformé le paysage médiatique, ainsi que la relation de l'individu aux médias. L'individu, confronté à une source infinie d'information, est davantage **acteur de ses choix**.
- On observe **une intensification et individualisation des interactions sociales** (**Doc. 5**). Les sites de partage, le suivi de « youtubeurs », les forums et réseaux sociaux sont autant de façons de s'interconnecter, d'interagir autour de centres d'intérêts communs. Ces interactions diffusent des normes et des valeurs à une échelle très large et de façon rapide.

- Les instances de socialisation traditionnelle, comme la famille ou l'école, entrent en concurrence avec ces nouveaux médias. Cette situation les pousse à **s'adapter en intégrant ces derniers à leur fonction socialisatrice** (comme elles l'avaient fait pour la télévision à partir des années 1960), mais aussi **en éduquant le jeune individu** dans son rapport à ces nouveaux outils (esprit critique).

**Doc. 5 Des adolescents sociables**

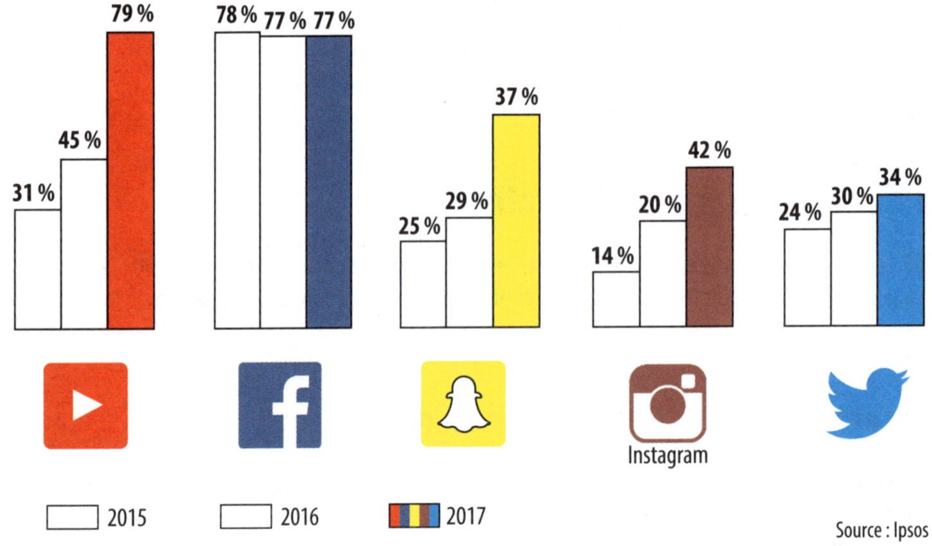


Source : Ipsos

Les adolescents sont très consommateurs des réseaux sociaux. En l'espace de trois ans, la croissance du nombre de 13-19 ans inscrits sur les réseaux sociaux a explosé, en particulier pour YouTube, devenue la première plateforme digitale auprès des jeunes avec 79 % d'entre eux qui y sont inscrits, devant Facebook, qui stagne à 77 %.

# 5 Le rôle des groupes de pairs dans la socialisation

**De quoi s'agit-il ? Dès l'école, les individus sont associés à leurs semblables pour constituer un groupe (la classe). Ils poursuivront leur vie en multipliant ces affiliations ponctuelles ou plus durables à travers leurs loisirs, leur travail ou leur engagement associatif.**

## 1 Les groupes de pairs, entre intégration et différenciation

- Nous sommes en permanence en relation avec d'autres individus. On parle de sociabilité. Ces relations se structurent souvent autour de **groupes** au sein desquels l'individu fait l'apprentissage de la vie sociale (**intégration**), tout en construisant sa propre identité en fonction du groupe fréquenté (**différenciation**).

**Vocabulaire**

- **sociabilité :** ensemble des relations interpersonnelles entre individus. Plus précisément, la sociabilité est l'existence, entre individus, de relations sociales réelles, relations choisies et réciproques que les individus souhaitent entretenir.

• Ces groupes rassemblent des individus partageant des éléments communs (groupe de pairs). L'appartenance à un groupe est source d'**interactions** qui participent à la **construction sociale de l'individu**, en lui forgeant une conscience politique ou en faisant évoluer ses goûts.

• Deux mécanismes sont à l'œuvre. D'une part, l'**impératif social** d'être affilié, intégré, **identifié à un groupe** pour ne pas être exclu de la société. D'autre part, les groupes de pairs sont souvent le produit d'affiliations choisies, où les **choix personnels de l'individu** s'affirment comme une manifestation de l'identité de l'individu. C'est le cas en particulier à l'adolescence, où l'individu s'émancipe de la tutelle du groupe familial pour commencer à élaborer son statut d'adulte autonome.

Vocabulaire

- **groupe de pairs :** ensemble de personnes présentant des éléments communs (âge, milieu social, préoccupations, aspirations, etc.).
- **affiliation :** fait de s'associer à un groupe, d'être en relation avec un ensemble d'individus.

• On entrevoit ici une sorte de **paradoxe** autour du fait que les pairs exercent à la fois une **contrainte sur l'individu** (il faut se conformer au groupe), mais permettent à l'individu de **se constituer sa propre identité** (en intégrant un groupe, il se distingue des autres).

## 2 Une sociabilité renforcée par les réseaux sociaux et Internet

• Les **nouvelles technologies** conduisent également à renforcer ou à transformer des pratiques déjà existantes. Les **relations amicales** de la cour de récréation **se poursuivent sur les réseaux sociaux**, tout comme les relations professionnelles ou associatives qui trouvent leur prolongement sur des forums ou des sites de partage.

• Ils y constituent des groupes, des réseaux autour de goûts ou de pratiques communes (sports, beauté, cuisine, jeux vidéo, etc.), qui peuvent former de véritables **communautés**, dans lesquelles se diffusent **des normes et des valeurs propres au groupe**.

## 3 Une socialisation soumise à de multiples influences

• Dans un monde aussi ouvert que le nôtre, l'individu se retrouve sous **l'influence de plusieurs agents de socialisation**, avec des forces qui poussent à la complémentarité, alors que d'autres tendent vers la concurrence, voire le conflit.

• La sociologie montre que l'individu interagit avec son environnement de plusieurs manières. Si l'influence de la famille et de l'école est déterminante dans son devenir social, ces **influences** sont **confirmées, nuancées ou transformées par les médias et les groupes de pairs** auxquels il s'associe.

• À l'inverse, **l'influence des médias et des pairs** reste **limitée par l'habitus** transmis par la famille. Les choix des sites consultés, les sports pratiqués ou la constitution de groupes d'amis sont fortement déterminés par les normes et valeurs reçues lors de la socialisation familiale.

# 6 Une socialisation différenciée

**De quoi s'agit-il ?** **La société et les groupes sociaux déterminent des identités, des rôles et des statuts distincts en fonction de certains critères. L'apprentissage de la vie sociale n'est pas le même en fonction des milieux sociaux et du sexe de l'individu.**

## 1 L'influence du genre sur la socialisation

- Dans la **construction des identités sociales**, le **genre** joue un rôle prépondérant. On doit, très tôt, signifier notre sexe et intégrer les rôles et statuts qui lui sont liés.
- D'abord au niveau de l'**apparence**, les couleurs, les habits, la coupe de cheveux, les bijoux, entre autres, doivent témoigner du genre de la personne.
- Ensuite, nos **attitudes**, notre **manière de parler**, de nous **déplacer**, nos **goûts** sont en permanence ramenés par notre famille, nos pairs ou les médias, à notre genre, de façon plus ou moins explicite et exigeante. Le choix des jouets et des activités sportives sont à ce titre très parlants.
- Traditionnellement, on considère le calme, le soin, la communication ou la compassion comme des qualités féminines, que l'on valorise chez les filles, et on attend d'un garçon qu'il pratique des activités physiques, qu'il ait l'esprit de compétition, une certaine forme de courage. On parle de stéréotypes.
- De cette socialisation ressortent des **rôles attendus socialement**, qu'on retrouvera dans le choix des études et la profession ou encore dans le partage des tâches domestiques. Certains **statuts** se créent ainsi, déterminant des **inégalités** encore importantes aujourd'hui (salaire, pouvoir économique et politique...).

**Vocabulaire**

- **statut :** position plus ou moins valorisée qu'occupe une personne dans la société.
- **stéréotype :** représentation caricaturale figée, idée reçue acceptée et véhiculée sans réflexion, concernant un groupe humain.

## 2 L'influence du milieu social sur la socialisation

- Chaque milieu social se caractérise par des éléments qui le différencient des autres groupes. C'est par la socialisation que cette distinction s'effectue, notamment par la transmission d'un capital social et culturel.
- Nous évoluons dans des **milieux où les ressources sont inégales**. Vivre dans une famille financièrement aisée, diplômée, dans un quartier privilégié, offre des expériences différentes de celles offertes dans les milieux défavorisés.
- Le niveau de langage, les pratiques sportives et artistiques, la nature des jeux et des jouets ou encore les destinations de vacances, sont autant d'éléments qui participent à la construction de notre identité sociale. Ils vont également opérer comme des **marqueurs sociaux**, des codes, qui participent aux mécanismes de **distinction sociale**.
- Cette socialisation différenciée peut participer à des **rapports de domination** (peuple/élites, bourgeois/prolétaires) et contribuer à certaines formes d'**injustice sociale** (inégalité des chances à l'école ou dans les parcours professionnels).

**Vocabulaire**

- **capital social :** ensemble des ressources qu'un individu peut mobiliser à travers ses relations, ses réseaux.
- **capital culturel :** ensemble des ressources culturelles dont dispose un individu (langage, connaissances artistiques).

# Révision express

## Le schéma à retenir

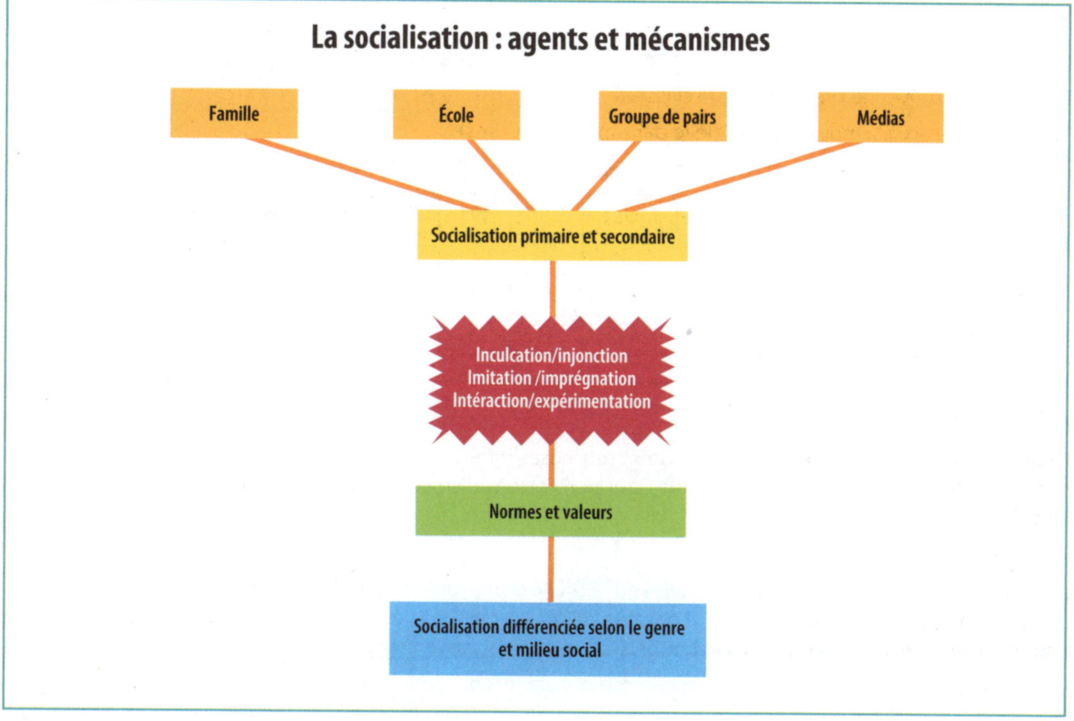


## Quiz

*Cochez la bonne réponse.*

**1.** Normes et valeurs sont synonymes.
☐ vrai ☐ faux

**2.** L'habitus est le produit de la socialisation primaire.
☐ vrai ☐ faux

**3.** Les médias ont un rôle croissant dans la socialisation.
☐ vrai ☐ faux

**4.** Filles et garçons reçoivent des normes et valeurs différentes.
☐ vrai ☐ faux

**5.** Rôles féminins et masculins sont semblables.
☐ vrai ☐ faux

**6.** Le capital culturel dépend du milieu social.
☐ vrai ☐ faux

→ Réponses p. 477

EXERCICE 1

# Calculer et interpréter une moyenne

## Énoncé

**1.** Calculez la moyenne simple, puis la moyenne pondérée de l'élève.

**2.** Calculez la moyenne pondérée de la classe.

**3.** Mesurez l'écart à la moyenne de l'élève par rapport à la classe.

Un élève a eu 10 évaluations dans l'année. Elles sont affectées des coefficients suivants :

| | DS1 | DS2 | DM1 | DS3 | DM2 | TP1 | TP2 | DS4 | DM3 | DS5 |
|---|---|---|---|---|---|---|---|---|---|---|
| **Note /20** | 12 | 7 | 15 | 16 | 16 | 8 | 14 | 13 | 18 | 9 |
| **Coefficient** | 2 | 2 | 1 | 2 | 1 | 1 | 1 | 5 | 1 | 4 |
| **Moyenne de la classe** | 9 | 11 | 13 | 12 | 15 | 9 | 11 | 11 | 15 | 9 |

## Méthode

Quand on analyse la société, on observe de nombreuses différences et inégalités. Pour les mesurer, on doit utiliser des outils statistiques qui permettent d'en connaître l'ampleur et de les aborder avec précision.

**La moyenne**

La moyenne est un indicateur souvent utilisé en SES. Elle donne une information synthétique sur une population (son âge, ses revenus, le nombre d'enfants par femme…) et permet de faire des comparaisons dans l'espace et dans le temps. Deux types de moyennes peuvent être calculés :

- La moyenne simple qui correspond à la somme des valeurs observées ($x^1 + x^2 + .... + x^n$) divisée par l'effectif (n) : $\frac{x^1 + x^2 + ... + x^n}{n}$

- Pour la moyenne pondérée, on affecte un coefficient de pondération à chacune des valeurs (comme pour le baccalauréat, où les notes ont un poids différent selon les matières). Elle correspond à la somme de chaque valeur multipliée par son coefficient de pondération, divisée par la somme des coefficients : $\frac{(n^1 \times x^1 + n^2 \times x^2 + ... + n^n \times n^n)}{n^1 + n^2 + .. + n^n}$

Mais la moyenne peut gommer des inégalités. Une classe de 30 élèves peut avoir 12 de moyenne avec 15 élèves qui ont 4 de moyenne et 15 élèves qui 20 de moyenne. On préfère alors utiliser des outils de mesure de dispersion, comme la médiane.

## Corrigé

**1.** Moyenne simple : $\frac{12 + 7 + 15 + 16 + 16 + 8 + 14 + 13 + 18 + 9}{10} = 12{,}8$

Moyenne pondérée :

$$\frac{(12 \times 2) + (7 \times 2) + (15 \times 1) + (16 \times 2) + (16 \times 1) + (8 \times 1) + (14 \times 1) + (13 \times 5) + (18 \times 1) + (9 \times 4)}{(2 + 2 + 1 + 2 + 1 + 1 + 1 + 5 + 1 + 4)}$$

$= 242/20 = 12{,}1$

**2.** Moyenne pondérée de la classe :

$$\frac{(9 \times 2) + (11 \times 2) + (13 \times 1) + (12 \times 2) + (15 \times 1) + (9 \times 1) + (11 \times 1) + (11 \times 5) + (9 \times 4)}{(2 + 2 + 1 + 2 + 1 + 1 + 1 + 5 + 1 + 4)} = \frac{203}{20}$$

$= 10{,}15$

**3.** L'élève obtient 1,95 points de plus que la moyenne de la classe soit environ une moyenne 20 % supérieure.

EXERCICE 2

## Interpréter des médianes et quantiles

### Énoncé

**1.** Rédigez une phrase avec les données soulignées.

**2.** Que signifient les chiffres de la ligne D5 du tableau ?

**3.** Que nous apprend ce tableau sur les inégalités de salaires entre hommes et femmes ?

**Distribution des salaires annuels selon les sexes**

| | Sexe | |
|---|---|---|
| | **Femmes** | **Hommes** |
| **D1 (1er décile)** | 8 920 | 9 780 |
| **D5 (médiane)** | 18230 | 21410 |
| **D9 (9e décile)** | 30 540 | 40 110 |
| **D9/D1 (rapport interdécile)** | 3,4 | 4,1 |
| **Moyenne** | 18 720 | 22 550 |

### Méthode

**1 La médiane**

La médiane est une valeur qui partage une série en deux parties égales. Autrement dit, la moitié de l'effectif se situe en-dessous de cette valeur, l'autre moitié au-dessus. Elle permet donc de mieux apprécier les écarts. Par exemple, le salaire mensuel moyen France est à 2 200 € net tandis que le salaire mensuel médian est à 1 780 €. Celui signifie que la moitié des salariés gagnent moins de 1 770 € soit 430 € de moins que la moyenne. La moyenne est donc « tirée vers le haut » par l'existence de très hauts salaires.

**2 Les quantiles**

Afin d'avoir une approche encore plus précise des inégalités, on utilise les quantiles. Il s'agit de découper une population en tranches plus ou moins épaisses. Quatre tranches de 25 % : les quartiles ; 5 tranches de 20 % : les quintiles ; 10 tranches de 10 % : les déciles ; 100 tranches de 1 % : les centiles.

Ces quantiles sont des bornes, des limites à l'intérieur desquelles on trouve une certaine proportion de population (1, 10, 20 ou 25 %). Il est intéressant de calculer le rapport entre les quantiles extrêmes, notamment les déciles, pour mesurer les écarts.

### Corrigé

**1.** 10 % des femmes salariées gagnent moins de 8 920 euros par an. 10 % des hommes salariés gagnent plus de 40 110 euros. Le salaire le plus bas des 10 % des hommes les mieux payés est 4,1 fois supérieur au salaire le plus haut des 10 % des hommes les moins bien payés.

**2.** Les chiffres de la ligne D5 signifient que la moitié des femmes gagnent moins de 18 230 euros par an et que la moitié des hommes ont un salaire annuel inférieur à 21 410 euros.

**3.** Les hommes gagnent en moyenne 20 % de plus que les femmes. Les écarts de salaires entre hommes et femmes sont plus importants dans les salaires les plus élevés que dans les salaires le plus bas.

# Chapitre 4 Comment s'organise la vie politique ?

## 1 Les institutions de la Vᵉ République

**De quoi s'agit-il ?** Afin de garantir l'État de droit, les sociétés démocratiques donnent un cadre au pouvoir politique : c'est la Constitution. Elle fixe les buts et les limites aux différentes institutions qui constituent le pouvoir politique.

### 1 Le pouvoir politique

- Le pouvoir est une relation qui permet à un individu d'obtenir un comportement souhaité d'un autre individu. Le pouvoir politique est une forme particulière du pouvoir, car **il s'exerce sur toute la société et par la société**.
- Le pouvoir politique a une fonction spécifique : celle **d'assurer la cohésion sociale**, l'équilibre social. Il se charge de réguler les relations sociales et d'intervenir pour éviter les conflits dans la société.
- Il s'incarne aujourd'hui dans l'État qui, en plus d'assurer cette fonction, va donner à la société les moyens de se protéger des dangers extérieurs. Il dispose pour remplir ces fonctions du **monopole de la violence** : police, justice, armée (**Doc. 1**).
- Si le pouvoir politique a d'abord visé la **protection des biens et des personnes** (« État-gendarme »), il s'est ensuite donné pour mission **de réguler l'activité économique et les questions sociales** (« État-providence »).
- Le pouvoir politique s'est **institutionnalisé**. Il ne réside plus dans le pouvoir d'un individu, mais dans celui d'une **fonction** (président de la République) et il est encadré par des lois (Constitution).

**Vocabulaire**

- **pouvoir politique :** domination exercée par une personne ou un groupe de personnes dans une société, dans le but d'organiser celle-ci.
- **Constitution :** ensemble de textes juridiques qui définit les différentes institutions composant l'État et qui organise leurs relations.

### 2 La République s'appuie sur une Constitution

- **La France est une République**, c'est-à-dire un mode de gouvernement dans lequel le pouvoir est exercé par des personnes élues, au contraire des monarchies ou des empires, où le pouvoir est héréditaire.
- Depuis la Révolution de 1789, la France s'est dotée de **cinq Républiques**. Nous sommes depuis 1958 sous la Vᵉ République. Elle fonde son pouvoir et son organisation sur une Constitution.
- La Constitution assure l'État de droit, qui permet de **limiter tout abus de pouvoir**. Elle est au sommet de la hiérarchie des normes juridiques, c'est-à-dire que toutes les lois qui encadrent un État doivent satisfaire aux principes fixés par la Constitution.
- La Constitution organise également le système politique à travers les différentes **institutions** et les **règles** de leur fonctionnement.

**Vocabulaire**

- **État de droit :** système institutionnel dans lequel la puissance publique est soumise au droit et où la justice est indépendante du pouvoir.

**Doc. 1 Le monopole de la violence légitime**

S'il n'existait que des structures sociales d'où toute violence serait absente, le concept d'État aurait alors disparu et il ne subsisterait que ce qu'on appelle, au sens propre du terme, l'« anarchie ». La violence n'est évidemment pas l'unique moyen normal de l'État – cela ne fait aucun doute –, mais elle est son moyen spécifique. De nos jours, la relation entre État et violence est tout particulièrement intime. Depuis toujours, les groupements politiques les plus divers – à commencer par la parentèle1 – ont tous tenu la violence physique pour le moyen normal du pouvoir. Par contre, il faut concevoir l'État contemporain comme une communauté humaine qui, dans les limites d'un territoire déterminé – la notion de territoire étant une de ses caractéristiques –, revendique avec succès pour son propre compte le monopole de la violence physique légitime.

Max Weber, *Le Savant et le Politique*, 1919.

1. Ensemble des parents.

# 2 La séparation des pouvoirs

**De quoi s'agit-il ? Dans De l'esprit des lois (1748), Montesquieu explique que l'État de droit repose sur la séparation des pouvoirs, qui permet d'empêcher toute dérive totalitaire. C'est la Constitution qui détermine le rapport entre les différents pouvoirs.**

## 1 Les trois principaux pouvoirs

- Le pouvoir législatif est confié au **Parlement**. Le Parlement est composé d'une chambre haute, le Sénat, où siègent les sénateurs élus au suffrage universel indirect pour six ans, et d'une chambre basse, l'**Assemblée nationale**, où siègent les députés, élus au suffrage universel direct pour cinq ans. C'est l'Assemblée nationale qui vote les lois. Même si le Sénat peut les modifier (amendements), c'est l'Assemblée qui a le dernier mot. Le Parlement peut aussi proposer des textes de lois.
- Le pouvoir exécutif est partagé entre le **président** et le **gouvernement**, que le Premier ministre (nommé par le président) dirige. Il est chargé de faire exécuter les lois, mais il a également l'initiative législative et propose régulièrement au Parlement de voter des lois.
- Le pouvoir judiciaire est confié aux **juges**, qui sont chargés de **faire respecter les lois**. Les juges sont des fonctionnaires recrutés par concours et nommés par le garde des Sceaux (ministre de la Justice).

**Vocabulaire**

- **pouvoir législatif :** pouvoir de voter et de modifier les lois.
- **suffrage universel direct/indirect :** reconnaissance du droit de vote à l'ensemble des citoyens. Le suffrage universel est « direct » lorsque les électeurs élisent des « grands électeurs » qui, à leur tour désignent le (ou les) représentant(s) du peuple.
- **pouvoir exécutif :** pouvoir de faire exécuter, de mettre en œuvre des lois.
- **pouvoir judiciaire :** pouvoir de contrôler l'application des lois et de sanctionner leur non-respect.



## 2 Des pouvoirs séparés, mais dépendants

- **Les pouvoirs législatif, exécutif et judiciaire sont séparés**, mais restent cependant sous contrôle (**Doc. 2**), afin qu'aucun des trois ne puisse prendre le pas sur les autres. En effet, **le pouvoir législatif**, issu du suffrage universel, **peut être dissout par le président de la République**. Si le chef de l'État dissout l'Assemblée nationale, on procède alors à de nouvelles élections.
- À l'inverse, **le gouvernement peut être renversé** par deux moyens. D'une part, les députés peuvent déposer une motion de censure qui, si elle est votée par une majorité de députés, oblige le président à remanier

**Vocabulaire**

- **motion de censure :** vote qui permet aux députés de mettre en cause la responsabilité gouvernementale.

le gouvernement. D'autre part, quand le gouvernement engage sa responsabilité lors d'un vote et qu'il n'obtient pas de majorité, il démissionne.

- C'est en ce sens que l'on peut parler de **régime hybride ou semi-présidentiel**, car le président et le Parlement se partagent le pouvoir dans un certain équilibre.

- **Le président a des pouvoirs renforcés.** Il peut dissoudre l'Assemblée nationale et nomme le Premier ministre chargé de diriger le gouvernement (ministres et secrétaires d'État). Il est élu au suffrage universel direct pour cinq ans et peut consulter les électeurs par référendum.

**Vocabulaire**

- **référendum :** vote qui permet à l'ensemble des citoyens d'approuver ou de rejeter une mesure proposée par le pouvoir exécutif.

**Doc. 2** L'organisation des pouvoirs en France

SCHÉMA DE LA CONSTITUTION DE LA V<sup>e</sup> RÉPUBLIQUE

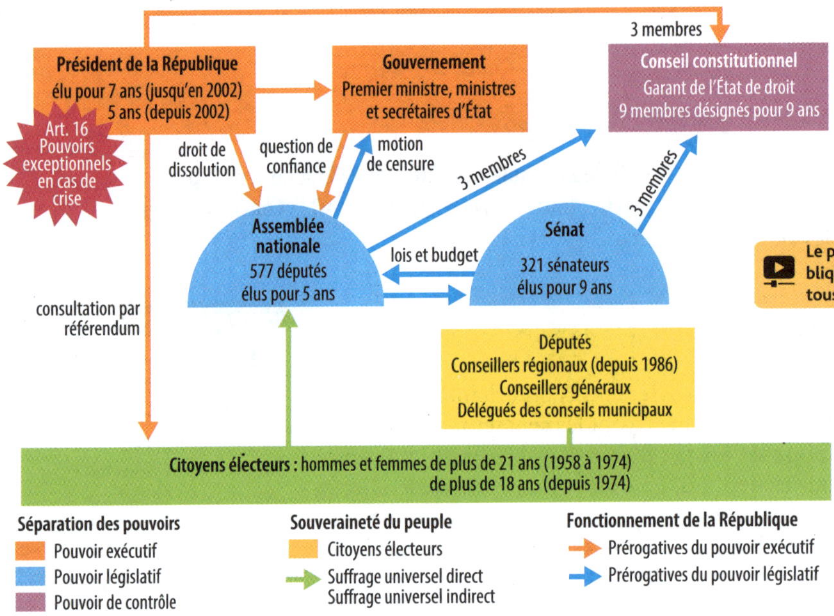


Le président de la République a-t-il vraiment tous les pouvoirs ?

# 3 Les différents modes de scrutins

**De quoi s'agit-il ?** **Les choix des citoyens s'expriment par le vote. Les règles de désignation sont variées selon le type d'élection. On parle de différents modes de scrutins.**

## 1 Les trois principaux modes de scrutins

- Le scrutin majoritaire est un mode d'élection où seul le candidat arrivé en tête est élu. C'est un **scrutin uninominal**, car les électeurs choisissent **un individu** (avec un suppléant pour certaines élections).

- Il peut être à un tour et, dans ce cas, est élu le candidat qui a obtenu le plus grand nombre de voix (cas du Royaume-Uni ou des États-Unis). Dans le scrutin majoritaire à deux tours, certains candidats sont sélectionnés pour un second tour, en fonction de critères différents selon les élections, et c'est celui qui obtient la majorité des voix au second tour qui est élu.

**Vocabulaire**

- **scrutin majoritaire :** mode de scrutin basé sur le découpage en circonscription électorales d'un territoire, où chaque circonscription n'élit qu'un seul député (uninominal). Le candidat qui obtient le plus grand nombre de voix est proclamé élu.

- Le scrutin proportionnel est un **scrutin de liste**. Chaque parti présente un **nombre de candidats équivalent à celui des sièges à pourvoir**. Chaque liste obtient un nombre d'élus proportionnel à son pourcentage de voix obtenues. Les élections européennes reposent sur ce mode de scrutin. Des pays comme l'Italie, l'Espagne ou l'Allemagne élisent leurs députés selon ce principe.

- Le scrutin mixte est un **scrutin principalement majoritaire, mais incluant une part de proportionnelle**. C'est le cas des élections municipales, où la liste arrivée en tête reçoit d'office 50 % des sièges au conseil municipal, et le reste est attribué proportionnellement aux pourcentages de voix obtenus par chaque liste.

**Vocabulaire**

- **scrutin proportionnel :** mode de scrutin qui vise à donner à chaque parti un nombre de sièges proportionnel au total des suffrages qu'il a obtenus sur un territoire donnée.
- **scrutin mixte :** mode de scrutin qui emprunte des éléments aux scrutins majoritaire et proportionnel.

### 2 Objectifs et limites des différents modes de scrutins

- L'élection au **scrutin majoritaire** a pour but de constituer une **majorité forte et stable** permettant de conduire une politique sur la durée du mandat. En revanche, elle amplifie le succès du parti arrivé en tête et réduit le poids des partis vaincus. Les plus petites formations sont parfois même privées de toute représentation.

- L'élection au **scrutin proportionnel** offre une **représentation plus fidèle des votes des électeurs**. Elle est donc perçue par certains comme plus **démocratique**. Cependant, on observe souvent pour ce mode de scrutin un éparpillement des voix qui rend difficile la construction d'une majorité forte et stable. En effet, le scrutin à la proportionnelle impose souvent aux partis de faire des alliances, qui parfois ne tiennent pas dans le temps et provoquent une certaine instabilité politique.

## 4 Le rôle des partis politiques

**De quoi s'agit-il ? Dans les démocraties représentatives, les partis politiques jouent un rôle important dans la mobilisation des électeurs et dans la compétition pour la conquête et l'exercice du pouvoir.**

### 1 Partis politiques et pluralisme

- Les partis politiques sont apparus au XIX^e^ siècle avec la **démocratie représentative**. Ils sont le **reflet des différentes opinions** présentes dans la population et sont donc les garants du pluralisme politique.

- Afin de conquérir et d'exercer le pouvoir, ils mobilisent des ressources humaines et financières pour édifier un **programme de gouvernement** et mobiliser les électeurs.

- Pour assurer l'équité entre les partis, ils sont encadrés par des règles, comme le **temps de présence dans les médias** ou les **lois sur la transparence de leur financement**.

**Vocabulaire**

- **parti politique :** organisation ayant pour objectif de conquérir et d'exercer le pouvoir afin de mettre en œuvre un projet politique.
- **pluralisme :** système d'organisation politique qui reconnaît et accepte la diversité des opinions et leurs représentants.

## 2 Le rôle des partis dans la compétition électorale

- Chaque parti, selon son propre fonctionnement, désigne ses **représentants** aux différentes élections. Pour ce faire, il forme des militants et des cadres capables de remplir leurs fonctions une fois élus.

- Pour chaque élection, ils élaborent un **programme politique**, c'est-à-dire les mesures économiques, sociales ou politiques qu'ils prendraient si les électeurs les portaient au pouvoir.

- Une fois le programme élaboré, ils **mobilisent l'électorat** et cherchent à former l'opinion publique à travers des meetings, des diffusions de tracts auprès de la population et une présence active dans les médias (**Doc. 3**).

## 3 Les mutations récentes de la vie politique

- Les partis politiques ont longtemps participé à la socialisation politique des individus. Que ce soit par la famille, les pairs ou les médias, les individus se constituent une **culture politique orientée par des valeurs** dont les partis politiques sont porteurs.

- Les partis politiques sont souvent issus de **courants idéologiques**, produits de l'histoire de chaque nation. On parle de clivage gauche/droite de la vie politique autour duquel, selon différents degrés, se positionnent la majorité des partis.

- Traditionnellement, la **gauche** prône la redistribution des richesses ou milite pour des changements sociétaux (mariage homosexuel, parité homme-femme), tandis que la **droite** est plus conservatrice sur les mœurs et plus libérale économiquement.

- Depuis une trentaine d'année **le clivage gauche-droite tend à s'atténuer** et de nouveaux partis émergent. Les questions de l'environnement, de l'Europe, de la mondialisation ou des identités se retrouvent portées par des partis où les frontières idéologiques traditionnelles n'apparaissent plus.

- Enfin, la montée de l'abstention traduit également un **désintérêt** croissant pour la politique et une **défiance** vis-à-vis des partis politiques traditionnels.

**Vocabulaire**

- **socialisation politique :** processus d'acquisition de valeurs et de comportements politiques.
- **clivage gauche-droite :** système de classement politique qui permet aux électeurs et aux professionnels de la politique de se repérer à l'intérieur d'un espace politique.
- **abstention :** fait de ne pas participer au vote lors des élections.

**Doc. 3** **Le rôle des partis politiques**

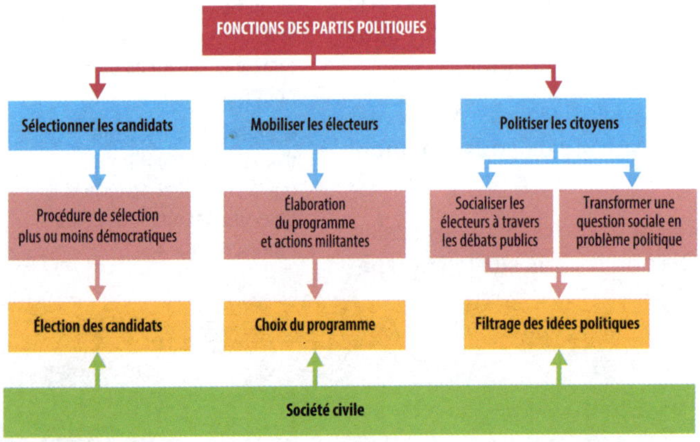

# 5 Le rôle de la société civile dans la vie politique

**De quoi s'agit-il ?** **Si la conquête et l'exercice du pouvoir sont le fait des partis, d'autres acteurs interviennent pour les influencer lors des élections, mais aussi une fois qu'ils sont au pouvoir. Ils émanent de la société civile, c'est-à-dire du monde économique, du travail ou des milieux associatifs.**

## 1 Les différents acteurs de la société civile

- La société civile organisée est constituée de l'ensemble des organisations distinctes de l'État, des collectivités territoriales et des partis politiques.
- Elle est composée principalement d'associations, de syndicats et d'organisations religieuses. Ce sont des groupements d'individus qui réunissent des **intérêts propres** et cherchent à les voir représentés au sein de la vie démocratique (**Doc.**).
- Les **associations** et **organisations non gouvernementales** (ONG) sont constituées de groupes variés, allant du simple club de sport aux organisations internationales (Greenpeace), en passant par les associations caritatives (Secours populaire). À leur échelle (ville, pays ou planète), elles militent pour l'intérêt de leurs membres ou pour des causes qu'elles défendent.
- Les syndicats sont des **associations de travailleurs** ayant pour but de promouvoir et de défendre leurs intérêts (CGT, CFDT). Ils sont officiellement indépendants des partis. Dans la même logique, il existe des organisations d'employeurs, comme le Medef (mouvement des entreprises de France).

**Vocabulaire**

- **société civile organisée :** regroupement de citoyens dans des organisations sur des bases volontaires.
- **syndicat :** groupement constitué pour la défense d'intérêts professionnels.

## 2 Les moyens d'actions pour influencer le pouvoir politique

- La société civile s'organise autour de groupes d'intérêts (ou lobbys), intérêts qu'elle cherche à faire valoir auprès du pouvoir politique. On les qualifie parfois de **groupes de pression** car, sans vouloir exercer le pouvoir, ils se mobilisent pour orienter les mesures gouvernementales.
- Les politistes distinguent deux stratégies. D'une part, le **lobbying interne** qui consiste à influencer le pouvoir politique au plus près des décideurs. Ce sont notamment les entreprises ou groupes d'experts qui interviennent auprès des députés ou des ministres au moment de l'élaboration des lois. D'autre part, le **lobbying externe**, où les associations et syndicats cherchent à mobiliser leurs membres et l'opinion à travers des manifestations, grèves et campagnes d'information.
- Dans certains cas, ces groupes de pression **poursuivent l'État en justice** afin qu'il renonce à certaines mesures ou qu'il les modifie.
- Dans l'ensemble, c'est surtout autour de **négociations** que le pouvoir politique et les organisations de la société civile coopèrent pour élaborer des projets de lois (environnement, droit du travail, Sécurité sociale…).

**Vocabulaire**

- **groupe d'intérêt (lobby) :** association porteuse d'intérêts spécifiques, qui développe des actions pour influencer les décisions politiques.

SES

**Doc. 4** **Enquête sur les comportements politiques**

Question : « Voici un certain nombre d'actions politiques. Pour chacune, indiquez si vous l'avez déjà fait, si vous pourriez le faire ou vous ne le feriez jamais, quelles que soient les circonstances. »

| Données en % | Oui, je l'ai déjà fait | Oui, je pourrais le faire | Non je ne le ferai jamais |
|---|---|---|---|
| Signer une pétition | 72 | 23 | 5 |
| Boycotter certains produits | 51 | 41 | 8 |
| Prendre part à une manifestation | 48 | 36 | 16 |
| Contacter un élu local ou national | 31 | 50 | 19 |
| Militer au sein d'une association | 26 | 42 | 32 |
| Porter un badge ou afficher un autocollant pour une cause | 20 | 42 | 38 |
| Militer dans un parti politique | 12 | 33 | 55 |

**Remarque**
**Plus l'action politique est engagée, plus les chiffres de participation sont faibles.**

Source : Enquête électorale française, Cevipof, 2016.

# 6 Le rôle des médias dans la vie politique

**De quoi s'agit-il ? Parallèlement aux trois pouvoirs politiques, les médias jouent le rôle d'un quatrième pouvoir voire, pour certains, d'un contre-pouvoir. Quelle sont la nature et la force de ce pouvoir ?**

## 1 Des médias au cœur de la vie démocratique

• **Les médias**, c'est-à-dire l'ensemble des moyens de diffusion de l'information, **sont un moyen d'expression essentiel pour les acteurs démocratiques** et jouent un grand rôle dans la formation de l'opinion publique et la socialisation politique.

• La presse est un moyen d'expression et de contestation politique dès le XVIIIe siècle. C'est pourquoi les sociétés démocratiques ont toujours protégé sa liberté.

• Plaçant certains débats sur le devant de la scène, ils peuvent aussi en occulter d'autres. Ils sont donc soumis à une éthique : exactitude de l'information, respect de la vie privée, vérification des sources.

**Vocabulaire**
- **média : moyen technique et support de diffusion massive de l'information (presse, radio, télévision, internet, cinéma…).**
- **éthique : qui intègre des critères moraux dans son fonctionnement. On parle également de déontologie.**

## 2 Un rôle parfois controversé

• Si on associe la liberté de la presse à la démocratie, il n'en demeure pas moins que les médias sont parfois accusés d'une trop forte **proximité avec les classes dirigeantes et le pouvoir**. De nombreux médias sont en effet détenus par des personnalités économiques puissantes et parfois proches du pouvoir.

- La télévision, média de masse, touchant des citoyens le plus souvent passifs, est accusée de **simplifier les débats** et de « faire » l'opinion, alors que la course à l'audience laisse peu de place au débat démocratique.

- Les hommes politiques sont accusés de façonner leurs discours non pas selon leurs convictions, mais selon l'état de l'opinion ou selon la vision des médias. Le débat d'idées et la démocratie céderaient alors à la « tyrannie » **de l'audimat et de l'information-spectacle**. D'autant qu'à l'ère des médias de masse, il est difficile pour le citoyen de trier la quantité d'informations qu'il reçoit.

**Doc. 4 L'influence des médias sur le vote**

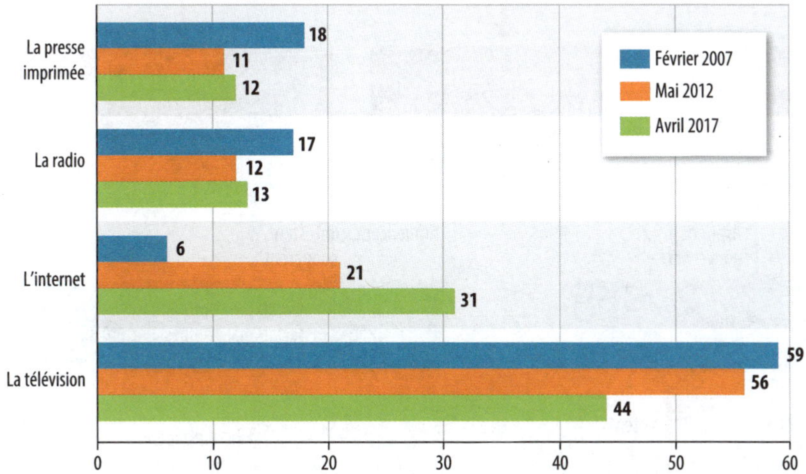


Source : D'après Thierry Vedel, « Le vote des téléspectateurs », note ENEF 37, Cevipof, mai 2017.

# Révision express

## Le schéma à retenir

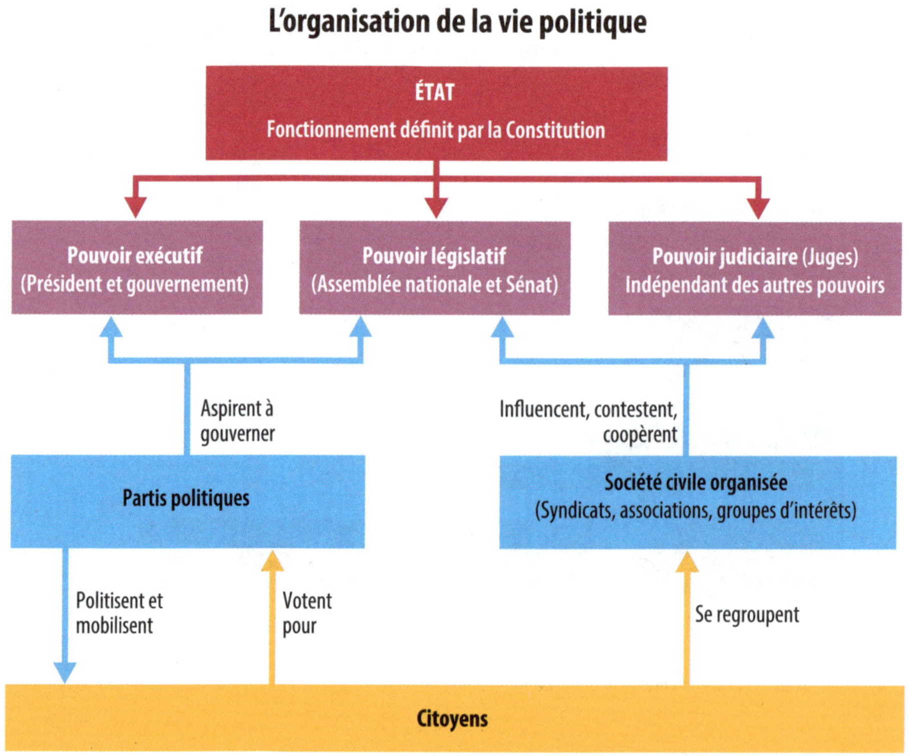


## Quiz

*Cochez la bonne réponse.*

1. L'État de droit suppose l'égalité de tous devant la loi.
   - ☐ vrai ☐ faux
2. Le Parlement peut renverser le président de la République.
   - ☐ vrai ☐ faux
3. Les partis politiques sont tous représentés à l'Assemblée nationale.
   - ☐ vrai ☐ faux
4. Les syndicats sont des partis politiques.
   - ☐ vrai ☐ faux
5. Les médias doivent offrir un temps de parole à tous les partis.
   - ☐ vrai ☐ faux

→ Réponses p. 478

EXERCICE GUIDÉ

# Analyser un tableau statistique à double-entrée

## Énoncé

**1.** Présentez le document.

**2.** Rédigez un paragraphe présentant les données soulignées.

**3.** Calculez l'évolution du taux d'équipement de l'ensemble de la population, des 18-24 ans et des 70 ans et plus. Effectuez le même calcul pour les catégories « aucun diplôme » et « diplôme du supérieur ».

**4.** Peut-on établir un lien entre le taux d'équipement en ordinateur et l'âge ? le diplôme ?

**5.** Ce lien a-t-il évolué entre 2004 et 2016 ?

**6.** Tirez-en une conclusion générale.

**Taux d'équipement en ordinateur* à domicile (en %)**

| | | 2004 | 2016 |
|---|---|---|---|
| **Ensemble de la population** | | 53 | 82 |
| **Âge** | 12 - 17 ans | 75 | 98 |
| | 18 – 24 ans | 64 | 90 |
| | 25 – 39 ans | 65 | 90 |
| | 40 – 59 ans | 61 | 88 |
| | 60 – 69 ans | 24 | 79 |
| | 70 ans et plus | 8 | 44 |
| **Diplôme** | Aucun diplôme, ou certificat d'études primaires | 21 | 49 |
| | Brevet d'Etudes du Premier Cycle du second degré | 49 | 81 |
| | Baccalauréat | 61 | 90 |
| | Diplôme du supérieur | 78 | 94 |

Source : Enquêtes « Conditions de vie et Aspirations», CREDOC, 2017.

## Méthode

### 1 Discerner les différents éléments d'information

Il faut tout d'abord définir les mots du titre pour connaître le thème étudié et repérer ensuite l'unité utiliser (milliers, millions, pourcentage…).

Comme pour tout document, il faut bien identifier la source (auteur, date) pour vérifier la nature officielle des données.

Une note accompagne parfois ces statistiques. Elle peut donner un exemple de lecture de données ou apporter des précisions :

· sur le calcul de l'indicateur utilisé ;

· sur la population étudiée.

Il faut ensuite repérer les variables en ligne (horizontale) et les variables en colonne (verticale). C'est à cette étape que l'on peut effectuer une lecture des données et leur donner du sens.

Pour les données en pourcentage, il ne faut pas inverser le sens de lecture. Pour éviter cette erreur, on doit bien lire le titre du tableau ou se référer aux lignes et colonnes « Total » ou « Ensemble » pour voir où se trouve le chiffre 100 %.

**2 Lire et interpréter les données**

Dans un tableau à double-entrée, il ne s'agit pas de lire toutes les données. Il faut faire un tri et ne mobiliser que les données qui apportent de l'information. On repère notamment les données « extrêmes » – celles dont les valeurs sont les plus basses ou les plus élevées –, car ce sont elles qui révèlent les corrélations à établir.

On peut parfois effectuer quelques petits calculs rapides pour mieux faire ressortir l'information. Par exemple, dans un tableau qui présente des données en valeurs absolue, on peut calculer quelques pourcentage en divisant la donnée choisie par la valeur « Total » ou « Ensemble ». On peut également calculer un coefficient multiplicateur pour rendre compte d'un écart.

À partir de ces informations, on tire le sens général du tableau, l›information principale qu›il apporte. Cela revient à tirer une conclusion lorsque la consigne est simplement de commenter le document.

Selon la question ou la consigne, on peut fournir une ou plusieurs explications aux relations mises en évidence. Le tableau peut révéler des situations particulières et nuancer la corrélation. Il faut alors souligner cette exception ou cas particulier.

## Corrigé

**1.** Ce document est un tableau à double-entrée publié par le CREDOC en 2016. Il présente le taux d'équipement en ordinateur en % de la population âgée de plus de 12 ans, selon l'âge et le niveau de diplôme, en 2004 et 2016.

**2.** Selon le CREDOC, en 2016, 82 % de la population de plus de 12 ans avait un ordinateur. 64 % des 18-24 ans en 2004 avaient un ordinateur et 8 % des 70 ans et plus. En 2020, 49 % de la population non diplômée avait un ordinateur, contre 94 % des diplômés du supérieur.

**3.** De 2004 à 2016, le taux d'équipement pour l'ensemble de la population a augmenté de 54 % (82 – 53 × 100). Il a augmenté d'un peu moins de 50 % pour les 18-24 ans et a été multiplié par plus de 5 (+ 400 %) pour les 70 ans et plus.

Pour les non diplômés, le taux d'équipement en ordinateur a été multiplié par plus de 2 (+ 130 %), alors qu'il n'augmente que de 20 % chez les diplômés du supérieur.

**4.** Il y a un lien de corrélation important entre l'âge et la possession d'un ordinateur. Plus on vieillit, plus le taux d'équipement diminue. Par ailleurs, plus le niveau de diplôme augmente plus le taux d'équipement augmente aussi.

**5.** Malgré ces corrélations, on observe une diminution des écarts, que ce soit pour l'âge ou le niveau de diplôme. Les 70 ans et plus sont ceux qui ont connu l'évolution la plus forte, ainsi que les non-diplômés.

**6.** Si le taux d'équipement en ordinateur montre des inégalités selon l'âge et le niveau de diplôme, ces inégalités ont tendance à se réduire.

Chapitre 5

# Quelles relations entre le diplôme, l'emploi et le salaire ?

## 1 Diplôme et capital humain

**De quoi s'agit-il ?** **Les travailleurs disposent d'un stock de connaissances et de compétences qu'ils accumulent de plusieurs façons. En exerçant une activité, ils acquièrent de l'expérience, mais la plupart du temps, ils disposent d'une formation initiale certifiée par un diplôme.**

### 1 Qualification et marché du travail

- Parmi les individus en âge de travailler, seuls les **actifs** **occupent un emploi ou en recherchent un** sur le marché du travail. Les chômeurs sont à ce titre considérés comme actifs. Les inactifs sont ceux qui n'exercent pas d'activité et ne cherchent pas à en exercer une (retraité, personne au foyer).

- L'offre d'emplois qui émane des employeurs représente les **besoins des entreprises** qui, selon leur activité, réclament plus ou moins de **qualifications**.

- Depuis les années 1980, sous l'effet des mutations économiques (progrès technique, mondialisation), **la qualification des emplois augmente**. L'économie a besoin d'individus qualifiés avec des compétences nouvelles. On parle ici de **capital humain**, c'est-à-dire de l'ensemble des ressources (physiques et intellectuelles) qu'un individu peut mobiliser dans son travail.

**Vocabulaire**

- **actif :** personne en âge de travailler qui occupe un emploi ou en recherche activement un.
- **qualification :** ensemble des aptitudes requises pour exercer un emploi donné. On parlera d'emploi qualifié quand celui-ci requiert un diplôme, une formation.
- **capital humain :** ensemble des capacités physiques et intellectuelles détenues par un individu et qui contribuent à accroître son efficacité et sa rémunération.

### 2 Le diplôme, un investissement en capital humain

- Pour répondre à ces exigences économiques, l'État a conduit une **politique d'augmentation de la durée des études** et **diversifié** les voies de formation, notamment dans le supérieur, à travers les filières technologiques (DUT, BTS, licences professionnelles).

- De leur côté, les individus ont pris conscience de la **nécessité d'obtenir une qualification** et de prolonger leurs études.

- On peut donc considérer que, d'un point de vue collectif ou individuel, les dépenses et le temps consacrés à la **formation initiale** ont augmenté (**Doc. 1**). C'est donc un **investissement qui est réalisé afin de se doter d'un capital humain satisfaisant**. Le **diplôme** vient certifier un niveau de connaissances et de compétences initial.

**Vocabulaire**

- **formation initiale :** formation dispensée par les systèmes scolaire et universitaire, ainsi que les centres d'apprentissage, et qui précède l'entrée sur le marché du travail.

### 3 Un capital humain à entretenir et à améliorer

- Durant sa carrière professionnelle, qui peut durer plus de quarante ans, un individu devra **maintenir ses compétences et les mettre à jour**, car l'économie évolue et les qualifications de l'emploi avec. Par ailleurs, le salarié doit pouvoir saisir des opportunités qui se présentent à lui, mais qui réclament d'autres qualifications.

• Le stock de connaissances et de compétences que représente le capital humain, s'use et devient obsolète (dépassé). De nombreux travailleurs doivent donc se former durant leur activité, soit par eux-mêmes, soit à travers leur entreprise. La **formation continue** permet de **mettre à jour ses connaissances ou d'acquérir de nouveaux diplômes**, afin de bénéficier de la promotion professionnelle ou de se reconvertir.

**Vocabulaire**

▪ **formation continue :** formation accessible aux personnes déjà en emploi et qui souhaitent élargir et actualiser leurs qualifications.

**Doc. 1 Les nouvelles générations sont plus diplômées**

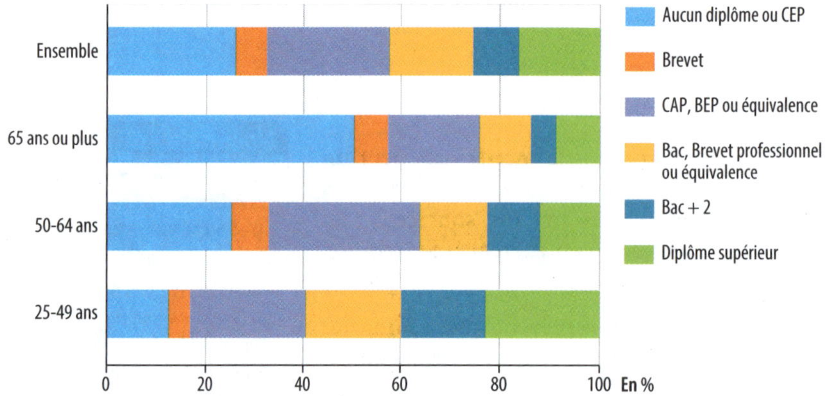


Champ : Individus hors études initiales en cours. France métropolitaine.

Source : Observatoire des inégalités, Insee, données 2016.

# 2 Diplôme et accès à l'emploi

**De quoi s'agit-il ? Dans l'ensemble, le niveau de qualification des emplois a augmenté. L'obtention d'un diplôme apparaît plus que jamais nécessaire, mais il s'agit de plus en plus d'obtenir le « bon » diplôme.**

## 1 Une forte corrélation entre diplôme et emploi

• **Plus le niveau de diplôme est élevé, plus l'accès à l'emploi (taux d'emploi) est favorisé**. En effet, on constate que le **taux de chômage** recule à mesure que le niveau de diplôme augmente. On observe en moyenne un rapport de 1 à 3 entre le taux de chômage des diplômés du supérieur et celui des non diplômés.

• L'insertion est la phase la plus délicate de la vie active. En effet, en l'absence d'expérience professionnelle réelle, **seul le diplôme permet à l'employeur de connaître le potentiel professionnel** de l'individu qu'il embauche. Chez les 15-29 ans, l'écart est quasiment de 1 à 4, avec un taux de chômage de 10 % pour les plus diplômés et de 38 % pour ceux qui n'ont pas de diplôme.

• De plus, en général, **plus le niveau de diplôme est élevé, plus le capital humain est important** et plus l'individu peut être polyvalent. L'in-

**Vocabulaire**

▪ **emploi :** activité professionnelle déclarée et rémunérée

▪ **taux d'emploi :** part en % des personnes en âge de travailler qui occupent un emploi.

▪ **chômage :** situation d'un actif dépourvu d'emploi, qui recherche activement un emploi et est immédiatement disponible.

▪ **taux de chômage :** nombre de chômeurs rapporté à la population active multiplié par 100. Il est exprimé en %.

dividu peut donc s'adapter à plusieurs emplois possibles ce qui facilite l'obtention du premier emploi (**Doc. 2**). On parle alors **d'employabilité**.

• Avec un niveau de formation plus important, le salarié pourra par la suite s'ouvrir un parcours professionnel plus diversifié. Dans ce cas en parlera de « **capabilité** ». Cette notion renvoie à la **liberté dont dispose l'individu dans ses choix** et l'éventail de possibilités qu'il s'offre grâce au diplôme et à la formation.

**Vocabulaire**

- **employabilité :** capacité individuelle à acquérir et à maintenir les compétences nécessaires pour trouver ou conserver un emploi, s'adapter à de nouvelles formes de travail.
- **capabilité :** notion créée par Amartya Sen (prix Nobel d'économie) qui correspond à la possibilité effective qu'a un individu de faire des choix parmi les biens qu'il juge estimable et de les atteindre.

## 2 Des diplômes plus recherchés que d'autres

• Si, globalement, le niveau et la quantité de diplômes protègent du chômage et facilite l'insertion professionnelle, il faut toutefois relativiser ce constat. Les entreprises et administrations ont des besoins particuliers et **certains diplômes s'avèrent plus qualifiants que d'autres**.

• En termes d'emplois, les voies professionnalisantes, comme certains bacs professionnels ou technologiques, et les BTS ou DUT (informatique, bâtiment) qui y sont affiliés s'avèrent plus rentables que des masters très généraux. D'autre part, à niveau de diplôme équivalent (bac + 5 par exemple), les formations d'ingénieurs, de commerce ou de droit offrent des débouchés plus vastes que les formations en sciences sociales ou en lettres par exemple. **Ce n'est pas ici la qualité du diplôme qui est en cause, mais les besoins de l'appareil productif**.

**Doc. 2** **Le diplôme protège du chômage et facilite l'insertion professionnelle**

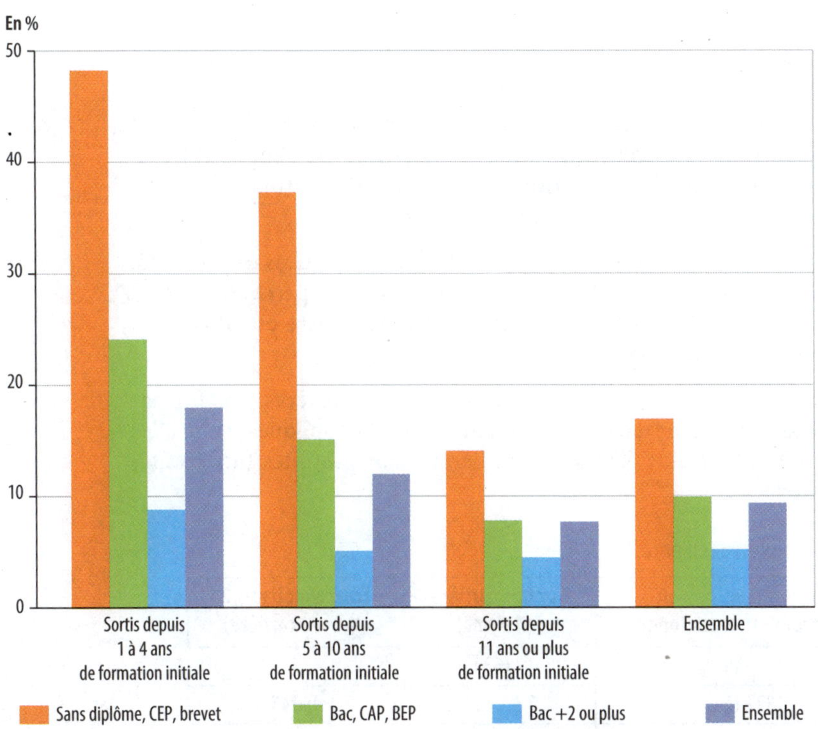


Lecture : en 2017, 8,8 % des personnes actives âgées de 15 ans ou plus, ayant un diplôme de niveau Bac +2 ou plus et ayant achevé leur formation initiale depuis 1 à 4 ans sont au chômage.
Champ : France hors Mayotte, population des ménages, personnes actives de 15 ans ou plus.

Source : Insee, enquête Emploi.

# 3 Formation et niveau de salaire

**De quoi s'agit-il ?** **Le salaire est la rémunération du travail. Pour les économistes, il est lié à la productivité du travailleur, c'est-à-dire son rendement. Or, plus le niveau de formation est élevé, plus la productivité sera importante, et donc le salaire élevé.**

## 1 Des niveaux de formation et des emplois différemment rémunérés

• L'enjeu pour le diplômé n'est pas seulement d'accéder à l'emploi, mais plutôt à un **emploi dont le statut, les conditions de travail et le salaire soient satisfaisants**.

• Là encore, le niveau de rémunération et d'avantages en nature (véhicule de fonction, mutuelle, matériel multimédia...) dépendent du niveau et de la nature du diplôme. **Plus la qualification est élevée, plus le salarié aura une productivité du travail élevée**, ce qui suppose une plus haute rémunération.

• En moyenne, les professions libérales, les ingénieurs et les cadres du commerce et de la banque sont les mieux rémunérés. Or, ces emplois s'obtiennent pour l'essentiel à bac+5 dans les filières précédemment citées (**Doc. 3**).

**Vocabulaire**

- **salaire :** rémunération du travail convenu (contrat de de travail) entre un salarié et son employeur.
- **productivité du travail :** rapport entre la valeur produite par le travailleur à la Quantité de travail utilisée.
- **précarité :** formes d'emplois qui n'assurent pas de stabilité dans l'entreprise, ni de revenus réguliers.

• On note également que le taux de chômage dans ces professions, ainsi que le niveau de **précarité** de l'emploi est le plus bas (moins de 4 % de chômeurs dans ces professions).

## 2 Un arbitrage entre coûts et avantages

• Dans la théorie du capital humain de Gary Becker (prix Nobel en 1992), l'étudiant est présenté comme un individu rationnel confronté à des choix. Avant de s'engager, l'étudiant **compare les coûts monétaires de la poursuite d'études** aux gains futurs qu'il pourra engranger grâce au surcroît de capital humain permis par les études.

• S'il est en mesure de connaître assez précisément le coût de ses études (frais de scolarité, hébergement, transports...), il doit également connaître le salaire qu'il percevra grâce à ces années supplémentaires de formation. Si le **gain en termes de salaire est plus élevé que les coûts**, il optera pour **des études et des formations plus longues**.

• On peut effectuer le même raisonnement concernant le **choix des filières**. Les formations les plus coûteuses (écoles de commerce, d'ingénieur ou d'arts appliqués) sont-elles rentabilisées par des salaires futurs plus élevés ? Les filières quasi-gratuites (université) sont-elles moins rémunératrices ?

**Doc. 3** **Écarts de salaires selon le diplôme (en euros)**

| Diplôme | Salaire annuel moyen (toutes expériences confondues) | Sur une carrière (41,5 ans) | Écart avec bac + 2 (sur une carrière) |
|---|---|---|---|
| Bac + 2 | 31 718 | 1 316 312 | / |
| Bac + 3 | 32 811 | 1 361 657 | 45 345 |
| Bac + 4 | 40 049 | 1 662 045 | 345 733 |
| Bac + 5 | 46 050 | 1 911 093 | 594 782 |
| École de commerce | 46 814 | 1 942 770 | 642 459 |
| École d'ingénieur | 48 802 | 2 025 302 | 708 990 |

# 4 Les autres facteurs influençant le salaire

**De quoi s'agit-il ?** **Le niveau de diplôme conditionne en partie le niveau de salaire de départ. Mais, durant une carrière, d'autres éléments interviennent dans la rémunération.**

## 1 L'expérience professionnelle

• Lorsqu'un salarié est embauché, il dispose de **compétences** acquises par le diplôme, mais qui ne sont **pas immédiatement mobilisables** pour l'entreprise. L'individu devra mettre en phase ses compétences avec les attentes particulières de l'entreprise.

• Le fait d'être confronté chaque jour à des situations récurrentes ou nouvelles fait du salarié quelqu'un de plus productif, réactif et polyvalent. **Ce *learning by doing* renforce le capital humain** du salarié. Par ailleurs, le fait d'adhérer à la culture de l'entreprise, de coopérer, d'établir son réseau de connaissances, nécessite du temps. Or ces éléments, qui font partie de l'**expérience professionnelle**, déterminent également le niveau de salaire.

**Vocabulaire**

■ **expérience professionnelle :** ensemble des connaissances acquises par une personne lors de l'exercice de sa ou ses profession(s).

## 2 La taille de l'entreprise

La taille de l'entreprise est déterminante pour le niveau de rémunération. En effet, les grands groupes sont souvent plus riches et offrent un éventail de métiers et de **niveaux hiérarchiques** bien plus grand que les petites entreprises (**Doc. 4**). Par ailleurs, la **présence d'organisations syndicales** est plus importante dans les grandes entreprises, ce qui a tendance à relever les salaires (**conventions collectives**, **grilles de salaires**).

**Vocabulaire**

■ **conventions collectives :** accord conclu entre un employeur (ou un groupement d'employeurs) et une (ou plusieurs) organisation(s) syndicale(s) respective(s) des salariés.

## 3 Des facteurs sociaux sources d'inégalités

• La sphère professionnelle est soumise aux relations humaines et sociales. Certains individus disposent d'un capital social (réseau de relations) puissant, qu'ils peuvent mobiliser pour accélérer leur carrière. D'autres, du fait d'un fort **capital culturel**, d'un savoir-être important, tissent des liens qui s'avèrent rentables.

• Un des principaux éléments de **discrimination** dans les salaires reste aujourd'hui **le genre**. À temps de travail et poste égaux, les femmes gagnent 13 % de moins que les hommes. Elles occupent plus souvent des postes à temps partiel et des emplois moins qualifiés : l'écart de salaire moyen est donc en réalité de 25 %. Plus on monte dans l'échelle des salaires, plus ces écarts sont importants (30 % d'écart de salaires chez les 5 % les mieux payés).

**Vocabulaire**

■ **discrimination :** processus consistant à opérer une distinction d'une personne ou d'une catégorie sociale entraînant un traitement défavorable, voire une exclusion.

• Certains sociologues expliquent ces écarts par des choix d'études moins rémunérateurs pour les femmes ou par des choix de vie plus centrés sur la sphère familiale. Mais l'idée de choix est à prendre ici avec précaution, car **les différences de socialisation liées au genre pèsent sur ces choix**.

• D'autre part, la domination masculine et les comportements sexistes de dirigeants, encore majoritairement masculins, continuent à peser sur le salaire des femmes.

**Doc. 4 Des salaires plus élevés dans les grandes entreprises**

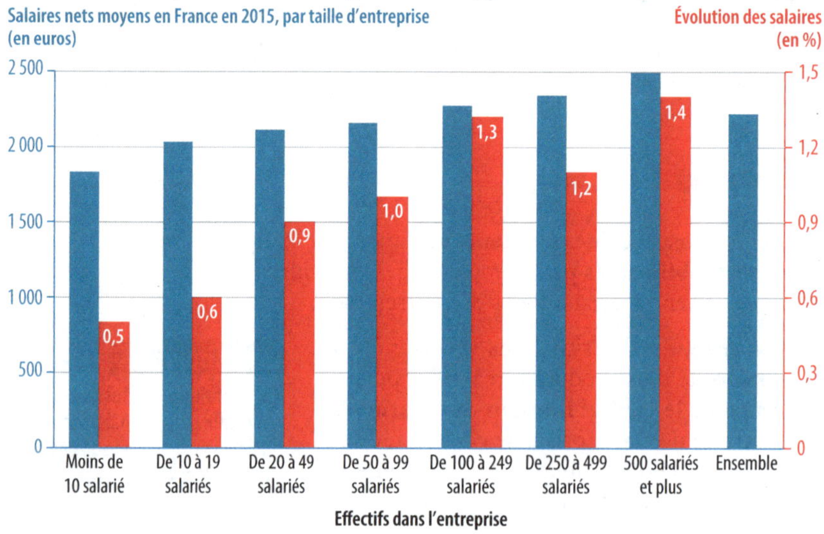


# 5 Un accès au diplôme socialement différencié

**De quoi s'agit-il ? Depuis les années 1980, l'accès à l'enseignement supérieur s'est démocratisé. Le nombre d'années d'études a augmenté et la population est en moyenne plus diplômée. Cependant, les chances d'accès aux diplômes, notamment les plus prestigieux, ne sont pas les mêmes pour tous.**

## 1 Des différences notables selon le milieu social d'origine

- Les enfants d'ouvriers représentent 11 % des étudiants, selon le ministère de l'Éducation nationale, soit trois fois moins que leur part parmi les jeunes de 18 à 23 ans. À l'opposé, les enfants de cadres supérieurs représentent 30 % des étudiants, mais seulement 17 % des 18-23 ans. On parle de **surreprésentation des enfants des catégories supérieures** dans l'enseignement supérieur (**Doc. 5**).
- Dans les **classes préparatoires aux grandes écoles** (CPGE), considérées comme les filières les plus valorisées, **près de la moitié des élèves sont enfants de professions supérieures**, alors que les enfants d'ouvriers et d'employés ne représentent à eux deux que 15 % des effectifs.
- À l'opposé, **10 % des élèves quittent l'école avant 18 ans**, 20 % sortent du système scolaire ou universitaire sans diplôme ou seulement avec le brevet des collèges. Parmi eux, une grande majorité est issue des **milieux populaires**. Cette situation constitue un **marqueur social** très stigmatisant sur le marché du travail pour les individus qui en sont victimes.

**Vocabulaire**

- **marqueur social : signe distinctif propre à un groupe, qui permet l'identification d'un individu à un groupe socioculturel ou à une classe sociale.**

## 2 Des inégalités territoriales

• Dès le collège, mais surtout au lycée, certains élèves en territoire rural ou **périurbain**, doivent faire de **longs trajets pour se rendre dans leur établissement**. De plus, l'absence de choix dans l'établissement réduit souvent les enseignements proposés (options, spécialités), tandis que les élèves des lycées de centre-ville disposent d'une **offre scolaire très large**.

**Vocabulaire**

■ **périurbain :** espace caractérisé par sa situation d'entre-deux, entre l'espace rural et la « banlieue ».

• Dans l'enseignement supérieur, ces mêmes territoires n'offrent que peu de formations. Les étudiants doivent alors se déplacer loin de chez eux ou limiter leurs ambitions. Ces déplacements entraînent des coûts (logements, transports, temps) que tous ne peuvent supporter ou alors au détriment de la qualité de leurs études (« job » étudiant). Or **les territoires sont souvent le reflet d'inégalités économiques et sociales**. Ceux qui sont éloignés des grands centres sont souvent les plus modestes.

**Doc. 5 Origine sociale des nouveaux bacheliers**

Nouveaux bacheliers inscrits dans les principales filières de l'enseignement supérieur en 2015 (en %)

| | Université | | | CPGE[3] | STS[4] | Ensemble |
|---|---|---|---|---|---|---|
| | Droit, économie, lettres, sciences et STAPS[1] | Santé | IUT[2] | | | |
| Agriculteurs, artisans, commerçants, chefs d'entreprise | 10,2 | 10,8 | 12,2 | 10,7 | 10,4 | 10,6 |
| Professions libérales, cadres, enseignants | 28,4 | 42,1 | 27,1 | 48,8 | 13,6 | 27,8 |
| Professions intermédiaires | 13,7 | 14,0 | 16,8 | 12,6 | 13,3 | 13,9 |
| Employés | 15,2 | 12,5 | 15,3 | 9,1 | 15,6 | 14,4 |
| Ouvriers | 13,8 | 10,0 | 15,4 | 6,4 | 21,6 | 14,9 |
| Retraités, inactifs | 11,5 | 7,5 | 8,2 | 6,1 | 11,4 | 10,1 |
| Indéterminé | 7,2 | 3,1 | 5,0 | 6,3 | 14,1 | 8,3 |
| Total | 100 | 100 | 100 | 100 | 100 | 100 |

1. STAPS : sciences et techniques des activités physiques et sportives.
2. IUT : instituts universitaires de technologie.
3. CPGE : classes préparatoires aux grandes écoles.
4. STS : sections de techniciens supérieurs.

Source : ministère de l'Enseignement supérieur et de la Recherche, 2016.

# 6 Les facteurs explicatifs de l'inégal accès aux diplômes

**De quoi s'agit-il ? Malgré des enseignements secondaire et supérieur quasi gratuits, la réussite dans l'enseignement supérieur reste conditionnée à des variables sociologiques.**

## 1 Le rôle de la famille

- Très tôt dans la scolarité, les familles des milieux favorisés se mobilisent pour influencer la trajectoire de leurs enfants. Ces familles ont une **bonne connaissance des filières, des options et des stratégies d'orientation**. Elles sont également dotées d'un **réseau de connaissances** (**capital social**) qui renforce cette implication.

- D'autre part, elles disposent **des moyens financiers** pour améliorer la performance scolaire à travers des cours particuliers, des séjours linguistiques et des activités extra-scolaires (musique, théâtre, arts plastiques) qui jouent un rôle positif dans la réussite à l'école.

- Enfin, ces familles ont une relation de **familiarité avec l'école et les études** supérieures. Dans ces milieux, on est entouré de personnes diplômées, faire des études « va de soi ». On dispose d'un **capital culturel** (langage, goûts, manières d'être) qui correspond aux attentes en termes de formes et de contenus des enseignements les plus sélectifs et prestigieux.

- À l'opposé, les classes populaires ont **moins de moyens** (financiers ou humains) pour investir le champ scolaire. Elles disposent de **moins d'informations** et sont peu familières de l'enseignement supérieur et de l'éventail de diplômes qu'il offre. Enfin, leur **capital culturel** n'est **pas en phase avec ce qui est valorisé dans le supérieur**.

**Vocabulaire**

- **capital social :** ensemble des ressources qu'un individu peut mobiliser à travers ses relations, ses réseaux.
- **capital culturel :** ensemble des ressources culturelles dont dispose un individu (langage, connaissances artistiques).

## 2 Entre tri social et auto-élimination

- La jeunesse des classes populaires accède moins à l'enseignement supérieur que les catégories favorisées et, quand elle y accède, c'est dans des **filières moins prestigieuses**.

- Pour les sociologues, **deux types de mécanismes** sont à l'œuvre. Tout d'abord, **l'école**, à travers l'enseignement qu'elle dispense (culture classique) et les formes de l'évaluation (dissertation, abstraction), **place les élèves des milieux populaires en difficulté**, car ils ne disposent pas d'un capital culturel suffisant. Ils subissent une forme de **tri social** qui les élimine à mesure que l'on avance dans les études.

- En outre, les élèves des milieux populaires subissent une « **violence symbolique** » de la part de l'école, qui stigmatise leur handicap par rapport à l'aisance apparente des milieux favorisés. Ils **perçoivent** donc **les études comme un parcours difficile aux perspectives aléatoires**. On observe alors, dans ces milieux, un renoncement aux études supérieures ou un choix considéré comme plus sûr (mais moins valorisé) qu'est celui des filières courtes (BTS, DUT). Soit par méconnaissance, soit parce qu'ils ne se sentent pas légitimes, on constate une **auto-élimination** des jeunes des catégories populaires des filières les plus prestigieuses.

**Vocabulaire**

- **violence symbolique :** processus de soumission par lequel les dominés perçoivent la hiérarchie sociale comme légitime et naturelle. Les dominés intègrent la vision que les dominants ont du monde, ce qui les conduit à se faire d'eux-mêmes une représentation négative.
- **auto-élimination :** fait de s'éliminer soi-même par manque de légitimité sociale ou d'estime de soi.

## Révision express

### Le schéma à retenir

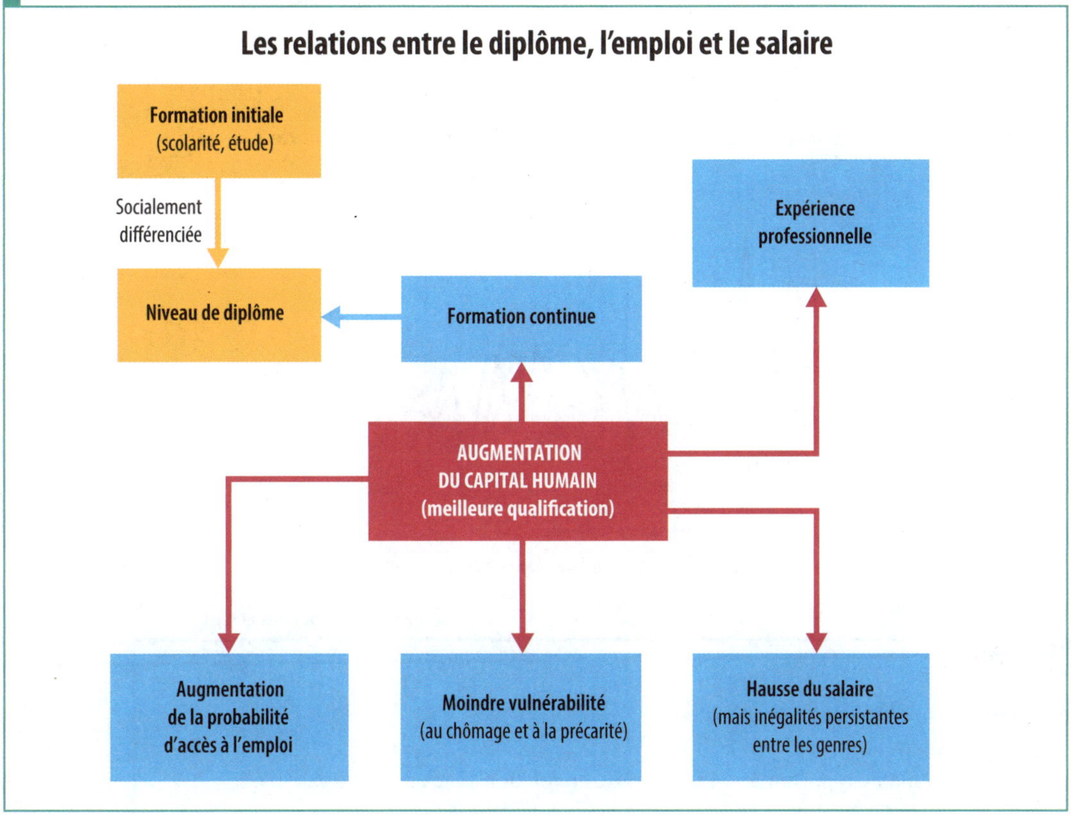


### Quiz

*Cochez la bonne réponse.*

**1.** Le diplôme protège du chômage.
☐ **vrai** ☐ **faux**

**2.** Diplôme et capital humain sont synonymes.
☐ **vrai** ☐ **faux**

**3.** Tout emploi est rémunéré.
☐ **vrai** ☐ **faux**

**4.** Seul le diplôme détermine le niveau de salaire.
☐ **vrai** ☐ **faux**

**5.** L 'accès au diplôme en France est égalitaire.
☐ **vrai** ☐ **faux**

→ Réponses p. 478

## EXERCICE 1

# Lire et interpréter des représentations graphiques

### Énoncé

**1.** Rédigez une phrase avec les données des deux courbes en 2001 et 2009.

**2.** À quelles situations économiques l'année 2009 correspond-elles ?

**3.** Quel lien peut-on établir entre l'évolution des deux courbes sur toute la période ?

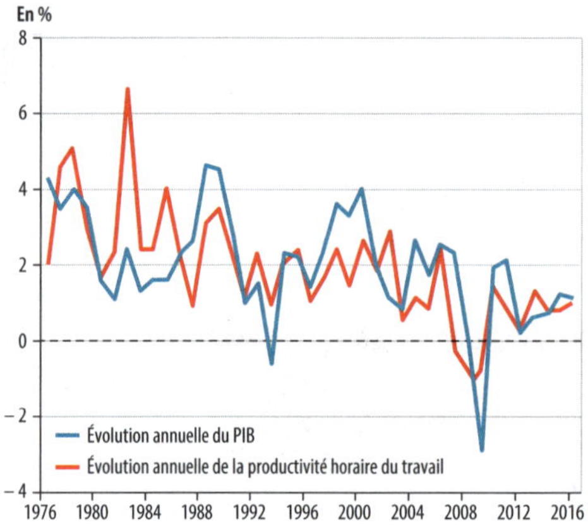


Source : d'après données OCDE, 2017.

### Méthode

**1 Comprendre la sens du graphique**

- Que nous apprend le titre ?
- Quelle est la variable représentée ? Est-elle mise en relation avec une autre variable ?
- Quelle est l'unité de mesure ? Quelle est l'échelle ? Quelle est la date ?

**2 Décrire le graphique**

● Pour une évolution, il faut commencer par dégager une tendance générale pour ensuite observer si cette tendance est régulière. Si des phases de hausse et de baisse se succèdent, il faut repérer les points d'inflexion (moments où la baisse ou la hausse s'amorcent). On doit enfin remarquer les situations exceptionnelles (chute brutale ou hausse remarquable).

● Quand plusieurs variables sont étudiées, il faut établir les relations qui les associent (corrélations).

S'il s'agit d'un document chronologique, on peut contextualiser les dates où apparaissent des points d'inflexion (crises, conflits, krach boursier).

### Corrigé

**1.** Selon l'OCDE, la France connaît en 2001 une croissance de son PIB de 4 % et une augmentation de la productivité horaire du travail de 2,5 %.

En 2009, le PIB recule de 3 %, alors que la productivité du travail baisse de 1 % environ.

**2.** L'année 2009 correspond aux conséquences économiques liées à la crise des subprimes.

**3.** On observe clairement une corrélation positive entre l'évolution du PIB et de la productivité horaire du travail. Les périodes de croissance de l'économie correspondent à une augmentation du rendement du travail. Les périodes de crise s'accompagnent d'un ralentissement de la productivité.

EXERCICE 2

## Analyser un texte

### Énoncé

**1.** Quels sont les types de jouets que le texte distingue ?

**2.** Expliquez la phrase soulignée.

**3.** Quel effet pervers est mis en évidence par la dernière citation du texte ?

**Le jouet : outil de différenciation ?**

En examinant les « usages sociaux du jouet » dans des familles d'appartenances sociales diverses, Sandrine Vincent établit à nouveau l'affinité entre jouets éducatifs et classes cultivées, puisque les enfants de catégories supérieures sont trois fois plus nombreux que les enfants de catégories populaires à recevoir des jouets éducatifs (par opposition à des jouets récréatifs). De plus, on retrouve également une opposition entre un jeu perçu comme moyen d'éveil de l'enfant et un jeu appréhendé comme plaisir ou loisir dans les familles populaires. Le jouet n'est donc pas un objet socialement neutre, et permet d'observer les gestions familiales de la scolarité : du côté des classes moyennes et surtout supérieures, des conduites « libérales », fondées sur un « contrôle indirect » et le jeu est utilisé comme un outil de « stimulation intellectuelle » qui assure et consacre la continuité des espaces familiaux et scolaires ; du côté des classes populaires, un modèle plus autoritaire du « contrôle direct », et le jouet fonctionne comme « stimulation matérielle » (il sanctionne par exemple les résultats scolaires, le jouet servant à récompenser et son retrait à punir) qui contribue à accentuer la séparation des univers familiaux et scolaires.

Muriel Darmon, *La socialisation*, Armand Colin, 2010.

### Méthode

- Il faut aller rapidement à l'essentiel. C'est le « Quoi, qui quand où ? ». Repérer le titre (si présent), il donne une idée de l'objet du texte. La source (date, auteur, support), permet de contextualiser et de connaître la nature du texte (ouvrage de spécialiste ou article de presse).
- Extraire l'information du texte en lisant avec un surligneur pour faire apparaître les passages essentiels. Repérez les idées secondaires qui permettent de préciser et d'illustrer l'idée générale. Pensez à distinguer les faits évoqués par l'auteur, des opinions qu'il produit (sa pensée).
- Résumez le texte en synthétisant en quelques phrases les arguments présents. Ajoutez vos connaissances personnelles (notions, exemples) qui permettent de compléter la pensée de l'auteur et de montrer que vous maîtriser le problème abordé. Emettez, si nécessaire, une critique de la thèse défendue.

### Corrigé

**1.** Le texte distingue des jouets récréatifs, qui servent essentiellement à s'amuser, et des jouets éducatifs qui participent à la stimulation intellectuelle.

**2.** Selon l'auteur, le choix des jouets a un impact sur les enfants et fait l'objet de stratégies familiales socialement différenciées. Il est perçu comme complémentaire de l'activité scolaire pour les milieux privilégiés et considéré comme un objet de divertissement pour les milieux populaires.

**3.** Les familles qui utilisent l'usage des jouets comme récompense ou sanction aux résultats scolaires, pensant stimuler leur enfant, risquent au contraire de créer une opposition entre les deux univers. Le résultat est donc inverse à celui attendu, c'est bien un effet pervers.

# Français

## Partie 1 : Les objets d'étude



## Partie 2 : Vers le bac

# Chapitre 1 La poésie du Moyen Âge au XVIII$^{e}$ siècle

## 1 La poésie lyrique

Trouvères et troubadours, la musique au Moyen Âge

**De quoi s'agit-il ?** **La poésie est un genre littéraire qui remonte à l'Antiquité, aux formes et tonalités variés, généralement écrit en vers, excepté le « poème en prose ».**

### 1 Un genre musical

- Depuis la lyre d'Orphée et de la muse Érato, la poésie est essentiellement perçue comme une **forme musicale**.
- Cette musicalité suppose un travail sur le rythme, et donc le vers, sur les sons (rimes, allitérations, assonances, échos sonores), sur l'accentuation.
- L'écrivain, selon l'étymologie grecque du mot « poésie » (*poiein*), *crée* en jouant aussi bien sur les images que sur le « physique » (Paul Valéry) du mot.

**Remarque**
La racine de « lyrisme » vient justement de « lyre ».

### 2 Le « je » lyrique et l'expression des sentiments

- Le **lyrisme** met en scène un « **je** » **lyrique** qui exprime en les sublimant sa subjectivité, son intimité, ses sentiments, ses émotions.
- Il convoque souvent un « tu » avec lequel il dialogue, ici par exemple, avec l'allégorie de la France :

> France, mère des arts, des armes et des lois,
> […]
> Si tu m'as pour enfant avoué quelquefois,
> Que ne me réponds-tu maintenant, ô cruelle ?
> France, France, réponds à ma triste querelle.
> Mais nul, sinon écho, ne répond à ma voix.
>
> Du Bellay, *Les Regrets*, 1558

**Piège à éviter**
Il ne faut pas confondre le « je » lyrique avec la personne historique qui a écrit l'œuvre.

### 3 Des formes fixées par les courants littéraires

- Si le lyrisme évolue vers des formes moins contraignantes au XIX$^{e}$ siècle, il s'inscrit auparavant dans le **vers traditionnel** (octosyllabe, décasyllabe, alexandrin) et des poèmes aux **formes fixes** : chansons de toile, reverdies, pastourelles, lais, virelais, rondeaux, ballades, sonnets (voir p. 293).

### 4 Les thèmes intemporels : les *topoï*

- Les thèmes privilégiés du lyrisme sont devenus des *topoï*. Mais ils sont revivifiés par l'invention des poètes, notamment dans le traitement de l'image et du symbole.
- Les plus fréquents sont le temps, l'amour, les mouvements de l'âme, ainsi que le rapport privilégié avec la nature.

**Louise Labé** **(1524-1566) :** a chanté notamment les brûlures de l'amour.

# 2 La poésie épique et engagée

**De quoi s'agit-il ? L'écrivain engagé mène une lutte dans et par son œuvre pour défendre ou combattre une cause, des idées philosophiques, religieuses, politiques, sociales, culturelles.**

## 1 Qu'est-ce que la littérature épique ?

- La littérature épique, héritière de l'*Iliade* et l'*Odyssée* du Grec Homère (composés entre -850 et -750), chante les **exploits extraordinaires** des grands guerriers et fonde le mythe et les valeurs collectives d'une communauté. L'utilisation du ton et des procédés épiques comme l'hyperbole en magnifient le récit.
- Le modèle du genre s'illustre en France dans les **chansons de geste** qui exaltent les hauts faits des chevaliers, comme *La Chanson de Roland* au XIe siècle.
- Cette poésie épique peut devenir **engagée**.

**Remarque**
Le terme « engagé » est popularisé tardivement par J. P. Sartre.

## 2 Les grandes œuvres épiques françaises

- Elles mettent en scène, avec les croisades ou la vie des barons au XIIe siècle, la lutte grandiose des représentants du bien (les chevaliers chrétiens) contre les forces du mal (les païens qui doivent se convertir ou mourir).

> « Avec douleur, avec si grand effort,
> Le preux Roland a sonné de son cor
> Que le sang clair lui jaillit par la bouche :
> De son cerveau les tempes sont rompues. »
>
> *Chanson de Roland*, XI e siècle, attribuée sans certitude à Turold

- Passé le Moyen Âge, si le ton épique perdure, l'épopée en vers se raréfie : *La Franciade de Ronsard*, inspirée de l'*Énéide*, est un échec. Voltaire revitalise le genre avec *La Henriade*, poème en dix chants sur Henri IV et sa politique de tolérance auquel il joint un *Essai sur la poésie épique*. La Révolution et l'aventure napoléonienne la voient refleurir.

## 3 Qu'est-ce que la littérature engagée ?

- L'engagement de l'écrivain signifie la **lutte** qu'il mène dans et par son œuvre pour défendre ou combattre une cause, des idées philosophiques, religieuses, politiques, sociales, culturelles.
- L'écrivain va mettre son art, le travail de l'écriture et des tons au service de son engagement afin de **mobiliser son lecteur** et de le **pousser à l'action**.

**Agrippa d'Aubigné**
**(1552-1630) :** écrivain et poète baroque, a milité pour le protestantisme contre les catholiques.

- Dans un contexte historique précis, il affronte une mise en danger, le risque de la censure et de la répression, puisqu'il construit une œuvre subversive face aux pouvoirs.

## 4 Les tons et procédés de la littérature engagée

- Pour atteindre son but, le poète engagé doit **convaincre** et **persuader** le lecteur.
– Pour le convaincre, il s'adresse à sa raison afin de le faire réfléchir et l'amener à une prise de conscience. Il peut utiliser l'ironie, la tonalité polémique ou la satire.
– Pour le persuader, il va solliciter sa sensibilité, l'émouvoir ou l'indigner. Il peut utiliser le lyrisme et le pathétique.
- L'écriture, pour concrétiser les idées, va multiplier les figures de style : allégories, symboles, personnifications, métaphores, hyperboles et effets musicaux. Ainsi André Chénier s'engage dans les *Iambes* lors de la Révolution française. Héritier des Lumières, il s'élève contre le royalisme, entre au parti constitutionnel, admire la Révolution de 1789 mais prend violemment position contre le jacobinisme de Robespierre. Visionnaire, il sera guillotiné à 31 ans le 25 juillet 1794.

# 3 Poésie et poétique

**De quoi s'agit-il ? Certains poètes font de leur art une recherche esthétique dans le fond comme dans la forme.**

## 1 La recherche formelle au XVIe siècle

**Remarque**
L'expression, d'abord péjorative, a été inventé au XIXe siècle.

- Les **grands Rhétoriqueurs** sont des poètes de la fin du XVe siècle et du XVIe siècle qui ont travaillé une langue en train d'évoluer.

– Ils s'imposent des contraintes de formes dans des poèmes où ils rivalisent de **virtuosité technique**. Ils jouent avec la rime, les acrostiches (poèmes où les initiales de chaque vers, lues verticalement, composent un mot), les palindromes (peuvent se lire dans les deux sens : Anna).

- **La Pléiade**, groupe de sept auteurs français dont Ronsard et Du Bellay sous l'égide de Jean Dorat, veut renouveler et enrichir la langue française, et participer ainsi à l'unification comme à la gloire littéraire de la France. Ces poètes pratiquent l'**innutrition**, imitant des Anciens pour mieux les dépasser. Ils multiplient néologismes et périphrases, et imposent l'alexandrin, l'ode et le sonnet comme formes poétiques majeures.

**Vocabulaire**
- **Innutrition :** métaphore alimentaire qui évoque la façon dont un auteur se nourrit des œuvres de ceux qui l'ont précédé.

## 2 Les « arts poétiques »

- Les « **arts poétiques** » sont des poèmes dans lesquels l'écrivain, par une mise en abyme, donne des conseils pour écrire un poème. Ils font partie de la littérature autotélique (qui se prend elle-même pour objet).

- Après la *Poétique* du Grec Aristote et l'*Art poétique* du Latin Horace, les arts poétiques permettent de définir une esthétique novatrice, souvent en rupture, et de promouvoir de nouveaux mouvements littéraires. Dans la lignée des modèles antiques, le **Moyen Âge** en produit en langue latine.

- **Au XVIe siècle**, la poésie et la langue française sont l'objet d'interrogations, de recherches et d'innovations.

- **Au XVIIe siècle**, l'*Art poétique* de Boileau synthétise les grands principes du classicisme après Malherbe, en qui il reconnaît un précurseur.

**Remarque**
« L'art poétique en acte » suggère en action plus qu'il ne conseille, impose ou rejette.

**Boileau**
**(1636-1711) :**
Théoricien *a posteriori* du Classicisme.

# 4 La versification

**De quoi s'agit-il ? C'est l'ensemble des techniques utilisées pour écrire un poème qui marque l'appartenance du texte au genre de la poésie.**

- Jusqu'au XIXe siècle, la poésie est fortement **codifiée**. Après le XIXe siècle, avec Baudelaire puis Rimbaud, considéré comme le père de la poésie moderne, **les règles seront peu à peu abandonnées**.

**Remarque**
La versification peut être employée dans d'autres genres que la poésie, par exemple la fable avec La Fontaine, le théâtre, celui des auteurs-phares du XVIIe siècle, Corneille, Racine et même Molière dans ses « grandes » comédies.

## 1 La structure du vers

● La versification française admet différents mètres. Les principaux sont **pairs** : l'octosyllabe (8 syllabes) ; le décasyllabe (10 syllabes) ; l'alexandrin (12 syllabes), utilisé dans les genres nobles : tragédies, épopées.

● Les vers **impairs** comme l'heptasyllabe (7 syllabes) sont surtout utilisés dans les genres légers (fables).

● Il faut savoir **décompter les syllabes** sans se tromper :
– le « e » muet ne se compte que lorsqu'il est suivi par une consonne, jamais s'il est suivi par une voyelle ou placé à la fin du vers ;
– la **diérèse** et la **synérèse** allongent ou réduisent le mètre : on fait une diérèse lorsque l'on prononce de façon séparée les deux termes d'une **diphtongue**. La synérèse est son contraire.
– les **liaisons** doivent toujours être comptabilisées.

**Vocabulaire**

■ **Diphtongue :** union d'une semi-consonne et d'une voyelle.

● La versification suppose un système de **rimes** :
– les rimes sont des **sons** qu'on retrouve à la fin de deux ou plusieurs vers ;
– elles peuvent être **plates ou suivies** (AABB), **embrassées** (ABBA), **croisées** (ABAB) ;
– elles sont **pauvres** quand elles ont un seul son commun, **suffisantes** avec deux, **riches** au-delà.

**Piège à éviter**

On évite les rimes faciles, comme deux adverbes en –ment.

## 2 Les groupes de vers et les poèmes à formes fixe

● Les **strophes** sont des **groupes de vers** séparés par des blancs typographiques significatifs.

**Vocabulaire**

Nom des strophes :
■ 1 vers : monostique
■ 2 vers : distique
■ 3 vers : tercet
■ 4 vers : quatrain
■ 5 vers : quintil
■ 6 vers : sizain

● Les poèmes à **forme fixe** présentent une **structure figée**. Au Moyen Âge, et parfois au XIVe siècle, ils sont fréquents et divers :
– Le **lai** : court récit en vers de huit syllabes à rimes plates. En général, ce sont des aventures d'origine bretonne qui glorifient l'amour courtois dans un milieu chevaleresque.
– Le **virelai** : petite pièce en vers courts, sur deux rimes commençant par quatre vers dont les deux premiers se répètent dans les autres.
– La **ballade** (à ne pas confondre avec le terme familier « balade » qui désigne une promenade) : poème composé de trois strophes symétriques et d'un envoi commençant souvent par le mot « Prince » qui se terminent par le même vers.
– Le **rondeau :**

« Ma foi, c'est fait de moi, car Isabeau
M'a commandé de lui faire un rondeau.
Cela me met en une peine extrême.
Quoi ! treize vers, huit en eau, cinq en ême !
Je lui ferais aussi tôt un bateau ».

Vincent Voiture (1597-1648)

– Le **sonnet** : régulier depuis la Renaissance, il se compose de deux quatrains et de deux tercets aux rimes fixées.

● La poésie moderne continue parfois de respecter les règles classiques et le **vers régulier**, mais elle a surtout renouvelé ou inventé d'autres formes toujours très attentives aux effets sonores et rythmiques, à l'accentuation : le vers libre, le verset, le poème en prose.

FRANÇAIS

## Révision express

### Les grands mouvements poétiques

**Au Moyen Âge**

- Courtoisie : le XII^e siècle et les troubadours ont inventé l'amour courtois, platonique, du chevalier pour une dame inaccessible.
- Les grands Rhétoriqueurs jouent avec les contraintes de forme pour produire des poèmes où ils rivalisent de virtuosité technique.

**Au XVI^e siècle**

- L'école lyonnaise, avec Maurice Scève et Louise Labé, prolonge la tradition du poète italien Pétrarque (1304-1374) et véhicule une haute conception de l'amour.
- La Pléiade : sept poètes, dont Ronsard et Du Bellay, réécrivent en les dépassant les auteurs antiques dans un français enrichi.

**Au XVII^e siècle**

- Baroque : Chassignet, Marbeuf, Tristan L'Hermite, Viau mettent en scène un monde changeant où règnent l'irrégularité et l'illusion dans une écriture proche du maniérisme.
- Préciosité : Madeleine de Scudéry et Honoré d'Urfé veulent raffiner les mœurs en même temps que le langage.
- Classicisme : peu de poètes. Pour Boileau, la poésie doit être conduite par la Raison : « La rime est une esclave et ne doit qu'obéir ». On peut aussi classer parmi les poètes le fabuliste La Fontaine et des dramaturges comme Corneille et Racine pour leur maîtrise du vers.

**Au XVIII^e siècle**

- Pas de mouvement à proprement parler, mais le préromantisme apparaît avec le singulier André Chénier, tandis que Jean-Jacques Rousseau fait émerger la prose poétique.

### Quiz

*Cochez la bonne réponse :*

1. Le poème lyrique privilégie la musicalité. ☐ vrai ☐ faux
2. Le « je » lyrique ne doit pas être confondu avec l'écrivain. ☐ vrai ☐ faux
3. La Pléiade veut renouveler et enrichir la langue et la poésie françaises. ☐ vrai ☐ faux
4. Malherbe chante l'amour courtois. ☐ vrai ☐ faux
5. Boileau est un poète engagé. ☐ vrai ☐ faux
6. Une rime pauvre ne comprend qu'une syllabe. ☐ vrai ☐ faux
7. Un sizain est un vers de six syllabes. ☐ vrai ☐ faux
8. La balade est un poème à forme fixe. ☐ vrai ☐ faux
9. Le système ABBA croise les rimes. ☐ vrai ☐ faux
10. Un « art poétique » est un poème qui enseigne comment écrire un poème. ☐ vrai ☐ faux

→ Réponses p. 478

COMMENTAIRE

## Objet d'étude : La poésie du Moyen Âge au XVIIIe siècle

### Énoncé

**Vous construirez le plan détaillé du commentaire du texte de Corneille proposé dans le parcours « Un *topos* du lyrisme, la fuite du temps ».**

*« Marquise » est le pseudonyme de Thérèse de Gorla, épouse du comédien Du Parc et comédienne reconnue, courtisée par nombre d'artistes dont La Fontaine, Corneille, Molière et Racine. On dit qu'elle est morte empoisonnée le 11 décembre 1668 dans des circonstances mystérieuses.*

Marquise, si mon visage
A quelques traits un peu vieux,
Souvenez-vous qu'à mon âge
Vous ne vaudrez guère mieux.

Le temps aux plus belles choses
Se plaît à faire un affront :
Il saura faner vos roses
Comme il a ridé mon front.

Le même cours des planètes
Règle nos jours et nos nuits :
On a vu ce que vous êtes ;
Vous serez ce que je suis.

Cependant j'ai quelques charmes
Qui sont assez éclatants
Pour n'avoir pas trop d'alarmes
De ces ravages du temps.

Vous en avez qu'on adore ;
Mais ceux que vous méprisez
Pourraient bien durer encore
Quand ceux-là seront usés.

Ils pourront sauver la gloire
Des yeux qui me semblent doux,
Et dans mille ans faire croire
Ce qui me plaira de vous.

Chez cette race nouvelle
Où j'aurai quelque crédit,
Vous ne passerez pour belle
Qu'autant que je l'aurai dit.

Pensez-y, belle Marquise :
Quoiqu'un grison fasse effroi,
Il vaut bien qu'on le courtise
Quand il est fait comme moi.

Pierre Corneille, « Stances à Marquise », 1658.

### Méthode

- Soyez attentif aux marques du lyrisme : investissement personnel, musicalité.
- Observez la posture particulière, peu aimable, du poète.
- Remarquez le traitement stratégique des *topoï* : amour et fuite du temps.

## Corrigé

### Introduction

Sophie Marceau a interprété avec talent le rôle de Marquise dans le film de Véra Bermont. « Marquise » est le pseudonyme de Thérèse de Gorla, femme du comédien Du Parc, elle-même comédienne, qui exerçait des ravages sur ses contemporains, en particulier Corneille (cinquante-deux ans) qui lui destine ses « Stances à Marquise » alors qu'elle est âgée de vingt-six ans.

On verra comment, dans une argumentation destinée à la séduire, pour mieux la persuader, alors que, dépité, il a manifestement déjà été repoussé, le poète utilise les ressources du lyrisme **(I)**, les thèmes topiques de la fuite du temps et de l'amour **(II)**, pour montrer la victoire de la gloire littéraire sur le temps et l'immortalisation qu'en tant que poète célèbre, il se fait fort de lui assurer **(III)**.

> **Gagnez des points !**
> Soigner l'ouverture de votre introduction.

> **Gagnez des points !**
> Les grands titres du plan (**I, II, III**) constituent une phrase qui confirme le caractère progressif du commentaire.

### I. Dans un poème argumentatif très discrètement lyrique…

#### A. L'investissement personnel dans un monologue

**1. L'usage du « je », des pronoms personnels et des possessifs de la 1ère personne.**

**2. Un autoportrait, physique péjoratif, même si parfois modalisé avec l'usage de la litote :** « si mon visage/ A <u>quelques</u> traits <u>un peu</u> vieux », « ridé mon front », « mon âge », « grison ».

> **Vocabulaire**
> **Litote :** minoration de l'expression qui joue sur la syntaxe avec l'utilisation de la négation ou d'expressions affaiblissantes (assez, quelques, un peu).

#### B. L'adresse à une destinataire/dédicataire (fonction conative du langage)

**1. Titre dédicace.**

**2. Les apostrophes :** elles encadrent le poème dans les première et dernière strophes : « Marquise ».

**3. Les constants emplois du pronom personnel « vous ».**

**4. Les impératifs exhortatifs (persuasion) (« Souvenez-vous », « Pensez-y »).**

> **Gagnez des points !**
> Les sous-titres A. B. C. pour chacune des sous-parties sont engendrés par les trois caractéristiques du lyrisme (voir Fiche 1).

#### C. La musicalité

**1. Le rythme**

– Le choix d'un mètre impair, l'heptasyllabe (genre léger, galanterie).
– Régularité des strophes : huit quatrains aux rimes croisées, suffisantes et riches.
– Extrême régularité du rythme et de l'accentuation.

**2. Les effets sonores sont très discrets :**

– Quelques allitérations [f, r, s] v. 18-20.
– Quelques assonances [ɛ].
– Rimes au centre des vers 9 et 10.

#### D. La dimension argumentative, didactique prend le pas sur la dimension poétique

Articulation, connecteurs logiques du discours (« si », « cependant »), constants jeux rhétoriques d'opposition…

### II. …la liaison de deux thèmes traditionnels du lyrisme : l'amour et la fuite du temps…

#### A. L'amour, ou plutôt le désir, est sous-jacent

**1. La volonté de séduction existe**

– Les compliments, très discrets, voire vinaigrés, des charmes de Marquise « rose » (métaphore-cliché) 2e strophe, mais vue négative, avec la perspective de la flétrissure.
« vous en (« charmes ») avez qu'on adore »
« yeux qui me semblent doux »
« belle Marquise »
– La mise en valeur de ses « charmes » personnels (qui ne sont pas physiques).

**2. Mais il n'y a pas de déclaration passionnée**
– Le compliment reste très mesuré.
– Jamais de véritable description de Marquise, d'éloge de sa beauté, de sa personnalité.
– Le mot « amour » n'est jamais prononcé.

**Gagnez des points !**
Comparez avec le texte de Ronsard « Quand vous serez bien vieille ».

**3. On a plus l'impression d'un marché, voire d'un chantage, que d'une ode amoureuse**
– Le poète est conscient de son peu de charme physique et sa vieillesse (v. 4, 8, 30), même s'il est atténué par la litote (« grison » : autodérision).
– Mais il va s'en servir pour faire ressortir d'autres « charmes », son génie poétique, et dévoiler son incontestable orgueil.

**B. La fuite du temps**

**1. Un topos du lyrisme qui intervient constamment dans le texte**
– Il l'exprime de façon générale et métaphorique en utilisant le procédé de la personnification (vers 7 et 8, 2e strophe, puis toute la 3e et le vers 16).
– Il l'exprime aussi à travers le temps des verbes (passé/ présent/futur) et avec le parallélisme qu'il institue entre lui maintenant et elle plus tard (vers 1 à 4, 7 à 8, 11 à 12, : 5e strophe).
– Utilisation du chiasme (vers 11-12) : effet de miroir.

On a vu ce que vous êtes ;
Vous serez ce que je suis.

**2. Un thème qui a un triple intérêt stratégique**
– Faire ressortir la fugacité de la vie et donc inciter la jeune femme comme l'a fait Ronsard et avant lui Horace (*Carpe Diem* : « Cueille le jour ») à profiter de sa jeunesse et de sa beauté présente, à accepter son amour, ou plutôt l'expression de son désir.
– Faire ressortir les charmes autres que physiques de Corneille.
– Mettre en valeur la victoire sur le temps que peut lui apporter Corneille.

**III. … pour montrer la victoire de la gloire littéraire sur le temps**

**A. La préscience de sa prospérité (célébrité posthume)**

« Chez cette race nouvelle *[les admirateurs de Corneille, mille ans après sa mort]*/ Où j'aurai quelque crédit » : litote.
« Et dans mille ans faire croire » : majoration de l'expression, hyperbole.
« Ce qui me plaira de vous. » : futur de certitude (ils sont nombreux dans l'ensemble du poème).

**Vocabulaire**
**L'hyperbole** majore l'expression au contraire de la litote qui la minore ou de l'euphémisme qui adoucit le propos.

**B. Le génie permet de vaincre le temps**

Les valeurs spirituelles, artistiques, sont éternelles contrairement à la valeur physique (strophes 4 et 5). C'est pourquoi Corneille ne valorise pas les charmes de Marquise et peut se permettre d'évoquer sa propre absence de séduction physique. Toutefois, c'est bien le physique de la jeune femme qui l'émeut. Il n'est jamais question des qualités spirituelles, psychologiques qu'elle pourrait avoir.

**Gagnez des points !**
Corneille met en scène ici l'image traditionnelle de la femme, de la muse qui séduit l'artiste uniquement par sa beauté, contrairement à certains poètes du XXe siècle comme Aragon et Éluard qui célèbrent la femme active et engagée.

**C. Il devrait permettre de vaincre aussi les réticences de Marquise en faisant valoir la gloire qu'en tant que poète, il peut lui assurer**

**1.** La gloire et le génie de Corneille peuvent assurer la gloire posthume de Marquise, mais seulement sur le plan physique, cf. « yeux » et « beauté » (v. 17, 18, 27, 28).

**2. Inversion des rapports de séduction**
– Il se présente comme supérieur à elle malgré son âge et ses disgrâces physiques, car ses charmes à lui, génie, célébrité, sont inaltérables. C'est visible aussi dans le ton.
– Valorisation de ses « charmes » (v. 13, 14, 19, et 32).
– Une certaine condescendance et un incommensurable orgueil qui se manifestent notamment dans le didactisme (impératifs) et des expressions méprisantes : « vous ne vaudrez guère mieux », « ce qu'il me plaira de vous », 7e strophe (vers 27-28). Le poème se termine par le pronom personnel tonique « moi ».

– C'est la jeune femme qui doit faire sa cour (vers 31-32) : « Il vaut bien qu'on le courtise (euphémisme, terme précieux) quand il est fait comme moi ». Voir encore le poème de Ronsard « Quand vous serez bien vieille » (Sonnets pour Hélène) :

Quand vous serez bien vieille, au soir, à la chandelle,
Assise aupres du feu, devidant et filant,
Direz, chantant mes vers, en vous esmerveillant :
**Ronsard** me celebroit du temps que j'estois belle.

Lors, vous n'aurez servante oyant telle nouvelle,
Desja sous le labeur à demy sommeillant,
Qui au bruit de **Ronsard** ne s'aille resveillant,
Benissant vostre nom de louange immortelle

**Gagnez des points !**
Ronsard pratique complaisamment l'énallage : il parle par deux fois de lui à la 3e personne, citant même son propre nom.

**Conclusion**

Ainsi, dans ce poème qui n'est pas un poème d'amour et où le lyrisme est peu appuyé, on a l'impression que le vieux Corneille propose un marché fondé sur sa célébrité, la victoire qu'elle représente sur le temps, et la gloire posthume qu'elle peut apporter à Marquise s'il daigne la porter, la célébrer dans ses écrits. En fait, il veut échanger la gloire contre l'amour. C'est ce qui différencie ce poème, où Corneille ne se montre pas sous le jour le plus flatteur, de ceux qui ont précédé (Horace, Ronsard dont il se rapproche pourtant quand il écrit « Quand vous serez bien vieille ») comme de ceux qui le suivront (Lamartine, « Le Lac », Queneau « Si tu t'imagines » qui pastiche Ronsard).

**Gagnez des points !**
Recourez à votre connaissance de l'histoire littéraire et, sans vergogne, à la référence iconoclaste, qui casse les codes et démythifie les grandes gloires.
Écoutez la chanson de Brassens

Brassens le souligne bien, après Tristan Bernard, en faisant humoristiquement répondre Marquise dans la chanson qu'il a tirée du poème :

« Peut-être que je serai bien vieille,
Répond Marquise, cependant,
J'ai vingt-six ans, mon vieux Corneille,
Et je t'emmerde en attendant ! »

Il sera d'ailleurs bien peu efficace puisque Marquise lui préférera Racine, plus jeune, et déjà très célèbre.

**Gagnez des points !**
L'élargissement de la conclusion doit être pertinent. Il réfère ici à la « petite » histoire littéraire.

Chapitre 2

# La littérature d'idées et la presse du XIXe au XXIe siècle

## 1 Les grands principes de l'argumentation

**De quoi s'agit-il ?** **L'argumentation sert à défendre une thèse sur un thème donné. Le thème d'une argumentation est son sujet général.**

### 1 L'argumentation dans la presse ou dans la littérature d'idées

- Dans les essais, les lettres ouvertes ou les articles, les auteurs défendent explicitement un point de vue : ils ont recours à l'**argumentation directe**.
- Dans un conte philosophique, une fable ou même un roman, les auteurs se servent d'un récit pour appuyer leurs idées et l'argumentation est en partie implicite : ils utilisent l'**argumentation indirecte**.

### 2 Savoir identifier les arguments

**L'argument** est une idée qui permet d'appuyer ou de réfuter une thèse. Un argument qui sert à critiquer une thèse est appelé **contre-argument**. Celui-ci est utilisé dans les réfutations. Il existe plusieurs types d'arguments.

| Type d'argument | Construction |
|---|---|
| **Argument logique** | Il est issu du raisonnement de l'auteur : il se fonde sur la logique du discours |
| **Argument d'autorité** | Il s'appuie sur des références connues de tous |
| **Argument de valeur** | Il se réfère à un système de valeurs (morales, religieuses, sociales…) bien installées |
| **Argument d'expérience** | Il recourt à des faits, à des témoignages : directement issu d'exemples, il est concret |
| **Argument *ad hominem*** | Il est choisi en fonction de la personnalité du destinataire : il est adapté à sa sensibilité, à ses goûts, à sa culture, à son vécu |

### 3 Savoir identifier les exemples

Les **exemples** viennent appuyer les arguments en les illustrant. Ils permettent de concrétiser les arguments qui, seuls, restent abstraits. Un bon exemple peut être une référence historique ou littéraire, un fait d'actualité, une citation, une expérience…

### 4 Savoir repérer la structure de l'argumentation

- Les premières questions à se poser face à un texte argumentatif concernent son **organisation**. Ce type de texte présente une « charpente » souvent très visible.
- Les **connecteurs logiques** (ou mots de liaison) établissent des liens entre les différents arguments.

• La **progression des arguments** est intéressante à analyser : l'auteur peut choisir de commencer par le plus évident, et finir par le plus original ou le plus complexe. Les procédés de persuasion peuvent se faire de plus en plus insistants.

## 2 Des auteurs engagés dans les combats de leur époque

**De quoi s'agit-il ?** **La thèse soutenue par l'auteur est l'opinion qu'il défend, à l'aide d'arguments.**

### 1 Le romantisme : entre revendications politiques et esthétiques

• Déçus par la Restauration, qui représente pour eux le retour d'un monde ancien, puis révoltés par Napoléon III, les auteurs romantiques sont nombreux à être aussi des **figures politiques** du XIXe siècle : certains participent même à la révolution de 1848.

• Le romantisme est aussi une **bataille esthétique** : si Hugo admire beaucoup les vers des auteurs classiques, il revendique une plus grande liberté créative. Ainsi, le mélange des tons et la versification disloquée de sa pièce *Hernani* a donné lieu à un affrontement en 1830 entre les partisans du romantisme et leurs opposants : c'est la célèbre « bataille d'Hernani ».

### 2 Le naturalisme : les engagements sociaux des romanciers

• Le but des romanciers naturalistes est de **peindre la société de leur temps** telle qu'elle est, sans l'embellir, en s'inspirant des progrès des sciences expérimentales et du développement récent des sciences humaines.

• Zola a pris position dans l'**affaire Dreyfus**, un militaire injustement accusé de trahison en raison de son appartenance à la religion juive : sa célèbre lettre ouverte « J'accuse… ! », publiée dans le journal *L'Aurore* et adressée au président Félix Faure, lui a valu d'être condamné pour diffamation en 1898.

### 3 Le surréalisme : révolution esthétique et engagement politique

• Au XXe siècle, les surréalistes (André Breton, Louis Aragon, Paul Éluard, Philippe Soupault…) soutiennent une **esthétique révolutionnaire**, dans un rejet de la logique et de la rationalité. Ils refusent les normes qui limitent la créativité, et valorisent l'enfance, le rêve, la folie.

• Séduits par la forme de libération qu'incarne la révolution russe, les surréalistes adhèrent au Parti communiste jusqu'en 1935. Mobilisés dans la **lutte antifasciste**, ils s'engagent également dans la **lutte anticoloniale** jusqu'à la guerre d'Algérie.

### 4 L'existentialisme est un humanisme

Au XXe siècle, la **question de l'homme** est posée par les écrivains existentialistes comme Albert Camus, Simone de Beauvoir ou Jean-Paul Sartre, qui affirment que chacun est un être unique, libre et responsable.

### 5 Les combats féministes

● Après des décennies de lutte, les Françaises obtiennent le **droit de vote** le 21 avril 1944. Parmi les féministes qui ont milité pour l'obtenir, on compte notamment la journaliste Louise Weiss, qui avait fondé en 1918 la revue *L'Europe nouvelle*.

● Le **droit à l'avortement** a fait l'objet d'un combat militant très vif. Le manifeste des 343, rédigé par Simone de Beauvoir, est une pétition parue en 1971 dans *Le Nouvel Observateur* pour revendiquer ce droit. C'est en 1975 que la loi Veil autorise finalement l'avortement.

● ***Le Deuxième Sexe*** (1949) est un essai de Simone de Beauvoir qui a marqué de manière décisive le féminisme du XXe siècle. Mais ce combat n'est pas terminé, comme en témoignent le récent mouvement #MeToo sur Internet ou l'essai de Virginie Despentes, *King Kong Théorie* (2006).

## 3 La presse et Internet

**De quoi s'agit-il ? Les écrits de presse peuvent prendre des formes diverses : si certains se contentent d'exposer des informations factuelles, d'autres expriment des avis ou défendent des idées.**

### 1 Les différents types d'écrits de presse

● Les **articles d'information** doivent proscrire les jugements, mais les **synthèses** faites par les journaux ne sont pas dépourvues de subjectivité dans leur façon de présenter les faits. Les **analyses** s'appuient sur des faits que le journaliste explique sans donner son opinion.

● Les **articles** prennent la forme de récits. Le **reportage** recueille des faits vus et entendus ; l'**enquête** est une investigation de terrain ; le **portrait** décrit un personnage. Dans un **compte-rendu**, le journaliste relate un événement auquel il a assisté.

● Les **opinions de personnes extérieures au journal** peuvent s'exprimer dans des **interviews**. Les **commentaires de l'actualité** font l'objet d'articles spécifiques comme l'éditorial, où se formule l'opinion du journal, ou le **billet**, qui n'engage que l'auteur de l'article. On trouve aussi des **critiques** qui relatent des avis personnels. Enfin, le **dessin de presse** représente un regard personnel sur l'actualité.

### 2 La structure d'un article

● Le **titre** donne une information. Fait pour attirer l'attention, il est court.

● Un **surtitre** et/ou un **sous-titre** se trouvent au-dessus ou en dessous du titre et apportent des informations complémentaires.

● Le **chapeau** est un texte court situé sous le titre, en gras. Il résume l'essentiel de l'information et doit accrocher l'attention du lecteur.

● Le **corps du texte**

● La **chute** : conclusion courte qui termine l'article en l'élargissant ou en ouvrant sur un autre sujet. Elle peut adopter un ton particulier.

**Remarque**
Le titre, le surtitre et le sous-titre constituent la titraille.

## ➔ Révision express

Découvrir l'histoire de l'affaire Calas

### Les grands combats littéraires du XIXe au XXIe siècle

| Courant | Époque | Engagements | Auteurs |
|---|---|---|---|
| **Romantisme** | Première moitié du XIXe siècle | • Contre la peine de mort<br>• Contre le travail des enfants<br>• Contre Napoléon III | Victor Hugo, Alphonse de Lamartine |
| **Naturalisme** | Fin du XIXe siècle | • Contre l'injustice sociale | Émile Zola |
| **Surréalisme** | 1919-1966 | • Contre la logique et l'ordre<br>• Contre le colonialisme et le fascisme<br>• Pour le communisme | André Breton, Louis Aragon, Paul Éluard |
| **Existentialisme** | 1930-1955 | • Pour la responsabilité et la liberté de chacun | Jean-Paul Sartre, Albert Camus |
| **Féminisme** | Du début du XXe siècle à aujourd'hui | • Pour le droit de vote des femmes<br>• Pour le droit à l'avortement<br>• Contre le harcèlement | Simone de Beauvoir, Virginie Despentes |

## Quiz

*Cochez la bonne réponse :*

**1.** Un argument *ad hominem* ne concerne que les hommes, pas les femmes. ☐ vrai ☐ faux

**2.** La titraille est constituée de l'ensemble formé par le titre, le surtitre et le sous-titre d'un article. ☐ vrai ☐ faux

**3.** Simone de Beauvoir est une existentialiste féministe. ☐ vrai ☐ faux

**4.** Les surréalistes ont tous été déportés dans des camps de concentration pendant la Seconde Guerre mondiale. ☐ vrai ☐ faux

**5.** Victor Hugo était un partisan de la peine de mort. ☐ vrai ☐ faux

**6.** Émile Zola a soutenu le capitaine Dreyfus. ☐ vrai ☐ faux

**7.** Les naturalistes étaient pour la théorie de « l'art pour l'art ». ☐ vrai ☐ faux

→ Réponses p. 478

## DISSERTATION

### Objet d'étude : La littérature d'idées et la presse du XIXe au XXIe siècle

#### Énoncé

**Rédigez une dissertation à partir du sujet suivant** :

Pensez-vous que, face aux grands problèmes de la vie, le rôle des écrivains soit plutôt d'avertir leurs semblables ou bien de les divertir ?

Vous répondrez à cette question en vous appuyant sur les textes étudiés en classe et sur votre culture personnelle.

#### Méthode

- Définissez bien les termes du sujet : que signifient « divertir » et « avertir » ? Cela vous aidera à trouver des idées.
- On attend un plan dialectique.

#### Corrigé

**Le corrigé de la dissertation est intégralement rédigé. Pour faciliter votre lecture, nous avons gardé les titres des différentes étapes du développement. Dans un devoir, vous ne devrez pas les conserver.**

**Introduction**

Les livres sérieux sont souvent opposés aux œuvres plus légères ou comiques. Face aux sujets graves, le rôle des écrivains est-il plutôt d'avertir ou bien de divertir les hommes ? Quand elle prend la forme d'un avertissement, l'écriture condense l'essentiel pour en tirer des leçons. Au contraire, les écrits de divertissement ont pour but de distraire le lecteur. Mais les écrivains n'ont-ils le choix qu'entre deux postures, l'une sourcilleuse, l'autre désinvolte ? Nous confronterons ces choix littéraires opposés, avant de constater que de nombreux auteurs réussissent à nous avertir tout en nous divertissant.

**I. Avertir ses semblables**

*A priori*, face aux sujets graves, il semble primordial que les écrivains restent sérieux et interpellent leurs semblables sur l'essentiel.

**A. Le rôle politique et social de l'écrivain**

Au long des siècles, les auteurs dits « engagés » ont tenu un rôle politique. Victor Hugo est connu pour ses prises de position contre la peine de mort, avec *Le Dernier Jour d'un condamné* ou *Claude Gueux*. On sait aussi qu'il a été exilé suite à ses violentes prises de position contre le régime de Napoléon III, dont il dénonçait la dictature. Son recueil de poésies intitulé *Les Châtiments* est l'expression de cet engagement politique.

**B. Une fonction morale et spirituelle**

De plus, les écrivains ont une fonction morale et spirituelle. Quand Bossuet, dans son *Oraison funèbre à Henriette d'Angleterre*, interpelle les puissants pour leur rappeler qu'ils sont tous mortels, il prononce un sermon passionné et audacieux, qui fait passer un message essentiel. Ronsard, dans ses *Derniers Vers*, invite ses amis à le rejoindre dans la mort : à travers sa propre déchéance charnelle, c'est sur le sort de chaque être humain qu'il témoigne.

> **L'astuce du prof**
> Vous pouvez utiliser les textes vus dans d'autres objets d'étude comme exemples dans votre devoir.

FRANÇAIS

### C. Un rôle intellectuel

Enfin, plus largement, on peut dire que les écrivains ont un rôle intellectuel. « Avertir » ses semblables, c'est faire d'eux des « hommes avertis ». Pascal, au XVIIe siècle, condamnait l'idée du divertissement : la conscience doit résister aux tentations futiles qui la détournent de l'essentiel. Dans ses *Essais*, Montaigne nous avertit et nous conseille. Sa pensée en mouvement peut servir de modèle au lecteur.

### Transition

Certains auteurs conçoivent leurs œuvres comme des avertissements adressés aux lecteurs. Mais convient-il d'adopter une attitude grave face à tous les problèmes de l'existence ?

**Gagnez des points !**
Soignez vos transitions.

### II. Divertir ses semblables

D'autres écrivains ont un point de vue opposé : leurs œuvres sont très divertissantes. Il est vrai que la lecture est de plus en plus considérée comme une activité de loisir.

### A. Les inconvénients de l'alarmisme

Trop longuement développés, les sujets graves peuvent se révéler funestes. Montaigne le dit très bien dans les *Essais* à propos de la mort : « Nous troublons la vie par le soin de la mort ». Il est vain d'y réfléchir sans cesse car cela la rend omniprésente. Les écrivains trop sérieux ne résolvent pas les problèmes de leurs semblables : ils les leur rappellent à longueur de temps. L'image de l'existence se trouverait donc noircie si les lecteurs ne rencontraient que des œuvres alarmistes.

### B. La recherche de l'évasion par le divertissement

Par la distraction, les lecteurs cherchent donc avant tout un moyen d'échapper à leurs problèmes personnels : le divertissement prend la forme d'une diversion, qui permet d'oublier ses propres problèmes en trouvant du réconfort dans la lecture. L'humour est souvent un moyen d'évasion, mais l'aventure, les intrigues sentimentales, la poésie ou la fantaisie sont aussi sources de divertissement, en atteste la mode actuelle des livres comme *Harry Potter* ou *Le Seigneur des anneaux*, qui transportent le lecteur dans un univers parallèle fabuleux.

### Transition

Le divertissement est donc un des aspects les plus recherchés par les lecteurs. Mais divertissement et avertissement sont-ils vraiment inconciliables ?

### III. Avertir par le divertissement

Les termes qui semblaient s'opposer dans le sujet peuvent se combiner. Nombreuses sont les œuvres qui avertissent les lecteurs tout en les divertissant.

### A. L'apologue : une conciliation du divertissement et de l'avertissement

Des messages philosophiques passent à travers des œuvres pleines d'humour : Rabelais en est un exemple frappant. Quelle attitude adopter face à la perte d'un être cher ? L'épisode de la mort de Badebec nous enseigne qu'on ne peut échapper à une douleur très vive. Mais la vie doit reprendre son cours, et les naissances sont un sujet de joie encore plus vif… Rabelais utilise toute sa fantaisie verbale pour divertir et faire sourire le lecteur, et cela rend plus efficace son message.

### B. Le divertissement : un moyen de persuasion

De plus, le lecteur prend davantage de plaisir à lire une œuvre distrayante, alors que les ouvrages plus sérieux le rebuteront. Il suit aussi plus activement le raisonnement de l'auteur lorsqu'il doit, derrière l'anecdote d'un récit étonnant, retrouver l'allusion à un fait de société. Voltaire,

**Remarque**
Les références à des best-sellers comme *Harry Potter* doivent rester limitées.

dans *De l'horrible danger de la lecture*, prend le point de vue d'un partisan de la censure, mais grâce à l'ironie, le lecteur perçoit que la véritable argumentation de l'auteur repose sur les arguments inverses : la censure est dénoncée comme un instrument d'oppression. L'humour éveille l'attention du lecteur, qui resterait plus passif face à un texte classiquement « sérieux ».

Avertissement et divertissement du lecteur peuvent donc se combiner : cela confère même une efficacité supplémentaire aux textes argumentatifs.

**Conclusion**

La mission des écrivains consiste en premier lieu à avertir et éveiller leurs semblables en les interpellant sur les questions essentielles. Mais un grand nombre de lecteurs cherchent avant tout un moyen de divertissement. De grands auteurs ont donc réussi à concilier ces deux fonctions de la lecture, faisant de l'humour, de la poésie ou de la science-fiction de véritables armes persuasives. Avertir tout en divertissant, c'est d'ailleurs le propre de l'apologue. Récemment, Jean-Christophe Rufin a su dénoncer les travers de la mondialisation avec humour à travers un très bon roman d'anticipation intitulé *Globalia*.

**Gagnez des points !**
**En donnant l'exemple d'une œuvre récente, vous montrez un intérêt valorisant pour l'actualité littéraire.**

# Chapitre 3 Le roman et le récit du XVII$^{e}$ au XXI$^{e}$ siècle

## 1 Les grands principes du récit

Découvrir les points de vue au cinéma

**De quoi s'agit-il ?** **Pour raconter une histoire, on doit choisir un point de vue : le romancier décide qui perçoit les événements rapportés ; c'est la focalisation. Il existe deux schémas, le schéma narratif et le schéma actanciel, qui permettent d'étudier la structure du récit.**

**Remarque**
Le mot « focalisation » vient de la photographie : c'est le foyer à partir duquel une photo est prise.

### 1 La focalisation

- **La focalisation externe** : l'auteur s'efface ; on ignore les pensées des personnages, le compte-rendu des actions est fait de façon impartiale, « du dehors ». Seul ce qui est visible de l'extérieur est raconté.

- **La focalisation interne** : les événements sont perçus à travers les sensations et les pensées d'un seul personnage. On identifie ce point de vue grâce à la présence de verbes de perception et à l'emploi du vocabulaire des sentiments. On reste donc dans l'ignorance de ce que le personnage lui-même ne connaît pas ; s'il se pose des questions, on n'en a pas forcément les réponses. Ce point de vue **subjectif** favorise l'identification du lecteur au personnage.

- **Le point de vue omniscient (ou focalisation zéro)** : on connaît le passé, le présent, les pensées et les sensations de l'ensemble des personnages. Le romancier prend un pouvoir plus apparent dans le récit. Ce point de vue est très fréquent dans le roman traditionnel (Hugo, Balzac, Verne…).

### 2 Le schéma narratif

Le schéma narratif distingue les **différentes étapes du récit**. On peut l'utiliser plus facilement pour étudier une nouvelle que pour un roman, souvent plus complexe.

### 3 Le schéma actanciel

Le schéma dit « **actantiel** » permet d'identifier la **fonction des éléments essentiels du récit**. Il est surtout facile à appliquer pour un conte ou une nouvelle.

# 2 Le roman et le récit

**De quoi s'agit-il ? Le roman, œuvre de fiction en prose assez longue, développe la psychologie et les aventures des personnages, alors que la nouvelle est plus brève et comporte moins de personnages secondaires.**

## 1 Aux origines du roman et de la nouvelle

- Le mot « **roman** », apparu au XIIe siècle, désignait un **récit en prose ou en vers**, écrit en langue romane « vulgaire », contrairement au latin. De nos jours, le roman caractérise toute fiction en prose assez longue pour raconter les aventures des personnages principaux en développant leur psychologie.
- Les premières **nouvelles** sont nées en Italie avec le *Décaméron* de Boccace au XIVe siècle. Les personnages y racontent, chacun à leur tour, une histoire. En France, Marguerite de Navarre s'en est inspirée pour son *Heptaméron*, au XVIe siècle.
- Le roman et la nouvelle sont deux types de **récits** qui racontent des histoires fictives.

**Remarque**

Le mot « nouvelle » a le sens d'histoire racontée pour la première fois, comme dans son sens journalistique.

## 2 Les différences entre le roman et la nouvelle

- **La longueur** : on oppose souvent l'épaisseur du roman à la brièveté de la nouvelle. Mais il existe des romans courts et des nouvelles longues. Ainsi, *Pierre et Jean* de Maupassant (1888) est un roman très bref, alors que *La Ballade du café triste* de Carson McCullers (1951) est une nouvelle assez longue.
- **Les détails** : dans une nouvelle, il y a moins de place pour les personnages secondaires, les détails descriptifs. L'intrigue est resserrée autour de quelques personnages, l'écriture est plus dense. Un roman obéit à un schéma narratif plus complexe.
- **La vraisemblance** : la plupart des nouvelles présentent les faits comme vrais ou vraisemblables, même s'il s'agit d'événements fantastiques, comme dans *Le Horla* de Maupassant (1886). C'est moins systématiquement le cas pour un roman.
- **La fin** : une nouvelle est souvent caractérisée par une chute surprenante, plus frappante que dans un roman.

**Guy de Maupassant** (1850-1893) : auteur de plus de 300 nouvelles naturalistes et 6 romans.

## 3 Les récits biographiques

- Un récit peut narrer des événements **fictifs** et/ou **réels**. Si le roman et la nouvelle font partie de la première catégorie, le **récit biographique** raconte l'histoire réelle, plus ou moins romancée, d'une personne existante.

- Il existe plusieurs types de récits biographiques :

| Type de récit | Définition |
|---|---|
| **La biographie** | Récit de la vie d'une personne réelle fait par quelqu'un d'autre, sans objectif esthétique mais dans une perspective documentaire |
| **L'autobiographie** | « Récit rétrospectif en prose qu'une personne fait de sa propre existence, lorsqu'elle met l'accent sur sa vie individuelle, en particulier sur l'histoire de sa personnalité » (Philippe Lejeune) |
| **Les mémoires** | Récit rétrospectif dans lequel l'auteur prend en compte à la fois sa propre existence et l'actualité de son époque, dont il est le témoin |
| **Le journal intime** | Récit que l'auteur fait de sa propre vie au jour le jour : contrairement à l'autobiographie, le journal intime n'est pas rétrospectif |
| **L'autofiction** | Croisement entre un récit de la vie réelle de l'auteur et une fiction ; le mot « autofiction » a été inventé par Serge Doubrovski en 1977 |
| **Le récit de voyage** | Sur le modèle des récits des grands explorateurs, le récit de voyage décrit à la fois les pays visités et l'expérience personnelle du voyageur |
| **L'exofiction** | Biographie romancée d'une personne réelle autre que l'auteur |

# 3 Le roman, un genre protéiforme

**De quoi s'agit-il ? Le mot « roman », apparu au XII^e siècle, désigne un récit en vers français. Ces deux mouvements littéraires de la seconde moitié du XIX^e siècle poursuivent le même but : représenter la réalité.**

## 1 Les différents types de roman

Le roman se divise en de nombreuses catégories, très différentes les unes des autres. En voici les principales :

| Type de roman | Caractéristiques |
|---|---|
| **Le roman d'aventures** | Le héros affronte successivement des épreuves ; l'intrigue est faite de rebondissements et d'actions |
| **Le roman policier** | La résolution d'une énigme constitue la finalité de l'intrigue |
| **Le roman de science-fiction ou d'anticipation** | L'auteur invente un monde futuriste, qui est souvent une critique indirecte de la société contemporaine |
| **Le roman de mœurs** | Le récit de fiction n'est qu'un prétexte à la description réaliste de la société |
| **Le roman psychologique** | Les sentiments des personnages sont au centre du roman |
| **Le roman d'apprentissage** | Le jeune héros acquiert de l'expérience au fil de ses aventures |
| **Le roman épistolaire** | Il est entièrement constitué de lettres |
| **Le roman fantastique** | L'auteur entretient l'hésitation sur la nature surnaturelle ou non des événements, étranges et inquiétants |
| **Le roman réaliste** | Il reflète la réalité de la société de l'époque |

## 2 Réalisme et naturalisme au XIXe siècle

- Situés dans la seconde moitié du XIXe siècle, ces deux mouvements se succèdent dans le temps (le naturalisme, plus tardif, se développe entre 1865 et 1890). Ils poursuivent le même but : **le roman doit représenter la réalité**. Seules les méthodes diffèrent : l'approche naturaliste est plus scientifique.

- À la suite de l'échec des révolutions de 1830 et 1848, les écrivains, déçus, réagissent contre le romantisme. Pour les réalistes, **l'art ne doit rejeter aucun sujet**. Les milieux populaires, jusque-là dédaignés par la littérature, les inspirent. Certains romans prennent appui sur des faits divers (Flaubert, *Madame Bovary*, 1857) et leurs personnages sont des antihéros (Frédéric Moreau dans *L'Éducation sentimentale* de Flaubert, 1869).

**Gustave Flaubert** (1821-1880) : auteur de *L'Éducation sentimentale* et de *Madame Bovary*.

- **Le roman est le genre dominant de l'école réaliste.** Le romancier part de l'observation de faits de la vie quotidienne. Le travail descriptif est essentiel. Pour Stendhal, le roman est « un miroir que l'on promène le long du chemin ».

- **Le naturalisme a un lien avec les sciences naturelles.** Le docteur Claude Bernard a étudié l'influence de l'hérédité et du milieu sur les êtres. En s'inspirant des travaux de ce médecin physiologiste, Zola fait du roman un **lieu d'expérimentation** : il affirme que les outils du romancier sont l'observation et l'analyse (*Le Roman expérimental*, 1880).

- Le recueil de nouvelles *Les Soirées de Médan*, paru en 1880, réunit des textes composés par six écrivains (dont Maupassant et Huysmans) sur un même sujet : la guerre de 1870. Ce livre constitue un **manifeste** de l'écriture naturaliste.

- **Un exemple d'écrivain naturaliste : Zola**
Zola met en pratique ses recherches dans le cycle des *Rougon-Macquart* (18711893), série de vingt romans qui retrace l'« Histoire naturelle et sociale d'une famille sous le Second Empire » (sous-titre du cycle), en montrant l'influence de l'hérédité, du milieu, des circonstances sur les comportements humains.

**Émile Zola** (1840-1902) : auteur naturaliste des *Rougon-Macquart*, fresque de vingt romans.

Découvrir la vie et l'œuvre d'Émile Zola

FRANÇAIS

## ➔ Révision express

### Les points importants à retenir

**Nouvelle, roman : les différences**

| | Le roman | La nouvelle |
|---|---|---|
| **Apparition du genre** | XII$^{e}$ siècle | XIV$^{e}$ siècle |
| **Structure** | Récit long | Récit court, avec une chute |
| **Intrigue** | Complexe, autour de nombreux personnages | Resserrée autour de quelques personnages |
| **Degré de réalisme** | Très divers | Faits le plus souvent présentés comme réels |

**Réalisme et naturalisme**

| | Réalisme | Naturalisme |
|---|---|---|
| **Écrivains emblématiques** | Balzac, Stendhal, Flaubert | Zola, Maupassant, Huysmans |
| **Époque** | Vers 1850 jusque dans la première moitié du XX$^{e}$ siècle | Entre 1865 et 1890 |
| **Objectif** | Représenter le monde tel qu'il est (avec une approche plus scientifique pour le naturalisme) | |

### Quiz

*Cochez la bonne réponse :*

1. Le roman et la nouvelle sont nés à la même époque. ☐ vrai ☐ faux
2. Le point de vue omniscient permet de ne connaitre que le point de vue du héros. ☐ vrai ☐ faux
3. *Bel-Ami* est un roman fantastique. ☐ vrai ☐ faux
4. *Germinal* de Zola est un roman de mœurs. ☐ vrai ☐ faux
5. Les adjuvants sont les éléments (objets ou personnages) qui aident le héros à accomplir une tâche. ☐ vrai ☐ faux
6. L'élément perturbateur se situe juste avant la situation finale, dans une intrigue. ☐ vrai ☐ faux
7. Le naturalisme et le réalisme sont deux mouvements littéraires qui s'opposent. ☐ vrai ☐ faux
8. Le journal intime n'est pas un récit introspectif. ☐ vrai ☐ faux
9. L'exofiction désigne la catégorie des romans exotiques. ☐ vrai ☐ faux
10. Gustave Flaubert est un écrivain réaliste. ☐ vrai ☐ faux

→ Réponses p. 478

## COMMENTAIRE

### Objet d'étude : Le roman et le récit du XVIIe au XXIe siècle

#### Énoncé

**Vous ferez le commentaire de cet extrait du roman de Jean Giono, *Que ma joie demeure*.**

C'était une nuit extraordinaire.

Il y avait eu du vent, il avait cessé, et les étoiles avaient éclaté comme de l'herbe. Elles étaient en touffes avec des racines d'or, épanouies, enfoncées dans les ténèbres et qui soulevaient des mottes luisantes de nuit.

Jourdan ne pouvait pas dormir. Il se tournait, il se retournait.

– Il fait un clair de toute beauté, se disait-il.

Il n'avait jamais vu ça.

Le ciel tremblait comme un ciel de métal. On ne savait pas de quoi puisque tout était immobile, même le plus petit pompon d'osier. Ça n'était pas le vent.

C'était tout simplement le ciel qui descendait jusqu'à toucher la terre, racler les plaines, frapper les montagnes et faire sonner les corridors des forêts. Après, il remontait au fond des hauteurs.

Jean Giono, *Que ma joie demeure*, © Éditions Grasset & Fasquelle, 1935, 1996.

#### Méthode

- Prouvez ce que vous voulez démontrer par des relevés précis.

#### Corrigé

**Pour ce commentaire, nous vous proposons un corrigé sous forme de plan détaillé. Dans un devoir, il faudra veiller à rédiger l'introduction et la conclusion, et ne pas conserver les titres des différentes étapes du développement.**

**I. L'alliance extraordinaire des éléments naturels**

**A. Une nature agissante**

Les éléments naturels sont sujets de verbes d'action. D'une part, les étoiles « *avaient éclaté* » et « *soulevaient* » ; d'autre part, le ciel « *tremblait* », « *descendait* » jusqu'à « *toucher* », « *racler* », « *frapper* » et « *faire sonner* ». On remarque le procédé d'accumulation qui accroît cette impression d'activité céleste, d'autant plus qu'il est amplifié par une gradation sonore entre les verbes à l'infinitif.

**L'astuce du prof**

Observez la façon dont sont construites les images : quelles relations établissent-elles entre les éléments naturels ?

**B. L'alliance entre le ciel et la terre**

Les étoiles sont dès le premier paragraphe l'objet d'une métaphore filée végétale, qui commence par une comparaison avec de l'« *herbe* ». Ensuite, on trouve les mots « *touffes* », « *racines* » et « *mottes* ». Il y a une progression dans les termes de cette métaphore filée : ils vont du végétal (« *herbe* ») à la terre (« *mottes* »), en passant par les racines.

Le ciel est ensuite associé à une série d'éléments terrestres : « *la terre* », « *les plaines* », « *les montagnes* » et « *les forêts* », à la rencontre desquels il semble aller. Cela donne l'impression d'une inversion du ciel et de la terre, inversion confirmée par la confusion des notions de haut et de bas à la fin de l'extrait : « *il remontait au fond des hauteurs* ». Il est en effet paradoxal de parler de « *fond* » pour une « *hauteur* », et on descend des hauteurs plutôt que d'en remonter ! L'expression donne le vertige.

L'aspect surnaturel de cette nuit transparaît aussi dans l'expression « *des mottes luisantes de nuit* », qui peut être considérée comme un oxymore et qui rend la nuit paradoxalement lumineuse. Les sonorités dentales de l'expression et sa position en fin de phrase la mettent en valeur.

> **Gagnez des points !**
> Analysez les sonorités des mots et les rythmes des phrases dans un extrait de roman avec le même soin que dans un texte poétique.

Enfin, on trouve plus loin une comparaison entre le ciel et le métal, ce qui donne une matérialité également surnaturelle au ciel.

**Transition**

Il y a bien dans ce texte une fusion extraordinaire des éléments, avec un rapprochement du ciel et de la terre. Cela contribue à donner une résonance mythique à ce texte.

### II. L'aspect mythique du texte

#### A. Un mélange de simplicité et de grandeur

Le vocabulaire de l'extrait n'est pas compliqué, à l'image du personnage principal qui est un humble paysan. Il a une pensée simple et contemplative : « *Il fait un clair de toute beauté* ». Il y a un contraste entre lui, le petit paysan qui essaie de dormir, et l'immensité du paysage évoqué, qui est grandiose : les pluriels de la fin du texte (« *les plaines* », « *les montagnes* », « *les corridors des forêts* ») accroissent cette impression. La construction des phrases en expansion est à la mesure de l'ampleur du spectacle (l. 3-4 et l. 10-11).

#### B. L'aspect biblique du texte

Le contexte de l'extrait peut ressembler à celui d'un conte : on n'a aucun repère d'époque. La première phrase, « *C'était une nuit extraordinaire* », joue le rôle d'« *Il était une fois* » et fait basculer d'emblée le texte dans le merveilleux.

La nature a un aspect surnaturel inexplicable : « *Il n'avait jamais vu ça* », « *On ne savait pas de quoi* ». L'atmosphère du texte peut faire penser à celle du poème « Booz endormi » de Victor Hugo, où l'alliance entre le ciel et la terre symbolise celle entre Dieu et les hommes.

> **Gagnez des points !**
> Les comparaisons avec d'autres textes démontrent votre culture.

Le thème des étoiles qui semblent faire signe à un pauvre homme peut évoquer les bergers guidés par une étoile jusqu'à la crèche. D'ailleurs, le prénom du personnage, « *Jourdan* », évoque le Jourdain, qui est le fleuve où le Christ a été baptisé.

Chapitre 4

# Le théâtre du XVIIe au XXIe siècle

## 1 Le théâtre aux XVIIe et XVIIIe siècles : la période classique

**De quoi s'agit-il ?** **Le texte théâtral présente des spécificités propres, liées à sa double nature de texte à lire et de texte à jouer.**

### 1 Un théâtre fortement codifié aux XVIIe et, en partie, XVIIIe siècles

● Les pièces classiques doivent respecter :

– la **règle des trois unités** : lieu unique, **temps**, 24 heures au plus, **action**, une seule **intrigue** ;

– les **bienséances** : rien de choquant dans le langage ou dans l'action ne doit être représenté sur scène (la mort adviendra hors scène et sera racontée par un personnage) ;

– la **vraisemblance** : la pièce doit être crédible ;

– le **non-mélange** des genres et des tons.

### 2 Le XVIIe siècle ou le triomphe du classicisme

● Monarque absolu soucieux du **rayonnement de la France** autant que de son propre divertissement, Louis XIV mène une politique culturelle qui vise à encourager, soutenir, mais également unifier toute la production artistique, en donnant à chaque domaine et chaque genre ses **normes** et ses **codes** propres : c'est ce qu'on appelle le classicisme, phénomène typiquement français.

**Remarque**

Les règles strictes imposées n'empêchent pas de grands auteurs d'émerger, comme Corneille, Racine ou Molière, même si leurs pièces seront critiquées, voire censurées, autant qu'admirées et applaudies.

● À l'imitation du théâtre antique, le théâtre classique se divise en deux sous-genres distincts et, à bien des égards, opposés : la **tragédie** qui, inspirant crainte et pitié au spectateur, provoque la catharsis (purgation des passions) et la **comédie** qui le fait rire par de multiples procédés.

● La **tragi-comédie** ne mélange pas les genres, ce qui serait une entorse aux règles, c'est une tragédie qui finit bien (par exemple *Le Cid* de Corneille).

**Marivaux** **(1688-1763) :** a notamment écrit des pièces utopiques dont les thématiques annoncent déjà les Lumières (*L'Île des esclaves*, 1725 ; *La Colonie*, 1750).

### 3 Le XVIIIe siècle ou la folie du théâtre

● Le théâtre devient un haut lieu de la **sociabilité** aristocrate avec également un public populaire. Certains auteurs, comme **Marivaux** ou **Beaumarchais**, en profitent pour diffuser des idées (pré-)révolutionnaires annonciatrices des **Lumières** : *L'Île des esclaves*, *La Colonie*, celles du valet Figaro dans la trilogie de Beaumarchais.

● De nouveaux genres naissent à la fin du siècle, comme le **vaudeville**, la **comédie larmoyante**, le **mélodrame** ou « tragédie des boulevards », le **drame bourgeois** (Diderot, Beaumarchais) qui disparaît assez vite, mais annonce le drame romantique au siècle suivant.

**Beaumarchais** **(1732-1799) :** créateur de figures originales, comme le valet Figaro, qui apparaît dans plusieurs pièces dont *Le Barbier de Séville* (1775).

FRANÇAIS

| | Tragédie classique (XVIIe-XVIIIe s.) | Comédie classique (XVIIe-XVIIIe s.) |
|---|---|---|
| **Structure de la pièce** | Toujours en cinq actes | • Très libre<br>• En un à cinq actes |
| **Nature de l'intrigue** | • Essentiellement politique<br>• L'intrigue amoureuse est soumise à la dimension politique | • Essentiellement amoureuse<br>• Le dénouement est le plus souvent le mariage des amoureux |
| **Statut des personnages** | • Élevé (distance avec le spectateur)<br>• Nobles ayant un pouvoir politique | • Bas ou moyen (proximité avec le spectateur)<br>• Bourgeoisie, petite noblesse pour les maîtres<br>• Les valets jouent également un grand rôle, voire parfois le premier rôle |
| **Niveau de langue et forme** | • Langue soutenue, style élevé<br>• Toujours en vers (alexandrins) | • Langue courante ou familière, style bas ou moyen<br>• En prose ou en vers (alexandrins) |
| **Époque à laquelle se déroule l'intrigue** | Le passé (Antiquité gréco-romaine la plupart du temps) | L'époque contemporaine, le présent (de l'auteur) |
| **Lieu de l'action** | Le palais (ou une pièce du palais) | Soit la rue, soit la place du village, soit une maison bourgeoise |

# 2 Le théâtre au XIXe siècle : l'âge des révolutions

**De quoi s'agit-il ? Le classicisme, qui définit et structure l'écriture théâtrale aux XVIIe et XVIIIe siècles, est totalement remis en cause au XIXe siècle.**

## 1 Le drame romantique

• La nouvelle sensibilité littéraire qui se développe du début jusqu'au milieu du XIXe siècle environ, et qu'on appelle le **romantisme**, s'exprime en réaction aux codes et aux principes du théâtre classique. Ce refus se traduit, entre autres, par l'abandon de la barrière entre comédie et tragédie, et l'invention d'un nouveau genre : le **drame romantique** illustré par Dumas (père), Hugo, Musset, Vigny.

**Remarque**

Ces caractéristiques dérangent, comme le témoignent les conflits à la première représentation d'*Hernani* (Hugo).

• Dans la préface de *Cromwell* (1827), véritable **manifeste**, Hugo fustige la règle des trois unités, et prône la « féconde union » du « grotesque » et du « **sublime** » : multiplication des lieux, des personnages et des intrigues, vers ou prose, mélange des tonalités (comique et tragique) et des styles…

• Le **héros romantique**, marginal, sensible et exalté, est un être incompris, dont les idéaux et les aspirations élevées se heurtent au prosaïsme des réalités sociales et politiques.

## 2 Le théâtre dans la deuxième moité du XIXe siècle

• Le **vaudeville** est une **comédie populaire** qui met en scène de manière légère des réalités sociales (mariage, adultère, héritage) : s'enchaînent quiproquos et rebondissements. Il connaît son apogée dans les années 1850-1870, avec Feydeau et Courteline et se prolonge, aujourd'hui, dans le « théâtre de boulevard ».

- Le **théâtre naturaliste**, s'il a peu survécu à son époque, est associé à **l'invention de la mise en scène**, par André Antoine, lecteur et ami de Zola. Décors et costumes **reconstituent fidèlement** le milieu social (Henry Becque, Eugène Brieux) et une attention nouvelle est portée au **naturel** recherché dans le jeu des comédiens.

- Le théâtre symboliste, tragique et spirituel, s'est développé à la fin du XIXe siècle, dans un mouvement de réaction idéaliste contre le drame bourgeois et le théâtre naturaliste. Ses auteurs, comme Claudel et Maeterlinck, ou le metteur en scène Lugné-Poe, **rejettent toute autorité**, les valeurs bourgeoises comme les contraintes formelles. Ils cultivent morbidement pessimisme et mélancolie sans renier pour autant l'ironie et la parodie. Les décors sont minimalistes et ornementaux (toiles peintes façon « tapisserie »). Les acteurs récitent le texte à la manière d'un poème plus qu'ils ne jouent.

**Aurélien Lugné-Poe**
fondateur du théâtre de l'Œuvre, il prône un théâtre symboliste. Il lance nombre de pièces qui marquent l'histoire du théâtre, comme *Ubu roi* d'Alfred Jarry (1896).

- Le **théâtre d'avant-garde** regroupe plusieurs auteurs : l'inclassable Alfred Jarry, auteur d'*Ubu-Roi*, père de la « **pataphysique** » et précurseur du surréalisme et de l'absurde, Apollinaire qui invente le mot « surréaliste », et Antonin Artaud qui prône un « théâtre de la cruauté » emportant acteurs et spectateurs dans une transe quasi mystique.

Regardez *Ubu Roi* très originalement mis en scène par Jean-Christophe Averty

## 3 Le théâtre aux XXe et XXIe siècles : l'âge des mutations

**De quoi s'agit-il ?** **La naissance de la mise en scène et les avant-gardes théâtrales de la fin du XIXe siècle et du début du XXe siècle bouleversent la conception du texte théâtral autant que sa représentation.**

### 1 Une nouvelle approche du langage théâtral

- Les grands metteurs en scène des XXe et XIXe siècles alternent entre la reprise de pièces du **répertoire classique**, dont ils donnent leur lecture et leur vision, et la création de pièces contemporaines souvent en collaboration avec l'auteur.

- La naissance de la mise en scène ainsi que les avant-gardes de la fin du XIXe siècle et du début du XXe **bouleversent la conception et la représentation** du texte théâtral.

- La structure et la forme des pièces varient, non plus en fonction des codes inhérents au genre théâtral, mais en fonction des choix esthétiques et dramaturgiques de l'auteur. Certaines pièces sont ainsi divisées en « tableaux » au lieu d'actes et/ou de scènes voire ne comportent aucune division.

- On assiste à un éclatement des genres. Chaque auteur invente sa terminologie. Ainsi Ionesco : « anti-pièce » : *La Cantatrice chauve*, « drame comique » : *La Leçon*, « farce tragique » : *Le Roi se meurt*.

- Conséquence directe de l'importance accordée à la mise en scène, le **discours didascalique** envahit le texte théâtral (*Fin de partie* de Beckett). Le dispositif théâtral est même au cœur de l'écriture de certaines pièces (*Les Paravents* de Genet).

- Certains dramaturges intègrent dans leurs textes les propositions des comédiens au fil des répétitions, des circonstances et des improvisations **(théâtre de plateau)**.

Entretien avec Pommerat

## 2 L'individu, la société et la condition humaine

- Giraudoux *(La guerre de Troie n'aura pas lieu)*, Anouilh *(Antigone)* et Cocteau *(La Machine infernale)*, entre les deux guerres mondiales, **modernisent les mythes antiques** pour sensibiliser aux tragédies qui naissent de leur temps.

- Camus, Sartre suivant Brecht, après 1945, développent la philosophie **existentialiste** et interrogent le sentiment de l'absurde, la responsabilité individuelle, l'engagement social et politique. Genet pratique un théâtre de la **transgression** avec les thèmes de la prison, les passions entre hommes, la grandeur de la sexualité et du crime.

- L'homme, mis en scène par Ionesco et Beckett, est condamné à la **solitude**, l'aliénation, l'absurde de la condition humaine. Koltès et Lagarce l'exposent à la maladie mortelle, le sida, en insistant sur la nécessaire incarnation physique de l'acteur.

- Au XXe siècle, le théâtre s'élargit au « spectacle vivant » : ***happenings***, formes musicales et chorégraphiées, cirque. Il **critique** souvent la société de consommation, la désinformation, l'insécurité politique et écologique, l'omniprésence de l'image et du virtuel.

- Le théâtre **post-dramatique** (Bernhard, Müller, Lepage, Koltès, Lagarce, Novarina, Mouawad, Pommerat) **remet en cause la fiction**, la logique de la narration et la représentation traditionnelles en transgressant les genres.

### Vocabulaire

- **Absurde :** déjà pratiqué par Jarry, il se déploie surtout à partir de la Seconde Guerre mondiale qui bouscule par ses atrocités toutes les valeurs et le sens-même de l'existence. Il peut se manifester dans le roman (Camus, Sartre...) comme dans le théâtre par le sentiment d'être étranger au monde, désemparé par l'absurdité de la condition humaine et il pratique formellement volontiers le non-sens, le mélange des tons (« farce tragique »), l'écriture carnavalesque qui, par le burlesque, inverse les valeurs.

Découvrir le théâtre de l'absurde

- **Existentialisme :** doctrine selon laquelle l'homme n'est pas déterminé d'avance par son essence, mais libre et responsable de son existence et donc déterminé par ses choix et ses actes.
- ***Happening*** **:** anglicisme qui décrit un spectacle, une performance où la part d'imprévu et de spontanéité est essentielle et qui exige la participation active du public.

# Révision express

## Les points importants à retenir

### Les genres théâtraux au fil des siècles

- À la période classique, les pièces se répartissent en deux genres bien distincts : la comédie et la tragédie.
- Au XIXe siècle, les romantiques font éclater cette séparation des genres en inventant une nouvelle forme théâtrale : le drame romantique. Au cours du siècle apparaissent une multitude de genres théâtraux, parfois liés à des courants littéraires (réalisme, naturalisme, symbolisme).
- Le XXe siècle voit éclater la notion de genre théâtral. La mise en scène prend de plus en plus d'importance et tend à faire partie intégrante du langage théâtral, sous l'influence, notamment, des théories d'Artaud.

## Quiz

*Cochez la bonne réponse :*

**1.** Les règles du théâtre classique sont en vigueur :
☐ **a.** aux XVIIe et XVIIIe siècles. ☐ **b.** uniquement au XVIIe siècle. ☐ **c.** uniquement au XVIIIe siècle.

**2.** Le principe de bienséance exige qu'une pièce de théâtre :
☐ **a.** soit crédible.
☐ **b.** se déroule en un lieu unique.
☐ **c.** soit sur scène conforme à la morale, aux bonnes mœurs.

**3.** La tragi-comédie :
☐ **a.** mélange les tons. ☐ **b.** mélange les genres. ☐ **c.** est une tragédie qui se termine bien.

**4.** Les romantiques :
☐ **a.** appliquent les règles du théâtre classique.
☐ **b.** rejettent les règles du théâtre classique.
☐ **c.** n'ont aucune opinion particulière au sujet des règles du théâtre classique.

**5.** Alfred de Musset appartient au courant littéraire du :
☐ **a.** classicisme. ☐ **b.** romantisme. ☐ **c.** symbolisme

**6.** Quelle pièce de Hugo a déclenché une célèbre « bataille » entre partisans et détracteurs du théâtre romantique ?
☐ **a.** *Hernani.* ☐ **b.** *Ruy Blas.* ☐ **c.** *Lucrèce Borgia.*

**7.** Le drame bourgeois a été inauguré par :
☐ **a.** Racine. ☐ **b.** Diderot. ☐ **c.** Vigny.

→ Réponses p. 478

FRANÇAIS

COMMENTAIRE

## Objet d'étude : Le théâtre du XVIIe au XXIe siècles

### Énoncé

Rédigez le commentaire de l'extrait suivant de Cyrano de Bergerac.

*Secrètement amoureux de sa cousine Roxane, Cyrano aide pourtant le beau jeune homme dont elle est tombée amoureuse, Christian, à la conquérir.*

ROXANE, CHRISTIAN, CYRANO, *d'abord caché sous le balcon.*
ROXANE, *entrouvrant sa fenêtre.*
Qui donc m'appelle ?
CHRISTIAN
Moi.
ROXANE
Qui, moi ?
CHRISTIAN
Christian.
ROXANE, *avec dédain.*
C'est vous ?
CHRISTIAN
Je voudrais vous parler.
CYRANO, *sous le balcon, à Christian.*
Bien. Bien. Presque à voix basse.
ROXANE
Non ! Vous parlez trop mal. Allez-vous-en !
CHRISTIAN
De grâce !...
ROXANE
Non ! Vous ne m'aimez plus !
CHRISTIAN, à qui Cyrano souffle ses mots.
M'accuser, — justes dieux ! —
De n'aimer plus... quand... j'aime plus !
ROXANE, *qui allait refermer sa fenêtre, s'arrêtant.*
Tiens, mais c'est mieux !
CHRISTIAN, *même jeu.*
L'amour grandit bercé dans mon âme inquiète...
Que ce... cruel marmot prit pour... barcelonnette[1] !
ROXANE, *s'avançant sur le balcon.*
C'est mieux ! — Mais, puisqu'il est cruel, vous fûtes sot
De ne pas, cet amour, l'étouffer au berceau !

CHRISTIAN, même jeu.
Aussi l'ai-je tenté, mais... tentative nulle :
Ce... nouveau-né, Madame, est un petit... Hercule.
ROXANE
C'est mieux !

CHRISTIAN, *même jeu.*
De sorte qu'il… strangula comme rien…
Les deux serpents… Orgueil et… Doute[2].
ROXANE, *s'accoudant au balcon.*
Ah ! c'est très bien.
— Mais pourquoi parlez-vous de façon peu hâtive ?
Auriez-vous donc la goutte à l'imaginative ?
CYRANO, *tirant Christian sous le balcon et se glissant à sa place.*
Chut ! Cela devient trop difficile !…
ROXANE
Aujourd'hui…
Vos mots sont hésitants. Pourquoi ?
CYRANO, *parlant à mi-voix, comme Christian.*
C'est qu'il fait nuit,
Dans cette ombre, à tâtons, ils cherchent votre oreille.
ROXANE
Les miens n'éprouvent pas difficulté pareille.
CYRANO
Ils trouvent tout de suite ? oh ! cela va de soi,
Puisque c'est dans mon cœur, eux, que je les reçoi[3] ;
Or, moi, j'ai le cœur grand, vous, l'oreille petite.
D'ailleurs vos mots à vous descendent : ils vont plus vite,
Les miens montent, Madame : il leur faut plus de temps !
ROXANE
Mais ils montent bien mieux depuis quelques instants.
CYRANO
De cette gymnastique, ils ont pris l'habitude !
ROXANE
Je vous parle, en effet, d'une vraie altitude !
CYRANO
Certes, et vous me tueriez si de cette hauteur
Vous me laissiez tomber un mot dur sur le cœur !
ROXANE, *avec un mouvement.*
Je descends !
CYRANO, *vivement.*
Non !
ROXANE, *lui montrant le banc qui est sous le balcon.*
Grimpez sur le banc, alors, vite !
CYRANO, *reculant avec effroi dans la nuit.*
Non !
ROXANE
Comment… non ?
CYRANO, *que l'émotion gagne de plus en plus.*
Laissez un peu que l'on profite…
De cette occasion qui s'offre… de pouvoir
Se parler doucement, sans se voir.
ROXANE
Sans se voir ?

CYRANO
Mais oui, c'est adorable. On se devine à peine.
Vous voyez la noirceur d'un long manteau qui traîne,
J'aperçois la blancheur d'une robe d'été :
Moi je ne suis qu'une ombre, et vous qu'une clarté !
Vous ignorez pour moi ce que sont ces minutes !

Edmond Rostand, *Cyrano de Bergerac*, III, 7, 1897.

---

1. Berceau.
2. Hercule étrangla deux gros serpents alors qu'il était encore bébé.
3. Orthographe autorisée en poésie (licence poétique).

## Méthode

- Tenez compte du dispositif particulier de la scène : Cyrano, caché, déclare sa flamme à Roxane en se substituant à Christian. L'analyse doit tenir compte du décalage entre ce que voient/savent les personnages et ce que voit/sait le spectateur.
- Soyez attentif(ve) à l'évolution des personnages au cours de la scène : Roxane, d'abord fermée et boudeuse, se déride, puis s'enflamme ; Cyrano se dévoile de plus en plus ; Christian s'efface totalement derrière Cyrano.
- Repérez les différentes tonalités (comique, pathétique, lyrique), dont le mélange est caractéristique de l'esthétique romantique.
- Montrez la dimension « précieuse » des échanges entre Roxane et Cyrano, en vous appuyant notamment sur la conception de l'amour exprimée, ainsi que sur la recherche et le raffinement du langage (analysez, entre autres, les nombreuses figures de style qui ornent leurs propos : métaphores filées, parallélismes, antithèses...).
- À l'intérieur de cette scène se joue une autre scène (Cyrano tenant le rôle de Christian) : étudiez la manière dont se développe cette dimension de théâtre dans le théâtre.

## Corrigé

### Introduction

Librement inspiré d'un écrivain **libertin** ayant réellement vécu au XVII^e^ siècle, le personnage éponyme de la pièce d'Edmond Rostand, Cyrano de Bergerac, est un personnage flamboyant, haut en couleurs, qui dégaine aussi vite les réparties cinglantes que sa redoutable épée, mais également un amoureux timide, complexé par sa laideur et son célèbre nez, et qui n'ose déclarer sa flamme à sa cousine, la ravissante Roxane. La scène 7 de l'acte III met en évidence cette dualité du personnage, qui se cache et en même temps s'expose, orchestrant une déclaration d'amour par procuration, dont il est à la fois auteur, acteur et metteur en scène. Cette scène qui mêle éléments comiques et lyrisme amoureux met ainsi en place un dispositif de « théâtre dans le théâtre ».

> **Définition**
> Au XVII^e^ siècle, le terme « libertin » désigne un libre penseur.

### I. La dimension comique

D'un comique plus discret, moins truculent que la célèbre « tirade des nez », la scène 7 de l'acte III de *Cyrano de Bergerac* – dite aussi « scène du balcon » - exploite cependant aussi bien le comique de situation que le comique de caractère et, bien entendu, le comique verbal.

#### A. Une scène d'amour subvertie

Cette scène relève d'un dispositif souvent exploité dans la comédie : la scène à témoin caché. Le personnage de Roxane ignore la présence de Cyrano et croit parler uniquement avec Christian, quiproquo dont le potentiel comique se révèle lorsque Roxane, enivrée par les mots d'amour de Cyrano, veut le rejoindre et qu'il lui oppose un brutal « Non ! ». La réunion physique des deux amants, qui devrait être le point culminant de la scène d'amour, est ici volontairement retardée par Cyrano, qui n'est évidemment pas pressé que Christian et Roxane se rejoignent. La déception de Roxane, exprimée à deux reprises (« Comment... non ? », « Sans se voir ? »), peut ainsi se lire comme un renversement comique de situation.

**B. Des amoureux mal assortis**

La dimension tragique du triangle amoureux formé par Roxane, Cyrano et Christian est exploitée à maintes reprises dans la pièce mais, dans cette scène, la manière dont interagissent les trois protagonistes prête plutôt à sourire. Le personnage de Christian, qui est censé jouer le premier rôle dans cette scène, prononce à peine quelques mots insignifiants. Roxane s'enflamme pour la seule qualité que Christian ne possède pas, à savoir l'éloquence, et ne lui prête l'oreille que quand Cyrano lui prête ses mots, ce qui est souligné par le comique de répétition et la gradation (« Tiens, mais c'est mieux ! », « C'est mieux ! », « C'est mieux ! », « Ah ! c'est très bien. »). Cyrano, non content de souffler ses répliques à Christian, se substitue carrément à lui et se démène pour obtenir ce qu'il redoute le plus : que Roxane accorde son amour à Christian.

**C. Jeux d'amour et de mots**

Le dialogue amoureux bafouille un peu avant de verser dans un lyrisme plus enflammé, comme le souligne d'ailleurs Roxane elle-même (« Vos mots sont hésitants »). La première image convoquée par Cyrano (v. 6-7), si elle ne manque pas d'originalité, repose sur une comparaison plutôt saugrenue, rendue encore plus comique par l'emploi du terme « barcelonnette », à la fois désuet et enfantin, et qui contraste avec le pompeux « mon âme inquiète » dont l'emphase est soulignée par la diérèse. Roxane n'est pas en reste, jouant avec aisance sur les mots et élaborant également des images aussi alambiquées qu'humoristiques (« Auriez-vous donc la goutte à l'imaginative ? »).

**II. Le lyrisme amoureux**

Quand on sait la dette des dramaturges français du XIXe siècle à l'égard de Shakespeare, on ne peut s'empêcher de voir dans cette scène une réécriture de la célèbre « scène du balcon » de *Roméo et Juliette*, réécriture certes décalée par la présence d'un tiers entre les deux amoureux, mais qui place aussi cette scène sous le patronage des célèbres **amants de Vérone**, symboles de la passion amoureuse.

> **Rappel**
> On désigne souvent Roméo et Juliette par la périphrase « les amants de Vérone ».

**A. Une déclaration enflammée**

Le personnage de Cyrano ne fait pas que prêter à Christian des mots vides de sens, il parle pour lui-même et sa déclaration à Roxane est une authentique déclaration d'amour, sincère et passionnée. Au fur et à mesure du dialogue amoureux, et surtout à partir du moment où il se substitue complètement à Christian (v. 16-17), Cyrano s'enflamme : ses répliques s'allongent (v. 20-24), il multiplie les références à son « cœur » (v. 21, 22, 29) et, comme l'indique une didascalie, « *l'émotion [le] gagne de plus en plus* ». À la première métaphore filée, soufflée à Christian (v. 6-13), plus brillante intellectuellement (notamment par la référence mythologique à Hercule) que réellement émouvante, succède une deuxième métaphore, également filée (v. 17-29), mais prononcée « à mi-voix » par Cyrano lui-même, qui convoque des images beaucoup plus intimes et où s'exprime un lyrisme plus personnel et touchant.

**B. Un lyrisme empreint de Préciosité**

Roxane (personnage entièrement inventé par E. Rostand) est une Précieuse : sa conception de l'amour passe par le raffinement des sentiments et de leur expression. Cette scène montre à quel point Cyrano et elles parlent le même langage : ils filent les métaphores à deux, chacun rebondissant sur les propos de l'autre dans une sorte de surenchère poétique et amoureuse. Cette joute verbale et sentimentale tend même vers la **stichomythie** (v. 25-30), forme qui n'est plus, comme au début de la scène (v. 1-4) l'expression d'un conflit mais au contraire d'une parfaite harmonie et d'une complémentarité. Par la recherche lexicale, les images complexes, l'emploi de nombreuses figures de style comme le parallélisme (« Or, moi, j'ai le cœur grand, vous,

> **Définition**
> **Stichomythie** : échange vif de répliques brèves, le plus souvent en vers, mais aussi en prose.

FRANÇAIS

l'oreille petite »), l'antithèse (« Moi je ne suis qu'une ombre, et vous qu'une clarté ! ») ou l'hyperbole (v. 28-29), le lyrisme se teinte ici de Préciosité – ou, du moins, de la Préciosité vue par un dramaturge du XIXe siècle. La sophistication poétique et amoureuse, caractéristique de la Préciosité, est le terrain où se rencontrent Cyrano et Roxane, où leurs âmes se voient malgré (ou plutôt grâce à) l'obscurité, où tous deux dessinent à l'aveugle leur propre **« carte de Tendre »**.

#### C. Des accents plus sombres

Personnage complexe, à la fois flamboyant et mélancolique, le personnage de Cyrano permet à Rostand de jouer sur plusieurs tonalités, tout au long de la pièce et souvent à l'intérieur d'une même scène. Dans la scène du balcon, le lyrisme amoureux, d'abord léger et virtuose, se fait progressivement plus personnel, plus intime et prend même des accents plus sombres. Aux vers 35-37, Cyrano se range ainsi du côté de la « noirceur » et de l'« ombre ». Le refus réitéré de voir Roxane (en l'occurrence, de laisser Christian rejoindre Roxane) est comique par le désarroi qu'il suscite chez cette Précieuse à qui les mots ne suffisent plus, mais il est également, et indissociablement, pathétique en ce qu'il montre à quel point Cyrano est pris à son propre jeu. Le double discours du vers 38 exprime parfaitement cette ambiguïté : sous la formule convenue perce le cri de désespoir de celui qui se sait « ignor[é] » par celle qu'il vient pourtant de séduire.

### III. Un dispositif de « théâtre dans le théâtre »

Le personnage de Cyrano joue et pourtant ne joue pas, il met son éloquence au service de Christian mais ne peut s'empêcher de mettre aussi son cœur à nu. Metteur en scène, auteur et acteur de cette « scène du balcon », Cyrano est pris à son propre jeu.

#### A. Cyrano metteur en scène

Au début de la scène, quand il se contente encore de souffler ses répliques à Christian, Cyrano se comporte comme un véritable metteur en scène : il se cache « sous le balcon » (didascalie initiale), laissant la « scène » à Christian, et lui donne des indications sur la manière de dire ses « répliques » : « Bien. Bien. Presque à voix basse. » (v. 2).

#### B. Cyrano auteur dramatique

Le personnage de Cyrano est également auteur dans cette scène : il dicte à Christian ses répliques (v. 4-5, 6-7, 10-11, 12-13). Et c'est un bon auteur, puisque Roxane, dès les premiers mots qu'il souffle à Christian, se ravise et accepte de l'écouter. C'est également Cyrano qui impose son rythme à la scène, en prolongeant le dialogue amoureux et en retardant le moment où Christian reprendra sa place (« Laissez un peu que l'on profite / De cette occasion qui s'offre de pouvoir / Se parler doucement, sans se voir. »)

#### C. Cyrano acteur

En se substituant physiquement à Christian (v. 16-17), Cyrano se fait acteur. Mais tout le paradoxe de sa « représentation », c'est qu'elle n'en est pas une. Si Cyrano joue ici le rôle de Christian, c'est en réalité plus pour lui emprunter ses traits (dans l'imagination de Roxane, puisqu'il fait nuit), que pour lui prêter sa voix. Le glissement progressif de la scène d'une tonalité légère et comique vers une tonalité plus lyrique et des accents plus pathétiques témoigne de cette implication grandissante du personnage de Cyrano dans son discours. Pris à son propre jeu d'acteur, piégé par sa propre mise en scène, dans sa propre pièce, il est lui-même dupe de sa duperie : plus il expose ses véritables sentiments à l'égard de Roxane, plus il lui communique sa flamme... et plus elle aime Christian.

### Conclusion

À l'image de la pièce dont il est extrait, ce texte mêle plusieurs tonalités, jouant à la fois sur des ressorts comiques et des accents lyriques et pathétiques, et montrant toute l'étendue du répertoire du personnage de Cyrano qui, à la fois auteur, acteur et metteur en scène orchestre cette scène avant d'être dépassé par sa propre création. Ainsi, le baiser entre Christian et Roxane qu'il cherche désespérément à retarder aura finalement lieu, scellant à la fois son succès et son échec.

Chapitre 5

# Les outils d'analyse littéraire et picturale

## 1 Les figures de style

Mémoriser les figures de style

**De quoi s'agit-il ?** Les figures de style proviennent de l'art antique de la rhétorique. Elles constituent un écart par rapport à l'usage courant de la langue. Procédés stylistiques, elles marquent la volonté de produire un effet sur le lecteur.

### 1 Figures jouant sur la syntaxe et la place des mots

| Figure | Définition | Exemple |
|---|---|---|
| **Anaphore** | Reprise de mots en tête de segment de phrase, de phrase ou de vers | « Rome, l'unique objet de mon ressentiment ! Rome, à qui vient ton bras d'immoler mon amant ! » (Corneille) |
| **Énumération** | Juxtaposition de mots de mêmes nature et fonction | « adieu veau, vache, cochon, couvée » (La Fontaine) |
| **Accumulation** | Énumération longue donnant un effet de profusion | « vieux flacon désolé, Décrépit, poudreux, sale, abject, visqueux, fêlé » (Baudelaire) |
| **Parallélisme** | Reprise de termes en parallèle | « Je meurs si je vous perds, mais je meurs si j'attends » (Racine) |
| **Chiasme** | Reprise de termes en croix | « Un roi chantait **en bas, en haut** mourait un Dieu » (Hugo) |
| **Antithèse** | Jeu d'oppositions | « Es-tu si las de vivre ? As-tu peur de mourir ? » (Corneille) |
| **Oxymore** | Alliance de mots de sens opposés | « Le soleil noir » (Nerval) |
| **Zeugma** | « Attelage » de mots de sens très différents à un même terme | « Mieux vaut s'enfoncer dans la nuit qu'un clou dans la fesse gauche » (Allais) |

### 2 Figures jouant sur le sens des mots

| | | |
|---|---|---|
| **Image** | Suggère une réalité par analogie ou similitude avec un élément d'un autre domaine ou champ lexical | « **Soleil cou coupé** » (Apollinaire) |
| **Comparaison** | Image qui comprend le **comparant**, le comparé et un *outil de comparaison* | « La terre est bleu *comme* une **orange** » (Éluard) |
| **Métaphore** | Image dont le comparé et l'outil de comparaison sont sous-entendus<br>**Métaphore filée** : série de métaphores reliées par le sens | « **Petit-Poucet** rêveur, **j'égrenais** dans ma course / **Des rimes** » (Rimbaud) |

FRANÇAIS

| | | |
|---|---|---|
| **Métonymie** | Désigne une chose par un autre nom que celui qui convient : la partie pour le tout, la matière ou la marque pour l'objet | J'ai lu un **Maupassant** (un livre de Maupassant) |
| **Allégorie** | Personnification d'une abstraction | **L'Espérance, l'Angoisse** chez Baudelaire |
| **Symbole** | Utilisation d'un élément concret pour exprimer une abstraction | La **rose**, éphémère comme la beauté et l'amour chez Ronsard |
| **Litote** | Atténuation, minoration qui suggère le plus en disant le moins, souvent à l'aide d'une tournure négative | « Va, **je ne te hais point** » (Corneille) |
| **Euphémisme** | Adoucissement d'une idée désagréable, odieuse ou triste qui consiste à la déguiser sous une expression voilée | « **Elle a vécu**, Myrto, la jeune Tarentine » (Chénier) = Elle est morte |
| **Hyperbole** | Exagération, majoration dans les termes et dans les structures | « L'ombre [...] Semble **élargir jusqu'aux étoiles** / Le geste auguste du semeur » (Hugo) |
| **Périphrase** | Remplacement du mot par une expression explicative | « **L'astre du jour** » pour le Soleil |

### 3 Figures jouant sur la sonorité des mots

| | | |
|---|---|---|
| **Allitération, assonance** | Répétition d'une consonne ou d'une *voyelle* | « Je fais souv*ent* ce rê*v*e *é*tr*an*ge et pén*é*tr*an*t » (Verlaine) |
| **Homéotéleute** | Jeu sur l'accumulation des mots et des sons | « **capon, cochon, félon, histrion, fripon, souillon, polochon** » (Jarry) |
| **Paronomase** | Jeu de paronymes, mots se rapprochant par les sons | « **Ménage** ton **manège** » (Max Jacob) |

## 2 Les tons ou tonalités

**De quoi s'agit-il ? Les tons ou les tonalités témoignent de la volonté qu'a l'auteur de produire un effet sur le lecteur par l'utilisation d'un certain nombre de procédés.**

### 1 Définition et usages

- Les tons ou tonalités (on emploie parfois le terme de registre) sont des notions importantes à déceler, reconnaître et analyser dans le cadre de l'explication ou du commentaire de texte.
- Ils sont synonymes et témoignent de la **visée** de l'auteur, de sa volonté de produire un **effet** sur le lecteur par l'utilisation de procédés variés.

### 2 Les différents tons et leur visée

- Les tons associés à un domaine **sérieux** :

| Ton | Définition / Visée |
|---|---|
| **Dramatique** | Tout ce qui a un rapport avec l'action (*drama* : « action ») ; les « procédés dramatiques » – qui peuvent être comiques – influent sur l'action dans une pièce de théâtre ou un roman |
| **Tragique** | Suite d'événements vécus par des personnages dans une situation sans issue en rapport avec la mort, le destin ou la fatalité (*fatum*) ; provoque l'horreur du spectateur |
| **Pathétique** | Situation qui suscite l'émotion triste, l'attendrissement extrême, le bouleversement des lecteurs |
| **Mélodramatique** | Pathétique et dramatique poussés à l'extrême |

| | |
|---|---|
| **Épique** | Vient d'« épopée » : évocation grandiose de hauts faits ; utilise l'**emphase** |
| **Symbolique** | Dont le sens apparent suggère un sens caché |
| **Réaliste** | Vise à donner des « effets de réel » |
| **Critique, polémique** | Qui attaque ; un texte violemment agressif devient un pamphlet |
| **Didactique** | Qui professe, enseigne, donne des conseils |

**Remarque**
L'emphase vise à majorer l'expression en accentuant les effets stylistiques.

- Les tons associés à un domaine **plaisant** :

| Ton | Définition / Visée |
|---|---|
| **Comique** | Prête au rire par des procédés variés : mots, gestes, situations |
| **Humoristique** | Comique provenant de la façon inhabituelle de présenter choses, faits, situations, gestes |
| **Farcesque** | Provient de la farce, genre dramatique médiéval fondé sur un comique lourd |
| **Satirique** | Critique moqueuse de personnages, de phénomènes sociaux |
| **La dérision** | Tourne quelqu'un ou quelque chose en ridicule ; moquerie comique que l'on confond souvent avec l'ironie |
| **Burlesque** | Comique qui naît du contraste ; dégradation d'institutions ou de personnages respectés |
| **Parodique** | Imitation moqueuse ; quand elle est excessive, la parodie devient caricature |
| **Grandiloquent** | Emphase poussée à l'extrême, jusqu'au ridicule |
| **Héroï-comique** | Parodie de l'épique |

- Les tons qui **déforment** ou **transfigurent la réalité** :

| Ton | Définition / Visée |
|---|---|
| **Poétique** | Transfigure la réalité dans un texte non obligatoirement versifié mais musical |
| **Lyrique** | Expression poétique, avec l'accent mis sur la musicalité (*lyre*), des sentiments personnels du poète ;<br>Thèmes lyriques ou *topoi* : vieillesse, mort, amour, nature, solitude… |
| **Élégiaque** | Lyrisme triste, qui exprime la plainte |
| **Fantaisiste** | Refuse les règles formelles, rationnelles ; prête à sourire et peut aboutir à l'absurde |
| **Merveilleux** | Introduit dans un monde magique fait de conventions |
| **Fantastique** | Surnaturel qui intervient dans le quotidien, à la lisière du réel, du naturel et du surnaturel ; produit l'angoisse |

- Le cas particulier de l'**ironie verbale**, caractérisée par la **polyphonie** : un discours apparent cache un discours réel qui le contredit. L'ironie verbale nécessite la présence d'un naïf qui est dupe du discours apparent et d'un récepteur complice de l'auteur qui comprend l'implicite.

## 3 Lire l'image

**De quoi s'agit-il ? L'image, fixe ou mobile, accompagnée ou pas d'écriture, offre un message visuel immédiat.**

### 1 L'observation de l'image

L'image, fixe ou mobile, accompagnée ou non d'écriture, offre un **message visuel synchrone**, à la différence du texte dont la lecture est linéaire, mais on peut l'étudier avec la même méthode. Commençons par remplir une **grille de lecture** :

FRANÇAIS

| | |
|---|---|
| **Situation (paratexte)** | • Auteur, commanditaire<br>• Œuvre : titres du document, de l'œuvre complète ou du périodique<br>• Contexte : date, circonstances, courant artistique ou culturel |
| **Nature** | • Genre : tableau, gravure, photographie, dessin, affiche publicitaire, bande dessinée, film (photogramme), scène de théâtre captée<br>• Type(s) : narration, description, explication, argumentation, scène, nature morte, autoportrait, reproduction de paroles et de pensées (notamment dans les phylactères de la BD)<br>• Tonalité(s), ton(s) : quels effets sont produits sur le récepteur, quelles émotions sont mobilisées ? |
| **Idée générale** | • Sujet : personnages, objets, paysage, décor<br>• Dans le cas d'une scène : où ? quand ?<br>• S'il y a lieu : les légendes et l'écriture (le sens comme la typographie) et leur rapport avec l'image |
| **Composition** | • Noir, blanc, couleurs, contrastes, jeux d'ombre et clair-obscur, relief<br>• Formes (arrondi, carré, triangle...)<br>• Perspectives, point de fuite<br>• Point de vue, cadrage, prise de vue :<br>- **contre-plongée** : prise de vue faite de bas en haut ; le sujet apparaît grandi, valorisé, mais parfois déformé<br>- **plongée** : l'appareil a été placé au-dessus de l'objet ; le sujet paraît écrasé<br>• Plan et échelle des plans<br>• Pour l'image mobile, montage des plans et des séquences<br>• Rapport des masses |
| **Problématique** | • Interrogation sur les points d'intérêt du document iconographique révélés par l'étude des procédés, enjeux, intentions de l'auteur |

**Vocabulaire**

- **Échelle des plans : proportion entre le sujet et le cadre ; taille des êtres animés, objets ou éléments de décor représentés par rapport à celle de l'image.**

## 2 L'interprétation de l'image

- Vous devez comprendre la **dénotation** et la **connotation**, la portée **explicite**, **implicite** et **symbolique** de l'image. Vous observerez les procédés rhétoriques, usages commerciaux et culturels, éléments du décor, leur fonction référentielle, les effets de réel, les **codes**, **signes** et **symboles, parfois de l'ordre de l'inconscient** que vous décrypterez.

**Vocabulaire**

- **Effet de réel :** qui donne l'impression de la réalité
- **Référentiel :** qui renvoie à cette réalité tangible, matérielle

- Vous serez conscient du **caractère mensonger** de l'image, par exemple du **trompe-l'œil.**
- Pour l'**image mobile**, récit filmique et captation théâtrale, soyez attentif aux **images** comme aux **sons**.
- Vous pourrez alors formuler la visée esthétique, narrative, persuasive, dénonciatrice, provocatrice du message iconographique.
- Ces observations orienteront l'analyse linéaire du document. Vous pourrez donc formuler la visée esthétique, narrative, persuasive, dénonciatrice, provocatrice du message iconographique, ce qui vous permettra d'en dégager la **problématique**.

# Révision express

## Les points importants à retenir

### Étudiez l'image pas à pas

**Étape 1** Situation (paratexte)
- Auteur
- Œuvre
- Contexte

**Étape 2** Nature
- Genre
- Type(s)
- Registre(s), ton(s)

**Étape 3** Idée générale, sujet

**Étape 4** Composition

**Étape 5** Observation et relevés linéaires

**Étape 6** Problématique

**Étape 7** Interprétation organisée

## Quiz

*Cochez la bonne réponse :*

1. L'euphémisme majore l'expression. ☐ vrai ☐ faux
2. « Périphrase » est l'antonyme de « paraphrase ». ☐ vrai ☐ faux
3. La métaphore filée est une suite de métaphore appartenant au même champs lexical. ☐ vrai ☐ faux
4. L'oxymore est une forme d'antithèse. ☐ vrai ☐ faux
5. L'anaphore est une image poétique. ☐ vrai ☐ faux
6. Le discours ironique est à comprendre au second degré. ☐ vrai ☐ faux
7. Le fatum appartient à la tonalité tragique. ☐ vrai ☐ faux
8. Le lyrisme suppose l'investissement d'un « je ». ☐ vrai ☐ faux
9. Le trompe l'œil témoigne du caractère mensonger de l'image. ☐ vrai ☐ faux
10. La contre-plongée valorise le sujet. ☐ vrai ☐ faux

→ Réponses p. 478

## ÉCRIT D'INVENTION

### Parodie

**Énoncé**

Vous réécrirez la tirade ci-dessous en changeant de ton. Vous pouvez en modifier le thème si nécessaire et aller jusqu'à la parodie et au pastiche.

*Dans cette scène de tragédie, Camille la Romaine crie sa haine contre sa ville. En effet, son propre frère vient de tuer son amant Curiace, du camp ennemi.*

Rome, l'unique objet de mon ressentiment !
Rome, à qui vient ton bras d'immoler mon amant !
Rome qui t'a vu naitre, et que ton cœur adore !
Rome enfin que je hais parce qu'elle t'honore !
Puissent tous ses voisins ensemble conjurés
Saper ses fondements encor mal assurés !
Et si ce n'est assez de toute l'Italie,
Que l'Orient contre elle à l'Occident s'allie ;
Que cent peuples unis des bouts de l'univers
Passent pour la détruire et les monts et les mers !
Qu'elle-même sur soi renverse ses murailles,
Et de ses propres mains déchire ses entrailles !
Que le courroux du Ciel allumé par mes vœux
Fasse pleuvoir sur elle un déluge de feux !
Puissé-je de mes vœux y voir tomber ce foudre,
Voir ses maisons en cendre, et tes lauriers en poudre,
Voir le dernier Romain à son dernier soupir,
Moi seule en être cause, et mourir de plaisir !

Pierre Corneille, *Horace*, IV, 5 (v. 1301-1318), 1640.

**Méthode**

- Prenez conscience des procédés et figures de style utilisés par Corneille pour les exploiter et les détourner. Travaillez des tonalités variées et révisez le cours sur la versification.

**Corrigé**

Rhum blanc, l'unique objet de mon assentiment !
Rhum brun, merci à toi pour tous ces beaux amants !
Rhum fort qui m'a vu sobre, et que mon cœur adore,
Va rendre cramoisi le teint blanc que j'arbore !
Rhum, merci d'éviter les lavages de dents !
L'haleine que tu rends à tous mes chers amis
Souffle un vent délicieux dans toute l'Italie.
L'Orient pour te siffler à l'Occident s'allie !
Que cent peuples unis des bouts de l'univers
Forment, te recueillant, la plus large des mers !
Que tous les abstinents construisent des murailles !
Ils ne pourront jamais décevoir nos entrailles !
Que les punchs orangés préparés par mes vœux
Allument dans ma gorge un déluge de feux !
Puissé-je grâce à toi n'avoir jamais d'urée
Et durer, grâce à toi, plus que les modérés,
Boire le dernier verre à mon dernier soupir,
Devenir ivre mort et mourir de plaisir !

**Remarque**

Osez le ton burlesque ! Le thème n'est pas du tout politiquement correct mais il a été traité avec verve par des écrivains (Rabelais et Diderot, notamment).

**Gagnez des points !**

Respectez la régularité de l'alexandrin et soignez la musicalité, dont l'accentuation.

Chapitre 6

# La contraction de texte suivie d'un essai

## 1 La contraction de texte

**De quoi s'agit-il ? Il s'agit de résumer un texte d'idées contemporain, tout en respectant les idées exprimées, ainsi que la manière dont elles sont exprimées.**

### 1 Qu'est-ce qu'une contraction de texte ?

- Une contraction de texte est un exercice qui consiste à **résumer un texte** d'environ 1000 mots au quart (donc environ 250 mots). Le nombre de mots employés dans le texte à contracter est toujours indiqué à la fin du texte.
- Le texte à contracter est toujours un **texte d'idées contemporain** (XXe ou XXIe siècle) : il peut s'agir d'un article de presse, d'un extrait de préface, d'essai, de discours…

### 2 Les étapes du travail

- **Lisez attentivement le texte** et repérez :
  - sa **structure** (nombre et longueur des paragraphes) ;
  - son **thème** (le sujet qu'il aborde) ;
  - sa **problématique** (l'angle sous lequel il traite le thème ou la question qu'il examine) ;
  - éventuellement, la **thèse** soutenue et/ou réfutée par l'auteur.
- **Soulignez les expressions et mots importants.**
- **Entourez les liens logiques**. Vous pouvez aussi les représenter par un symbole.
- **Faites un collage de citations** : dégagez les idées essentielles du texte en réutilisant dans vos phrases les expressions de l'auteur mises entre guillemets
- Remplacez ensuite les citations entre guillemets par des mots ou expressions équivalents, de manière à **reformuler les idées de l'auteur**.
- **Relisez votre brouillon** et recopiez votre résumé au propre.

**Piège à éviter**

Il est déconseillé de reformuler les idées du texte sans passer par l'étape du collage de citations : vous risquez de vous éloigner du texte, d'introduire des idées qui n'y sont pas, voire de faire des contresens.

## 3 Les règles à respecter

• Contracter un texte demande de suivre des règles précises.

| Je respecte : | Explication | Remarques |
|---|---|---|
| **le nombre de mots imposé par le sujet** | Le sujet indique combien de mots comporte le texte à contracter et combien de mots doit comporter votre résumé | Indiquez toujours à la fin de votre résumé le nombre de mots employés ; on compte pour un mot toute lettre ou groupe de lettres isolée(s) |
| **la pensée de l'auteur** | Restituez les idées de l'auteur, son raisonnement, sa logique ; n'ajoutez pas d'idées qui ne sont pas dans le texte à contracter | Ne donnez pas votre opinion dans un résumé, même si vous n'êtes pas d'accord avec ce que dit l'auteur du texte |
| **l'exigence de reformulation** | Reformulez la pensée de l'auteur, sans le citer | Parfois, une expression ou un mot-clé ne peut pas être remplacé(e) : vous devrez l'employer dans votre résumé, sans guillemets |
| **la situation d'énonciation du texte à contracter** | Si l'auteur du texte dit « je », vous devez dire « je » dans votre résumé ; au contraire, si l'énonciation du texte est impersonnelle, votre résumé doit l'être aussi | • Les textes d'idées sont souvent impersonnels, mais l'auteur peut utiliser « on » ou « nous » pour impliquer le lecteur : cela doit se retrouver dans votre résumé<br>• Attention, les formules du type « Dans son texte, l'auteur dit que… » sont à bannir ! |
| **la progression argumentative du texte à contracter** | Dans votre résumé, présentez les idées, arguments et exemples dans le même ordre que dans le texte | Soyez synthétique : ne reprenez pas les citations ni les explications ou exemples secondaires |
| **le niveau de langue du texte à contracter** | Rappel : les différents niveaux de langue sont soutenu, courant, familier, vulgaire | |
| **le style et le ton du texte à contracter** | Si le texte est très virulent et polémique, ou si au contraire il se veut neutre et objectif, ces caractéristiques doivent se retrouver dans votre résumé | |

# 2 L'essai

**De quoi s'agit-il ? Il s'agit de construire une argumentation structurée sur un sujet donné, en rapport avec le thème du corpus.**

## 1 Le sujet de l'essai

• Le sujet de l'essai s'appuie toujours sur un corpus de textes d'idées du XIXe au XXIe siècle et est en rapport avec le thème du corpus. Vous devez donc **lire attentivement le corpus** avant de traiter le sujet de l'essai : vous y puiserez des arguments et des exemples.

• Le sujet de l'essai porte sur une **question littéraire** abordée et/ou illustrée par les textes du corpus : l'engagement politique en littérature, l'éloquence au service de la justice sociale, le récit à visée argumentative…

● **Analysez le sujet**, comme vous le feriez pour un sujet de dissertation (voir p. 184) : définissez les termes-clés, dégagez une problématique (reformulation personnelle du sujet sous forme de question)…

## 2 La structure de l'essai

● Un essai doit être **organisé et structuré** : il comprend une introduction, un développement en 2 ou 3 parties (elles-mêmes structurées en 2 ou 3 sous-parties) et une conclusion.

● Le plan doit permettre de **traiter le sujet sous tous ses aspects** et de **répondre à la problématique** que vous avez dégagée.

● Selon le sujet et la consigne donnée, vous pouvez **adopter un type de plan précis**, ou **en combiner deux**. On peut par exemple vous demander d'analyser puis de discuter une citation, auquel cas il faudra combiner le plan analytique et le plan dialectique.

| Type de plan | Type de sujet | Exemple d'énoncé | Exemple de plan |
|---|---|---|---|
| **Plan dialectique** (thèse/ antithèse/ synthèse) | Question à laquelle on peut répondre par oui ou par non | *« Les écrivains doivent-ils forcément s'engager dans les combats ou les débats de leur époque ? »* | I. Un engagement souvent dicté par les circonstances<br>II. La volonté de prendre du recul<br>III. Un écrivain s'engage toujours par ses choix esthétiques |
| **Plan thématique** | Sujet qui demande à être examiné sous plusieurs aspects | *« Quel est l'intérêt, pour un écrivain, de rédiger une préface à son œuvre (roman, pièce de théâtre…) ? »* | I. Exposer des circonstances particulières éclairant l'œuvre<br>II. Expliquer ses intentions<br>III. Livrer sa conception de la littérature, de l'écriture |
| **Plan analytique** | Citation longue à analyser | *« L'art n'est pas à mes yeux une réjouissance solitaire. Il est un moyen d'émouvoir le plus grand nombre d'hommes en leur offrant une image privilégiée des souffrances et des joies communes. Il oblige donc l'artiste à ne pas s'isoler ; il le soumet à la vérité la plus humble et la plus universelle. »* (Albert Camus, discours de réception du prix Nobel de littérature, 1957) | I. L'art comme relation à l'autre<br>II. La mission de l'artiste<br>III. La dimension universelle de l'art |

## 3 La rédaction de l'essai

● Comme le commentaire ou la dissertation, l'essai doit être **entièrement rédigé**. Aucun titre ne doit apparaître sur la copie.

● Pour en savoir plus sur la méthode et les conseils de rédaction de l'essai, référez-vous à ceux indiqués dans le chapitre sur la dissertation.

# Révision express

## Les 4 étapes-clés de la contraction de texte

**Étape 1 Je lis et j'analyse le texte.**

1. Je lis attentivement le texte à contracter
   Je repère sa structure, son thème, la ou les thèse(s) exprimée(s)
2. Je souligne les mots-clés, les passages importants
   J'entoure les connecteurs logiques

↓

**Étape 2 Je contracte le texte au brouillon.**

1. J'extrais les idées principales du texte en conservant les expressions de l'auteur (collage de citations)
2. Je reformule les citations avec mes propres mots, en étant le plus synthétique possible
3. Je respecte la structure, la forme et le ton du texte, ainsi que la pensée de l'auteur

↓

**Étape 3 Je relis mon brouillon.**

1. Je compte le nombre de mots employés dans ma contraction de texte
   Je la rectifie éventuellement, en fonction du nombre de mots imposé par la consigne
2. Je relis ma contraction de texte et je corrige mes fautes

↓

**Étape 4 Je rédige au propre ma contraction de texte.**

1. Je recopie au propre ma contraction de texte
2. J'indique toujours le nombre exact de mots employés à la fin de ma contraction de texte

## Quiz

*Cochez la bonne réponse :*

**1.** Le texte à contracter peut être un texte de Victor Hugo. ☐ vrai ☐ faux

**2.** « Contraction de texte » est synonyme de « résumé ». ☐ vrai ☐ faux

**3.** La contraction de texte doit reformuler les idées exprimées dans le texte. ☐ vrai ☐ faux

**4.** Le nombre de mots employés dans la contraction de texte doit être indiqué à la fin. ☐ vrai ☐ faux

**5.** L'essai qui suit la contraction de texte est un commentaire du texte. ☐ vrai ☐ faux

**6.** L'essai qui suit la contraction de texte doit comporter une introduction et une conclusion. ☐ vrai ☐ faux

**7.** Le plan dialectique permet de traiter n'importe quel sujet posé sous la forme d'une question. ☐ vrai ☐ faux

**8.** Le sujet de l'essai ne peut pas être une citation à commenter. ☐ vrai ☐ faux

→ Réponses p. 478

## CONTRACTION DE TEXTE

### Énoncé

Contractez le texte de Sartre ci-dessous au quart de sa longueur, c'est-à-dire en 225 mots environ (marge d'erreur tolérée : plus ou moins 10 %).

L'écrivain « engagé » sait que la parole est action : il sait que devoiler[1] c'est changer et qu'on ne peut dévoiler qu'en projetant de changer. Il a abandonné le rêve impossible de faire une peinture impartiale de la Société et de la condition humaine. [...] Sans doute l'écrivain engagé peut être médiocre, il peut même avoir conscience de l'être, mais comme on ne saurait écrire sans le projet de réussir parfaitement, la modestie avec laquelle il envisage son œuvre ne doit pas le détourner de la construire comme si elle devait avoir le plus grand retentissement. Il ne doit jamais se dire : « Bah, c'est à peine si j'aurai trois mille lecteurs », mais « qu'arriverait-il si tout le monde lisait ce que j'écris ? » Il se rappelle la phrase de Mosca devant la berline qui emportait Fabrice et Sanseverina : « Si le mot d'Amour vient à surgir entre eux, je suis perdu. »[2] Il sait qu'il est l'homme qui nomme ce qui n'a pas encore été nommé ou ce qui n'ose dire son nom, il sait qu'il fait « surgir » le mot d'amour et le mot de haine et avec eux l'amour et la haine entre des hommes qui n'avaient pas encore décidé de leurs sentiments. Il sait que les mots, comme dit Brice Parain[3], sont des « pistolets charges ». S'il parle, il tire. Il peut se taire, mais puisqu'il a choisi de tirer, il faut que ce soit comme un homme, en visant des cibles et non comme un enfant, au hasard, en fermant les yeux et pour le seul plaisir d'entendre les détonations. Nous tenterons plus loin de déterminer ce que peut être le but de la littérature. Mais dès à présent nous pouvons conclure que l'écrivain a choisi de dévoiler le monde et singulièrement l'homme aux autres hommes pour que ceux-ci prennent en face de l'objet ainsi mis à nu leur entière responsabilité. Nul n'est censé ignorer la loi parce qu'il y a un code et que la loi est chose écrite : après cela, libre à vous de l'enfreindre, mais vous savez les risques que vous courez. Pareillement la fonction de l'écrivain est de faire en sorte que nul ne puisse ignorer le monde et que nul ne s'en puisse dire innocent. Et comme il s'est une fois engage dans l'univers du langage, il ne peut plus jamais feindre qu'il ne sache pas parler [...] ; se taire ce n'est pas être muet, c'est refuser de parler, donc parler encore. Si donc un écrivain a choisi de se taire sur un aspect quelconque du monde, ou, selon une locution qui dit bien ce qu'elle veut dire, de le passer sous silence, on est en droit de lui poser une [...] question : pourquoi as-tu parlé de ceci plutôt que de cela et – puisque tu parles pour changer – pourquoi veux-tu changer ceci plutôt que cela ?

Tout cela n'empêche point qu'il y ait la manière d'écrire. On n'est pas écrivain pour avoir choisi de dire certaines choses mais pour avoir choisi de les dire d'une certaine façon. Et le style, bien sûr, fait la valeur de la prose. Mais il doit passer inaperçu. Puisque les mots sont transparents et que le regard les traverse, il serait absurde de glisser parmi eux des vitres dépolies. La beauté n'est ici qu'une force douce et insensible. Sur un tableau elle éclate d'abord, dans un livre elle se cache, elle agit par persuasion comme le charme d'une voix ou d'un visage, elle ne contraint pas, elle incline sans qu'on s'en doute et l'on croit céder aux arguments quand on est sollicité par un charme qu'on ne voit pas. L'étiquette de la messe[4] n'est pas la foi, elle y dispose ; l'harmonie des mots, leur beauté, l'équilibre des phrases *disposent* les passions du lecteur sans qu'il y prenne garde, les ordonnent comme la messe, comme la musique, comme une danse ; s'il vient à les considérer par eux-mêmes, il perd le sens, il ne reste que des balancements ennuyeux. Dans la prose, le plaisir esthétique n'est pur que s'il vient par-dessus le marché. On rougit de rappeler des idées si simples, mais il semble aujourd'hui qu'on les ait oubliées. Viendrait-on sans cela nous dire que nous méditons l'assassinat de la littérature ou, plus simplement, que l'engagement nuit à l'art d'écrire ? Si la contamination d'une certaine prose par la poésie n'avait brouille les idées de nos critiques, songeraient-ils à nous attaquer sur la forme quand nous n'avons jamais parlé que du fond ? Sur la forme il n'y a rien à dire par avance et nous n'avons rien dit : chacun invente la sienne et on juge après coup. Il est vrai que les sujets proposent le style : mais ils ne le commandent pas ; il n'y en a pas qui se

FRANÇAIS

rangent a priori en dehors de l'art littéraire. Quoi de plus engage, de plus ennuyeux que le propos d'attaquer la Société de Jesus[5] ? Pascal en a fait *Les Provinciales*. En un mot, il s'agit de savoir de quoi l'on veut écrire : des papillons ou de la condition des Juifs. Et quand on le sait, il reste à décider comment on en écrira. Souvent les deux choix ne font qu'un, mais jamais, chez les bons auteurs, le second ne précède le premier. **(898 mots)**

Jean-Paul Sartre, *Qu'est-ce que la littérature ?* (1948)

**1.** Ici, dévoiler le monde en écrivant.
**2.** Reference à La Chartreuse de Parme (1839), roman de Stendhal dont Mosca, Fabrice et Sanseverina sont des personnages.
**3.** Brice Parain (1897-1971) est un philosophe français.
**4.** Désigne ici tous les aspects rituels de la messe : l'ordre dans lequel elle se déroule, les gestes effectues, etc.
**5.** Congrégation catholique très influente au XVIIe siècle, époque à laquelle Blaise Pascal (1623-1662) s'est violemment attaque à elle dans une série de lettres regroupées sous le titre Les Provinciales (1657) et considérées par leur qualité littéraire comme un modelé de littérature polémique.

## Méthode

- Lisez attentivement, plusieurs fois, le texte de Sartre, ainsi que les notes qui l'accompagnent, de manière à bien en saisir le sens global avant de commencer votre contraction.
- Ne tenez pas compte des coupures (indiquées par les [...]) : vous devez considérer ce texte comme un tout cohérent.
- Repérez dans le texte les passages énonçant la thèse de l'auteur, ses principaux arguments : ce sont ces passages que vous devrez reformuler. En revanche, laissez de côté les images (comparaisons, métaphores) et les exemples par lesquels Sartre illustre son propos.

## Corrigé

L'écrivain engagé a conscience que sa tâche est de livrer sa perception subjective du monde dans le but de le rendre meilleur et que, ce faisant, il endosse une responsabilité vis-à-vis de ses lecteurs potentiels. Il est conscient du pouvoir des mots, en bien comme en mal, et doit choisir avec soin ce dont il veut parler et ce qu'il veut dénoncer. Son rôle est donc d'avertir le lecteur, d'exposer un aspect du monde pour que ce dernier en prenne conscience et ne puisse pas le nier. Ainsi, son silence est aussi significatif que ses mots, et on est en droit de lui demander de justifier ce qu'il choisit de dire ou de taire.

La manière d'écrire a certes une grande importance : un écrivain se définit d'abord par son style. Mais, dans la prose, le style doit s'effacer pour rester au service du sujet. Il façonne les réactions du lecteur et le prédispose à être convaincu par la pensée de l'auteur, mais s'il est trop voyant, il empêche le lecteur de se concentrer sur le sens. La forme doit rester secondaire par rapport au fond ; ce n'est pas attaquer la littérature que d'affirmer cela. L'écrivain a une responsabilité à assumer dans le choix de son sujet, c'est donc d'abord à ce qu'il veut dire qu'il lui faut penser, avant de réfléchir à la manière de le dire. **(229 mots)**

Chapitre 7

# Le commentaire

## 1 Comment aborder l'exercice ?

**De quoi s'agit-il ? Le commentaire présente de façon organisée l'analyse d'un texte littéraire dans sa forme comme dans son fond, en expliquant son sens, son but, ses enjeux.**

### 1 Qu'est-ce qu'un commentaire de texte ?

- Le commentaire est l'un des deux sujets proposés lors de l'écrit du baccalauréat général et technologique.
- C'est une **argumentation organisée** qui se développe en deux ou trois parties, précédée d'une introduction et suivie d'une conclusion.
- Le commentaire doit étudier :
– les **intentions** « conscientes » de l'auteur, qui anticipe les émotions de son lecteur. Par son texte, il veut émouvoir, attrister, bouleverser, horrifier, faire rire, réfléchir ou prendre conscience, passer un message ;
– les **procédés**, **tons** et **tonalités** mis en œuvre pour y parvenir, notamment les figures de style ;
– les **effets**, les réactions et les sensations que ces intentions provoquent chez le lecteur.
- Ne vous contentez pas de vos premières découvertes : revenez toujours sur les premières étapes pour conforter, remanier, compléter, nuancer…

**Conseil**
Évitez de vous cantonner à la simple paraphrase, c'est-à-dire à la reformulation du sens d'un texte.

**Conseil**
Considérez le texte comme une construction, le fruit d'un travail sur l'écriture.

**Conseil**
Après l'accueil de vos impressions spontanées face au texte ou à son auteur, analysez les procédés qui produisent vos émotions.

### 2 Comment commencer à travailler le commentaire ?

- Vous devez d'abord **lire le texte plusieurs fois**, puis, après le **recueil de vos impressions spontanées**, **remplir une grille** proposant des clés de lecture déterminées par la situation, la nature, les thèmes, la composition du texte.
- **Grille de lecture** :

| | |
|---|---|
| **Précisez la situation, le « paratexte »** | **1. Nom de l'auteur**<br>Exploitez dans sa biographie seulement ce qui peut éclairer le texte |
| | **2. Situation dans l'œuvre**<br>– Titre de l'œuvre complète et éventuellement du texte<br>– Moment de l'histoire où le texte s'insère pour le roman ou le théâtre, place dans le recueil pour un poème |
| | **3. Contextualisation** (ce qui se passe à l'époque où le texte a été écrit)<br>Indiquez obligatoirement la date de publication et, si nécessaire, le contexte historique, politique, économique, social ou culturel |

FRANÇAIS

| | | |
|---|---|---|
| **Analysez la nature** | **1. Genre**<br>– Quatre genres principaux : poésie, roman, théâtre, littérature d'idées (**essai** ou réflexion)<br>– Des genres secondaires : nouvelle, conte, fable, autobiographie, mémoires, journal intime, littérature épistolaire (correspondance fictive ou réelle, roman par lettres) |
| | **2. Types, formes de discours**<br>– Récit, description ou portrait<br>– Paroles rapportées (monologue, dialogue)<br>– Restitution de la pensée d'un personnage (monologue intérieur)<br>– Réflexion, théorie, argumentation, raisonnement, explication |
| | **3. Ton(s) et tonalité(s)**<br>Ils concernent la manière dont l'auteur livre son message et l'effet qu'il veut produire sur le public |
| **Dégagez l'idée, les thèmes généraux** | Synthétisez-les en une phrase |
| **Repérez la composition, la structure d'ensemble** | **Organisation formelle** (« physionomie » du texte)<br>Dans un texte en prose, notez tout ce qui échappe à la normale (paragraphes, ponctuation, typographie) ;<br>Dans un poème, prêtez attention à la versification et aux *blancs* typographiques<br>**Composition du « fond »** (plan, suite des idées de l'auteur)<br>Dégagez les différentes parties du texte et donnez-leur un titre |

### 3 Approfondir l'analyse du texte

- Pour bien analyser un texte, vous devrez vous interroger sur :
– les effets, procédés ou figures de rhétorique ;
– le vocabulaire, le style, les niveaux de langue (soutenu, courant, familier, argotique) ;
– la musicalité ;
– l'aspect traditionnel ou l'originalité du style et des thèmes.
- Définissez la fonction - ornementale, narrative, expressive, symbolique – d'une description.
- Caractérisez le chronotope, l'action, les personnages, les points de vue et focalisations d'un récit.
- Observez les didascalies, la double énonciation ou destination, la représentation ou mise en scène, le respect des règles classiqus d'une pièce de théâtre.

## 2 Construire un plan de commentaire

**De quoi s'agit-il ? L'analyse du texte doit être organisée en deux ou trois parties construites du plus au moins évident, du moins au plus important.**

### 1 De l'analyse linéaire du texte à la problématique

- Annotez directement le document et pratiquez des va-et-vient constants entre le texte, votre brouillon, la grille présentant les premiers éléments d'observation, pour préciser, au fil du texte, les intentions de l'auteur, les procédés, l'explicite et l'implicite. Partez du relevé des éléments intéressants du texte pour proposer une **interprétation**.

**Piège à éviter**
**Attention au risque de faux-sens.**

• En même temps que vous menez cette étude linéaire, vous pouvez classer vos analyses dans un **tableau** (étape facultative) indiquant les différents types, tons et tonalités, thèmes et procédés. Ils représentent les points d'intérêt du texte.

• Vous pourrez ensuite dégager une **problématique** s'intéressant aux **enjeux** du texte et dont la résolution composera votre commentaire.

**Remarque**
La problématique à dégager du texte découle de ses points d'intérêt, de sa singularité, de ses enjeux. Elle peut émerger des thèmes traités, du contexte, des caractéristiques d'écriture.

## 2 Élaboration du plan détaillé

• À partir de ce tableau antérieurement rempli et de cette problématique, établissez un **plan détaillé** pour le commentaire.
Chacune des colonnes du tableau peut constituer un axe ou un « sous-axe » de partie.

• Classez les points d'intérêt du plus au moins évident, du moins significatif au plus important, du plus superficiel au plus profond : votre devoir doit proposer une **démonstration** et une **argumentation progressives**. Vous pouvez partir de l'observation (Que fait l'auteur, comment ?) pour aboutir à l'interprétation (Pourquoi ?).

• Gardez-vous de plaquer n'importe quel plan (ou une correction préalable) sur n'importe quel texte. Chaque texte doit faire l'objet d'un plan spécifique faisant ressortir sa **singularité**.

• Ne vous contentez pas de trouver au brouillon deux ou trois grands titres : justifiez-les par des sous-titres qui supposeront des sous-parties et des analyses précises des procédés et des citations du texte.

**Remarque**
Vous devrez absolument détailler votre plan au brouillon.

## 3 Élaboration des axes et des sous-axes

• Faites une liste des **points d'intérêt** du texte pouvant constituer les axes et les sous-axes du commentaire.

• Selon la richesse du texte, ces points d'intérêt pourront être étudiés seuls ou conjugués.

| Construire un axe selon : | Exemples dans des extraits d'œuvre |
|---|---|
| un genre | La **lettre** et ses contraintes dans *Les Liaisons dangereuses*, Choderlos de Laclos (1781) |
| un type | Le récit du combat du Cid contre les Maures dans *Le Cid*, Corneille (1636) |
| des types conjugués | Le récit descriptif dans « Une allée du Luxembourg », Nerval (1832) |
| un ou plusieurs thèmes | Les images de la **femme** et de l'**amour** dans « Ma morte vivante », Éluard (1947) |
| un ou plusieurs tons ou tonalités | Épique et **poétique** dans *La Chanson de Roland* (fin du XIe siècle) |
| un ou plusieurs types et tons ou tonalités | La **description poétique** des rives du Meschacebé, *Atala*, Chateaubriand (1801) |
| un ou plusieurs types et thèmes | La **réflexion** sur la **guerre** dans l'article « Guerre », *Dictionnaire philosophique*, Voltaire (1764) |
| un ou plusieurs tons, tonalités et thèmes | L'image **satirique** de la **bourgeoisie** dans « Monsieur Prudhomme », Verlaine (1866) |
| un ou plusieurs tons, tonalités, types et thèmes | Le **récit dramatique** et **tragique** d'un **suicide**, celui de Boris dans *Les Faux-monnayeurs*, Gide (1925) |
| l'opposition entre tradition et originalité | Un **objet moderne** du quotidien **poétiquement** transformé dans « La bicyclette », Réda (1989) |

# 3 Rédiger le commentaire

**De quoi s'agit-il ? Les titres et sous-titres du plan doivent être transformés en phrases. La rédaction du I devient ainsi l'introduction partielle de la première partie du développement.**

## 1 L'introduction

Elle comprend quatre parties :
– amorcez l'intérêt ;
– présentez le texte : situation (dans l'œuvre de l'auteur, dans le contexte), nature (genres, types, tonalités), idée générale, thèmes ;
– formulez la problématique ;
– annoncez le plan.

## 2 La conclusion

• Voici les deux étapes de la conclusion :
– **synthétisez** les grandes idées du développement, de l'analyse détaillée, tant sur le plan de la forme que sur le plan du fond (obligatoire) qui résolvent la problématique ;
– élargissez votre synthèse vers des œuvres ou des thèmes voisins (facultatif).

• Concevez-la et rédigez-la avec un grand soin. Anticipez sa réaction en temps limité. N'oubliez pas que c'est la dernière impression que vous laisserez à l'examinateur.

## 3 Le développement

• Pour introduire vos parties et **ménager des transitions**, la rédaction doit transformer chaque titre du plan en une phrase en faisant sauter les « puces » (I, A, -…).

• Une transition est constituée de deux éléments :
– une **conclusion** synthétisant la partie qui précède et résolvant de façon partielle la problématique ;
– l'**introduction**, sous forme interrogative directe ou indirecte, de la partie qui suit.

• Chaque idée doit être **argumentée** et **illustrée** par l'insertion de citations qui ne doivent pas être trop longues.

• Pour éviter la **paraphrase** et le « psychologisme », le sujet de vos phrases dans le commentaire ne doit pas être le personnage mais l'auteur. Ne dites pas « Chimène pense », mais « le personnage de Chimène pense ».

• Utilisez le vocabulaire technique, le langage grammatical et littéraire, la figure de style adaptés au lieu d'abuser des **périphrases** lourdes et imprécises.

• La citation d'un ou plusieurs vers d'un poème doit respecter leur typographie.

**Remarque**
Attention à ne pas faire disparaître votre plan en rédigeant dans la même phrase des titres de niveau 1, 2 et 3.

**Remarque**
Une transition est constituée de deux éléments :
– une **conclusion** synthétisant la partie qui précède et résolvant de façon partielle la problématique ;
– l'**introduction**, sous forme interrogative directe ou indirecte, de la partie qui suit.

**Conseil**
Sautez des lignes, ménagez des alinéas.

# Révision express

## Les points importants à retenir

### Les 3 étapes-clés du commentaire

**Étape 1 Je lis et j'analyse le texte.**

1. Lecture attentive du texte
2. Situation du texte, paratexte : auteur, œuvre, contexte
3. Nature du texte : genre, type(s), tonalité(s)
4. Idée générale, thèmes du texte
5. Composition d'ensemble du texte (forme et fond)
6. Relevé des effets et procédés dans une étude linéaire
7. Classement dans un tableau (types, thèmes, tons ou tonalités) pour mettre en valeur les centres d'intérêt du texte

↓

**Étape 2 Je construis le commentaire.**

1. Problématique dégagée des centres d'intérêt du texte
2. Plan cohérent, précis et progressif
3. Introduction
   - Amorce, ouverture
   - Présentation du texte : situation, nature, idée générale
   - Problématique : mise en valeur des enjeux du texte et du projet de lecture
   - Annonce du plan du commentaire
4. Conclusion
   - Synthèse des différentes parties
   - Elargissement

↓

**Étape 3 Je rédige l'ensemble du commentaire. Je me relis.**

## Quiz

*Cochez la bonne réponse :*

1. Le commentaire propose les impressions de l'élève sur un texte littéraire. ☐ vrai ☐ faux
2. L'exercice du commentaire demande des qualités d'observation et d'interprétation. ☐ vrai ☐ faux
3. Le commentaire est construit pour résoudre une problématique à dégager de l'analyse du texte. ☐ vrai ☐ faux
4. Le plan du commentaire suit passivement le mouvement du texte. ☐ vrai ☐ faux
5. L'introduction doit présenter précisément le texte. ☐ vrai ☐ faux
6. Chaque partie du commentaire doit analyser un point d'intérêt du texte. ☐ vrai ☐ faux
7. Le commentaire doit utiliser un langage approprié, dont des termes techniques. ☐ vrai ☐ faux
8. Je dois être sensible à un implicite, des sous-entendus éventuels sous le discours apparent. ☐ vrai ☐ faux
9. Je mets entre guillemets le titre de l'œuvre complète. ☐ vrai ☐ faux
10. La conclusion, particulièrement travaillée, synthétise les réponses progressivement apportées à la problématique dans le développement. ☐ vrai ☐ faux

→ Réponses p. 479

## COMMENTAIRE

# Commenter un incipit de roman

## Énoncé

**Vous ferez le commentaire de cet extrait du roman de Céline, *Voyage au bout de la nuit*.**

Dans ce roman, le narrateur-personnage Bardamu, sorte d'antihéros, s'engage dans l'expérience épouvantable de la Première Guerre mondiale, sur le front et à l'arrière. Il migre ensuite dans les colonies africaines, puis aux États-Unis, avant d'ouvrir un cabinet de médecine en banlieue parisienne. Cet extrait présente le début du roman.

Ça a débuté comme ça. Moi, j'avais jamais rien dit. Rien. C'est Arthur Ganate qui m'a fait parler. Arthur, un étudiant, un carabin lui aussi, un camarade. On se rencontre donc place Clichy. C'était après le déjeuner. Il veut me parler. Je l'écoute.

« Restons pas dehors ! qu'il me dit. Rentrons ! » Je rentre avec lui. Voilà. « Cette terrasse, qu'il commence, c'est pour les œufs à la coque ! Viens par ici ! » Alors, on remarque encore qu'il n'y avait personne dans les rues, à cause de la chaleur ; pas de voiture, rien. Quand il fait très froid, non plus, il n'y a personne dans les rues ; c'est lui, même que je m'en souviens, qui m'avait dit à ce propos : « Les gens de Paris ont l'air toujours d'être occupés, mais en fait, ils se promènent du matin au soir ; la preuve, c'est que lorsqu'il ne fait pas bon à se promener, trop froid ou trop chaud, on ne les voit plus ; ils sont tous dedans à prendre des cafés crème et des bocks. C'est ainsi ! Siècle de vitesse ! qu'ils disent. Où ça ? Grands changements ! qu'ils racontent. Comment ça ? Rien n'est changé en vérité. Ils continuent à s'admirer et c'est tout. Et ça n'est pas nouveau non plus. Des mots, et encore pas beaucoup, même parmi les mots, qui sont changés ! Deux ou trois par-ci, par-là, des petits... » Bien fiers alors d'avoir fait sonner ces vérités utiles, on est demeurés là assis, ravis, à regarder les dames du café.

Après, la conversation est revenue sur le Président Poincaré[2] qui s'en allait inaugurer, justement ce matin-là, une exposition de petits chiens ; et puis, de fil en aiguille, sur *Le Temps* où c'était écrit. « Tiens, voilà un maître journal, *Le Temps* ! » qu'il me taquine Arthur Ganate, à ce propos. « Y en a pas deux comme lui pour défendre la race française !

— Elle en a bien besoin la race française, vu qu'elle n'existe pas ! » que j'ai répondu moi pour montrer que j'étais documenté, et du tac au tac. « Si donc ! qu'il y en a une ! Et une belle de race ! qu'il insistait lui, et même que c'est la plus belle race du monde et bien cocu qui s'en dédit ! » Et puis, le voilà parti à m'engueuler.

Louis-Ferdinand Céline, *Voyage au bout de la nuit*, 1932, Gallimard

1 . Étudiant en médecine.

2. Raymond Poincaré, président de la République (1913-1920) et président du Conseil à trois reprises.

## Méthode

- Tenez compte de la situation de l'extrait dans l'œuvre : un incipit, ce qui implique certaines attentes du lecteur.
- Soyez attentif à la langue, et au niveau de langue utilisés.
- Étudiez le caractère original de ce début de roman.

## Corrigé

**Le corrigé du commentaire est intégralement rédigé. Pour faciliter votre lecture, nous avons gardé les titres des différentes étapes du développement. Dans un devoir, vous ne devrez pas les conserver.**

### Introduction

L'incipit d'un roman vise, en satisfaisant l'horizon d'attente du lecteur, à lui offrir des informations et à nouer l'intrigue. Celui du *Voyage au bout de la nuit* de Louis-Ferdinand Céline, paru en 1932, présente un début bien particulier avec un monologue narratif reproduisant un dialogue entre deux amis à la terrasse d'un café parisien. En quoi cet incipit est-il original et paradoxal ? On verra comment Céline répond à la tradition du genre pour mieux la détourner et faire exploser les codes du roman, du langage et du monde.

### I. Un incipit paradoxal

L'incipit d'un roman répond traditionnellement à l'horizon d'attente du lecteur. Celui du roman de Céline apparaît d'emblée paradoxal.

#### A. La délégation du récit à un narrateur à la première personne

Le récit débute *in medias res*. Le lecteur a l'impression de saisir des paroles au vol, celles d'un narrateur à la première personne, homodiégétique selon la terminologie de Gérard Genette.

**Gagnez des points !**
Utilisez le langage technique de la narratologie

#### B. Le refus d'une description précise

L'auteur refuse le procédé traditionnel de la description réaliste. Son incipit se situe aux antipodes des procédés balzaciens, par exemple. Ainsi le cadre spatio-temporel est-il à peine esquissé. En ce qui concerne le lieu, on comprend peu à peu que la scène se déroule dans un café place de Clichy à Paris. Aucun pittoresque n'est installé. En ce qui concerne le temps, l'allusion historique à Poincaré, président de la République de 1913 à 1920 et président du Conseil à trois reprises, permet de situer ce qui n'est pas encore une intrigue aux alentours de la Première Guerre mondiale.

**Gagnez des points !**
Faites références à l'histoire littéraire, à la tradition du roman.

Les personnages ne sont pas plus caractérisés. Les deux qui apparaissent, Arthur Ganate et le narrateur-personnage, n'ont pas droit à une véritable présentation physique, morale ou sociale. On sait juste qu'ils sont « *carabins* », c'est-à-dire étudiants en médecine. C'est en fait par leur langage qu'ils se définissent.

#### C. Le refus d'une véritable intrigue

L'auteur refuse également de nouer une intrigue. On voit juste, ou plutôt on entend, deux personnages qui se rencontrent et débattent : un anarchiste et un patriote xénophobe. Ils tiennent une conversation de « café du commerce », des propos à bâtons rompus, multiplient les pronoms personnels ou impersonnels (« *on* », « ça », « *ils* »…) sans que l'on sache vraiment à qui ou à quoi ils renvoient, se lancent dans des digressions, enfilent des lieux communs…

#### D. Le brouillage des genres et des discours

Céline déroute encore davantage le lecteur traditionnel en brouillant les genres et les discours. Écrit-il un roman ou une pièce de théâtre ?

**L'astuce du prof**
L'interrogation sur les genres permet d'affiner le commentaire.

Le texte présente en fait un monologue qui comprend à la fois un dialogue et une narration au présent qui actualise le propos et mime l'action par la parataxe (juxtaposition de propositions sans mot de liaison) : « *On se rencontre donc place Clichy. C'était après le déjeuner. Il veut me parler. Je l'écoute. "Restons pas dehors ! qu'il me dit. Rentrons !" Je rentre avec lui. Voilà.* » (l. 2-4).

Par ce procédé, Céline travaille la dramatisation, la théâtralisation dans un dialogue lui-même théâtralisé au sein du discours du personnage-narrateur.

La situation d'énonciation est elle aussi brouillée : Qui parle ? De qui ? De quoi ? La phrase qui inaugure le roman, « Ça a débuté comme ça », constitue comme une mise en abyme, avec la notion de commencement. On s'interroge déjà : à quoi renvoie donc « ça » ?

Le champ lexical de la parole se développe dans les phrases suivantes : « *Moi, j'avais jamais rien* ***dit****. Rien. C'est Arthur Ganate qui m'a fait* ***parler*** ». Le « je » est en fait fort peu sujet : divisé, il se dissout très vite dans le « on ». Les ellipses, reproduisant le flux de la conversation et ses pauses, contribuent à brouiller un peu plus les discours.

**Transition**

Céline, précurseur en cela du Nouveau Roman, fait donc exploser les codes, et dit ainsi, en visionnaire, l'explosion d'un monde.

**Gagnez des points !**
N'oubliez pas votre transition.

**II. L'explosion des codes qui dit l'explosion d'un monde**

**A. Un projet esthétique de « table rase »**

L'auteur suggère dans cet incipit un projet esthétique de « table rase ». Il refuse le réalisme du XIXe siècle, la description balzacienne, les personnages héroïques, la grandeur, le sublime, dans le Bien comme dans le Mal. Il met au contraire en scène la banalité quotidienne de personnages médiocres, avec parfois un sourire caustique, empreint d'ironie et de dérision : « *Bien fiers alors d'avoir fait sonner ces vérités utiles, on est demeurés là assis, ravis, à regarder les dames du café* ».

**B. L'explosion du langage**

Mais c'est surtout dans l'invention et l'explosion du langage que Céline innove et révolutionne la tradition romanesque. Il utilise, jouant sur le rythme, une syntaxe syncopée, relâchée, fautive : « *Restons pas dehors !* ***qu'il me dit****.* », « *Siècle de vitesse !* ***qu'ils disent****. Où ça ? Grands changements !* ***qu'ils racontent****.* », « ***qu'il me taquine*** *Arthur Ganate, à ce propos* »…

Il use à l'envi d'un vocabulaire populaire, voire grossier : « *Si donc ! qu'il y en a une ! Et une belle de race ! qu'il insistait lui, et même que c'est la plus belle race du monde et bien* ***cocu*** *qui s'en dédit ! » Et puis, le voilà parti à* ***m'engueuler****.* »

Cette révolution célinienne fait donc entrer dans la littérature de façon provocante l'oralité et la crudité du langage. On retrouvait déjà cette caractéristique chez Zola, mais seulement dans les dialogues, dans la « parlure » des classes populaires. Le fait de laisser ainsi le narrateur s'emparer de cette langue a scandalisé les lecteurs de l'époque.

**C. Qui préfigure l'explosion d'un monde**

Cette explosion du langage n'est pas un simple effet de style ou une innovation gratuite. Elle est symbolique et préfigure l'explosion d'un monde.

Le texte insiste sur le vide, le « *rien* » : « *Alors, on remarque encore qu'il n'y avait personne dans les rues, à cause de la chaleur ; pas de voiture,* ***rien****.* » D'une scène au réalisme banal, on vire ainsi vers le fantastique.

Les personnages critiquent la société et ses valeurs, ce siècle de vitesse, de technologie, les notions de race et de patrie. Le président Poincaré inaugure une « *exposition de petits chiens* » alors qu'on va vers la guerre et la fin d'un monde.

**Conclusion**

Ainsi cet incipit est-il paradoxal quand il refuse la tradition réaliste et méprise les attentes traditionnelles, quand il brouille les genres et les discours. En dynamitant les codes et les valeurs, en faisant entrer dans la littérature un langage puissant, provocateur et libéré, ce début de roman dessine un monde vide, proche de l'apocalypse que va représenter la toute proche guerre de 1914-1918.

Chapitre 8

# La dissertation

## 1 En quoi consiste l'épreuve et son sujet ?

**De quoi s'agit-il ? La dissertation répond à un sujet portant sur une œuvre inscrite dans l'un des parcours du programme imposé de Première en développant une argumentation organisée qui s'appuie sur des références et des citations précises.**

### 1 Qu'est-ce qu'une dissertation ?

- Le sujet vous invite à conduire une **réflexion** personnelle répondant à une **question littéraire** portant sur l'une des **œuvres** et sur le parcours associé figurant dans le programme imposé des 4 objets d'étude de Première : roman, théâtre, poésie, littérature d'idées.
- Vous choisirez **l'un des trois sujets de dissertation proposés**, chacun étant en rapport avec l'une des œuvres du programme et son parcours associé. La dissertation est notée sur 20 points.

### 2 Le sujet de la dissertation

Il peut s'agir :
– d'une **question** que l'on vous pose ;
– d'une **citation**, soit extraite de l'œuvre, soit une citation critique à propos de l'œuvre, à commenter ou à discuter.

### 3 Pour traiter le sujet de la dissertation

- La dissertation portant sur une œuvre intégrale et un parcours associé, pour pouvoir y recourir et les citer, vous devez parfaitement **connaître les œuvres et le parcours**, comme la théorie sur ces objets d'étude, et la façon originale dont ils sont traités par les écrivains.
- Constituez un **répertoire de citations** que vous classerez selon les thématiques ou enjeux transversaux de l'œuvre et du parcours associé (ex. le « thème du double » dans *Pierre et Jean* de Maupassant). Relisez-les, enregistrez-les, écoutez-les régulièrement.

## 2 Quelle méthode adopter pour disserter ?

### 1 Comprenez et délimitez le sujet pour reformuler une problématique

- Recopiez le sujet au brouillon.

- Définissez les termes du sujet, même quand il s'agit de notions supposées connues. Interrogez-vous aussi sur les connotations des mots.
- Encadrez les mots-clés, mettez en valeur les rapports logiques en utilisant des symboles : vous demande-t-on de rechercher des causes (←), des conséquences (→), de comparer (//), d'opposer (**X**), de justifier... ?

**Attention !**
Méfiez-vous absolument du hors-sujet, du sujet traité à moitié.

## 2 Mobilisez vos connaissances sur l'œuvre. Recherchez des arguments et des exemples

- Développez, à partir de la question (problématique) générale que l'on vous a posée ou que vous vous êtes vous-même posée, une série de questions secondaires.
- Pour rechercher puis analyser des arguments et des exemples, dont des citations, exploitez les explications de textes, les exposés, votre connaissance des dossiers rédigés dans l'œuvre étudiée et les manuels.
- Schématisez cette recherche sous la forme de tableaux : 2 colonnes par exemple pour un plan dialectique : arguments favorables / défavorables, commentaire / discussion…

**Attention !**
Surtout, gardez-vous de rédiger vos idées lors de cette étape ; vous risquez de rester prisonnier de votre « premier jet ».

## 3 Élaborez un plan

- Une démarche stratégique, progressive : vous ne devez pas rédiger une série d'idées spontanées, affectives et désordonnées, mais organiser de façon raisonnée une réflexion, produire une démonstration destinée à résoudre la problématique et à convaincre.
- Il faut donc argumenter, et les arguments doivent être présentés de manière à éveiller l'intérêt et à le maintenir. Vous faites donc progresser votre raisonnement en parties successives (2 ou 3) et classez, hiérarchisez les arguments du moins au plus important.
- Les différents types de plan :

– le plan **dialectique**, thèse, antithèse, dépassement, n'est à utiliser que pour des sujets spécifiques ;

– le plan **analytique** ou **thématique** permet l'analyse d'un problème ou d'un phénomène, en procédant du + au – évident. Il vous faudra parfois organiser une énumération mais évitez le plan « catalogue » ;

– le plan **comparatif**.

**Attention !**
Ne séparez pas arbitrairement les différents termes de la comparaison ; étudiez-les ensemble, mais selon des points de vue variés.

# 3 Introduisez, concluez et rédigez

## 1 L'introduction

- Elle amène le sujet sous la forme d'une phrase générale (évitez les trop grandes généralités comme « De tout temps... »).
- Elle pose le sujet et cite la phrase à commenter s'il y a lieu, avec le nom de son auteur.
- Elle formule la problématique sous la forme d'une interrogation, directe ou indirecte.

● Elle annonce les grands axes du plan que vous avez élaboré au brouillon, sous la forme de questions par exemple. Dans chacune de ses parties, le développement répondra à chacune de ces questions.

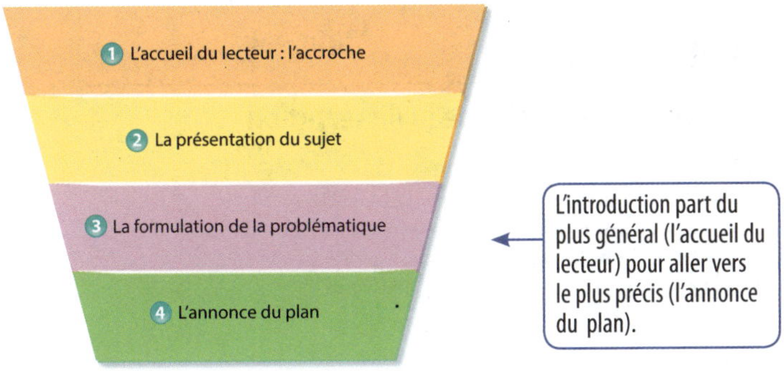


## 2 La conclusion

● C'est elle qui laissera une impression finale à l'examinateur : elle doit donc être parfaitement conçue et formulée.

● Elle reprend les réponses apportées dans les divers stades du développement aux questions posées dans l'introduction et donc résout synthétiquement la problématique.

● L'élargissement, l'ouverture sont facultatifs.

**Gagnez des points !**
Pensez à rappeler le thème de votre première partie au début de celle-ci, même si vous venez de l'annoncer en fin d'introduction.

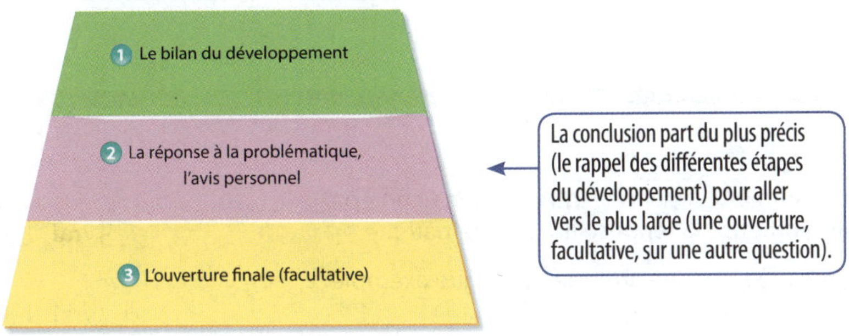


## 3 La rédaction

● Chacune des parties et même des sous-parties doit être introduite ; la conclusion d'une partie et l'introduction de la partie suivante constituent une transition.

● Veillez, dans le développement, à la structure argumentative et démonstrative de votre propos et donc à l'utilisation des connecteurs logiques adéquats, à l'insertion des références et des citations de l'œuvre et du parcours à l'étude qui doivent obligatoirement justifier vos arguments, sans les remplacer.

## ➜ Révision express

## Les points importants à retenir

### Les 3 étapes-clés de la dissertation

**Étape 1** **J'analyse le sujet et j'élabore le plan.**

1. Lecture et compréhension du sujet, définition des mots-clés
2. Reformulation du sujet pour en faire émerger la problématique
3. Recherche d'idées, d'arguments et d'exemples
4. Élaboration d'un plan raisonné à partir de cette recherche

↓

**Étape 2** **Je rédige l'introduction et la conclusion.**

**L'introduction**

1. Une phase d'accroche, d'ouverture
2. La présentation du sujet
3. La présentation de la problématique
4. L'annonce du plan

**La conclusion**

1. Le bilan du développement qui répond à la problématique
2. L'élargissement, facultatif

↓

**Étape 3** **Je rédige chaque partie du développement.**

1. Une phase d'introduction (partielle) de l'axe développé
2. Plusieurs sous-parties comportant chacune au moins un argument et des références, constituant des paragraphes distincts
3. Une phrase de transition avec la partie suivante, bilan et introduction partielle

## Quiz

*Cochez la bonne réponse :*

**1.** La dissertation doit commencer par une introduction et finir par une conclusion qui synthétise la réponse à la problématique. ☐ vrai ☐ faux

**2.** Il faut justifier chaque idée, chaque argument, chaque exemple par une citation. ☐ vrai ☐ faux

**3.** Une transition qui conclut la partie précédente et introduit la partie suivante est indispensable. ☐ vrai ☐ faux

**4.** Je dois rappeler dans l'introduction la question posée par le sujet, en reformulant sa problématique. ☐ vrai ☐ faux

**5.** Un plan de dissertation est toujours annoncé à la fin de l'introduction. ☐ vrai ☐ faux

**6.** Un plan en quatre parties principales est conseillé. ☐ vrai ☐ faux

**7.** Il convient de sauter une ligne entre les grands axes du développement. ☐ vrai ☐ faux

**8.** Je dois forcément choisir un plan qui ait la forme « thèse/ antithèse ». ☐ vrai ☐ faux

**9.** Une conclusion ne doit pas rappeler le plan du devoir. ☐ vrai ☐ faux

**10.** Je mets entre guillemets le nom des auteurs. ☐ vrai ☐ faux

→ Réponses p. 479

## DISSERTATION

### S'initier à la méthode pour la dissertation

*Partons du principe que vous avez étudié en cours le roman* Pierre et Jean *de Maupassant.*

**Énoncé**

Zola présente un de ses romans comme une « œuvre de vérité ». Cette définition s'applique-t-elle au roman *Pierre et Jean* de Maupassant et aux œuvres réalistes ou naturalistes que vous connaissez et avez étudiées dans le parcours associé « œuvre d'art et vérité » ?

**Méthode**

**1. Comment analyser un sujet et envisager un plan ?**

**a.** Repérez et définissez les mots et notions-clés du sujet.

**b.** Analysez les sous-entendus de la question.

**c.** Reformulez la problématique.

**d.** Quel type de plan est-il attendu ?

**2. Comment détailler le plan de la 2e partie du développement ?**

**3. Comment rédiger le plan de la 2e partie du développement ?**

**Attention !**

Il faut reformuler les mots du texte sauf les mots-clés, ici par exemple « roman » et « œuvre ».

**Exemple de corrigé**

**1. a.** L'énoncé est très bref. Le sujet porte sur le roman et son rapport avec la vérité, qu'il faut définir : synonyme de réalité, mais aussi d'authenticité, de ce qui existe au-delà des apparences. Il ne faut pas ici opposer le mot « vérité » au mensonge.

Le réalisme et son héritier, le naturalisme, sont des courants artistiques nés au milieu du XIXe siècle. Zola est le chef de file du naturalisme et Maupassant a fréquenté et participé chez lui aux Soirées de Médan. Ils sont donc adeptes du réalisme et de la caution scientifique que lui confère le naturalisme.

**b.** L'implicite du sujet est lié à la polysémie du mot « vérité ». Le roman *Pierre et Jean*, comme les extraits étudiés dans le parcours associé sont-ils réalistes et seulement réalistes ? Ne dépassent-ils pas la simple reproduction de la réalité, la volonté de faire vrai, l'illusion réaliste ?

**c.** Le roman *Pierre et Jean*, comme les extraits étudiés dans le parcours associé se contentent-ils de reproduire objectivement la réalité ou cherchent-ils, dans la fiction, à créer la vérité de l'œuvre d'art ?

**d.** Le plan attendu est dialectique. Il peut comporter 2 ou 3 parties qui pourraient être :

**I.** L'œuvre *Pierre et Jean*, comme les extraits étudiés sont, dans une certaine mesure, des romans réalistes qui reproduisent la réalité.

**II.** Mais ils dépassent largement cette visée en utilisant les tons poétique, épique, fantastique, satirique dans un langage et une écriture subjective qui métamorphosent la réalité.

**III. (facultatif)** Donnons la parole à Maupassant : « Le réaliste cherchera non pas à nous montrer la photographie banale de la vie, mais à nous en donner la vision […] plus probante que la réalité même. »

**2. II. La variété des tons qui permet de métamorphoser la réalité dans *Pierre et Jean***

**A. Le fantastique**

1. Peu fréquent mais présent

2. Épisode de la promenade dans le port du Havre : « une ombre, une grande ombre fantastique »

**B. Le symbole**

1. L'eau : univers maternel, liquide amniotique où Pierre finira peut-être par retrouver la mère perdue

2. Le thème du double : omniprésent (titre), épisode des phares : « les deux phares électriques du cap de la Hève, semblables à deux cyclopes monstrueux et jumeaux »

**C. La poésie**

1. Important travail sur la musicalité : nombreux échos sonores, style périodique (qui métamorphose l'évocation des phares, l'épisode de la pêche aux salicoques, la dernière scène du roman)

2. Des comparaisons et métaphores : « elle (la lune) avait l'air du phare énorme et divin, allumé dans le firmament pour guider la flotte infinie des vraies étoiles »

3. Des effets picturaux, jeux de lumière, qui évoquent le courant impressionniste contemporain.

**D. La satire d'une société corrompue**

1. Critique des mariages arrangés (Les Roland, Jean et Mme Rosemilly) dans la société matérialiste bourgeoise qui ne peuvent mener qu'à l'adultère et au malheur

2. Le culte des apparences ➔ le sacrifice de Pierre

3. Une société « prostituée » : cf. la plage de Trouville, à travers le point de vue empoisonné de Pierre, ➔ Amère dérision et profond pessimisme de Maupassant.

**3.** Si Maupassant s'emploie à mettre en scène la réalité dans *Pierre et Jean*, comme Zola dans la série des Rougon-Macquart, il dépasse le réalisme et métamorphose la réalité grâce à la variété des tons.

Le fantastique n'est pas aussi fréquent que dans nombre de ses nouvelles, mais il existe, notamment dans la scène où Pierre observe « une ombre, une grande ombre fantastique », celle d'une barque qui se glisse dans le port du Havre.

Le symbole est extrêmement présent dans le roman. Celui de l'eau, univers maternel, liquide amniotique où Pierre finira, peut-être, par retrouver la mère perdue ; et surtout le symbole du double, déjà présent dans le titre, élément récurrent de l'œuvre, comme dans l'évocation des phares au chapitre II, ces « deux phares électriques du cap de la Hève, semblables à deux cyclopes monstrueux et jumeaux ».

La poésie se manifeste aussi constamment chez cet auteur considéré comme sans style par Edmond de Goncourt, par exemple dans le travail musical – nombreux échos sonores, style périodique qui métamorphose l'évocation des phares, l'épisode de la pêche aux salicoques, la dernière scène du roman. Poétiques également, les comparaisons et métaphores : « elle (la lune) avait l'air du phare énorme et divin, allumé dans le firmament pour guider la flotte infinie des vraies étoiles ». Poétiques enfin les perspectives impressionnistes qui, comme le courant pictural contemporain, visaient à donner avec les jeux et les mouvements changeants de la lumière l'impression de la réalité.

Enfin, la satire se glisse dans l'évocation d'une famille dont l'équilibre de façade se maintient grâce au secret de l'adultère maternel, puis au mensonge et au sacrifice du fils aîné. Le mariage, celui des époux Roland, celui programmé de Jean et de Madame Rosemilly, dépourvu de tout romanesque, est vu comme une association d'intérêt et même la description de la riante plage de Trouville, à travers le point de vue empoisonné de Pierre, devient celle d'une société corrompue assimilée à une prostituée ce qui révèle une amère dérision dans l'évocation de cette société bourgeoise matérialiste de la fin du XIX^e^ siècle et un profond pessimisme de la part du romancier.

# Histoire-géo

## Histoire



## Géographie



Histoire-géo

# Chapitre 1 Le monde méditerranéen : empreintes de l'Antiquité et du Moyen Âge

## 1 La Méditerranée antique : les empreintes grecques et romaines

**De quoi s'agit-il ? L'Europe contemporaine reste très marquée par les héritages de l'Antiquité gréco-romaine à la fois dans ses institutions politiques et dans sa culture.**

### 1 La démocratie athénienne, un modèle politique

• Solon et Clisthène, pères de la démocratie, ont au VI^e siècle av. J.-C., réduit le pouvoir des aristocrates au profit de l'ensemble de la cité. Les guerres médiques au V^e siècle ont constitué un tournant et accéléré la démocratisation de la cité d'Athènes. Lors des batailles célèbres de Marathon (-490) et Salamine (-480), elle a triomphé des Perses par la participation de tous les citoyens, des plus humbles aux plus puissants, ce qui légitime les revendications politiques égalitaires. Le lien entre la fonction politique de soldat et celle de citoyen est donc très net.

• Au V^e siècle, on compte environ 40 000 citoyens nés de deux parents athéniens (10 % de la population) alors que les femmes, les métèques et les esclaves n'ont aucun droit politique.

**Idée à retenir**

**La démocratie athénienne s'est construite progressivement en élargissant les droits politiques des aristocrates vers l'ensemble des citoyens.**

**Doc. 1** Une phalange d'hoplites

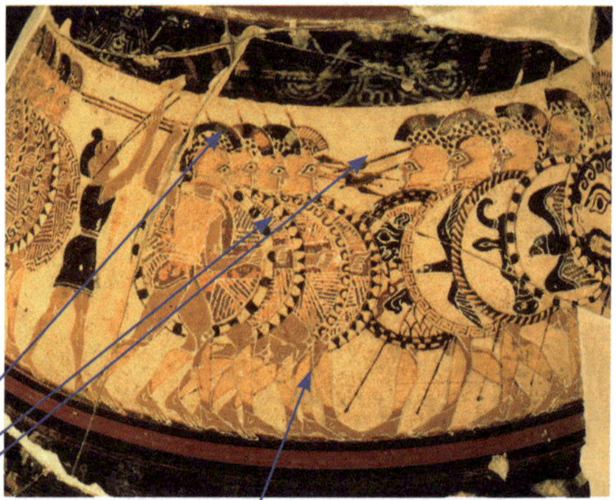

L'équipement de l'hoplite (casque, bouclier et lance) est financé par le citoyen. Les plus pauvres rament dans les trières.

Ces hoplites combattent dans une phalange, formation dans laquelle chaque soldat protège avec son bouclier son voisin de gauche.

Cette organisation militaire est plus favorable à une société d'égaux qu'à une société aristocratique.

• Les citoyens exercent directement le pouvoir au sein d'une assemblée, l'Ecclesia (**Doc. 2**) qui :
- vote les lois, la paix et la guerre ;
- élit les stratèges, magistrats chargés des affaires de la guerre ;

**Vocabulaire**

- **magistrat :** membre du gouvernement d'Athènes.
- **stratège :** magistrat élu dirigeant l'armée à Athènes.

• L'égalité citoyenne (l'isonomie) est à la base du fonctionnement des institutions athéniennes. Tous les citoyens peuvent prendre la parole à l'Ecclesia, le tirage au sort des magistrats permet à chacun, humble ou puissant, de devenir magistrat.

**Doc. 2 Les institutions athéniennes**

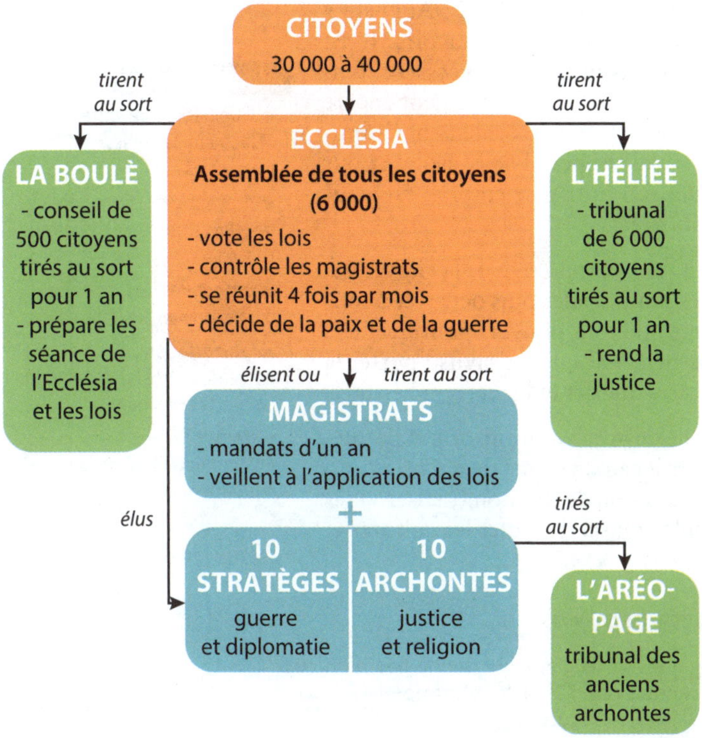


## 2 Le siècle de Périclès

• Il incarne l'apogée d'Athènes en menant au Ve siècle une politique impérialiste envers les autres cités grecques, qui procure à la ville prospérité et puissance. Ses origines aristocratiques le prédestinaient à dominer la vie politique : il est élu 30 fois stratège dont 15 fois de suite.

• Pour mener cette politique de grandeur, il dispose de l'argent de la Ligue de Délos fondée en -478 à l'issue des guerres médiques par les cités grecques menacées par l'empire perse. En -454, il fait rapatrier le trésor de la ligue à Athènes. Il crée alors le *misthos* à destination des citoyens les plus humbles. Il fait également construire le Parthénon pour remercier Athéna d'avoir soutenu la supériorité de la cité sur les Perses et les autres Grecs. Il améliore également les défenses et l'autonomie de la Cité en complétant les Longs Murs jusqu'au port du Pirée. Sa volonté d'afficher la puissance d'Athènes passe aussi par le déclenchement de la guerre du Péloponnèse, au cours de laquelle il meurt de la peste en 429 av. J.-C.

**Vocabulaire**

■ ***misthos*** : indemnité pour compenser chez les citoyens les plus pauvres la perte d'une journée chômée pour participer aux votes à l'Ecclesia.

• Cet empire athénien est finalement vaincu par Sparte en 404 av. J.-C., événement marquant la fin de la guerre du Péloponnèse déclenchée contre les autres cités par Périclès (v. 495-429 av. J.-C.).

HISTOIRE-GÉO

## 3 De la République romaine à l'Empire : Auguste et la naissance du Principat

● Une population lassée des guerres civiles et l'expansion des conquêtes mènent à la naissance d'un nouveau régime, le Principat : Auguste y cumule toutes les fonctions républicaines et donc les pouvoirs. Il est « prince » et désigne de son vivant Tibère comme son successeur, fondant ainsi une véritable dynastie. Si le Sénat vote théoriquement encore les lois, il est désigné par l'empereur qui commande également l'administration. Sous ses successeurs, le pouvoir impérial se consolide pour diriger, au gré des nouvelles conquêtes, un immense empire, lui assurant ordre et prospérité à l'intérieur du *limes*.

● L'empire en paix se romanise grâce à l'octroi très large de la citoyenneté romaine, d'abord réservée aux élites municipales puis octroyée à tous avec l'édit de Caracalla de 212. Dénuée de tout pouvoir politique, elle est davantage un titre honorifique associé à des droits civils : porter la *tria nomina* et la toge romaine, pouvoir se marier et léguer son héritage.

● Rome mène également une politique d'acculturation originale qui, tout en acceptant les traditions et cultes locaux, permet de diffuser la civilisation romaine visible dans la construction de très nombreuses villes dans tout l'empire. Il forme un véritable creuset de toutes les cultures et civilisations méditerranéennes.

**Idée à retenir**

**Pour faire accepter le nouveau régime, Auguste a conservé toutes les institutions républicaines.**

**Vocabulaire**

- ***limes*** : frontière entre l'Empire roman et les « barbarres ».
- **citoyenneté** : statut juridique de celui qui détient les droits du citoyen.
- ***tria nomia*** : les trois noms donnés au Romain libre.
- **romanisation** : domination et influence exercées par Rome sur les territoires conquis.
- **creuset** : espace où différentes civilisations se rencontrent, se mêlent.

**Doc. 3 Les titres de l'empereur : la concentration des pouvoirs**

- Pouvoir religieux qui donne lieu à un culte rendu à l'empereur, le culte impérial :
  - Auguste
  - Pontifex Maximus
- Pouvoir militaire :
  - Imperator
  - Germanicus et Dacicus
- Pouvoir politique :
  - Nervae Trajano, l'héritage
  - Caesar
  - Pater Patriae
  - Consul
  - Tribunicia Potestate

(Caesar, Pater Patriae, Consul, Tribunicia Potestate : Survivance des charges républicaines)

Pièce de monnaie représentant l'empereur Trajan, IIe siècle ap. J.-C.

## 4 De l'empire polythéiste à l'empire chrétien

● Rome diffuse sa culture sur tout son territoire en même temps qu'elle est influencée par les cultures des pays conquis. Ainsi, le latin est adopté par les élites désireuses d'intégrer l'administration tandis que les cultes orientaux, dont le christianisme qui occupe une place spécifique, gagnent Rome et tout l'empire. Des cultes locaux venus d'Égypte (Isis) ou de Perse (Mithra) rayonnent également et se diffusent dans tout l'empire. C'est le culte voué à l'empereur, le culte impérial, qui soude ces différents peuples, jusqu'à sa remise en question par le judaïsme et le christianisme monothéistes. Ils sont persécutés car accusés de troubler l'ordre public.

• Constantin parvient au pouvoir au début du IVe siècle marqué par les invasions barbares. Alors que Rome est devenue vulnérable face aux menaces barbares, il programme la construction d'une Nouvelle Rome en Orient : Constantinople. On y parle le grec. Ainsi, la première église voulue par Constantin et construite à partir de 330 s'appelle Hagia Sophia, la « sagesse divine » en grec.

• Constantin s'illustre par son édit de tolérance, l'édit de Milan (313), envers les chrétiens victimes de persécutions dans l'empire (**Doc. 4**). Si l'empereur se convertit de son vivant et reçoit le baptême chrétien juste avant de mourir, il n'impose pas la nouvelle religion, soucieux de préserver l'unité et la paix de l'empire. Le christianisme devient seule religion autorisée avec l'empereur Théodose en 392.

**Vocabulaire**
- **persécution :** traitement injuste et violent appliqué systématiquement à un individu ou un groupe.

**Doc. 4** Le christianisme dans l'Empire

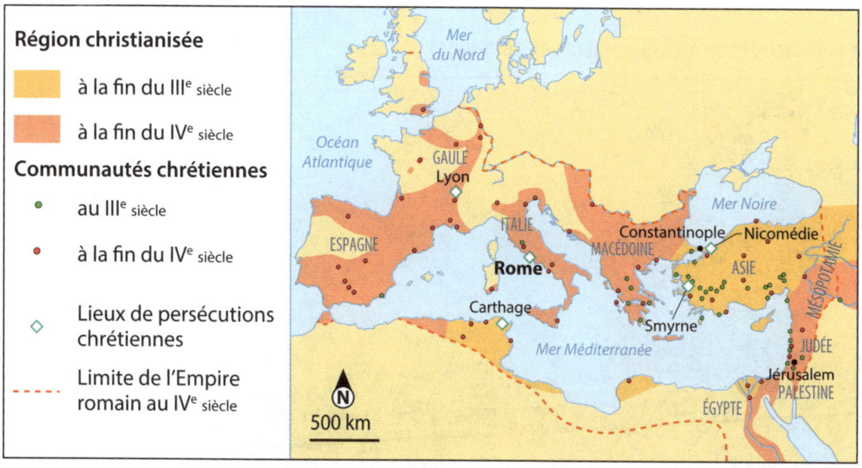


# 2 La Méditerranée au XIIe siècle, espace d'échanges et de conflits à la croisée de 3 civilisations

**De quoi s'agit-il ?** **Si les deux rives de la Méditerranée semblent aujourd'hui très opposées, elles partagent en réalité une histoire commune qui constitue un même héritage, commencé par l'Empire romain et poursuivi tout au long du Moyen Âge.**

## 1 Trois civilisations

• L'Empire romain a survécu dans sa partie orientale, devenue l'Empire byzantin. À Constantinople règne le basileus, à la tête d'une théocratie chrétienne orthodoxe après le schisme de 1054 avec la papauté romaine catholique. Au XIIe siècle, assiégé par les troupes musulmanes, cet empire ne s'étend plus que sur une partie de l'Asie mineure et les Balkans, Grèce comprise (**Doc. 5**).

• L'Islam trouve sa cohésion dans la religion révélée selon la tradition à son prophète Mahomet au début du VIIe siècle. Un immense empire, dirigé par un calife de la dynastie abbasside siégeant à Bagdad, fondée en 762, est rapidement constitué de l'Espagne jusqu'aux portes de l'Inde.

**Vocabulaire**
- **calife :** souverain
- **théocratie :** (de *theos*, dieu, et *kratos*, le pouvoir) forme de gouvernement dans lequel le pouvoir politique est d'essence divine.
- **schisme :** division religieuse.

HISTOIRE-GÉO

Mais dès le VIIIe siècle, celui-ci est morcelé et affaibli par des chefs locaux qui s'auto-proclament souverains (Andalousie). Cette civilisation est particulièrement brillante : dans ses villes prospères (Bagdad, Damas, Cordoue, Le Caire ) est conservée et entretenue toute la science antique.

● La chrétienté est politiquement agitée car morcelée en une multitude de royaumes eux-mêmes subdivisés en de nombreuses seigneuries et autres principautés. Ainsi, le Saint-Empire romain germanique compte des centaines de seigneurs attachés à l'empereur dans le cadre de la féodalité. Depuis l'an mil, cette région jusqu'alors périphérique de la Méditerranée s'affirme avec l'essor de villes et notamment de grands ports, tels que Venise, qui relancent les échanges commerciaux avec l'Orient. Elle est conquérante et s'empare, contre l'islam, d'Al-Andalous (la *Reconquista*) et de la Palestine, la Terre Sainte.

## Vocabulaire

■ **féodalité** : forme d'organisation sociale dans laquelle les dominants nouent des relations fondées sur l'octroi, par le suzerain, d'un fief en échange de l'obéissance d'un vassal.

**Doc. 5** **La Méditerranée au XIIe siècle, terre d'affrontements et d'échanges**

## 2 Un espace d'échanges et de conflits

• La géographie de la Méditerranée, avec ses nombreux rivages, est très favorable au commerce maritime, alors préféré aux échanges terrestres. À partir du XIIe siècle, en matière de commerce, les Arabes sont supplantés par les Italiens, surtout les Vénitiens qui obtiennent des privilèges commerciaux. La cité tient alors géographiquement et économiquement la position d'intermédiaire incontournable dans les échanges entre l'Orient (soieries, épices, parfums…) et l'Occident (bois, armes, métaux…). Très entreprenants, les marchands créent le change, l'assurance et d'autres nouveautés financières indispensables au commerce avec l'étranger.

• Assumant son statut d'héritier de l'Empire romain, la civilisation musulmane mène un important mouvement de traductions du grec vers l'arabe de la plupart des grands savants antiques, ce qui a permis de les conserver et de les diffuser. L'Andalousie joue son rôle d'interface entre monde musulman et Occident chrétien. Elle attire les savants européens bien conscients du capital intellectuel perpétué par les Arabes, à l'image d'Averroès qui se distingue par ses commentaires de l'œuvre du philosophe grec Aristote. Par ailleurs, la science arabe brille en médecine, en astronomie avec la boussole, en mathématiques avec l'introduction des chiffres indiens, dont le zéro, qui remplacent progressivement les chiffres romains.

**Gérard de Crémone**
**(1114-1187)**
Intellectuel italien du XIIe siècle traducteur de l'arabe vers le latin.

### Doc. 6 Les privilèges accordés aux Vénitiens

Nul entre tous les hommes n'a ignoré les actions des fidèles Vénitiens, de quelle manière, ayant construit des navires d'une capacité de dix mille amphores, […] d'innombrables marins combattants, et, grâce à leur propre flotte, triomphèrent entièrement, éprouvant des pertes dans leurs propres rangs […].

C'est pourquoi, en reconnaissance de leurs services, notre Clémence a concédé par le présent chrysobulle qu'ils reçoivent annuellement à la date de la distribution des pensions un *solemnion* de vingt livres afin qu'ils le distribuent entre leurs églises, selon leur bon vouloir. […] Notre Hautesse leur a en outre concédé de commercer toutes les sortes de marchandises dans toutes les régions de Romanie […] et plus généralement dans toutes les régions qui sont sous le pouvoir de notre pieuse Quiétude, sans acquitter en aucune manière pour aucune de leurs marchandises quoi que ce soit au titre du *kommerkion* ou de quelque autre redevance due au fisc.

Chrysobulle d'Alexis Ier Comnène, 1082.

### Doc. 7 Les connaissances de la médecine arabe

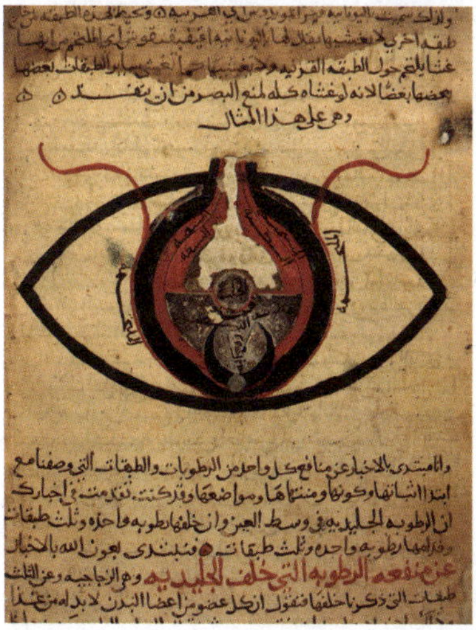

**Vocabulaire**
▪ **chrysobulle :** édit d'un empereur byzantin.

HISTOIRE-GÉO

• Par ailleurs, les rives de la Méditerranée sont sources de conflits. Dans la péninsule Ibérique conquise par les Arabes au début du VIIIe siècle, est menée, autour de la figure de saint Jacques Matamore, la *Reconquista* du nord de l'Espagne. À la fin du XIIe siècle, l'Islam s'est replié dans la partie sud de l'Espagne, l'Andalousie. En Orient, l'empire byzantin est attaqué par Venise lors de la 4e croisade (1204).

• Entre 1095 et 1254, huit croisades sont menées par des centaines de milliers de chrétiens. La première permit dès 1099 la constitution en Palestine de quatre États latins dirigés par des nobles francs (Godefroy de Bouillon). Devant la menace arabe, une seconde croisade est lancée en 1147 par le roi de France Louis VII et Aliénor d'Aquitaine, ainsi que par l'empereur germanique Conrad III. Cette croisade est prêchée par Bernard de Clairvaux qui cherche par ce biais à détourner la violence chevaleresque, condamnée par l'Église, en un combat sacré en l'honneur de Dieu.

• Cela n'empêcha pas la reprise de Jérusalem en 1187 et le déclin inexorable des États latins où avait eu lieu une « orientalisation » des Francs, conquis par l'art de vivre en islam. À long terme, les croisades ont durablement marqué et altéré la relation entre l'Occident et l'Orient.

**Saladin**

**(1138-1193)**

Souverain de l'Egypte qui combattit les Etats latins d'Orient et reconquit Jérusalem.

### Doc. 8 Bernard de Clairvaux et la violence des chevaliers partis en croisade

Le soldat qui revêt en même temps son âme de la cuirasse de la foi et son corps d'une cuirasse de fer, ne peut point ne pas être intrépide et en sécurité parfaite ; car, sous sa double armure, il ne craint ni homme ni diable.

Marchez donc au combat, en pleine sécurité, et chargez les ennemis de la croix de Jésus-Christ avec courage et intrépidité, puisque vous savez bien que ni la mort, ni la vie ne pourront vous séparer de l'amour de Dieu.

[ ] Ils n'ont point à craindre d'offenser Dieu en tuant un ennemi et ils ne courent aucun danger, s'ils sont tués eux-mêmes, puisque c'est pour Jésus-Christ qu'ils donnent ou reçoivent le coup de la mort, et que, non seulement ils n'offensent point Dieu, mais encore, ils s'acquièrent une grande gloire. [ ] Ainsi le chevalier du Christ donne la mort en pleine sécurité et la reçoit dans une sécurité plus grande encore. Ce n'est pas en vain qu'il porte l'épée ; il est le ministre de Dieu, et il l'a reçue pour exécuter ses vengeances, en punissant ceux qui font de mauvaises actions et en récompensant ceux qui en font de bonnes. Lors donc qu'il tue un malfaiteur, il n'est point homicide mais malicide, si je puis m'exprimer ainsi [ ].

Que la mort soit subie, qu'elle soit donnée, c'est toujours une mort pour le Christ : elle n'a rien de criminel, elle est très glorieuse. Dans un cas, c'est pour servir le Christ ; dans l'autre, elle permet de gagner le Christ lui-même. [ ]

Repoussez donc sans crainte ces nations qui ne respirent que la guerre, taillez en pièces ceux qui jettent la terreur parmi nous, massacrez loin des murs de la cité du Seigneur, tous ces hommes qui commettent l'iniquité et qui brûlent du désir de s'emparer des inestimables trésors du peuple chrétien qui reposent dans les murs de Jérusalem, de profaner nos saints mystères et de se rendre maîtres du sanctuaire de Dieu.

Bernard de Clairvaux, *Éloge de la nouvelle chevalerie*, 1130-1336

Bernard de Clairvaux interpelle la chevalerie.

Leur violence sera juste si elle se dirige contre les musulmans.

Mourir pour Dieu apporte le salut et donc le Paradis pour le chrétien qui a combattu.

# Révision express

## Le schéma à retenir

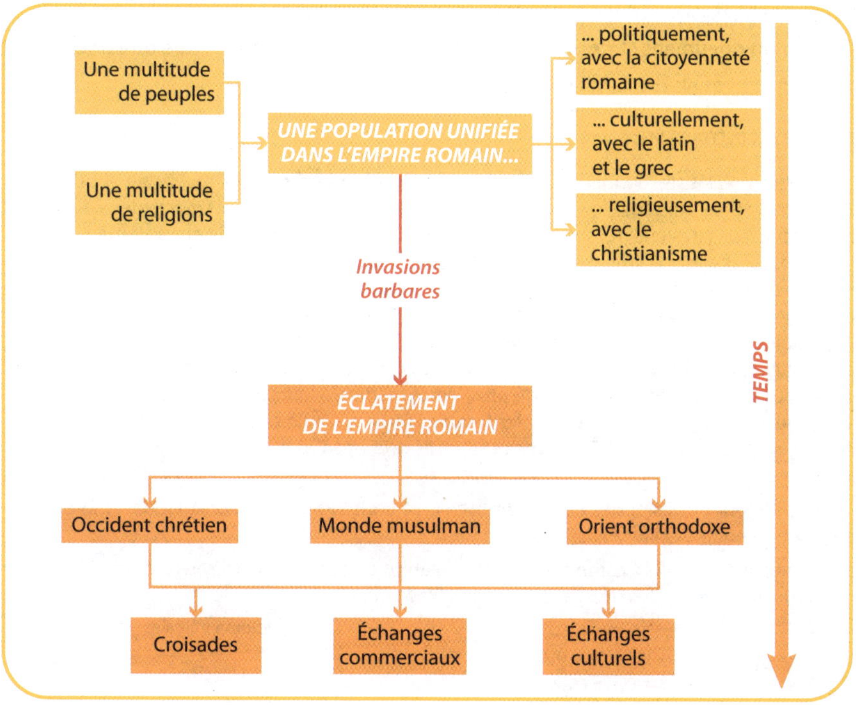


## Quiz

*Cochez la bonne réponse.*

**1.** La Ligne de Délos rassemble :

- a. ☐ **Athènes et Sparte contre les Perses.**
- b. ☐ **Athènes et ses alliés contre les Perses.**
- c. ☐ **les Perses et leurs alliés contre les Grecs.**

**2.** Dans la démocratie athénienne, ceux qui exercent le pouvoir sont :

a. ☐ **les magistrats.** b. ☐ **les métèques.** c. ☐ **les aristocrates.**

**3.** Dans l'Empire byzantin, le souverain s'appelle :

a. ☐ **l'empereur.** b. ☐ **le calife.** c. ☐ **le basileus.**

**4.** Quand débute la deuxième croisade ?

a. ☐ **1095** b. ☐ **1147** c. ☐ **1204**

→ Réponses p. 479

EXERCICE GUIDÉ

## Analyser un document à l'aide d'un questionnaire

### Énoncé

**1.** D'après ce document, expliquez quels sont les pouvoirs de l'empereur.

**2.** Montrez, à partir du document et de vos connaissances, l'importance de l'armée romaine.

**3.** Dans l'Empire romain, quels droits la citoyenneté accorde-t-elle ?

**Doc. L'empereur Trajan octroie la citoyenneté**

Nerva Trajan César Auguste Germanicus, fils du divin Nerva, grand pontife, revêtu de la puissance tribunitienne pour la troisième fois [à compter du 10 décembre 98], consul pour la deuxième fois, père de la patrie, aux cavaliers qui servent dans les trois sections de cavalerie et aux fantassins qui servent dans les six sections d'infanterie, à savoir la Flavienne de Gaule, la première de Pannonie, la deuxième d'Espagne et d'Arva, la première des vétérans Sicambres, la première de Bracaraugusta (Braga en Catalogne), la première des vétérans d'Espagne, la deuxième de Mattium (Germanie), la deuxième des Gaules et des Ubiens, qui se trouvent en Mésie[1] inférieure sous le commandement de Quintus Pomponius Rufus, décide de donner aux hommes qui auront reçu leur congé honorable, pour avoir servi sous les armes vingt-cinq ans ou plus, à eux-mêmes, à leurs enfants et descendants, le droit de cité et le droit de juste mariage avec les femmes qu'ils ont au moment où ce droit de cité leur est accordé ; ou, s'ils sont célibataires, avec celle qu'ils prendront par la suite, à condition que chacun n'en ait qu'une.

Le dix-neuvième jour des calendes de septembre (= 14 août 99), sous le consulat de Quintus Fabius Barbarus et de Aulus Cécilius Faustinus.

Deuxième cohorte des Gaulois, commandée par Visulanius Crescens : accordé au fantassin Marcus Antonius Rufus Abretennus, fils de Marcus, et à son fils Marcus.

Diplôme militaire, 99 ap. J.-C.

1. La Mésie : province située dans les Balkans actuels.

### Méthode

#### 1 Mobiliser ses connaissances

- L'explication d'un document permet d'évaluer la compréhension que vous en avez, votre maîtrise des connaissances de base du programme et votre capacité à les réutiliser pour éclairer ce que dit ou montre le document.
- L'explication est guidée par des questions qui portent sur tel ou tel aspect des documents mais en laissent d'autres de côté.

#### 2 Répondre aux questions

- Chaque réponse doit s'appuyer principalement sur le cours tout en reprenant le document. Il ne s'agit pas de faire des contresens, ce serait pénalisant.
- Vous devez répondre aux questions qui vous sont posées. Vous n'avez pas à apporter des explications sur d'autres aspects du document qui ne font pas l'objet de questions.
- Répondez à partir de ce que montre le document et de vos connaissances car la réponse ne figure pas forcément dans le document.

#### 3 Soigner sa présentation

- Il est bon de soigner la présentation de vos réponses. Vous pouvez recopier chaque question et les souligner avant de répondre.
- Faites un paragraphe en réponse à chaque question, rédigé dans une langue correcte, sans abréviations.

## Corrigé

**1.** Le document commence par la titulature de l'empereur Trajan et de tous les titres qui justifient son pouvoir. Il s'agit de titres républicains puisqu'Auguste, pour faciliter la fondation du régime impérial, a conservé les institutions républicaines. Il détient la puissance tribunicienne et le consulat : il polarise tous les pouvoirs politiques. Il est Auguste, surnom autrefois réservé aux dieux qui signifie « vénérable ». Lui seul a le pouvoir d'octroyer la citoyenneté à ces soldats pour les récompenser de leur service. Plus tard en 212, c'est encore un empereur, Caracalla, qui octroie la citoyenneté à tous les hommes libres de l'Empire.

**L'astuce prof**
Répondez aux questions en vous appuyant sur le cours, en citant personnages et événements historiques.

**2.** Le document cite de très nombreuses cohortes de légions romaines : la Flavienne de Gaule, la première des vétérans d'Espagne… En effet, l'armée romaine est pléthorique. Elle détient une place centrale dans l'Empire : l'empereur la commande et tire de ses victoires son autorité conférée par le titre d'*imperator*. Octave-Auguste a bâti le nouveau régime du principat, devenu l'Empire, après sa victoire militaire contre la flotte de Cléopâtre lors de la bataille d'Actium en 31 av. J.-C. L'armée a réalisé de nombreuses conquêtes qui ont permis la constitution de l'Empire romain qui s'étend de part et d'autre de la mer Méditerranée. On voit que l'armée attire des non-citoyens qui obtiennent, à l'issue de leur long service, la citoyenneté romaine.

**3.** On voit que les droits qu'offre la citoyenneté n'ont rien de politique. En effet, avec le Principat puis l'Empire, les pouvoirs sont tous concentrés dans les mains de l'empereur. Les élections sont factices puisque tous les candidats doivent être validés par l'empereur. La citoyenneté procure donc d'autres privilèges qui la rendent attractive puisqu'elle est la juste récompense d'une si longue carrière militaire. Il est question du droit de juste mariage car l'État reconnaît pour les citoyens des droits civils tels que la possibilité de se marier et que le mariage soit reconnu, la transmission d'un héritage, etc. Comme elle n'offre aucun droit politique, cette citoyenneté est donc assez généreusement offerte par les empereurs à tous les hommes libres méritant de l'Empire, elle favorise la romanisation. En 212, Caracalla choisit de l'octroyer à tous, créant ainsi une unité de conditions dans l'Empire romain.

# Chapitre 2 Nouveau rapport au monde et temps de mutation intellectuelle (XVe- XVIe s.)

## 1 Grandes découvertes et expansion de l'Europe

**De quoi s'agit-il ?** **Le voyage de Christophe Colomb de 1492 offre de grandes perspectives de conquêtes et de puissance pour une Europe en pleine croissance. La période marque le début de sa domination sur le monde et l'économie mondiale.**

### 1 Espagne et Portugal se partagent le Nouveau Monde

• En 1492, Christophe Colomb, mandaté par les souverains catholiques d'Espagne, ouvre par l'Atlantique une nouvelle route commerciale vers l'Asie. Au terme d'un voyage long et angoissant, Colomb accoste sur l'île d'Hispaniola en octobre 1492 et ouvre la voie à la conquête. Sous l'égide du pape, le traité de Tordesillas (1494) départage le « Nouveau Monde » entre Espagnols et Portugais. En Amérique, les Portugais obtiennent ce qui deviendra le Brésil. Depuis le Mexique, les Espagnols explorent le Pacifique et rejoignent en Asie musulmans et Portugais qui y étaient déjà présents. Est alors fondé un empire qui s'étend sur tous les continents et développe des échanges à l'échelle mondiale.

• Au temps de l'exploration succède celui de la conquête, d'abord motivée par la soif de l'or. Hernan Cortès et Francisco Pisarro, les deux *conquistadores*, se lancent au début du XVIe siècle à l'assaut des empires aztèque (Mexique) et inca (Pérou) pour le métal précieux. En Amérique centrale, l'Espagne nomme « Castille d'Or » la province qui lui en fournit le plus, et qui fut à l'origine du mythe de l'Eldorado. Cet afflux de métaux précieux fait de l'Espagne la première puissance européenne (**Doc. 1**). Ces flux alimentent également une piraterie pléthorique et légendaire (Barbe noire) en mer des Caraïbes.

**Vocabulaire**

- ***conquistador*** : conquérant espagnol du « Nouveau Monde ».
- **Eldorado** : contrée mythique d'Amérique du Sud supposée regorger d'or.

**Doc. 1 Extrait du Journal de bord de Christophe Colomb**

13 octobre 1492

J'étais attentif et m'employai à savoir s'il y avait de l'or.

Je vis que quelques-uns d'entre eux en portaient un petit morceau suspendu à un trou qu'ils ont dans le nez, et à force de signes, je puis comprendre qu'en allant au sud ou qu'en tournant l'île par le sud on allait là où était un roi qui possédait de grands vases d'or et en avait énormément. Je m'efforçai de les convaincre d'y aller, mais je vis bientôt qu'ils n'entraient pas dans cette idée.

(...) Ainsi je décidai d'aller au sud-ouest chercher l'or et les pierres précieuses.

Ce Journal est destiné à rendre compte aux souverains espagnols des découvertes qui sont faites.

Colomb est arrivé depuis seulement quelques jours et déjà il cherche l'or, qui a motivé le financement de ce voyage. Colomb n'en découvrit cependant dans aucun de ses quatre voyages.

## 2 Un tournant dans l'histoire économique de l'époque moderne

• Les colonies sont exploitées dans le cadre de l'économie de plantation avec une main-d'œuvre très nombreuse : le système de l'*encomienda* permet de faire travailler gratuitement les Indiens. Rétifs, ils sont vite remplacés par des esclaves africains déracinés et plus résistants comme cela a été expérimenté à Madère, île portugaise. Le Brésil qui devient rapidement le principal producteur mondial en acquièrent le plus (**Doc. 2**). Les plantations sont localisées près des ports pour en faciliter l'exportation.

• Les flux commerciaux et humains sur l'Atlantique explosent. Plus de 10 millions d'Africains ont ainsi été capturés jusqu'au xviii^e siècle. Rapidement, les marchands ont mis en place un commerce triangulaire au départ de l'Europe et à destination de l'Amérique via l'Afrique, pour un voyage complet d'environ un an. Une première phase de mondialisation se met en place via l'Atlantique. Ce commerce enrichit la bourgeoisie des grands ports atlantiques comme Bordeaux, Nantes ou Liverpool.

**Vocabulaire**

- **économie de plantation :** exploitation de grande taille dont la production est uniquement destinée à l'exportation.
- ***encomienda* :** territoire soumis à l'autorité d'un conquistador pour lequel travaillent gratuitement les Indiens y résidant.
- **commerce triangulaire :** commerce d'échanges entre Europe, Afrique et Amérique impliquant la traite négrière, le commerce des esclaves africains.

**Doc. 2** L'exploitation du Brésil par les Portugais

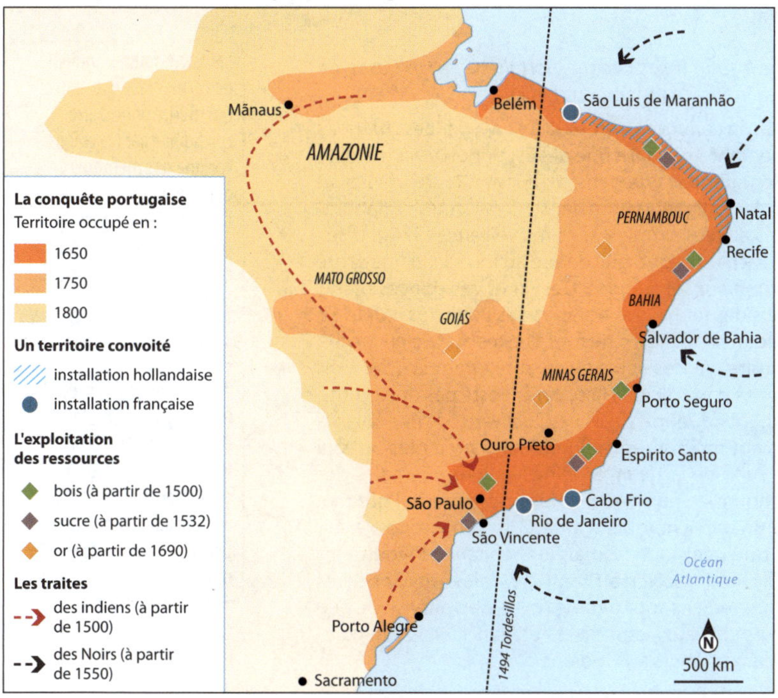


**Idée à retenir**

Le traité de Tordesillas (1494) établit le partage des découvertes entre Espagne et Portugal lequel peut prendre possession du Brésil.

## 3 Une meilleure connaissance du monde

• Les Européens se trouvent confrontés à l'altérité vis-à-vis des Noirs et des Indiens d'Amérique. Cette rencontre se fait dans une grande violence. Les conquistadores, mus par leur cupidité, n'hésitent pas à réduire en esclavage et massacrer les Indiens, y compris les femmes, les enfants et les vieillards. De plus, confrontées aux maladies apportées par les Européens, ces populations sont victimes d'un choc microbien. La population

**Vocabulaire**

- **altérité :** caractère de ce qui est « autre », extérieur à soi autochtone est ainsi rapidement décimée et de nombreux peuples indiens ne survivent qu'en s'échappant dans les montagnes.

• Certains membres de l'Église sont particulièrement actifs dans la protection des Indiens. Ils pressent les rois d'Espagne d'interdire leur réduction en esclavage et créent des missions pour les accueillir, les instruire et les protéger en échange de leur évangélisation. Bartolomé de Las Casas, un ancien colon devenu clerc, s'engage ainsi dans la défense des Amérindiens. Lors de la controverse de Valladolid (1550-1551), contre Juan Sepùlveda qui lui rétorque que les Indiens sont des sauvages, païens et cannibales, il défend leur humanité (**Doc. 3**). Notons que les esclaves noirs ne furent pas défendus à cette époque.

• La connaissance du globe progresse. À Saint-Dié-des-Vosges, le cartographe Waldseemüller porte pour la première fois le nom d'Amérique sur un planisphère en 1507. L'Échange colombien modifie définitivement les rapports de l'Homme à son milieu. Les espèces se dispersent à travers le globe : les chevaux et le microbe de la variole gagnent par exemple l'Amérique depuis l'Europe, alors que patates, tomates, chocolat et autres font le trajet inverse.

**Vocabulaire**

- **païen : qui n'a pas de religion**
- **Échange colombien : échange biologique d'ampleur mondiale survenu pendant les Grandes Découvertes par le déplacement de différentes espèces d'un continent à l'autre.**
- **clerc : membre de l'Église.**

**Amerigo Vespucci**

**(1454-1512)**
marchand florentin qui le premier affirme dans plusieurs lettres renvoyées en Italie que C. Colomb a découvert un nouveau continent, qui sera nommé de son nom.

### Doc. 3 Un Espagnol défend les Indiens

*Dans un livre adressé à Philippe II, futur roi d'Espagne, Bartolomé de Las Casas, un moine dominicain et ancien colon, dénonce le sort fait aux Indiens.*

On découvrit les Indes en 1492 : on commença en 1493 à y envoyer des chrétiens espagnols, de telle sorte qu'il y a quarante-neuf ans que des Espagnols y viennent en quantité. [ ] Toutes ces terres étaient remplies de gens, on aurait dit que Dieu avait mis dans ces pays la majeure partie du lignage humain. Tous ces peuples, innombrables, universels, divers, Dieu les a créés simples, sans malveillance ni duplicité : plus humbles, plus patients, plus pacifiques que quiconque au monde, d'une santé plus délicate, ni orgueilleux, ni ambitieux, ni cupides. C'est chez ces douces brebis que les Espagnols ont pénétré, tels des loups, des tigres et des lions très cruels. Et, depuis quarante ans, ainsi qu'à l'heure actuelle, ils ne font que les mettre en pièces, les tuer, les tourmenter et les détruire par des actes de cruauté étrangers. Sur trois millions d'âmes que nous avons vues dans l'île de Haïti, il n'en reste pas deux cents. L'île de Cuba est presque entièrement dépeuplée. Les îles Lucayes sont une soixantaine. On y trouvait plus de cinq cent mille âmes : aujourd'hui, il n'y a plus un seul être vivant. En quarante ans, par suite de la tyrannie et des actions infernales des chrétiens, douze millions d'âmes, hommes, femmes et enfants sont morts. Pourquoi les chrétiens ont-ils tué et détruit un pareil nombre d'âmes ? Seulement pour avoir de l'or, se gonfler de richesses en quelques jours. Jamais les habitants de toutes les Indes n'ont fait le moindre mal aux chrétiens. Bien au contraire, ils les ont considérés comme venus du Ciel. Les armes des Indiens sont plutôt faibles, peu offensives, peu résistantes. Les chrétiens, avec leurs chevaux, leurs épées et leurs lances, ont commencé les tueries et les actes cruels, étrangers aux Indiens.

Bartolomé de Las Casas, *Très Brève Relation sur la destruction des Indiens*, 1552.

Las Casas fait des Indiens des êtres créés par Dieu qui mérite donc d'être considérés par les colons comme des membres à parts égales de l'Humanité. Il considère que c'est au contraire la violence des colons qui leur a fait perdre leur humanité.

Est ici dénoncée la destruction massive des Indiens par l'exemple cubain, mais Las Casas n'évoque pas le choc microbien, pourtant responsable d'une grande part de ces innombrables morts.

# 2 Humanisme et Renaissance : une rupture avec le Moyen Âge

**De quoi s'agit-il ?** **L'arrivée en Italie des savants byzantins chassés de Constantinople par les Ottomans (1453) permet la redécouverte en Europe des textes antiques. Cette « renaissance » engendre une rupture intellectuelle dans tout l'Occident.**

## 1 La Renaissance connaît des mutations philosophiques, artistiques et scientifiques

• Au XVe siècle, les textes antiques, mal copiés et altérés au fil des ans, sont redécouverts en Italie. Leur connaissance, et plus généralement les humanités, apparaissent alors comme le moyen pour l'Homme, créature faillible, de s'élever moralement. Progressivement, la vision médiévale très négative d'un homme marqué du sceau du péché originel s'efface. La soif de connaissances amène même à repenser l'éducation : la maîtrise du latin et du grec doit permettre un retour aux textes antiques originaux tandis que leur diffusion en langues vernaculaires démocratise la connaissance.

• Le contexte de mutations intellectuelles est très fécond pour les artistes qui, comme Léonard de Vinci, Raphaël ou Michel-Ange, acquièrent reconnaissance et postérité. Ce dernier réalise son chef-d'œuvre, *La Création d'Adam* (1511) sur commande du pape Jules II. Dieu, dans une proximité inhabituelle pour l'époque, crée Adam en le touchant du doigt (**Doc. 4**).

• La science, mue par la volonté de mieux connaître l'Homme et le monde, progresse en dépit de l'Église et l'Université, qui font obstacle aux découvertes. L'anatomie connaît des progrès décisifs avec Vésale qui inaugure la dissection du corps humain, suscitant un vif intérêt dont témoignent les études de Léonard de Vinci. Mais lorsque Galilée conteste le géocentrisme et démontre l'héliocentrisme, il est obligé d'abjurer ses thèses sous peine d'être brûlé vif par l'Église.

### Vocabulaire

- **humanités :** système éducatif fondé sur la maîtrise des langues et des auteurs antiques, visant à former des hommes libres attachés à des valeurs morales.
- **langue vernaculaire :** langue locale communément parlée au quotidien.
- **géocentrisme :** théorie élaborée par Ptolémée au IVe siècle affirmant que la Terre est au centre de l'Univers.
- **héliocentrisme :** théorie développée par Galilée affirmant que le soleil est au centre de l'univers.

**Doc. 4** ***La Création d'Adam*, une œuvre humaniste**

Michel-Ange se considère avant tout comme un sculpteur, ce qui explique ce nu très minutieux à la manière antique pour représenter Adam. Adhérant à une vision très optimiste, et donc humaniste, il considère la beauté comme l'expression du divin chez l'Homme.

Le christianisme est le seul monothéisme qui représente Dieu. Ici, par son index tendu, il crée l'Homme et lui donne vie. Leur proximité, sans l'intermédiaire de l'Église, marque une importante rupture avec le Moyen Âge.

Michel Ange (1511), *La Création d'Adam*, plafond de la Chapelle Sixtine, Palais du Vatican, Rome.

HISTOIRE-GÉO

## 2 Les réseaux humanistes

• Vers 1450 à Mayence (Allemagne), face à une demande en augmentation, Gutenberg imprime des livres grâce à des lettrines mobiles en métal pressées sur du papier. Alors que la copie manuelle des manuscrits, dans les monastères était longue, coûteuse et souvent erronée, les livres deviennent accessibles à un plus grand nombre et, idéal humaniste, ils démocratisent l'accès au savoir (**Doc. 5**).

• La pratique du voyage philosophique se développe. Ainsi, Érasme façonne son œuvre par ses voyages et par ses échanges directs ou épistolaires avec d'autres intellectuels européens grâce à l'usage du latin, langue internationale de l'époque. Les échanges de milliers de lettres entre plus de 600 érudits dessinent alors les contours d'un réseau appelé la République des lettres.

• Les princes humanistes de la Renaissance pratiquent le mécénat, Léonard de Vinci est par exemple accueilli en France par François Ier qui lui achète plusieurs de ses tableaux, dont *La Joconde*. Le mécénat offre aux princes l'image d'un pouvoir moderne s'appuyant sur des hommes éclairés et aux artistes la sécurité matérielle et la renommée.

**Vocabulaire**

- **République des lettres :** expression désignant le réseau des intellectuels humanistes échangeant entre eux.
- **mécénat :** soutien matériel ou financier qu'un puissant apporte à un intellectuel ou un artiste.

### Doc. 5 Erasme justifie sa traduction de la Bible

Je suis tout à fait opposé à l'avis de ceux qui ne veulent pas que la Bible soit traduite en langue vulgaire pour être lue par les gens du peuple, comme si l'enseignement du Christ était si voilé que seule une poignée de théologiens pouvait le comprendre, ou comme si la religion chrétienne se fondait sur l'ignorance. Je voudrais que les plus humbles des femmes lisent les Évangiles, les épîtres de Paul.

Érasme, préface à la traduction du Nouveau Testament, 1516.

Érasme a entrepris de traduire la Bible dans une logique humaniste visant le développement de la connaissance.

### Doc. 6 Les voyages d'Érasme : une cartographie de l'humanisme en Europe

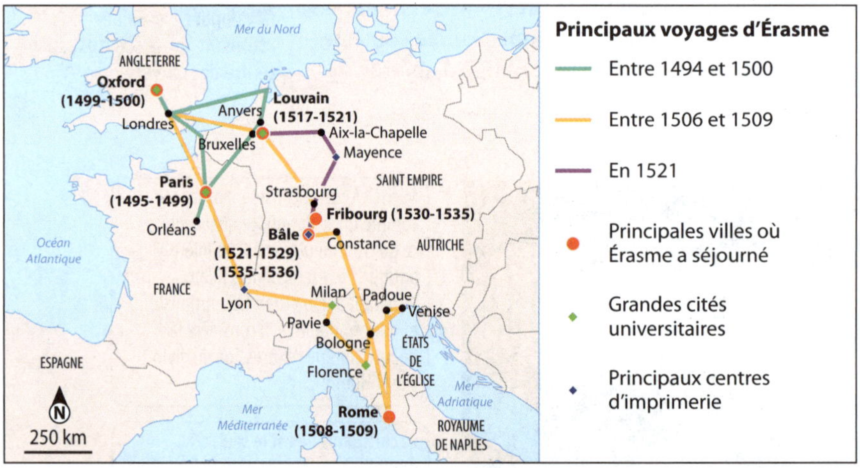

## 3 Les bouleversements religieux

• Pour répondre à ses besoins financiers, notamment la reconstruction du Vatican, la papauté a recours au commerce des indulgences, qui offrent aux fidèles la rémission totale de leurs péchés. Dénonçant en 1517 la corruption de l'Église dans ses 95 thèses (**Doc. 7**), Martin Luther fonde le salut sur la seule foi et conteste le rôle de l'Église comme intermédiaire entre Dieu et les hommes. La religion protestante est fondée en 1521 lorsqu'il apparaît que les désaccords ne peuvent être dépassés.

• Pour répondre à cette contestation, l'Église organise à Trente (Italie) un concile (1545-1563). Celui-ci confirme l'usage du latin pour la messe et la Bible, et le fait que le salut s'obtient par la foi et par les œuvres (indulgences, pèlerinages, les prières aux saints). L'art baroque, par sa monumentalité et sa magnificence, se veut l'expression artistique de la grandeur de l'Église.

• Dès le XVIe siècle, ce schisme débouche sur les guerres de Religion d'une grande violence. En France, en 1571 a lieu le massacre de la Saint-Barthélemy et en 1589 le roi Henri III est assassiné. La guerre de Trente Ans (1618-1648) mobilise tous les pays européens. Après 5 millions de morts, elle se solde par le traité de Westphalie qui affirme le principe d'« un roi, une foi.

**Vocabulaire**

- **indulgences :** à cette époque, pardon des pêchés accordé en échange d'une somme d'argent.
- **concile :** assemblée des évêques réunis par le pape pour discuter du dogme.
- **schisme :** division d'une religion en deux Églises, ici catholiques et protestants.

### Doc. 7 La contestation protestante

6. Le pape ne peut pardonner les péchés qu'au nom de Dieu.

28. Assurément, sitôt que l'argent résonne dans la caisse, le gain et la cupidité augmentent. Mais le salut que peut accorder l'Église consiste dans la grâce de Dieu.

32. Tous ceux qui pensent gagner le ciel moyennant les lettres de pardon délivrées par les hommes s'en iront en enfer avec ceux qui les endoctrinent ainsi.

43. On doit enseigner aux chrétiens que celui qui fait du bien aux pauvres est à préférer à celui qui achète des indulgences.

Extrait des *95 thèses* de Luther, affichées le 31 octobre 1517 à la porte de l'église du château électoral de Wittenberg (Allemagne).

# Révision express

## Le schéma à retenir

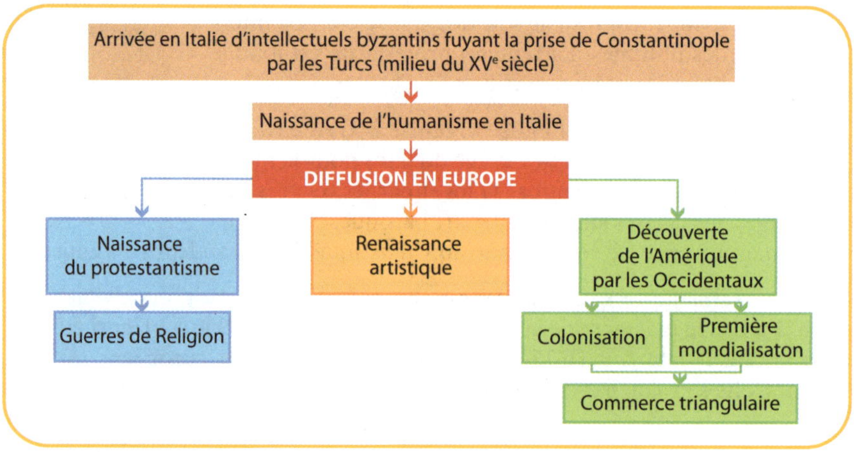


## Quiz

*Cochez la bonne réponse.*

**1.** Qui promulgue le traité de Tordesillas (1494) ?

a. ☐ **Le pape** b. ☐ **Les rois d'Espagne**
c. ☐ **Christophe Colomb**

**2.** Que cherchent les Européens en Amérique ?

a. ☐ **Des épices** b. ☐ **De l'or** c. ☐ **Des esclaves**

**3.** Pourquoi déporter des Africains comme esclaves ?

a. ☐ **Parce qu'ils coûtent peu.**
b. ☐ **Pour remplacer les Indiens qui résistent à l'esclavage.**
c. ☐ **Parce qu'ils résistent aux conditions de vie difficiles.**

**4.** Cherchez l'intrus.

a. ☐ **Léonard de Vinci** b. ☐ **Galilée**
c. ☐ **Michel-Ange** d. ☐ **Raphaël**

**5.** Comment nomme-t-on la division d'une religion en deux Eglises distinctes ?

a. ☐ **Un schisme** b. ☐ **Un concile**
c. ☐ **Une protestation** d. ☐ **Une réforme**

**6.** Classez ces personnages historiques selon qu'il s'agit d'explorateurs, d'artistes ou d'intellectuels.
**Colomb – Cortès – Las Casas – Michel-Ange – Pissarro – Raphaël – Erasme – Vespucci**

→ Réponses p. 479

EXERCICE GUIDÉ

## Analyser une iconographie

### Énoncé

**Sujet : Pourquoi peut-on qualifier cette œuvre d'humaniste ?**

**Doc. Raphaël, *L'Ecole d'Athènes*, 1509-1510, 440x770, musée du Vatican**

### Méthode

**1 Présenter le document**

Le document doit être présenté précisément en identifiant :

- la nature précise du document (tableau, fresque, gravure ) ;
- son auteur sur lequel il faut insister s'il est connu ;
- une date permettant de préciser un contexte ;
- une idée générale qui, en une seule phrase, précise l'intérêt du document, son propos.

**L'astuce du prof**

Commencez par citer ou décrire le document puis argumentez avec votre cours.

**2 Identifier une problématique**

En classe de Seconde, vous devez petit à petit apprendre à utiliser et produire une problématique dans chacun de vos devoirs, y compris dans les analyses de document. Ce chapitre portant sur la Renaissance et l'humanisme, il faut qu'un de ces deux termes y apparaisse.

**3 Bâtir un devoir construit en différentes parties**

Pour bâtir le développement de votre devoir, vous avez le choix entre :

- la description puis l'analyse fondée sur vos connaissances, ce qui constitue une méthode simple pour commencer ce type d'exercice ;
- une analyse plus problématisée en plusieurs parties dans lesquelles vous insérerez, selon des axes de réflexion, la description et vos connaissances ; c'est cette méthode qui sera suivie ici.

Quoi qu'il en soit, votre travail doit s'appuyer à parts égales sur le document et des connaissances tirées de votre cours, car il s'agit d'un exercice d'histoire.

**Corrigé**

**1. Présenter le document**

Ce document est une fresque réalisée et conservée depuis 1510 au Vatican, centre de la chrétienté. Raphaël, célèbre peintre et architecte italien, réalise une œuvre humaniste qui place l'Homme au centre des préoccupations dans une vision très optimistes de la nature humaine en représentant de nombreux philosophes depuis l'Antiquité jusqu'au XVIe siècle.

**2. Identifier une problématique**

En quoi cette œuvre de Raphaël est-elle représentative de l'esprit de l'humanisme et de la Renaissance ?

**3. Bâtir un devoir construit en différentes parties**

**I. Une œuvre qui valorise la connaissance**

Les personnages représentés par l'artiste sont en effet tous d'illustres savants qui ont marqué l'histoire de la pensée. On peut citer des philosophes tels que Socrate, Platon et Aristote. Cette période marque en effet une rupture dans l'histoire de la pensée occidentale. La connaissance et l'éducation sont valorisées car elles permettent à l'Homme de s'élever et de devenir digne de Dieu. Cette vision optimiste est très éloignée de celle du Moyen Âge où l'Homme était vu comme une créature entachée de la faute du péché originel. Grâce à l'humanisme, la confiance en l'Homme est retrouvée.

Sont également représentés des scientifiques : Ptolémée, Pythagore Les dogmes imposés par l'Église sur le géocentrisme, l'interdiction d'ouvrir et d'examiner les corps sont remis en cause. Ce contexte très favorable amène à très court terme Copernic à poser les bases de l'héliocentrisme en 1513 et Vésale, par exemple, à pratiquer la première dissection au milieu du XVIe siècle.

**II. Une œuvre qui valorise l'Antiquité**

Le choix des savants représentés illustre l'admiration que vouait l'élite intellectuelle des XVe et XVIe siècles à cette période. Le terme de Renaissance signifie que la pensée « renaît » au XVe siècle après les temps jugés obscurs du Moyen-Age.

Le titre du tableau, *L'École d'Athènes*, fait référence aux écoles philosophiques fondées à Athènes par Platon, l'Académie, puis par Aristote, le lycée. Enfin, le décor est d'esthétique antique. On retrouve la statuaire de très grande taille, typique de l'Antiquité. Les colonnades sont également très présentes. Les artistes exerçant à Rome ont en effet une proximité quotidienne avec les ruines antiques ; Raphaël manifeste ainsi son admiration pour l'architecture romaine.

**III. Une œuvre qui montre la maîtrise technique des artistes de la Renaissance**

Le tableau est construit selon la technique de la perspective. Les lignes de fuite qui focalisent le regard du spectateur se dirigent vers Platon et Aristote au centre du tableau, que le peintre met ainsi en valeur. Cette technique picturale était inconnue à l'Antiquité. Elle témoigne de l'intérêt de l'époque pour les mathématiques. Les éléments à l'arrière-plan, pour plus de réalisme, sont plus petits et plus sombres que ceux du premier plan. Raphaël montre son talent par toute une galerie de personnages dans des positions assez complexes, ce qui renforce l'admiration du spectateur pour cette fresque.

# Chapitre 3 L'État à l'époque moderne : France et Angleterre

## 1 L'affirmation de l'État dans le royaume de France

**De quoi s'agit-il ?** **Le pouvoir royal se renforce à l'époque moderne avec la mise en place d'une monarchie absolue qui s'appuie sur un Etat modernisé.**

**Vocabulaire**

- **monarchie absolue :** régime politique dans lequel le souverain détient tous les pouvoirs et gouverne sans contrôle.

### 1 Fondements et contestations de l'absolutisme

• L'absolutisme royal est indissociable du pouvoir militaire. La guerre est omniprésente : les guerres d'Italie au cours desquelles François Ier est fait prisonnier à Pavie (1525) puis au XVIIe siècle celles causées par la rivalité avec la dynastie des Habsbourg d'Espagne, comme lors de la guerre de Trente Ans (1618-1648) menée par Louis XIII et Richelieu (**Doc. 1**). Le long règne de Louis XIV (1638-1715) ne connaît que 15 années de paix. À Versailles, la Galerie des Glaces le représente en Alexandre le Grand célébrant ses victoires.

**Idée à retenir**

Versailles n'est pas uniquement résidence royale depuis 1682 mais sert aussi le renforcement du pouvoir royal. On parle de miroir de l'absolutisme.

• À Versailles, Louis XIV est placé symboliquement au centre : ses appartements sont placés à la croisée de tous les axes de circulation. Sa chambre fait face à la statue d'Apollon (dieu du soleil) dans son lever triomphal. Est bâtie la figure du roi-soleil. Le château est aussi un outil de domestication de la noblesse obligée d'y résider. L'étiquette et le « bon vouloir » du roi la hiérarchisent et la divisent : elle est désormais dépendante des faveurs et des pensions royales.

• L'absolutisme est contesté. Durant l'enfance de Louis XIV, la noblesse, qui voit son pouvoir restreint, mène un soulèvement armé appelé la Fronde. Alors que le pouvoir royal est affaibli, elle a tenté en vain de s'imposer dans le Conseil du roi où règne Mazarin. Les assemblées sont marginalisées. Les derniers états généraux sont convoqués en 1614, et les membres des parlements qui défendent leur droit de remontrance sont emprisonnés par Louis XV en janvier 1771.

**Vocabulaire**

- **étiquette :** cérémonial et usages à la cour de France destinés à rendre visibles les hiérarchies entre les individus.
- **états généraux :** assemblée des trois ordres du royaume.
- **droit de remontrance :** droit de contester une décision royale.

**Doc. 1 La guerre contre l'Espagne**

1 La renommée
2 Le dieu Mars
3 La justice qui légitime la guerre contre l'Espagne
4 Louis XIV en costume de soldat romain : une référence aux combattants antiques
5 L'hymen (union) qui symbolise le fait que Louis XIV a de justes prétentions sur le trône d'Espagne car la reine de France en est l'unique héritière.

Charles Le Brun, *La Guerre contre l'Espagne*, détail du plafond de la Galerie des Glaces, château de Versailles.

HISTOIRE-GÉO

## 2 L'absolutisme s'appuie sur un Etat plus puissant

• Pour moderniser l'État, le roi s'entoure d'officiers mieux formés issus de la bourgeoisie. Ils passent de 4 000 en 1515 à 50 000 sous Louis XV. Ils achètent leur office et peuvent même le léguer à partir de 1604 (en échange du paiement d'une taxe, la « Paulette »). Il existe également des intendants envoyés directement par le Roi dans les provinces pour contrôler le fonctionnement de l'État. Leur fonction et leur origine bourgeoise sont perçus comme un danger pour la noblesse traditionnelle, qui obtient leur disparition pendant la courte période de la Fronde.

• Les impôts directs (la taille) et indirects (la gabelle) ne cessent d'augmenter afin de financer la guerre. Leur collecte est d'abord confiée à des officiers qui parcourent le pays. Elle est lente et Louis XIV, en constant besoin de ressources financières, le confie à des fermiers généraux qui avancent l'argent et perçoivent par la suite eux-mêmes l'impôt. Ce système facilite les abus ainsi qu'une fiscalité de plus en plus lourde et donne lieu à de nombreuses révoltes fiscales dont celle des Bonnets rouges en 1675, très durement réprimée par le pouvoir.

**Vocabulaire**
- **office :** charge publique.
- **intendants :** haut fonctionnaire représentant le pouvoir royal dans les provinces.
- **mercantilisme :** doctrine économique prônant l'intervention de l'État et visant la prospérité par les exportations permises par une base industrielle solide.
- **manufacture :** établissement industriel fondé par le roi.

• Colbert, ministre des Finances de Louis XIV, accomplit une œuvre considérable dans ce domaine. Il met en place une politique mercantiliste destinée à enrichir le royaume, facteur indispensable de puissance selon lui (**Doc. 2**). Il multiplie les manufactures royales (par exemple celle des Gobelins qui produit des tapisseries). Il crée également la Compagnie des Indes (1664) et celle du Levant (1670) afin de développer les échanges avec les comptoirs d'Asie et l'Empire ottoman. Ces projets échouent à plus ou moins long terme devant la puissance des compagnies concurrentes anglaise et hollandaise.

**J.-B. Colbert**
**(1619-1683)**
issu d'une famille de la bourgeoisie marchande, il devient le principal

**Doc. 2** L'ordonnance de Villers-Cotterêts (1539)

**Art. 111.** De prononcer et rédiger tous les actes en langue française et parce que de telles choses sont arrivées très souvent, à propos de la [mauvaise] compréhension des mots latins utilisés dans lesdits arrêts, nous voulons que dorénavant tous les arrêts ainsi toutes autres procédures, [...] soient prononcés, publiés et notifiés aux parties en langue maternelle française, et pas autrement.

Seuls les lettrés maîtrisaient le latin si bien que nombre d'actes officiels n'étaient pas compris.

C'est le triomphe du français, langue vernaculaire, qui permet de renforcer le pouvoir royal.

## 3 Une monarchie catholique

• La relation entre le royaume de France et la papauté est particulièrement forte au point que de nombreux rois sont qualifiés de « fils aîné » du pape. La monarchie française est dite de droit divin car le roi doit traditionnellement son trône à la volonté de Dieu. Il est son « lieutenant » sur Terre. Il dispose du pouvoir surnaturel, pratiqué pendant les fêtes de Pâques, de guérir les écrouelles par son toucher. Les rois s'appuient sur le gallicanisme pour contrôler l'Église de France aux dépens de la papauté. La nomination des évêques revient donc au roi depuis le concordat de Bologne (1516) établi par François Ier.

**Vocabulaire**
- **écrouelles :** maladie provoquant des fistules purulentes sur le cou.
- **gallicanisme :** doctrine réservant au pouvoir royal le gouvernement de l'Église de France, le pape conservant le pouvoir spirituel.

• Huit guerres de Religion opposant catholiques et protestants ont touché le royaume. Le pouvoir royal perd le contrôle. Le massacre de la Saint-Barthélémy est perpétré en 1572 en plein Paris puis dans les provinces. Le roi Henri III est assassiné par un moine fanatique en 1589.

• Ces guerres particulièrement violentes entraînent une réflexion sur les passions destructrices de l'Homme. L'État doit imposer son pouvoir absolu tout en défendant la liberté de conscience. Henri IV défend la tolérance religieuse avec l'édit de Nantes de 1598.

• La monarchie lutte contre les courants religieux jugés dissidents. Les dévots, jansénistes et autres courants qui se sont opposés à l'absolutisme et à la raison d'État ont été pourchassés. En 1685, par l'édit de Fontainebleau, Louis XIV abroge l'édit de Nantes et interdit de nouveau le protestantisme (**Doc. 3**). Les récalcitrants sont condamnés aux galères et leurs enfants éduqués dans des monastères catholiques.

**Henri IV**
**(1553-1610)**
Roi de France parvenu sur le trône après sa conversion au catholicisme selon la loi salique.

**Idée à retenir**
**Les guerres de religion renforcent le pouvoir royal qui doit disposer du monopole de la violence.**

**Doc. 3 L'édit de Nantes et sa révocation**

**Art. 9 :** Nous permettons à ceux de la dite religion [réformée] en continuer l'exercice [de celle-ci] en toutes les villes et lieux de notre obéissance où il était par eux fait et établi publiquement par plusieurs et diverses fois en l'année 1596 et en l'année 1597.

Édit de Nantes par Henri IV, enregistré par le Parlement de Paris, 1598.

**Art. 2 :** Défendons à nos dits sujets de la R.PR. [religion prétendue réformée] de ne plus s'assembler pour faire l'exercice de ladite religion en aucun lieu ou maison particulière, sous quelque prétexte que ce puisse être.

Édit de Fontainebleau par Louis XIV, enregistré par le Parlement de Paris, 1685.

Henri IV établit la liberté de conscience et la liberté de pratiquer sa foi dans les régions où le protestantisme était déjà implanté

Le Parlement de Paris dispose du pouvoir de valider les édits royaux.

Louis XIV qualifie le protestantisme de religion « prétendue » réformée. Elle n'est pour lui qu'une hérésie.

# 2 La « Grande Rébellion » anglaise et ses conséquences (1642-1660)

**De quoi s'agit-il ? L'Angleterre connaît comme d'autres monarchies une tendance vers l'absolutisme. Mais depuis 1215, la Grande Charte limite les pouvoirs royaux par la présence d'un Parlement.**

## 1 Les causes de la première révolution anglaise

• Le roi Charles Ier d'Angleterre (1625-1649) est partisan de la monarchie absolue de droit divin appuyée sur l'Église anglicane. Mais cette conception s'oppose à la vision défendue par les puritains et à la Grande Charte de 1215.

• Depuis le XIIIe siècle, un Parlement contrôle les impôts et garantit les libertés.

• Dès son avènement, Charles Ier souhaite reprendre la guerre contre l'Espagne mais le Parlement lui refuse la levée de nouveaux impôts. Les relations se tendent entre la Cour et les parlementaires.

**Vocabulaire**
- **monarchie absolue de droit divin :** régime dans lequel le pouvoir du souverain est considéré comme étant la volonté de dieu. Son pouvoir n'est donc pas partagé et il n'admet aucune limite, sauf celle de dieu.
- **Église anglicane :** Église officielle d'Angleterre qui se proclame chrétienne, catholique et réformée. Elle n'obéit pas au pape puisque son chef est le souverain britannique.
- **puritain :** personne qui prétend pratiquer un christianisme pur, appuyé sur une lecture littérale de la Bible.

## 2 La guerre civile et le « moment Cromwell » (1642-1658)

● Charles Ier refuse de gouverner avec le Parlement et cela entraîne la guerre civile (1642-1648) (**Doc. 4**). Pendant six ans, les « Cavaliers » (partisans du roi) et les « Têtes rondes » (partisans du Parlement) s'opposent par les armes. Le Parlement l'emporte et Charles Ier est jugé et exécuté en janvier 1649.

● Le nouveau gouvernement abolit la royauté et fonde la république. Cromwell se fait proclamer « Lord Protecteur » mais établit de fait une dictature.

● À sa mort en 1658, son fils lui succède, mais doit renoncer quelques mois plus tard. En 1660, le Parlement rappelle le fils de Charles Ier qui règne sous le nom de Charles II (1660-1685). C'est la restauration monarchique.

**Idée à retenir**

**La guerre civile aboutit à l'exécution du roi et à la proclamation de la République. Cependant la dictature de Cromwell déçoit les Anglais qui rétablissent la monarchie.**

**Doc. 4 La mise en place d'un régime nouveau**

Le peuple d'Angleterre [...] sera désormais gouverné par la suprême autorité de cette nation, les représentants du peuple dans le Parlement, et par ceux qu'ils désigneront et constitueront comme officiers et ministres pour le bien du peuple, et cela sans aucun roi ni chambre des Lords [...].

Extrait des procès-verbaux de la chambre des Communes, 1649.

La chambre des Communes confirme la volonté d'établir une République sans souverain et sans nobles (Les Lords).

# 3 L'*Habeas Corpus* (1679) et le *Bill of Rights* (1689) : le refus de l'arbitraire royal

**De quoi s'agit-il ? Dans la seconde moitié du XVIIe siècle, après la première révolution anglaise et la dictature de Cromwell, l'Angleterre expérimente et perfectionne le régime parlementaire.**

## 1 L'*Habeas Corpus* : garantir les libertés individuelles

● Depuis le XIIIe siècle, le Parlement anglais souhaitait particulièrement empêcher les arrestations sans motif et sans contrôle d'un juge.

● Après la restauration de 1660, le Parlement vote en 1679 la loi d'*Habeas Corpus* qui a pour but d'éviter les arrestations et détentions arbitraires (**Doc. 5**). Cette loi fixe un délai bref pour la présentation de tout prisonnier à son juge et impose la libération sous caution du détenu dans l'attente de son jugement.

**Idée à retenir**

**Avec la loi d'habeas Corpus (1679) la détention arbitraire devient limitée. C'est un droit fondamental.**

**Doc. 5** **Extrait de la loi d'*Habeas Corpus*, 27 mai 1679**

Chaque fois qu'une ou des personnes produira ou produiront une ordonnance d'*habeas corpus* adressée à un ou des shérifs, que lesdits officiers ou leurs subordonnés, dans les trois jours qui suivent la présentation de ladite ordonnance, renvoient ladite ordonnance et amènent ou fassent amener en personne l'individu en cause, devant le ou en présence du lord Chancelier ou du lord Gardien du Grand Sceau d'Angleterre, ou devant les juges ou barons de ladite cour d'où émane ladite ordonnance ; et alors certifient les vraies causes de sa détention ou de son emprisonnement ; et sur quoi, dans les deux jours qui suivront la présentation de l'intéressé devant eux, ledit lord Chancelier, ou lord Gardien du Grand Sceau, ou juge ou baron, devra libérer ledit prisonnier de son emprisonnement, après avoir pris son engagement assorti d'une ou de plusieurs cautions, à moins qu'il n'apparaisse que l'intéressé ainsi emprisonné est détenu en vertu d'une procédure légale.

La loi rappelle les abus de certains shérifs (responsables de l'ordre) qui ont retenu en prison des personnes qui auraient pu être libérées sous caution.

La loi, prise en accord avec le souverain Charles II, fixe des délais stricts et courts (trois jours) pour traduire devant un juge une personne emprisonnée.

## 2 Le *Bill of Rights* : établir le régime parlementaire

- À la mort de Charles II en 1685, son frère Jacques II lui succède, mais se heurte rapidement au Parlement. Diverses personnalités prennent alors contact avec Guillaume d'Orange, époux de Marie, la fille aînée du roi, qui se propose de préserver les droits politiques et religieux des Anglais.

- Guillaume débarque en novembre 1688 et provoque la fuite de Jacques II. En janvier 1689, le Parlement est prêt à transmettre la couronne à Guillaume et Marie d'Orange, mais ceux-ci doivent au préalable accepter de signer la « Déclaration des droits » (ou *Bill of rights*) qui limite leur pouvoir (**Doc. 6**).

- Désormais, les lois ne pourront être adoptées qu'après avoir été votées par les chambres et sanctionnées par le roi, qui ne peut ni les faire seul ni les suspendre. Le Parlement est désormais souverain en matière d'impôts et d'armée.

**Idée à retenir**

**Avec le *Bill of Rights* (1679), la Grande Bretagne devient un modèle de monarchie parlementaire.**

**Doc. 6** **Extrait du *Bill of Rights*, 16 décembre 1689**

Lesdits Lords spirituels et temporels et les Communes, aujourd'hui assemblés en vertu de leurs lettres et élections, constituant ensemble la représentation pleine et libre de la Nation [ ] déclarent d'abord (comme leurs ancêtres ont toujours fait en pareil cas), pour assurer leurs anciens droits et libertés :

1. Que le prétendu pouvoir de l'autorité royale de suspendre les lois ou l'exécution des lois sans le consentement du Parlement est illégal ; [...]

4. Qu'une levée d'impôt pour la Couronne ou à son usage, sous prétexte de prérogative, sans le consentement du Parlement, pour un temps plus long et d'une manière autre qu'il n'est ou ne sera consenti par le Parlement est illégale ;

5. Que c'est un droit des sujets de présenter des pétitions au Roi et que tous emprisonnements et poursuites à raison de ces pétitions sont illégaux ;

6. Que la levée et l'entretien d'une armée dans le royaume, en temps de paix, sans le consentement du Parlement, est contraire à la loi.

Le Parlement réaffirme que le roi ne peut plus suspendre les lois sans son accord.

Le souverain ne peut plus lever des impôts sans l'accord des parlementaires.

Le roi ne peut plus disposer d'une armée selon son bon vouloir : son pouvoir militaire est limité.

# 4 Voltaire, l'Angleterre et la publication des *Lettres philosophiques* (1726-1733)

**De quoi s'agit-il ?** **En 1726, Voltaire s'est exilé en Angleterre. C'est l'occasion pour lui de découvrir la monarchie parlementaire britannique, et la comparaison avec la situation en France est pour lui saisissante.**

**Idée à retenir**

Contraint de s'exiler en Angleterre, Voltaire découvre la monarchie parlementaire britannique et admire les lois qui accordent des libertés au sujets du Roi d'Angleterre.

## 1 Voltaire découvre la monarchie parlementaire britannique

- En 1726, à la suite d'une querelle avec un noble, le jeune François-Marie Arouet surnommé Voltaire est enfermé à la Bastille et s'exile en Angleterre jusqu'en 1729. Il y découvre les libertés parlementaires et la tolérance qui règne au sein de cette société. Il admire l'*Habeas Corpus*, alors qu'en France existent encore les lettres de cachet.

**Vocabulaire**

- **Bastille :** forteresse médiévale située à Paris qui abritait à l'époque une prison royale. d'enfermer n'importe quel sujet du royaume sans procès.
- **tolérance :** maître mot de la pensée philosophique de Voltaire qui admet la liberté de pensée de chacun.

## 2 La publication des *Lettres philosophiques* et ses conséquences

- Maîtrisant la langue anglaise, il rencontre des écrivains, des philosophes, des savants et va entreprendre de célébrer le régime anglais pour indirectement critiquer celui de la France.
- C'est à Londres qu'il commence à rédiger en anglais un ouvrage où il expose ses observations sur l'Angleterre, et qu'il fera paraître en France en 1734 sous le titre de *Lettres philosophiques* (**Doc. 6**).

**Idée à retenir**

Avec la publication des *Lettres philosophiques*, Voltaire fait l'éloge de la monarchie parlementaire et sensibilise l'opinion française à la nécessité d'adopter le même système en France.

**Doc. 6** **Voltaire, *Lettres philosophiques*, huitième lettre sur le Parlement, 1734.**

Les membres du Parlement d'Angleterre aiment à se comparer aux anciens Romains autant qu'ils le peuvent.

Il n'y a pas longtemps que M. Shipping, dans la chambre des Communes, commença son discours par ces mots : « La majesté du peuple anglais serait blessée, etc. » La singularité de l'expression causa un grand éclat de rire ; mais, sans se déconcerter, il répéta les mêmes paroles d'un air ferme, et on ne rit plus. J'avoue que je ne vois rien de commun entre la majesté du peuple anglais et celle du peuple romain, encore moins entre leurs gouvernements [...]. D'ailleurs les deux nations me paraissent entièrement différentes, soit en bien, soit en mal. On n'a jamais connu chez les Romains la folie horrible des guerres de Religion [...].

Voici une différence plus essentielle entre Rome et l'Angleterre, qui met tout l'avantage du côté de la dernière : c'est que le fruit des guerres civiles à Rome a été l'esclavage, et celui des troubles d'Angleterre, la liberté. La nation anglaise est la seule de la Terre qui soit parvenue à régler le pouvoir des rois en leur résistante, et qui, d'efforts en efforts, ait enfin établi ce gouvernement sage où le Prince, tout-puissant pour faire le bien, a les mains liées pour faire le mal [...]. La chambre des Pairs et celle des Communes sont les arbitres de la nation, le roi est le sur-arbitre. Cette balance manquait aux Romains [...]. Le gouvernement d'Angleterre n'est point fait pour un si grand éclat, ni pour une fin si funeste ; son but n'est point la brillante folie de faire des conquêtes, mais d'empêcher que ses voisins n'en fassent. Ce peuple n'est pas seulement jaloux de sa liberté, il l'est encore de celle des autres.

**Voltaire**

**(1694-1778)**

Cet écrivain et philosophe français a marqué le XVIIIe siècle en promouvant l'idée de tolérance. Sur le plan politique, il a agi en faveur d'une monarchie parlementaire, à l'image de celle mise en place en Angleterre, et éclairée par les « philosophes ».

Voltaire note qu'en Angleterre, c'est le peuple qui est souverain puisqu'on parle de « majesté du peuple ».

Voltaire remarque que le pouvoir est partagé en Angleterre entre le roi (qualifié de « sur-arbitre ») et le Parlement (dénommé « arbitre »).

# 5 La naissance des États-Unis d'Amérique (1)

**De quoi s'agit-il ?** **La révolte de Treize colonies anglaises d'Amérique permet l'indépendance d'un nouvel État outre-Atlantique.**

## 1 La révolte des Treize colonies : un retournement des valeurs anglaises contre leur métropole

• Au XVIIIe siècle, les Treize colonies anglaises de la côte nord-est de l'Amérique connaissent une grande prospérité. À partir de 1763, le gouvernement anglais crée de nouveaux impôts sur le sucre et le thé et impose aux colons de ne faire du commerce qu'avec l'Angleterre (régime de l'exclusif) avec interdiction de s'installer plus à l'Ouest.

• En décembre 1773, pour protester contre cette situation, les colons organisent la « Boston Tea Party » . Cet évènement symbolise le début véritable de la révolte.

**Idée à retenir**

Soumises à des contraintes et à des taxes, les 13 colonies anglaises d'Amérique se révoltent contre la métropole à partir de 1773.

**Vocabulaire**

■ **régime de l'exclusif :** système commercial qui contraint une colonie à ne commercer qu'avec sa métropole.

## 2 L'indépendance des États-Unis d'Amérique

• Le 4 juillet 1776, les délégués des Treize colonies adoptent la « Déclaration d'indépendance ». Ce texte évoque la force des libertés individuelles et proclame que « tous les hommes sont créés égaux ». Il s'oppose également à toute forme de tyrannie.

• L'Angleterre réagit par la force et envoie des troupes mater la rébellion. Commandés par Georges Washington, les Américains remportent la victoire de Yorktown (octobre 1781). avec l'aide militaire et financière de la France. Le marquis de La Fayette, acquis aux idées des Lumières (**Doc. 7**), participe aux opérations.

• L'Angleterre reconnaît l'indépendance des États-Unis au traité de Paris en 1783.

**Idée à retenir**

Les Américains, dirigés par Washington et aidés par la monarchie française remportent la victoire contre les Anglais. Ces derniers reconnaissent l'indépendance des Etats-Unis en 1783.

**George Washington**
**(1732-1799)**
ce général et homme politique américain, a été le chef des « insurgents » qui combattaient pour l'indépendance américaine. Il est ensuite devenu le premier président des Etats-Unis, de 1789 à 1797.

**Doc. 7 La Fayette en Amérique, un aristocrate éclairé**

Défenseur de cette liberté que j'idolâtre, libre moi-même plus que personne, en venant comme ami offrir mes services à cette République [des États-Unis] si intéressante, je n'y porte nul intérêt personnel. Le bonheur de l'Amérique est intimement lié au bonheur de toute l'humanité.

Elle va devenir le respectable et sûr asile de la vertu, de l'honnêteté, de la tolérance, de l'égalité et d'une tranquille liberté.

Extrait de la lettre du marquis de La Fayette à sa femme,au moment de s'embarquer pour l'Amérique, 7 juin 1777.

Les États-Unis rompent avec la monarchie et expérimentent un genre nouveau de régime politique.

Le marquis de La Fayette fait partie de la noblesse « éclairée », acquise aux idées des Lumières.

# 6 Les États-Unis après 1783 : la lente émergence d'une nouvelle puissance ?

**De quoi s'agit-il ? Le traité de Paris signé le 3 septembre 1783 accorde l'indépendance aux 13 colonies britanniques qui prennent le nom d'États-Unis d'Amérique. Ce nouvel État s'érige en république et accroit son territoire. Cependant, il demeure fragile et n'est alors qu'une puissance en devenir.**

## 1 La signature du traité de Versailles et l'établissement des frontières

• La signature du traité de Versailles, qui met fin à la guerre d'indépendance américaine, le 3 septembre 1783, a été précédée par deux ans de difficiles négociations. Mais la Grande-Bretagne reconnait enfin l'indépendance des États-Unis d'Amérique constitués par les 13 anciennes colonies. Des grandes puissances ont par ailleurs été associées à ces négociations, dont la France, l'Espagne et les Pays-Bas qui garantissent ainsi le traité.

• Des frontières sont fixées au niveau des Grands Lacs avec le Canada qui demeure un territoire britannique. La Grande -Bretagne n'est donc pas exclue de l'Amérique du Nord. Les « loyalistes » qui l'avaient soutenue pendant la guerre obtiennent ainsi le droit de s'installer dans les territoires proches qui conservent le statut de colonies britanniques.

**Vocabulaire**

■ **Les « Grands Lacs » : ils forment un ensemble de 5 grands lacs qui s'étendent sur 1 200 km d'est en ouest à la frontière entre les États-Unis et le Canada, alors possession britannique. Ce sont, de l'est à l'ouest, les lacs Ontario, Erié, Huron, Michigan et Supérieur.**

## 2 Des nouveaux territoires vers l'Ouest qui préfigurent une nouvelle puissance

• Surtout, les États-Unis peuvent s'étendre vers l'Ouest jusqu'au fleuve Mississippi et annexent ainsi des territoires indiens. La métropole britannique avait interdit aux colons de s'y installer pour éviter de nouvelles guerres avec les Indiens, mais cette interdiction prend fin avec de lourdes conséquences sur l'avenir des Amérindiens d'Amérique du Nord. Le tracé des nouvelles frontières au Nord et à l'Ouest permet ainsi aux États-Unis de doubler leur territoire.

• Cependant, le nouvel État demeure fragile : ses frontières ne sont pas toujours bien définies et seront plus tard contestées. Enfin, l'Union des 13 nouveaux États connaît des tensions qui expliquent qu'il faudra encore quatre années pour qu'ils se mettent d'accord sur une constitution (**Doc. 8**). En outre, le premier Président de cette nouvelle république, Georges Washington, ne prendra finalement ses fonctions qu'en 1789. Mais dans les décennies qui suivront, les États-Unis vont progressivement émerger comme nouvelle puissance.

**Doc. 8 Les 13 États figurant dans le premier article de la Constitution des États-Unis**

**Article premier**

**Section 2.**

**1.** La Chambre des représentants sera composée de membres choisis tous les deux ans par le peuple des différents États ; dans chaque État, les électeurs devront remplir les conditions requises pour être électeur à l'assemblée la plus nombreuse de la législature de cet État. [...]

**3.** [...] Le nombre des représentants n'excédera pas un pour trente mille habitants, mais chaque État aura au moins un représentant. Jusqu'à ce que le recensement soit effectué, l'État du New Hampshire aura droit à trois représentants, le Massachusetts à huit, l'État de Rhode Island et les Plantations de Providence à un, le Connecticut à cinq, l'État de New York à six, le New Jersey à quatre, la Pennsylvanie à huit, le Delaware à un, le Maryland à six, la Virginie à dix, la Caroline du Nord à cinq, la Caroline du Sud à cinq et la Géorgie à trois.

Extrait du premier article de la Constitution des États-Unis, 1787.

# 7 La naissance des États-Unis d'Amérique (2)

**De quoi s'agit-il ?** **Au terme d'une guerre d'indépendance menée contre la métropole anglaise, les Treize colonies se dotent d'une Constitution à l'origine d'un régime républicain porteur de libertés, mais qui connaît aussi des limites.**

**Vocabulaire**

■ **Chambre des représentants :** l'un des deux organes du pouvoir législatif américain qui compose, avec le Sénat, le Congrès des États-Unis.

## 1 Enjeux et limites de l'application des principes démocratiques

● En 1787, est élaborée la constitution qui met en place un pouvoir fédéral compétent dans les domaines du commerce extérieur, de la défense, de la politique extérieure, ainsi que dans le domaine des relations entre les États fédérés.

● Il est décidé que chaque État disposera de deux sièges de sénateurs, alors que la représentation serait proportionnelle à leur population à la Chambre des représentants. La séparation des pouvoirs exécutif, législatif et judiciaire.

● Pourtant, les Indiens, les noirs (l'esclavage n'est pas aboli), les femmes et les serviteurs blancs sont exclus du suffrage.

● George Washington est élu premier président des États-Unis d'Amérique et accomplit presque deux mandats entre 1789 et 1797 (**Doc. 9**).

**Idée à retenir**

Les États-Unis adoptent un système fédéral mais ne mettent pas en place une véritable démocratie : l'esclavage est maintenu et l'exercice du droit de vote est retreint.

## 2 L'influence des « révolutions atlantiques »

● L'indépendance américaine se nourrit des idées venues d'Angleterre et de France (les Lumières), et en propose une application concrète.

● Ainsi, la première Constitution française, adoptée en 1791 sous la Révolution, s'inspire directement de la Constitution étasunienne de 1787.

**Doc. 9** **Discours de George Washington**

**a.** Ma profession de foi politique, c'est de choisir sagement nos délégués, de les appuyer tant qu'ils sont nos représentants, de leur accorder les pouvoirs nécessaires pour traiter les questions fédérales, de les soutenir dans l'exercice légitime de ces pouvoirs, et finalement de les contraindre à suivre les séances du Congrès, pendant la durée de leur mandat.

George Washington, déclaration de 1785.

**b.** Le nom d'américain que vous portez du fait de votre nationalité doit exalter en vous la juste fierté patriotique plus qu'aucune appellation dérivée de particularismes locaux. Malgré de légères différences, vous avez la même religion, les mêmes mœurs, les mêmes coutumes et les mêmes principes politiques. Vous avez combattu et triomphé ensemble pour une cause commune.

George Washington, Discours devant le Congrès, 1797.

Washington évoque le système représentatif alors que les États-Unis nouvellement créés réfléchissent à une future Constitution.

Washington a conscience que la Constitution doit mettre en place un pouvoir fédéral.

Les délégués ou députés doivent être soutenus, reconnus légitimes et être, en échange, assidus aux travaux des assemblées.

Pour Washington, le peuple américain a mené un combat exemplaire et doit être fier de sa Révolution.

Les États-Unis constituent une nation fédérale qui respecte les particularismes des États fédérés

# Révision express

## Le schéma à retenir

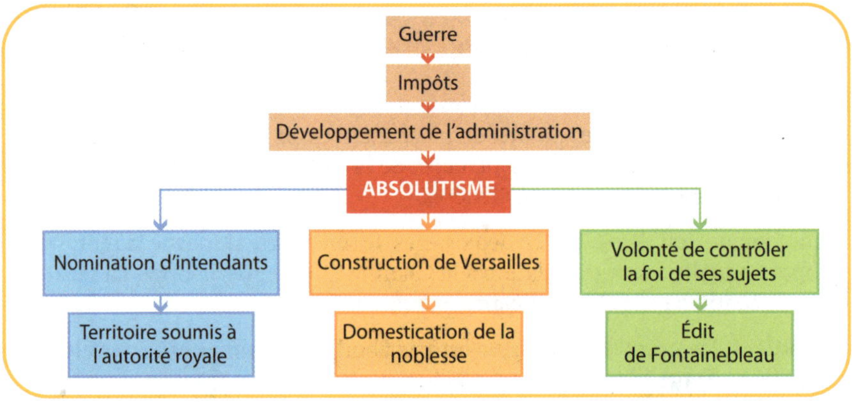


## Quiz

*Cochez la bonne réponse.*

**1.** La Fronde (1648-1653) est menée :

a. ☐ **par la noblesse soucieuse de retrouver son pouvoir.**
b. ☐ **par les paysans écrasés d'impôts.**
c. ☐ **par les soldats démobilisés.**
d. ☐ **par les parlementaires soucieux de retrouver leurs pouvoirs.**

**2.** Ils sont les « oreilles et les yeux du roi » :

a. ☐ **les officiers** b. ☐ **les fermiers généraux**
c. ☐ **les intendants** d. ☐ **les ministres comme Colbert**

**3.** Le contrôle de l'Église de France par le pouvoir royal s'appelle :

a. ☐ **le mercantilisme.** b. ☐ **l'absolutisme.** c. ☐ **le gallicanisme.**

**4.** Les Anglais ont décapité leur roi :

a. ☐ **Jacques Ier** b. ☐ **Charles Ier**
c. ☐ **Guillaume d'Orange** d. ☐ **Jacques II**

→ Réponses p. 479

## EXERCICE GUIDÉ

### Problématiser un sujet

**Énoncé**

**Problématisez le sujet suivant :**

**« L'absolutisme royal en France au XVIIe et XVIIIe siècles. »**

**Méthode**

**1 Analyser le sujet**

- Quelle que soit la taille du devoir que vous devez rendre, dès qu'il s'agit d'un texte argumenté et structuré en plusieurs parties, il vous faudra le **problématiser**. Une problématique consiste le plus souvent en une question qui insiste sur l'intérêt et les spécificités du sujet étudié. C'est pourquoi elle ne doit pas être trop descriptive mais interroger une notion, une période historique.
- Il existe **différents types de sujets** en histoire :

– dans un sujet qui étudie un phénomène sur un temps long, la problématique portera le plus souvent sur l'évolution de ce phénomène ;

– dans un sujet qui relie par un « et » deux notions, la problématique tournera le plus souvent autour des relations entre les deux.

- Votre problématique doit être spécifique au sujet et ne pas être transposable pour tous les sujets donnés quelle que soit la période.

**2 Identifier et rédiger sa problématique**

- Votre problématique doit :

– reprendre le ou les termes du sujet ;

– être rédigée à la suite de l'analyse du sujet mais avant l'annonce du plan ;

– être notée en allant à la ligne avec un alinéa mais sans sauter de lignes, car une introduction doit être un bloc. Vous irez de nouveau à la ligne pour annoncer votre plan ;

– être contenue dans une seule phrase car une problématique en plusieurs phrases correspond dans la majeure partie des cas à une annonce de plan sous forme de questions.

**3 Harmoniser son plan avec sa problématique**

- L'ensemble de votre plan doit répondre à votre problématique et pas seulement une des parties. C'est là la difficulté de cette épreuve.
- Votre annonce de plan doit à la fois reprendre systématiquement les termes du sujet, mais aussi fournir une réponse succincte à la problématique.

**Corrigé**

**1. Analyser le sujet**

Le sujet ne doit pas se contenter de décrire l'absolutisme royal, il ne serait alors pas problématisé. La problématique doit donc éclairer l'évolution d'un phénomène : ici de sa mise en place à sa critique, ses remises en cause.

**2. Identifier et rédiger sa problématique**

Commencer par réfléchir au brouillon aux éléments de votre réflexion vous aidera à problématiser votre sujet.

– Les outils de l'absolutisme : les impôts, Versailles, le contexte de guerre, les officiers, les intendants, l'administration composée de bourgeois.

– Les acteurs : Colbert, Louis XIV.

– Les manifestations : noblesse domestiquée, révocation de l'édit de Fontainebleau, essor de l'administration.

– Les résistances : la noblesse avec la Fronde, les parlements au temps de Louis XV, les Bonnets rouges en 1675.

**Bien comprendre**
Votre devoir ne peut prendre la forme d'une liste, d'où la nécessité de le problématiser pour donner du sens à la restitution de votre cours.

Le sujet proposé nécessite de comprendre et montrer comment la monarchie française, vieille de plusieurs siècles à l'époque, s'est transformée en monarchie absolue

– La guerre a été un puissant vecteur de l'absolutisme car, pour la financer, il a fallu considérablement augmenter les impôts et donc soumettre le pays.

– Louis XIV marque l'apogée de l'absolutisme ; il en est le symbole avec sa figure de roi-soleil à Versailles. Son règne est parcouru d'évènements, de décisions qui illustrent ce qu'est l'absolutisme.

– Durant toute la période, l'administration s'étoffe. Elle est directement sous les ordres du roi, à la différence de la noblesse et des parlements qui voient leurs pouvoirs s'éroder.

– Cette concentration de tous les pouvoirs entre les mains des différents souverains entraîne des contestations de différents groupes sociaux tout au long de la période.

**3. Harmoniser son plan avec sa problématique**

• **Problématique :**

Comment l'absolutisme mène-t-il à une confiscation de tous les pouvoirs entre les mains du roi ?

• **Plan :**

I. L'absolutisme est un renforcement de l'État royal dans un contexte de guerres incessantes

II. Le règne de Louis XIV marque l'apogée de l'absolutisme

III. La difficulté remise en cause de l'absolutisme

**L'astuce du prof**
Le terme du sujet, l'absolutisme, est repris dans chacune des amorces de partie, ce qui permet d'éviter de s'orienter vers un propos hors sujet.

Chapitre 4

# Dynamiques et ruptures dans les sociétés des XVIIe et XVIIIe siècles

## 1 La révolution scientifique et technique (XVIIe-XVIIIe siècles)

**De quoi s'agit-il ? Un nouvel esprit s'impose à partir du XVIIe siècle, qui propose une vision du monde non plus religieuse mais mathématique.**

### 1 Galilée, symbole de la rupture scientifique du XVIIe siècle

• Galilée (1564-1642), par les observations qu'il réalise notamment grâce à des lunettes astronomiques, propose une lecture du monde et de l'espace contraire aux Anciens et à la Bible.

• Il confirme l'héliocentrisme, proposé avant lui par Nicolas Copernic. C'est la naissance de l'esprit scientifique et de la méthode expérimentale.

• Les sciences, que les princes et souverains favorisent en créant des académies, prennent peu à peu leur envol dans une Europe en plein bouillonnement intellectuel. En Angleterre, Newton (1642-1727) révolutionne la vision du monde avec sa théorie de la gravité.

**Vocabulaire**

- **anciens** : auteurs de l'Antiquité dont le plus réputé est Aristote.
- **académie** : institution royale créée pour les sciences et les arts.
- **héliocentrisme** : théorie plaçant le Soleil, et non plus la Terre, au centre de l'Univers.
- **pompe à feu** : machine créée par Newcomen qui s'active à partir d'une chaudière.

### 2 La pompe à feu de Newcomen

• Au XVIIIe siècle, la vapeur retient l'attention de deux Français, Denis Papin et Joseph Cugnot, mais c'est l'anglais Thomas Newcomen qui, en 1712, invente une pompe à feu permettant d'évacuer l'eau stagnante dans les mines de charbon du pays (**Doc. 1**).

• Développée et brevetée ensuite par James Watt (1736-1819), la machine à vapeur entraîne une révolution des transports et de la production. C'est le début de la révolution industrielle.

**Doc. 1 La pompe à feu de Newcomen**

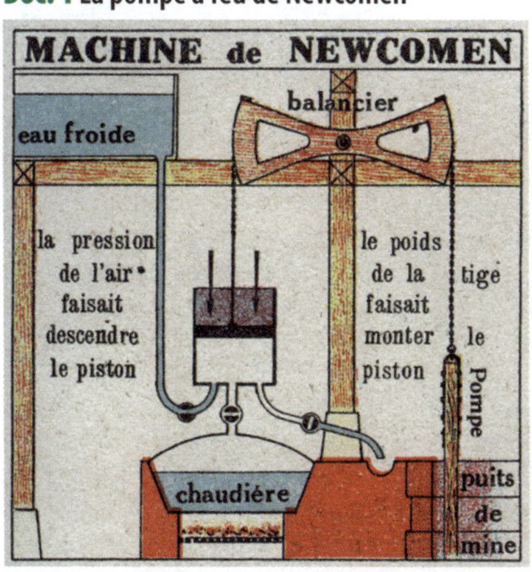


La réalisation de la première machine en 1712 résulte de l'association de deux Anglais, Thomas Newcomen, qui était forgeron, quincaillier et surtout amateur de machines à vapeur, et de Thomas Savery, mécanicien. La machine sera perfectionnée par la suite, passant d'une puissance de 5 chevaux en 1715 à 77 chevaux en 1777.

Henry Beighton, « Gravure de la machine de Newcomen », 1717.

HISTOIRE-GÉO

# 2 Les Lumières

**De quoi s'agit-il ?** **Les Lumières désignent un mouvement de penseurs dont l'objectif est de faire reculer l'ignorance et progresser la raison. Ce mouvement touche toute l'Europe des XVII^e^ et XVIII^e^ siècles.**

## 1 Des idées nouvelles

● Les penseurs des Lumières, appelés philosophes, se rejoignent dans leurs objectifs. Rejetant tout d'abord l'obscurantisme, la superstition et les excès de la religion, ils luttent de manière générale pour la tolérance dans une Europe encore marquée par la répression des minorités religieuses.

● Des penseurs comme Denis Diderot (1713-1784) ou Jean-Jacques Rousseau (1712-1778), affirment la souveraineté du peuple (**Doc. 2**).

**Vocabulaire**

- **Lumières :** mouvement de penseurs cherchant à diffuser les idées de tolérance, de progrès et de raison, s'opposant ainsi à la monarchie absolue.
- **philosophes :** penseurs des Lumières très critiques envers le roi et la religion.

## 2 La diffusion de la connaissance

● Le mouvement des Lumières est un courant intellectuel mais surtout un mouvement de diffusion des sciences. Le meilleur exemple reste l'*Encyclopédie* de Diderot et d'Alembert, dont l'ambition est de parvenir à rassembler dans un même ouvrage tout le savoir disponible de l'époque.

● La diffusion des nouvelles connaissances se fait ainsi grâce à l'imprimerie, aux académies, salons et même cafés. Cette diffusion touche cependant plutôt le monde des villes.

**Vocabulaire**

- ***Encyclopédie* :** grand dictionnaire rédigé par de nombreux auteurs sous forme d'articles détaillés.

## 3 La physiocratie

● Un des plus grands courants de pensée des Lumières né en France dans les années 1750 est la physiocratie. Pour les physiocrates, ce sont la nature et l'agriculture qui sont à l'origine de la production des richesses d'un pays.

● Ces penseurs sont partisans de la suppression de tous les obstacles qui gênent le paysan dans la vente de sa production.

**Vocabulaire**

- **physiocratie :** courant de pensée attaché aux réflexions agronomiques et considéré comme fondateur des sciences économiques.

### Doc. 2 L'autorité politique

Aucun homme n'a reçu de la nature le droit de commander aux autres. La liberté est un présent du ciel, et chaque individu de la même espèce a le droit d'en jouir aussitôt qu'il jouit de la raison. Si la nature a établi quelque autorité, c'est la puissance paternelle : mais la puissance paternelle a ses bornes, et dans l'état de nature elle finirait aussitôt que les enfants seraient en état de se conduire. Toute autre autorité vient d'une autre origine que de la nature. […]

Denis Diderot, « Sur l'autorité politique », *Encyclopédie* (1751-1772).

De manière audacieuse, Denis Diderot s'attaque ici à la monarchie absolue de droit divin

Pour les philosophes, l'Homme est doué de « raison », sa capacité à penser par lui-même

C'est un des philosophes des Lumières. Écrivain, critique littéraire, il s'illustre surtout comme l'un des principaux auteurs et le coéditeur de cet ouvrage.

*L'Encylopédie* est un vaste dictionnaire organisé par ordre alphabétique. L'article constitue en réalité une critique de la monarchie absolue.

# 3 Une société d'ordres en crise (1)

**De quoi s'agit-il ?** **L'Ancien Régime est un système très complexe sur le plan politique mais aussi social, marqué par les inégalités et la notion de privilège.**

## 1 Une société d'ordres, de privilèges et de tensions

- Sous l'Ancien Régime, une personne se définit d'abord par l'appartenance à l'un des trois ordres de la société : noblesse, clergé et tiers état (**Doc. 3**). La société d'ordres est un héritage du Moyen Âge.
- Bien que très minoritaires dans la société, les membres du clergé et de la noblesse sont dits privilégiés : ils ne paient pas d'impôts. Le privilège permet aussi aux nobles d'accéder à certains emplois réservés dans l'armée.
- Les membres de la bourgeoisie supportent de plus en plus mal de se trouver éloignés du pouvoir politique alors qu'ils détiennent le pouvoir économique.

**Vocabulaire**

- **bourgeoisie :** personne qui tire sa richesse de son travail. Désigne à l'origine l'habitant d'une ville (d'un bourg).
- **noblesse :** ordre privilégié et groupe social dominant de l'Ancien Régime
- **privilège :** statut avantagé de la noblesse et du clergé qui ne paient pas d'impôts. Il peut être celui d'une personne ou d'une province.

## 2 Les visages de la noblesse

- La noblesse ne représente qu'une minorité dans la population française, environ 1,5 %, mais elle représente l'élite politique, économique et intellectuelle de la France.
- Les membres de l'aristocratie détiennent de grands domaines terriens, dont ils sont souvent seigneurs, et exercent aussi des fonctions importantes au service du roi.
- C'est pourtant un ordre très hétérogène : les membres de l'aristocratie titrée (duc, marquis…) côtoient parfois une noblesse plus pauvre dans les campagnes. Ses membres sont cependant ouverts aux idées nouvelles.

**Vocabulaire**

- **aristocratie :** partie supérieure de la noblesse.
- **seigneur :** maître et possesseur d'une terre, sur laquelle il perçoit des taxes et détient des droits sur ceux qui y vivent.

**Doc. 3 La société d'ordres**

Le clergé et la noblesse sont des ordres privilégiés, ils ne paient pas la taille (impôt direct) et ont des réductions importantes sur d'autres impôts.

L'ascension sociale passe par l'anoblissement, lequel s'effectue par une décision du roi ou par l'achat de charges et l'exercice de fonctions prestigieuses dans l'administration royale.

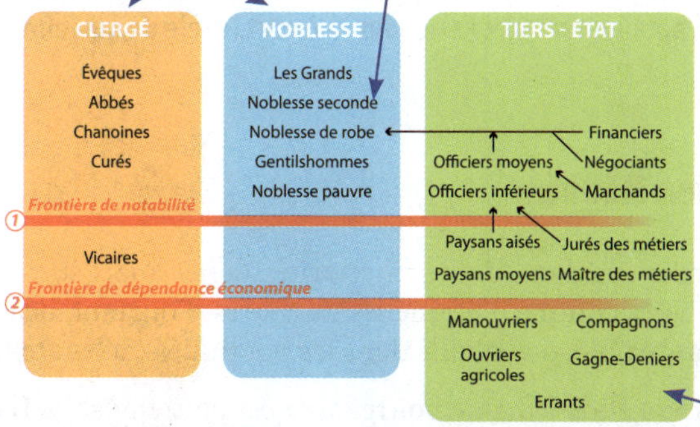


Les ordres sont marqués par de fortes différences internes. Le haut clergé est en fait très lié à la noblesse, dans laquelle il recrute ses membres, tandis que le bas clergé vit au plus près du peuple des villes et des campagnes. Les contrastes les plus importants se retrouvent au sein du tiers état, entre les bourgeois et les plus pauvres.

# 4 Une société d'ordres en crise (2)

**De quoi s'agit-il ?** **Dans l'Ancien Régime, les Français des campagnes représentent les 4/5e de la population, et la plupart sont de simples paysans. Si leur condition matérielle s'améliore, les taxes sont de plus en plus mal acceptées, et des révoltes apparaissent.**

## 1 Les visages du monde paysan

● La condition des paysans français s'améliore nettement au XVIIIe siècle. Un grand nombre de paysans sont propriétaires de leurs terres mais de lourdes charges pèsent sur eux.

● Le monde paysan reste très hétérogène. Ainsi, les journaliers ne possèdent rien et cherchent à se faire embaucher pour les travaux des champs.

## 2 Le poids des droits seigneuriaux

● La domination des seigneurs sur les paysans s'est d'abord adoucie avec la transformation des corvées en redevances. Mais le sentiment d'injustice grandit chez les paysans qui ont du mal à supporter les droits féodaux.

● À la veille de la Révolution, les seigneurs, pour augmenter leurs revenus, tentent de restaurer certains droits et impôts : c'est la réaction seigneuriale.

**Vocabulaire**

- **corvée :** obligation de travail.
- **droits féodaux :** droits du seigneur qui remontent au Moyen Âge (percevoir des taxes et exercer la justice).
- **réaction seigneuriale :** meilleure perception des droits seigneuriaux à la veille de la Révolution.
- **redevance :** somme qui doit être payée.

## 3 Le monde paysan en révoltes

La révolte des Va-nu-pieds éclate en Normandie en 1639. Les habitants de la région entrent en rébellion à cause de la mise en place de la gabelle, une nouvelle taxe sur le sel. Les révoltes sont très nombreuses dans la France rurale du XVIIe.

# 5 Les femmes et les salons

**De quoi s'agit-il ?** **La société d'Ancien Régime est marquée par de fortes pesanteurs mais de nouvelles forces sociales apparaissent, notamment avec l'essor des salons et le rôle de quelques femmes célèbres.**

## 1 Les femmes dans l'Ancien Régime

● Sous l'Ancien Régime, les femmes souffrent d'une infériorité sociale mais surtout des préjugés de leur temps : elles sont vues comme d'éternelles mineures. Pourtant, beaucoup travaillent dans les champs à la campagne, ou en ville dans les boutiques ou les ateliers.

● Le sort des femmes de l'aristocratie et de la haute bourgeoisie est plus enviable. Il existe quelques parcours de femmes très influentes dans le monde de la cour, des sciences ou celui des salons.

## 2 Madame du Châtelet : femme de sciences et héroïne des Lumières

- Mme du Châtelet représente l'une des plus grandes figures féminines scientifiques de son temps. Issue de l'aristocratie, elle a dû lutter toute sa vie pour s'imposer dans un mode dominé par les hommes.
- Maîtresse et protectrice de Voltaire, elle participe activement à la réception et à la diffusion en France des idées de Newton, démontrant qu'elle est elle-même une grande scientifique.

## 3 Les salons

Les salons sont un lieu emblématique des Lumières. Les dames de l'aristocratie, les salonnières, reçoivent chez elle hommes de pouvoir, de lettres, scientifiques et étrangers de passage dans des cercles de discussion qui prennent très vite une coloration très philosophique, voire politique.

**Vocabulaire**
- **salon :** révolte souvent provoquée par une rumeur.

# 6 Le monde urbain : lieu du changement

**De quoi s'agit-il ?** **Paris, à l'image des autres villes du royaume, concentre l'essentiel de la population mais aussi les inégalités sociales et les tensions.**

## 1 Les villes se développent

- Les villes se développent au XVIIIe siècle et voient leur population fortement augmenter. La ville de Paris et ses faubourgs avec 600 000 habitants en 1789, est la plus grande ville d'Europe.
- Bien que le roi demeure à Versailles, Paris reste la capitale du royaume et un centre économique avec de nombreuses manufactures et les halles (**Doc. 4**).

**Vocabulaire**
- **faubourg :** quartier construit en dehors des murs.
- **manufactures :** lieu de production préindustrielle.

## 2 Les élites de la capitale

La ville est un lieu de rivalités entre les deux élites : bourgeois et nobles. La noblesse, élite politique de l'Ancien Régime, occupe de hauts postes au sein des cours souveraines, comme le Parlement. La bourgeoisie est quant à elle en pleine ascension et investit les fonctions marchandes et juridiques (avocats, greffiers.

**Vocabulaire**
- **élite :** groupe social dominant dans une société.
- **Parlement :** cour de Justice de l'Ancien Régime.

## 3 Les pauvres à Paris

- La population de Paris est composée pour l'essentiel de petites gens qui servent souvent comme domestiques ou exercent des métiers difficiles.
- La monarchie commence tout juste à s'intéresser au sort des pauvres qui se voient souvent parqués dans les hôpitaux où on se contente de les nourrir, voire de les surveiller.

**Vocabulaire**
- **hôpital :** lieu de charité pour les pauvres, puis de médecine.

**Doc. 4** Paris à la veille de la Révolution

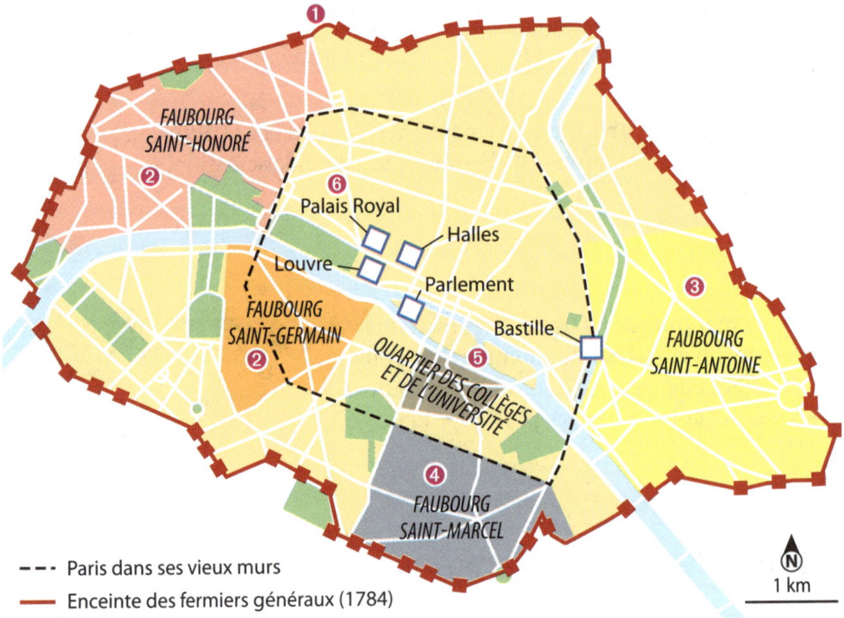


❶ Paris s'est développé et a dépassé ses vieux murs. Une nouvelle enceinte a été construite pour faire payer des taxes, l'octroi, ce qui provoque des mécontentements.

❷ Quartiers de la noblesse qui vit dans ses hôtels particuliers.

❸ Quartier de petits artisans boutiquiers et de menuisiers.

❹ Quartier très pauvre où vivent des journaliers.

❺ Paris est une capitale intellectuelle avec de prestigieux collèges, comme le collège Louis-le-Grand.

❻ Propriété du duc d'Orléans (cousin du roi). Lieu de « plaisirs » et de cafés.

Une fracture économique et sociale déjà visible à Paris : l'Ouest compte une population aisée alors que l'Est de Paris est plus populaire.

# 7 Les ports français dans le commerce atlantique et la traite négrière

**De quoi s'agit-il ? Les ports français de l'Atlantique connaissent un essor important au XVIIIe siècle. Ils bénéficient du développement du commerce avec les colonies du « Nouveau Monde » fondé sur l'économie de plantation mais surtout de la traite négrière.**

## 1 Les ports français dans le commerce triangulaire

• Les ports de l'Ouest français connaissent un essor spectaculaire au XVIII^e^ siècle. Le commerce a en effet basculé de la Méditerranée vers l'Atlantique grâce à la « découverte » des Amériques. Les Français sont alors à la tête d'un empire colonial composé pour l'essentiel des îles à sucre : Guadeloupe, Martinique mais surtout Saint-Domingue.

**Vocabulaire**

■ **Îles à sucre : îles des Caraïbes produisant du sucre tiré de la canne.**

- Les ports de l'Atlantique sont un des trois points du commerce triangulaire.
- Les plus grands ports sont respectivement Nantes, Bordeaux, La Rochelle, mais également Le Havre en Normandie, Lorient et Saint Malo en Bretagne (**Doc. 5**).

## 2 L'essor d'une bourgeoisie commerçante

La traite enrichit les ports mais surtout une bourgeoisie commerçante composée des armateurs. Ils profitent de la liberté de commerce instaurée au début du XVIIIe siècle et travaillent au service des grandes compagnies fondées au siècle précédent comme la compagnie des Indes, de Guinée ou du Sénégal.

**Vocabulaire**

- **armateurs :** propriétaires de bateaux ou investisseurs dans les expéditions.

**Doc. 5 Principaux armateurs négriers nantais entre 1748 et 1751**

| Nom des armateurs | Nombre d'expéditions | Total tonnage des navires armés | Part du tonnage total |
|---|---|---|---|
| Antoine Walsh et la Compagnie d'Angola | 21 | 4 550 | 28,1 |
| Société Grou et Michel pour la compagnie de Guinée | 18 | 3 395 | 20,9 |
| Guillaume Grou | 6 | 1 240 | 7,6 |
| Bouteiller père et fils | 6 | 765 | 4,7 |
| Antoine Le Roy et fils | 6 | 550 | 3,4 |
| Charles Trochon | 2 | 500 | 3,1 |
| René Bertrand de la Closerie | 2 | 460 | 2,8 |
| Joseph Fourcade | 3 | 410 | 2,8 |
| Stuyckman frères | 2 | 400 | 2,5 |
| Joseph Plumart des Rieux | 3 | 400 | 2,5 |
| Autres armateurs | 28 | 3 555 | 21,9 |
| Totaux | 97 | 16 225 | 100 |

Source : Bernard Michon, « La traite négrière nantaise au milieu du XVIIIe siècle », *Les cahiers des anneaux de la mémoire*, n° 10, Nantes, p. 34 63.
D'après les registres de propriétés de vaisseaux, Archives départementales, B4477.

Les traites sont organisées par des armateurs dont les noms apparaissent ici. Walsh et les Grou travaillent pour deux grandes compagnies qui tirent leur nom de la région où ils vont chercher les esclaves : en Afrique.

Nantes est le plus grand port négrier français au XVIIIe siècle. En 1748-1751, les traites atteignent leur apogée.

HISTOIRE-GÉO

# → Révision express

## Le schéma à retenir

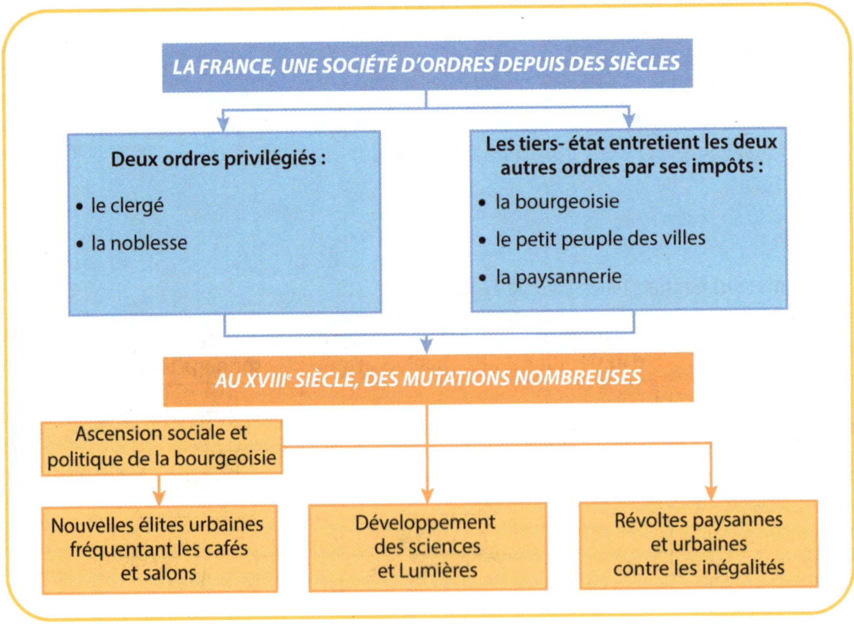


## Quiz

*Cochez la bonne réponse.*

**1.** De quelle année date la révolte des Va-nu-pieds ?
**a.** ☐ **1639** **b.** ☐ **1645** **c.** ☐ **1789**

**2.** En quelle année est adoptée la Constitution américaine ?
**a.** ☐ **1776** **b.** ☐ **1787** **c.** ☐ **1789**

**3.** Dans l'Ancien Régime, les nobles ne travaillent pas.
**a.** ☐ **Vrai** **b. Faux**

**4.** Mme du Châtelet a tenu l'un des salons les plus connus de Paris au XVIIIème siècle.
**a.** ☐ **Vrai** **b.** ☐ **Faux**

**5.** Le plus grand port négrier français au XVIIIe siècle était :
**a.** ☐ **La Rochelle** **b.** ☐ **Nantes** **c.** ☐ **Le Havre**

→ Réponses p. 479

## EXERCICE GUIDÉ

### Identifier, expliquer ou nuancer les citations d'un texte afin de répondre à la consigne

**Énoncé**

**Vous montrerez, en vous appuyant sur le texte de Louis-Sébastien Mercier, que Paris est une ville d'inégalités et de tensions sociales importantes. Vous nuancerez ce témoignage.**

**Doc.** Le faubourg Saint-Marcel à la veille de la Révolution

C'est le quartier où habite la populace de Paris, la plus pauvre, la plus remuante et la plus indisciplinable. Il y a plus d'argent dans une seule maison du faubourg Saint-Honoré, que dans tout le faubourg Saint-Marcel, ou Saint-Marceau, pris collectivement.

C'est dans ces habitations éloignées du mouvement, central de la ville, que se cachent les hommes ruinés, les misanthropes, les alchimistes, les maniaques, les rentiers bornés, et aussi quelques sages studieux, qui cherchent réellement la solitude, et qui veulent vivre absolument ignorés et séparés des quartiers bruyants des spectacles […] ;

Il n'y a pas un seul monument à y voir ; c'est un peuple qui n'a aucun rapport avec les Parisiens, habitants polis des bords de la Seine. […] Les maisons n'y ont point d'autre horloge que le cours du soleil ; ce sont des hommes recalés de trois siècles par rapport aux arts et aux mœurs régnantes. Tous les débats particuliers y deviennent publics ; et une femme mécontente de son mari plaide sa cause dans la rue, le cite au tribunal de la populace, attroupe tous les voisins, et récite la confession scandaleuse de son homme. […] Il est, dans ce faubourg, plus méchant, plus inflammable, plus querelleur, et plus disposé à la mutinerie, que dans les autres quartiers. La police craint de pousser à bout cette populace ; on la ménage, parce qu'elle est capable de se porter aux plus grands excès.

Louis-Sébastien Mercier, Tableau de Paris, 1781, « Le faubourg Saint-Marcel », livre I, chapitre 85.

**Méthode**

**1 Elucider la consigne**

- Pour répondre à la question posée, il faut bien comprendre ce qu'elle demande. Pour cela, il faut **repérer et comprendre la ou les tâches à effectuer**. Celles-ci sont indiquées par les verbes de la consigne : par exemple, « exposer » c'est décrire une situation, tandis que « démontrer » c'est justifier un fonctionnement ou une relation de cause à effet.
- Il faut aussi **repérer les mots-clés** et se les expliquer : que dois-je exposer ou expliquer ? Que signifie précisément ce terme ? Ce questionnement vous permettra de mieux savoir ce que vous devez rechercher dans le texte.

**2 Repérer les citations importantes dans le texte**

- Lisez le texte une première fois en entier. Cela vous permet de voir ce dont il s'agit.
- Surlignez dans le texte les termes, expressions ou phrases utiles pour répondre à la question, c'est-à-dire celles qui correspondent à ce que l'on vous demande de rechercher. Numérotez vos citations dans la marge.
- Un texte historique utilise souvent un langage imagé ou des termes désuets (anciens). Il faut donc reformuler les citations en langage clair pour bien indiquer ce qu'elles signifient.
- N'oubliez pas de définir les termes importants mais surtout d'apporter des connaissances personnelles qui permettent d'éclairer le texte.

**3 Répondre à la question**

- Chaque citation reformulée doit être confrontée à ce qui vous est demandé par la consigne pour en montrer la pertinence.

**Corrigé**

Dans ce texte, Louis-Sébastien Mercier fait un tableau sans concession des inégalités de richesse à Paris en opposant le quartier le plus aisé et le quartier le plus pauvre de Paris qu'est le faubourg Saint-Marcel. La ville de Paris est un lieu de contrastes économiques et sociaux très importants. Le faubourg Saint-Honoré, près du Louvre, est peuplé d'aristocrates et de très riches marchands qui travaillent pour la Cour, tandis que le faubourg Saint-Marcel est peuplé de travailleurs très pauvres comme les scieurs de bois, les porteurs d'eau et de chaises. L'auteur décrit ici un faubourg, un « quartier sans monument à voir », et pour cause : le faubourg est très isolé de la ville sur la rive gauche et n'a bénéficié d'aucun souci de travaux publics. Mercier s'amuse à peindre ses habitants comme des barbares refoulés hors des limites de la ville (« ignorés et séparés des quartiers bruyants des spectacles »). Il oppose sa population avec les « habitants polis du bord de la Seine » qui sont les habitants des ponts et des quais : petits artisans et commerçants.

Ce quartier populaire est un lieu de tensions sociales très importantes, comme l'indique l'auteur à la fin du texte. L'ouvrage, écrit quelques années avant la Révolution, est prémonitoire. Le faubourg Saint-Marcel représente, avec le faubourg Saint-Antoine situé près de la Bastille, le quartier d'origine de la foule révolutionnaire. Ce témoignage doit pourtant être nuancé. L'auteur est plein des préjugés de son temps vis-à-vis des populations pauvres, mais c'est surtout un moraliste. Mercier accumule ici une liste d'habitants farfelus (« hommes ruinés, les misanthropes, les alchimistes, les maniaques, les rentiers bornés, et aussi quelques sages studieux ») tout aussi imaginaires que réels. Il peint le quartier avec une scène digne du théâtre comique (« et une femme mécontente de son mari plaide sa cause dans la rue, le cite au tribunal de la populace… »). Son but est de faire rire le lecteur. Le texte est une source littéraire qu'il faut prendre avec distance

Chapitre 5

# Sociétés et environnements : des équilibres fragiles

## 1 Les sociétés face aux risques

**De quoi s'agit-il ? À l'échelle mondiale, l'augmentation des risques a créé des sociétés inquiètes dans lesquelles la vulnérabilité semble maximale : deux tiers de la population mondiale sont soumis à un risque.**

● Il faut distinguer les aléas géologiques (séisme, éruption) des risques naturels (tempêtes, inondations, sécheresse…) que les activités humaines amplifient (**Doc. 1**). Les risques dits anthropiques sont également en augmentation : risques industriels et technologiques (risque nucléaire et minier, marée noire…), risques sanitaires liés aux pollutions. L'exposition aux risques est globalisée : aucun territoire n'y échappe et la plupart ont une incidence à grande échelle. On parle de risque systémique. Ainsi, la catastrophe de Tchernobyl (Ukraine) en 1986 a touché toute l'Europe.

● Le risque devient une catastrophe humaine et matérielle lorsque les sociétés y sont peu préparées à cause d'un manque de ressources financières et technologiques ou parce que le risque est inédit. De manière générale, les pays pauvres sont les plus vulnérables avec 90 % des victimes et les destructions les plus graves. Dans les pays riches, il y a peu de morts car les sociétés ont conçu des systèmes de prévention et de protection efficaces. Le séisme de Fukushima (Japon) a fait moins de 20 000 morts à comparer aux 200 000 survenus lors de celui en Haïti où de nombreux habitants sont toujours sans abri.

● La perspective de territoires protégés de tout risque, même avec des aménagements conséquents, disparaît. Les sociétés cherchent donc à rendre leurs territoires plus flexibles, plus résilients, pour s'adapter à long terme. Dans les pays développés, on ne cherche plus à contrôler la nature ni à lui faire face. Des aménagements humains sont détruits pour laisser les phénomènes naturels se déployer.

**Vocabulaire**

- **aléas** : phénomène menaçant de façon plus ou moins probable un espace donné.
- **risque** : possibilité qu'un dommage survienne par la combinaison entre un aléa et la vulnérabilité d'une population.
- **anthropiques** : lié à l'Homme.
- **systémique** : ensemble des éléments en interaction les uns avec les autres et leur environnement.

HISTOIRE-GÉO

**Doc. 1** **Les risques liés au changement global**

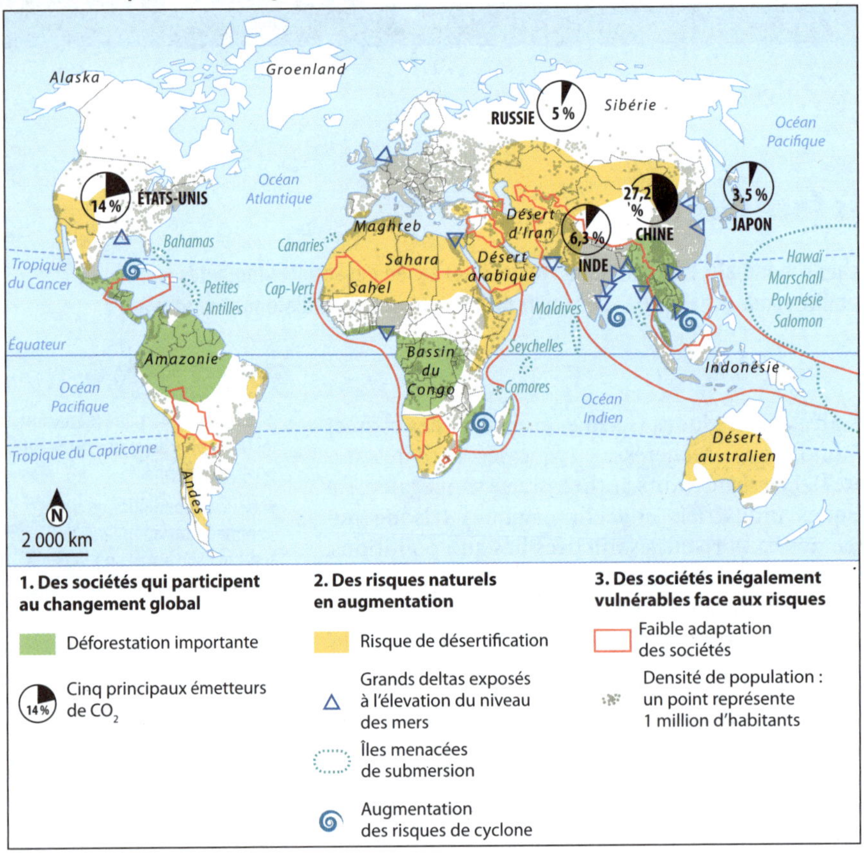


# 2 L'eau, une ressource vitale sous tension

**De quoi s'agit-il ? La Terre est surnommée planète bleue, mais en réalité les ressources en eau douce sont limitées et en tension.**

• L'eau est inégalement répartie (**Doc. 2**). Dix pays de la zone tempérée et intertropicale concentrent 60 % des ressources (Brésil, République démocratique du Congo). Le changement climatique entraîne la raréfaction des pluies et plonge des régions, telles que le Maghreb et l'Inde, dans le stress hydrique voire la pénurie. L'accès à l'eau potable constitue cependant la principale difficulté car la ressource peut être abondante mais les aménagements défectueux. Environ 700 millions d'habitants en sont ainsi privés et souffrent de maladies, les enfants en meurent en grand nombre.

**Vocabulaire**

- **stress hydrique :** disponibilité en eau très faible.
- **nappe fossile :** eau souterraine présente avant l'apparition des civilisations humaines.

• La ressource en eau est aujourd'hui insuffisante à cause de la croissance démographique et du développement agricole et industriel. Ainsi, la production d'1 kg de bœuf nécessite plus de 15 000 L d'eau, celle d'un tee-shirt 2 500. La transition vers des sociétés plus économes en eau n'est pas faite. Dans les pays riches, une logique productiviste vise à augmenter la ressource avec des barrages, des nappes fossiles, etc. plutôt qu'à favoriser la réduction de la consommation.

• À l'échelle locale, les conflits d'usage se multiplient : bien souvent, l'agriculture est sacrifiée au profit d'activités plus rentables telles que le tourisme. À l'échelle régionale, les barrages sur les fleuves transfrontaliers créent des tensions. Ainsi, ceux de la Turquie sur le Tigre et l'Euphrate ont participé à l'assèchement de la Mésopotamie. L'eau est donc aussi un enjeu géopolitique.

**Doc. 2 Disponibilités et besoins en eau**

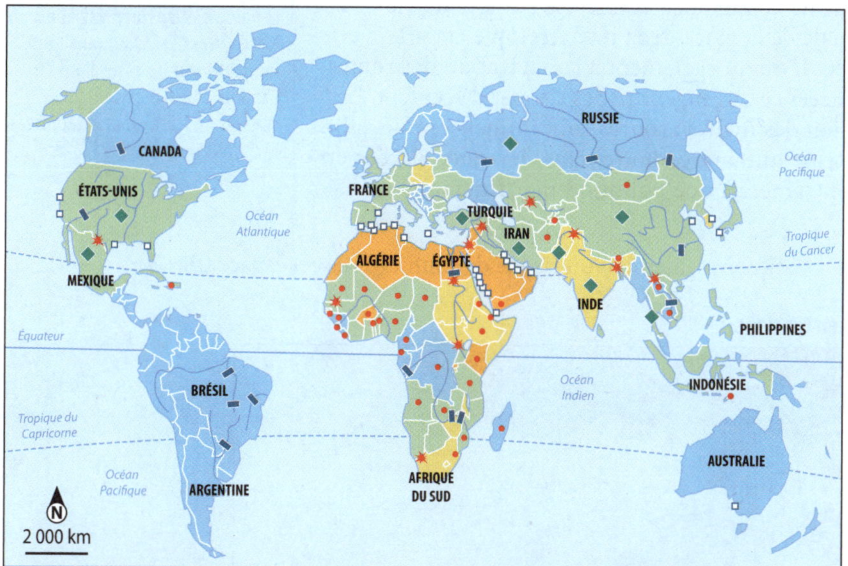


**1. Des disponibilités en eau douce très inégales**

Disponibilité en eau douce renouvelable (m³/habitant/an)

0 | 1 000 | 1 700 | 10 000 | 500 000

• Pays où l'accès à l'eau potable est difficile (moins de 70 % de la population)

✶ Tensions internationales pour l'eau

**2. Des besoins et des aménagements hydrauliques**

▬ Principaux barrages

□ Principales usines de dessalement d'eau de mer

◆ Grande agriculture irriguée

INDE Pays utilisant plus de 80 % de ses ressources en eau renouvelable

# 3 L'Arctique : fragilité et attractivité

**De quoi s'agit-il ? L'Arctique désigne l'espace d'environ 13 millions de km² entourant le pôle Nord et s'étendant sur une partie de huit pays (la Russie, le Canada et les États-Unis en priorité). Cet espace, caractérisé par son climat polaire et son écosystème fragile, est l'objet de nombreuses convoitises qui multiplient les risques.**

• L'Arctique est un milieu fragile marqué par un climat polaire, où le développement de la vie est ralenti par des températures très basses ainsi qu'une faible luminosité. Cet espace se distingue par la variété mais aussi la fragilité de son écosystème, notamment de ses espèces mammifères (ours polaires, phoques...) souvent endémiques, c'est-à-dire qu'elles ne se développent que dans un espace géographie délimité.

**Vocabulaire**

■ **écosystème : ensemble formé par des êtres vivants (faune, flore) qui interagissent avec leur environnement (le biotope).**

• L'Arctique est un espace très convoité : 90 milliards de barils de pétrole seraient exploitables et ces richesses attisent évidemment la convoitise des pays riverains (Russie,

États-Unis, Canada, Norvège...) qui se disputent les limites de leur ZEE. La fonte des glaces ouvre également de nouvelles routes maritimes, les passages du Nord-Est et du Nord-Ouest, qui réduiraient de plusieurs milliers de kilomètres les circuits traditionnels et suscitent la convoitise des armateurs.

- Le réchauffement climatique est évidemment le premier risque puisqu'il réduit l'étendue de la banquise et menace l'espace de vie de la faune. L'étendue maximale de la glace de la mer Arctique en 2017 a été la plus faible depuis 1980. Il ouvre également à la navigation des routes encore récemment englacées ce qui engendre des risques d'accident. Les risques liés à l'exploitation des hydrocarbures sont immenses puisqu'il est très difficile de contenir une marée noire dans des eaux glacées et que cette exploitation entraînerait une pollution maritime importante pour les poissons.

**Vocabulaire**

- **ZEE (Zone économique exclusive) :** espace maritime sur lequel un État riverain a l'exclusivité de l'exploitation des ressources dans la limite de 200 miles marins
- **passages du Nord-Est et du Nord-Ouest :** routes maritimes longeant soit les côtes nord du Canada (Ouest) soit les côtes sibériennes (Est) pour atteindre le détroit de Béring et l'Asie.

- Les tensions politiques constituent également un risque de conflits dans cet espace (**Doc. 3**).

**Doc. 3 L'Arctique, en espace en tensions**

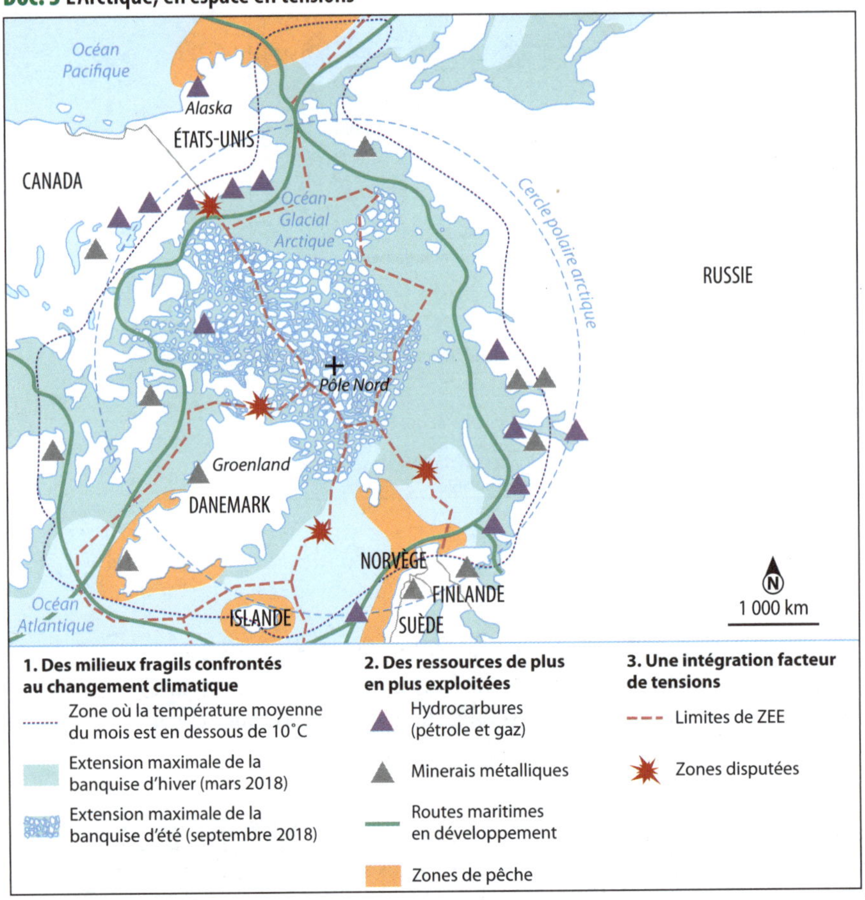

# 4 Un espace de fortes densités soumis au réchauffement climatique : Los Angeles

**De quoi s'agit-il ? Des espaces de fortes densités tels que Los Angeles doivent aujourd'hui repenser leur mode de vie à cause du réchauffement climatique.**

- Los Angeles est une mégapole de 150 km d'envergure – un record – comptant environ 18 millions d'habitants. Elle symbolise la ville américaine par son étendue. Son paysage urbain est marqué très majoritairement par la maison individuelle. Les déplacements y sont incessants et les embouteillages proverbiaux. La ville est par conséquent une des plus polluées au monde avec en moyenne 300 jours de *smog* par an. Ce mode de vie participe à la problématique globale du réchauffement climatique. Les températures ont augmenté de 5 °C en un siècle.

**Vocabulaire**

- **smog :** (contraction de *smoke* et *fog*) fumée créée par la pollution.

- La sécheresse constitue la principale contrainte subie par Los Angeles à cause du réchauffement climatique. Le climat ressemble de plus en plus à un climat aride. Une exposition à succès en 2018 proposait même aux Angelinos de venir entendre la pluie ! Des incendies mortels de plusieurs jours sont de plus en plus fréquents et touchent autant les quartiers riches, tels que Beverly Hills, que les quartiers périphériques proches de la forêt (**Doc. 4**). À l'échelle de la Californie, l'état d'urgence a été déclaré entre 2014 et 2017 avec restrictions des usages de l'eau et une hausse des prix. En revanche, Los Angeles sera peu touchée par la montée des eaux.

**Doc. 4** Malibu (comté de Los Angeles, californie) après l'incendie de novembre 2018

L'habitat pavillonnaire typique de Los Angeles qui en fait une ville « basse » et très étendue. La ville pénètre la forêt, ce qui augmente les risques d'incendie.

Les quartiers ravagés par le feu. La couleur rouge est due à l'épandage d'un produit retardant largué par canadairs.

- La municipalité mène des politiques peu ambitieuses. Peindre les rues en blanc et couper les palmiers ne suffira pas à faire de Los Angeles une ville résiliente face au réchauffement climatique. Mener une transition dans les mobilités se heurte à de nombreux obstacles. La ville, étant donné sa taille, est construite pour la voiture, les déplacements piétons sont impossibles. La voiture est un élément identitaire dans la civilisation américaine, ce qui limite l'utilisation des transports en commun. Sur les autoroutes, des files de covoiturage permettent de réduire, mais marginalement, la circulation.

# 5 La France, une mise en valeur différenciée du territoire

**De quoi s'agit-il ?** **Le territoire français offre de multiples atouts qui permettent sa mise en valeur, c'est-à-dire la possibilité d'y créer de la richesse.**

• La France présente une grande variété de milieux grâce à ses nombreux climats – océanique, méditerranéen, continental et montagnard – et à son relief de plaine au Nord et montagneux au Sud. Les territoires ultramarins complètent ces atouts. Les plus nombreux et peuplés se trouvent dans la zone intertropicale (Martinique, Guadeloupe, Saint-Martin dans les Caraïbes, Mayotte et La Réunion dans l'océan Indien, La Nouvelle-Calédonie et Tahiti dans l'océan Pacifique). Ils offrent à la France la deuxième ZEE au monde (10 200 000 $km^2$). Ces atouts permettent de mettre en valeur le territoire car l'agriculture, les communications, les activités touristiques sont facilitées (**Doc. 5**).

**Doc. 5 Atouts et contraintes du territoire français**

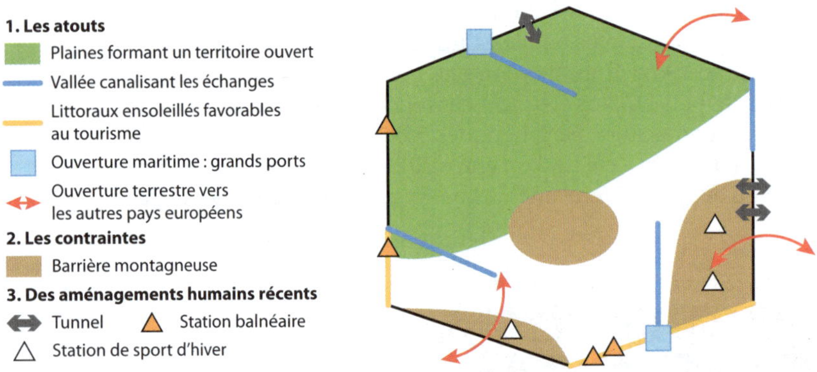


• Les milieux naturels n'existent plus car de nombreux aménagements sont réalisés et permettent d'exploiter les ressources du territoire et de développer l'économie. On dit que le territoire est totalement anthropisé. Dans les plaines et vallées, des axes de communications combinant autoroutes et voies ferrées facilitent les échanges à l'échelle européenne et mondiale. Le relief ne constitue plus une contrainte insurmontable, comme l'a démontré le tunnel sous la Manche reliant France et Grande-Bretagne. Pour accueillir un tourisme de masse, la montagne et le littoral ont été couverts de stations construites le plus souvent à partir de rien.

**Vocabulaire**

- **anthropisé :** transformation d'un espace sous l'action de l'Homme.
- **aménagement du territoire :** ensemble des actions menées par les pouvoirs pour organiser au mieux les installations humaines et économiques.

• Les grands aménagements ne sont pas réalisés par des acteurs privés qui n'en ont pas les moyens mais par l'État, qui renforce ainsi les atouts du territoire national. Le Commissariat général à l'égalité des territoires gère l'aménagement du territoire. L'UE et les collectivités territoriales financent des aménagements et sont devenues des acteurs importants.

# 6 En France, des milieux à protéger

**De quoi s'agit-il ? La préservation des milieux est devenue un enjeu majeur pour l'Homme dans un contexte de prolifération des risques naturels. Les activités humaines sont pourtant de plus en plus nuisibles.**

• Les aménagements humains ont limité les contraintes des milieux mais ceux-ci sont désormais dégradés par la pression des activités économiques et de l'étalement urbain. Un tiers des départements connaît une très forte progression de l'artificialisation des sols alors même que la population n'augmente pas. C'est la conséquence du rêve français de la maison individuelle. Les risques sont multipliés, notamment les inondations, car l'étalement urbain entraîne le mitage de l'espace, anthropise les sols et les rend imperméables. On déplore chaque année de gros dégâts et des morts dans le Sud ou en 2010 en Vendée, où la tempête Xynthia a fait environ cinquante morts. Les littoraux sont particulièrement fragiles alors que leur population augmente fortement. Cette artificialisation suscite de nombreuses oppositions. Après une longue résistance, les partisans de l'abandon de l'aéroport de Notre-Dame-des-Landes ont obtenu gain de cause contre ceux qui souhaitaient développer la région nantaise en renforçant son accessibilité.

**Vocabulaire**

- **mitage :** implantation dispersée d'aménagements et d'activités.
- **parc nationaux :** espace dans lequel, dans une optique de préservation de la faune et de la flore, les activités humaines sont strictement limitées.

• Les activités humaines sont désormais mises en danger par l'altération des milieux et les préserver est devenu un objectif majeur du développement du territoire dans une perspective de développement durable. L'État est le premier acteur. Il a créé les parcs nationaux dès les années 1960, dans lesquels on distingue une zone centrale très stricte d'une zone d'adhésion où les activités humaines sont possibles. Il y a dix parcs nationaux, dont trois dans les territoires ultramarins, et dix parcs marins. L'État a étoffé sa législation de protection des milieux avec les lois Montagne et Littoral des années 1980, qui permettent d'acquérir de grandes surfaces pour empêcher toute construction tout en détruisant celles installées illégalement (**Doc. 6**). L'UE est un acteur important : elle a créé le réseau Natura 2000 de sites à protéger. Elle a déjà condamné la France à des amendes pour non respect des directives communautaires.

**Doc. 6 Sites acquis par le Conservatoire du littoral en Bretagne**

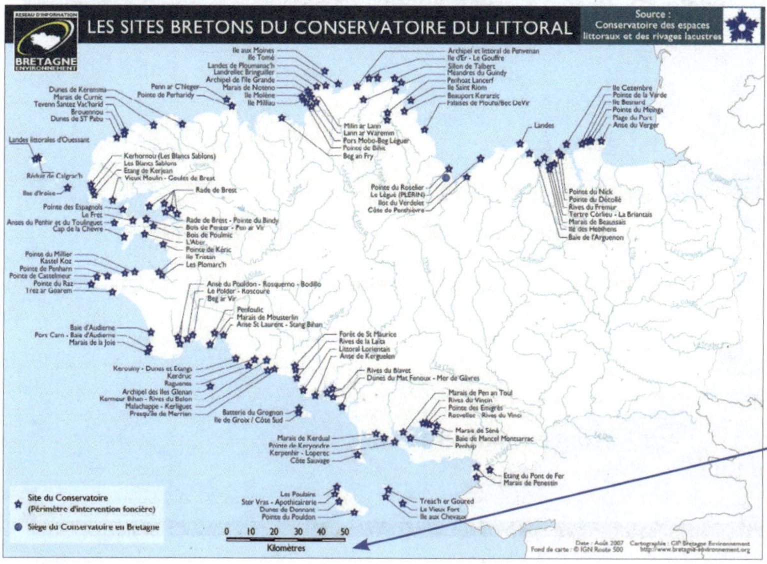


La loi Littoral de 1985 a créé le Conservatoire du littoral qui acquiert pour l'État des sites naturels à préserver. Il détient actuellement 400 sites représentant 100 000 hectares sur 880 km de littoral.

## Révision express

### Le schéma à retenir

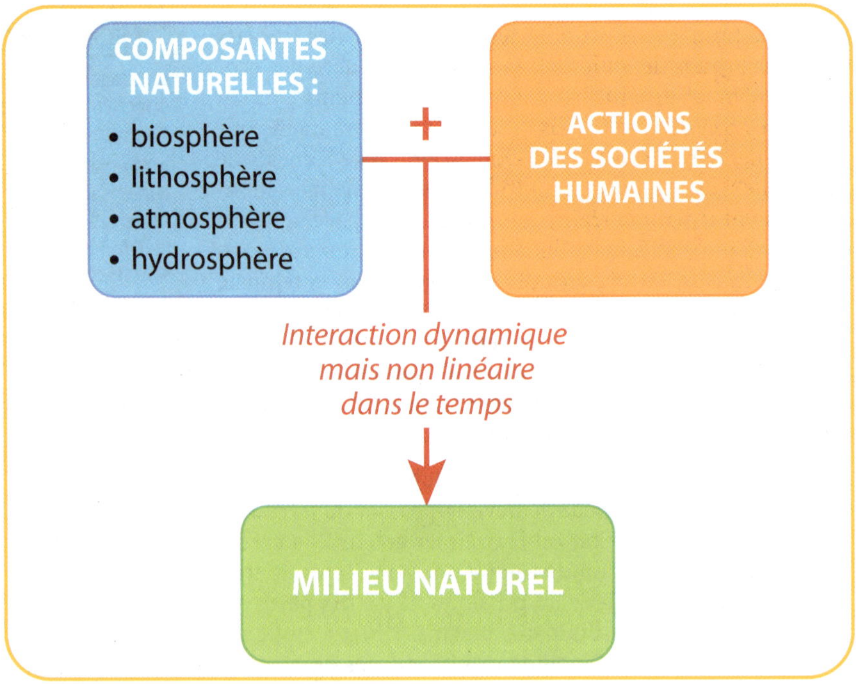


### Quiz

*Cochez la bonne réponse.*

**1.** L'Amazonie s'étend sur :

a. ☐ **un seul État** b. ☐ **cinq États** c. ☐ **huit États**

**2.** Lequel de ces territoires est le plus touché par le réchauffement climatique :

a. ☐ **les Alpes** b. ☐ **la Californie** c. ☐ **l'Arctique**

**3.** Le séisme de Fukushima en 2011 a fait 200 000 morts alors que celui de Haïti en 2010 en avait fait 20 000.

a. ☐ **Vrai** b. ☐ **Faux**

**4.** Les ressources en eau potable :

a. ☐ **sont abondantes** b. ☐ **sont en augmentation**
c. ☐ **sont insuffisantes pour tous**

→ Réponses p. 479

EXERCICE GUIDÉ

## Rédiger un texte argumenté, une partie de composition

### Énoncé

**Rédigez un paragraphe sur le sujet suivant : « La prolifération des risques. »**

### Méthode

**1 Analyser le sujet au brouillon**

- Le temps à passer au brouillon est indispensable pour **bien construire sa réflexion et éviter le hors-sujet**.
- Votre travail doit alors consister à **repérer les notions centrales** du sujet et à **reformuler** celui-ci en une question pour éviter les contresens.
- Une bonne copie se distingue par le fait qu'elle **mêle des idées pertinentes à des éléments de connaissances précis** : du vocabulaire, des chiffres, des dates, des noms. Votre réflexion doit combiner ces deux compétences.
- Votre travail doit également consister à faire le **tri dans vos idées. Vos premiers travaux au brouillon comporteront systématiquement des idées hors-sujet** à éliminer. Pour un devoir d'une heure, vous devez avoir sur votre brouillon une liste de six ou sept idées et au moins autant d'éléments de connaissances précis.

**2 Élaborer un plan**

- **Regroupez ensuite vos idées en différentes parties** ou sous-parties, en fonction de la taille exigée du devoir. L'idéal vers lequel vous devez tendre en fin de Seconde consiste à produire des devoirs en trois parties.
- **Chaque partie de votre texte doit commencer par une phrase d'introduction** qui explicite ce que vous allez montrer. Elle peut constituer au brouillon le titre de votre partie.

**3 Rédiger son texte**

- À l'issue du travail au brouillon (10 min), il faut passer à la phase de rédaction. Ayez votre brouillon à portée de main.
- Votre texte doit comporter, même s'il n'est pas très long, **des éléments d'introduction : *a minima* une accroche, une définition si nécessaire et une problématique.**
- Pour bâtir chaque partie, il faut s'entraîner à suivre une méthode rigoureuse :

– une **phrase d'introduction simple qui présente l'axe de votre réflexion** ;
– des **arguments** qui vont étayer cet axe ;
– des **données précises** qui justifient vos arguments ;

### Corrigé

**1. Analyser le sujet au brouillon**

- vous devez définir au brouillon et dans votre introduction le terme de risques et montrer leur prolifération, c'est-à-dire leur forte augmentation.

- il faut également s'interroger pour que votre texte argumenté ne soit pas juste une simple liste des risques dans le monde, il faut problématiser le sujet en s'interrogeant aussi sur les causes, même si l'intitulé du sujet ne semble pas l'indiquer *a priori*.

**2. Sélectionner ses idées et ses arguments au brouillon**

– des risques géologiques : séisme, éruption volcanique… sur lesquels l'Homme n'a pas de prise ;

**L'astuce du prof**
Mobiliser des exemples précis.

– des risques naturels tels que les inondations, les ouragans, les tsunamis, etc. sur lesquels l'Homme a une influence car, avec le réchauffement climatique, ces risques augmentent ;

– des risques dits anthropiques car créés uniquement par l'Homme : risques technologiques, comme les risques nucléaires, et risques de pollution ;

– les risques sont la conséquence d'un aléa et d'une vulnérabilité des hommes ;

– les risques sont systémiques ;

– risques à Los Angeles, dans les Alpes, en Arctique.

**Bien comprendre**

Ces éléments barrés sont hors-sujet car le paragraphe à rédiger ne porte pas sur les conséquences des risques mais uniquement sur leur prolifération.

**3. Élaborer un plan**

**Introduction** :

– définition de risques

– problématique : pourquoi les risques augmentent-ils ?

Les sociétés affrontent depuis longtemps des risques

Les risques augmentent dans un contexte de changement global

**4. Rédiger son texte**

Les actualités liées aux risques sont de plus en plus alarmantes. Le terme désigne la possibilité qu'un dommage survienne par la combinaison entre un aléa et la vulnérabilité d'une population. Pourquoi les risques augmentent-ils ?

Les sociétés affrontent depuis longtemps des risques. La surface terrestre connaît en effet des mouvements : par exemple, les éruptions volcaniques générant des tsunamis sont fréquentes le long de la Ceinture de feu dans l'océan Pacifique, ainsi que les séismes dans les zones sismiques comme à Los Angeles. De plus en plus, des catastrophes sont dues aux risques dits naturels tels que les inondations, les glissements de terrain, etc. Les sociétés ont progressé dans la prévention des risques mais, pourtant, elles y sont de plus en plus soumises.

Les risques augmentent dans un contexte de changement global. Le réchauffement modifie le climat et les équilibres naturels De plus en plus de territoires sont concernés. La sécheresse progresse à Los Angeles, ce qui augmente le risque d'incendie, tandis que l'Arctique subit la fonte des glaces et glaciers, ce qui participe à l'augmentation du niveau de la mer. L'activité humaine, on le voit, a aggravé sinon augmenté les risques qui mettent en danger les sociétés. De surcroît, les risques contemporains liés au changement global ne sont plus circonscrits à une région mais touchent le plus souvent sinon la planète tout entière du moins un continent entier. Les risques sont devenus systémiques. Face à cette prolifération des risques, l'Homme se sent de plus en plus vulnérable.

Alors que, paradoxalement, les progrès techniques auraient dû diminuer la vulnérabilité des sociétés, c'est en fait à une prolifération que nous assistons. Les pays les plus pauvres sont les plus démunis pour y faire face alors qu'ils ne sont pas responsables.

# Chapitre 6 Territoires, populations et développement : quels défis ?

## 1 Des trajectoires démographiques différenciées (1)

**De quoi s'agit-il ?** **La Terre compte 8 milliards d'habitants. La croissance démographique est moins forte qu'au siècle passé mais elle s'intensifie dans certaines régions du monde, souvent les moins développées, accentuant ainsi les inégalités à toutes les échelles.**

Des trajectoires démographiques différenciées

### 1 Une population mondiale de plus en plus nombreuse

- La population mondiale est passée de 1,6 à 6 milliards d'habitants au xx^e siècle, pour s'établir à 8 milliards en 2022. Elle poursuit sa croissance à un rythme peu soutenu.
- En 2050, la planète devrait compter entre 9,5 et 10 milliards d'habitants pour culminer à 10,4 milliards dans les années 2080.
- C'est la transition démographique, achevée de longue date dans les pays industrialisés mais encore en cours dans les pays du Sud, qui explique cette croissance. En effet, la diminution de la mortalité précède la diminution de la fécondité : l'accroissement naturel se situe alors à un niveau élevé et entraîne une forte augmentation de la population.

**Vocabulaire**

- **transition démographique :** évolution dans le temps et dans l'espace des caractéristiques d'une population.

### 2 Des situations et des évolutions démographiques contrastées

- L'Asie est le continent le plus peuplé de la planète (4,65 milliards d'habitants). C'est également celui qui enregistre l'augmentation la plus forte de sa population. Les dynamiques démographiques continentales sont inégales : l'Inde et la Chine représentent à elles seules près de la moitié de l'augmentation globale.
- Le nombre d'habitants progresse de plus en plus rapidement en Afrique. Quinze États de ce continent figurent dans le classement des vingt plus fortes croissances. Leur trajectoire démographique est liée au maintien d'une fécondité élevée.
- La croissance de la population européenne est limitée (1 million par an environ). La fécondité est stable et inférieure au seuil de remplacement des générations : la population vieillit et le nombre d'habitants diminue peu à peu.

**Vocabulaire**

- **trajectoire démographique :** passage d'une situation où fécondité et mortalité sont élevées et s'équilibrent plus ou moins à une situation où elles sont plus faibles et s'équilibrent également.

**Idée à retenir**

Les dynamiques de peuplement sont de plus en plus variées de l'échelle locale à l'échelle mondiale.

# 2 Des trajectoires démographiques différenciées (2)

**De quoi s'agit-il ? Certains États du monde mettent en œuvre une politique antinataliste pour ralentir l'augmentation de la population. La baisse excessive de la fécondité aggrave cependant les risques de vieillissement démographique.**

## 1 Trajectoires et politiques démographiques

• 31 pays, dont 30 en Afrique, ont un indice de fécondité dépassant 4 enfants par femme. Pour les moins avancés d'entre eux, les inégalités de développement sont telles qu'ils n'ont pas la possibilité d'adopter des mesures antinatalistes efficaces.

• Ailleurs, en Inde par exemple, la promotion de la contraception et la planification familiale ont réduit la fécondité à 2,2 enfants par femme.

• En 2015, affolé par le vieillissement de la population, le gouvernement chinois a annoncé la fin de la politique de l'enfant unique : la fécondité du pays était devenue l'une des plus faibles du monde.

**Vocabulaire**

▪ **mesures antinatalistes :** politiques publiques visant à maîtriser la trajectoire démographique.

## 2 Le vieillissement de la population, un défi d'envergure mondiale

• Le vieillissement démographique est un phénomène ancien dans les pays industrialisés. On y recense 18 % de 65 ans et plus contre 9,3 % en moyenne mondiale. Ce taux atteint 28 % au Japon, 23 % en Italie et 22 % en Allemagne.

• Ce processus touchera bientôt les pays en voie de développement. C'est donc pour eux un défi supplémentaire car la protection sociale y est encore assez peu présente. En 2050, 80 % des personnes âgées de plus de 65 ans vivront dans les pays à revenu faible ou intermédiaire

**Vocabulaire**

▪ **vieillissement démographique :** augmentation du poids des personnes âgées dans une population donnée.

**Idée à retenir**

Les principaux enjeux démographiques de la planète portent sur la maîtrise du niveau de fécondité et sur l'ampleur du vieillissement de la population.

# 3 Les enjeux du vieillissement au Japon

**De quoi s'agit-il ? Au Japon, près de 30 % de la population a 65 ans ou plus. C'est un record mondial. Ce vieillissement accentué, lié à une faible fécondité et à une espérance de vie exceptionnellement longue, oblige l'État et la société à relever de nombreux défis.**

## 1 Un inquiétant déclin démographique

• Aujourd'hui, sur 126 millions de Japonais, 36 millions ont plus de 65 ans. Avec près d'un tiers de séniors, la société japonaise est la plus vieillissante du monde.

• Trois paramètres caractérisent ce vieillissement : une vie plus longue qu'ailleurs, un niveau de fécondité très modeste et une politique migratoire restrictive.

• Le Japon est entré dans un hiver démographique. La dépopulation du pays pourrait réduire le nombre d'habitants autour de 90 millions dans une cinquantaine d'années (**Doc. 1**).

**Vocabulaire**

▪ **hiver démographique :** situation d'une population dont la fécondité est durablement sous le seuil de remplacement des générations.

## 2 Le Japon face aux défis du vieillissement démographique

• L'État multiplie les initiatives pour adapter les logements, les espaces publics et les technologies aux besoins des personnes âgées. Cette politique a pour objectif d'améliorer leur qualité de vie ; elle stimule le développement de la « silver économie ».

• Mais le vieillissement a un coût et met en cause l'avenir géopolitique du pays. La loi de langueur pèse sur les capacités d'innovation et sur la vitalité de la société japonaise dans son ensemble.

**Vocabulaire**

- **loi de langueur :** perte de dynamisme lié au vieillissement et à la dépopulation.
- **silver économie :** Activités économiques liées au vieillissement de la population.

**Doc 1. La population du Japon : évolution et projection**

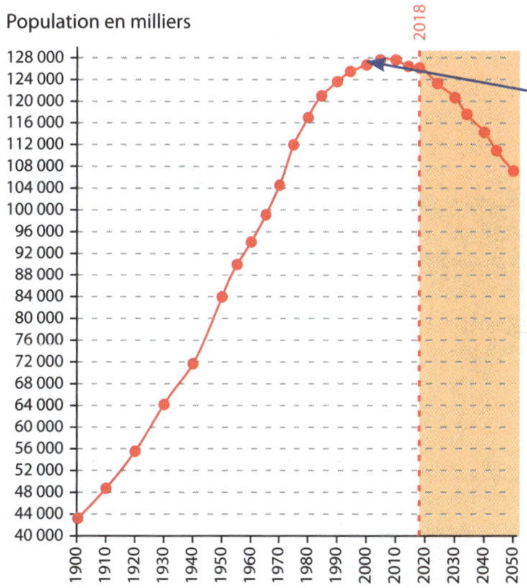


Source : Chiffres IDB, Gérard-François Dumont, Géoconfluences, 2017.

La **dépopulation** correspond à la diminution du nombre d'habitants en valeur absolue.

Le **dépeuplement** désigne le déclin d'une population dans un territoire donné : sa valeur est relative.

Les enjeux du vieillissement au Japon

**Idée à retenir**

Le Japon est le pays du monde où les effets du vieillissement démographique sont les plus spectaculaires.

# 4 Développement et inégalités

**De quoi s'agit-il ? Démographie et développement s'inscrivent dans une relation dynamique. Le poids et la structure de la population ont une influence sur le développement socio-économique et inversement.**

## 1 Des inégalités qui se creusent

• Les inégalités ont augmenté partout dans le monde au cours des dernières décennies. Le « top 1 % » des plus riches a profité deux fois plus de la croissance que les 50 % les plus pauvres. Les milliardaires du monde entier possèdent plus de richesses que 60 % de la population mondiale.

• L'accentuation des inégalités est très variable d'un continent ou d'un État à l'autre. Les écarts se creusent même parfois entre des pays au niveau de développement comparable.

• L'Afrique s'est encore appauvrie par rapport au reste du monde. Dans les pays les moins avancés, les possibilités de développement sont limitées par la faible espérance de vie, la pauvreté et la vulnérabilité économique.

HISTOIRE-GÉO

## 2 Réduire les inégalités : l'enjeu du développement durable

- L'aggravation des inégalités a de multiples impacts (maladies plus présentes, moindre motivation au travail, crises politiques,...).
- Pour autant, les perspectives d'avenir de la planète ne sont pas uniformément sombres. La proportion de travailleurs vivant sous le seuil d'extrême pauvreté a diminué de moitié entre 2010 et 2019 (**Doc. 2**).
- Investir dans l'éducation, redistribuer les richesses, améliorer l'offre de soins, préserver l'environnement ... sont les leviers d'un développement équitable et durable. Encore faut-il qu'États et institutions internationales renforcent les politiques adaptées.

**Vocabulaire**

- **seuil d'extrême pauvreté :** revenu en dessous duquel un individu est considéré comme pauvre (1,90 dollar par jour selon la Banque mondiale).

**Idée à retenir**

Afin de pouvoir faire face aux conséquences de l'explosion des inégalités dans le monde, la mise en œuvre des principes du développement s'impose.

Développement et inégalités

**Doc. 2** Un monde inégalement développé

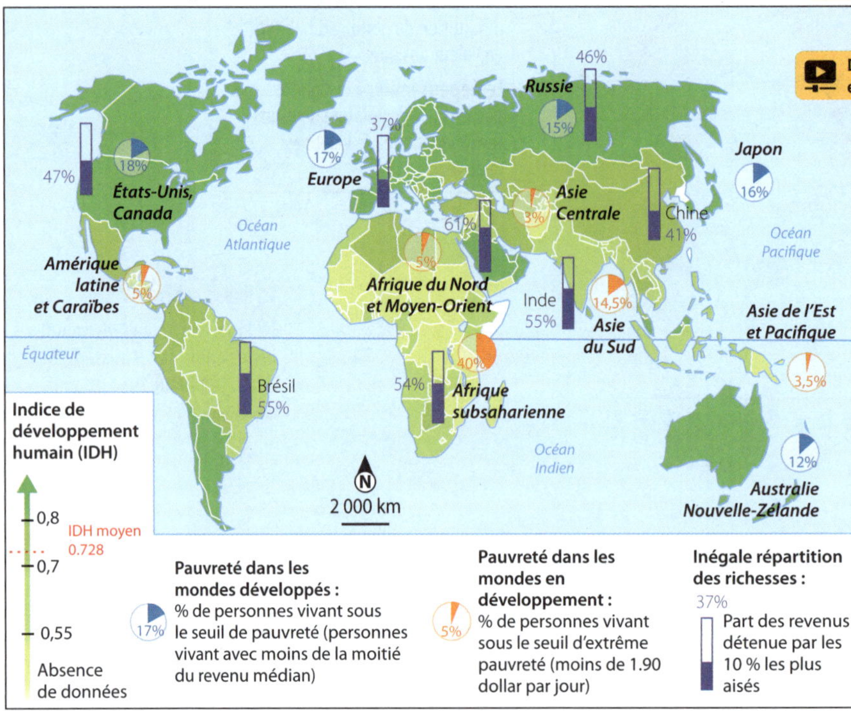


# 5 Développement et inégalités au Brésil

**De quoi s'agit-il ?** **Au Brésil, 1 % des plus riches détiennent plus de la moitié des richesses nationales. La crise de 2015 a infléchi la trajectoire de développement de ce géant sud-américain, entraînant une forte hausse du chômage et l'explosion de la pauvreté.**

## 1 Le Brésil entre extrême richesse et extrême pauvreté

- Le Brésil est un pays de contrastes. Le revenu d'une infime minorité de la population (0,1 %) est 40 fois supérieur à la moyenne du pays (**Doc. 3**).

● Les inégalités territoriales et sociales sont très marquées. Elles opposent le sud au nord du pays et sont tout aussi nettes à l'échelle locale. Il y a des poches de pauvreté dans les villes et les régions les plus prospères ; inversement, il existe des îlots de richesse au cœur des territoires les plus pauvres à l'image des quartiers résidentiels fermés.

● Les inégalités sont également ethniques. La population noire et métisse (50 % des Brésiliens) gagne moitié moins que la population blanche. Elle représente les deux tiers des domestiques et des vendeurs ambulants du pays.

**Vocabulaire**

▪ **quartier résidentiel fermé :** programme immobilier délimité par un mur ou une grille et doté d'équipements privés.

## 2 Quelles perspectives de développement ?

● À l'issue d'une période d'incertitude majeure marquée par l'arrivée au pouvoir d'un président d'extrême droite, et par les effets de la pandémie de Covid, les marges de manœuvre de l'État pour réduire les inégalités sont limitées.

● L'histoire récente du pays avait pourtant permis à des millions de Brésiliens de sortir de la misère grâce à une politique sociale audacieuse et à la hausse du cours des matières premières.

● L'immensité du territoire, l'abondance des ressources agricoles et l'indépendance énergétique sont des atouts qui pourraient permettre au Brésil de renouer avec une trajectoire de développement ascendante.

**Idée à retenir**

La mise en valeur de l'énorme potentiel de développement du Brésil se heurte à l'existence d'inégalités sociales, économiques et spatiales majeures.

**Doc. 3 Les inégalités de revenus au Brésil**

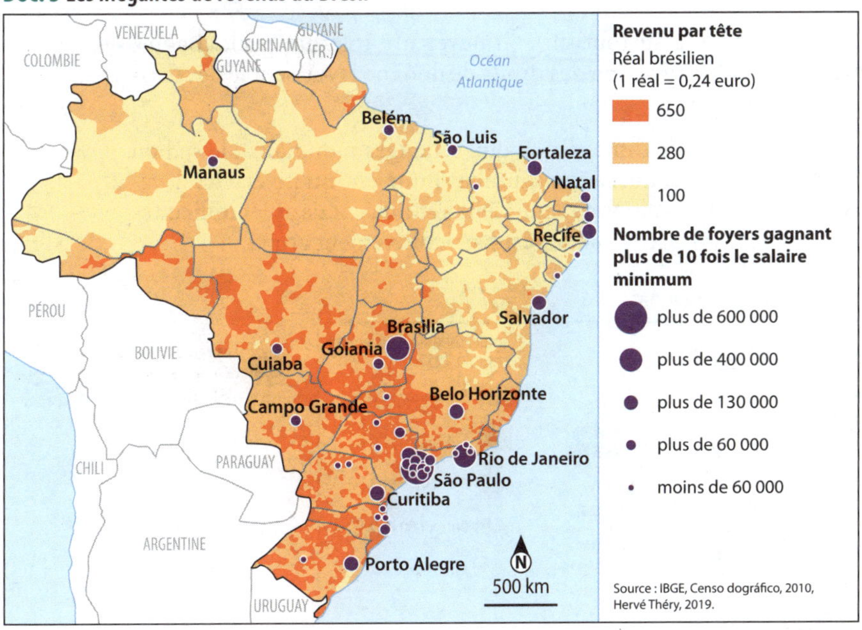


Source : IBGE, Censo dográfico, 2010, Hervé Théry, 2019.

HISTOIRE-GÉO

# 6 Les modalités du développement en Inde

**De quoi s'agit-il ?** **L'Inde est devenue en 2022 la 5e puissance économique mondiale. La croissance de ce géant démographique se poursuit à un rythme soutenu, mais le développement n'est pas homogène : les contrastes socio-spatiaux s'accroissent.**

## 1 L'Inde, une puissance en construction

- L'Union indienne est sur le point de devenir le pays le plus peuplé de la planète : avec 1,417 milliard d'habitants aujourd'hui, elle n'est devancée que de peu par la Chine (1,25 milliard).
- Le volume du produit intérieur brut (PIB) indien est plus élevé que celui de la France (3e rang mondial) mais le PIB par habitant est vingt fois moins élevé (**Doc. 4**).
- La moitié de la population indienne a moins de 25 ans. Si la capacité d'innovation de la jeunesse est un facteur de développement essentiel, le pays ne parvient pas à créer assez d'emplois ni à répondre à ses besoins de consommation.
- Pour maîtriser sa démographie, l'Inde met en œuvre une politique antinataliste dont certains effets, comme le déséquilibre du sex-ratio, sont inquiétants (on recense 943 filles pour 1 000 garçons).

## 2 La croissance crée de nouvelles inégalités sociales et spatiales

- L'essor économique de l'Inde repose surtout sur son ouverture internationale. L'appel aux investissements étrangers et la diminution des droits de douane favorisent le développement de nombreux secteurs d'activité.
- Seules certaines régions bénéficient de l'intégration aux échanges mondiaux : le sud du pays, la région-capitale de Delhi et la conurbation Mumbai-Pune ont un niveau de développement très élevé. Inversement, les régions de l'intérieur s'enfoncent dans les difficultés socio-économiques. Le manque d'infrastructures y est particulièrement criant.

**Doc. 4** **Le développement humain par État en Inde**

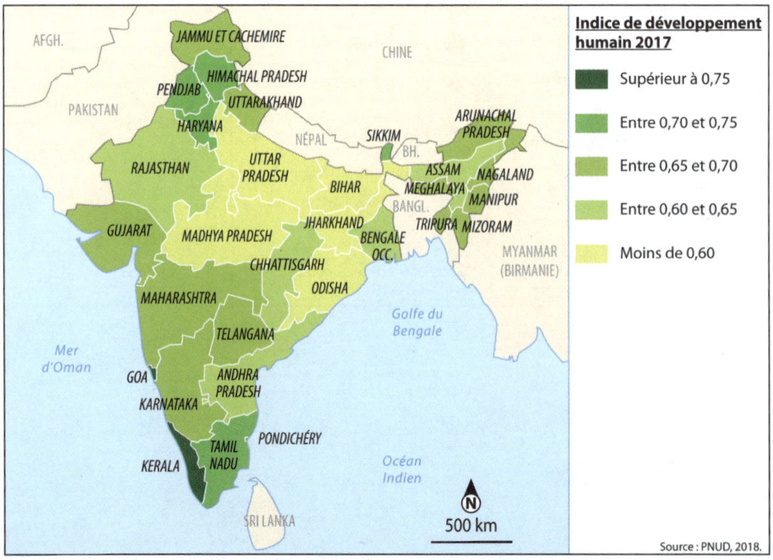


Source : PNUD, 2018.

Les modalités du développement en Inde

**Idée à retenir**

**En Inde, le développement n'est homogène ni entre les individus ni entre les territoires.**

# 7 Développement et inégalités en Russie

**De quoi s'agit-il ?** **La croissance de la Russie a été très rapide au début des années 2000, mais elle n'a pas profité de manière homogène à l'ensemble de ses habitants et de ses territoires. C'est aujourd'hui l'un des pays les plus inégalitaires au monde.**

## 1 La Russie à la croisée des chemins

- La Russie est une puissance économique intermédiaire. Son PIB la classe au 7e rang mondial, loin derrière les États-Unis et la France.
- La richesse moyenne des ménages a été multipliée par 8 mais la croissance s'est enrayée sous l'effet de la chute du prix des hydrocarbures et des sanctions internationales qui ont été considérablement renforcées dès le début de la guerre en Ukraine (février 2022).
- La disparition du bloc soviétique s'est accompagnée d'une multitude de réformes économiques et sociales. Elles ont entraîné une dégradation des conditions de vie et le déclin démographique du pays, qui a perdu 5 millions d'habitants entre 1991 et 2008.
- Aujourd'hui, les mesures contre l'alcoolisme, les campagnes d'information sanitaire et une politique nataliste atténuent les effets de cet effondrement démographique.

## 2 L'un des pays les plus inégalitaires au monde

- L'appauvrissement des Russes s'accentue. La part de personnes vivant sous le seuil de pauvreté, en hausse quasi constante depuis 2012, atteint 13 % de la population totale. Actuellement, 3 % des Russes les plus aisés détiennent 89 % des richesses du pays.
- Les inégalités entre et à l'intérieur des régions russes sont particulièrement fortes. Seuls quelques territoires connaissent une forte croissance économique et démographique. Le morcellement du pays s'en trouve accentué (**Doc. 5**).

**Doc. 5** **Les niveaux de développement en Russie**

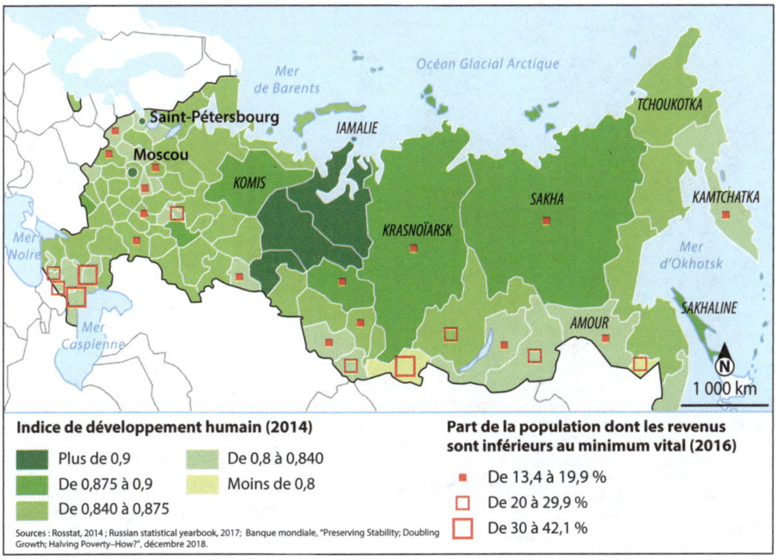


Sources : Rosstat, 2014 ; Russian statistical yearbook, 2017; Banque mondiale, "Preserving Stability; Doubling Growth; Halving Poverty–How?", décembre 2018.

Développement et inégalités en Russie

**Idée à retenir**

**La Russie est un Etat en situation de transition économique, sociale et démographique dont les perspectives d'avenir sont assez difficiles à envisager.**

HISTOIRE-GÉO

# 8 France : dynamiques démographiques, inégalités socio-économiques (1)

**De quoi s'agit-il ?** **La population française augmente peu et à un rythme qui ralentit. Les Français vieillissent de plus en plus rapidement, mais la trajectoire démographique du pays est indépendante des inégalités socio-économiques qui restent globalement stables.**

## 1 L'affirmation de la « France ridée »

● En 2022, la France compte 67,5 millions d'habitants dont 2,18 millions en Outre-mer. La population augmente principalement du fait de l'accroissement naturel bien que celui-ci se situe aujourd'hui à un niveau historiquement bas.

● Avec 1,83 enfant par femme, le renouvellement des générations n'est plus assuré.

● Un Français sur cinq a 65 ans ou plus. La gérontocroissance s'accentue avec l'arrivée aux âges élevés des générations issues du baby-boom, l'augmentation de l'espérance de vie et la baisse de la fécondité.

**Vocabulaire**

■ **gérontocroissance :** augmentation du nombre ou de la part des personnes âgées dans une population donnée.

## 2 La France, un pays inégalitaire ?

● Les inégalités socio-économiques ont peu varié en France au cours des quinze dernières années. En 2000, la part du 1 % des foyers les plus aisés représentait 12 % du revenu total des ménages français contre un peu plus de 11 % actuellement.

● Cependant 14 % des Français vivent avec moins de 60 % du revenu médian et les inégalités de patrimoine continuent de se creuser entre les plus modestes et les plus favorisés.

**Doc. 6 Les dynamiques démographiques en France**

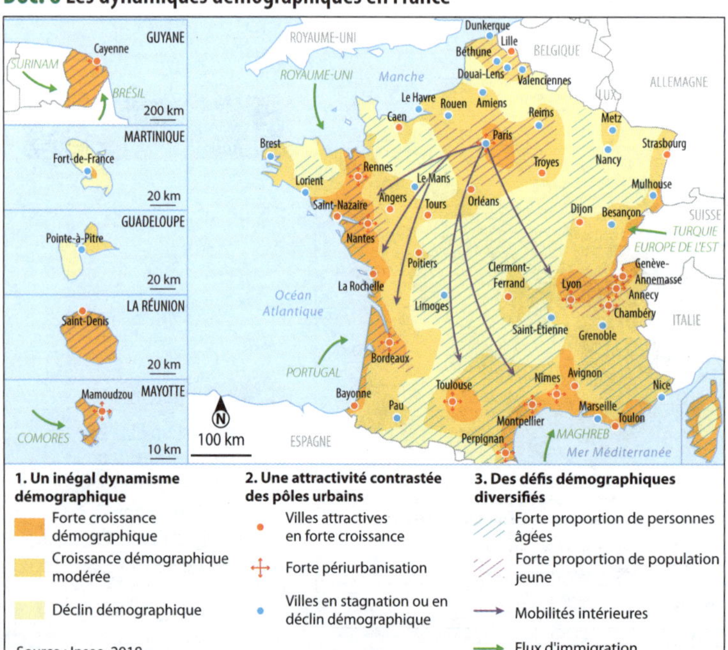


**Idée à retenir**

**Les Français sont de plus en plus nombreux mais surtout de plus en plus âgés sans que les inégalités de richesse n'augmentent de manière très importante.**

# 9 France : dynamiques démographiques, inégalités socio-économiques (2)

**De quoi s'agit-il ? La trajectoire démographique et les inégalités socio-économiques ne présentent pas de ruptures majeures à l'échelle nationale. Mais la situation et les évolutions observées à l'échelle locale révèlent des contrastes qui justifient la mise en œuvre de politiques publiques adaptées.**

## 1 La France, des territoires en transition

● La population française est très inégalement répartie. La région capitale, les littoraux et les grandes vallées fluviales sont densément peuplés.

● L'arc qui s'étend de la Bretagne à l'Alsace en incluant les marges méridionales du pays attire de plus en plus de Français. La croissance démographique se concentre surtout dans les métropoles hors Paris : Nantes, par exemple, accueille 9 000 habitants supplémentaires chaque année.

● Parallèlement, la perte de vitalité de la « diagonale du vide » s'accentue. Le chômage, la fermeture des commerces et la vacance des logements plongent de nombreuses villes, petites et moyennes, dans une crise profonde qui aggrave la fragmentation de l'espace français.

**Vocabulaire**

- **diagonale du vide :** espace de faible densité situé entre la frontière belge et les Pyrénées
- **fragmentation :** morcellement territorial

## 2 Des réponses nationales et européennes

● En France, des mécanismes budgétaires et sociaux assurent une redistribution des revenus entre individus et territoires. Le principe de cohésion sociale, base de toute politique d'aménagement du territoire, repose sur un transfert des richesses vers les plus modestes.

● Toute dépense de l'État a un impact social et territorial. Les priorités sont difficiles à établir dans un contexte de rigueur budgétaire : la fermeture d'un hôpital ou d'un tribunal est toujours mal vécue localement.

● L'Union européenne intervient aussi pour réduire les inégalités socio spatiales. Elle déploie des crédits pour limiter le poids de l'isolement et de l'éloignement de l'Outre-mer.

**Vocabulaire**

- **cohésion sociale :** fondement républicain qui vise à assurer l'équité entre les individus.

**Idée à retenir**

En France, les dynamiques spatiales à l'œuvre ont tendance à fragmenter le pays et rendent donc nécessaires l'application de mesures d'aménagement du territoire.

# Révision express

## Le schéma à retenir

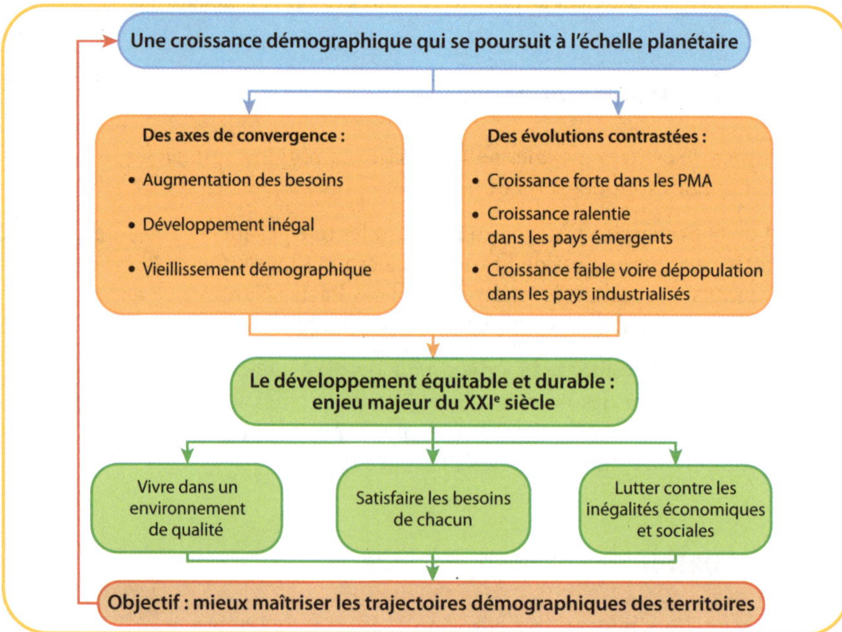


## Quiz

*Cochez la bonne réponse.*

**1.** Quel est le continent le plus peuplé de la planète ?
a. ☐ L'Asie   b. ☐ L'Afrique   c. ☐ L'Europe

**2.** Combien d'États ont un taux de fécondité d'au moins 4 enfants par femme dans le monde ?
a. ☐ 36   b. ☐ 43   c. ☐ 59

**3.** Quelle est la part de la population âgée de 65 ans ou plus au Japon ?
a. ☐ 22 %   b. ☐ 28 %   c. ☐ 39 %

**4.** À quel revenu quotidien la Banque mondiale fixe-t-elle le seuil d'extrême pauvreté (en dollars) ?
a. ☐ 1,90   b. ☐ 3,20   c. ☐ 5,40

**5.** Quelle est la population de la France d'outre-mer (en millions d'habitants) ?
a. ☐ 4, 79   b. ☐ 3, 29   c. ☐ 2,13

→ Réponses p. 479

## EXERCICE GUIDÉ

# Réaliser un croquis à partir de documents

## Énoncé

### Doc. 1 La fécondité en Europe

Le niveau de fécondité d'un pays est toujours le résultat de facteurs variés. Il dépend notamment des mesures décidées par les pouvoirs publics pour encourager les naissances.

Pour les 4/5e de l'Union européenne, le rapport entre fécondité et politique familiale est incontestable. Les pays qui consacrent davantage d'argent aux familles ont la fécondité la plus élevée et inversement. Autrement dit, les politiques natalistes ont un effet positif sur la natalité. En revanche, les pays qui ont une politique familiale réduite ont une fécondité plus faible. Seuls quatre d'entre eux échappent à cette relation.

D'après G.-F. Dumont, « Quelle géographie de la fécondité en Europe ? », Population et avenir, n° 736, 2018.

### Doc. 2 Fécondité et politiques familiales en Europe

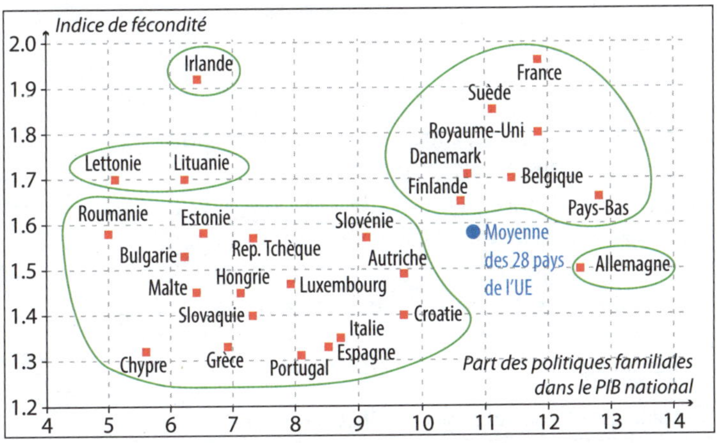


D'après G.-F. Dumont, « Quelle géographie de la fécondité en Europe ? », *Population et avenir*, n° 736, 2018.

**1.** Quel lien le texte met-il en évidence entre le niveau de fécondité et les politiques familiales menées par les pays de l'Union européenne ?

**2.** Identifier et nommer un pays de l'UE ayant un niveau de fécondité élevé et une politique familiale développée ; une fécondité réduite et une politique familiale peu développée.

**3.** Associer un figuré à chacune des trois catégories de pays évoqués puis compléter le fond de carte. Quel avantage le croquis présente-t-il par rapport au texte et au graphique ?

HISTOIRE-GÉO

## Méthode

**1 Analyser le document de référence**

- Identifier la nature, la date, l'auteur, la source du document.
- Extraire les informations essentielles pour répondre aux questions posées.
- Souligner le nom des lieux ou des territoires évoqués dans le document.

**2 Passer d'un langage à l'autre**

- Regrouper les informations à représenter en deux ou trois catégories.
- Organiser la légende : chaque catégorie devient une partie de la légende.
- Choisir les figurés adaptés à l'information à représenter (couleurs, flèches, pictogrammes…).

**3 Réaliser le croquis**

- Reporter un à un les figurés choisis sur le fond de carte.
- Compléter la légende catégorie par catégorie.
- Donner un titre à votre production cartographique.

## Corrigé

**1.** Le texte met en évidence une relation étroite entre le niveau de fécondité et les politiques familiales appliquées par les États de l'UE. Une fécondité élevée correspond à une politique familiale développée et inversement à quatre exceptions près.

**2.** La France est l'un des pays de l'UE qui a à la fois un niveau de fécondité élevé et une politique familiale développée ; Chypre a en revanche un niveau de fécondité réduit et une politique familiale peu développée.

**3.** Voir le croquis complété. Il permet de saisir d'un seul coup d'œil le rapport spatial entre fécondité et type de politique familiale à l'échelle du territoire de l'UE. C'est un document d'une nature plus « géographique » que le texte ou le graphique.

**Les liens entre fécondité et politiques familiales au sein de l'UE en 2019**

# Chapitre 7 Des mobilités généralisées

## 1 Les migrations internationales

**De quoi s'agit-il ?** **On estime à 250 millions, soit 3 % de la population mondiale, le nombre de migrants installés dans un autre pays que celui d'origine. Quels sont les principaux espaces concernés ?**

### D 1 Les migrations internationales, signe de la mondialisation

- Les migrations sont considérées comme un marqueur de la mondialisation (**Doc. 1**), et notamment celles fondées sur la libre circulation et liées à l'activité économique.

- La recherche de meilleures conditions de vie pousse ainsi de nombreux émigrés à rejoindre des destinations plus attractives. Les pays d'accueil, quant à eux, plutôt situés au Nord ou parfois dans des pays dynamiques du Sud (pays émergents, pays pétroliers.)

- Une autre forme d'émigration contrainte est liée aux questions géopolitiques : fuir un conflit, une dictature. Depuis sa création en 1945, l'ONU dispose d'une agence de protection de ces réfugiés : le Haut Commissariat pour les réfugiés (HCR). Enfin, il est de plus en plus question du phénomène des réfugiés climatiques, contraints de quitter leur territoire suite aux effets du réchauffement climatique.

**Vocabulaire**

- **réfugié :** personne fuyant son pays et cherchant refuge dans un autre, même temporairement.
- **HCR :** Haut Commissariat pour les réfugiés, agences de l'ONU créée dès 1945.

**Doc. 1** **Les migrations internationales en 2018**

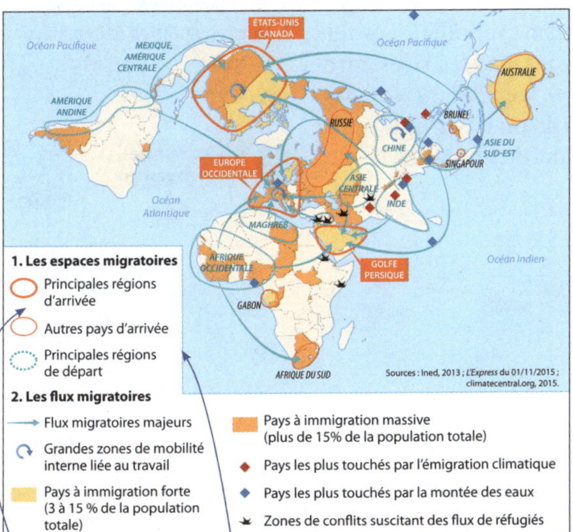


Les principaux foyers d'accueil sont les pays riches du Nord

D'autres pays sont des foyers d'immigration dans leur sphère d'influence : Pays de la péninsule arabique pour le monde arabo-musulman, Russie pour ses ex-voisins soviétiques, Afrique du sud…

La question des réfugiés climatiques émerge et s'accroit dans la question des migrations internationales

Les migrations internationales

HISTOIRE-GÉO

## 2 Les mobilités intra-européennes

• En 1985, les membres de la communauté européenne ratifient les accords de Schengen. Signés en 1985 et mis en application à partir de 1995, ils ont pour but de faciliter le déplacement des personnes par la suppression des frontières communes aux États membres, mais sous condition de renforcement du contrôle aux frontières extérieures.

• Chaque année, environ 4 millions de personnes immigrent dans un pays membre de l'UE mais la moitié vient d'un autre pays de l'UE. Au total, 20 millions d'Européens vivent dans un autre pays membre de l'UE que celui où ils sont nés.

• Les mobilités des étudiants sont particulièrement importantes. Nommé ainsi en hommage à l'humaniste Érasme, Erasmus+ regroupe plusieurs anciens programmes ouverts aux jeunes (de 13 à 30 ans) et à leurs enseignants, du primaire au supérieur en passant par la formation, et incluant la jeunesse et les sports. Il concerne 33 pays, dont tous les membres de l'UE.

**Vocabulaire**

- **Erasmus+ (EuRopean Action Scheme for the Mobility of University Students) :** programme pour l'éducation et la formation favorisant les échanges internationaux et s'appuyant sur la collaboration.

## 3 Un exemple de bassin migratoire : la Méditerranée

• Aujourd'hui dans le bassin méditerranéen, les déplacements dominants sont de deux types : les migrations économiques et le tourisme (**Doc. 2**).

• Les migrations économiques vont essentiellement des pays moins développés vers les pays plus développés.

• Les points de passage que sont les détroits (Gibraltar, Sicile et Malte) ou les îles (en particulier entre Grèce et Turquie) sont étroitement surveillés par l'Union européenne pour contrôler les flux d'immigrants. Près de 350 centres de rétention et de tri existent sur le sol européen.

• La Méditerranée est aussi un haut lieu du tourisme mondial. Les flux vont quant à eux majoritairement des pays du Nord vers les rives européennes (littoraux espagnols, français, italiens…). Cependant, des destinations moins onéreuses vers le Maroc, la Tunisie ou la Turquie, où la part du tourisme compte jusqu'à 10 % du PIB, ont de nos jours le vent en poupe.

**Vocabulaire**

- **migration :** déplacement souvent sur une longue durée et une longue distance.
- **centre de rétention :** centre destiné à retenir des migrants avant leur expulsion vers leur pays d'origine ou leur acceptation dans le pays d'arrivée.

La Méditerranée, un bassin migratoire

**Doc. 2** Le bassin migratoire méditerranéen

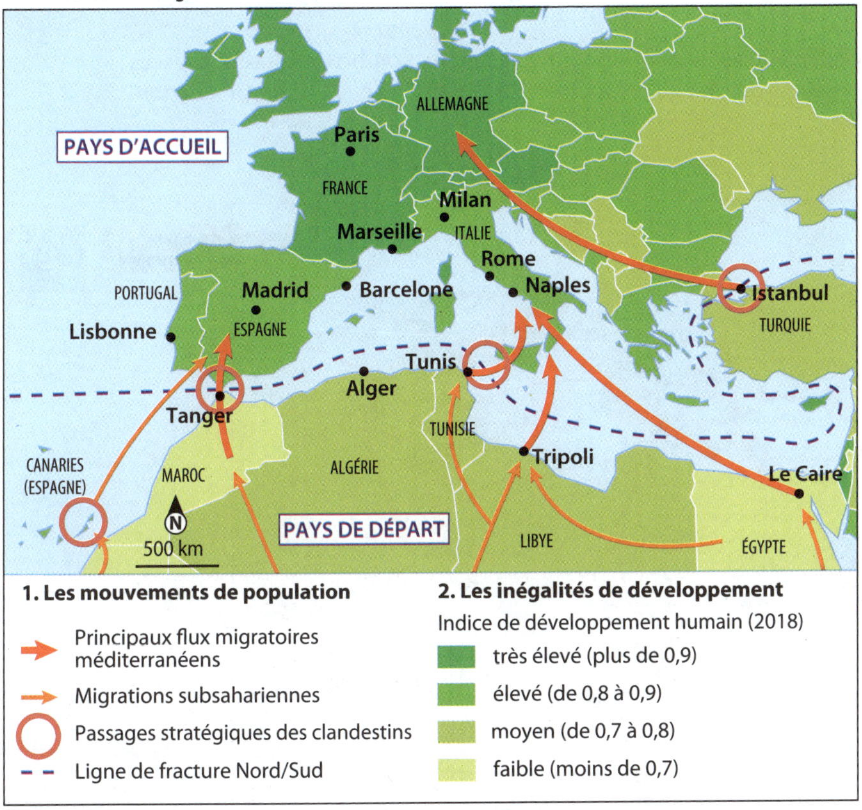


# 2 Les mobilités touristiques

**De quoi s'agit-il ? Depuis ses débuts au xixe siècle, le tourisme s'est démocratisé. Les flux se sont amplifiés autant que leurs destinations se sont diversifiées.**

## 1 Des mobilités croissantes

- La question concerne ici les touristes internationaux, c'est-à-dire ceux qui partent séjourner dans un autre pays, car le tourisme peut bien sûr aussi être interne. Le tourisme international a triplé ces trente dernières années, passant de 0,4 à 1,4 milliard de personnes avant la crise de la Covid-19 (0,45 en 2021).

- On peut distinguer différentes formes de tourisme. Le tourisme récréatif concerne les stations balnéaires des littoraux ensoleillés et des mers tempérées ou chaudes, mais aussi les stations de ski ou les parcs d'attractions. Il côtoie le tourisme patrimonial, notamment les villes et sites historiques voire mémoriels, les parcs et sites naturels, surtout quand ils sont classés au patrimoine mondial de l'Unesco.

> **Vocabulaire**
> **Unesco : Organisation des Nations unies pour l'éducation, la science et la culture, créée en 1945.**

- Les flux sont massivement le fait de pays du Nord (Europe, Amérique du Nord et Japon) qui s'échangent des touristes (**Doc. 3**).

- Le Sud commence cependant à émerger, tout d'abord comme destination, et ce parfois depuis plusieurs décennies grâce à des coûts plus compétitifs, transport compris. Mais aussi comme espace émettant des touristes, même si cela ne concerne essentiellement que les pays émergents (Chine) ou pétroliers (péninsule Arabique).

• L'afflux de touristes demande également des aménagements nombreux (hôtels, espaces de loisirs...) pouvant parfois bouleverser les sociétés locales qui peuvent se sentir « dépossédées » de leur espace.

**Doc. 3** Le tourisme mondial

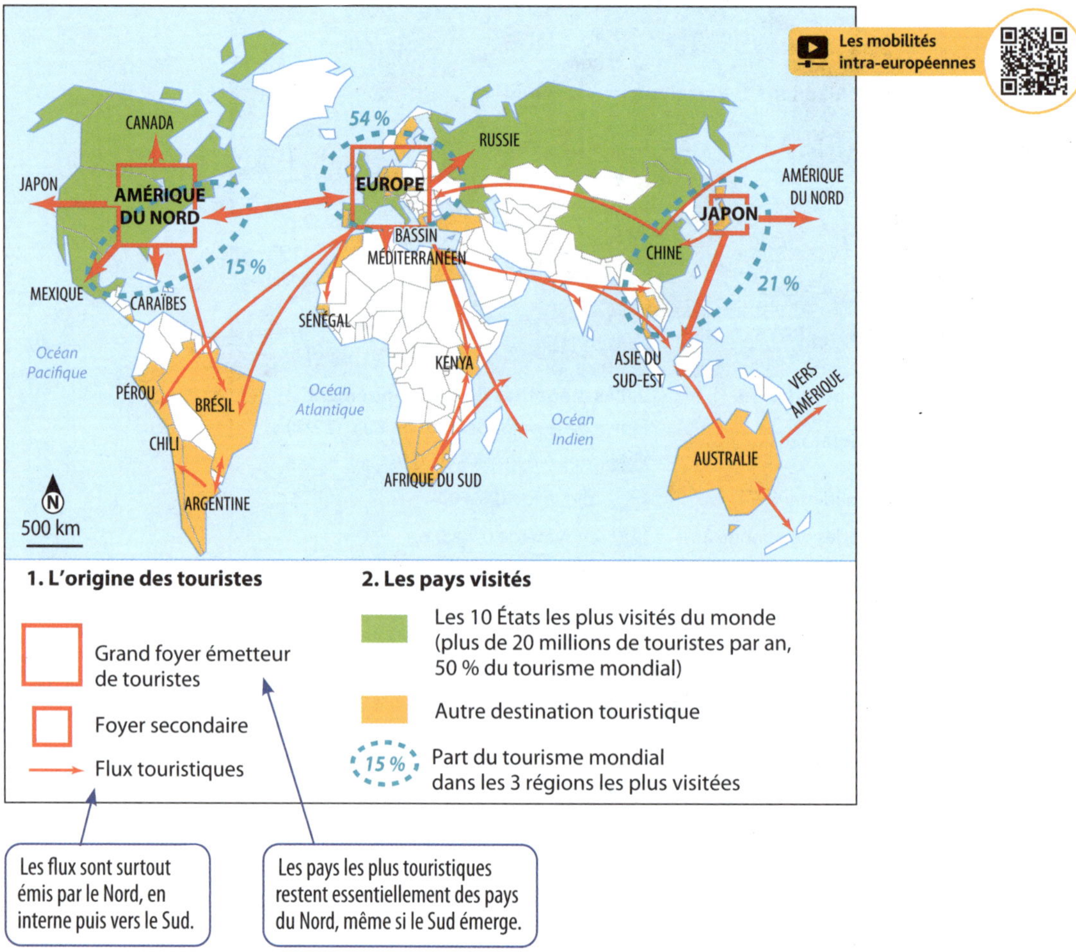


## 2 Les États-Unis, grand pôle du tourisme mondial

• Si les États-Unis se classent 2e en nombre d'arrivées touristiques, ils sont 1er en chiffre d'affaires (205 milliards de dollars en 2017)

• Les États-Unis accueillent environ 80 millions de touristes internationaux (2019). Cependant, les deux tiers d'entre eux proviennent des deux pays voisins, le Canada et le Mexique.

• Enfin, il ne faut pas négliger le tourisme interne, les États-Uniens bénéficiant d'un espace touristique diversifié. Le secteur touristique a suscité et suscite encore de nombreux aménagements spatiaux (stations balnéaires, parcs d'attractions, tourisme urbain, musées etc.) et dynamise certains territoires, en particulier la Sun Belt (Californie, Floride, Nouvelle-Orléans, etc.) ou les Rocheuses. Cependant, le tourisme compte pour moins de 3 % du PIB.

**Doc. 4** **Les États-Unis vus à travers l'imaginaire touristique**

## 3 Dubaï, pôle migratoire et touristique

- Dubaï, sur le littoral des Émirats arabes unis, a connu en 30 ans une croissance et une mutation spectaculaires, résultat d'une volonté politique d'insertion à la mondialisation (**Doc. 5**) pour sortir de l'économie de rente pétrolière.
- Financés par le pétrole, de gigantesques chantiers n'ont cessé d'émerger et transforment cet espace : aménagements de marina et d'îles artificielles, construction de la plus haute tour du monde, etc.
- Ces chantiers ont nécessité l'emploi d'une main-d'œuvre immigrée, en provenance en grande partie du monde arabo-musulman (Pakistan, Yémen, etc.). Ainsi, Dubaï compte aujourd'hui plus de 2 millions d'habitants dont plus de 80 % d'immigrés. Les conditions de travail et de résidence des travailleurs non-qualifiés sont toutefois régulièrement dénoncées par les ONG : passeports retenus, horaires et salaires proches de l'exploitation, pas de droits syndicaux, etc.

**Vocabulaire**

- **économie de rente :** économie fondée sur l'exploitation d'une ressource.
- **ONG :** Organisation Non Gouvernementale, comparable aux associations en France.
- **hub :** nœud dans les réseaux de communication, redistribuant les flux.

- Dubaï est devenue un hub dans le réseau aéroportuaire mondial (près de 90 millions de passagers), grâce à la compagnie Emirates.
- Mais la ville a aussi su capter ces flux et développer des activités touristiques (hôtels haut de gamme et plages, shopping, notamment de luxe, golf et piste de ski dans une région aride !). Elles attirent 16 millions de touriste en 2017.
- C'est dans la perspective de renforcer cette image de pôle attractif que Dubaï a obtenu de pouvoir organiser l'Exposition universelle de 2020, reportée fin 2021, qui a vu affluer 25 millions de visiteurs.

**Doc. 5** Dubaï, une métropole dans la mondialisation

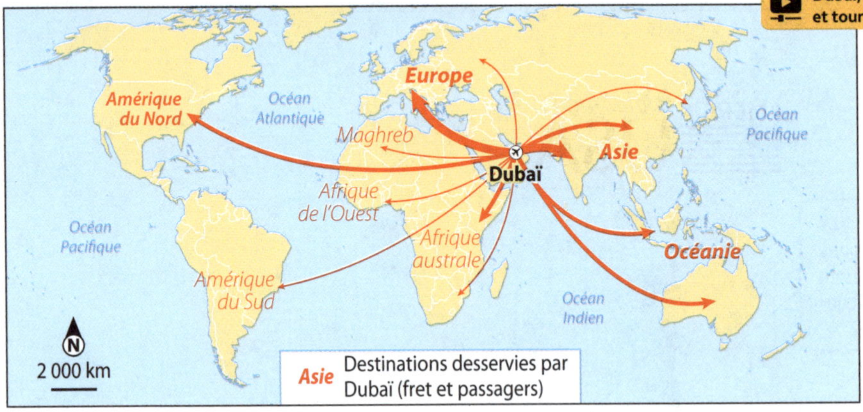


Dubaï, pôle migratoire et touristique

# 3 La France : mobilités, transports et enjeux d'aménagement

**De quoi s'agit-il ? Pays développé, la France se caractérise par une grande intensité et une grande diversité des mobilités sur son territoire, et ce à toutes les échelles. La multiplication des mobilités demande un aménagement permanent des réseaux de communication afin de répondre aux besoins des Français mais aussi à ceux de la mondialisation.**

## 1 Des mobilités variées

- 40 km chaque jour : c'est la moyenne des déplacements quotidiens entre le domicile et le travail d'un Français, auxquels on peut également ajouter les mobilités sociales (loisirs, activités associatives, sociabilités). On parle alors de migration pendulaire expliquées par l'étalement urbain mais aussi les faibles densités rurales. Les mobilités révèlent des inégalités socio-économiques. Ainsi, habiter dans les zones rurales y compris périurbaines induit souvent une dépendance aux transports que ne connaît pas l'habitant d'un centre-ville qui, par ailleurs, dispose d'un meilleur accès aux différents réseaux (**Doc. 6**).

**Vocabulaire**

- **migration pendulaire : aller-retour quotidien en général entre le domicile et le travail.**
- **héliotropisme : attractivité des régions ensoleillées.**

- Un Français sur dix déménage chaque année. Ces déménagements se font essentiellement dans la même aire résidentielle (à l'intérieur d'une aire urbaine), parfois à travers la France. Le tourisme offre une forme de mobilité saisonnière qui s'étale sur toute l'année. 90 % des Français partant en vacances restent en France et, en 2016, 170 millions de déplacements ont eu lieu vers les stations balnéaires l'été, les stations de ski l'hiver ou encore le tourisme patrimonial (villes, parcs naturels), qui est en croissance.

- Ces mobilités révèlent des dynamiques régionales diverses. Globalement, les régions du sud et de l'ouest de la France sont les plus attractives – on parle d'héliotropisme – tant par leur dynamisme économique, les emplois qu'elles génèrent, que par leur potentiel touristique. L'aire urbaine parisienne connaît quant à elle un double mouvement massif, celui d'arrivées (étudiants, jeunes travailleurs) et de départs (familles, retraités). Paris reste la ville la plus visitée (12 millions de touristes internationaux) et permet à la France d'être la première destination touristique mondiale.

**Doc. 6 La fracture numérique**

Les réseaux numériques [...] permettent à la fois de faciliter les communications entre particuliers et professionnels, favorisant les échanges économiques. Dans les faits, les territoires sont inégalement connectés à ces réseaux de communication. [...] À l'échelle nationale, la couverture Internet peut sembler bonne puisque seulement 23 % de la population française est équipée d'un débit inférieur à 2 mégabits par seconde. [...] Mais en regardant de plus près cette proportion par département, on remarque que les opérateurs assurent avant tout la couverture des territoires les plus denses, les plus urbanisés et les plus riches. [...] 238 communes sont classées en zone blanche. Ces communes sont toutes des communes rurales. Pour corriger ces inégalités, l'État et les quatre principaux opérateurs ont passé un accord pour couvrir en Internet mobile les centres-bourgs des communes en zone blanche d'ici la fin 2016. [...] Cette politique concerne en particulier les départements d'outre-mer, mal connectés.

Charlotte Ruggieri, *La France, géographie des territoires*, Ellipses, Paris, 2017.

La France : des mobilités variées

Le géographe travaille en changeant d'échelles : une moyenne nationale cache des disparités, des inégalités.

Les inégalités spatiales classiques se retrouvent dans la fracture numérique (ville/campagne, métropole/outre-mer, etc.).

La politique d'aménagement du territoire cherche à rééquilibrer les territoires et plusieurs acteurs interviennent, des pouvoirs publics (État, communes, etc.) aux entreprises privées.

## 2 La France : réseaux et aménagements

- Le territoire français est sillonné de réseaux de communication (**Doc. 7**). Développé de longue date, le réseau routier, du chemin communal jusqu'aux autoroutes, est l'un des plus denses au monde. Le réseau ferroviaire s'est quant à lui développé dès le XIXe siècle mais il s'est surtout modernisé depuis 1981 avec le développement du TGV, qui facilite l'interconnexion des métropoles. En revanche le réseau fluvial, canaux compris, est moins utilisé malgré quelques projets pour le dynamiser.

- Enfin, les réseaux sont très bien connectés avec l'extérieur, que ce soit l'Union européenne ou le monde, par la prolongation des réseaux terrestres mais aussi par les aéroports et les ports – ceux-ci étant essentiels pour les territoires ultramarins. La France joue à ce titre un rôle important de carrefour européen. En effet, beaucoup de projets menés par l'Union européenne nécessitent de passer par la France (par exemple la liaison ferroviaire Lyon-Turin, chaînon d'un axe entre la péninsule Ibérique et l'Europe centrale).

- Les réseaux suscitent des aménagements que ce soit sur leurs axes ou leurs nœuds (plates-formes multimodales que sont les gares, aéroports, etc.). Ceux-ci permettent parfois de dynamiser des quartiers (Euralille, Lyon Part-Dieu) mais suscitent aussi des débats et des conflits d'usage (tracé d'un TGV, aménagement d'un aéroport).

- L'enjeu du développement durable concerne aussi la question des mobilités. La prédominance du routier (plus de 80 %) dans les transports en France, hommes et marchandises comprises, est difficilement contrebalancée par les efforts fournis dans le développement de transports collectifs et moins polluants (redéveloppement du tramway en ville par exemple) ;

**Vocabulaire**

- **plate-forme-multimodale :** nœud sur plusieurs réseaux de transport, permettant de passer d'un mode de transport à un autre (aéroport connecté à des autoroutes et un réseau ferroviaire par exemple), souvent en changeant d'échelle.

## Doc. 7 La France des réseaux

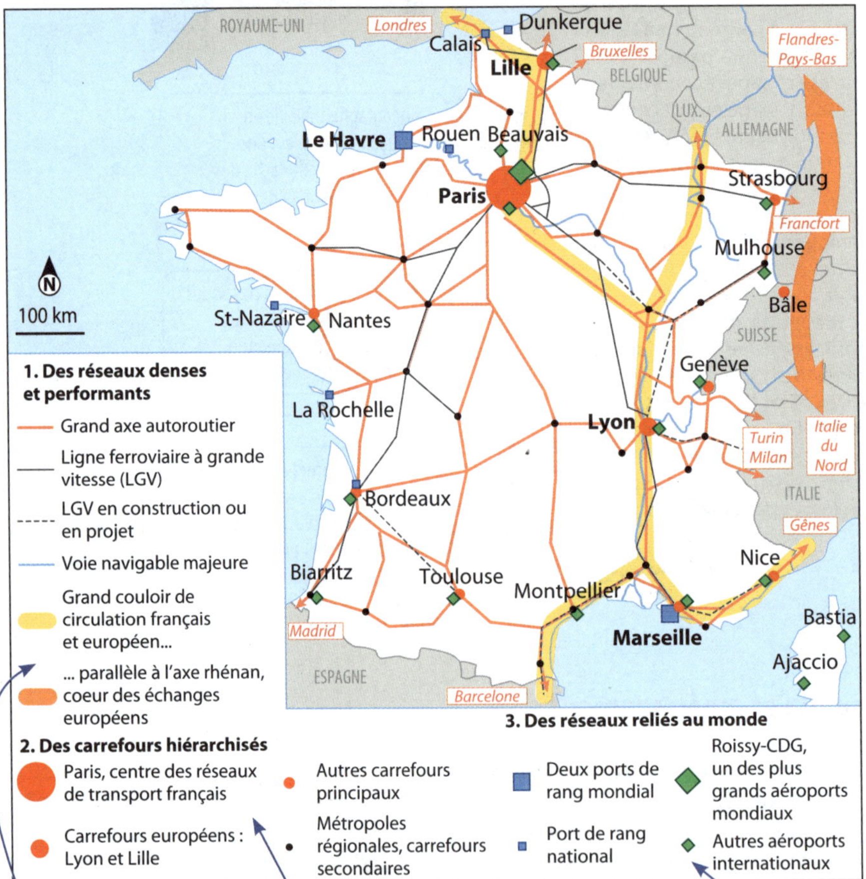


Les réseaux terrestres sont diversifiés et développés sur l'ensemble du territoire.

Les réseaux connectent cependant surtout les métropoles. Le cœur du pays, moins densément peuplé, est surtout traversé, et Paris garde une place centrale.

Les réseaux français sont connectés au réseau européen.

# Révision express

## Le schéma à retenir

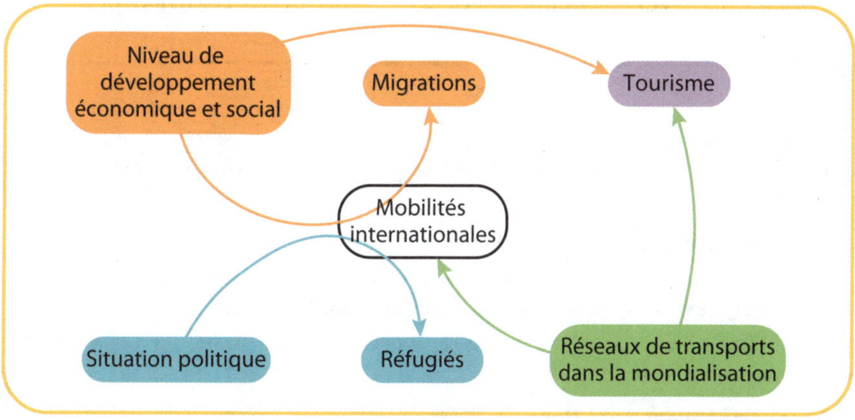


## Quiz

*Cochez la bonne réponse.*

1. Les migrations de travail viennent des pays du Sud.
   a. ☐ **Vrai** b. ☐ **Faux**

2. La Méditerranée connaît des flux migratoires nombreux et variés.
   a. ☐ **Vrai** b. ☐ **Faux**

3. La construction européenne permet une ouverture totale des frontières extérieures.
   a. ☐ **Vrai** b. ☐ **Faux**

4. Les mobilités en France empruntent de façon équilibrée différents réseaux.
   a. ☐ **Vrai** b. ☐ **Faux**

→ Réponses p. 479

EXERCICE GUIDÉ

## Faire un brouillon de composition

### Énoncé

**Rédigez le brouillon d'une composition sur le sujet : « Les grands pôles du tourisme mondial. »**

### Méthode

- Le brouillon est incontournable. Avant de rédiger quoi que ce soit, soyez sûrs de ce que vous allez dire (la réponse au sujet ainsi que les arguments et exemples nécessaires) et comment vous allez le dire (le plan).

**1 Analyser le sujet et dégager une problématique**

- Analysez et définissez tout d'abord les termes du sujet. Dégagez également les cadres (spatiaux, temporels), le contexte historique, la ou les échelles géographiques.
- Dégagez ensuite une problématique : quel est l'intérêt de ce sujet ? Pourquoi s'y pencher ? Qu'allez-vous démontrer au cours de votre copie ?

**2 Organiser les idées avant de rédiger**

- Listez tels qu'ils vous viennent les connaissances, idées, exemples, dates, acteurs qui vous serviront d'arguments.
- Faites éventuellement une recherche d'idées sous forme de carte mentale ou de tableau . Faites ensuite des regroupements au sein de cette liste, voire du tri, en éliminant ce qui semble finalement hors sujet.

### Corrigé

**1. Analyser le sujet et dégager une problématique**

**• Analyse du sujet**

Chaque mot peut ici facilement être défini en songeant aux grandes questions « Quoi, Où, Comment, Pourquoi, Qui ? ».

– Échelle concernée : le « monde » ; mais d'autres échelles sont nécessaires pour donner des exemples (pays touristiques + échelle locale : sites touristiques).

– « Tourisme » : mobilité liée au loisir, au repos, à la découverte (Quoi ?) ; nécessité d'un certain niveau de vie pour y accéder (Qui ?).

– « Grands pôles » : principaux espaces attractifs (Comment ? Pourquoi ?), les lieux les plus importants du tourisme dans le monde (Où ?) ; répartition équilibrée à la surface de la planète ou concentration à certains points (par exemple surtout au Nord ?).

**Bien comprendre**

**Le « Quand ? » semble ici moins important puisqu'en géographie on parle de l'époque actuelle, mais on peut songer aussi aux évolutions : l'espace n'est jamais figé.**

**• Élaboration d'une problématique**

Plusieurs problématiques sont possibles pour un même sujet, du moment qu'elles permettent de dégager un intérêt par rapport à l'étude de la géographie en général :

1. « Comment ont émergé les grands pôles du tourisme mondial ? », « Quels atouts, quels aménagements ont été nécessaires qui les ont rendus attractifs ? » permettent d'étudier la question de l'aménagement de l'espace.

2. « Les grands pôles du tourisme sont-ils représentatifs des inégalités mondiales et de leurs évolutions ? » permet d'étudier la question des inégalités dans le monde.

**2. Organiser les idées avant de rédiger**

**• Liste des idées**

– Espaces les plus touristiques : France, Europe, Méditerranée ; États-Unis, quelques pays d'Asie, etc.

– Espaces touristiques émergents : Chine, en Afrique, Dubaï, etc.

– Domination tout de même du Nord dans les destinations, les classements (France, États-Unis = 1ers pays touristiques mondiaux).

– Infrastructures nécessaires : stations, hôtels, aéroports (fondamentaux) + ports, routes, gares.

– Capacités techniques et financières plus fortes au Nord.

– À l'échelle locale, dégradations de l'environnement (tourisme durable ?), nuisances pour les habitants ?

– Touristes surtout en provenance du Nord (flux surtout Nord-Nord) – Mais émergence aussi de flux en provenance du Sud (Chine, pays pétroliers).

– Diversité des sites touristiques (patrimoine naturel, culturel…) : nommer des sites (villes comme Paris (Louvre, etc.) ou Dubaï, plages (Méditerranée, Thaïlande, etc.), parcs d'attraction.

– Tourisme de proximité : à l'intérieur du pays (ex. Inde, France) ou entre voisins (Europe ; Amérique du Nord).

**• Élaboration du plan**

**Problématique 1**

I. Exploiter le potentiel touristique, facteur de transformation de l'espace

A. La diversité des espaces touristiques (patrimoines naturel, culturel, etc.)

B. L'aménagement de réseaux

C. Gérer dégradations et nuisances : vers un tourisme durable ?

II. Un espace touristique mondial encore inégal

A. L'avance du Nord dans le développement des espaces touristiques

B. Le Sud émerge dans l'espace touristique mondial

**L'astuce du prof**

**Selon la problématique, vous pouvez rassembler les idées de plusieurs façons. Dans le cas présent, vous constaterez que si les plans diffèrent, ils s'appuient sur les mêmes idées, connaissances.**

**Problématique 2**

I. Le Nord contrôle le tourisme mondial

A. Les principaux espaces touristiques sont dans les pays à fort IDH

B. Les flux sont surtout Nord/Nord

II. Le Sud émerge dans le tourisme mondial

A. Le Sud, nouvel espace attractif

B. Le Sud, émetteur aussi de flux vers les espaces touristiques

III. Dans les deux cas, le tourisme nécessite des aménagements

A. Exploiter les potentiels (diversité des espaces touristiques)

B. Construire des réseaux à toutes les échelles

C. Gérer dégradations et nuisances : vers un tourisme durable ?

**• Rédaction de l'introduction**

***Présentation du sujet***

***Problématique***

***Annonce du plan***

# Chapitre 8 L'Afrique australe : un espace en profonde mutation

## 1 Des milieux à valoriser et à ménager

**De quoi s'agit-il ? L'Afrique australe se définit souvent par son immensité et sa diversité, sources de nombreuses richesses aujourd'hui surexploitées.**

● L'Afrique australe couvre un immense territoire au sud du continent africain (6 500 km du nord au sud et 6 000 km d'ouest en est). L'étirement en latitude lui assure de bénéficier de climats tropicaux à longues saisons sèches, et méditerranéens.
Cependant, cet espace de hauts plateaux bordé par des chaînes de montagnes élevées (plus de 3 000 m) présente des milieux contraignants marqués de plus en plus souvent par la sécheresse.
Toutes ces conditions bioclimatiques assurent à l'Afrique australe des paysages et des écosystèmes propices au tourisme

● L'Afrique australe est avant tout l'« Afrique minière ».Elle concentre parmi les plus importants gisements d'or et de platine en Afrique du Sud et au Zimbabwe, de diamants au Botswana, en Angola, en Afrique du Sud et au Lesotho, de cuivre en Namibie et en Zambie, d'uranium et de charbon en Afrique du Sud et au Mozambique, etc.
Les hydrocarbures sont présents en Angola (pétrole) et au Mozambique (gaz) dans des gisements offshore. Les abondantes ressources en eau valent au Lesotho le surnom de château d'eau de l'Afrique du Sud. Ces pays ont une économie de rente extravertie
Les terres arables constituent aussi une richesse pour certains États, qu'elles soient exploitées directement ou qu'elle fasse l'objet d'accaparement par des puissances étrangères (*land grabbing*).
L'Afrique est le continent le plus touché par le réchauffement climatique. L'Afrique australe est particulièrement vulnérable à la sécheresse avec des conséquences dramatiques sur les populations comme sur la faune.
Les économies de la région reposent en grande partie sur les ressources naturelles dont l'exploitation génère de nombreuses pollutions irréversibles.
Face aux menaces qui pèsent sur leur environnement, les Africains ont lancé l'AREI (l'initiative africaine pour les énergies renouvelables) et tentent de diminuer les émissions de gaz à effet de serre grâce à des projets éoliens, hydrauliques ou solaires.

**Vocabulaire**

- **écosystème :** combinaison des éléments du vivant dans un même espace
- **offshore :** au large des côtes.
- **économie de rente :** économie fondée sur l'exploitation d'une ressource.
- **économie extravertie :** économie tournée vers l'extérieur.

# 2 Les défis démographiques et du développement

**De quoi s'agit-il ? Il s'agit d'analyser la transition démographique dans cet espace de l'Afrique australe ainsi que les profondes mutations qui ont touché les sociétés.**

• À l'image du continent tout entier, la démographie de l'Afrique australe offre une image très contrastée, puisque certains pays ont terminé leur transition démographique et affichent en 2021 un indice de fécondité bas, comme l'Afrique du Sud (2,37), alors que d'autres comme l'Angola affichent parmi les plus forts taux au monde (5,30).
Les progrès dans la lutte contre les grandes pandémies comme le paludisme, ceux de l'hygiène et le recul du Sida (même si l'Afrique australe est la région la plus touchée au monde) contribuent à renforcer cette croissance démographique (**Doc. 1**).

**Vocabulaire**
- **indice de fécondité :** nombre moyen d'enfants par femme en âge de procréer.
- **pandémie :** épidémie couvrant un espace vaste.

**Doc.1 Le cas du Lesotho**

[Au Lesotho], l'accès à la contraception a été et reste difficile. Dans les années 1970, les hommes qui travaillaient dans les mines d'Afrique du Sud (40 % en 1974) la refusaient par crainte de relations extraconjugales des femmes [...]. Aujourd'hui, la durée de vie moyenne dans le pays est estimée à cinquante ans, quasiment la même qu'en 1974. Le Sida galope et une partie de la population ne mange pas à sa faim. [...] Selon les Nations unies, [...] l'espérance de vie dans ce pays a reculé entre 1990 et 2012, passant de 59 à 49 ans. Un responsable à cela, le Sida. Le quart des adultes est contaminé, soit le troisième taux au monde. Une surmortalité qui accélère la paupérisation, entre enfants orphelins et vieillards sans ressources.

C. Le Brech, « Lesotho : peu de ressources et beaucoup d'habitants », www.francetvinfo.fr, 23 juin 2017

• En 1900, l'Afrique était le continent le moins urbanisé : 3 % de la population y vivait en ville. Cependant, l'explosion démographique de la seconde moitié du XXe siècle s'est accompagnée d'une explosion urbaine.
Aujourd'hui, l'Afrique est le continent le moins urbanisé (44,4 %) mais c'est celui qui s'urbanise le plus vite.L'Afrique australe opère sa transition urbaine, c'est-à-dire que les populations migrent massivement vers les villes mais surtout qu'elles en adoptent le fonctionnement et le modèle d'organisation.

• Dans les territoires de l'Afrique australe, les colonisateurs ont mis en place des politiques de ségrégation raciale entre population blanche et noire, comme en Afrique du Sud de 1948 à 1991.
Cette ségrégation raciale se traduit par une ségrégation urbaine plus ou moins forte (**Doc. 2**). Cependant, comme dans la plupart des pays d'Afrique, les écarts de revenus sont très importants, marquant ainsi les paysages urbains dans lesquels les bidonvilles jouxtent les gratte-ciel des quartiers d'affaires.

**Vocabulaire**
- **ségrégation :** séparation.

• Dans les pays les plus développés économiquement et urbanisés, une classe moyenne commence à se développer. Cette dernière est considérée par la Banque mondiale comme un des marqueurs du développement et de l'émergence.

**Doc. 2** La ségrégation sociospatiale en Afrique du Sud

Dans les banlieues de Johannesburg, les townships défavorisés pour les populations noires (ici le quartier de Kya Sands, à gauche) font face aux quartiers résidentiels fermés réservés aux populations aisées blanches (ici le quartier de Bloubosrand, à droite).

## 3 Des territoires traversés et remodelés par des mobilités complexes

**De quoi s'agit-il ? Forte d'une croissance économique dynamique, l'Afrique australe est au cœur de mobilités régionales et internationales importantes.**

- L'Afrique du Sud fait figure de modèle de développement sur le continent africain. Elle est le seul pays émergent du continent avec le 33e PIB mondial. Les différences économiques et l'inégale intégration à la mondialisation sont très marquées en Afrique australe ce qui génère de nombreuses mobilités régionales et internationales.
L'Afrique australe est à elle seule un système migratoire puisque le différentiel économique génère des flux nombreux entre pays pauvres et pays riches (**Doc. 3**). En 2017, cette dernière accueillait 4 millions de migrants internationaux. À ce chiffre s'ajoutent les très nombreux migrants africains clandestins.
L'Afrique du Sud, première économie de la région, compte à elle seule plus d'un demi-million d'étrangers en situation régulière. Elle peut être, avec l'Angola, un pays d'immigration mais aussi de transit avant un exil plus lointain, en Europe notamment.
Ces migrations internationales renforcent le poids des métropoles locales, qui concentrent les populations immigrées de la région mais aussi les diasporas chinoises et indiennes.
De plus ces migrations, par le biais des remises et des transferts de fonds, permettent d'évoquer un moteur du développement : le « développement par l'exil ».

- La crise de la Covid-19 a bloqué toutes les migrations et les restrictions sanitaires et de voyage ont fortement affecté les mobilités.

- L'Afrique australe est aussi marquée par des mobilités touristiques car son potentiel est immense ; certains de ses sites comme le delta de l'Okavango, les chutes Victoria ou le désert du Namib sont mondialement connus. La richesse de sa faune en grands mammifères a attiré les chasseurs, les amoureux des animaux et les amateurs de safaris.

Certains pays comme l'Afrique du Sud ont développé très tôt leur potentiel et ont créé des réserves protégées, conscients des enjeux à sauvegarder les espèces menacées.
Ainsi les parcs et réserves naturelles permettant des safaris se développent en Afrique du Sud, Zimbabwe, Botswana, Mozambique tandis que la Namibie se spécialise dans le tourisme d'aventures.
Cette manne touristique (près de dix millions de touristes en Afrique du Sud avant la crise de la Covid-19) était un levier de développement pour les économies locales, d'autant que depuis quelques années les projets d'écotourisme sont privilégiés (**Doc. 4**).

### Doc. 3 Des migrations d'abord régionales

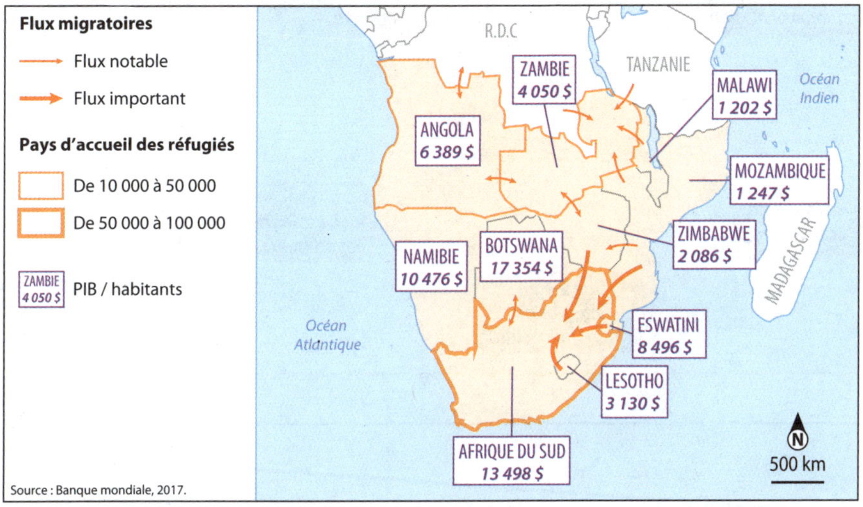

Source : Banque mondiale, 2017.

### Doc. 4 Le poids du tourisme international (2017-2020)

| Pays | Nombre de touristes internationaux (en milliers) | | |
|---|---|---|---|
| | 2017 | 2019 | 2020 |
| Afrique du Sud | 14 975 | 14 797 | 3 886 |
| Angola | 261 | 218 | |
| Botswana | 1 775 | 1 830 (en 2018) | |
| Eswatini | 1 343 | 1 226 | 345 |
| Lesotho | 1 137 | 1 142 | |
| Malawi | 837 | 871 (en 2018) | |
| Mozambique | 1 514 | 2 033 | |
| Namibie | 1 581 | 1 651 | 187 |
| Zambie | 1 009 | 1 266 | 502 |
| Zimbabwe | 2 423 | 2 294 | 639 |

Source : Banque mondiale, 2022

## Révision express

### Le schéma à retenir

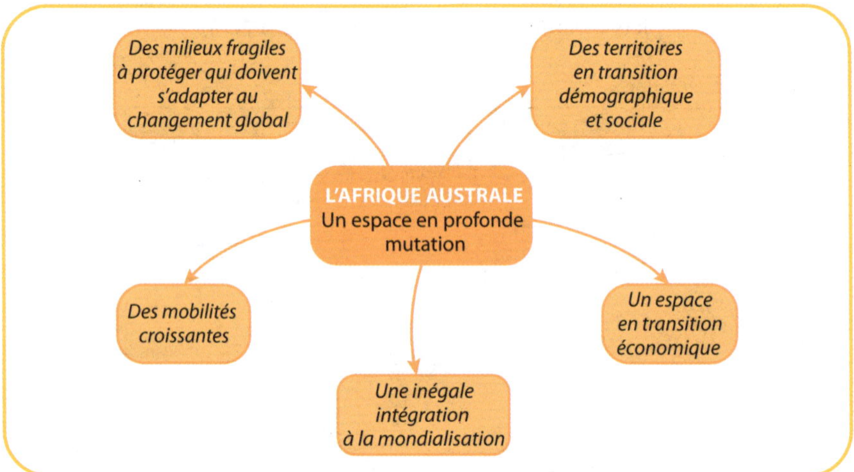


### Quiz

*Cochez la bonne réponse.*

**1.** Les principales ressources de l'Afrique australe sont :

**a.** ☐ **les ressources minières, l'agriculture, la pêche.**
**b.** ☐ **l'agriculture, le tourisme, la pêche.**
**c.** ☐ **les ressources minières, le tourisme.**

**2.** L'Afrique australe est la région du monde la plus touchée par le virus du Sida.

**a.** ☐ **Vrai** **b.** ☐ **Faux**

**3.** La ségrégation urbaine est un phénomène :

**a.** ☐ **d'aménagement de l'espace urbain.** **b.** ☐ **d'isolement d'un groupe social.**
**c.** ☐ **de séparation entre quartiers.**

**4.** L'Afrique australe est une région :

**a.** ☐ **d'émigration uniquement.** **b.** ☐ **d'immigration uniquement.**
**c.** ☐ **d'émigration et d'immigration.**

→ Réponses p. 479

## EXERCICE GUIDÉ

# Analyser une carte

## Énoncé

**Analysez la carte suivante.**

**Doc.** Le taux de prévalence du Sida en Afrique

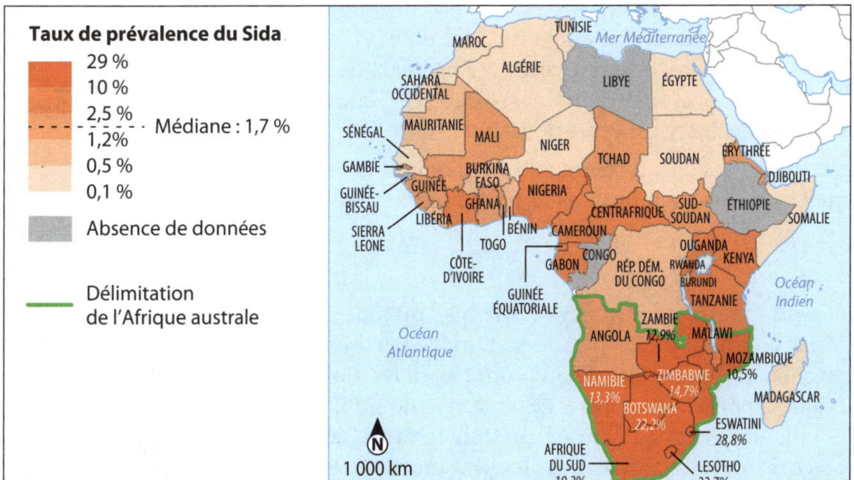


Source : Banque mondiale, 2015.

## Méthode

La carte est une représentation graphique de la réalité qui utilise des procédés conventionnels communs pour en rendre la lecture et l'analyse possible. L'analyse comporte trois étapes.

### 1 Identifier la carte

- Quel est l'auteur de la carte ? De quelle institution émane-t-elle ? Quand la carte a-t-elle été réalisée ?

### 2 Relever les informations sur la carte

- Quel est le thème d'ensemble de la carte (c'est aussi souvent le titre) ?
- Quelles informations nous donne la légende ? Avec quels figurés ?
- Repérez les observations les plus évidentes, les plus visibles

### 3 Interpréter la carte

- Mettez en relation les observations avec les connaissances pour expliquer la particularité de la répartition géographique des données représentées.

## Corrigé

**1. Identifier la carte**

– L'auteur de la carte n'est pas mentionné ici.

– La date de la carte est 2016 avec des données statistiques de 2015 fournies par la Banque mondiale.

**2. Relevez les informations sur la carte**

– La carte proposée est une carte thématique, elle traite du thème de la prévalence du Sida en Afrique.

– La prévalence signifie le nombre de cas d'une maladie dans une population à un moment donné, englobant aussi bien les cas nouveaux que les cas anciens.

– La légende nous donne les limites des dix pays composant l'Afrique australe et le taux de prévalence du Sida pour l'Afrique. C'est un taux en pourcentage de la population du pays. Il est indiqué par des figurés de surface (couleur) dans un dégradé de rouge avec une discrétisation en cinq catégories.

– On remarque également que les écarts entre les différentes classes ne sont pas réguliers puisque la première classe recouvre un écart de 0,4 %, la seconde un écart de 0,7 %, la troisième un écart de 1,3 %, la quatrième un écart de 7,5 %, et la dernière un écart de 19 % !

– La principale observation visible au premier coup d'œil est le taux de prévalence globalement plus important dans la partie méridionale du continent africain.

**Bien comprendre**

**Certains cartouches sont laissés blancs ou gris dans la légende ; il s'agit de l'absence de données parce que les gouvernements de ces États refusent de communiquer des données ou bien qu'ils sont dans l'incapacité de collecter des informations.**

**3. Interpréter la carte**

L'observation de la carte montre que les pays d'Afrique australe appartiennent aux catégories témoignant des plus forts taux de personnes infectées par le virus du Sida. L'Angola et le Malawi sont parmi les moins touchés des pays d'Afrique australe avec entre 1,2 et 2,5 % de taux de prévalence. Ensuite, les huit autres pays d'Afrique australe restants composent à eux seuls la catégorie représentant les pays les plus touchés, c'est-à-dire ceux dont 10 à 29 % de la population est infectée.

Parmi les pays du continent africain, ceux d'Afrique australe sont parmi les plus touchés et, pour certains d'entre eux, près de 30 % de la population était infectée en 2015 par le virus du Sida. De tels taux de prévalence font de l'Afrique australe la région du monde la plus touchée même si la situation s'améliore, avec une baisse de la contamination et un meilleur accès aux médicaments.

**L'astuce du prof**

**Pour être sûr de prioriser et de développer en premier l'information essentielle, regardez la carte pendant 10 secondes puis retournez-la. Expliquez ce dont vous vous souvenez et vous aurez ainsi l'information essentielle à interpréter.**

# Anglais

# Chapitre 1 Lire

## 1 Des stratégies pour comprendre le texte

**De quoi s'agit-il ?** Procédez par étapes et commencez par dégager l'essentiel, en répondant aux questions : *who? where? when? what? how?*

### 1 Anticiper / identifier la nature du texte

**Exemple**

Dans une autobiographie, l'auteur et le narrateur sont une seule et même personne.

- Les documents peuvent être de **différentes natures** (extrait de roman, article de journal, autobiographie, essai, extrait de pièce de théâtre…) ou **genres** (science fiction, humour, policier…). Connaître les spécificités de chacun vous donne des clés pour comprendre le texte.

- Aidez-vous du paratexte (titre, sous-titre, source) pour obtenir des informations complémentaires :

– **le nom de l'auteur et le titre de l'ouvrage :** si vous les avez déjà rencontrés en cours ou dans vos lectures, vous pourrez vous aider de ces connaissances (nationalité de l'auteur, sujet du livre...) dans votre approche du texte.

– **la date de publication :** elle situe l'écriture de l'ouvrage dans un contexte historique.

– **la source d'un article de presse :** elle vous indique le pays concerné, et peut vous donner une idée de la popularité du journal, de son orientation politique.

### 2 Comment lire le texte ?

**Idée à retenir**

Pour une biographie, cherchez quel est le personnage dont on parle, la date des événements, le ton de l'auteur, et identifiez son projet.

- S'il s'agit d'un texte de **fiction**, vous devez rechercher une série d'**informations essentielles** : quel est le sujet du récit (intrigue policière, roman historique, biographique…) ? qui est le narrateur, quels sont les personnages ? quels sont les liens qui les unissent ? où et quand le récit se déroule-t-il ? quelle est l'atmosphère qui se dégage ?

Once I was invited to a wedding ; the bride suggested I drive up from New York with a pair of other guests, a Mr. and Mrs. Roberts, whom I had never met before. It was a cold April day, and on the ride to Connecticut, the Robertses, a couple in their early forties, seemed agreeable enough – no one you would want to spend a long weekend with, but not bad.

Truman Capote, *Music for Chameleons*, © Random House, 1980

→ À l'occasion d'un mariage, le narrateur, un New Yorkais, rencontre pour la première fois un couple de la quarantaine, les Roberts. Ils font le trajet ensemble par une froide journée d'avril pour se rendre à la cérémonie dans le Connecticut à laquelle tous les trois sont invités.

- S'il s'agit d'un article de presse, lisez-le en ayant bien en tête **son titre** et **sa source** : ils vous aideront à identifier le **thème** (*topic*), l'**idée principale** (*main idea*) et le **ton** (*tone*) de l'article.

## 3 Saisir le sens global du texte

● Plusieurs techniques peuvent vous permettre de saisir rapidement le sens global du texte. Après avoir analysé le paratexte, vous pouvez :

– **lire la première et la dernière phrase du texte :** elles dessinent le contour du document à étudier. Dans le cas d'un article de presse, elles constituent souvent une introduction et une conclusion, vous indiquant l'orientation du document.

– **lire la première phrase de chaque paragraphe :** un nouveau paragraphe aborde souvent une nouvelle idée, une nouvelle étape de l'argumentation, introduit un nouveau personnage.

**Astuce**
Les extraits de roman ne sont pas choisis au hasard, d'où l'importance de la première et de la dernière phrase : elles forment un cadre volontairement mis en valeur, indice pour la compréhension.

● Vous devez ensuite **effectuer une seconde lecture** pour bien garder en tête le sens global du texte, puis entrer dans le détail par une lecture plus approfondie.

# 2 Effectuer des repérages

**De quoi s'agit-il ? Les pronoms, le sujet et le verbe principal d'une phrase complexe ou encore les mots de liaison constituent dans un texte des repères de sens et de structure. Identifier d'emblée ces éléments vous donne de précieuses clés de compréhension.**

## 1 Les référents

● Les référents sont les **pronoms personnels ou possessifs** et les **adjectifs possessifs**. Soulignez-les dans les textes et repérez à qui ou à quoi ils renvoient.

● Les pronoms personnels peuvent être **sujet** ou **complément**.

*I hate it.*
(*I* → sujet ; *it* → complément)

| **Pronoms personnels sujets** | *I* | *you* | *he / she / it* | *we* | *you* | *they* |
|---|---|---|---|---|---|---|
| **Pronoms personnels compléments** | *me* | *you* | *him / her / it* | *us* | *you* | *them* |

**Attention**
À la différence du français, les possessifs en anglais s'accordent avec le possesseur.
la fille de Mark : sa fille
→ *his daughter*
*his* s'accorde avec « Mark » alors qu'en français, « **sa** » s'accorde avec « **fille** ».

● Ne confondez pas les **pronoms personnels** et les **adjectifs et pronoms possessifs**.

| **Adjectifs possessifs** | *my* | *your* | *his / her / its* | *our* | *your* | *their* |
|---|---|---|---|---|---|---|
| **Pronoms possessifs** | *mine* | *yours* | *his / hers / its* | *ours* | *yours* | *theirs* |

*Everyone's had their radios on. My mother can't move away from ours. She sits there and listens to everything and talks on the phone to people.*

- *their* : Renvoie à *everyone*
- *My* : Renvoie au narrateur
- *ours* : Renvoie au narrateur et à sa mère
- Attention : *everyone* (singulier) est repris par *their* (pluriel).

Légende : adjectif possessif / pronom possessif / pronom personnel

ANGLAIS

## 2 L'information essentielle

- Dans une phrase complexe, repérez le sujet et le verbe principal (soulignés dans l'exemple) pour trouver l'information essentielle (en gras dans l'exemple).

*Dr Alan Hirsch, an intrepid doctor and scientist, whose lifelong specialty has been understanding how our senses, and in particular, smell and taste affect the brain's functioning,* ***has found an innovative way to convince our brain to stop overeating****.*

→ L'information essentielle de ce texte : le Dr Alan Hirsch a trouvé une façon innovante de convaincre notre cerveau de ne plus manger en excès.

**L'astuce du prof**

**Soyez actif pendant la lecture. Annotez le texte, soulignez les passages clés, utilisez un code couleur (par exemple une couleur par personnage).**

- Vous pouvez également décomposer les phrases complexes en plusieurs phrases simples pour vous y retrouver plus facilement.

*Dr Alan Hirsch is an intrepid doctor and scientist.*
*His lifelong specialty has been : understanding how our senses affect the brain's functioning.*
*More precisely, he has worked on smell and taste.*
*He has found an innovative way to convince our brain to stop overeating.*

## 3 Les mots de liaison ou connecteurs

- Ce sont les **liens logiques**. Ils structurent un raisonnement ou le déroulement d'un récit, et vous permettent de mieux le comprendre.

*But even though Greg earned more than Erin, it had never made any difference, either to how they spent their money or to the balance of power in their relationship.*
Mais, bien que Greg gagnât plus qu'Erin, cela n'avait jamais fait de différence, qu'il s'agisse de la façon dont ils dépensaient leur argent ou de l'équilibre du pouvoir dans leur relation.

- Ces liens logiques peuvent entre autres exprimer :

– **le contraste :** *whereas* tandis que ; *and yet* et pourtant ; *in spite of / despite* en dépit de ; *although* bien que, quoique ; *contrary to* contrairement à ;
– **l'ajout :** *moreover, besides, furthermore* de plus ;
– **la cause :** *that is why* c'est pourquoi ; *thanks to* grâce à ; *out of* à cause de ;
– **la conséquence :** *as a result / as a consequence* en conséquence ; *thus* ainsi ; *therefore / so* donc ;
– **la condition :** *if* si ; *providing* pourvu que ; *unless* à moins que ; *as long as* tant que.

# 3 Déduire le sens des mots inconnus

**De quoi s'agit-il ? Identifier la nature grammaticale d'un mot ou les préfixes et suffixes qui le composent permet souvent d'en déduire le sens. On peut également déduire le sens d'un mot grâce au contexte.**

## 1 Formation et composition des mots

- Pour trouver le sens d'un mot inconnu, **identifiez d'abord sa nature grammaticale** : s'agit-il d'un verbe, d'un nom, d'un adjectif, d'un adverbe ?

- **Décomposer le mot** en repérant un préfixe ou un suffixe peut également aider à en comprendre le sens.

● **Les préfixes** se placent à gauche de certains noms, adjectifs, verbes ou adverbes. Ils interviennent sur leur sens en apportant par exemple une nuance négative, spatiale ou temporelle. L'anglais et le français ont de nombreux préfixes en commun.

| Préfixes négatifs | | |
|---|---|---|
| *dis-* | ***dis**respect* | irrespect |
| *il-* | ***il**literate* | illettré |
| *in-* | ***in**dependent* | indépendant |
| *ir-* | ***ir**realistic* | irréaliste |
| *un-* | ***un**healthy* | mauvais pour la santé |

| Préfixes de sens temporel ou spatial | | |
|---|---|---|
| *pre-* | ***pre**determine* | prédéterminer |
| *post-* | ***post**-war* | après-guerre |
| *sub-* | ***sub**terranean* | souterrain |
| *trans-* | ***trans**figure* | transfigurer |

**Remarques**

■ **Le préfixe *mis-* signifie : « de manière fausse ».**
***mistake* (erreur) = « qui est pris pour autre chose »**
■ **Le préfixe *re-* exprime la répétition.**
***reorganise* réorganiser**

● Les **suffixes** peuvent aussi faire **changer la catégorie grammaticale des mots**.

| Mot de base | Suffixe | Sens | Exemple |
|---|---|---|---|
| Verbe + | ***–ee*** | Métier, fonction | *train**ee*** stagiaire |
| Verbe + | ***–er / –or*** | | *act**or*** acteur |
| Nom + | ***–ess*** | | *actr**ess*** actrice |
| Adjectif + | ***–dom*** | Noms abstraits | *free**dom*** liberté |
| Nom de personne + | ***–hood*** | | *mother**hood*** maternité |
| Adjectif + | ***–ness*** | | *loneli**ness*** solitude |
| Nom + | ***–ship*** | | *relation**ship*** relation |
| Adjectif + | ***–ly*** | Adverbe | *noisi**ly*** à grand bruit |
| Nom + | ***–ed*** | Adjectif de sens passif | *interest**ed*** intéressé |
| Nom + | ***–ing*** | Adjectif de sens actif | *interest**ing*** intéressant |
| Nom + | ***–y*** | Avec… (adjectif) | *health**y*** en bonne santé |
| Nom + | ***–ful*** | Avec… (adjectif) | *beauti**ful*** beau |
| Nom + | ***–less*** | Sans… (adjectif) | *help**less*** démuni, sans défense |
| Verbe + | ***–able*** | Que l'on peut… | *drink**able*** potable |

*-y* devient *-i*

Ne confondez pas *interested* (sens passif) et *interesting* (sens actif).

● Les **noms composés** sont généralement constitués de deux éléments. Le deuxième élément constitue le nom principal, le premier se comporte comme un adjectif et qualifie le nom principal. Il est invariable. Pour ne pas faire de contresens, on traduit de droite à gauche :

*a race horse* un cheval de course ; *a horse race* une course de chevaux

## 2 Transparence et faux amis

- Certains mots d'origine latine sont **identiques ou proches des mots français** qu'ils traduisent.
  *The artist's graffiti improves the aesthetic quality of urban surroundings.*
  Les graffitis de l'artiste améliorent la qualité esthétique du cadre urbain.

- Mais il faut se méfier des « faux amis », ces mots dont la graphie ressemble au français mais dont la traduction diffère. Voici une liste non exhaustive de faux amis courants et de leur traduction correcte.

| Mot anglais | Traduction | Faux ami en français | Traduction |
|---|---|---|---|
| *actually (= in fact)* | en réalité | actuellement | *at present, nowadays* |
| *advertisement* | publicité | avertissement | *warning* |
| *to attend* | assister à | attendre | *to wait for* |
| *car* | voiture | car (nom) | *coach* |
| | | car (conjonction) | *because* |
| *character* | personnage | caractère | *nature* |
| *to check* | vérifier | chèque | *cheque* |
| *college (US)* | université | collège | *junior highschool (GB)* |
| *comedian* | un comique | comédien | *actor* |
| *to cry* | pleurer | crier | *to shout* |
| *to deceive* | tromper | décevoir | *to disappoint* |
| *to demand* | exiger | demander | *to ask (for)* |
| *enterprise* | initiative | entreprise | *company* |
| *eventually* | finalement | éventuellement | *possibly* |
| *fabric* | tissu | fabriquer | *to make* |
| *figure* | chiffre | figure | *face* |
| *habit* | habitude | habit | *clothes* |
| *journey* | voyage | journée | *day* |
| *library* | bibliothèque | librairie | *bookshop* |
| *lunatic* | fou | lunatique | *moody* |
| *medicine* | médicament | médecin | *doctor* |
| *novel* | roman | nouvelle | *short story* |
| *occupation* | métier | occupation | *hobby* |
| *to pass an exam* | réussir un examen | passer un examen | *to take an exam* |
| *physician* | médecin | physicien | *physicist* |
| *to prevent (from)* | empêcher (de) | prévenir | *to warn* |
| *to purchase* | acheter | pourchasser | *to hunt, to pursue* |
| *résumé* | CV | résumé | *summary* |
| *rude* | mal élevé | rude | *harsh* |
| *sensible* | raisonnable | sensible | *sensitive* |
| *to support* | soutenir | supporter | *to bear* |
| *surname* | nom de famille | surnom | *nickname* |
| *sympathetic* | compatissant | sympathique | *friendly* |

**Attention**
*to do* (faire) ≠ *to make* (fabriquer)

*to pass a exam / to fail an exam*
réussir / échouer à un examen

# 4 Comprendre les consignes

**De quoi s'agit-il ? Pour réussir les exercices, vous devez bien comprendre ce que l'on attend de vous. Vous devez donc maîtriser le vocabulaire des consignes les plus fréquentes.**

## 1 Identifier le type de consigne

Une consigne peut correspondre à différents types d'exercices : montrer que vous avez compris le document, analyser une idée développée dans le texte ou en résumer un passage.

**Idée à retenir**

Bien comprendre la consigne vous permet d'éviter le hors-sujet, d'organiser votre travail et de cerner les points auxquels vous devez être attentifs dans le document.

## 2 Exemples de consignes de compréhension globale et de repérage

*What type of text is this? Justify your answer with a quotation from the text.*
De quel type de texte s'agit-il ? Justifiez votre réponse avec une citation du texte.
*When does the scene take place? Which country is the scene set in?*
Quand se passe la scène ? Dans quel pays se situe la scène ?
*What do the underlined pronouns or adjectives refer to?*
À quoi les pronoms et les adjectifs soulignés renvoient-ils ?
*Present the characters and say how they are related to each other.*
Présentez les personnages et dites les liens qu'ils entretiennent entre eux.

**Piège à éviter**

Ne confondez pas *where* (où) et *when* (quand).

**Astuce**

Identifiez les liens de parenté.

## 3 Consignes fréquentes

*Fill in the grid.* Complétez le tableau.
*Translate from line 33 to line 36.* Traduisez de la ligne 33 à la ligne 36.
*« Right or Wrong? » Justify with a quote from the text.* Vrai ou faux ? Justifiez en citant le texte.
*Focus on the first paragraph.* Concentrez-vous sur le premier paragraphe.
*Explain in your own words the mother's decision.*
Expliquez avec vos propres mots la décision de la mère.
*Compare the atmosphere in text A and in text B: similarities and differences.*
Comparez l'atmosphère du texte A et du texte B : similitudes et différences.

**Le conseil du prof**

Lorsque vous citez le texte, la citation doit être précise et entre guillemets. N'oubliez pas d'indiquer le numéro de la ligne.

## ➔ Révision express

### Les points importants à retenir

- Pour bien comprendre un texte, vous devez **adapter votre approche à la nature du document.** La nature du document crée des attentes sur son contenu : l'identifier vous permet d'anticiper.
- **Rassemblez le maximum de clés de lecture :** repérez avant tout le titre du document, la source, le type de texte, puis lisez la première et la dernière phrase du texte, ainsi que les premières phrases de chaque paragraphe.
- Après une première lecture attentive, vous devez être capable de répondre aux questions : ***who? where? when? what? how?***
- Pour entrer dans le détail du texte, **repérez les pronoms** (personnels, possessifs, réfléchis), **les adjectifs possessifs :** ils vous montrent comment sont liés les personnages, et vous permettent d'associer les verbes et les sentiments aux bons personnages. Repérez aussi **les mots de liaison** qui vous aident à dégager les informations essentielles et la structure du texte.
- **Ne vous laissez pas impressionner par les mots inconnus :** vous pouvez souvent **déduire leur sens** en procédant avec méthode (en identifiant la nature du mot ou en déduisant son sens à partir de sa composition, de ses préfixes et suffixes).
- Pour bien répondre aux questions qui permettent de vérifier votre compréhension du texte, vous devez **connaître le vocabulaire des consignes.**

### Quiz

*Cochez la bonne réponse :*

1. En anglais, les pronoms et adjectifs possessifs s'accordent avec :
   - ☐ **le possesseur**
   - ☐ **le possédé**
2. Dans une phrase, l'idée essentielle est portée par :
   - ☐ **la proposition principale**
   - ☐ **les propositions subordonnées**
3. La source dont est extrait le texte permet d'identifier :
   - ☐ **la biographie de l'auteur**
   - ☐ **le ton du texte**
   - ☐ **le type de texte**
4. La question « *When does the scene take place?* » porte sur :
   - ☐ **l'atmosphère**
   - ☐ **le temps**
   - ☐ **le lieu**
5. Le préfixe *mis-* :
   - ☐ **a un sens péjoratif**
   - ☐ **exprime l'idée de contraire**
   - ☐ **a un sens laudatif**
6. *Support* est un faux ami qui signifie :
   - ☐ **compatir**
   - ☐ **supporter**
   - ☐ **soutenir**

→ Réponses p. 480

EXERCICE GUIDÉ

## Comprendre un texte

### Énoncé

Lisez attentivement le texte suivant plusieurs fois, puis répondez aux questions de compréhension.

**Reindeer steaks: an alternative to your Christmas turkey?**

By Patrick Barkham, from guardian.co.uk,
Monday 15 November 2010 (*adapted*)

*Animal rights campaigners are not happy about the appearance of Siberian reindeer meat in supermarket freezers.*

This week, Lidl, a group of supermarkets, provoked the anger of vegetarian campaigners from Viva! for selling 350g steaks of Siberian reindeer at a very low price (£5.99).

But is it really cruel to eat steaks from this Arctic species of deer, the same animals which may be able to fly and distribute presents from Father Christmas around the globe?

"Lidl is destroying the magic of Christmas," deplores Viva!, claiming that Siberian reindeer are cruelly herded[1] by snowbikes "and perhaps even by helicopters" and "may be" slaughtered[2] in a cruel way.

According to Lidl, its reindeer are not herded by snowbikes or helicopters and are slaughtered in EU-approved abattoirs. Lidl's spokeswoman paints an idyllic picture of the reindeer living in their natural habitat, tended by[3] indigenous people of the Siberian tundra and fed on "local aromatic herbs and grass".

In Arctic nations in general, the herding of wild reindeer has become more intensive – and more stressful – for the animals. In Sweden, food hygiene standards have led to the closure of local abattoirs and the transportation of live reindeer by lorry over long distances.

But Viva! finds it cruel that 70% of slaughtered reindeer are very young and may never have seen snow.

You may not want to eat meat imported from Siberia but it is reasonable to assume that wild reindeer have a happier life than those millions of battery turkeys being reared[4] for our Christmas dinners.

**1.** *herded* : rassemblés
**2.** *slaughtered* : abattus
**3.** *tended* = *looked after*
**4.** *reared* : élevés

> **Méthode**
> À la lecture, effectuez les premiers repérages : lieu, période de l'année, thème...

### Questions

> **Le conseil du prof**
> Lisez l'ensemble des questions avant de commencer à y répondre.

**1.** D'après l'observation du paratexte, déduisez le thème, l'idée principale et le ton de l'article.

**2.** *Two groups are mentioned in the article: Viva! and Lidl. Say what each of them is.*

**3.** *What caused Viva's anger?*

**4.** *Focus on paragraph three. Tick the correct answers, then justify with quotes from the text.*

*Viva! reproaches Lidl with :*

- ☐ *the price of the steaks.*
- ☐ *the cruelty inflicted to the animals.*
- ☐ *the quantity of meat.*
- ☐ *the destruction of a symbol.*

> **Astuce**
> *Answers* au pluriel indique qu'il peut y avoir plusieurs réponses vraies.

**5.** *Focus on lines 14 to the end. Right or wrong? Justify with quotes from the text.*

**a.** *Lidl claim that the natural way of life of the reindeer is respected and that local people look after the animals.*

**b.** *According to Viva!, it would be less cruel if the reindeer were slaughtered at an older age.*

**c.** *The journalist implies that Christmas turkeys also have cruel living conditions.*

**6. a.** Pour chacun des mots suivants, analysez sa formation (racine du mot, préfixes ou suffixes), indiquez sa nature grammaticale, puis traduisez-le : *supermarket – campaigner – idyllic – stressful – reasonable.*

**b.** Expliquez comment se composent les mots *snowbike* et *spokeswoman* puis traduisez-les.

**Attention**

« *Justify with quotes from the text* » vous demande de citer des passages dans votre réponse. Ne citez pas de passage trop long, mettez les citations entre guillemets, et n'oubliez pas d'indiquer les lignes concernées.

**Méthode**

- Observez bien le découpage de l'article : sa structure très claire facilite la compréhension. Vous pouvez ainsi facilement repérer quelle idée est développée à chaque paragraphe.

## Corrigé

### Repérages préalables

- Il s'agit d'un article de presse, extrait d'un journal anglais tout à fait sérieux, *The Guardian*.
- Les deux protagonistes sont le groupe de supermarchés Lidl, et Viva!, une association de végétariens et de défense des droits des animaux. Les deux partis s'opposent sur la question de la consommation de viande de renne pour les repas des fêtes de Noël.
- Le paragraphe d'introduction expose les faits (l. 6-8), le second paragraphe pose la problématique (l. 9-10), les deux suivants présentent les arguments des défenseurs des animaux et ceux du distributeur de viande de renne (l. 11-17). Le journaliste apporte ensuite des informations complémentaires sur les conditions de production et de distribution de viande de renne (l. 18-22). Enfin, il ouvre le débat avec une mise en question des conditions de vie des dindes élevées en batterie pour être consommées à Noël (l. 23-25).

### Questions

**1.** L'article a été publié en novembre, il est question du repas de Noël où l'on consomme traditionnellement de la dinde dans les pays anglo-saxons. Vous pouvez deviner le sens de « *reindeer* » grâce au second paragraphe de l'article : « *the same animals which may be able to fly and distribute presents from Father Christmas around the globe* » (l. 9-10).

Le titre donne le thème de l'article : « Les steaks de rennes sont-ils une alternative à la dinde de Noël ? » L'idée principale est résumée dans le sous-titre : les défenseurs des animaux désapprouvent la consommation de viande de rennes de Sibérie. *The Guardian* est un journal britannique de qualité. Le texte est tout à fait sérieux. Pas question ici de rennes du Père Noël dévorés par des consommateurs sans scrupules…

**2.** *Viva! are vegetarian and animal rights activists. Lidl is a group of supermarkets.*

**3.** *Viva!'s anger was caused by the selling of 350g steaks of Siberian reindeer at a very low price (£5.99).*

**4.** *Viva! reproaches Lidl with:*
*– the cruelty inflicted to the animals: "may be" slaughtered in a cruel way". (l. 12-13)*
*– the destruction of a symbol: "Lidl is destroying the magic of Christmas". (l. 11)*

**5. a.** ***Right:*** *"the reindeer living in their natural habitat and tended by indigenous people". (l. 15-16)*

**b.** ***Wrong:*** *"Viva! finds it cruel that 70% of slaughtered reindeer are very young". (l. 21)*

**c.** ***Right:*** *"wild reindeer have a happier life than those millions of battery turkeys being reared for our Christmas dinners". (l. 24-25)*

**6. a.**

| Préfixe | Racine | Suffixe | Nature grammaticale | Traduction |
|---|---|---|---|---|
| *Super-* | *market* | – | nom | supermarché |
| – | *campaign* | *-er* | nom | militant |
| – | *idyl* | *-ic* | adjectif | idyllique |
| – | *stress* | *-ful* | adjectif | stressant |
| – | *reason* | *-able* | adjectif | raisonnable |

**b.** *snowbike* → *snow* + *bike* → motoneige.
*spokeswoman* → *spokes* (verbe *to speak*) + *woman* → la porte-parole.

# Chapitre 2 Parler et écrire

## 1 S'exprimer à l'oral

**De quoi s'agit-il ? À l'oral, on utilise des phrases simples et courtes, et il est possible de se reprendre, de reformuler ou d'insister sur certains points. L'expression orale passe également par un langage corporel.**

### 1 Les caractéristiques de l'oral

• La langue orale se caractérise par une **succession de phrases simples et courtes**. Elle autorise les reprises, les redites, les hésitations, ainsi que les formes contractées.

• Les **réponses courtes** sont fréquemment utilisées à l'oral : pour dire oui ou non, on ne se contente pas de *yes/no*, mais on complète en reprenant l'auxiliaire de la question précédé d'un pronom personnel.

*Does she live in Cork? Yes, **she does**.*

• Les **tags** s'emploient à l'oral. On reprend l'auxiliaire présent dans l'énoncé principal (en l'absence d'auxiliaire, la reprise se fait avec *do*) :

– si **l'énoncé** est **affirmatif**, le **tag** est **négatif**. *It's going to rain, **isn't it**?*

– si **l'énoncé** est **négatif**, le **tag** est **affirmatif**. *It isn't going to rain, **is it**?*

**Attention**

**Dans les tags, les indéfinis comme *somebody*, *everyone* sont repris avec le pronom pluriel *they*.**

• **Tags particuliers** (reprises avec un auxiliaire modal) :

– **l'impératif**, repris avec *will* : *Don't do this, **will** you?*

– les énoncés commençant par ***Let's***, repris avec *shall* : *Let's go out, **shall** we?*

• En cas d'hésitation, vous pouvez utiliser des *gap-fillers* ou « bouche trou » le temps de réfléchir ou de chercher vos mots.

*well...* eh bien ; *you know* vous savez ; *so...* alors ; *really?* vraiment ? ; *let me think* laissez-moi réfléchir ; *my point is that* ce que je veux dire, c'est que... ; *in other words* en d'autres termes ; *it depends (on)* ça dépend (de) ; *it's hard to tell* c'est difficile à dire ; ... *if you see what I mean* si vous voyez ce que je veux dire.

### 2 S'exprimer en continu (exposé, présentation...)

• **Toute présentation doit être structurée :** elle doit contenir une introduction, un développement et une conclusion. Annoncez de quoi vous allez parler et dans quel ordre.

• Pour aider votre auditoire à suivre, vous pouvez indiquer le **titre des parties** au tableau, ou utiliser un **diaporama** accompagnant le déroulement de l'exposé.

**Le conseil du prof**

**Plus l'exposé sera clair et fluide pour vous, plus il le sera pour l'auditoire, et plus celui-ci sera attentif.**

• Préparez vos **notes** avec attention : pas trop détaillées ni rédigées pour ne pas être tenté de les lire, mais suffisamment claires pour vous guider.

• Aidez-vous des **techniques que permet l'oral** pour **appuyer votre message** : accentuez les mots importants, répétez et récapitulez un passage clé. Vous pouvez interpeller l'auditoire pour capter leur attention.

**Attention**

**Dans un exercice d'expression orale, on ne vous demande pas de lire vos notes, mais de communiquer.**

- Avant de présenter l'exposé à la classe, **entraînez-vous à le dire chez vous**. Chronométrez-vous pour vérifier que vous respectez le temps imparti. Vous pouvez aussi vous enregistrer pour vous réécouter et repérer les erreurs à corriger : débit trop rapide, oubli du « s » à la 3e personne du singulier du présent simple, transitions pas assez nettes…

### 3 Prendre part à une conversation ou un débat

- L'art du débat consiste à **rester courtois**, à **écouter** l'argumentation de ses adversaires avec attention pour mieux pouvoir les **contredire**.
- Pour intervenir plus aisément, apprenez à utiliser les expressions utiles dans un débat :

– pour **donner votre opinion** :
*to my mind…* à mon avis…

– pour **contredire** :
*I disagree with you.* Je ne suis pas d'accord avec vous.

– pour **interrompre** :
*Hang on!* Attendez une minute ! *Can I say something?* Puis-je dire quelque chose ?

- Reportez-vous au paragraphe « Connaître les expressions utiles pour l'expression orale » p. 365-366 ; mémorisez-les.

**Le conseil du prof**
Parlez suffisamment fort !

## 2 Les différents types de production écrite

**De quoi s'agit-il ?** **Chaque type d'écrit répond à des exigences particulières de forme et de contenu. On distingue quatre grands types de sujets : la lettre, le récit, le dialogue, l'essai.**

### 1 Écrire une lettre

- Le **niveau de langue** doit être adapté au destinataire de la lettre : on utilise ainsi des formules différentes selon le degré de familiarité avec la personne à qui l'on écrit.
- **Pour commencer** (degré de familiarité de plus en plus important) :
*Dear Sir, Dear Madam,* Monsieur, Madame, (que l'on ne connaît pas)
*Dear Professor Fletcher,* Cher Professeur Flectcher,
*Dear Mr and Mrs Thompson,* Chers M. et Mme Thompson,
*Dear Mum and Dad,* Chers Maman et Papa,
*My dearest Betty,* Ma très chère Betty,
- Exemples de phrases types dans une lettre :
*I am writing to ask whether you could send me a leaflet on the nearest ski resort.*
Je vous écris pour savoir si vous pouvez m'envoyer une brochure sur la station de ski la plus proche.
*Thank you for your letter, it's lovely to hear from you.*
Merci pour votre lettre, c'est un plaisir d'avoir de vos nouvelles.
*Sorry I haven't been in touch for so long.* Désolé de ne pas avoir donné de nouvelles depuis si longtemps.
- **Pour terminer** un courrier :
*Please don't hesitate to keep in touch.* N'hésitez pas à nous envoyer de vos nouvelles.
*Looking forward to hearing from you soon.* En espérant avoir de vos nouvelles rapidement.
- **Formules de fin** (degré de familiarité de plus en plus important) :
*Yours faithfully – Yours sincerely – Yours – With kind regards – All the best – With love from… – Lots of love from…*

## 2 Raconter une histoire ou imaginer la suite d'un texte

• Raconter une histoire suppose d'en avoir auparavant identifié les points essentiels : **personnages, date, intrigue**... Dans le cas de la suite d'un texte, soyez sûrs de bien avoir repéré les personnages, leurs liens, mais aussi dans quel ton il est rédigé.

• Utilisez correctement les **temps du passé** :

– le prétérit simple exprime le passé révolu ;

– le prétérit *be* + *V-ing* a le même sens que le prétérit, mais insiste sur l'activité du sujet ;

– le *pluperfect* exprime l'antériorité dans le passé ;

– *used to* + *V* exprime une habitude révolue.

• Précisez la **chronologie des événements** à l'aide de repères temporels :

*yesterday* hier
*last week* la semaine dernière
*the day before* le jour précédent
*the day after* le lendemain
*in the nineteen nineties* dans les années 1990
*two years ago* il y a deux ans
*once upon a time* il était une fois
*at that time* à cette époque-là

## 3 Écrire un dialogue

• Avant le dialogue, il est nécessaire de rédiger une **brève introduction** pour identifier les personnages, situer où et quand la scène se déroule. Cette introduction ne doit pas dépasser deux ou trois lignes.

• La **présentation du dialogue** n'est pas la même en anglais qu'en français. En anglais, on change de ligne et on utilise des guillemets au début et à la fin de chaque prise de parole.

*"Do you know where I put my glasses?"*
*"They're on your nose, honey."*

**Attention**
En anglais, on n'utilise pas de tiret pour signifier les changements de locuteurs.

• Pour donner du corps au dialogue et insérer les commentaires d'un narrateur, variez les **verbes introducteurs du discours.**

*to ask* demander
*to answer* répondre
*to retort* répliquer
*to explain* expliquer
*to insist* insister
*to demand* exiger
*to whisper* murmurer
*to agree* être d'accord
*to wonder* se demander
*to admit* admettre

• **Apportez des nuances** et donnez du relief à votre dialogue à l'aide d'**adverbes**.

*shyly* timidement
*suddenly* soudain
*all of a sudden* tout à coup
*softly* d'une voix douce
*painfully* péniblement
*with relief* avec soulagement

• **Ne négligez pas la fin du dialogue** : trouvez une formule qui conclut l'échange tout en restant dans la continuité des propos précédents.

## 4 Écrire un article ou un essai

• Pour plus de clarté et de lisibilité, ne développez qu'**une seule idée par paragraphe**.

• **Utilisez des mots de liaison** qui expriment des liens logiques. Ils structureront votre raisonnement et votre argumentation.

**Idée à retenir**
Plus vous serez clair, plus votre argumentation sera efficace.

| Lien logique | Mots de laisons |
|---|---|
| **Contraste** | *whereas* tandis que ; *contrary to* contrairement à ; *on the contrary* au contraire ; *and yet* pourtant ; *still* cependant ; *however* cependant ; *and yet* et pourtant ; *although* bien que, quoique ; *in spite of / despite* en dépit de ; *on the one hand* d'un côté ... *but on the other hand* mais de l'autre... |
| **Addition** | *moreover, besides, furthermore* de plus |
| **Cause** | *that is why* c'est pourquoi ; *thanks to* + nom grâce à ; *because* parce que ; *all the more so that* d'autant plus que ; *that is the reason why* c'est la raison pour laquelle ; *out of* + nom à cause de |
| **Conséquence** | *thus* ainsi ; *therefore / so* donc ; *as a result, as a consequence / consequently* en conséquence ; *so... that* tellement... que |
| **Condition** | *if* si ; *as long as* tant que ; *providing* pourvu que ; *unless* à moins que ; *on condition that* à condition que |

# 3 Améliorer la qualité de son expression

**De quoi s'agit-il ? Vous pouvez améliorer la qualité de votre expression en complexifiant les énoncés, en enrichissant votre lexique et en utilisant les structures appropriées.**

## 1 Améliorer la qualité de la langue

- **Varier le lexique** est indispensable pour améliorer la qualité de votre expression. Pour cela, vous devez enrichir votre vocabulaire.
- Utilisez au strict minimum les mots comme *bad, good, happy, difficult, interesting* et préférez-leur leurs nombreux synonymes.

***beautiful**: good-looking, handsome, splendid, pretty, lovely, gorgeous*
***bad**: awful, dreadful, painful, terrible, hopeless*
***good**: great, satisfactory, acceptable, superb, well-behaved*
***happy**: cheerful, content, glad, elated, joyful*
***difficult**: hard, troublesome, problematic*
***interesting**: fascinating, entertaining, captivating*

- À l'écrit, il est préférable d'éviter la succession de phrases simples. Utilisez donc les mots de liaison et **complexifiez vos énoncés**. Vous ferez ainsi preuve d'une meilleure maîtrise de la langue.

**Le conseil du prof**

Apprenez votre vocabulaire par thèmes, selon les sujets que vous traitez. Cela donne un lien de sens aux mots appris : vous les retiendrez mieux.

**Astuce**

Les propositions relatives vous permettent de relier les phrases simples.

## 2 Connaître les expressions utiles pour l'expression orale

- **Saluer**

| | |
|---|---|
| *How do you do.* | Enchanté de faire votre connaissance. |
| *Nice to meet you. / Pleased to meet you.* | Ravi de vous rencontrer. |
| *I'm glad to see you.* | Je suis heureux de vous voir. |
| *It's been a pleasure seeing you again.* | J'ai eu beaucoup de plaisir à vous revoir. |
| *See you soon.* | À bientôt |

## Argumenter

| | | |
|---|---|---|
| *Of course!* | Bien sûr ! | marquer l'accord |
| *You're quite right.* | Vous avez tout à fait raison. | |
| *Good point.* | Absolument. | |
| *No, I don't think so.* | Non, je ne pense pas. | marquer le désaccord |
| *I disagree with you.* | Je ne suis pas d'accord avec vous. | |
| *I don't agree with him.* | Je ne suis pas d'accord avec lui. | |
| *I don't share your opinion.* | Je ne partage pas votre avis. | |
| *It's out of the question!* | C'est hors de question ! | |
| *It seems to me that…* | Il me semble que… | donner son opinion |
| *To my mind…* | À mon avis… | |
| *As I said before…* | Comme je l'ai dit auparavant… | |
| *I am convinced that…* | Je suis convaincu que… | |
| *Hang on!* | Attendez une minute ! | interrompre |
| *Can I say something?* | Puis-je dire quelque chose ? | |

## Les relations avec autrui

| | | |
|---|---|---|
| *Let's go, shall we?* | Allons-y ! | suggérer, conseiller |
| *You should try it.* | Vous devriez l'essayer. | |
| *Why not + V?* | Pourquoi ne pas… ? | |
| *I advise you to…* | Je te conseille de… | |
| *Can I go with you?* | Puis-je venir avec toi ? | demander la permission |
| *Could you tell me?* | Pouvez-vous me dire ? | |
| *Would you mind if I opened the window?* | Cela vous dérange si j'ouvre la fenêtre ? | |
| *Don't cheat.* | Ne triche pas. | exprimer l'ordre, l'obligation |
| *She wants me to be quit smoking.* | Elle veut que j'arrête de fumer. | |
| *You must tell it to her.* | Tu dois le lui dire. | |
| *You have to be on time.* | Tu dois être ponctuel. | |
| *It's your fault.* | C'est de ta faute. | exprimer le reproche |
| *Why on earth didn't you tell me?* | Mais pourquoi donc ne pas me l'avoir dit ? | |
| *You mustn't park here.* | Il est interdit de se garer ici. | traduire l'interdiction |
| *You can't use your mobile in the cinema.* | Il est interdit d'utiliser son portable au cinéma. | |
| *Wearing jeans is not allowed in this company.* | Les jeans ne sont pas autorisés dans cette entreprise. | |

## Exprimer l'intention

| | |
|---|---|
| *She is decided to / determined to / resolved to defend her rights.* | Elle a la ferme intention de défendre ses droits. |
| *I've made up my mind.* | J'ai pris ma decision. |
| *I intend to travel around the world.* | J'ai l'intention de faire le tour de la planète. |

## Exprimer le souhait, l'envie

| | |
|---|---|
| *I hope to be able to + V* | J'espère être capable de… |
| *I feel like going abroad for the holidays.* | J'ai envie d'aller à l'étranger pour les vacances. |

## Exprimer le regret

| | |
|---|---|
| *I'm sorry.* | Je suis désolé. |
| *What a pity! / What a shame!* | Quel dommage ! |
| *I wish I could go back there.* | J'aimerais pouvoir y retourner. |
| *If only I could go back there!* | Si seulement je pouvais y retourner ! |

- **Exprimer la colère ou la surprise**

| | |
|---|---|
| *Enough is enough!* | C'en est assez ! |
| *I can't put up with him anymore!* | Je ne le supporte plus ! |
| *It can't be true!* | C'est impossible ! |
| *I can't believe my ears!* | Je n'en crois pas mes oreilles ! |
| *What a surprise!* | Quelle surprise ! |
| *Really?* | Vraiment ? |
| *Are you kidding?* | Sans blague ! |

## 3 Éliminer les erreurs les plus fréquentes

- N'oubliez pas **le « *s* » à la 3e personne du singulier** du présent simple.
- L'**adjectif en anglais est invariable** et se place devant le nom qu'il qualifie.
- ***to do*** (faire) n'a pas le même sens que ***to make*** (fabriquer).
  *After **doing** my homework, I will **make** a cake.* Après avoir fait mes devoirs, je ferai un gâteau

**Idée à retenir**

**Relisez-vous ! Une simple lecture peut vous permettre de repérer et de corriger facilement des fautes qui pourraient vous coûter des points.**

- N'oubliez pas l'auxiliaire *be* dans les structures en *be* + *V-ing*.
- Pour les adjectifs en *–ing* ou en *–ed*, ne confondez pas le **sens actif** (-***ing***) et le **sens passif** (-***ed***).
  *I was interest**ed** in the conference because the conference was interest**ing**.* J'étais intéressé par la conférence, parce que la conférence était intéressante.
- On utilise l'auxiliaire ***be*** pour dire l'âge : *I **am** fifteen years old.* J'ai quinze ans.
- N'oubliez pas *–ed* au participe passé pour les verbes réguliers.
- N'oubliez pas to après *want* et *would like.*
- Attention à la traduction de « vouloir que quelqu'un fasse quelque chose ».
  I want/would like her to come to my party. Je veux/j'aimerais qu'elle vienne à ma fête.
- « Dire ». Ne confondez pas la construction avec *say* et avec *tell.*
  She told me her story. Elle m'a raconté son histoire.
  She said it to me. Elle me l'a dit.
- Ne confondez pas *they're*, *their*, et *there.*
  Tom and Becky are at home. They're at home. Ils sont à la maison.
  Where's my bag? There it is. Où est mon sac ? Il est là. (*there* = indication de lieu)
  My parents are spending their hollidays in Greece. Mes parents passent leurs vacances en Grèce. (*their* = adjectif possessif)

# Révision express

## Les points importants à retenir

- Pour réussir votre présentation à l'oral, sa structure doit être claire, vos notes doivent être lisibles et vous devez vous entraîner à la dire auparavant.
- Pour réussir votre expression écrite, lisez attentivement le sujet proposé et pensez aux contraintes de formes attendues pour chaque type de sujet (récit, lettre, dialogue, essai).
- Mobilisez le lexique et les structures utiles pour traiter le sujet.
- Pensez à complexifier vos énoncés à l'écrit.
- Enfin, n'oubliez pas de bien vous relire pour éliminer de votre copie le maximum d'erreurs parmi les plus fréquentes (voir p. 367).

## Quiz

*Cochez la bonne réponse :*

1. Pour présenter un dialogue en anglais, il faut :
   - a. ☐ **des tirets**
   - b. ☐ **des guillemets**
   - c. ☐ **aller à la ligne à chaque prise de parole**

2. La langue orale se caractérise par :
   - a. ☐ **des phrases longues et rédigées**
   - b. ☐ **des hésitations et des reprises**
   - c. ☐ **un enchaînement de phrases simples**

3. La traduction de « Je n'arrive pas à croire que tu y vas » est :
   - a. ☐ ***I can't make up my mind you are trying.***
   - b. ☐ ***I can't believe my ears you're going there.***
   - c. ☐ ***Why on earth are you going there?***

4. La traduction de « En espérant avoir de vos nouvelles rapidement » est :
   - a. ☐ ***Looking forward to hearing from you soon***
   - b. ☐ ***Looking forward to hear from you soon***
   - c. ☐ ***Looking forward hearing from you soon***

5. *Thus* est un synonyme de :
   - a. ☐ ***as a result*** b. ☐ ***however*** c. ☐ ***furthermore***

→ Réponses p. 480

EXERCICE GUIDÉ

## Expression écrite

### Énoncé

Rédigez environ 200 mots pour chacun des sujets suivants.

**Sujet 1.** *You've just moved to a new city. Write a letter to your best friend and tell him/her about the new school, the people you have met, how you feel.*

**Sujet 2.** *Try to remember the strangest dream or the most terrifying nightmare you have ever had.*

**Sujet 3.** *A teenager and a youth worker are having a conversation. The teenager tells him about his intentions for the future and the youth worker gives him advice. Write the dialogue.*

**Sujet 4**. *For or against uniforms at school?*

### Méthode

- Avant de commencer, identifiez le type de production attendu, et réfléchissez aux contraintes de forme que cela implique.
- Dressez la liste des champs lexicaux et des expressions qui vous seront utiles pour traiter chaque sujet.
- Identifiez quels seront les temps les plus appropriés à votre type de récit.
- Utilisez votre brouillon pour organiser votre production.
- N'oubliez pas de vous relire !

### Corrigé

#### Sujet 1

Pour ce sujet, vous devez mobiliser les champs lexicaux des sentiments, de la ville, de l'école.

*My dear Paul,*

*Forgive me for writing only two months after my departure, but I have been very busy with moving and changing schools. Now I have settled in our new neighbourhood and I start feeling both enthusiastic about the new opportunities I have here and very sad and lonely when I think about you and all my friends, whom I miss very much.*

*Even if I sometimes feel like a stranger here, I hope to get used to my new routine quickly, especially as I have joined the local rugby club where I have already met a bunch of boys and girls who live in the area nearby.*

*I have been going to my new school for three weeks now, and I must say the teachers seem to be stricter here. However, I am lucky to be in Mr Twik's history class. I was told he is the best history teacher in the school and history is one of my favourite subjects, as you know.*

*I hope everything is going on well for you. Are you planning to come and visit me during the holiday? I would love it and your parents would certainly agree. Please send them my regards.*

*I am looking forward to hearing from you soon,*

*All the best,*

*Tim* (**216 words**)

**Attention**
Il s'agit de votre meilleur ami : choisissez une formule adaptée à votre degré de familiarité.

**Le conseil du prof**
Utilisez le *present perfect* pour faire le bilan de la situation.

ANGLAIS

## Sujet 2

Vous rédigez un récit sur un événement passé : utilisez les temps du passé (prétérit simple, prétérit *be* + *V-ing*, *past perfect*) associés à des repères temporels.

> **Le conseil du prof**
> Mobilisez le lexique de l'étrangeté, de la surprise. Utilisez des adjectifs pour décrire les couleurs, l'aspect des lieux et des personnages.

*A few years ago, I had the strangest dream ever, so strange that I can remember it quite vividly still. It was on a week day, I was coming home from school as usual. We had been living in our flat since I was able to walk and I knew every inch of it. But in my dream, I put the key in the lock, when an old man appeared at the door. He was my father and yet I could not recognize him. Everything in him was dull and grey. He seemed not to see me. What a shock when I entered our flat! Everything was different: the rooms were the same, but all the furniture seemed older, colourless. I remember being struck by a disgusting smell coming from the kitchen. As I was exploring the living room, trying to find my bearings (to find one's bearings =* trouver ses repères*), I came across a family poster, half hidden behind a cupboard and dirty curtains. I suddenly realized that the man and the woman on the picture were my parents but the child with them was… my worse enemy from primary school! The poster was dated 1962.*

(***215 words***)

## Sujet 3

Mobilisez ici les expressions du conseil, de la crainte, de l'incertitude, le lexique des métiers.

> **Bien comprendre**
> Rédigez une phrase d'introduction qui présente les personnages et la situation.

> **Les conseils du prof**
> - Puisqu'il s'agit d'un dialogue, utilisez les formes de l'oral : *gap fillers*, impératif, formes contractées.
> - N'oubliez pas de varier les verbes introducteurs, sans inversion sujet/verbe.

*The scene takes place at the park. Liam, 15, is having a conversation with Greg, a youth worker who has known him for several years.*

*"Good afternoon, Greg, it's good to see you, I really need to talk with you," Liam said anxiously.*

*"What's up with you, Liam? You're not yourself today. What's wrong?" Greg* ***asked****.*

*"Well, you know, I am really anxious about next year" Liam* ***explained****. "I have to choose a major and my teachers ask me what I want to be in the future but I really have no idea," he* ***sighed*** *(to sigh =* soupirer*).*

*"I see," Greg* ***replied****. "What about your parents? Have you discussed this with them?" he* ***enquired****.*

*"Well, the problem with my parents is that they want to impose their views on me. For instance, they've brought me to scientific exhibitions to show me that science is fun, hoping I would choose a scientific career. And also they keep referring to some of their friends' children who have prestigious jobs. But I don't want to be an architect, and I'm too scared of blood to be a doctor!" Liam* ***exclaimed****.*

*"If I were you, I would tell them the truth, and I would try to have a real discussion about your likes and your abilities. Trust me, there's no doubt that they will help you find your way," Gred reassured him.*

*"Thank you very much, Greg, I'll take your advice. I'm going home now to see my parents." Liam jumped of his bike and cycled home with new hope.*

(***260 words***)

## Sujet 4

Structurez votre expression avec une introduction, suivie d'un développement organisé avec vos arguments pour et contre les uniformes à l'école.

*In many English-speaking countries, students wear a uniform at school. We will first focus on the advantages and then on the disadvantages. Then I will tell you my opinion.*

*To begin with, we must admit that social classes express themselves through dressing codes. Therefore, with a uniform everybody looks the same, no matter what their social background is. So uniforms help erase the barriers between classes.*

*Moreover, each school has its own uniform, which creates a collective identity, so that the students feel that they belong to their school.*

*And yet, we live in a world where appearance and fashion has taken much room. Thus, it seems illusionary to make school a sanctuary free from the codes that exist everywhere else in society.*

*When you are young, you need to assert your personality and the way you get dressed tells about who you are. In this context, uniforms can feel like a restriction of one's freedom.*

*I am convinced that being for or against uniforms at school depends on the culture in which you were brought up. In the end, young people have the same aspirations, whatever the country they live in. Still it seems to me that if one's personality can emerge from the group through academic or sports results, one should also be allowed to express their conformism or their creativity through their clothes. As you have understood, I do not favor uniforms at school.*

(***208 words***)

**Gagnez des points**
Utilisez les structures de l'opinion, du point de vue et les mots de liaison.

**Attention**
N'oubliez pas la conclusion, qui doit répondre clairement à la question posée.

ANGLAIS

# Chapitre 3 Quelques points essentiels de grammaire

## 1 Le groupe nominal

**De quoi s'agit-il ? Le choix du déterminant dépend de la nature du nom qu'il accompagne. Les noms peuvent être dénombrables ou indénombrables.**

### 1 Les noms dénombrables et indénombrables

• **Les noms dénombrables** désignent des éléments que l'on peut compter. Ils s'emploient au singulier ou au pluriel.

• **Les noms indénombrables** désignent des objets ou des activités vus dans leur ensemble, sans que l'on puisse les compter. Ils ne prennent pas la marque du pluriel et le verbe qui suit s'accorde au singulier.

• Pour compter les indénombrables, on utilise des expressions comme *a piece of, a lump of, a slice of.*

*__a piece of__ furniture, __a lump of__ sugar, __a slice of__ bread.*

**À retenir**

**Noms indénombrables :**
*advice* des conseils
*news* des nouvelles
*information* des informations
*luggage* des bagages

**Remarque**

**« Indéfini » veut dire « que l'on n'a pas encore spécifié ». On utilise donc l'article indéfini lorsque le nom apparaît pour la première fois.**

### 2 Les articles : *a / an, the, Ø*

• ***A*** / ***An*** sont des **articles indéfinis**. Ils renvoient à un et un seul nom dénombrable. On utilise *a* devant un son consonne (***a w**oman*) et *an* devant un son voyelle (***an u**mbrella*).

• ***The*** est un **article défini**. On l'utilise lorsque le nom est considéré comme **connu**. Il peut déterminer un nom dénombrable singulier ou pluriel, ou un nom indénombrable.

*Once upon a time there was **a** young princess who lived in a remote castle.*
***The** princess felt very lonely.*

**Attention**
Le son [j] est un son consonne. Devant un mot commençant par le son [j], on utilise donc l'article indéfini *a* et non *an*.
*a young princess*

• On utilise l'article zéro (Ø) essentiellement pour exprimer une **généralité**. On l'emploie devant un nom dénombrable pluriel ou un indénombrable.

*Ø Children love to play. I like Ø coffee with Ø milk.*

• On ne met pas d'article (Ø) devant les noms de lieu, de personne, les jours et les mois, ni dans certaines expressions courantes : *go to Ø bed, go to Ø school, watch Ø television, by Ø train/bus/car.*

### 3 Le pluriel des noms

• La plupart des noms dénombrables prennent un *-s* au pluriel. D'autres ont un pluriel irrégulier.

- Certains mots changent de forme en passant au **pluriel** :

– *-y* devient souvent *-ies* au pluriel : *a lady* → *ladies*.

– *-fe* peut devenir *-ves* au pluriel : *a life* → *lives* ; *a leaf* → *leaves*.

– *-o* peut devenir *-oes* au pluriel : *a tomato* → *tomatoes* ; *a potato* → *potatoes*.

- Dans un **nom composé**, c'est le deuxième élément qui porte la marque du pluriel : *a tea pot* → *tea pots* (des théières).

**Pluriels irréguliers**

*a child* → *children*
*a man* → *men*
*a woman* → *women*
*a tooth* → *teeth*
*a foot* → *feet*

## 4 L'adjectif qualificatif

- En anglais les adjectifs sont **invariables** et se placent **devant** le nom qu'ils qualifient (*a new house*), sauf les adjectifs attributs qui se placent après un verbe d'état (*be, look, seem, appear*) : *alive, asleep, afraid, awake, glad, ill…*

- Si plusieurs adjectifs se suivent, l'**ordre** dépend de ce qu'ils expriment : on place d'abord l'adjectif qui exprime un **jugement subjectif** (*good, bad, nice, stupid…*), puis celui qui exprime la taille, l'âge, la couleur, l'origine et la matière.

*A rich old dark-eyed Irish lady.*

- **Le comparatif et le superlatif** des adjectifs se forment différemment selon que l'adjectif est considéré comme court ou long :

– comparatif de supériorité (plus... que) :

adjectif court + *-er* + *than* → *colder than*

*more* + adjectif long + *than* → ***more** ambitious **than***

– comparatif d'infériorité (moins... que) :

*less* + adjectif court ou long + *than* → ***less** cold **than*** ; ***less** ambitious **than***

– comparatif d'égalité (autant que) / d'inégalité (pas autant que) :

*as* + adjectif court ou long + *as* → ***as** cold **as***

*not so / not as* + adjectif court ou long + *as* → ***not so / not as** ambitious **as***

– superlatif de supériorité (le plus) :

*the* + adjectif court + *-est* → ***the** coldest*

*the most* + adjectif long → ***the most** ambitious*

– superlatif d'infériorité (le moins) :

*the least* + adjectif court ou long → ***the least** cold* ; ***the least** ambitious*

**Rappel**

- Adjectifs d'une ou deux syllabes et se terminant par *-er, -ow, -le, -y* → **adjectifs courts**
- Autres adjectifs de deux syllabes ou plus → **adjectifs longs**

**Irrégularités**

*good / well* → *better, the best*
*bad* → *worse, the worst*
*far* → *further / farther, the furthest / the farthest*

## 5 Exprimer la quantité

- **Exprimer la petite ou la grande quantité**

| | Indénombrables | Dénombrables pluriels |
|---|---|---|
| Petite quantité | *Little time* (peu de temps)<br>*A little time* (un peu de temps) | *Few students* (peu d'étudiants)<br>*A few students* (quelques étudiants) |
| Grande quantité | *A lot of, plenty of money* (beaucoup d'argent)<br>*Much care* (beaucoup d'attention) | *A lot of, plenty of computers* (beaucoup d'ordinateurs)<br>*Many books* (de nombreux livres) |

ANGLAIS

- ***Some / any***

– Pour exprimer une **quantité indéfinie**, on utilise *some* dans les énoncés affirmatifs, et *any* dans les énoncés négatifs ou interrogatifs.

*I'd like **some** more time. Is there **any** time left? There isn't **any** time left. There is **no** time left.*
J'aimerais un peu plus de temps. Reste-t-il du temps ? Il n'y a plus de temps.

– On peut utiliser *some* dans une question lorsqu'on présuppose que la réponse sera positive.
*Could I have **some** more coffee, please?* Puis-je avoir un peu plus de café, s'il-vous-plaît ? → on sait qu'il reste encore du café.

- **Autres quantifieurs**

| | |
|---|---|
| *one* : un seul | *one episode ; one of their sons* |
| *both* : les deux | *both boxes ; both of his eyes* |
| *each* : chacun | *each shoulder ; both of his shoulders* |
| *every* : chaque, tous | *every ticket* ← *Every* est toujours suivi d'un verbe au singulier. |
| *most* : la plupart de | *most days ; most of my time* |
| *several* : plusieurs | *several baskets* |
| *the whole* : tout entier | *the whole world* |
| *all* : tous, tout | *all the things ; all of it* |
| *either (...or)*: l'un ou l'autre | *either way ; either here or there* |
| *neither (...nor)* : ni l'un ni l'autre | *neither solution, neither Jason nor Kali* |

## 6 Relier des noms entre eux

- ***Of*** est employé pour mettre en relation deux noms, surtout lorsque le nom qui suit *of* désigne une chose.

*the door **of** the library* la porte de la bibliothèque

- Le **génitif** est indiqué par ***'s*** accolé à un nom. Il exprime la **possession**. Il relie le nom suivi de *s'*, qui désigne celui qui possède, au nom placé après, qui désigne l'élément possédé. Le mot principal est le second.

*Betty's magazines* les magazines de Betty
(*Betty* : possesseur ; *magazines* : élément possédé)

**Attention**
Ne confondez pas : *the woman's magazine* (le magazine de la femme : de cette femme-là) et *a women's magazine* (un magazine féminin : qui désigne une catégorie). Le second est un génitif **générique**.

- Quand le possesseur est un groupe nominal long, on le désigne en utilisant *of* et pas le génitif.

*The story **of** <u>the man who had never left his bedroom</u>*
(possesseur)

La proposition relative qualifie *the man*.

- Le génitif peut aussi exprimer une **notion temporelle** : *today's lesson* le cours d'aujourd'hui

# 2 Le groupe verbal : les temps

**De quoi s'agit-il ?** **En anglais, les formes conjuguées des verbes associent des temps (présent et prétérit) et des aspects (*be* + *V-ing* et *have* + participe passé).**

## 1 Temps et aspects

- Il existe **deux temps grammaticaux** en anglais, le présent et le prétérit. Chaque temps a un sens fondamental, et chacun a une forme simple.

- Il existe aussi **deux aspects : *be* + *V-ing*** et ***have* + participe passé.** Chaque aspect a un sens fondamental.

**Idée à retenir**

**Chaque temps se combine avec l'un, l'autre ou les deux aspects. Les formes produites conservent le sens fondamental du temps et/ou de(s) l'aspect(s) qui la constituent.**

| Aspect \ Temps | Présent | Prétérit |
|---|---|---|
| **Aucun aspect** | Présent simple | Prétérit simple |
| ***be* + *V-ing* :** action en cours de déroulement | Présent *be* + *V-ing* | Prétérit *be* + *V-ing* |
| ***have* + participe passé :** idée de bilan, résultat | Present *perfect* simple (*have* + participe passé) | *Pluperfect* simple (*had* + participe passé) |
| ***be* + *V-ing*** ***have* + participe passé** | Present *perfect be* + *V-ing* (*have* + *been* + *V-ing*) | *Pluperfect be* + *V-ing* (*had* + *been* + *V-ing*) |

Les temps peuvent combiner plusieurs aspects : *be* + *V-ing* (ici en rouge), et *have* + participe passé (ici en vert).

## 2 Les temps simples : le présent simple et le prétérit simple

- **Formes**

– Les temps simples n'ont pas d'auxiliaire à la forme affirmative. Pour les formes négatives et interrogatives, on utilise *do*. Au prétérit, *do* devient *did*.

– Le présent simple se forme avec : **base verbale** (+ ***-s*** à la 3e personne du singulier).
*I often **sing**. She often **sings**. You **do** not / **do**n't eat meat. **Do** you eat meat?*

– Le prétérit simple se forme avec : **base verbale** + ***-ed***, sauf pour les verbes irréguliers qu'il faut apprendre.
*I listen**ed** to her last week. They **did** not / **did**n't eat meat. **Did** she eat meat?*

- **Emplois**

– **Le présent simple exprime la généralité.** Il est incompatible avec « ici et maintenant ». On l'utilise pour exprimer ce qui caractérise une personne (goût, métier, opinion), pour exprimer une vérité générale, une habitude.

– **Le prétérit simple marque la rupture avec le présent.** C'est le temps privilégié de la narration.

– **Le prétérit dit « modal » exprime l'irréel**, qui est aussi une rupture avec le présent. On l'utilise pour exprimer le souhait, le regret.
*I wish he **cared** for me.* J'aimerais qu'il s'intéresse à moi (mais ce n'est pas le cas).

**Idée à retenir**

**Exemples de repères temporels associés au prétérit : *yesterday, last week, two months ago*.**

## 3 L'aspect *be + V-ing* (présent et prétérit en *be + V-ing*)

• **Formes :** c'est *be* qui porte la marque du temps, de la négation et que l'on utilise pour la forme interrogative :

– *be* au présent + *V-ing* : *I* ***am / I'm going*** *out.* ***Are*** *you* ***going*** *out? He* ***is not / isn't going*** *out.*

– *be* au prétérit + *V-ing* : *I* ***was sleeping. Were*** *they* ***sleeping****? We* ***were not / weren't sleeping****.*

• **Emplois**

– Le **présent *be + V-ing*** exprime une action en cours de déroulement dans le présent (« ici et maintenant »).

– Le **prétérit *be + V-ing*** exprime une action en cours de déroulement dans le passé.
*"What* ***were*** *you* ***doing*** *at the time of the murder ?" "I* ***was sleeping****."*

## 4 L'aspect *have* + participe passé (*present perfect* et *pluperfect*)

• C'est ***have*** qui porte la marque du temps, de la négation et que l'on utilise pour la forme interrogative.

• **Formes** : le participe passé régulier se forme avec l'ajout de *-ed* à la base verbale. Les participes passés des verbes irréguliers sont à apprendre.

*Present perfect* : *I* ***have / I've done*** *it.* ***Has*** *she* ***done*** *it? We* ***have not / haven't done*** *it.*

*Pluperfect* : *You* ***had arrived. Had*** *they* ***arrived****? I* ***had not arrived****.*

• **Emplois**

– Le ***present perfect*** exprime un lien avec le présent, le bilan ou le résultat dans le présent d'une action passée.

– Le ***pluperfect*** exprime le bilan ou le résultat d'une action antérieure à un moment précis du passé.

**Idée à retenir**

**Exemples de repères temporels associés au *present perfect* :** ***already, always, ever / never, not yet, just, recently, over the past few days, so far, since.***

# 3 Le groupe verbal : la modalité, le futur et le conditionnel

**De quoi s'agit-il ? La modalité permet d'exprimer le jugement de celui qui parle. Le futur s'exprime de différentes façons et le conditionnel a plusieurs valeurs : maîtriser ces nuances enrichit la qualité de votre expression.**

## 1 La modalité

• **La modalité exprime le jugement de l'énonciateur** (celui qui parle). Il peut s'agir d'un jugement ou de la pression de l'énonciateur sur autrui, ou de la probabilité qu'un événement se réalise.

• La modalité peut s'exprimer grâce à des **auxiliaires modaux** : *can / could, may / might, will / would, must, shall / should.* Ces auxiliaires peuvent être associés aux aspects *be + V-ing* ou *have +* participe passé.

• **Il ne peut pas y avoir deux auxiliaires modaux dans une forme verbale.** Si nécessaire, on utilise des équivalents : *will be able to* pour exprimer la capacité future, *will have to* pour exprimer l'obligation future.

**Attention**

**Les auxiliaires modaux sont invariables, et sont suivis de l'infinitif sans *to* (jamais de *to* ni de *V-ing* !).**

| Jugement ou pression sur autrui | | |
|---|---|---|
| **Auxiliaire** | **Notion exprimée** | **Exemple** |
| *Must / must not* | Obligation / interdiction | *You **must stop** immediately.* Je veux que tu arrêtes tout de suite. |
| *Need not* | Absence d'obligation | *We **needn't do** that now, there's no hurry.* Nous n'avons pas besoin de faire cela maintenant, il n'y a pas d'urgence. |
| *May / may not* | Permission / absence de permission | *You **may leave** the table. But you **may not go out**.* Tu peux quitter la table mais pas sortir. |
| *Will / won't* | Volonté / refus | *She **won't accept** my decision.* Elle refuse d'accepter ma décision. |
| *Should / shouldn't* | Conseil | *They **shouldn't go** to bed that late!* Ils ne devraient pas aller au lit si tard. |
| *Can / can't* | Capacité ou incapacité | *I **can't lift** my suitcase, it's too heavy.* Je n'arrive pas à porter ma valise, elle est trop lourde. |

On peut exprimer la probabilité d'un fait passé, présent ou futur.

| Probabilité (du moins certain au plus certain) | | |
|---|---|---|
| **Auxiliaire** | **Notion exprimée** | **Exemple** |
| *May* | Il y a 50 % de chances que l'événement se réalise. | *He may come, he didn't say he wouldn't come.* Il se peut qu'il vienne, il n'a pas dit qu'il ne viendrait pas. |
| *Can / could* | Il est possible que l'événement se réalise. | *He **could come**, it's possible.* Il est possible qu'il vienne. |
| *Will* | J'affirme que l'événement se réalisera. | *I tell you he **will come**: I am sure he would not miss my birthday party.* Je te dis qu'il viendra : je suis sûr qu'il ne raterait pas mon anniversaire. |
| *Must* | J'en suis certain. | *He is late, it's not like him, he **must have had** an accident.* Il est en retard, cela ne lui ressemble pas. Il doit avoir eu un accident. |
| *Can't* | C'est impossible, j'en suis certain. | *He **can't be** dead! He called me a few minutes ago.* Il ne peut pas être mort ! Il m'a appelé il y a quelques minutes. |

## 2 L'expression du futur

- Il n'existe pas en anglais de temps grammatical futur avec une terminaison spécifique. Mais il existe plusieurs façons d'exprimer le futur.

- ***will** + V* permet de **prédire une action** qui se déroulera dans le futur (ex : prévision météo).
  *It **will be** sunny tomorrow.* Il fera beau demain.

**Idée à retenir**

**Repères temporels associés à *will: later, next week, when I am older.***

- ***be going to** + V* exprime l'**intention** ou prédit quelque chose en s'appuyant sur des **indices présents.**
  *We **are going to see** her next week.* Nous comptons la voir la semaine prochaine.
  *Don't do that, you'**re going to hurt** yourself.* (dit la mère au jeune enfant imprudent)

- Le présent ***be* + *V-ing*** permet d'exprimer des **projets futurs**.
  *I'**m** runn**ing** the marathon next week.* Je cours le marathon la semaine prochaine.

- ***be about to*** + *V* exprime le **futur immédiat**, très proche.
  *I've just heard his car. He**'s about to come in**.* Je viens d'entendre sa voiture, il est sur le point d'entrer.

## 3 Le conditionnel

- Avec une subordonnée en ***If*** **+ verbe au présent**, la proposition principale au conditionnel exprime le **futur**.
  *If you work hard, you **will / may / could succeed** in your exam.* Si vous travaillez dur, vous réussirez / pourriez réussir votre examen.

- Avec une subordonnée en ***If*** **+ verbe au prétérit**, la proposition principale au conditionnel exprime l'**irréel**, ou le **conseil**.
  *If he earned money, he **could / would help** his parents.* S'il gagnait de l'argent, il pourrait aider / aiderait ses parents.
  *If I were you, I **would not give up** school.* Si j'étais toi, je ne quitterais pas l'école.

**Attention**
*be* devient *were* et non *was* dans ce cas.

- Avec une subordonnée en ***If*** + **verbe au *pluperfect***, la proposition principale exprime soit quelque chose qui aurait été possible mais qui n'a pas eu lieu, soit le reproche ou la critique.
  *If they had been warned earlier, they **would have had** time to escape.* S'ils avaient été prévenus plus tôt, ils auraient eu le temps de s'enfuir.

# 4 Le groupe verbal : la forme passive, les prépositions et les particules adverbiales

**De quoi s'agit-il ? La forme passive et les prépositions vous permettent de diversifier et de préciser votre expression.**

## 1 La forme passive

- **Formes** : la forme passive be + participe passé se combine avec les temps et aspects. C'est *be* qui porte la marque du temps, de la négation et sert pour la forme interrogative.

Présent simple : *The window **is** broken.* La fenêtre est cassée.

Prétérit *be+V-ing* : *The car was **be**ing repair**ed**.* La voiture était en réparation.

*Present perfect* : *The parcel has **been** sen**t**.* Le paquet a été envoyé.

- **Emplois**

– La forme ou voix passive permet de **mettre en valeur l'objet de l'action**. Elle est utilisée lorsque l'on ne connait pas la source de l'action ou que celle-ci n'est pas importante pour le message.

– Quand la **source de l'action** est précisée, elle est sous la forme d'un groupe nominal précédé de la préposition ***by***.

**Remarque**
**La forme passive est beaucoup plus fréquente en français qu'en anglais. Elle permet notamment de traduire la forme impersonnelle avec « on ».**

– Lorsqu'un verbe prépositionnel est à la voix passive, la préposition est placée après le participe passé : *My son is being looked **after**.*

## 2 Prépositions et particules adverbiales

- Ce sont des mots invariables comme *across, in, out, up, down, out…*
- **Les prépositions** introduisent un complément, par exemple de lieu. On les maintient à droite dans les questions, les propositions relatives, les structures passives.

**Attention**
Ne confondez pas prépositions et particules adverbiales : toutes deux se placent après le verbe, mais elles n'ont pas la même fonction.

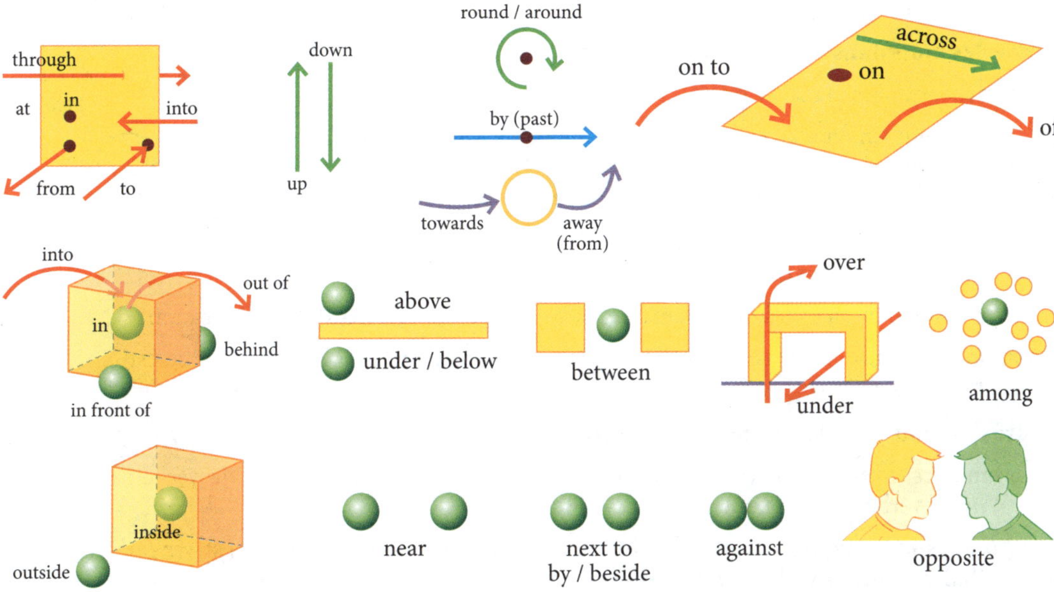


- **Les particules** modifient le sens du verbe.

*to give **up*** abandonner
*to look **down** on* mépriser
*to stand **up** for / against* se battre pour / contre
*to get **up*** se lever

Le verbe à particule peut être suivi d'une préposition qui introduit le complément d'objet.

## 3 Le discours indirect

- Le discours indirect permet de **rapporter les paroles de quelqu'un.** Leur transposition au style indirect entraîne les modifications suivantes :

– **possessifs** : *my, your, his, her* → ***his / her*** ; *its* → ***its*** ; *our, your, their* → ***their***
– **pronoms personnels** : *I, you, he, she* → ***he / she*** ; *it* → ***it*** ; *we, you, they* → ***they***
– **adverbes** de lieu et de temps :
*here* → ***there*** ; *last week* → ***the week before*** ; *two days ago* → ***two days before*** ; *tomorrow* → ***the next day*** ; *next month* → ***the month after.***
– formes verbales :

| | |
|---|---|
| *"I **don't** know", he said.* | → *He said (that) he **did not** know.* |
| *"She **is sleeping**", he said.* | → *He said (that) she **was sleeping**.* |
| *"They **have left**", he said.* | → *He said (that) they **had left**.* |
| *"He **went** away", he said.* | → *He said (that) he **had gone** away.* |
| *"We **will** see", he said.* | → *He said (that) they **would** see.* |
| *"She **must** be ill", he said.* | → *He said (that) she **must** be ill.* (probabilité) |
| *"She **must** obey", he said.* | → *He said (that) she **had to** obey.* (obligation) |

- Dans les **questions indirectes**, il n'y a pas d'inversion sujet/verbe.

**Attention**
Le prétérit reste le prétérit lorsqu'il s'agit d'une habitude :
*"When I was young, I was blond," she said.*
→ *She said that when she was young she was blond.*

**Verbes introducteurs**
■ ***to say, to tell, to believe, to suppose, to know, to think*** sont suivis d'une **subordonnée en *that***
■ ***to ask, to expect, to order, to tell, to prefer, to want*** sont suivis d'une **proposition infinitive (*to* + V).**

# 5 La phrase

**De quoi s'agit-il ?** **On distingue la phrase simple de la phrase complexe (une proposition principale + une ou plusieurs subordonnées).**

## 1 Les énoncés affirmatifs, négatifs, interrogatifs

- **Ordre des mots dans les énoncés affirmatifs et négatifs** :

– l'ordre des mots dans la phrase est : Sujet + verbe (*not*) + complément.

– l'ordre des compléments après le verbe est : complément d'objet direct, puis complément de manière ou d'intensité (*well, very much*...). Les compléments de temps (*last month, tomorrow*...) se placent généralement en fin d'énoncé.

**Cas particulier**

**Les adverbes de fréquence (*often, sometimes, always*...) se placent après le verbe *be* et avant les autres verbes. Dans une forme verbale complexe avec plusieurs auxiliaires, ils se placent après le premier auxiliaire.**

- **Particularités de la négation :**

– au présent et au prétérit simple, c'est l'auxiliaire (*do / did*) qui porte la marque de la négation.

– *never, hardly ever, nothing* sont d'autres manières d'exprimer la négation : le verbe est alors à la forme affirmative.

- **Ordre des mots dans les énoncés interrogatifs :**

– il y a toujours inversion sujet/verbe sauf lorsque le mot interrogatif est sujet du verbe : *Who / What* + verbe (+ compléments)?

– ***Yes/No question*** (questions commençant par un auxiliaire dont la réponse est *yes* ou *no*) : Auxiliaire + sujet + verbe? L'intonation est montante.

– ***Wh-questions*** : Mot interrogatif + auxiliaire + sujet + verbe (+ compléments)? L'intonation est descendante.

- **Les mots interrogatifs**

| Mot interrogatif | Objet de la question | Exemple |
|---|---|---|
| *Who*<br>(sujet ou complément) | Une personne | ***Who** sings this song?*<br>***Who** are you talking to?* |
| *What*<br>(sujet ou complément) | Une chose ou un événement | ***What** goes on?*<br>***What** do you mean?* |
| *Which* | Lequel (quand on a le choix entre plusieurs possibilités) | ***Which** skirt do you prefer: the blue one or the red one?* |
| *Whose*<br>(génitif de *who*) | Exprime la possession | ***Whose** cup is this?* |
| *Where* | Le lieu | ***Where** do they live?* |
| *When* | Le moment | ***When** was he born?* |
| *Why* | La cause | ***Why** did they move?* |
| *How* | La manière, le moyen | ***How** do you go to London, by train or by plane?* |
| *How long* | La durée | ***How long** will you stay in England?* |
| *How often* | La fréquence | ***How often** do you go to the gym?* |
| *How far* | La distance | ***How far** is it from home?* |
| *How much / how many* | Une quantité / un nombre | ***How much** (money) does it cost?*<br>***How many** brothers do you have?* |

Dans ces deux exemples, le pronom interrogatif est sujet du verbe, c'est pourquoi il n'y a pas d'auxiliaire.

*How much* + nom indénombrable

*How many* + nom dénombrable au pluriel

## 2 Les propositions subordonnées en *that* et les propositions infinitives

- **Les propositions subordonnées en *that*** : on les trouve après les verbes exprimant un savoir ou une opinion (*believe, know, suppose, think*) ou les verbes introducteurs du discours (*tell, say, answer, reply, explain…*).
  *I hope **that** he will come to my party.*

- **Les propositions infinitives (*to* + *V*)** expriment la **visée**. ***to* + *V*** désigne un **acte envisagé mais non encore réalisé**. On l'utilise :

– après les verbes de **volonté**, de **désir** ou **d'intention** (*decide, plan, refuse, want, hope, intend*) ;

– après les verbes décrivant une **pression** exercée sur autrui (*advise* conseiller ; *allow* permettre ; *ask* demander ; *tell* donner l'ordre à qqn ; *expect* s'attendre à ; *force* obliger ; *order* ordonner) ;

– pour exprimer le **but** :
*I lay on the grass (in order) to relax.* Je me suis allongé sur le sol pour me reposer.

– en complément d'adjectif :
*It is difficult **to hear** you because of the noise outside.*

- **Le sujet de la proposition infinitive** :

– peut être identique à celui de la proposition principale : *I have decided to go.* J'ai décidé de partir.

– peut être différent de celui de la proposition principale. Si c'est un pronom, il est à la forme complément (*me, you, him/her/it, us, you, they*) :
*They have ordered us to go.* Ils nous ont ordonné de partir.

– est précédé de *for* dans la construction avec un adjectif : *It's difficult for him to understand.* C'est difficile à comprendre pour lui.

**Attention**
Dans une proposition infinitive (*to* + *V*), la négation se place avant l'infinitif.
*He told him **never** to do it again.*
Il lui ordonna de ne jamais refaire cela.

## 3 Les propositions avec gérondif (*V-ing*)

- Le sens fondamental de *V-ing* est **la reprise, le déjà vu.**

- La proposition en *V-ing* peut être **sujet** :
  *Doing house chores isn't my cup of tea.* Je n'aime pas les corvées ménagères.

- La proposition en *V-ing* peut être **complément**. On l'emploie alors après des verbes exprimant :

– les **goûts**, une **appréciation**, une **prise de position** (*like, dislike, love, enjoy, fancy, feel like* : avoir envie de, *hate, can't stand/can't bear* : ne pas supporter, *avoid* : éviter, *enjoy…*) ;

– un événement **déjà réalisé** (*remember, regret*) ;

– une action en cours au moment de l'énonciation (*go on, keep on* : continuer, *stop, spend time* : passer du temps, *can't help* : ne pas pouvoir s'empêcher de).

- Le **sujet** de la proposition en *V-ing* peut être :

– identique à celui de la proposition principale : *I enjoy singing.*

– différent de celui de la proposition principale. Si c'est un pronom, il est à la forme complément. Un possessif ou un génitif est aussi possible :
*She can't stand him being late. She can't stand his being late. She can't stand Jordan's being late.*

**Idée à retenir**
Pour exprimer **le but** : *(in order) to* + *V*.
Pour exprimer **la cause** : *for* + *V-ing*.

ANGLAIS

- Certaines prépositions ou expressions sont suivies d'un gérondif :

– les prépositions *of, with, in, before, after, about…* : *Call me before coming.*

– *It's no use / it's no good* (il ne sert à rien de) ; *it's (not) worth* (cela (ne) vaut (pas) la peine de) :

*It's not worth going there if we don't have tickets.* Il ne sert à rien d'y aller si nous n'avons pas de billets.

– *Be used to / get used to* (être habitué à / s'habituer à) :

*You will get used to listening to the English radio!* Tu t'habitueras à écouter la radio anglaise !

**Attention**

***for* + *V-ing* exprime la cause.**
***I got a fine for trespassing.***
J'ai eu une amende pour être entré dans la zone interdite.

## 4 Les propositions subordonnées relatives

- Les propositions subordonnées relatives font partie du **groupe nominal** (on peut les remplacer par un adjectif). Elles sont précédées d'un **pronom relatif**.

*The man who is standing over there is my neighbor.*

*The tall man is my neighbor.*

- Les propositions subordonnées relatives sont **restrictives** (ou déterminatives) lorsqu'elles apportent une information indispensable pour identifier l'antécédent.

*The man who is standing over there is my neighbor.* L'homme **qui est debout là-bas** est mon voisin.

| Antécédent | Sujet | Complément | Complément |
|---|---|---|---|
| Humain | *Who* *(that)* | *Who(m) / that / Ø* | *Whose* |
| Non humain | *Which* *that* | *Which / that / Ø* | *Whose* |

**Idée à retenir**

**Pour choisir le bon pronom relatif, demandez-vous s'il est humain ou non humain, et quelle est sa fonction grammaticale (sujet ou complément) dans la proposition subordonnée.**

- Les propositions subordonnées relatives sont **appositives** lorsqu'elles apportent un complément d'information qui pourrait être omis sans dénaturer le message (comme des éléments entre parenthèses en français). Elles sont toujours **entre virgules**.

*My neighbour, who is standing over there, is a very nice old man.* Mon voisin, qui est debout là-bas, est un vieil homme très gentil.

| Antécédent | Sujet | Complément | Complément |
|---|---|---|---|
| Humain | *Who* | *Who(m)* | *Whose* |
| Non humain | *Which* | *Which* | *Whose* |

- **« ce qui » / « ce que »**

– *what* **annonce** quelque chose qui va être précisé.

*What I mean is…* Ce que je veux dire, c'est…

– *which* sert à **reprendre** toute une proposition.

*He lost control of his bike, **which** is why he fell.* Il a perdu le contrôle de son vélo, ce qui explique pourquoi il est tombé.

## ➔ Révision express

### Les points importants à retenir : *for / since / ago*

- Les phrases ci-dessous renvoient à une même réalité, exprimée de manières différentes selon que l'on envisage le point de départ, la durée par rapport au présent ou la durée par rapport à un moment du passé :

date ou point de départ — durée

***I have lived here** since 2000.* — Je vis ici depuis l'an 2000.
***I have lived here** since I was born.* — Je vis ici depuis ma naissance.
***I have lived here** for twelve years.* — Je vis ici depuis douze ans.
***I moved here** twelve years ago.* — J'ai emmenagé ici il y a douze ans.
***I had been living** there for a long time when they moved in the house opposite ours.* Je vivais là depuis longtemps lorsqu'ils emménagèrent dans la maison en face de la nôtre.

*Present perfect* : lien passé-présent (j'y vis encore)

Prétérit : date ou point de départ révolu.

*Pluperfect be+V-ing*: durée par rapport à un moment du passé, événement commencé avant, toujours en cours à ce moment.

- *Since* + date / point de départ : « depuis » → associé au *present perfect*.
- *For* + durée : – « depuis » → associé au *present perfect*, au *pluperfect* ou au prétérit.
  – « pendant » → peut être associé au prétérit ou pour une situation future.
- Durée + *ago* : « il y a » → associé au prétérit.

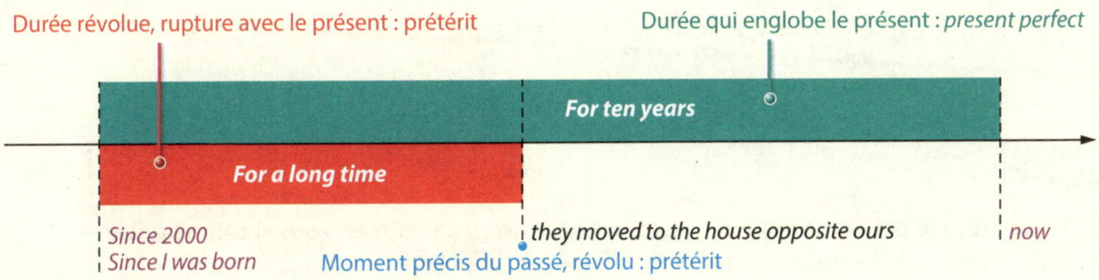


## Quiz

*Cochez la bonne réponse :*

**1.** *advice, news, information* et *luggage* sont des noms :
☐ **dénombrables** ☐ **indénombrables**

**2.** La traduction de « Il a peu d'amis » est :
☐ ***He has few friends*** ☐ ***He has a few friends*** ☐ ***He has little friends***

**3.** *I don't know … to do.* Par quel mot compléter cette phrase ?
☐ ***which*** ☐ ***that*** ☐ ***what***

**4.** *I haven't seen her… several months.* Par quel mot compléter cette phrase ?
☐ ***for*** ☐ ***since***

→ Réponses p. 480

EXERCICE GUIDÉ

## Entraînement grammatical

### Énoncé

**1. Complétez avec *a / an, the,* ou Ø.**

*Tom is … best tennis coach I've ever had. He has been … coach for years now. I prefer… coaches who have much experience.*

**Vocabulaire**
*to peck :* picorer
*bud :* bourgeon
*be born :* naître
*be a chicken :* être une poule mouillée

**2. a. Mettez les verbes entre parenthèses au présent simple ou au présent *be + V-ing*.**

*It often (rain) at this time of the year, but today the sun (shine). Look, the birds (come) to peck at buds. I (love) to see them.*

**b. Mettez les verbes entre parenthèses au prétérit ou au *present perfect*.**

*I (never like) horror films. I (watch)* The Silence of the Lambs *last year. After that, I (can not sleep) for many weeks. I (always be) a chicken!*

**c. Complétez en mettant les verbes entre parenthèses au prétérit simple, au prétérit *be + V-ing* ou au *pluperfect*.**

*She (be) in her bed when she (hear) an unusual noise in the kitchen.*

*She (be) in her bed for an hour when she (hear) an unusual noise in the kitchen.*

*She (go) downstairs when an ugly face (appear) at the end of the corridor.*

**3. Remettez les mots dans l'ordre pour former des phrases correctes.**

**a**. *were / and / where / you / when / born / ?*

**b**. *he / it / left / was / when / time / what / ?*

**c**. *take / your / you / to / umbrella / advise / I / : / rain / it's / to / going.*

**Le conseil du prof**
N'oubliez pas l'inversion sujet / verbe dans les questions.

### Méthode

- Pour choisir entre le présent simple et le présent *be + V-ing*, demandez-vous si cela se passe « ici et maintenant » ou s'il s'agit d'une habitude, d'une généralité.
- Pour choisir entre le prétérit simple et le prétérit *be + V-ing*, demandez-vous si l'action est vue en cours de déroulement ou s'il s'agit d'événements ponctuels.
- Pour choisir entre le prétérit et le *present perfect*, demandez-vous s'il y a rupture ou lien avec le présent.
- Pour choisir entre le prétérit et le *pluperfect*, demandez-vous s'il y a antériorité d'un événement par rapport à l'autre.

**Corrigé**

**1.** Les superlatifs sont toujours précédés de *the* : *Tom is* ***the*** *best tennis coach I've ever had.*

On utilise *a* devant les noms de métier : *He has been a coach for years now.*

*Coaches* représente l'ensemble de la catégorie, donc pas d'article. *I prefer* **Ø** *coaches who have much experience.*

**2. a.** *often* indique une généralité, il est donc associé au présent simple.

*Today, look,* indiquent que l'on s'intéresse à la situation en cours, on utilise donc le présent *be +V-ing.*

*Love* exprime une caractéristique du sujet, on utilise donc le présent simple.

*It often* ***rains*** *at this time of the year, but today the sun* ***is shining****. Look, the birds* ***are coming*** *to peck at buds. I* ***love*** *to see them.*

**Le conseil du prof**
Aidez-vous des adverbes de fréquence et des indices temporels de la phrase pour choisir le temps qui convient.

**b.** *never* et *always* sont associés au *present perfect,* car on passe en revue toute la vie de l'énonciateur jusqu'au moment présent. L'adverbe se place entre l'auxiliaire et le verbe. *Last year* indique la rupture avec le présent, *watch* et *can* sont au prétérit.

*I've (have)* ***never liked*** *horror films. I* ***watched*** The Silence of the Lambs *last year. After that* ***I couldn't sleep*** *(could not sleep) for many weeks. I* ***have always been*** *a chicken!*

**c.** Il s'agit d'un récit au passé : le temps privilégié est donc le prétérit. Dans la deuxième phrase, *for an hour* introduit une antériorité : *be* est donc au *pluperfect (she had been in bed for an hour when...). Go downstairs* désigne une action en cours dans le passé (prétérit *be + V-ing*) interrompue par un événement ponctuel, *appear,* qui est au prétérit simple.

*She* ***was*** *in her bed when she* ***heard*** *an unusual noise in the kitchen.*

*She* ***had been*** *in her bed for an hour when she* ***heard*** *an unusual noise in the kitchen. She* ***was going*** *downstairs when an ugly face* ***appeared*** *at the end of the corridor.*

**3. a.** *Where and when were you born ?*

**b.** *What time was it when he left?*

**c.** *I advise you to take your umbrella : it's going to rain.*

**Bien comprendre**
Il n'y a pas d'inversion dans *when he left* : c'est une proposition circonstancielle de temps et non une question.

ANGLAIS

# Chapitre 4 Vocabulaire

## 1 *Family, friends, feelings*. La famille, les amis, les sentiments

### 1 Les mots essentiels

| | | |
|---|---|---|
| *father / mother* | père / mère | |
| *daughter / son* | fille / fils | |
| *sister / brother* | sœur / frère | |
| *grandfather / grandmother* | grand-père / grand-mère | |
| *aunt / uncle* | tante / oncle | |
| *step father / step mother* | beau-père / belle-mère (remariage) | |
| *the in-laws* | belle famille (famille du conjoint) | |
| *child / children* | enfant / enfants | |
| *young / the youth* | jeune / la jeunesse | |
| *live / life* | vivre / la vie | |
| *at home* | chez soi | ≠ *house* maison (bâtiment) |
| *older generations* | les générations plus âgées | |
| *family* | parents proches | ≠ *relatives* la famille |
| *best friend* | meilleur ami | *close friend* ami proche |
| *live alone* | vivre seul | |
| *get married* | se marier | |
| *wedding* | mariage | *newly weds* jeunes mariés |
| *get on well with* | bien s'entendre avec | |
| *be very close to* | être très proche de | |
| *live together* | vivre ensemble | |
| *generation gap* | fossé entre les générations | |
| *show understanding* | se montrer compréhensif | |
| *quarrel* | se disputer | *have a row with* se disputer |
| *lack freedom* | manquer de liberté | |
| *put up with* | supporter | |
| *have enough of* | en avoir assez de | |

### 2 Pour aller plus loin

| | |
|---|---|
| *ambitious* | ambitieux |
| *brave* | courageux |
| *proud* | fier |
| *charitable* | charitable |
| *honest / dishonest* | honnête / malhonnête |
| *faithful* | fidèle |
| *imaginative* | imaginatif |

| | | |
|---|---|---|
| *creative* | créatif | |
| *industrious* | travailleur | *hard working* travailleur |
| *efficient* | efficace | |
| *modest* | modeste | |
| *tolerant* | tolérant | |
| *wise* | sage | |
| *absent-minded* | étourdi | |
| *boastful* | vantard | |
| *clumsy* | maladroit | |
| *cruel* | cruel | |
| *lazy* | fainéant | |
| *selfish* | égoïste | |
| *silly* | idiot | |
| *stubborn* | têtu | |
| *touchy* | susceptible | |

# 2 *Tastes, hobbies, sport*. Les goûts, les loisirs, le sport

## 1 Les mots essentiels

| | | |
|---|---|---|
| *likes and dislikes* | ce que l'on aime et ce que l'on n'aime pas | |
| *like to + V / V-ing / dislike* | aimer / ne pas aimer | |
| *enjoy* | aimer | |
| *take an interest in* | s'intéresser à | |
| *be fond of* | aimer | *be keen on V-ing* aimer |
| *love* | adorer | |
| *be mad / crazy about* | être fou de | |
| *I don't care* | cela m'est égal | |
| *I can't stand = I can't bear* | je ne supporte pas | |
| *past time = hobby* | loisir | |
| *free time* | temps libre | |
| *have a good time* | passer un bon moment | |
| *day off* | jour de congé | |
| *give a party* | donner une fête | |
| *belong to a club* | appartenir à un club | |
| *go to the cinema / theater* | aller au cinéma / au théâtre | |
| *a play* | pièce de théâtre | |
| *visit a museum* | visiter un musée | *go sightseeing* faire du tourisme |
| *street arts festival* | festival d'arts de la rue | *Notting Hill carnival, London* |
| *play music* | jouer de la musique | |
| *member of a music band* | membre d'un groupe de musique | |
| *the piano* | piano | |
| *the guitar* | guitare | *bass guitar* basse ; *lead guitar* guitare solo |
| *go to concerts* | aller aux concerts | |
| *spend the weekend away* | partir en week-end | |

## 2 Pour aller plus loin

| | | |
|---|---|---|
| *sports facilities* | équipements sportifs | |
| *lucky / unlucky* | chanceux / malchanceux | *succeed* ≠ *fail* réussir ≠ échouer |
| *win a match* | gagner un match | |
| *heroic* | héroïque | |
| *celebrity* | célébrité | |
| *ride a bicycle* | faire du vélo | |
| *tournament* | tournoi | |
| *opponent* | adversaire | |
| *in top shape* | en pleine forme | |
| *football ground* | terrain de football | *referee* arbitre |
| *goalkeeper* | gardien de but | *They failed to score.* Ils n'ont pas réussi à marquer. |
| *a coach / to coach* | entraîneur / entraîner | |
| *playing field* | terrain de sport | |
| *fencing* | escrime | |
| *swimmer* | nageur | *swim* nager ; *swimming pool* piscine |

# 3 *In town.* En ville

## 1 Les mots essentiels

| | | |
|---|---|---|
| *neighborhood (USA)*<br>*neighbourhood (GB)* | quartier | |
| *neighbor (USA)*<br>*neighbour (GB)* | voisin | |
| *area* | zone | *residential area* zone résidentielle |
| *district* | quartier | |
| *urban / rural environment* | environnement urbain / rural | |
| *skyscraper* | gratte-ciel | *skyline* ligne d'horizon |
| *office building* | immeuble de bureaux | |
| *block of flats* | immeuble d'habitations | |
| *detached house* | maison individuelle | |
| *housing estate* | cité | *concrete jungle* univers bétonné |
| *at the park* | au parc | |
| *green areas* | espaces verts | |
| *lake* | lac | |
| *pond* | bassin | |
| *relax* | se détendre | |
| *take a nap* | faire une sieste | |
| *sunbathe* | bronzer | |
| *bench* | banc | |
| *lawn* | pelouse | |
| *street* | rue | |
| *No trespassing.* | Entrée interdite. | |
| *sidewalk (USA)*<br>*pavement (GB)* | trottoir | |

| | | |
|---|---|---|
| *shop* | magasin | *window shopping* lèche-vitrine |
| *shopping mall* | centre commercial | |
| *closed-circuit television (CCTV)* | caméra de surveillance | |
| *crowd* | foule | adj. *crowded* |
| *homeless people* | sans-abris | |
| *sleep rough* | dormir dans la rue | |
| *shelter* | abri | |
| *speed limit* | limitation de vitesse | *overtake* doubler |
| *traffic light* | feu tricolore | *pedestrian crossing* passage piéton |
| *dead end* | impasse | *one way road* sens unique |
| *cross road* | croisement | *No U-turn.* Demi-tour interdit. |

## 2 Pour aller plus loin

| | | |
|---|---|---|
| *transport* | les transports | |
| *public transport* | transport public | |
| *train / bus station* | gare ferroviaire / routière | *platform* quai |
| *bus stop* | arrêt de bus | *ride the bus* prendre le bus |
| *carpooling* | covoiturage | |
| *drive / driver* | conduire / conducteur | |
| *rush hour* | heure de pointe | |
| *traffic jam* | embouteillage | |
| *swear* | jurer | *road rage* violence au volant |
| *be patient* | être patient | |
| *run out of petrol* | être à court d'essence | *have a breakdown* tomber en panne |

# 4 Environment, pollution, climate change. Environnement, pollution, changement climatique

## 1 Les mots essentiels

| | | |
|---|---|---|
| *pollution / pollute* | pollution / polluer | *Cars and factories emit polluting gases.* Les voitures et les usines émettent des gaz polluants. |
| *recycle = reuse* | recycler | |
| *carbon dioxide* | dioxyde de carbone ou $CO_2$ | |
| *global warming* | réchauffement climatique | *The earth's temperature is rising.* La température de la Terre augmente. |
| *ozone layer* | couche d'ozone | |
| *greenhouse gas* | gaz à effet de serre | |
| *save water* | économiser l'eau | *energy-saving light bulb* ampoule à économie d'énergie |
| *waste* | gaspiller | *nuclear waste* déchets nucléaires |
| *be green* | être écologiste | |

| | | |
|---|---|---|
| *environmentalist* | un écologiste | |
| *desertification / deforestation* | désertification / déforestation | *cut trees* couper des arbres |
| *ocean / sea / river* | océan / mer / fleuve | |
| *rise* | augmenter | *the rising of the level of the seas and oceans* l'augmentation du niveau des mers et des océans |
| *fossil fuels* | énergies fossiles | *coal, oil, gas* charbon, pétrole, gaz |
| *renewable energies* | énergies renouvelables | *wind energy / solar power* énergie éolienne / solaire |
| *earthquake* | tremblement de terre | *tsunami = tidal wave* tsunami = raz-de-marée |
| *be involved in* | s'engager dans | |
| *fell concerned about* | se sentir concerné par | |
| *care about* | se soucier de | |

## 2 Pour aller plus loin

| | | |
|---|---|---|
| *endangered species* | espèces menacées | *The world's biodiversity is threatened / menaced.* La biodiversité du monde est menacée. |
| *become extinct* | en voie d'extinction | *wildlife* vie sauvage |
| *change habits* | changer de comportement | |
| *melt* | fondre | *The ice cap is thinning.* La calotte glacière s'amoindrit. |
| *the seasons* | les saisons | *winter* hiver ; *spring* printemps ; *autumn (GB) / fall (USA)* automne ; *summer* été |
| *geography* | géographie | *mountain* montagne ; *desert* désert ; *wood* bois ; *forest* forêt ; *natural resources* ressources naturelles |
| *precipitations* | précipitations | *rain* pluie ; *snow* neige ; *hail* grêle ; *cloud* nuage ; *fog* brouillard |
| *natural disasters* | catastrophes naturelles | *flood* inondation ; *drought* sécheresse ; *landslide* glissement de terrain ; *hurricane* ouragan ; *heat wave* canicule |
| *air conditioning* | climatisation | |
| *switch on / off* | allumer / éteindre | |
| *sustainable development* | développement durable | |
| *fair trade* | commerce équitable | |

# 5 New technologies, the internet, social networks. Nouvelles technologies, Internet, réseaux sociaux

## 1 Les mots essentiels

| | | |
|---|---|---|
| *screen* | écran | |
| *mouse* | souris | |
| *software* | logiciel | *freeware* logiciel libre ; *driver* lecteur ; *disk* disque |
| *create a file* | créer un dossier | *graph* graphique ; *slideshow* diaporama |
| *save as* | enregistrer sous | |
| *edit* | éditer | |
| *cut / paste* | couper / coller | |
| *print / scan* | imprimer / scanner | *printer* imprimante / *scanner* scanneur |
| *the world wide web* | le web | *Wi-Fi = wireless fidelity* technologie sans fil |
| *download a file* | télécharger un dossier | |
| *click on a link* | cliquer sur un lien | |
| *browse* | naviguer | *browser* navigateur |
| *login = user's name* | nom d'utilisateur | |
| *register* | s'enregistrer | *password* mot de passe |
| *be logged on = be connected* | être connecté | |
| *be addicted to / dependent on / hooked to video games* | avoir une dépendance aux jeux vidéo | *video game addict* accro aux jeux vidéo |
| *mobile / cellular / cell phone* | téléphone portable | *hand held device* kit mains libres |
| *camera* | appareil photo | |

## 2 Pour aller plus loin

| | | |
|---|---|---|
| *convenient = handy* | pratique | |
| *socialize* | rencontrer des gens | |
| *get new friends* | se faire de nouveaux amis | |
| *spend time* | passer du temps | |
| *share information* | échanger des informations | |
| *isolated* | isolé | |
| *social networks* | réseaux sociaux | |
| *snoop on* | espionner, fouiner dans | |
| *write a blog* | écrire un blog | *blog = web log = diary on the web* journal en ligne |
| *buy equipment* | acheter du matériel | *game console* console de jeu |
| *the virtual world* | le monde virtuel | |
| *do without* | se passer de | |
| *interact* | interagir, dialoguer | |
| *communicate* | communiquer | |
| *move with the times* | vivre avec son temps | |
| *personal digital assistant (PDA)* | assistant personnel | |
| *mp3 player* | lecteur mp3 | *record oneself* s'enregistrer |
| *tracking device* | appareil de détection | *GPS = global positioning system* |

# Révision express

## Les expressions à retenir

*The scene is set in New York.* La scène se déroule à New York.
*Don't play the music too loud!* Ne mets pas la musique trop fort !
*Make yourself at home!* Fais comme chez toi !
*It tastes good!* C'est bon ! (quelque chose que je goûte)
*The train has been delayed.* Le train est en retard.
*The traffic is clear.* Le trafic est normal.
*Life in town is really hectic!* La vie en ville est vraiment trépidante !
*She has cut her hair short.* Elle s'est coupé les cheveux courts.
*What's the weather like?* Quel temps fait-il ?
*Deforestation threatens the rainforest.* La déforestation menace la forêt tropicale.
*Her son is addicted to video games.* Son fils est dépendant aux jeux vidéos.
*We should preserve the earth for future generations.* Nous devrions protéger la terre pour les générations futures.

## Quiz

*Chassez l'intrus.*

1. ☐ ***landslide*** ☐ ***drought*** ☐ ***browser*** ☐ ***flood***
2. ☐ ***feel well*** ☐ ***get on well with*** ☐ ***be on good terms with*** ☐ ***have good relationships with***
3. ☐ ***interact*** ☐ ***share information*** ☐ ***be isolated*** ☐ ***communicate***
4. ☐ ***endanger*** ☐ ***save*** ☐ ***threaten*** ☐ ***menace***
5. ☐ ***modest*** ☐ ***stubborn*** ☐ ***wise*** ☐ ***tolerant***

→ Réponses p. 480

EXERCICE GUIDÉ

## Se présenter / Présenter son quartier

### Énoncé

Write a short text to introduce yourself (≃ 150 words).

### Méthode

- Pour vous décrire, pensez aux nombreux thèmes qui aideront à vous définir : dites qui vous êtes, ce que vous faites, où vous habitez ; décrivez-vous, parlez de vos goûts, de vos loisirs ; décrivez un rêve, un espoir, un but qui vous est cher.
- Mobilisez les structures utiles : le présent simple, les adjectifs composés pour vous décrire ; le souhait, l'intention, le désir pour décrire un but, un rêve ; le lexique de la famille, des goûts, des loisirs.

### Corrigé

#### Rappels

- *used to + V* **renvoie à un passé révolu.** *I used to be an only child but I am not anymore: my sister Alice was born two months ago.* J'étais enfant unique mais je ne le suis plus : ma sœur Alice est née il y a deux mois.
- **Formation des adjectifs composés :**

– *a boy with dark hair = a dark-haired boy* (adjectif + nom + *-ed)*

– *a house with three bedrooms → a three-bedroom house* : comme les adjectifs sont invariables en anglais, *bedroom* ne prend pas de *-s*.

#### Exemple de réponse

*My name is Jill, I am fifteen years old and I live in the outskirts of Paris with my mother and my step-father. I used to be an only child but now I have a step brother named Paul, he is three. I am a student. We live in a three-bedroom house in a residential area.*

*I am rather tall for my age, I am dark-haired and brown-eyed. I am fond of roller skating so I usually spend the whole Saturday afternoon by the river next to our house with my friends. When the weather is bad, we go to the cinema in the town centre, where we watch blockbusters.*

*I cannot wait to be eighteen because I am planning to make a tour of Europe then. My best friend and I intend to travel the whole summer and stay in backpackers hostels* (= auberges de jeunesse).

***(143 words)***

**Attention**
Pour dire l'âge, on utilise *be*.

**Vocabulaire utile**
*by, next to* près de (prépositions de lieu)
*I can't wait to...* J'ai hâte de...

## Énoncé

Write a short text about the place where you live (≃ 150 words).

## Méthode

- Présentez l'environnement, les structures de loisirs, les possibilités offertes aux jeunes ; faites des propositions pour améliorer la vie des jeunes dans votre quartier.
- Mobilisez les structures utiles : le présent simple, *there is there are* (il y a) ; la suggestion ; le lexique de la ville, des loisirs, du sport.

## Corrigé

*In my neighborhood, there are no skyscrapers or office buildings, no impressive skyline at night either. Indeed, I live in a small town in a rural area. I can see a farm from my bedroom window! It is a great place for taking fresh air and learning about animals and plants. However we lack sports facilities, so to practice fencing, I must go to the city nearby, which is about fifteen kilometers away. My friends and I have formed a youth committee and we have made proposals to the mayor: we suggest collecting money to fund a drive-in theater. And why not organizing a video game contest* once a month? Most of us are glued to our computers every evening! Thus we hope to make our small town more attractive for young people who tend to spend their free time hanging around* in the shopping mall in the city!*

***(148 words)***

**Bien comprendre**
***There is*** **est suivi d'un nom au singulier,** ***there are*** **est suivi d'un nom au pluriel.**

* Vocabulaire : *a contest* : un concours – *hang around* : traîner.

# Corrigés des Quiz

## MATHÉMATIQUES

**p. 13**

**1.** **Vrai.** **2.** **Vrai.** **3.** **Faux.** **4.** **Faux.** **5.** **Vrai.** **6.** **Faux.** **7.** **Vrai.** **8.** **Vrai.**

**p. 18**

**1.** **c., d.** **2.** **a., b.** **3.** **a., c.** **4.** **b., d.** **5.** **Vrai**, car 30 = 3 × 10. **6.** **Faux**, car 20 = 2,5 × 8, mais 2,5 n'est pas un entier. **7.** **Vrai**, car –45 = 9 × (–5). **8.** **Vrai**, car 0 = 0 × 3. **9.** **Faux**, 13 est un diviseur de 39, (13 × 3 = 39). **10.** **Vrai**, car 5 = 1 × 5. **11.** **Vrai**, car 21 = –7 × (–3). **12.** **Vrai**, car 11 = 11 × 1.

**p. 26**

**1.** **2/3.** **2.** **Pas de solution.** **3.** **4 et 1/2.** **4.** **5.** **5.** **-4 et 4.** **6.** **-1.**

**p. 35**

**1.** **Faux.** **2.** **Vrai.** **3.** **Vrai.** **4.** **Faux.** **5.** **Vrai.** **6.** **Faux.**

**p. 42**

**1.** **b.** **2.** **d.** **3.** **d.** **4.** **b.** **5.** **c.** **6.** **b.** **7.** **b.** **8.** **a.**

**p. 50**

**1.** **c.** **2.** **c.** **3.** **c.** **4.** **b.** **5.** **c.** **6.** **a.** **7.** **d.** **8.** **c.**

**p. 55**

**1.** **Faux.** **2.** **Faux.** **3.** **Vrai.** **4.** **Vrai.** **5.** **Faux.** **6.** **Faux.** **7.** **Faux.** **8.** **Vrai.** **9.** **Vrai.** **10.** **Vrai.** **11.** **Faux.** **12.** **Vrai.**

**p. 61**

**1.** **-1.** **2.** **0.** **3.** **2.** **4.** **2.** **5.** **[-2 ; 2[.** **6.** **]3 ; 5[.** **7.** **3.** **8.** **-2.** **9.** **[-0,5 ; 4].**

**p. 68**

**1.** **Vrai.** **2.** **Faux.** **3.** **Vrai.** **4.** **Faux.** **5.** **Vrai.** **6.** **Faux.** **7.** **Vrai.** **8.** **Faux.** **9.** **Vrai.** **10.** **Faux.** **11.** **Faux.** **12.** **Vrai.** **13.** **Faux.**

**p. 77**

**1.** **31.** **2.** **0,23.** **3.** **35,97.** **4.** **35.** **5.** **30.** **6.** **40.**

**p. 84**

**1.** **0,4.** **2.** **0,6.** **3.** **0,06.** **4.** **0,66.**

**p. 91**

**1.** **36.** **2.** **X = 3 et Y = 8.**

## PHYSIQUE-CHIMIE

**p. 100**

**1.** **Faux.** Le passage de l'état liquide à l'état gazeux est une vaporisation : il se produit à la même température que la liquéfaction. **2.** **Vrai.** Le solvant est l'espèce majoritaire d'une solution. **3.** **Faux.** Le solvant n'est pas toujours l'eau : il existe des solvants organiques (cyclohexane, dichlorométhane…). **4.** **Faux.** Par dilution, on prépare une solution fille moins concentrée que la solution mère.

**p. 109**

**1.** **Faux.** Z est le numéro atomique : c'est le nombre de protons dans le noyau. **2.** **Vrai.** Pour le magnésium, Z=12. L'atome de magnésium contient donc 12 protons et 12 électrons car il est électriquement neutre. **3.** **Faux.** Il a bien 2 électrons externes, mais pour les atomes dont le numéro atomique est supérieur à 4, c'est une configuration en octet, 8 électrons externes, qui est stable. **4.** **Vrai.** Pour obtenir une structure stable en octet, il perd 2 électrons externes et obtient alors la configuration électronique : $1s^2 2s^2 3p^6$. **5.** **Faux.** Le nombre d'entités dans une mole ne dépend pas de l'entité. Il vaut toujours $N_A = 6{,}02 \times 10^{23}\ mol^{-1}$.

**p. 118**

**1.** **Faux.** Un changement d'état est une transformation physique : les espèces chimiques ne sont pas modifiées. **2.** **Faux.** Le sucre se dissout : il se forme une solution aqueuse. **3.** **Vrai.** Deux isotopes ont le même numéro atomique Z, qui caractérise l'élément chimique. **4.** **Faux.** Lors d'une fusion, des noyaux fusionnent. **5.** **Faux.** Au cours d'une réaction nucléaire, le nombre de protons et le nombre de nucléons est conservé.

**p. 124**

1. **Faux.** Pour étudier le mouvement des objets qui nous entourent, on utilise le référentiel terrestre. 2. **Vrai.** La vitesse d'un objet dépend du référentiel : il est important de préciser dans quel référentiel est faite l'étude. 3. **Faux.** 20 $m.s^{-1}$=72 $km.h^{-1}$. 4. **Faux.** Un mouvement rectiligne peut être varié : accéléré, ralenti. 5. **Faux.** Il parcourt 20 km en une demi-heure, en une heure, il parcourt 40 km. Sa vitesse moyenne est donc de 40 $km.h^{-1}$. 6. **Faux.** Le vecteur vitesse dépend du référentiel (en direction, sens, norme).

**p. 131**

1. **Faux.** D'après le principe d'inertie, un système en mouvement rectiligne uniforme n'est soumis à aucune force ou à des forces qui se compensent. 2. **Faux.** La bille est soumise à son poids et à la réaction du support (la table) : d'après le principe d'inertie, les forces se compensent. 3. **Vrai.** Le poids d'un corps dépend du lieu : altitude, latitude, astre... 4. **Faux.** Le poids d'un corps est une force : il s'exprime en newton (N). 5. **Faux.** La force gravitationnelle est d'autant plus intense que les corps qui interagissent sont proches.

**p. 137**

1. **Faux.** La lumière peut se propager dans le vide, le son nécessite un milieu matériel pour se propager. 2. **Faux.** La vitesse du son dépend du milieu de propagation. 3. **Faux.** Le domaine audible est compris entre 20 Hz et 20 khz. Au-dessous, ce sont des infrasons, au-dessus des ultrasons. 4. **Faux.** La hauteur d'un signal est liée à sa fréquence : plus elle est grande, plus le son est aigu, plus elle est petite, plus le son est grave. 5. **Vrai.** Deux notes de même hauteur jouées par deux instruments différents n'ont pas le même timbre.

**p. 144**

1. **Faux.** La lumière est une onde électromagnétique : elle se propage dans le vide. 2. **Faux.** La vitesse maximale est la vitesse de propagation de la lumière dans le vide. 3. **Faux.** Cette lumière est composée de plusieurs lumières colorées : elle est polychromatique. 4. **Faux.** Ce spectre n'est pas continu : c'est un spectre de raies. 5. **Faux.** Si $\gamma>1$, l'image est plus grande que l'objet.

**p. 150**

1. **Faux.** Un ampèremètre doit être branché en série : il doit être traversé par le courant pour en mesurer l'intensité. 2. **Faux.** La loi d'Ohm dans un résistor s'écrit $U= R\,I_{AB}$ où $I_{AB}$ est l'intensité du courant qui circule de A vers B. 3. **Faux.** La caractéristique d'un capteur est une courbe. Dans des cas particuliers, c'est une droite. 4. **Faux.** Pour que le capteur soit linéaire, sa caractéristique doit être une droite qui passe par l'origine.

## SVT

**p. 159**

1. **Faux.** Les cellules chlorophylliennes respirent comme la plupart des cellules. 2. **Vrai.** 3. **Faux.** Elles possèdent toutes les mêmes gènes mais n'en expriment qu'une partie, différente selon les cellules. 4. **Faux.** Les cellules autotrophes sont capables de synthétiser leur matière organique par la photosynthèse. 5. **Faux.** Le glucose est entièrement dégradé au cours de la respiration, ce qui aboutit à la formation de molécules minérales, l'eau et le dioxyde de carbone.

**p. 167**

1. **Vrai.** Mais ils ne possèdent pas les mêmes allèles. 2. **Vrai.** Elle peut s'observer à l'échelle humaine. 3. **Vrai.** Les espèces éteintes sont remplacées par de nouvelles espèces qui occupent les niches écologiques laissées vacantes. 4. La diminution des surfaces naturelles, la pollution, l'introduction d'espèces invasives peuvent entraîner une diminution de la biodiversité. 5. **Vrai.**

**p. 176**

1. **Faux.** Ce sont des mutations qui sont à l'origine des nouveaux allèles. 2. **Vrai.** 3. **Faux.** Il s'agit d'une variation de la fréquence des allèles sous la pression de l'environnement. 4. **Vrai.** Même si parfois elle s'exerce indépendamment de la survie. 5. Un isolement géographique, un changement du mode de vie, ou encore des modifications anatomiques peuvent être responsables d'un isolement reproductif.

**p. 184**

1. **Vrai.** Elles se forment par dépôts de couches successives. 2. **a., b.** et **c.** sont **vraies**. La vitesse du courant dépend de l'abondance des pluies. 3. **Vrai.** Les racines maintiennent en place le sable des dunes ou le sol et protègent de l'érosion. 4. **Vrai.** Les ions sont issus d'une altération chimique.

**p. 192**

**1. Faux.** La roche-mère fait partie du sous-sol. **2. Faux.** L'humus est un ensemble de composés organiques partiellement décomposés. **3. Vrai.** Ils se nourrissent de matière organique morte et la fragmentent offrant ainsi une plus grande surface de contact aux décomposeurs. **4. Vrai.** La structure en grumeaux ménage des espaces au niveau desquels l'air peut circuler. **5.** Les bactéries et les champignons microscopiques sont des décomposeurs.

**p. 200**

**1. Faux.** L'agriculture biologique emploie des engrais organiques, c'est-à-dire produits à partir de restes d'êtres vivants. **2. Faux.** Les engrais sont des éléments minéraux ou organiques apportés au sol pour nourrir les végétaux. **3. Vrai.** Les éléments prélevés dans le sol par les végétaux ne lui sont pas restitués car la matière produite est exportée lors de la récolte. **4. Faux.** C'est le rendement agricole, c'est-à-dire la masse produite par unité de surface, qui est exprimé en quintaux par hectare. **5. Faux.** C'est le rendement énergétique ou écologique.

**p. 210**

**1. Faux.** Elle s'effectue spontanément en absence du gène SRY. **2. Faux.** C'est l'ovulation qui est déclenchée par le pic de LH au milieu du cycle. **3.** L'oestradiol (oestrogène) et la progestérone sont des hormones ovariennes. **4. Vrai. 5. Faux.** Le gène SRY est responsable de la différenciation des testicules ; les caractères sexuels secondaires masculins apparaissent à la suite d'une élévation du taux de testostérone à la puberté.

**p. 219**

**1. Vrai.** Ses bactéries aident à la digestion des fibres et participent à l'entretien de la muqueuse intestinale. **2. Vrai.** Le vecteur y trouve des conditions favorables à son développement. **3. Vrai. 4. Vrai.** En cas d'affaiblissement du système immunitaire. **5. Faux.** L'Anophèle est le vecteur du paludisme, le SIDA est une maladie à transmission directe.

## SES

**p. 232**

**1. Vrai.** Une fois satisfaits, nos besoins changent. Ils sont de plus stimulés par la nouveauté et la publicité. **2. Faux.** L'inné relève de la nature. C'est donc à la biologie, à la médecine de s'y intéresser. **3. Vrai.** On utilise des sondages d'opinion qui reflètent à un moment donné l'état d'esprit d'une société vis-à-vis de tel ou tel sujet. **4. Faux.** Comme les économistes partent d'hypothèses différentes, ils construisent des modèles divers, parfois même contradictoires. **5. Faux.** La corrélation est le simple constat d'évolutions similaires ou contraires entre deux variables. Pour qu'il y ait causalité, cela suppose que l'une des variables explique l'autre. Parfois, c'est un troisième élément qui explique l'évolution des deux autres. Parfois, il n'y a aucun lien (c'est une coïncidence).

**p. 242**

**1. Faux.** Les administrations produisent des richesses également (non marchandes). **2. Vrai.** Il faut de la main-d'œuvre et des outils ou machines pour produire. **3. Vrai.** La productivité mesure un rendement des facteurs de production, donc leur efficacité. **4. Vrai.** Le PIB correspond à la somme des valeurs ajoutées. Si les valeurs ajoutées augmentent, le PIB croît, c'est la croissance économique. **5. Faux.** Ce n'est pas parce que le volume des richesses augmente qu'elles se répartissent de façon équitable. **6. Vrai.** L'augmentation de la production et de la consommation ne permettent pas aux ressources de se renouveler.

**p. 252**

**1. Faux.** Quand le prix augmente, la demande baisse. **2. Faux.** Le prix d'équilibre est celui auquel offre et demande sont égales. **3. Vrai.** Si l'offre est trop importante, le prix baisse pour stimuler la demande et absorber le surplus d'offre. **4. Faux.** Certains prix sont fixés par l'État (comme le prix du timbre ou celui du tarif réglementé du gaz). **5. Vrai.** La satisfaction ressentie dépend de chaque personne (ses goûts, ses priorités...). **6. Vrai.** En rendant les produits émetteurs de carbone plus chers, on incite les agents à se détourner de ces produits en faveur de produits moins consommateurs d'énergies fossiles.

**p. 263**

**1. Faux.** Les normes sont la manière dont on exprime les valeurs. La valeur de la politesse imposera la norme de saluer les gens que l'on rencontre. **2. Vrai.** Ce sont les normes et valeurs transmises au plus jeune âge qui s'ancrent le plus profondément et durablement dans l'individu, selon le sociologue Pierre Bourdieu. **3. Vrai.** Les médias sont plus nombreux et surtout plus diversifiés. L'avènement d'internet et des réseaux sociaux a permis d'accentuer l'influence des médias en les rendant instantanés, permanents, omniprésents. **4. Vrai.** La société attend des filles et des garçons qu'ils jouent des rôles différents. Elle va donc orienter leur conduite en leur transmettant des normes et valeurs en partie différentes. **5. Faux.** Les hommes et les femmes ont traditionnellement des statuts différents au sein des différents univers sociaux (famille, travail...). La société a tendance à leur assigner des qualités différentes qui contribuent à leur faire jouer des rôles différents. **6. Vrai.** Notre langage, nos pratiques culturelles, nos goûts sont nettement marqués par l'environnement qui nous socialise. Tous ces éléments qui constituent le capital culturel ne sont pas transmis de façon équivalente selon les groupes sociaux.

**p. 274**

**1. Vrai.** Dans un État de droit, la loi s'impose à tous de la même manière, notamment au pouvoir politique. **2. Faux.** Il ne peut que renverser le gouvernement par le vote d'une motion de censure. **3. Faux.** Le scrutin majoritaire ne permet pas à tous les partis d'être représentés. **4. Faux.** Ce sont des associations. Ils sont officiellement indépendants des partis. **5. Vrai.** C'est la règle de l'équité qui assure le pluralisme politique.

**p. 285**

**1. Vrai.** Le diplôme protège du chômage, car plus le niveau de diplôme est élevé, plus le taux de chômage baisse. **2. Faux.** Diplôme et capital humain ne sont pas synonymes, car pour le capital humain, il faut ajouter l'expérience professionnelle au diplôme. **3. Vrai.** Tout emploi est rémunéré. Dans le cas contraire, on considère qu'il s'agit de bénévolat et non d'un travail au sens économique du terme. **4. Faux.** D'autres éléments que le diplôme entrent en considération dans le salaire, notamment l'expérience, mais aussi des éléments plus discriminatoires, comme le genre. **5. Faux.** On constate que les enfants des catégories favorisées sont surreprésentés dans les diplômes les plus élevés et les plus prestigieux.

## FRANÇAIS

**p. 294**

**1. Vrai.** C'est une caractéristique essentielle du lyrisme. **2. Vrai.** Le « je » lyrique est un personnage fictif de la scène poétique. **3. Vrai.** **4. Faux.** Il annonce le classicisme. **5. Faux.** C'est le théoricien du classicisme, défenseur des Anciens contre les Modernes. **6. Faux.** Ne confondez pas le son et la syllabe qui peut en contenir plusieurs. **7. Faux.** Un sizain est une strophe de six vers. **8. Faux.** Attention au piège orthographique, c'est la ballade qui est un poème à forme fixe. **9. Faux.** Il les embrasse. **10. Vrai.**

**p. 302**

**1. Faux.** Un argument *ad hominem* s'en prend à la personnalité de son interlocuteur au lieu de réfuter ses arguments. **2. Vrai.** **3. Vrai.** **4. Faux.** Même si certains surréalistes se sont engagés dans la Résistance, peu d'entre eux ont été mis en danger. **5. Faux.** Victor Hugo a écrit plusieurs œuvres engagées contre la peine de mort, comme *Claude Gueux* ou *Le Dernier Jour d'un condamné*. **6. Vrai.** **7. Faux.** Les naturalistes sont des auteurs engagés socialement et ils ne pensent pas que l'art doit avoir pour seul idéal la Beauté.

**p. 310**

**1. Faux.** Le roman est apparu au XIIe siècle et la nouvelle au XIVe siècle. **2. Faux.** On connaît les pensées de tous les personnages. **3. Faux.** C'est un roman réaliste. **4. Vrai.** **5. Vrai.** **6. Faux.** Il se situe après la situation initiale, et avant les péripéties. **7. Faux.** Ce sont des mouvements culturels proches. **8. Vrai.** **9. Faux.** L'exofiction désigne une forme de biographie romancée. **10. Vrai.**

**p. 317**

**1. a.** Elles sont abandonnées au XIXe siècle avec les romantiques. **2. c.** Rien ne doit être choquant dans le langage ou l'action représentés sur la scène. **3. c.** Conformément aux préceptes du classicisme, pas ici de mélange des genres, ni des tons. **4. b.** Multiplication des lieux, intrigues, personnages et tonalités. **5. b.** Il écrit des drames romantiques. **6. a.** C'est la bataille d'*Hernani* : la représentation est perturbée par le conflit entre partisans et détracteurs du romantisme. **7. b.** Il est l'inventeur du genre, avec *Le Fils naturel* (1757).

**p. 327**

**1. Faux.** Au contraire, il minore l'expression. **2. Faux.** Méfiez-vous des paronymes ! **3. Vrai.** **4. Vrai.** Dans deux mots proches dans la phrase : nom et adjectif, par exemple. **5. Faux.** C'est une figure de répétition, donc à effet musical. **6. Vrai.** **7. Vrai.** C'est le mot latin qui exprime la fatalité. **8. Vrai.** **9. Vrai.** **10. Vrai.** Elle peut aller jusqu'à la déformation du sujet.

**p. 332**

**1. Faux.** Le texte à contracter est forcément un texte contemporain (du XXe ou XXIe siècle). **2. Vrai.** **3. Vrai.**

**4.** **Vrai.** **5.** **Faux.** L'essai est un exercice de type dissertatif. **6.** **Vrai.** **7.** **Faux.** Le plan dialectique (thèse / antithèse / synthèse) ne permet de traiter que les sujets posés sous la forme d'une question à laquelle on peut répondre par oui ou par non. **8.** **Faux.**

**p. 339**

**1.** **Faux.** S'il part effectivement des impressions personnelles, le commentaire analyse le texte littéraire. **2.** **Vrai.** **3.** **Vrai.** **4.** **Faux.** Le plan du commentaire doit être fermement organisé, même s'il peut suivre une construction significative du texte. **5.** **Vrai.** **6.** **Vrai.** **7.** **Vrai.** **8.** **Vrai.** **9.** **Faux.** Le titre de l'œuvre complète doit être souligné. **10.** **Vrai.**

**p. 346**

**1.** **Vrai.** **2.** **Faux.** La citation est toujours bienvenue mais elle n'est pas obligatoire. En revanche, il faut toujours recourir à des références précises dans l'œuvre ou les textes du parcours associé. **3.** **Vrai.** **4.** **Vrai.** **5.** **Vrai.** Sous la forme d'une interrogation directe ou indirecte. **6.** **Faux.** Le plan canonique est en 3 parties, mais 2 sont tout à fait suffisantes. **7.** **Vrai.** **8.** **Faux.** Le plan peut être aussi thématique, analytique ou comparatif. **9.** **Vrai.** Mais elle doit reprendre les réponses partielles à la problématique apportées dans chaque partie du développement. **10.** **Faux.** Je n'oublie pas en revanche de souligner le titre des œuvres complètes.

## HISTOIRE-GÉOGRAPHIE

**p. 357**

**1.** **b.** La Ligue de Délos rassemble Athènes et ses alliés contre les Perses. **2.** **a.** Dans la démocratie athénienne, ceux qui exercent le pouvoir sont les magistrats. **3.** **c.** Dans l'Empire byzantin, le souverain s'appelle le basileus. **4.** **b.** La deuxième croisade débute en 1147.

**p. 366**

**1.** **a.** C'est sous l'égide du pape que le traité de Tordesillas départage le « Nouveau Monde » entre Espagnols et Portugais. **2.** **b.** La conquête du « Nouveau Monde » est à l'origine essentiellement motivée par le recherche d'or, l'Eldorado. **3.** **a.**, **b.** et **c.** La déportation des Africains comme esclaves rentre dans le système du commerce triangulaire. Peu chers, les esclaves africains sont échangés contre des verroteries européennes. Résistants aux maladies des Européens et aux conditions difficiles de travail, ils sont destinés à remplacer les Indiens jusqu'alors employés dans les encomiendas. **4.** **b.** Galilée est le seul personnage de cette liste à ne pas être un artiste reconnu pour ses œuvres d'art. Il s'agit d'un scientifique. **5.** **a.** Il s'agit d'un schisme. **6.** Explorateurs : Colomb, Cortès, Vespuci ; Artistes : Michel-Ange, Pissaro, Raphaël ; Intellectuels : Las Casas, Érasme.

**p. 378**

**1.** **a.** **2.** **c.** **3.** **c.** **4.** **b.**

**p. 388**

**1.** **a.** La révolte des Va-nu-pieds éclate en 1639. **2.** **b.** La Constitution américaine est rédigée en 1787. **3.** **b.** Dans l'Ancien Régime, les nobles ne sont pas censés travailler sous peine de « déroger ». Cependant, beaucoup d'entre eux sont au service du roi dans l'armée ou les cours du royaume. **4.** **b.** C'est Madame Geoffrin. Madame du Châtelet est surtout connue pour ses travaux scientifiques. **5.** **b.** Le plus grand port négrier français est Nantes. Il concentre un peu moins de 50 % des traites lancées depuis le royaume de France.

**p. 398**

**1.** **a.** L'Amazonie s'étend sur un seul État. **2.** **a.** Les Alpes. **3.** **b.** **Faux**, c'est l'inverse. **4.** **c.** Les ressources en eau potable sont insuffisantes pour tous.

**p. 410**

**1.** **a.** **2.** **b.** **3.** **b.** **4.** **a.** **5.** **c.**

**p. 421**

**1.** **Vrai, en partie.** Il y a aussi des migrations venant du Nord (le *brain drain*, ou fuite des cerveaux). **2.** **Vrai.** Flux migratoires, touristiques… **3.** **Faux.** L'ouverture concerne les frontières intérieures, et les frontières extérieures restent des frontières classiques, contrôlées. **4.** **Faux.** Toutes mobilités confondues, le réseau routier reste écrasant (80 % des flux).

**p. 428**

**1.** **c.** Les principales ressources de l'Afrique australe sont les ressources minières et l'activité touristique. **2.** **Vrai.** En Afrique australe, le taux de prévalence des personnes infectées est le plus fort d'Afrique et du monde entier. **3.** **b.** **et** **c.** La ségrégation urbaine peut être définie comme un isolement à la fois social et spatial d'un groupe, isolement plus subi que choisi. Elle est également le processus de séparation qui conduit à ce résultat d'isolement. **4.** **c.** L'Afrique australe est une région d'émigration mais aussi d'immigration car son émergence économique attire des migrants africains venus de pays économiquement moins développés.

## ANGLAIS

**p. 438**

**1. le possesseur** → En anglais, ***Jenny's** book* = ***her** book, **Mike's** book* = ***his** book*. En français, que le possesseur soit féminin ou masculin, on dit « son livre » dans les deux cas. **2.** la proposition principale. **3. le type de texte. 4. le temps**. **5.** Le préfixe *mis-* **a un sens péjoratif**. **6.** soutenir.

**p. 448**

**1. b.** et **c. 2. b.** et **c. 3. b. 4. a. 5. a.**

**p. 463**

**1.** indénombrables. **2.** *He has few friends.* **3.** *I advise you to revise for the test.* **4.** *what.* **5.** *Thank you for telling me.* **6.** *for.*

**p. 472**

**1.** *browser.* **2.** *feel well.* **3.** *be isolated.* **4.** *save.* **5.** *stubborn.*

**Crédits photographiques**

**123** Agence Hans Lucas ; **127** UMA/Paul Sutton/PCN ; **141** SPL/Department of Physics Imperial College ; **141 m** BSIP/Science Source ; **144** Droits Réservés ; **145** SPL/Department of Physics Imperial College ; **160 g** ISM/J. C. Révy ; **160 d** SPL/Dr Kari Louratmaa ; **170** ISM/J. C. Révy ; **182** Cailleux-versable.canalblog.com ; **183** Google Earth ; **187** LALEVEE Fréderic ; **188** HANOTEAU Frederic ; **189** HANOTEAU Frederic ; **193** RMN/Zoologie/Coineau ; **216** GETTY IMAGES France/Ed Reschke ; **290** BIS / Ph. Coll. Archives Larbor ; **291** BIS/Coll. Archives Larbor ; **292** BIS / Ph. H. Josse © Archives Larbor ; **306** BIS/Coll. Archives Nathan ; **308 ht** BIS/Coll. Archives Larbor ; **308 bas** BIS/Archives Larbor ; **312 ht** BIS/Archives Larbor, Ph. H. Josse ; **312 bas** BIS/Archives Larbor, Ph. Guiley-Lagache ; **314** BNF ; **350** SCALA GROUP, Florence-Courtesy of the Ministero Beni e Att. Culturali e del Turismo ; **352** AKG-Images/de Agostini Pict. Lib. ; **355** AURIMAGES/Gianni Dagli-Orti ; **356** Leemage ; **362** Leemage ; **363** BIS/Photo du vatican ; **367** BIS/Archives Larbor, Ph. Scala ; **369** RMN-Grand Palais (château de versailles)/ René-Gabriel Ojeda/Frank raux/montage Dominique Couto ; **370** BIS / Ph. Hubert Josse © Archives Larbor ; **371** BIS / Ph. Coll. Archives Nathan ; **374** BIS / Ph. © Archives Nathan ; **376** BIS / Ph. G. Dagio Orti © Archives Larbor ; **381** Leemage ; **395** GETTY IMAGES France ; **397** www.bretagne-environnement.fr ; **417** SHUTTERSTOCK ; **426** PHOTO12.COM / ALAMY